J'AI COURU VERS LE NIL

DU MÊME AUTEUR

L'IMMEUBLE YACOUBIAN, Actes Sud, 2006 ; Babel n° 843.
CHICAGO, Actes Sud, 2007 ; Babel n° 941.
J'AURAIS VOULU ÊTRE ÉGYPTIEN, Actes Sud, 2009 ; Babel n° 1004.
CHRONIQUES DE LA RÉVOLUTION ÉGYPTIENNE, Actes Sud, 2011 ; Babel n° 1170.
AUTOMOBILE CLUB D'ÉGYPTE, Actes Sud, 2014 ; Babel n° 1344.
EXTRÉMISME RELIGIEUX ET DICTATURE. LES DEUX FACES D'UN MALHEUR HISTORIQUE,
Actes Sud, 2014.

Titre original :
Al-Joumhouriyya Ka'anna
Éditeur original :
Dar Al-Adab, Beyrouth
© Alaa El Aswany, 2018

© ACTES SUD, 2018
pour la traduction française
ISBN 978-2-330-10904-2

ALAA EL ASWANY

J'ai couru vers le Nil

roman traduit de l'arabe (Égypte)
par Gilles Gauthier

ACTES SUD

À mon épouse Iman Taymour et à mes enfants,
Seïf, Moatez, May et Nada.

1

Le général Ahmed Alouani n'a pas besoin de réveil.

Dès l'appel du muezzin, les yeux ouverts, allongé dans son lit, il murmure les paroles de l'appel à la prière puis se lève pour aller à la salle de bains faire rapidement ses ablutions et peigner avec soin ses cheveux teints en noir (en dehors de deux fines bandes parallèles de cheveux blancs laissées sur les côtés). Ensuite il enfile une élégante tenue de sport et se dirige vers la mosquée voisine. Le chef de sa garde lui a souvent recommandé de faire construire une mosquée à l'intérieur de la villa pour assurer plus facilement sa sécurité, mais le général a toujours refusé. Il aime prier au milieu des gens comme n'importe qui. Il traverse la rue à pied. Les quatre gardes du corps qui l'entourent, arme au poing, se séparent à la porte de la mosquée : deux restent à l'extérieur tandis que les deux autres se tiennent debout à ses côtés pour le protéger pendant qu'il prie. Dans de tels instants, lumineux et bénis, il quitte totalement notre monde pour rejoindre l'au-delà. Plongé dans un recueillement profond et sincère, il ne voit ni ses gardes du corps ni les autres fidèles. Il ne pense ni à ses fonctions ni à ses enfants, ni à sa femme. Ses chaussures sous le bras, comme tout le monde, il se dirige vers un coin éloigné où il se prosterne deux fois pour saluer la mosquée, puis, suivant la tradition, deux autres fois pour saluer le matin. Ensuite, jusqu'à ce que la prière commence, il invoque le pardon de Dieu. Malgré l'insistance des fidèles, le général Alouani refuse toujours d'assurer la direction de la prière*, qu'il tient à accomplir dans la dernière rangée, la tête humblement baissée. Souvent des larmes s'écoulent de ses yeux lorsque l'imam récite les versets du Coran de sa voix douce et mélodieuse. Libéré par la prière, il se sent un homme nouveau. L'âme purifiée, ses préoccupations se dissipent et la quiétude l'envahit. La prière est comme une eau fraîche qu'on lui aurait apportée alors qu'il était assoiffé un jour de canicule. À ses yeux, le monde n'est plus qu'un objet méprisable qui ne vaut pas plus que l'aile d'un moustique. La lutte des hommes pour leurs intérêts et leur poursuite anxieuse de jouissances éphémères le remplit d'étonnement. Un monde de combats acharnés et de compétition ! À quoi servent tous ces mensonges, toute cette jalousie, toutes ces conspirations ? Ne sommes-nous pas tous des passants sur le chemin de la vie ? Ne serons-nous pas tous morts à la fin ? N'allons-nous pas tous nous allonger un jour pour l'éternité dans la terre humide tandis que nos âmes monteront vers leur créateur pour qu'il les juge sur leurs actes ?

Ce jour-là, ni prestige ni richesses ne nous seront d'aucune utilité et seules nos bonnes actions nous sauveront.

Cela fait cinquante-huit ans que le général Alouani vit dans la foi et pratique la religion sans omettre aucune obligation ni recommandation et sans faire un pas avant de s'être assuré qu'il est conforme à la charia**. Il n'a pas, de toute sa vie, bu une goutte de vin ni fumé une bouffée de haschich. Il n'a même jamais fumé de tabac ni connu de femme autrement que sur

---

* Lorsque plus de trois musulmans se réunissent pour prier, l'un d'entre eux se place en avant pour la diriger. Il en devient l'imam. L'imam est choisi par ses pairs en fonction de son âge, de sa piété ou de son rang social. Il n'est pas un clerc. L'imam d'une mosquée est directement issu de cette tradition, même si les évolutions historiques ont amené à en faire un responsable religieux. *(Toutes les notes sont du traducteur.)*

** La charia est la jurisprudence religieuse telle que les quatre grandes écoles malékite, hanbalite, hanafite et chaféite l'ont tirée de leur lecture du Coran et de la tradition qui a recueilli l'ensemble des propos et des actions du prophète Mohamed. De cette jurisprudence, il ressort que certains actes sont condamnables *(haram)*, d'autres déconseillés *(makroue)*, d'autres obligatoires *(fard)*, d'autres conseillés *(sunna)*.

la couche conjugale (en dehors de quelques aventures sexuelles incomplètes au temps de son adolescence, pour lesquelles il demande pardon à Dieu). Grâce à Dieu il a accompli le pèlerinage à la maison du Seigneur* et fait trois fois la *omra***. Quant à ses œuvres de charité à l'égard des pauvres, leur liste est longue. Lorsque l'un d'eux le remercie, le général Alouani sourit et murmure :

— Dieu me garde, mon fils. Je ne te donne rien qui m'appartienne. Ce que je possède appartient à Dieu et je n'en suis que le gardien. Je compte sur toi pour me mentionner lorsque tu invoques le Seigneur afin que, peut-être, il me pardonne.

À la différence de nombreux titulaires de hautes fonctions dans notre pays, le général Alouani préfère que les gens l'appellent par son titre religieux de *hadj* plutôt que "mon général" ou "mon pacha". Après la prière, le voici maintenant qui rentre à la maison et qui s'assied sur un canapé moelleux de la grande pièce de réception pour lire le Coran. Il commence par les deux sourates dont les premiers mots sont "j'ai recours à Dieu", puis poursuit par quelques sourates brèves avant de lire un passage de la sourate La Vache, dont un hadith*** assure que les démons n'entreront pas pendant trois jours dans la maison où elle a été lue. Après avoir invoqué Dieu et imploré son pardon, il emprunte l'ascenseur pour rejoindre l'aile qu'il occupe au deuxième étage. Il prend un bain et revêt un peignoir, puis entre dans une mini-cuisine pour y préparer lui-même son petit-déjeuner : deux grandes cuillérées d'un excellent miel des montagnes que lui fournit régulièrement l'ambassadeur du Yémen au Caire, ensuite deux toasts recouverts d'une épaisse couche de fromage suisse dont il est friand, puis des crêpes recouvertes de fraises et de chocolat liquide

* La Mecque.
** Le *hadj* est le pèlerinage proprement dit que chaque croyant doit accomplir au moment de la fête du Sacrifice, une fois dans sa vie s'il en a la possibilité. La omra est un pèlerinage ordinaire, qui peut être accompli n'importe quand dans l'année.
*** Propos sacré du Prophète rapporté par une chaîne de garants.

avec lesquelles il boit un très grand verre de thé au lait puis pour finir une tasse de café *mezbout**.

Que fait ensuite Son Excellence ?

Il n'y a pas de gêne à dire ce que Dieu a décrété licite : Son Excellence le général Ahmed Alouani est de ceux qui font l'amour le matin. Peut-être cette habitude lui est-elle venue de la longue période pendant laquelle il faisait partie des équipes de nuit. Le voici donc assis au bord du lit de Hadja Tahani, son épouse plongée dans le sommeil. Il tend la main vers la télécommande du satellite pour mettre une chaîne X en réglant le son pour qu'on ne l'entende pas en dehors de la chambre. Les yeux écarquillés, il contemple les scènes chaudes de fornication qui se déroulent sur l'écran puis, lorsqu'il ne peut plus supporter l'excitation, il jette son peignoir sur le sol et saute sur sa femme, l'embrasse avec ardeur tout en palpant son énorme corps qui le reçoit immédiatement avec une chaleur surprenante (ce qui indique qu'elle était probablement en train de regarder le film en cachette).

La rectitude du général Alouani, sa manière de se tenir à l'écart du vice, son éducation militaire, son astreinte à la pratique du sport et à un régime alimentaire sain, tous ces facteurs ont conservé sa puissance sexuelle sans nécessité de stimulant chimique et, aussi longtemps qu'il garde à l'esprit les images du film pornographique, il va et vient dans le lit comme s'il avait quarante ans.

Mais on peut se demander comment le fervent musulman qu'est le général Alouani peut regarder des films pornographiques.

Voilà bien une question absurde comme ne peuvent en poser que des ignorants ou des personnes malveillantes ! Bien sûr que selon la charia regarder des films pornographiques est une chose blâmable, mais cela ne fait pas partie des péchés mortels comme le meurtre, la fornication et la consommation d'alcool. En fonction de la jurisprudence selon laquelle "la nécessité rend

* Le thé oriental, souvent appelé café turc, peut être bu sans sucre *(sada)*, avec très peu de sucre *(arriha)*, moyennement sucré *(mezbout)* ou très sucré *(sukkar ziadé)*.

12

licite ce qui est interdit", la charia autorise parfois à s'adonner à des actions blâmables si elles empêchent le croyant d'accomplir des péchés mortels.

Par ses hautes fonctions de chef de l'Organisation, le général Alouani est en contact quotidien avec les plus belles femmes d'Égypte, et nombre d'entre elles souhaitent avoir des relations sexuelles avec lui pour profiter de son influence. De plus, les services de renseignement étrangers mettent souvent sur son chemin des femmes séduisantes pour l'influencer, pour le faire chanter ou pour espionner les secrets d'État. Ce sont là des dangers sérieux qui le cernent et lui, pour affronter la séduction pressante, obsédante, de toutes ces femmes, ne dispose que de son excellente épouse, Hadja Tahani Talima. À plus de cinquante ans, le visage de celle-ci est couvert de rides mais elle a refusé de faire une opération esthétique parce que cela est interdit par la charia. Son corps s'est tellement avachi et rempli de graisse qu'elle pèse plus de cent vingt kilos. Elle a un ventre énorme en forme de demi-cercle, protubérant au niveau du nombril et se rétrécissant vers le bas, sur lequel pendent deux seins fatigués. Ce ventre unique en son genre, presque masculin, serait capable d'annihiler définitivement le désir sexuel du général Alouani sans les films pornographiques auxquels il a recours pour exciter son imagination. Son Excellence a dit une fois à ses amis :

— Si tu te trouves obligé de manger pendant trente ans le même plat, tu ne peux pas le supporter sans lui ajouter quelques épices.

Une fois terminée la session matinale (prière, lecture du Coran, petit-déjeuner puis copulation licite), voici venu le temps du travail. Dès que le général Alouani passe la porte de sa villa, les gardes du corps se mettent au garde-à-vous et l'un d'entre eux se précipite pour ouvrir la porte de sa Mercedes noire blindée. Son Excellence s'installe sur le siège arrière et la voiture démarre lentement, entourée de deux voitures de gardes et de quatre motos conduites par des policiers armés. Une demi-heure suffirait pour parcourir la distance entre son domicile et le siège de l'Organisation, mais cela lui prend deux fois plus de temps car le chef de sa garde tient à changer chaque jour de route pour déjouer un quelconque attentat. Le général se plonge dans la lecture des rapports rédigés pendant la nuit et il donne au téléphone quelques instructions urgentes. Dès que la voiture franchit le portail de l'Organisation, retentit l'appel au garde-à-vous suivi du bruit des fusils heurtant le sol tandis que ceux qui les portent font le salut militaire. Le général bondit agilement de sa voiture et rend leur salut à ses subordonnés, qui l'attendent à la porte du bâtiment. Cela fait si longtemps qu'ils travaillent avec Son Excellence qu'ils sont capables de lire sur son visage. Ce matin-là ils comprirent dès le premier instant qu'il était de mauvaise humeur. Il se dirigea vers eux d'un air renfrogné et leur demanda :

— Le garçon a parlé ?

L'un d'entre eux répondit :

— Le lieutenant Tarek l'interroge, monsieur.

Son visage prit un air dépité. Il congédia ses collaborateurs et, au lieu de monter à son bureau du troisième étage, il donna l'ordre au garçon de l'ascenseur de le faire descendre dans les salles d'interrogatoire. Lorsque les portes métalliques s'ouvrirent en produisant un grincement sinistre, l'air humide et nauséabond de la cave lui fouetta le visage. Le général s'avança en rendant leur salut à chacun des soldats présents puis il entra dans une vaste salle éclairée par des lucarnes. Il y avait dans tous les coins des instruments métalliques munis de manches et de roues qui, au premier coup d'œil, ressemblaient à des appareils de gymnastique. Un homme aux yeux bandés était suspendu par les mains à une corde épaisse attachée à un anneau métallique accroché au plafond. Il était complètement nu, le corps couvert de traces de coups et de blessures, le visage tuméfié, avec du sang coagulé autour de la bouche et des yeux. Face à lui se trouvaient quatre agents, ainsi qu'un lieutenant assis à une table. Dès que celui-ci aperçut le général Alouani, il se mit au garde-à-vous. Le général prit l'officier à part et échangea avec lui quelques mots à voix basse puis ils revinrent là où se trouvait l'homme suspendu dont les soupirs redoublèrent comme pour apitoyer le nouveau venu. Le général lui demanda d'un ton rauque :

— Quel est ton nom ?

— Arbi Assayed Choucha.

— Parle plus fort, je ne t'entends pas.

— Arbi Assayed Choucha.

— Crie plus fort.

Chaque fois que le général demandait à l'homme d'élever la voix, les agents le rouaient de coups de matraque. L'homme cria de plus en plus fort puis, tout à coup, il éclata en sanglots.

À cet instant, le général fit signe aux policiers de cesser de frapper puis il dit d'un ton calme et compétent, comme un médecin donnant des conseils à un patient.

— Écoute, Arbi, si tu veux rentrer chez toi retrouver tes enfants, tu dois parler. Nous, nous n'allons pas te laisser.

L'homme répondit en gémissant :

— Pacha, je jure par Dieu tout-puissant que je ne sais rien.

Le général reprit avec un semblant de pitié dans la voix :

— Par Dieu tout-puissant, je suis triste de te voir dans cette situation. Sois raisonnable, mon fils. Ne cours pas à ta perte.

L'homme s'écria :

— Ayez pitié, pacha.

— Aie pitié de toi-même. Parle.

— Excellence, je ne sais rien.

À cet instant le lieutenant Tarek se mit à crier ·

— La putain de ta mère.

Ce fut le signal. Un des inspecteurs se pencha sur un grand appareil noir qui ressemblait à un climatiseur et en tira un gros fil avec deux extrémités métalliques arrondies qu'il colla aux testicules de l'homme, puis il appuya sur un bouton. L'homme se mit à trembler violemment et poussa un long cri aigu qui résonna dans toute la pièce. Les décharges se répétèrent plusieurs fois puis le général Alouani les fit cesser d'un geste et cria d'une voix tonitruante :

— Nous avons amené ta femme Maroua et je te jure, fils de pute, que si tu ne parles pas je laisserai les policiers la sauter sous tes yeux.

L'homme se mit à crier :

— Ayez pitié !

Le général Alouani lança un regard à ses policiers qui sortirent précipitamment puis rentrèrent en tenant une femme vêtue d'une vieille robe d'intérieur, les cheveux ébouriffés et des marques de coups sur le visage. Les policiers la frappèrent et elle se mit à crier. L'homme reconnut sa voix :

— Vous ne pouvez pas me faire ça.

Le général cria :

— Déshabillez-la.

Les policiers se jetèrent sur elle, qui résista bravement, mais ils étaient les plus forts et ils réussirent à déchirer complètement sa robe. Lorsque l'on vit ses sous-vêtements, le général Alouani se mit à rire :

— Mais c'est une beauté ! Quelle chance tu as, Arbi ! Ta femme a un soutien-gorge en coton molletonné. C'était à la mode il y a quelque temps. On appelait ça un soutien-gorge Antari*.

La plaisanterie de Son Excellence le général mit en gaieté les personnes présentes, qui firent assaut de commentaires ironiques.

Le général prit un ton badin :

— Enlevez-lui son soutien-gorge. On va voir à quoi ressemblent les nichons de ta femme. Moi, je t'assure, j'aime les grands tétons bruns.

Les policiers déchirèrent son soutien-gorge, découvrant les seins de la femme qui poussa un long cri. L'homme alors s'écroula :

— Assez, pacha, je vais parler, je vais parler.

Le lieutenant s'approcha de lui :

— Tu vas parler, fils de pute, ou je laisse les policiers la féconder.

— Je vous jure que je vais parler.

— Tu fais partie de l'Organisation ?

— Oui.

— Quel district ?

— Chobra el-Khaïma.

— Qui est ton responsable ?

— Abdallah el-Metwalli.

Le silence régna pendant un instant. Le général Alouani s'éloigna de quelques pas en direction de la porte puis il fit signe au lieutenant d'approcher :

* Référence au héros Antar, symbole de force et d'abondance.

— Si vous aviez amené sa femme dès le début, vous vous seriez épargné toute cette fatigue.

Le lieutenant Tarek sourit avec reconnaissance :

— Dieu vous garde, mon général. Tous les jours Votre Excellence nous donne une nouvelle leçon.

Le général Alouani lui jeta un regard paternel :

— Fais une vidéo des aveux et écris le rapport. Je t'attends dans mon bureau.

*

L'homme, déguisé en femme, avait été arrêté à la station de métro de Dar es-Salam et emmené au commissariat de police. Il allait être présenté au tribunal qui l'aurait immédiatement relâché, mais en vérifiant ses empreintes digitales, on s'était rendu compte qu'il était enregistré sous un autre nom et il fut transféré à l'Organisation où il fit des aveux complets. Il était membre d'une organisation présente dans plusieurs gouvernorats et il avait revêtu un niqab pour rendre visite aux familles des détenus sans éveiller de soupçons. Le général Alouani donna instruction aux officiers des services de suivre les membres de l'Organisation et de rédiger des rapports quotidiens précis. L'affaire pouvait être considérée comme un nouveau succès de l'Organisation et de son chef, le général Alouani. Pourtant, comme le remarquèrent ses subalternes, Son Excellence parut préoccupée toute la journée. Après la prière de l'après-midi, il voulut s'isoler et demanda à son directeur de cabinet de ne laisser entrer personne dans son bureau. Allongé sur le canapé, il se mit à égrener son chapelet en demandant à Dieu de le protéger du démon. D'où lui venait cette anxiété ? Dieu l'avait comblé : il lui avait accordé le bienfait de la foi, la force de l'obéissance à Dieu, la réussite professionnelle. Le président de la République lui-même avait à plusieurs reprises, en conseil des ministres, fait l'éloge de l'efficacité de l'Organisation. L'année précédente, lorsque celui-ci avait fait avorter une tentative d'assassinat du président à Alexandrie en arrêtant l'ensemble des membres du réseau, le président avait ordonné qu'une prime élevée soit accordée à ses officiers. Il avait ensuite convoqué le général Alouani au palais présidentiel et lui avait déclaré :

— Bravo. Vous savez, j'ai pensé vous nommer président du Conseil des ministres, mais le problème, c'est que je ne trouve personne d'assez compétent pour vous remplacer à la tête de l'Organisation.

Le général Alouani lui avait répondu avec ferveur :

— Vous êtes le chef et je ne suis qu'un soldat dont la mission est d'exécuter vos ordres. C'est Votre Excellence qui m'a appris à servir mon pays dans quelque situation que ce soit.

Dieu a accordé au général Alouani une santé excellente et des biens en abondance. Il vit avec sa famille dans une villa du quartier de Mougamma* qui est en vérité un énorme palais où, sur une superficie de dix feddans**, se trouvent une piscine, un terrain de tennis et un verger. Il possède également plusieurs villas luxueuses sur la côte nord, à Charm el-Cheikh, à Aïn Sokhna, à Marsa Matrouh, à Hurghada et à Louxor***. Il a aussi un appartement de deux cent cinquante mètres carrés dans le quartier de Saint-Germain à Paris et une maison élégante de deux étages avec un beau jardin dans le quartier de Queen Gate à Londres, à côté de Hyde Park, ainsi qu'un appartement vaste et luxueux à Manhattan. Il possède également, en cas d'urgence, de nombreux comptes en banque bien garnis à l'extérieur de l'Égypte. Dieu a également étendu sa bénédiction à la famille du général Alouani : son fils aîné, Abderrahmane, est juge, le second, Bilal, officier de la Garde républicaine et la plus jeune, sa fille, étudie à la faculté de médecine du Caire. Quant à sa femme, Hadja Tahani, elle est son compagnon de lutte et son porte-bonheur. En dépit de son âge et de sa corpulence excessive, elle possède une énergie qu'on ne trouve pas chez des femmes plus jeunes et plus minces. C'est une femme qui, deux fois par semaine au minimum, répond aux demandes de relations intimes de son mari. C'est une mère qui a su éduquer ses enfants et les conduire à la terre ferme de

* Une des villes nouvelles qui entourent Le Caire.
** Un feddan équivaut à 4 200 mètres carrés.
*** La côte nord est toute la côte qui s'étend à l'ouest d'Alexandrie, atteignant presque la ville balnéaire de Marsa Matrouh. Aïn Sokhna et Hurghada se trouvent sur la mer Rouge.

l'âge adulte. C'est également la présidente d'une association qui accueille les enfants des rues et les forme pour en faire de bons citoyens. C'est une musulmane pratiquante qui organise chez elle des cours de religion permettant, grâce à Dieu, de remettre de nombreuses personnes sur le chemin de la foi. En outre Hadja Tahani possède la société Zemzem – une des plus grandes entreprises de travaux publics d'Égypte. Cette société, il est vrai, a été enregistrée au nom de son frère, Hadj Nasser Talima, mais en échange d'un document par lequel celui-ci renonce à ses droits. Elle a déposé ce document légalisé par le notaire dans le coffre de sa chambre après en avoir informé son mari, car la vie appartient à Dieu et personne ne connaît le lieu de sa mort.

Nous devons reconnaître que le général Alouani n'a jamais profité de sa situation pour obtenir un quelconque privilège pour lui-même ou pour sa famille… Par exemple si Hadja Tahani l'informe que sa société tente d'obtenir un terrain dans un gouvernorat, le général Alouani s'empresse de téléphoner au gouverneur :

— Monsieur le gouverneur. Je voudrais vous demander un service.

Le gouverneur lui répond immédiatement :

— À vos ordres, monsieur.

À ce moment-là, le général déclare d'un ton résolu :

— La société Zemzem vous a présenté une demande d'attribution d'un terrain. Cette société appartient à mon beau-frère. Hadj Nasser Talima. Le service que vous pouvez me rendre, monsieur le gouverneur, c'est de traiter Hadj Nasser comme tous les autres entrepreneurs. S'il vous plaît, appliquez la loi sans faire de faveur.

Après un silence, le gouverneur lui répond alors :

— Votre Excellence nous donne des leçons d'impartialité et de désintéressement.

Ce sur quoi le général l'interrompt en lui disant :

— Qu'à Dieu ne plaise. Je suis égyptien et j'aime mon pays. Je suis musulman et je n'accepte rien de contraire à la religion.

Après cela, lorsque le terrain était concédé à la société Zemzem, le général Alouani ne ressentait aucun embarras. Il s'était adressé au responsable pour lui demander de ne pas lui accorder de faveur. Que pouvait-il faire de plus ?

Lorsque son fils aîné Abderrahmane avait présenté sa candidature au parquet, le général Alouani s'était adressé au ministre de la Justice pour lui demander de traiter son fils comme les autres candidats, sans aucun privilège. Son fils avait été admis et il était maintenant juge au tribunal du district sud du Caire. Lorsque son fils Bilal avait demandé à être admis dans la Garde républicaine, le général Alouani s'était adressé au ministre de la Défense pour lui demander d'appliquer les règles dans toute leur rigueur et son fils avait été intégré à la Garde républicaine où il avait maintenant le grade de commandant. C'est ainsi que le général Alouani justifiait sa bonne conscience face au Tout-Puissant. Il n'y avait là rien à cacher et rien dont on puisse avoir honte.

Pourquoi donc se sentait-il anxieux depuis le matin ? Au fond de lui-même il en savait la raison, mais il tentait d'éloigner de lui cette pensée. C'était au sujet de sa fille unique Dania, Son Altesse royale comme il l'appelait. Après avoir eu deux fils, il avait prié Dieu de lui faire la grâce d'une fille. Sa femme avait été enceinte mais une hémorragie au cinquième mois avait provoqué une fausse couche qui lui avait causé une grosse dépression. Ensuite elle avait à nouveau été enceinte et elle avait donné naissance à Dania. Ce fut pour lui une joie indescriptible. Il lui avait choisi un nom utilisé dans le saint Coran pour décrire les arbres du paradis. Dania avait suscité en lui des sentiments qu'il n'avait jamais éprouvés auparavant, comme si c'était la première fois qu'il était père. Qui aurait pu croire que le général Alouani s'absenterait de l'Organisation pendant toute une journée pour accompagner sa fille le jour de son entrée en section maternelle à la Mère-de-Dieu* ? Ce jour-là, après avoir confié sa fille à la sœur responsable, il n'avait pas eu le courage de l'abandonner et il était resté devant l'école, tapi dans sa voiture d'où il suivait par téléphone le travail de l'Organisation tout en demandant régulièrement à la sœur des nouvelles de Dania. À la fin de la journée, le général Alouani était resté debout dans la cour de l'école, fixant la porte jusqu'à ce que Dania apparaisse dans

* La Mère-de-Dieu fait partie de ces écoles catholiques où sont éduqués les enfants (musulmans et chrétiens) de l'élite du pays.

son uniforme à petits carreaux rouges et à col blanc. Elle avait l'air d'un ange. Elle l'avait appelé puis s'était mise à courir pour se précipiter dans ses bras. À ce moment-là, bien que cela soit difficile à croire, le général Alouani fut sur le point d'éclater en sanglots. L'homme d'acier dont un seul mot, voire un seul signe, décidait du destin d'une famille entière, devenait devant Dania un homme aimant et doux capable de faire l'impossible pour voir un sourire sur son visage. Lorsqu'elle était enfant, chaque soir en rentrant de l'Organisation, il se précipitait vers sa chambre pour la voir dormir. Il contemplait ses petits doigts, son nez, sa bouche, son visage innocent et même son sac d'écolière, ses chaussettes, ses vêtements. Tout ce qui était relié à elle éveillait en lui un profond sentiment de tendresse.

Comme tous les pères, bien sûr, il aimait ses deux fils, Bilal et Abderrahmane, mais sa fille Dania était la source de la joie la plus profonde de son existence. Souvent, alors qu'il lui parlait de choses banales, il était submergé par l'affection et il interrompait la conversation pour la prendre dans ses bras et l'embrasser. Dania ne l'avait jamais déçu, ni intellectuellement ni sur le plan moral. Toujours excellente dans ses études, elle avait voulu, après avoir obtenu son baccalauréat à la Mère-de-Dieu, étudier la médecine et le général Alouani avait pris ses dispositions pour l'envoyer à l'université de Cambridge, mais Hadja Tahani s'était mise à pleurer et avait fait appel à ses sentiments pour qu'il ne la prive pas de la présence de sa fille unique, tant et si bien qu'il avait fini par l'inscrire à la faculté de médecine de l'université du Caire. Il lui avait acheté une Mercedes mais, craignant pour sa sécurité, il lui avait interdit de la conduire et avait engagé un chauffeur.

Selon son habitude, le général Alouani avait eu soin de ne pas profiter de son influence. Il appelait le doyen de la faculté de médecine avant les examens pour s'assurer que celui-ci n'accorderait pas de traitement de faveur à sa fille, qui était toujours reçue avec une mention d'excellence. Il ne lui restait plus maintenant qu'une année d'études et le général, imaginant sa joie le jour de la remise des diplômes, pensait déjà à l'étape suivante : allait-il lui ouvrir un cabinet au Caire ou l'envoyer à l'étranger pour y faire un doctorat ? Son amour pour Dania était tel que l'idée qu'elle se marierait un jour le mettait mal à l'aise. Comment était-il possible que Dania quitte la maison pour aller habiter avec un homme étranger et partager son lit ? Comment pourrait-elle se lier à un autre homme que lui, qui deviendrait l'axe de son existence ?

Il savait que cela était la loi de la vie et que le bonheur d'une femme n'était jamais complet sans le mariage et la maternité, mais souvent il s'interrogeait : y avait-il en Égypte un jeune homme qui méritait d'être le mari de Dania ? Y avait-il un autre homme que lui qui puisse l'apprécier à sa juste valeur ? Les nobles préceptes de la religion ordonnent à la femme d'obéir à son mari et donnent à ce dernier le pouvoir sur elle. Mais où était donc ce mari qui mériterait d'exercer son pouvoir sur Dania ? Elle était de loin supérieure à tous les jeunes gens qu'il avait connus. Elle était droite et sans reproche, dépourvue de toute malignité, à la différence de beaucoup de filles. Elle était si sincèrement croyante que c'était elle qui avait demandé à se voiler dès sa deuxième année de collège. Elle était bonne, pure, elle voyait ce qu'il y avait de bien dans chaque individu et elle s'efforçait d'apporter son aide à tous ceux qui en avaient besoin. Ce qui l'inquiétait c'était que l'innocence de Dania (qui atteignait les limites de la naïveté) puisse en faire une proie facile pour n'importe quel salopard qui l'enjôle avec des sourires et deux ou trois mots et parvienne à en faire ce qu'il voulait. Combien le général Alouani regrettait d'avoir cédé aux larmes de sa femme et de ne pas avoir envoyé Dania étudier à Cambridge. À l'université, elle était mêlée aux enfants de la populace devenus ses condisciples simplement parce qu'ils avaient eu une bonne moyenne au baccalauréat. Et lui, il payait le prix de sa faute. Il ne lui était plus possible d'ignorer la réalité. Dania avait changé. Elle était toujours gentille et aimable, mais ce n'était plus cette fille obéissante, pleine d'admiration pour lui qui était d'accord avec tout ce qu'il disait, qui dévorait ses idées pour les faire siennes et les mettre en pratique. Il avait chargé un officier de confiance d'écrire un rapport régulier sur les allées et venues de Dania et ce qu'il venait de lire ce matin lui avait gâché sa journée. Il avait retardé le moment de lui parler pour se donner le temps de réfléchir, mais maintenant, c'était devenu insupportable. Il se leva d'un bond et demanda à son directeur de cabinet de faire amener sa voiture et, quelques minutes plus tard, il était sur la route de son domicile. Il avait décidé d'affronter Dania, quel qu'en puisse être le résultat.

2

Cher lecteur,

Tu ne sauras jamais qui je suis car je vais signer ce livre d'un pseudonyme. Je n'ai pas peur. Grâce à Dieu, j'ai toujours été courageux. Mais le fait est que nous vivons dans une société arriérée et mensongère qui se repaît d'illusions et je ne suis pas prêt à payer le prix de la sottise des autres. J'ai vécu cinquante-cinq ans, la plupart du temps plongé dans de profondes réflexions, et je suis parvenu à plusieurs vérités qu'il est de mon devoir d'exposer et d'argumenter. Les théories que je vais présenter dans ce livre mériteraient d'être étudiées dans les universités si nous étions dans un pays respectable. Malheureusement nous sommes en Égypte, où l'on n'accorde aucune dignité à un penseur sérieux ou à un savant distingué alors que toute la gloire est réservée aux escrocs et aux imposteurs. Je vais commencer l'exposé de ma théorie par cette question :

Quelle est l'essence des liens qui unissent l'homme et la femme en Égypte ? À quoi visent tous ces regards entendus, tous ces sourires séducteurs, toutes ces caresses passionnées, tous ces billets doux et toutes ces lettres galantes ? Quel est le but de toutes ces conversations chuchotées le soir au téléphone et de tous ces moments romantiques au bord de la mer ? Pourquoi les femmes s'évertuent-elles à revêtir toutes sortes d'accessoires et à se maquiller pour raviver leur séduction ? Pourquoi ces talons hauts qui font chalouper leur corps et en révèlent la souplesse ?

Pourquoi toutes ces robes, ces pantalons, ces jupes et ces tailleurs ? Pourquoi les modèles et les couleurs en varient-ils constamment ? Pourquoi de nombreuses croyantes voilées revêtent-elles, elles aussi, des vêtements moulants et excitants comme si – seulement retenues par la crainte du blâme – elles voulaient montrer aux hommes les formes de leur corps ?

Messieurs, tout ce grand carnaval éblouissant n'a qu'un seul but : la chasse à l'homme afin de le traîner dans la cage du mariage. Depuis sa puberté, l'homme souffre d'une incontinence sexuelle qui le pousse à pourchasser les femmes pour coucher avec elles et soulager ainsi la pression sur ses nerfs des hormones mâles. En même temps les femmes chez nous sont ainsi faites qu'elles considèrent leur organe de reproduction comme leur joyau caché. Il n'y a que dans notre pays que les journaux disent d'une fille qui a perdu sa virginité qu'elle a perdu ce qu'elle avait de plus précieux. Réfléchis, cher lecteur : ce qu'une jeune fille égyptienne a de plus précieux, ce n'est pas son intelligence, ni son humanité, ni même sa vie. Ce qu'elle a de plus précieux, c'est sa virginité : cette membrane qui recouvre son organe sexuel pour garantir qu'il n'a jamais été utilisé auparavant. C'est pour avoir le droit de profiter de cet organe vierge que l'homme poursuit la femme qui fait la difficile. Elle lui demande des cadeaux, des bijoux, une dot, des meubles luxueux, un vaste appartement dans un quartier élégant, et l'homme se plie à toutes ses conditions et se pourlèche à l'idée de goûter la perle cachée dans l'huître. Ensuite ils se marient. Les transports des premiers jours prennent fin et l'homme découvre que faire l'amour avec sa femme n'est pas la jouissance suprême qu'il s'était imaginée. La plupart du temps, l'homme se rend compte que sa femme est amorphe au lit ou bien que ça la dégoûte et qu'elle assimile l'acte sexuel à une chose sale, comme uriner ou déféquer, qu'elle ne fait que par obligation, pour accomplir son devoir. Ou bien, c'est encore pire, il découvre que sa femme utilise le sexe comme moyen de chantage, comme si elle disait à son mari :

— Si tu veux jouir de mon corps il faut que tu me combles de cadeaux, que tu me donnes tout l'argent dont j'ai besoin et que tu me soutiennes toujours dans mes disputes avec ta mère et tes sœurs.

C'est alors seulement que l'homme se rend compte de l'ampleur de la trahison : il a dépensé tout ce qu'il possédait en rêvant à la perle et il découvre que l'huître est vide. Avant que le mari puisse s'enfuir, la femme accouche. Sur toute la surface de la terre, l'Égyptienne est la plus rapide des femmes en matière d'accouchement. Elle utilise ses enfants comme une arme efficace pour conserver son mari et le soumettre à ses volontés. Ceci est la première vérité que découvrent tous les Égyptiens (même s'ils le nient). Quant à la deuxième vérité, c'est que la féminité de la femme égyptienne est inversement proportionnelle à son milieu social. Les femmes de la classe supérieure ne sont – généralement – que des poupées frivoles et factices, des contrefaçons de femmes, de jolis pantins sans passion et sans âme.

Seule la femme du peuple jouit d'une féminité naturelle et complète dont le caractère n'est pas corrompu par l'artifice. Elle ignore les mensonges et les artifices des dames de la bonne société et l'hypocrisie que ces dernières tètent avec le lait de leur mère. Regardez les tableaux de Mahmoud Saïd*. Ce grand artiste a été élevé dans le palais de son père, qui était Premier ministre. Il a étudié en France et a été juge jusqu'à l'âge de cinquante ans, avant de se consacrer à l'art. Mais lorsqu'il a peint, c'est chez la femme du peuple qu'il a trouvé l'archétype de la féminité. Les femmes de la classe supérieure n'ont pas la féminité éclatante de ses Filles de Bahri**. En résumé, la femme du peuple est LA Femme, et tout ce qui n'est pas elle est factice et artificiel. C'est exactement la même différence que celle qui existe entre des roses naturelles et des roses en plastique.

La troisième vérité est que la séduction de la femme du peuple est à son summum lorsqu'il s'agit d'une servante. Ceci ajoute à la fraîcheur et à l'effervescence de sa féminité une délicieuse nuance de docilité qui avive son attrait.

S'il vous plaît, répondez avec franchise :

Que se passerait-il si, après avoir invité votre fiancée aristocratique à déjeuner dans un restaurant élégant, vous lui disiez tout à coup : "Ton corps est très excitant, ma chérie. Ton derrière est bombé et tes deux fesses se balancent d'une façon admirable. Lorsque je vois ta poitrine plantureuse je m'imagine en train de sucer tes mamelons. Je bande avec force et j'espère pouvoir rapidement copuler avec toi."

Que ferait alors votre fiancée ?

Elle serait furieuse, vous maudirait et se précipiterait chez elle pour se jeter en larmes dans les bras de sa mère en se plaignant

---

* Peintre égyptien né en 1897 et mort en 1964.
** Quartier d'Alexandrie connu pour l'attrait de ses femmes. *Les Filles de Bahri* est un tableau connu de Mahmoud Saïd.

d'être tombée sur un goujat aussi vulgaire, et elle romprait probablement ses fiançailles. Que vous lui parliez avec franchise de vos fantasmes sexuels la mettrait sincèrement en colère. Votre fiancée ne penserait absolument pas que, en choisissant un vêtement moulant, son but était effectivement d'attirer votre regard sur la rondeur de ses fesses ou sur la proéminence de ses seins. Les règles de la comédie impliquent que votre fiancée vous excite comme si ce n'était pas son intention, tandis que vous, vous devez cacher votre ardeur et parler d'autre chose. La cause véritable de la colère de votre fiancée serait que votre franchise a démoli toute la mise en scène. Si vous vous conduisez de la même façon avec votre servante, celle-ci le considérera la plupart du temps comme quelque chose de charmant. Elle se dandinera, rira d'une manière libertine et plaisantera avec une gratitude enjouée.

Les servantes sont vraiment des amantes irremplaçables pour celui qui sait s'abreuver à l'eau douce et naturelle de leurs sources.

Messieurs, celui qui n'a pas aimé une servante n'a pas connu l'amour. Comme la plupart des maris égyptiens, j'ai été victime d'une tromperie. Lorsque je fais l'amour avec ma femme, j'ai l'impression de manger un sandwich au savon. Aussi affamé que je sois, je suis dégoûté dès la première bouchée. À cinquante ans, j'ai pratiquement cessé d'avoir des relations sexuelles avec ma femme. Je crois qu'elle en a été soulagée, parce qu'elle n'a jamais aimé le sexe et qu'elle ne l'a pratiqué que d'une façon minimaliste, après avoir épuisé toutes les excuses possibles.

Je présenterai dans ce livre toutes mes expériences avec des servantes, qui pourront être utiles à des millions de maris souffrant en silence après avoir été trompés d'une façon abjecte. Malheureux mari plein d'ardeur : la servante est la solution. Un homme ne demande rien de plus qu'une femme appétissante qui habite sous le même toit et avec qui il peut avoir du plaisir quand il en a envie. Une femme avec qui il puisse faire l'amour tout de suite sans avoir besoin de tourner autour du pot et sans perdre de temps en conversations téléphoniques et vains rendez-vous amoureux. Une femme véritable qui apprécie le sexe à sa juste valeur, qui jouisse avec lui et qui ait envie de lui. Nos ancêtres, jusqu'au dix-neuvième siècle, n'achetaient-ils pas des concubines pour leur plaisir sexuel ? Il arrivait même en ce temps-là que ce soit leur épouse légitime qui leur en fasse cadeau. Le mari la remerciait et faisait l'amour avec la concubine, ce qui le détendait et le soulageait de ses soucis.

Si nous nous débarrassions de nos complexes petits-bourgeois, la relation du mari avec la servante le consolerait de ses relations tendues avec son épouse, ce qui aurait pour conséquence de renforcer la stabilité de la famille. Bien sûr, le recours aux servantes peut présenter quelques inconvénients, mais aucun n'est irrémédiable. Par exemple, à cause de son travail, la peau des mains et des pieds de la servante est rugueuse. Cela peut être résolu en lui donnant une somme mensuelle pour acheter une crème adoucissante (sans excès, pour que sa femme ne s'en rende pas compte). Un autre problème fréquent est que la servante amante ait la folie des grandeurs et qu'elle se mette à provoquer l'épouse et à lui désobéir. Il faut alors la mettre en garde contre le danger qu'il y a à défier l'épouse : si celle-ci décidait de la renvoyer, vous ne pourriez rien faire pour la protéger. Il y a aussi le danger que représente une servante intéressée, cupide. C'est ce qu'il y a de plus facile. Ce que vous dépenserez pour votre servante amante en une année équivaudra à ce que vous dépenserez pour votre femme en une seule soirée si vous l'invitez à dîner avec sa famille dans un grand restaurant, ou bien si vous lui achetez un collier ou une bague pour son anniversaire. Ainsi pour un coût moins élevé vous bénéficierez d'une amante formidable qui vous fera oublier vos désagréments avec la dame de l'huître vide. Mais faites très attention. L'amour avec une servante n'est pas quelque chose qui s'improvise, que l'on peut laisser au hasard. C'est un art et une science qui exige toute une étude et qui doit suivre des étapes bien calculées.

Premièrement : la découverte.

Dès le premier jour, vous pouvez découvrir la personnalité de la servante. Si vous sentez qu'elle cherche à attirer votre regard, si elle passe constamment devant vous sans raison, si, lorsque vous la surprenez depuis la porte de la cuisine, elle ajuste son voile et soupire d'un air aguicheur et craintif, si elle se baisse devant vous pour passer la serpillière sur le sol et se met à reculer en cambrant fièrement ses fesses, si elle se penche à la fenêtre pour étendre le linge en mettant les pinces dans sa bouche et en posant ses gros seins sur le rebord de la fenêtre, tous ces signes montrent que la servante est prête à faire l'amour. Passez alors à l'étape suivante.

Deuxièmement : les premières manœuvres.

Dès que vous êtes seul avec votre servante, loin de votre femme, interrogez-la sur sa vie puis regardez-la avec convoitise. Examinez effrontément son corps. C'est le moment clef, l'expérience déterminante. La servante qui se refuse ignorera complètement vos regards ou s'adressera à vous sérieusement ou bien appellera votre femme pour lui poser une question quelconque. Tandis que la servante complaisante vous sourira, vous parlera avec coquetterie. Elle vous gratifiera peut-être même d'un délicieux frémissement de ses seins ou bien elle passera devant vous en remuant son postérieur d'un beau mouvement pendulaire de gauche à droite puis de droite à gauche. Vous êtes sur le bon chemin. Continuez.

Troisièmement : la forge du secret.

À la première occasion où personne ne vous voit, sortez un billet de cent livres et glissez-le dans la main de la servante en lui chuchotant à l'oreille :

— Surtout ne dis pas à Madame que je t'ai donné quelque chose.

Elle hochera la tête et vous remerciera chaleureusement. Cette étape a deux objectifs, le premier de faire comprendre à la servante que son amour ne sera pas gratuit, le second de forger un secret que vous partagerez. Cela ouvrira la voie à vos relations qui ont en fait déjà commencé. Il ne vous reste plus que la dernière étape.

Quatrièmement : l'attaque.

Avant d'attaquer, procédez avec prudence. Une servante peut sembler compréhensive puis dès que vous la toucherez se révolter, vous menacer d'un scandale et vous faire une leçon de morale. Les servantes de ce type sont complexées ou fourbes. Elles ressentent un sentiment d'infériorité qu'elles veulent compenser en vous prenant en flagrant délit de harcèlement. Cela satisfait leur orgueil de femme en même temps que leur besoin d'exercer leur supériorité morale sur leur employeur. Ces mauvaises servantes sont heureusement très rares et il est possible de les débusquer grâce à un test simple : lorsqu'arrive le moment décisif, demandez-leur de faire le premier pas. Invitez-la à s'asseoir à vos côtés ou bien faites semblant d'avoir mal au dos et demandez-leur de vous masser. La mauvaise servante refusera tandis que celle qui fait preuve d'ouverture d'esprit acceptera. Alors étreignez-la avec force, embrassez-la, pressez ses seins dans vos mains. Elle protestera faiblement puis elle fera mine de se dégager tout en se collant à vous. Ne faites pas cas de cette désapprobation molle et mensongère,

qu'elle ne vous oppose que pour la forme. Renforcez votre attaque.
Jetez-vous sauvagement sur elle… et bienvenue au club du bonheur.

Achraf Ouissa s'arrêta d'écrire et alluma une cigarette de haschich dont il garda la fumée dans la bouche pour renforcer l'effet de la drogue. Le sujet du livre lui apparaissait très clairement maintenant. Son premier chapitre s'intitulerait "Guide des jouissances dans la conjonction des servantes". Le second, "Mémoires d'un âne heureux". Quant au troisième, il le nommerait "Comment devenir un maquereau en cinq étapes". Toute une partie serait consacrée aux turpitudes du milieu du cinéma. Dans ce livre, il dirait tout. Il en publierait mille exemplaires à ses frais et les distribuerait en secret. Personne ne connaîtrait jamais l'identité de l'auteur. Le manuscrit ne serait pas écrit à la main mais sur l'ordinateur et le livre serait imprimé par l'imprimerie d'Ahmed Maamoun, son ami de toujours, dépositaire de tous ses secrets depuis l'époque où ils étaient élèves au lycée français. Achraf Ouissa découvrait que l'écriture était beaucoup plus difficile que le travail d'acteur. Après des mois de travail, le livre en était toujours à son début et il avait dû déployer beaucoup d'efforts pour parvenir à ce ton de persiflage. Il n'avait pas pour objectif de convaincre ses lecteurs de quoi que ce soit. Il leur révélait simplement à quel point ils vivaient dans le mensonge. Il serait très heureux de voir l'effet de ce livre sur ces femmes artificielles, vaniteuses dépourvues de féminité, et sur ces hommes prétentieux, tirés à quatre épingles, dégoulinants de futilité et de bêtise.

"Oui, lisez mon livre, vous les imposteurs, pour y découvrir votre vérité. Mon nom est Achraf Naguib Ramzi Ouissa, l'acteur raté, spécialisé dans les seconds rôles, le fumeur de haschich que vous dédaignez, que vous méprisez et dont peut-être même vous condescendez à avoir pitié. À cause de tous les désagréments, tous les découragements que vous m'avez causés, à cause de vos mensonges et de votre mépris, mon livre sera une gifle sonore sur vos visages.

J'en laisserai un exemplaire dans le bureau de Lamei, le régisseur maquereau qui m'a toujours humilié, qui me rançonne pour m'accorder quelques minutes d'un rôle insignifiant. J'en laisserai un exemplaire sur le plateau pour que les acteurs célèbres le lisent et comprennent que je sais parfaitement comment ils sont parvenus à devenir des stars. J'en enverrai à tous mes proches qui ont réussi pour qu'ils comprennent que la réussite dans la société corrompue où nous vivons ne mérite pas toute cette autosatisfaction. J'en laisserai un exemplaire sur la coiffeuse de la chambre à coucher pour que Magda, ma femme, le lise. Je me réjouis beaucoup à l'idée de heurter les idées vaines qu'elle sacralise comme si elles étaient des vérités absolues. Magda, mon épouse, est mon bourreau qui me torture depuis un quart de siècle. Si j'étais musulman, j'aurais divorcé au bout de quelques mois, mais le divorce n'est pas autorisé chez nous, les coptes, sauf en cas d'adultère.

Magda était la femme qui me convenait le moins. Un jour maudit, je l'ai vue à une cérémonie religieuse et j'ai été pris au piège. Ma défunte mère m'avait pourtant bien mis en garde contre ce mariage, mais j'étais un mâle en rut, un imbécile qui se chargeait de sa propre perdition. Que Jésus, Notre-Seigneur, soit glorifié. C'est comme si j'avais moi-même créé de mon pinceau Magda Adli dans le seul but qu'elle empoisonne mon existence."

Achraf se sentit soudain nerveux. Il alluma une nouvelle cigarette de haschich et en avala une longue bouffée avant de retrouver ses souvenirs. Que de problèmes Magda n'avait-elle pas causés. Lorsqu'elle eut des enfants, elle voulut appeler le garçon Patrick et la fille Christine, pour que leur assimilation soit plus facile lorsqu'une fois grands, ils émigreraient. Achraf avait violemment refusé sa proposition : son grand-père, le pacha Ramzi Ouissa, était un compagnon de lutte du leader Saad Zaghloul* au moment de la révolution de 1919, et il avait vendu des terres et dépensé une fortune pour soutenir le mouvement national. Il n'était absolument pas permis que les petits-enfants de ce grand Égyptien portent des noms étrangers. Après de violentes disputes, Achraf était parvenu à imposer à sa femme les deux prénoms égyptiens de Sara et de Boutros.

Sa vie avec Magda n'était qu'une suite de disputes entrecoupées de longues périodes de silence hostile, de commentaires empoisonnés et d'indifférence hautaine.

* Le dirigeant historique du parti Wafd.

Magda avait insisté pour qu'il vende l'immeuble de son grand-père, rue Talaat-Harb où ils habitaient, pour acheter une villa au Six-Octobre ou au Mougamma* parce que, selon elle, le centre-ville était devenu un quartier populaire qui ne leur convenait pas. Quelle idée stupide ! Il fut obligé de livrer une nouvelle bataille pénible. Comment allait-il renoncer à ce que lui rapportait cet immeuble qui, à côté d'autres revenus dont il avait hérité, lui assurait de quoi vivre ? Où allait-il trouver un appartement comme celui où ils habitaient avec ses sept vastes pièces et ses hauts plafonds à la mode ancienne, ses deux salles de bains et ses deux cuisines, son grand balcon où dix personnes peuvent aisément prendre place, sans compter les trois petits balcons des chambres à coucher. Il serait fou d'abandonner cet appartement. D'ailleurs, il était incapable d'envisager sa vie en dehors de cet endroit. C'est là qu'il était né et qu'il avait passé sa jeunesse. Chaque recoin de cet appartement était le témoin d'un moment de sa vie. Mais il s'agissait là de sentiments humains auxquels Magda était inaccessible. Elle ne comprenait rien à la vie tant qu'elle ne pouvait pas la traduire en chiffres. Au début de leur mariage, elle avait insisté pour qu'ils s'exilent au Canada comme beaucoup de ses proches. Elle se disputait avec lui :

— Donne-moi une seule raison pour que nous vivions dans ce pays.

Et il lui répondait d'une seule phrase :

— J'y suis comme un poisson dans l'eau. Si je sors d'Égypte, je meurs.

Au bout de quelque temps, il avait fini par lui faire abandonner l'idée de l'émigration, mais, malheureusement, elle avait convaincu son fils et sa fille, qui étaient partis au Canada aussitôt leurs diplômes obtenus. Cela, il ne le lui avait jamais pardonné. Combien Boutros et Sara lui manquaient ! Il vieillissait et il était complètement seul. Magda sortait le matin et ne revenait jamais de son travail avant sept heures du soir, laissant

---

* Deux villes nouvelles construites à une quarantaine de kilomètres du centre-ville. Le Six-Octobre porte le nom de la bataille au cours de laquelle l'armée égyptienne a reconquis la rive est du canal de Suez.

toutes les tâches de la maison à sa servante. Même lorsqu'elle était à la maison, elle évitait de lui parler sauf en cas de nécessité. Magda ne l'avait jamais aimé. Il n'avait été que le meilleur projet de mariage et de maternité qui se présentait à elle. Cela ne le gênait pas parce que lui non plus ne l'aimait pas, mais ce qui l'attristait vraiment c'était qu'elle ne le respectait pas. Elle lui reprochait son échec. Elle rappelait souvent les efforts qu'elle avait déployés pour devenir comptable agréée et se trouver à la tête d'un bureau connu et prospère, tandis que lui, malgré sa fortune, était au chômage. Il restait des semaines, voire des mois, à la maison avant de recevoir une proposition de tournage. Il lui fallait des jours de travail épuisant et dégradant pour apparaître dans un petit rôle, jouant deux ou trois séquences d'un film ou d'un feuilleton. Il lui avait dit autrefois que Boutros et Sara lui manquaient et elle avait répondu en évitant son regard, d'un ton qui voulait en dire long :

— Ils doivent lutter pour réussir leur vie.

Ce qui revenait à dire :

— Laisse-les mener leur vie pour qu'ils ne te ressemblent pas.

Cette phrase l'avait beaucoup peiné. Magda le considérait comme un enfant gâté qui avait échoué. Combien cela était loin de la vérité ! Certes, il vivait des revenus de ses propriétés, mais il n'était pas paresseux et ne manquait pas d'ambition. Il était acteur et aimait son métier, de grands critiques et des metteurs en scène célèbres avaient témoigné de son talent, mais il n'avait pas eu l'opportunité de réussir parce qu'en Égypte, le milieu de la scène comme le reste est un marécage puant où pullulent les insectes et les vers. S'il avait été une actrice légère mettant son corps à la disposition du metteur en scène, il serait depuis longtemps devenu une star. S'il avait été un maquereau fournissant en femmes les metteurs en scène, on lui aurait accordé les premiers rôles, mais lui, tout simplement, comme de nombreux Égyptiens, il payait le prix fort pour son talent et pour son estime de soi. Achraf se sentit fatigué. Il éteignit la lumière de son bureau puis traversa le long couloir qui menait à sa chambre. Il s'étendit dans l'obscurité aux côtés de Magda et plongea soudain dans le sommeil. Il fut réveillé le lendemain par le tohu-bohu quotidien. Les yeux fermés, il entendit Magda sortir de la salle de bains, s'habiller, se maquiller, aller et venir rapidement puis vérifier une dernière fois les dossiers qu'elle avait dans son sac. Il faisait semblant de dormir. Il ne souhaitait pas lui parler. Dès qu'elle fut sortie après avoir éteint la lumière et fermé la porte de la chambre, Achraf se rendormit. Lorsqu'il se réveilla, il était plus de dix heures. Il entra dans l'office qui était près de sa chambre et se prépara un grand sandwich de miel blanc et de crème qu'il mangea en se pourléchant puis il se fit une tasse de café noir qu'il sirota en fumant sa première cigarette de haschich, qui eut un effet extraordinaire. L'esprit complètement éclairci, il se sentit étonnamment apaisé. Il se rasa soigneusement puis il s'abandonna à l'eau chaude de la douche. Il revêtit ensuite une robe de chambre en cachemire, s'aspergea de quelques gouttes de *Pino Silvestre* – son parfum favori – et se dirigea vers la cuisine, où commençait son autre vie, la plus belle.

3

Bonsoir Mazen,

Mon nom est Asma Zenati. J'étais assise en face de toi samedi dernier à la réunion du mouvement Kifaya*. J'ai les cheveux longs, noirs, et je portais un pull-over blanc avec un col et un jeans vert. Tu te souviens de moi ? Je voulais te parler après la réunion, mais la timidité m'en a empêchée. J'ai pris ton e-mail au secrétariat et j'ai décidé de t'écrire. Je me suis toujours mieux exprimée par écrit. J'ai une licence de langue anglaise et j'ai fait plusieurs tentatives d'écriture que je te montrerai peut-être un jour. Tu veux savoir ce que j'attends de toi ?

Je passe actuellement par une situation difficile et j'ai besoin de ton amitié. Je sais que je mets ainsi ma réputation en péril parce qu'une jeune fille égyptienne qui demande l'amitié d'un garçon passe immédiatement pour une dévergondée. Je suis certaine que tu me comprendras. Je ne suis pas dévergondée, mais je suis diffé-rente des autres et cette différence est la cause de mes problèmes.

J'appartiens à une famille égyptienne traditionnelle. Mon père, Mohamed Zenati, est comptable en Arabie saoudite depuis un quart de siècle. Je ne l'ai connu qu'au cours de ses congés : c'est seulement un ou deux mois par an que j'ai un père véritable, tan-gible. Le reste de l'année, il se transforme en simple virtualité, en simple idée, en concept nébuleux. Je ne peux pas reprocher à mon

---

* Kifaya, qui veut dire "Assez", "Ça suffit", est le nom d'un mouvement poli-tique regroupant depuis la fin de l'année 2004 des militants et des intellec-tuels qui organisent des manifestations pour la démocratie.

père d'avoir émigré car il y était obligé pour subvenir à nos besoins mais, en dehors de l'argent qu'il nous envoie pour nos dépenses, il n'a absolument eu aucune influence sur mon éducation. C'est mon grand-père Karem – le père de ma mère – qui m'a élevée et qui a formé mon esprit. Je lui étais tellement attachée que, souvent, je quittais ma maison rue Fayçal pour aller habiter avec lui dans l'appartement de Sayyeda Zeineb où il vivait seul depuis la mort de ma grand-mère et le départ en Grande-Bretagne de mon oncle – son fils unique. Mon grand-père Karem était cultivé. C'est lui qui m'a fait aimer la lecture et les arts et qui m'a donné confiance en moi. Il m'emmenait à l'Opéra, au théâtre et au cinéma. Il m'apprenait que la femme était un être doué de toutes les aptitudes et pas seulement un instrument de plaisir sexuel et une machine à produire des enfants. Jusqu'à sa mort, il y a cinq ans, il m'a soutenue contre la pensée réactionnaire de ma famille et maintenant je dois mener mon combat toute seule. Je vis seule avec ma mère. Notre vie est une suite ininterrompue de disputes. Ma mère est la mandataire de mon père à la maison. Elle me parle en son nom et elle est persuadée que toutes ses idées sont la quintessence de la justesse et de la sagesse. J'aime mon père et lui m'aime également beaucoup mais je ne suis jamais d'accord avec lui et je lui cause tellement de soucis que j'imagine que, parfois, il regrette de m'avoir engendrée. Mon père est plus tranquille avec mon grand frère Mustafa et ma sœur Soundous, qui a deux ans de moins que moi. De son point de vue, tous les deux sont normaux. Mustafa a terminé ses études d'ingénieur et a obtenu un contrat en Arabie saoudite, et ma sœur est voilée et obéit à sa famille.

Elle a fait une licence de commerce et s'est mariée avec un garçon de bonne famille. Tous les deux ont émigré en Arabie saoudite. Ils ont eu un garçon et elle est enceinte pour la deuxième fois. Quant à moi j'ai refusé de me voiler, j'ai refusé de travailler dans le Golfe et j'ai refusé le principe du mariage de convenance. Je n'imagine pas partager le lit d'un homme que je ne connaîtrais pas, simplement parce qu'il aurait payé une dot, acheté la parure précieuse conventionnelle* et signé des formulaires avec mon père.

* La *chabaka* est une parure en or composée de plusieurs pièces d'orfèvrerie sur lesquelles les familles se sont préalablement entendues.

On a souvent demandé ma main. Chaque fois ma famille fait pression sur moi pour que j'accepte de voir le fiancé. Je refuse et me dispute mais à la fin je suis obligée de le rencontrer. Le fiancé est généralement très élégant lorsqu'il arrive à la maison, très infatué de lui-même et très confiant à cause de l'argent dont ses poches sont pleines. Il s'empresse de m'informer en quelques phrases de l'étendue de ses possessions : une voiture de luxe (une Mercedes ou une BMW), une villa sur la côte nord et une autre à Aïn Sokhna en plus d'un appartement luxueux de trois cents mètres carrés sur deux étages, généralement situé à Medinat Nasr*. Après avoir étalé sa fortune, le futur marié commence à évaluer la marchandise (c'est-à-dire moi). Je sens que ses yeux examinent soigneusement chaque recoin de mon corps. On ne peut pas le lui reprocher : l'homme va payer une dot importante pour avoir la possibilité de jouir de mon corps (c'est la définition du contrat de mariage selon certains livres de jurisprudence religieuse). N'a-t-il pas le droit d'inspecter ce corps pour s'assurer qu'il place son argent au bon endroit ?

Et si j'avais le pied tordu par exemple, si j'étais atteinte d'une maladie de la peau ou si j'avais une poitrine artificielle ? Le mari a le droit de vérifier que la marchandise est de bonne qualité et qu'il n'y a pas de contrefaçon. Si tu savais, Mazen, comme je me sens humiliée dans ces moments-là ! J'ai l'impression de n'être pas grand-chose, de ne pas avoir de dignité. Une simple marchandise dans une vitrine, attendant le client qui paiera le prix et l'emportera. Alors mon sentiment d'humiliation me pousse à me comporter de façon hostile. Je tente de montrer que je vaux plus que mon corps exposé à la vente. Je demande au futur mari quels sont ses livres préférés et les romans qu'il a lus dernièrement (généralement, le futur mari n'a pas lu un seul livre de toute sa vie en dehors des commentaires du Coran et des ouvrages au programme de ses études). Je me sens heureuse de dévoiler son ignorance devant tout le monde. Ensuite je l'amène à parler de politique. Je lui demande par exemple s'il est d'accord avec la torture des innocents par la Sécurité d'État et avec

---

* Un quartier du Caire généralement habité par les classes moyennes supérieures ou les nouveaux riches.

la fraude électorale. Je lui demande s'il est d'accord pour que Gamal Moubarak hérite le pouvoir de son père comme s'il s'agissait d'un élevage de poulets !

Alors, le futur marié me regarde avec ahurissement comme si j'étais une extraterrestre descendue à tire-d'aile de la planète Mars. Le futur mari est un citoyen égyptien ordinaire qui se considère comme satisfait de travailler dans le Golfe, où il est généralement en butte aux humiliations de son garant*, et il vit en symbiose avec l'oppression pour préserver son gagne-pain. Il ne comprend vraiment pas du tout comment dans ce bas monde on peut se préoccuper d'autre chose que de ramasser de l'argent – tout en observant les préceptes de la religion de crainte de voir s'éloigner la grâce de Dieu. En dépit des interruptions de mon père et de ma mère et de leurs tentatives désespérées pour changer de sujet, je poursuis mon discours. Je parle au futur mari de ma participation aux manifestations du mouvement Kifaya et à la rédaction du journal mural de l'université contre le régime. Après cela, je fais exprès d'aborder le sujet de la religion pour annoncer que je ne porterai jamais de voile, et j'expose les avis des théologiens qui confirment que l'islam n'impose pas le voile aux femmes.

C'est généralement là le coup de grâce. Le futur mari s'en va et ne revient pas. Après la fuite de chaque futur mari, je me dispute avec ma famille. Mon père, ma mère, ma sœur Soundous, mon frère Mustafa, tous considèrent que je suis déséquilibrée, stupide, et que je ne sais pas où est mon intérêt. Je suis convaincue que j'ai raison d'agir ainsi, mais parfois cela m'épuise. Parfois je voudrais être en accord avec la société plutôt que de l'affronter, mais je ne peux tout simplement pas être autre chose que moi-même. Je suis désolée d'écrire une si longue lettre, Mazen, mais je veux te parler. Après avoir obtenu ma licence, je suis restée deux ans sans travail et, après de nombreuses interventions d'amis de mon père, j'ai été nommée en septembre dernier professeur d'anglais au collège de filles Al-Nahda, à Mounira. Si tu voyais l'établissement, Mazen, il te

---

* Les travailleurs étrangers dans les pays du Golfe dépendent juridiquement d'un *kafil* (garant). Ce garant, qui se charge des démarches d'émigration, exerce sur le travailleur étranger – quels que soient son rang et son niveau d'éducation – une tutelle stricte dont il tire un profit financier.

ferait une très bonne impression. C'est un bel immeuble aux murs peints, avec des toilettes propres. Le mérite de cette belle apparence, rare dans les écoles gouvernementales, revient aux efforts du directeur, M. Abd el-Dhaher Salam, qui suit tout de près et se préoccupe également de la moralité des filles et de leur respect des préceptes de la religion. M. Abd el-Dhaher interdit l'entrée du collège à toutes les élèves musulmanes non voilées et il interrompt les cours pour la prière de midi. Il dirige lui-même dans la cour la prière des enseignants et des employés tandis que les élèves et les enseignantes font la prière dans leurs classes. Cette religiosité rigoureuse ne se limite pas au directeur. L'ensemble des professeurs sont pratiquants et portent sur le front la marque de la prosternation. Certains sont barbus. Quant aux enseignantes, elles sont toutes voilées et trois d'entre elles portent le niqab.

Tu dois te demander comment tous ces rigoristes se sont comportés avec moi qui ne suis pas voilée ?

Dès le premier jour la professeure principale*, Abla Manal, m'a dit avec un sourire aimable :

— Vous avez l'air d'être une fille comme il faut, Asma, et vous méritez de recevoir la grâce de l'obéissance. Que Dieu vous accorde le voile et, par Dieu tout-puissant, une fois voilée, vous serez belle comme la lune.

Quant à M. Abd el-Dhaher, il m'a accueillie avec bienveillance, m'a fait faire le tour du collège dans tous ses recoins, m'a présentée à mes collègues enseignants et, le jour suivant, m'a convoquée dans son bureau pour me remettre une petite brochure sur le voile. Après quoi il m'a dit en souriant :

— Écoutez-moi, ma fille. En ce qui concerne les élèves, je les oblige à porter le voile, parce qu'elles sont jeunes et que je suis responsable d'elles devant Notre-Seigneur, qu'il soit exalté. Quant aux enseignantes, mon devoir se limite à les conseiller. Vous trouverez dans cette brochure tout ce qui justifie le voile dans la loi religieuse. Lisez-la avec concentration et, si Dieu le veut, il vous montrera le bon chemin.

* Dans les collèges et lycées égyptiens, il y a pour chaque matière un professeur principal chargé d'encadrer les autres professeurs enseignant la même matière.

Je l'ai remercié et lui ai dit que je lirai la brochure, mais que je connaissais d'autres arguments dans la charia qui assuraient que l'islam exigeait la décence d'une façon générale, mais n'imposait aucun vêtement spécifique.

M. Abd el-Dhaher a fait un sourire ironique et m'a dit :

— Mon Dieu, mon Dieu, vous voici maintenant théologienne !

J'ai tenté de lui citer les avis des théologiens sur lesquels je m'appuyais, mais il m'a coupé la parole.

— Écoutez, Asma. Le voile est une obligation comme la prière et le jeûne. Tous ceux qui disent le contraire sont dans l'erreur.

Comprenant que la discussion était inutile, je l'ai remercié et suis sortie. À partir de ce moment-là, personne n'a plus parlé de voile avec moi. Je couvrais ma tête seulement lorsque je faisais la prière de midi avec les filles puis j'enlevais mon voile, et personne ne s'y opposait. Je me suis dit qu'ils étaient disposés à cohabiter avec moi. Je crois t'entendre m'interroger :

— Que demandes-tu de plus, Asma ? Une école propre, exemplaire, un directeur et des collègues pieux mais pas fanatiques...

C'est ainsi que l'on nous voit de l'extérieur, mon cher, mais la vérité est que le collège de filles Al-Nahda n'est qu'un repaire de bandits au plein sens du terme, M. Abd el-Dhaher en tête. Les enseignants et lui ont pour seul objectif de soutirer de l'argent aux élèves en les obligeant à prendre des leçons particulières. Mon collège se trouve dans le quartier de Mounira où les élèves sont pauvres. Si les frais scolaires sont trop élevés pour leurs familles, elles vont quitter l'école. Mes collègues enseignants pieux ne connaissent pas le sens du mot miséricorde. Ils répartissent les élèves en trois catégories. Celles qui prennent des cours particuliers bénéficient d'un traitement de faveur. Elles ont les notes maximales aux travaux scolaires et les professeurs interviennent pour les aider d'une façon frauduleuse pendant les examens. Cela se fait au vu et au su de M. Abd el-Dhaher et avec ses encouragements. La fraude à l'école est un comportement naturel que l'on appelle "le soutien". Les élèves de la seconde catégorie ne sont pas capables de payer des leçons particulières, mais elles participent à des groupes de renforcement. Celles-là ne bénéficient pas de traitement de faveur, mais l'administration est obligée de les faire réussir aux examens car sinon les autres élèves ne participeraient pas à cette activité. Quant aux élèves de la dernière catégorie, elles sont tellement pauvres qu'elles n'ont les moyens ni d'avoir des leçons particulières ni de participer aux groupes de renforcement. C'est le groupe des laissées pour compte et des recalées. Je ne peux pas te décrire de quelle façon les enseignants s'évertuent à les tourmenter et à les humilier. Au début je ne comprenais pas la raison de cette dureté puis j'ai compris qu'ils défendaient leurs revenus. Tourmenter les élèves pauvres est nécessaire pour que le système des leçons particulières et des groupes de renforcement se perpétue. Il faut que les parents comprennent que sans leçons particulières et sans groupes de renforcement, leurs filles seront victimes d'humiliations, de punitions et de moqueries et qu'elles échoueront à tous leurs examens jusqu'à ce qu'elles soient renvoyées de l'école. Mes problèmes ont commencé quand j'ai refusé de donner des leçons particulières ou de participer aux groupes de renforcement. Je ne suis ni une héroïne ni une sainte, mais je me trouve simplement dans une meilleure situation que mes collègues. Je ne suis pas mariée et je n'ai pas d'enfants. Quant à mes petites dépenses, mon père m'aide en m'envoyant une somme mensuelle. Dès le premier jour, j'ai décidé de déployer tous mes efforts pour expliquer et le niveau de mes élèves s'est progressivement amélioré au point que toutes ont été reçues aux examens de milieu d'année. Dans les trois classes où j'enseigne, pas une seule élève n'a échoué en langue anglaise. Pour n'importe quel enseignant, ce résultat est un succès. M. Abd el-Dhaher m'a convoquée dans son bureau et, au lieu de me remercier, il m'a reçue froidement :

— Asma, je ne suis pas satisfait de votre façon d'enseigner. Vous donnez aux filles la possibilité de penser par elles-mêmes et, sur le plan pédagogique, cette méthode est très néfaste.

J'ai tenté d'en discuter avec lui, mais il est resté sur ses positions et m'a dit d'une façon agressive :

— Écoutez, je n'ai pas de temps à perdre avec vous. Ceci est un avertissement. Si vous ne changez pas votre façon d'enseigner, je vous sanctionnerai. Je vous en prie... Au revoir.

Tu n'imagines pas, Mazen, à quel point j'ai été stupéfaite. Imagine-toi : tu fais des efforts pour réussir dans ton travail et tu es *sanctionné. La position d'Abla Manal, la professeur principale, a été plus claire. Elle a eu le toupet de me dire :*

— Écoutez, ma mignonne. Si vous êtes riche et si vous pouvez vous passer de l'argent des leçons particulières, vous êtes libre. Mais vos collègues ont tout un tas d'enfants à nourrir. Si vous expliquez tout en classe, vous enlevez le gagne-pain des professeurs. Personne ne vous le pardonnera jamais.

Bien sûr, je n'ai pas tenu compte de ces mises en garde et j'ai continué à faire mon travail selon ma conscience. Deux mois plus tard, M. Abd el-Dhaher m'a convoqué dans son bureau où j'ai trouvé Abla Manal et un groupe de professeurs. Dès que je suis entrée, le directeur s'en est pris à moi avec colère :

— Asma, j'ai décidé de vous avertir pour la dernière fois devant vos collègues.

Avant que je ne réponde, Abla Manal m'a interpellée d'une façon sarcastique :

— Dites-moi, Asma, vous êtes musulmane ou vous êtes copte ?

Je lui ai répondu :

— Musulmane.

Le directeur est alors intervenu :

— Celle qui ne porte pas de voile n'est pas musulmane.

J'ai tenté d'argumenter de ma façon habituelle, mais le directeur m'a coupé la parole :

— Taisez-vous, ça suffit comme ça avec vos arguties. Notre mission ici, c'est l'enseignement et l'éducation. Je ne peux pas vous permettre de pervertir l'esprit des filles. Vous avez l'intention de vous voiler ou non ?

Je lui ai fait face :

— Le voile relève d'un choix personnel et personne n'a le droit de me l'imposer.

Il a hoché la tête comme si cette réponse l'avait soulagé et il m'a dit calmement :

— Très bien. Allez en classe.

Le lendemain, M. Abd el-Dhaher m'a informée qu'il adressait une plainte officielle à la Direction de l'enseignement, dans laquelle il m'accusait de porter des vêtements inconvenants à l'intérieur de l'école et signalait m'avoir mise en garde plus d'une fois en présence de mes collègues, ce à quoi j'avais répondu avec insolence. En conclusion, il demandait que des mesures fermes soient prises à mon encontre par souci de protéger la moralité des élèves. Bien sûr, une plainte comme celle-là va ouvrir les portes de l'enfer. J'irai demain au service juridique du ministère pour l'enquête. Mazen, je n'ai pas peur, mais je me sens opprimée et humiliée. Dans quel pays au monde sanctionne-t-on une personne pour sa réussite ? Le directeur et les enseignants font preuve, pour des gens si pieux, d'une surprenante capacité à mentir !

Aujourd'hui en classe, les regards des élèves m'ont fait comprendre qu'elles étaient au courant de l'enquête. À l'heure de la sortie, les parents avaient l'habitude de me saluer et de me poser des questions sur leurs filles. Aujourd'hui ils m'ont complètement évitée. Seule une mère d'élève de première année m'a saluée et m'a dit en m'entraînant à l'écart des personnes présentes :

— Ne soyez pas inquiète, madame Asma, Dieu est avec vous. Nous savons tous qu'ils se vengent de vous parce que vous avez une conscience. Nous invoquons tous Dieu pour vous, mais les familles ont peur de se montrer avec vous de crainte que le directeur s'en prenne à leurs filles.

Imagine-toi, Mazen, que le comportement des familles m'a encore plus tourmentée que l'enquête qui a été ouverte contre moi. Je me bats pour le droit de leurs filles à l'éducation et eux m'abandonnent de peur d'avoir des problèmes. Les Égyptiens n'ont-ils d'autre choix que la corruption ou la lâcheté ? Quel est ce marécage dans lequel nous vivons ? Tous ces mensonges, cette hypocrisie, cette corruption me donnent envie de vomir. Je te prie de me dire ce que tu en penses parce que je suis vraiment déprimée. Merci pour ton temps.

Asma

PS : Je t'écris depuis un e-mail différent du mien. Peux-tu ouvrir un compte réservé à notre correspondance. Tu sais que nous sommes tous surveillés par la Sécurité.

PS important : Si je t'ennuie, ne réponds pas à ce message. Je comprendrai la situation et je ne t'écrirai plus.

4

Plus l'heure approchait, plus ils s'agitaient, l'attente leur devenant insupportable. Ils sortirent attendre l'arrivée du cheikh Chamel au portail de la villa, les hommes en tête et les femmes derrière eux. Tous étaient des personnalités de premier plan : des hommes d'affaires, des médecins et des ingénieurs connus, des ministres anciens et actuels, des généraux de la police et de l'armée en fonction ou en retraite. La plupart étaient accompagnés de leurs épouses et de leurs filles. Il y avait également des actrices célèbres dont certaines s'étaient voilées et avaient renoncé à la scène tandis que d'autres, qui n'étaient qu'au début du chemin de la foi, portaient des vêtements pudiques mais sans voile. Dès que la Mercedes noire apparut, la ferveur parcourut l'assistance. Le cheikh Chamel s'asseyait toujours à côté du chauffeur, laissant le siège arrière aux femmes qui l'accompagnaient. Dès que le cheikh s'apprêta à sortir, les hommes se précipitèrent pour lui serrer la main et s'incliner. Certains baisaient sa précieuse main mais il la retirait rapidement en invoquant d'une voix audible le pardon de Dieu. Les fidèles du cheikh croyaient que l'odeur pure qui s'exhalait dès qu'il descendait de sa voiture n'avait pas seulement pour cause le musc coûteux dont il aspergeait ses vêtements mais que c'était une bénédiction octroyée par Dieu aux fidèles qui ont sa prédilection. Telle était la foi de ses disciples… Nombreux sont ceux qui ignorent que le cheikh Chamel n'a pas suivi d'enseignement religieux régulier. Licencié d'espagnol de la faculté de lettres du Caire, il tenta après l'obtention de son diplôme de devenir guide touristique, mais le tourisme subissait une crise à cause des attentats terroristes. Le cheikh obtint donc un contrat de travail en Arabie saoudite comme responsable administratif d'un club de sport. C'est là-bas que Dieu ouvrit son cœur. À la mosquée, il fit connaissance du cheikh Ghamdi qui, favorablement impressionné, répandit sur lui sa science. Le cheikh Chamel vécut dix ans en Arabie saoudite puis il retourna en Égypte où l'inspiration lui vint de consacrer sa vie à la prédication de la parole divine. Le cheikh a l'habitude de dire avec un sourire bénévolent et d'un ton satisfait :

— Dieu m'a fait l'honneur de me mettre aux pieds de Son Éminence le cheikh Ghamdi. Je me suis abreuvé des sciences de la loi divine à cette source pure jusqu'à ce que ma soif se soit étanchée puis Son Éminence – que Dieu la comble de bienfaits pour son dévouement au service de la religion – m'a envoyé en mission.

Le cheikh Chamel plut aux Égyptiens dès sa première apparition dans son émission hebdomadaire de la chaîne de télévision La Piété. Lorsque sa popularité s'accrut, il s'en retira pour fonder La Voie, une nouvelle chaîne qui lui ouvrit les portes de la prospérité. Comme nous l'ordonne le Coran, le cheikh Chamel parle constamment des bienfaits que Dieu a répandus sur lui : il possède trois luxueuses voitures noires ainsi qu'une voiture de sport qu'il conduit lui-même lors de ses promenades familiales. Ce sont toutes des Mercedes, qu'il préfère aux autres marques pour leur solidité et leur élégance, et également parce que le directeur de la société Mercedes en Égypte, qui fait partie de ses disciples, lui accorde toujours des prix spéciaux. Parmi les bienfaits que Dieu accorde au cheikh Chamel, il y a celui d'habiter une grande villa au Six-Octobre. Chacune de ses trois épouses y occupe un étage avec ses enfants tandis que le cheikh réserve le quatrième étage pour la dernière épouse toujours vierge dont il jouit licitement avant de lui donner congé de la meilleure façon, en respectant tous les droits que lui accorde la loi de Dieu en matière d'arriéré de dot, de pension alimentaire, etc. On raconte que le cheikh Chamel a déchiré – dans le respect de la loi divine – l'hymen de vingt-trois jeunes filles. Il n'y a là ni faute ni péché car cela ne contredit pas la loi de Dieu. Le cheikh dit toujours aux hommes qui sont ses disciples :

— Mes frères, si vos moyens financiers et votre santé vous le permettent, je vous conseille d'avoir plusieurs épouses pour vous mettre à l'abri du péché et pour en mettre à l'abri les jeunes filles musulmanes.

La prédilection du cheikh Chamel pour l'acte sexuel ne peut lui être reprochée car il n'a jamais montré son pénis de façon peccamineuse. De plus, à cinquante ans passés, il continue à attirer les femmes avec son corps puissant, ses larges épaules, son beau visage blanc et ses grands yeux couleur de miel maquillés de khôl*, en imitation du Prophète, prière et salut de Dieu sur lui. Vêtu d'une tunique en luxueux tissu importé (à l'exclusion de la soie qui est peccamineuse) recouverte d'un surplus spécialement fabriqué pour lui à Marrakech, il incarne l'élégance authentique des saints ancêtres**, en opposition à l'élégance des vestes et des pantalons que nous avons empruntée à l'Occident. Il possède des dizaines de belles chaussures italiennes dont chaque paire atteint un prix astronomique. Le voile blanc qui recouvre sa tête met un point d'orgue à toute cette élégance. Le cheikh Chamel ne parle jamais de l'attrait qu'il exerce sur les femmes, mais il le ressent et le maîtrise avec résolution de crainte du péché – que Dieu l'écarte. Au cours du programme qu'il présente à la télévision, il arrive souvent qu'une des téléspectatrices lui téléphone pour lui dire d'un ton troublé :

— Par Dieu je vous aime, cheikh Chamel, par Dieu je vous aime.

Dans de telles circonstances, c'est le cœur du cheikh qui le dirige. S'il sent que son interlocutrice entend l'amour dans le sens licite, ses traits se détendent et il sourit avec douceur :

— La bénédiction de Dieu sur toi, ma sœur dans l'islam.

Mais s'il sent dans la voix de celle qui s'adresse à lui un tremblement suspect, qui révèle du désir – que Dieu l'éloigne – alors son beau visage se rembrunit immédiatement dans une

* Le khôl, à base de poudre d'antimoine, permet d'embellir les yeux des femmes et des hommes d'une façon considérée comme licite par la tradition musulmane.
** Les saints ancêtres (en arabe, *salaf*) auxquels se réfère en permanence la tradition sont les compagnons du Prophète, qui doivent être imités en tous points.

apparence de colère et il met fin avec fermeté à la communication :

— Je prie Dieu, ma sœur, pour qu'il nous réunisse en tout bien tout honneur le jour du jugement dernier.

La chasteté, la droiture et la foi en Dieu sont les traits les plus authentiques de la personnalité du cheikh Chamel.

Les fidèles le suivirent avec allégresse en direction de la piscine du palais du général Alouani autour de laquelle il donnait sa leçon, le premier samedi de chaque mois. Les hommes s'assirent à droite et les femmes à gauche, tandis que le cheikh monta sur un siège élevé, dans le bois duquel étaient incrustés en nacre les noms de Dieu* avec des lettres d'une très grande finesse. Ce siège imposant était une pièce d'art que Hadja Tahani avait fait fabriquer spécialement afin que le cheikh puisse y plier confortablement ses jambes pendant qu'il donnait sa leçon. Hadja Tahani semblait gigantesque, avec ses vêtements flottants et sa chaîne en or blanc où pendait un diamant gravé du nom de Dieu. Tahani se pencha et dit quelques mots confidentiels au cheikh puis elle lui tendit une petite feuille qu'il glissa dans la poche de son surplis tout en souriant avec gratitude. Aussi longtemps que dura la leçon, les servantes indonésiennes voilées distribuèrent des boissons chaudes et froides. Ensuite eut lieu un grand festin préparé par la chaîne de restaurants La Bonne Bouchée, qui appartenait à Hadja Tahani.

Le cheikh Chamel répéta à voix basse devant le micro plusieurs invocations puis il sourit et dit :

— Le salut soit sur vous.

L'assistance répondit à son salut dans un brouhaha de voix ferventes. Le cheikh commença son propos en remerciant Dieu, qu'il soit glorifié et exalté pour ses bienfaits ainsi que son Élu – prière et salut sur lui – Seigneur de toutes les créatures puis il ajouta :

— Mes frères dans l'islam. Je vous parlerai aujourd'hui du voile, que l'ensemble des théologiens et des croyants s'accordent à reconnaître comme une obligation pour toute femme musulmane à partir du moment où elle a ses premières règles. Le voile est dans la religion une obligation reconnue à propos de laquelle

---

* Les quatre-vingt-dix-neuf noms de Dieu désignent chacun un de ses attributs.

il ne devrait pas être besoin de discourir, mais ce qui me pousse à en parler est cette campagne enragée de la part des laïques, valets du sionisme et de l'Occident des croisés. Grâce à Dieu en premier lieu, puis grâce nos cheikhs clairvoyants et sincères, le voile s'est répandu et est devenu prépondérant chez les femmes musulmanes, ce qui, pour les laïques, a été un grand coup qui les a fait tituber avant de les entraîner dans la danse de la mort. Ces laïques ligués contre notre nation* ne supportent pas de voir une femme musulmane embellie par la chasteté et la pudeur. Les musulmans font face à un grand complot qui vise à les éloigner de leur religion. Faites attention, mes frères, et méfiez-vous des pièges des chrétiens, adorateurs de la croix, des juifs petits-fils des singes et des porcs, et des laïques qui portent des noms musulmans et vivent parmi nous mais nous poignardent dans le dos. Ces laïques, quelles que soient leurs tendances et les sources auxquelles ils s'abreuvent – libéraux, communistes, socialistes –, sont tous, comme des animaux, dépourvus de dignité, congénitalement pervers, esclaves de leur lubricité. Dieu m'est témoin que parmi les animaux il y en a même qui connaissent mieux la pudeur que ces violeurs, défenseurs des perversions sexuelles et du sexe collectif – que Dieu nous préserve. Nous demandons à ces proxénètes : pourquoi détestez-vous le voile ? Avant d'être imposé par un ordre divin, le voile de la femme l'est par le bon sens inné. Contemplez les créatures autour de nous si vous voulez réfléchir. L'univers n'est-il pas protégé par un voile sans lequel toute vie serait corrompue ? Les fruits ne sont-ils pas protégés par une enveloppe qui protège leur pureté ? L'épée tranchante n'est-elle pas protégée dans son fourreau ? N'est-ce pas la peau de la pomme qui la protège de la corruption ? N'est-ce pas la peau de la banane qui l'empêche de noircir et de se gâter ? Et nous-mêmes, ne recouvrons-nous pas nos livres et nos cahiers pour les protéger de la saleté ? Qu'est-ce que cela peut nous faire que les laïques veuillent suspendre les lois de la nature en les appelant au dévoilement et à l'indécence ? Nous nous adressons aux femmes des musulmans. Il n'y a de Dieu que Dieu, comment pourriez-vous ne pas le reconnaître ? Mon frère dans

---

* Il s'agit ici de la *oumma*, la nation de l'Islam, et non pas de la nation arabe.

l'islam, je te demande : Si tu vas acheter une confiserie et que tu en vois un morceau découvert, touché par toutes les mains et couvert de mouches et un autre morceau bien recouvert d'une épaisse enveloppe, laquelle vas-tu choisir ? Bien sûr tu préféreras la confiserie propre et enveloppée à la confiserie découverte et sale. Dieu est grand, Dieu est grand. Toi, ma sœur musulmane, tu es comme un morceau de confiserie. Dieu – qu'il soit glorifié et exalté – veut ta protection de la souillure et l'achèvement de ta dignité, de ta pudeur et de ta chasteté. Vas-tu refuser ce bienfait du Seigneur de l'univers – qu'il soit glorifié et exalté ? Vas-tu répondre à la grâce de Dieu par un refus et une désobéissance ?

Les cris de *"Allah akbar"* s'élevèrent dans l'assistance. Le cheikh Chamel se tint coi un instant puis poursuivit.

— Peut-être qu'une de nos jeunes filles me dira : "Je ne suis pas convaincue par le voile. Convainquez-moi d'abord et je le porterai." Que Dieu soit glorifié. Je vais poser à cette jeune fille une seule question : "Es-tu musulmane ?" Ma chère fille me répondra : "Oui, je suis musulmane. J'atteste qu'il n'y a de Dieu que Dieu et que Mohamed est le prophète de Dieu." Alors je lui demanderai : "Aimes-tu Dieu et son prophète ?" La jeune fille répondra : "Bien sûr, je les aime tous les deux." Et moi je lui dirai : "Si tu aimes Dieu et son prophète, obéis aux ordres de Dieu et de son prophète. On t'ordonne de te voiler et tu n'as d'autre choix que d'obéir. Si tu habites dans un pays, n'obéis-tu pas à la loi que d'autres humains comme toi ont faite ? Ma chère jeune fille, si tu travailles dans une entreprise, n'obéis-tu pas aux ordres de son directeur ? Comment pourrais-tu donc désobéir aux ordres de Dieu, qu'il soit glorifié et exalté ? Le Seigneur, qu'il soit glorifié et exalté, a-t-il moins d'importance pour toi que le directeur d'une entreprise ? Hélas pour les créatures ! Les cœurs de certains croyants sont-ils faits de pierre pour qu'ils ne comprennent pas et qu'ils ne soupirent pas après la douceur de l'obéissance. Hélas pour certains musulmans qui tremblent de peur devant des hommes comme eux et qui, lorsque Dieu leur ordonne quelque chose, argumentent et demandent des justifications hors de propos ! C'est un ordre de Dieu qui nous a créés, nous a comblés de ses grâces et submergés de ses innombrables faveurs. Obéirez-vous à Notre-Seigneur, qu'il soit glorifié et exalté, ou vous estimerez-vous au-dessus de ses ordres en vous nuisant à vous-même ?"

L'assistance implora à haute voix le pardon de Dieu. Tous étaient émus, Nourhane, la célèbre présentatrice de télévision, éclata même en sanglots, ce qui amena les femmes assises à côté d'elle à la prendre dans leurs bras pour l'apaiser.

Le cheikh poursuivit d'une voix tremblante :

— Mes sœurs dans l'islam, répétez après moi cette invocation et apprenez-la par cœur. C'est lui qui a mon âme entre ses mains et je ne désire de lui que Son visage, qu'il soit glorifié et exalté : "Mon Dieu, fais que les femmes et les filles des musulmans soient saintes, pieuses, soumises et pénitentes. Fais-leur aimer le voile et le hijab et sème en elles la pudeur et la chasteté. Garde-les contre les corrupteurs et les assertions des trompeurs et donne-leur pour modèles les mères des croyants, par ta merci ô toi le plus miséricordieux."

Les voix des personnes présentes retentirent de toutes parts pour répéter derrière lui "amen". Soudain, le cheikh Chamel regarda autour de lui, plein d'allégresse :

— Dieu, Dieu. Réjouissez-vous, mes frères. Je vois les anges nous entourer de toutes parts car notre assemblée invoque Dieu et l'adore, comme il nous l'a ordonné, qu'il soit glorifié et exalté.

"Dieu est grand", "Que Dieu te bénisse, Seigneur", s'écrièrent les personnes présentes avec ferveur. Le cheikh resta un instant silencieux puis tendit la main et sortit un papier de la poche de son surplis et lut :

— Mes frères dans l'islam, je vous annonce une bonne nouvelle : notre fille Marwa Mohamed el-Gioushi a fait ses adieux sans retour à la désobéissance et Dieu lui a fait la grâce de l'obéissance. Elle a décidé d'adopter le hijab comme l'ordonne la loi. Viens, Marwa...

Une fille d'une vingtaine d'années vêtue de vêtements amples sortit de l'assistance. Elle semblait décontenancée et sourit timidement. Hadja Tahani l'accompagna jusqu'au cheikh Chamel en la tenant par la main. Celui-ci lui dit, le visage épanoui :

— Dieu soit loué. Viens, Marwa.

Marwa s'approcha, le cheikh Chamel lui tendit le micro et, comme elle perdit contenance, Hadja Tahani s'en empara et le plaça devant sa bouche. Le cheik se mit à entonner des invocations que Marwa répéta derrière lui d'une voix faible et entrecoupée :

— Dieu, tu es mon Seigneur et il n'y a d'autre Dieu que toi.
Tu m'as créée et je suis ton esclave.
J'ai recours à toi contre le mal que tu as créé.
Dieu, j'implore ton pardon pour tous les péchés qui ne laissent derrière eux que regrets et remords.
Dieu, j'ai répondu à tes grâces par ma désobéissance et à tes bienfaits par mon reniement.
Dieu, je me suis fait du tort, pardonne-moi et accepte-moi dans ton obéissance.

Pendant les invocations, la jeune fille pleurait et Hadja Tahani la serrait dans ses bras, puis elle recouvrit sa tête du voile qu'elle noua sous son menton, elle la contempla un instant et l'embrassa sur les joues avant de se mettre à pousser des youyous. Les uns criaient "Dieu est grand", les autres poussaient des cris de joie :

— C'est la volonté de Dieu.
— Sois bénie, Marwa.
— Tu es belle comme la lune, Marwa.

*

Lorsque le général Alouani approcha de chez lui, il aperçut les voitures des invités devant le portail. Il savait que c'était le jour de la leçon du cheikh Chamel mais il ne souhaitait pas voir les invités et il ordonna à son chauffeur de faire le tour du palais et d'entrer à l'arrière. Il prit l'ascenseur jusqu'au deuxième étage et se dirigea vers la chambre de Dania. Il frappa du bout des doigts à la porte et elle apparut avec un grand sourire qui provoqua en lui un mélange de tendresse et de d'affliction. Elle portait un pantalon large et une veste de satin bleu. Elle avait enlevé son voile et ses cheveux fins et noirs entouraient son beau visage. Elle l'embrassa doucement sur les joues puis regarda sa montre et pinça les lèvres en une moue cajoleuse :

— Son Excellence le général est rentré tôt du travail.

Le général parut décontenancé puis il toussota et lui dit d'un air sérieux :

— Je veux te parler d'un sujet important.

Son sourire s'épanouit et elle s'effaça pour le laisser passer :

— Aux ordres de Votre Excellence.

Il décida de ne pas partager sa jovialité. Il ne se laisserait pas impressionner par ses sourires. Maintenant il fallait qu'il l'affronte. Le vaste appartement de Dania, avec sa chambre à coucher, son bureau et sa salle de bains, ressemblait à la suite d'un grand hôtel. Les meubles et le décor entièrement importés d'Italie composaient une harmonie de blanc et de vert, ce qui donnait une agréable impression d'espace et de beauté. Le général Alouani s'assit sur le canapé et dit à Dania sur un ton inquisiteur en la fixant dans les yeux :

— Pourquoi n'assistes-tu pas à la leçon du cheikh Chamel ?

— Il dit toujours la même chose.

— Le cheikh Chamel est un grand théologien que nous devons respecter.

— Je le respecte, mais je ne suis pas d'accord avec lui.

— Puis-je savoir pourquoi ?

— Le cheikh Chamel réduit l'islam au voile, à la prière et au jeûne. Il ne parle jamais des problèmes réels des gens.

— La mission d'un homme de religion est de faire connaître aux gens les préceptes de la religion.

— L'homme de religion qui se tait lorsqu'il est témoin de l'oppression est complice de cette oppression.

— Tu as des idées étranges.

— Tu m'as toujours habituée à dire franchement ce que je pense.

— Cela va plus loin que de simples idées. Ton comportement lui-même est inacceptable.

— Qu'ai-je fait ?

— Sur ta page Facebook il y a des vidéos qui sont offensantes pour la police.

— Tu me surveilles ?

Elle se tut et lui jeta un regard plein de reproches, puis lui dit :

— J'aurais préféré que, plutôt que de me surveiller, tu me poses des questions. Je t'aurais répondu. Tu m'as habituée à la confiance.

— Bien sûr j'ai confiance en toi, Dania, mais c'est là mon travail. Mon devoir est de défendre mon pays. Nous suivons tous ceux qui diffusent des vidéos offensantes pour la police et malheureusement tu en fais partie. Franchement, cela m'a fait un choc.

— Sur ces vidéos, il y a des policiers qui torturent des gens innocents, et les diffuser sur Facebook peut aider à les traduire en justice.

— Il y a des dizaines de milliers de policiers qui travaillent jour et nuit et qui se sacrifient pour la protection de l'Égypte. On ne peut pas les salir parce qu'un ou deux officiers, ou même dix, ont commis des fautes.

— La torture n'est pas une faute, c'est un crime. D'ailleurs, révéler la vérité n'offense personne. Ce qui salit l'image de la police, c'est l'existence d'officiers criminels qui torturent les gens et échappent aux sanctions.

Le général dit sur un ton moqueur :

— Te voilà bien éloquente !

Elle répondit avec fougue :

— Le Prophète, prière et bénédiction de Dieu sur lui, a dit : "Aime pour ton frère ce que tu aimerais pour toi-même." Je crois que personne n'aimerait que son fils ou son frère soit torturé dans un commissariat.

— Les policiers frappent seulement les criminels.

— Même si ce sont des criminels, ils n'ont pas le droit de les frapper.

— Alors qu'est-ce qu'on fait ? On leur distribue des chocolats ?

— Non, on les juge selon la loi.

— La loi chez nous découle du droit français et elle ne convient pas à notre pays. Si nous l'appliquions à la lettre, pas un seul criminel n'avouerait.

— Il vaut mieux que dix criminels échappent au châtiment plutôt que d'opprimer un seul innocent.

— Ça, c'est de la théorie. Ce n'est pas applicable dans notre pays.

— L'Égypte est comme tous les autres pays. Elle doit être gouvernée avec justice.

Le général laissa éclater sa colère :

— Jusqu'à quand tu vas me donner des leçons comme ça ? Ce n'est pas toi qui es coupable, c'est moi qui ai écouté ta mère et qui, au lieu de t'envoyer à Cambridge, t'ai fait inscrire à l'université du Caire avec cette racaille qui a empoisonné tes idées. Je ne t'autorise pas à me parler avec cette insolence. Compris ?

— Je suis désolée.

Elle lui avait répondu d'une voix faible, mais le général décida d'aller jusqu'au bout. Il sortit de sa poche une clé USB qu'il introduisit dans l'ordinateur. Il appuya sur les touches du clavier et tout à coup Dania apparut sur l'écran assise avec quelques jeunes en train de parler à une dame âgée habillée en noir.

— Et ça, Dania, qu'est-ce que c'est ?

Elle parut décontenancée :

— C'est une visite que j'ai faite avec des condisciples à la mère du martyr Khaled Saïd.

— Celui qui meurt d'une overdose est un martyr ?

— Khaled Saïd est mort sous la torture.

— Et même s'il est mort sous la torture, en quoi cela te concerne ?

— Nous demandons que ses assassins soient soumis à un procès juste.

— C'est qui, vous ?

— Mes condisciples de l'université et moi.

— Je ne comprends pas : tu es avocate ou étudiante en droit ?

— Je suis musulmane.

— Nous sommes tous musulmans.

— L'islam nous ordonne de défendre ce qui est juste.

— L'islam dit que la sédition est pire que le meurtre.

— L'islam a sanctifié l'homme et interdit de l'humilier et de le torturer.

— Ce sont là les propos des associations des droits de l'homme financés par l'Union européenne. Qui t'a dit que l'islam interdit la torture ? Le fouet, la lapidation, les mains coupées ne sont-ils pas des tortures ? L'islam permet de torturer certains individus, et même de les tuer pour assurer la stabilité du pays. As-tu entendu parler du *taazir** ? Selon le *taazir*, celui qui gouverne a le droit de juger seul le crime et de décider du châtiment de

---

* Terme du droit musulman qui concerne les peines non prévues dans la jurisprudence religieuse et que seul le détenteur du pouvoir a le droit d'appliquer.

l'accusé. C'est-à-dire que si celui qui gouverne considère qu'un individu menace la stabilité de la société, il a le droit de le punir par le fouet, ou la prison, ou même de le tuer, selon certains théologiens. Apprends à connaître ta religion avant d'en parler.

Il resta un instant silencieux et fut soudain pris de pitié pour elle :

— Reprends-toi, Dania. Tu te précipites et tu agis sans considérer les conséquences.

Comme pour l'apaiser, elle lui dit :

— J'ai rendu visite à une femme dont le fils était mort sous la torture. C'est une simple affaire d'humanité.

Le général Alouani s'emporta :

— Non, ce n'est pas de l'humanité. C'est une action politique. L'État est accusé d'avoir tué Khaled Saïd. Ta solidarité envers sa mère est une action contre l'État.

Elle ne répondit pas et il poursuivit d'un ton calme :

— Je ne doute pas de tes bonnes intentions, mais tu dois mesurer le danger que pose ton comportement. Premièrement, mes fonctions dans l'État me permettent de t'assurer qu'il y a un grand complot contre l'Égypte et que tes amis qui montent les gens contre la police aident à la réussite de ce complot, volontairement ou involontairement. Deuxièmement, tu n'es pas comme tes condisciples, Dania. Eux ne sont que de simples étudiants de rien du tout. Toi, ta situation est différente. L'Égypte tout entière sait que tu es ma fille. Tu sais combien de services surveillent ta page Facebook ? Tu sais combien de services t'ont photographiée chez Khaled Saïd ? J'ai des adversaires et des ennemis dont le seul but est de salir mon image auprès de la direction politique. Toi, avec ton comportement, tu fais un cadeau à mes ennemis. Tu n'as pas pensé à ton frère juge et à ton frère officier de la Garde républicaine. Leur promotion peut être retardée et ils peuvent même être complètement écartés de leur travail à cause de toi.

Elle sembla émue et il la prit dans ses bras, embrassa sa tête et murmura :

— Dania, si tu m'aimes promets-moi de ne plus recommencer.

5

Achraf Ouissa se sentait tellement bien qu'il traversa le couloir en chantonnant comme un oiseau volant très haut dans un
ciel bleu et pur. Il regarda le tapis, puis le plafond élevé puis les
lampes et les tableaux accrochés au mur. Tout, autour de lui,
le ravissait comme une promesse de joie imminente. Lorsqu'il
arriva à la cuisine, il passa la tête et vit Akram en train de laver les
verres et les assiettes dans l'évier. Elle n'était à cet instant qu'une
simple servante en tenue de travail avec son ample foulard qui
lui couvrait la tête et la poitrine, sa vieille *galabieh* fanée, déchirée aux coudes et ses souliers de toile sans chaussettes. Plongée
dans sa vaisselle, elle n'avait pas l'air de s'être rendu compte de
sa présence. Le mouvement de ses mains frottant les assiettes
était si fougueux qu'il lui parut avoir quelque chose de sexuel.
Achraf s'élança vers elle d'un pas ample et festif, comme s'il allait
annoncer la fin du spectacle. Il se colla à elle et lui empoigna les
seins. Elle se courba en murmurant :

— Non, s'il vous plaît, monsieur Achraf. Si Mme Magda
entre par inadvertance, cela va faire un drame.

Achraf ne fit pas cas de cette faible protestation, de pure forme
comme on dit en langage juridique, il se colla encore plus à
elle et se mit à baiser lentement et avec ardeur sa nuque et ses
oreilles jusqu'à ce qu'elle émette un soupir étouffé de désir. Elle
se retourna vers lui et lui sourit doucement (comme si depuis
un instant elle ne résistait plus) puis elle soupira :

— Bon, je vous rejoins au bureau.

Elle essuya ses mains et sortit tandis qu'Achraf se mit immédiatement à préparer le théâtre des opérations : il tira le verrou

de la porte pour fermer l'appartement de l'intérieur et alluma la télévision pour couvrir le bruit de l'acte amoureux (afin de ne pas être entendu par un quelconque curieux passant par hasard devant sa porte). Il entra ensuite dans son vaste bureau dont il ferma soigneusement les rideaux puis il enleva les coussins des fauteuils, les aligna sur le sol et les recouvrit de deux grandes serviettes pour en faire un lit d'amour. Il alluma alors une cigarette de haschich qu'il fuma tranquillement jusqu'à ce qu'Akram passe la porte. Elle apparut resplendissante dans son étroite chemise de nuit noire qui mettait en valeur ses rondeurs et s'ouvrait sur la blancheur éclatante de sa poitrine. Elle s'était légèrement maquillée et avait laissé tomber ses fins cheveux noirs sur ses épaules. La rapidité de sa transformation de servante en séduisante maîtresse resterait une énigme qu'Achraf ne parviendrait jamais à résoudre. De même que le violoniste expérimenté caresse les cordes de son violon avant de commencer à jouer, Achraf se mit à lui appliquer une suite de baisers sur les joues, les lèvres et le cou puis il aspira ses lèvres en un baiser ardent tout en palpant lentement son corps. Il était depuis longtemps expert dans l'art de dompter les vagues du désir pour qu'elles ne le jettent pas avant l'heure sur les rives de la volupté. Au fil de ses nombreuses expériences, il n'avait jamais vu une servante aussi soignée. Ses sous-vêtements eux-mêmes étaient ce que l'industrie égyptienne pouvait offrir de meilleur. Mais sa grande séduction, à ses yeux, était qu'elle était à l'état *brut**. Avec elle, il avait l'impression de retrouver la nature primitive, la forêt vierge ou le désert. Ils n'étaient plus qu'un homme et une femme qui s'accouplent pour rassasier leur désir sans afféterie et sans mensonge. Elle s'exprimait avec une totale franchise. Elle lui demandait des positions précises et lui chuchotait sans honte le nom des organes de reproduction. Son comportement lubrique excitait son désir et le renouvelait. Ils terminèrent leur première mi-temps d'amour et restèrent allongés nus. C'était dans le lourd silence qui tombait après le jaillissement de la jouissance qu'Achraf découvrait ce qu'il ressentait véritablement envers une femme. Souvent, à cet instant, le corps nu que nous avons désiré et dont nous venons de

* En français dans le texte.

jouir se transforme en un infect amas d'écume trempé de sueur. Akram était différente. La jouissance laissait place en elle à un doux émerveillement, à une sorte de surprise et à un sentiment de gratitude qu'il apercevait sur son visage rosi par l'amour. Il lui était doux de la serrer dans ses bras, de sentir son souffle chaud sur sa poitrine, de plonger son nez dans sa chevelure pour respirer son odeur de savon. Ce bon corps chaud si proche, c'était comme s'il l'avait déjà connu, comme s'il l'avait déjà fréquenté dans une vie antérieure, comme s'il l'avait perdu puis retrouvé à nouveau par un merveilleux hasard. Ce n'était plus une simple fornication avec une servante mais, en quelque sorte, une vie de couple qu'ils partageaient. Sa femme Magda, occupée en permanence par la comptabilité des grandes entreprises, sortait le matin pour ne revenir qu'à sept heures du soir. C'était Akram qui s'occupait de lui : elle qui lavait ses vêtements, qui supervisait leur repassage, qui lui cuisinait ses plats préférés. C'était elle qui lui rappelait qu'il avait oublié de prendre son remède contre la tension, qui lui achetait de nouvelles lames de rasoir avant que les siennes ne soient émoussées et qui lui rappelait qu'il avait besoin de linge chaud avant le début de l'hiver. Ils passaient la journée ensemble. Ils parlaient, mangeaient, faisaient l'amour et, à la fin de la journée, ils effaçaient avec soin les traces du crime. Akram reprenait son aspect de servante et Achraf allait regarder la télévision au salon pour que tout semble normal lorsque sa femme rentrerait.

La personnalité d'Akram l'émerveillait. C'était vrai qu'elle écrivait et lisait avec difficulté et qu'elle parlait un égyptien populaire en appuyant sur les consonnes et en prononçant certains mots d'une façon erronée. Elle disait par exemple "Merchedes" pour Mercedes. Mais c'était une personne sensible, intelligente d'esprit et de cœur, qui saisissait immédiatement les notions les plus subtiles. Elle avait également une véritable noblesse de caractère. Jamais elle ne lui demandait d'argent et il devait insister pour qu'elle accepte la moindre chose de lui. Elle ne profitait pas de leurs relations pour être familière avec lui comme le font beaucoup de servantes. Lorsqu'il lui demanda de l'appeler seulement par son prénom, elle le fit une seule fois puis sourit timidement et lui dit :

— Je ne peux pas. Votre nom pour moi, c'est Achraf Bey*.

— Appelle-moi seulement Achraf.

— Oui d'accord, mais soyez patient. Il va me falloir du temps.

Cette simple servante qui n'avait pas fait d'études se comportait avec plus de savoir-vivre que de nombreuses dames qu'il connaissait. Elle était pleine d'admiration pour lui. Elle croyait qu'il savait tout. Elle lui posait des questions sur n'importe quel sujet puis écarquillait ses grands yeux noirs et l'écoutait avec attention comme une élève écoute l'explication de son maître d'école. Akram le comprenait d'un seul regard. Elle ressentait ce qu'il ressentait, elle savait s'il avait faim, s'il était furieux, s'il était déprimé ou s'il avait trop fumé de haschich. Une fois, après une très belle séance de sexe, elle posa sa tête sur sa poitrine et murmura :

— Vous ne vous fâcherez pas si je vous pose une question ?

— Je t'en prie.

— Vous n'aimez pas Mme Magda ?

— Non.

— Pourquoi ?

— Nos caractères sont différents.

Elle le regarda en silence en souriant et il lui dit :

— Bien sûr, tu veux savoir ce qui me pousse à vivre avec quelqu'un que je n'aime pas, n'est-ce pas ?

— Oui.

— Je suis copte, Akram, et le divorce n'existe pas chez nous. Si j'étais musulman, j'aurais divorcé d'avec Magda et je t'aurais épousée.

Elle sourit et lui demanda avec coquetterie :

— Mon Dieu ! Vous voulez dire que vous auriez épousé une servante ?

Il la serra dans ses bras et déposa un baiser rapide sur ses lèvres.

— S'il te plaît, ne parle pas comme ça. Tu es mieux que beaucoup de femmes qui jouent les grandes dames.

Elle le serra très fort comme pour exprimer sa satisfaction.

* En Égypte, il est habituel, pour signaler son respect, de faire suivre le prénom de la personne à qui l'on s'adresse par un titre comme celui de bey, de pacha, de docteur, etc.

Il n'oublierait jamais la première fois qu'il lui avait fait voir un film dans lequel il apparaissait.

— C'est vous qui jouez dans le film !

Il avait ri de sa surprise enfantine et il lui avait dit qu'il était acteur. Ensuite il lui avait montré toutes les scènes où il était présent et, chaque fois, elle avait été étonnée que son rôle ne dure que quelques minutes.

— Vous jouez très bien, pourquoi ne jouez-vous pas le premier rôle ? Vous seriez un acteur célèbre.

Il réfléchit un peu avant de lui répondre :

— Et toi, Akram, tu es belle, jeune, intelligente. Pourquoi n'épouses-tu pas un homme respectable qui sache t'apprécier plutôt que de vivre dans la misère ?

— C'est mon destin.

Achraf sourit :

— Et moi aussi c'est mon destin.

Il lui expliqua ensuite le fonctionnement pourri du milieu du cinéma et il vit dans son regard qu'elle le comprenait. Elle se rendait compte que son échec n'était pas de sa faute. Doué comme il l'était, il serait devenu célèbre depuis des années dans un pays respectable. Une fois, il avait attendu une journée entière sur le lieu du tournage pour jouer deux séquences de deux minutes. Le lendemain, ils avaient fait l'amour comme d'habitude puis elle était restée allongée près de lui. Il lui avait parlé de ce qui était arrivé puis avait ajouté avec amertume :

— J'en ai assez, je suis dégoûté. Si je n'aimais pas l'Égypte, je n'y resterais pas un jour de plus.

Elle l'avait embrassé sur les joues puis avait pris sa tête sur sa poitrine et lui avait murmuré comme si elle le berçait :

— Par le Prophète, ne vous fâchez pas, Achraf Bey. Tout va bien pour vous. Dieu vous protège. Vous êtes en bonne santé et vous avez Sara et Boutros. Grâce à Dieu, nous sommes mieux lotis que beaucoup d'autres.

Au début de leur relation, il l'avait interrogée sur sa vie et elle avait esquivé mais il avait insisté et elle avait fini par tout lui raconter. Elle était née à Haouamedia, l'aînée d'une famille pauvre. Elle vivait avec son père, sa mère et cinq frères et sœurs entassés dans un appartement de deux pièces. Son père l'avait fait sortir de l'école avant qu'elle termine l'école primaire, puis il l'avait envoyée travailler chez des gens. Lorsqu'elle eut seize ans, il l'obligea à se marier avec un cheikh du Golfe et reçut en échange quelques milliers de livres. Le mari disparut à la fin de l'été puis il s'avéra qu'il avait laissé une feuille de divorce au bureau d'un avocat. L'année suivante, il la maria une deuxième fois pour une somme moins élevée et les choses se répétèrent à l'identique : le mari la répudia après seulement un mois en lui payant les arriérés prévus. Lorsque son père voulut la marier une troisième fois, elle s'enfuit de la maison et alla habiter chez une amie. Elle se mit à travailler à la journée chez des gens puis elle épousa Mansour, le repasseur dont elle eut une fille, Chahd, avant de découvrir qu'il avait l'habitude de divorcer et de se remarier et qu'il avait des enfants de trois mariages précédents dont il ne lui avait pas parlé. Il ne travaillait que pour gagner de quoi payer les pilules ou les piqûres de Max*, dont il était dépendant.

Pendant un instant, tous les deux restèrent silencieux puis Akram soupira :

— Il y a des femmes criminelles qui ont de la chance et des femmes bonnes que Dieu a créées pour la déveine, comme moi.

Achraf lui dit :

— Ton père s'est conduit d'une façon criminelle avec toi.

Elle le regarda avec un air de reproche :

— Il faut l'excuser.

Il lui répondit d'un ton grave :

— Il n'a pas d'excuse. Comment peut-on vendre sa fille ?

Elle se tut un instant puis lui répondit doucement :

— Personne ne souhaite vendre sa fille. Mon père travaillait à la journée sur des chantiers. Pour une journée où il travaillait, il restait dix jours à la maison. Nous étions six enfants plus ma mère. Où pouvait-il trouver l'argent pour nous nourrir ? La pauvreté est une vilaine chose, Achraf Bey.

Même sa tristesse ajoutait à sa séduction. La veille ils avaient fait l'amour d'une façon merveilleuse. Ils s'étaient envolés ensemble très haut vers le sommet du plaisir. Puis ils étaient

* Drogue très répandue en Égypte.

restés collés un moment jusqu'à ce qu'il se lève pour allumer un joint.

Elle sourit :

— Vous savez, je respire avec vous le haschich que vous fumez et à la fin de la journée, la tête va me tourner et je serai incapable de faire quoi que ce soit à la maison.

Il tira une bouffée et la lui souffla au visage en badinant :

— Dieu nous a donné le haschich pour nous faire supporter la stupidité de l'humanité.

Il termina la cigarette et contempla son corps nu. Il caressa de ses mains ses bras, sa poitrine plantureuse et douce et son désir l'envahit à nouveau. Il la serra dans ses bras et fit pénétrer sa langue dans sa bouche en prémisse d'une nouvelle séance de volupté, lorsque tout à coup ils entendirent frapper violemment à la porte de l'appartement.

6

Chère Asma,

Je te remercie pour ta confiance. Bien sûr, je suis heureux d'être ton ami. Moi aussi j'ai besoin de quelqu'un qui me comprenne. Je me sens souvent seul, même au milieu des gens. Me croiras-tu si je te dis que j'attendais l'occasion de faire ta connaissance ? Quelque chose faisait que je me sentais bien avec toi. Après avoir lu ta lettre, je t'admire encore plus. Une jeune fille cultivée, émancipée, qui lutte pour le changement avec le mouvement Kifaya, qui n'a pas pour idéal un contrat de travail dans le Golfe ou un mariage avec quelqu'un de riche ! En plus de cela, bien sûr, il y a ta beauté authentiquement égyptienne, tes cheveux et tes yeux noirs, ton fin sourire qui fait apparaître tes merveilleuses fossettes. Tout ceci te rend irrésistiblement attirante (si mes paroles te déplaisent, efface-les et accepte mes excuses). J'ai l'habitude de dire avec franchise tout ce que je pense. Che Guevara a dit cette très belle phrase : "L'honneur c'est de dire toujours ce que tu penses et de faire toujours ce que tu dis."

C'est ce que je tente de faire. Je voudrais que tu me connaisses mieux. Je suis fils unique et j'ai une seule sœur, Maryam, qui est étudiante en droit. J'ai quitté la maison familiale à Abbasseya et j'habite dans un studio rue des Deux-Chérifs, au centre-ville, à côté de l'ancien immeuble de la radio. Bien sûr, je rends visite chaque semaine à ma famille et je les appelle tous les jours, mais ma séparation d'avec eux leur épargne les nombreux tracas causés par mon activité politique. Mon défunt père Gamal el-Saqa était avocat et militant socialiste. Moi j'ai un diplôme d'ingénieur en chimie de l'université du Caire et je travaille comme ingénieur à la cimenterie Bellini. À l'origine, son nom était El-Charq, la plus ancienne cimenterie du Moyen-Orient, qui faisait plus d'un milliard de livres de bénéfices par an. Cette société a été vendue à la société italienne Bellini, l'État conservant une participation de trente-cinq pour cent. La société italienne possède aussi en pleine propriété trois autres usines, en Égypte. La société italienne a fait exprès de négliger cette usine, si bien qu'elle a commencé à perdre de l'argent. Elle a transféré toutes les machines neuves dans ses autres usines dans lesquelles les bénéfices lui reviennent entièrement. Par rapport à mes condisciples de la faculté d'ingénieurs, je me considère chanceux d'avoir trouvé dès ma sortie un travail dans ma spécialité. Le mérite en revient à l'intervention d'Issam Chaalane, le directeur de l'usine qui était ami de mon père et son compagnon de lutte. Le combat que tu mènes à l'école, je le mène également chaque jour, comme membre du comité syndical, pour la défense des droits des travailleurs contre la direction italienne qui les vole impudemment. Je suis d'accord avec toi. Nous vivons vraiment dans un bourbier mais nous ne devons jamais nous soumettre ni désespérer. Nous changerons ce pays, Asma. Je jure par Dieu que nous le changerons. Le changement ne sera pas facile. Nous rencontrerons de nombreuses difficultés mais, à la fin, nous vaincrons. Il faut que je te parle d'une mésaventure qui a changé ma vie. Un soir que je rentrais en minibus d'une visite à un ami d'Imbaba, nous avons été arrêtés à un barrage de police. Tous les passagers sont descendus et un officier nous a demandé nos cartes d'identité. Devant moi il y avait un jeune que le policier a saisi par la chemise. Le jeune a protesté d'un mot que je n'ai pas entendu. L'officier s'est mis en colère et a commencé à le gifler si fort que le sang a coulé sur son visage. Ne pouvant pas me contenir, j'ai crié au policier :

— Vous n'avez pas le droit de le frapper.

Ce dernier s'est retourné vers moi :

— Qu'est-ce que tu veux, fils de pute ?

Je me suis avancé vers lui en lui tendant ma carte du syndicat des ingénieurs :

— S'il vous plaît, parlez poliment. Je vous dis que vous n'avez pas le droit de le frapper. S'il a fait quelque chose de contraire à la loi, arrêtez-le et soumettez-le à la justice, mais ne le frappez pas.

L'officier m'a regardé un instant puis il a pris ma carte syndicale, l'a déchirée et jetée par terre. J'ai protesté en criant et les policiers se sont jetés sur moi et m'ont frappé jusqu'à ce que je tombe par terre puis ils m'ont soulevé et jeté dans la voiture de police tout en continuant à me frapper et à m'agonir d'insultes vulgaires jusqu'à ce que j'arrive au commissariat où ils ont recommencé dans la salle d'interrogatoire. J'ai passé la nuit au poste et lorsque le lendemain j'ai été transféré devant le juge, j'ai demandé que l'on fasse un constat des traces de coups que j'avais sur le corps. Le substitut du procureur a souri :

— Écoutez, Mazen. Vous êtes ingénieur et vous avez l'air d'être un fils de bonne famille. Je peux mettre ce constat dans le procès-verbal. C'est votre droit mais je vais vous parler comme un grand frère. Si vous vous en prenez au ministère de l'Intérieur, c'est vous qui serez perdant. Jamais le ministère de l'Intérieur ne prendra de sanctions contre un des siens, même s'il a tué quelqu'un. Si j'accusais l'officier, il nierait les faits et il forgerait un procès contre vous en amenant des témoins et, à ce moment-là, je serais obligé de vous mettre en prison préventive où vous resteriez jusqu'à un procès où vous seriez peut-être condamné. Je vous conseille d'accepter les excuses de l'officier et d'en finir avec cette affaire avant qu'elle ne se complique.

J'ai accepté la conciliation et l'on m'a conduit au bureau de l'officier qui, lorsqu'il m'a vu, m'a dit en souriant :

— C'est fini, Mazen. Cette fois-ci, ça s'est bien passé, mais que cela te serve de leçon. Fais attention à ne plus provoquer un officier de police, compris ?

C'étaient là ses excuses ! Imagine-toi, Asma ! Pour avoir simplement défendu la dignité d'un citoyen, j'ai été frappé, insulté, enfermé au milieu des criminels et à la fin je suis allé voir l'officier qui, au lieu de s'excuser, m'a fait la leçon. Je me suis senti terriblement humilié, j'avais l'impression de ne rien valoir, de n'avoir aucun droit. Je ne suis pas sorti de chez moi pendant une semaine. J'ai longuement réfléchi et je n'avais devant moi qu'une alternative : ou bien partir vers un autre pays où l'on respecte la personne humaine, ou bien m'efforcer de changer celui-ci. J'ai décidé d'adhérer au mouvement Kifaya où j'ai rencontré les plus courageux et les plus nobles des Égyptiens. Tous pensaient comme moi. Ensuite est survenue la tragédie de Khaled Saïd qui confirmait que la répression pouvait atteindre n'importe qui, quelle que soit sa classe sociale. Je comprends bien sûr ta colère à la suite de ce qui s'est passé à ton école, mais franchement je ne vois pas de raison à ta déconvenue. Mettons-nous d'accord sur trois points.

Premièrement : ce n'est pas contre un officier de police, un directeur d'école ou une société italienne que nous combattons, mais contre le régime répressif et corrompu qui s'est depuis longtemps collé comme une sangsue dans l'esprit des Égyptiens. Nous devons le faire tomber pour pouvoir construire un pays propre et respectable.

Deuxièmement : les gens en Égypte ont vécu de longues années soumis à un régime despotique, ce qui leur ôte l'espoir de faire régner la justice. Il ne faut pas leur reprocher d'éviter d'affronter le pouvoir et de préférer la tranquillité.

Troisièmement : toi, Asma, c'est pour satisfaire ta conscience que tu fais honnêtement ton travail sans attendre l'approbation d'autrui.

Note bien que ces idées ne me sont pas venues toutes seules. Ce sont des leçons que m'a enseignées mon père militant qui a été emprisonné, a perdu son travail, a été banni mais qui n'a pas regretté un seul instant les positions qu'il a prises. Je lui ai posé un jour une question dure et stupide :

— Tu as perdu dix années de ta vie en prison et malgré cela rien n'a changé en Égypte. Tu ne regrettes rien ?

Mon père m'a répondu en souriant :

— J'ai fait mon devoir et j'ai conservé le respect de moi-même. Ensuite, qui te dit que rien n'a changé ? Chaque jour les gens sont plus conscients et la vérité leur apparaît plus clairement. Un jour, leur colère sera telle qu'elle les poussera à la révolution. Même si je ne vois pas cette révolution, je mourrai la conscience tranquille car j'aurai fait tout ce qui est en ma possibilité pour servir la cause.

Dans le vocabulaire de mon père, la cause, cela voulait dire le combat pour un État démocratique et une société socialiste. Ne sois pas en colère contre la réaction des parents d'élèves, Asma. Ils savent très bien que tu défends leurs droits, mais ils ont peur du directeur, tout simplement. Sois patiente. Peu à peu ils prendront confiance en toi et ils se débarrasseront de leur peur. Mon père disait :

— Les gens ne t'aimeront que s'ils ont confiance en toi et ils n'auront confiance en toi que si tu es proche d'eux, si tu te mets à leur place.

Lorsque j'ai commencé à travailler à l'usine, j'ai découvert que les travailleurs n'avaient pas confiance dans les gestionnaires et les ingénieurs, qui prenaient toujours le parti de l'administration contre eux. Cela m'a pris une année entière pour me rapprocher d'eux, mais j'ai fini par obtenir leur confiance. Ils m'ont élu au conseil syndical et ils ont empêché par la force l'administration de falsifier les élections. Si tu juges rapidement les travailleurs, tu ne les aimeras jamais. Ils se comportent avec rudesse et parfois d'une façon hostile, mais si tu vivais avec eux, tu comprendrais qu'ils sont de vrais héros. Si nous, la corruption nous indispose, eux, elle les assassine. L'ouvrier d'une cimenterie passe huit heures par jour devant un four à une température épouvantable devant lequel tu ne pourrais pas rester une minute. L'ouvrier d'une cimenterie souffre de silicose ou de cancer des poumons à force d'inhaler des résidus de ciment parce que généralement l'administration n'achète pas de filtres pour les cheminées ou bien, si elle en achète, elle ne les installe pas toujours parce qu'ils affectent la capacité de production. Ce simple ouvrier qui affronte chaque jour la mort dans une bataille épique simplement pour élever ses enfants est, pour moi, plus noble que des professeurs d'université prostitués au pouvoir. L'usine avait autrefois six mille ouvriers. Imagine que l'administration italienne en a obligé deux mille à prendre une retraite anticipée. Issam Chaalane était un ami de mon père, et il m'a fait une faveur en me recrutant, mais il a joué un rôle honteux dans la question des retraites anticipées. Il a convoqué les ouvriers et les a menacés pour les obliger à demander leur retraite. Il a dit aux ouvriers :

— *Tu te prends pour le gouvernement ? Le gouvernement veut que tu partes en retraite. Si tu dis non, tu seras renvoyé sans indemnités et tu seras même peut-être arrêté et jeté en prison.*

Tu imagines, Asma... des ouvriers de quarante ans, avec une famille et des enfants, se retrouvant à la rue avec en mains seulement une somme minuscule qui sera dépensée en quelques mois. Que va pouvoir faire cet ouvrier ensuite ? Il ne lui reste plus qu'à mendier ou à voler. C'est une vraie tragédie. Il se passe quelque chose d'étrange à l'usine. De nombreux ouvriers qui ont été obligés de prendre leur retraite anticipée viennent tous les matins s'asseoir devant le portail, jusqu'à la fin de leur temps de service puis ils s'en vont.

L'administration a tenté par tous les moyens de s'en débarrasser. Issam Chaalane leur a parlé d'abord poliment, puis il a fait intervenir la sécurité pour les menacer, mais sans succès. Au début je croyais que c'était une façon d'attirer les regards sur leur tragédie, je croyais qu'ils espéraient que l'administration les emploie à nouveau. Je suis allé les voir et je leur ai demandé la raison pour laquelle ils se retrouvaient là de cette façon. L'un d'entre eux m'a dit simplement :

— *L'usine nous manque. Nous avons passé toute notre vie ici.*
Un autre a ajouté :
— *C'est notre usine. Elle est plus à nous qu'à Issam Chaalane ou à l'administration italienne. Ils nous ont chassés et maintenant ils nous reprochent de rester devant notre usine.*

Voici comment sont les ouvriers. Sois patiente avec les gens, Asma. Ne les juge pas précipitamment. Comprends-les et rapproche-toi d'eux, tu découvriras alors la force de leur humanité.

Je suis fier de toi, mon amie. Va à l'enquête la tête haute parce que tu te dresses seule face à une institution complètement corrompue. Tu es plus forte qu'eux parce que tu défends une cause juste. Ne te laisse pas ébranler et ne perds jamais confiance. S'il te plaît, rassure-moi vite sur la façon dont s'est passée l'enquête. Je t'en prie, ma vieille, ne sois pas triste. Peux-tu sourire ? Je veux voir tes fossettes. Salut, ma belle.

Remarque : Excuse les fautes d'orthographe. Je ne suis pas un littéraire comme toi, mais un ingénieur et à l'école j'avais juste la moyenne en arabe.

Remarque plus importante : Si tu veux m'appeler, voici mon numéro : 01273344288. Bien sûr mon téléphone est surveillé. Il faut parler brièvement sans donner aucune information. Écris-moi sans crainte sur cet e-mail, qui est plus sûr.

7

Tous les Égyptiens connaissent Nourhane comme présentatrice de télévision, mais ils ne la connaissent pas en tant que personne. Beaucoup de rumeurs circulent sur son parcours. Les unes sont vraies, les autres sont fausses et ont été colportées par des femmes déchirées de jalousie à cause de sa beauté, de son intelligence, de son élégance, de sa célébrité et, plus encore, de l'attrait ensorcelant qu'elle exerce sur les hommes. Voici ce qui se répète à son sujet :

Premièrement : on dit que Nourhane assiste aux leçons du cheikh Chamel simplement pour donner l'impression qu'elle est pieuse et que, si elle pleure pendant la leçon, ce n'est pas par humilité mais pour attirer les regards.

La vérité est que, après ses premières règles, alors qu'elle était au lycée de Mansourah, le corps de Nourhane s'est modelé, attendri, arrondi, ses charmes se sont affirmés. Partout où elle passait, elle devenait le centre des regards. Aux leçons du cheikh Chamel, Nourhane ne pleure que lorsque celui-ci parle du hijab qu'elle fut obligée d'enlever pour paraître à l'écran. Il lui était si difficile de commettre un tel péché qu'elle tenta plusieurs fois sans succès de convaincre les responsables de l'autoriser à paraître voilée. Les larmes et la piété de Nourhane sont donc sincères. Avant chacune des actions de sa vie, aussi simple soit-elle, elle vérifie que celle-ci est en accord avec la loi de Dieu. Faut-il que nous rappelions une émission qu'elle avait présentée à la télévision sous le titre : "Le voile, tradition ou obligation religieuse". Ce jour-là, Nourhane avait fait remporter la victoire au voile. Elle avait conclu que le voile était une obligation comme la prière et le jeûne, et elle avait encouragé les jeunes filles et les femmes à ne pas y renoncer sous quelque prétexte que ce soit. Lorsqu'un téléspectateur était intervenu pour lui demander comment elle pouvait prendre la défense du voile avec cet enthousiasme alors qu'elle-même l'avait enlevé, Nourhane avait alors baissé la tête en silence et, sur un fond de musique triste, la caméra s'était approchée lentement de son visage tandis qu'elle priait Dieu avec ferveur d'une voix tremblante :

"Mon Dieu, mon créateur et mon Seigneur, tu sais à quel point je désire porter le voile et tu sais que je n'ai pas maintenant la force de le porter. Mon Dieu, toi qui entends ma prière, fais que rapidement je porte le hijab et ne me rappelles pas à toi avant que je ne le porte."

Ce soir-là, Nourhane avait pleuré et fait pleurer les spectateurs, qui avaient tous invoqué Dieu pour qu'il fasse à Nourhane la grâce du hijab.

Deuxièmement : on dit que Nourhane a changé son nom véritable, qui était Nour el-Hoda, pour cacher sa basse origine.

Nourhane est d'une origine simple mais pas basse. Son père, le défunt Mohamed, était policier au commissariat de la zone 1 de Mansourah. Il était pauvre et avait beaucoup d'enfants mais, par ses efforts et son assiduité, il avait pu les élever et les éduquer, et lorsque Dieu avait repris son âme, sa grande fille Nourhane était en troisième année à la faculté de lettres, section de géographie, et ses trois sœurs se trouvaient à différentes étapes du parcours éducatif. Quant au changement de prénom, le travail dans les médias impose que le nom soit musical et attractif, et Nour el-Hoda a choisi le nom de Nourhane parce que c'était le plus proche de son nom véritable.

Troisièmement : on dit que Nourhane a séduit son professeur, le docteur Hani el-Aassar, et l'a enlevé à sa femme et à ses enfants.

Le docteur Aassar, rejeton de la vieille famille Al-Aassar, connue à Mansourah pour sa richesse, professeur de minéralogie à la faculté de lettres, était le tuteur d'un groupe d'étudiants qui avait pour nom "La Perle" et dont faisait partie Nourhane.

Celle-ci attira son regard au cours d'une visite à Louxor et à Assouan. Il se rapprocha d'elle et lorsque son père mourut, le docteur Hani se tint à ses côtés. Il l'aida dans son épreuve en lui parlant chaque jour au téléphone pour prendre de ses nouvelles. Un jour, il l'invita avec quelques-uns de ses condisciples à passer une journée à sa ferme. Le lendemain, il la convoqua dans son bureau et fit l'éloge de sa personnalité et de sa moralité puis, tout à coup, il perdit le contrôle de ses sentiments, se rapprocha d'elle et lui caressa le visage en murmurant :

— Nour, tu es très belle.

Le visage de Nourhane ne montra pas de surprise, mais elle écarta fermement sa main :

— Docteur, je suis musulmane. C'est un péché qu'une personne étrangère à ma famille caresse mon visage.

Le docteur avait dépassé le point de non-retour. Il s'approcha d'elle, la voix troublée :

— Je t'aime, Nour.

Nourhane s'écarta en protestant vigoureusement :

— Je vous en prie docteur, cela suffit.

Puis, courroucée, elle quitta la pièce en claquant violemment la porte. Le docteur Hani était marié depuis vingt ans et il avait deux garçons et une fille de son épouse qui était professeur à la faculté de droit. Les jours suivants, Nourhane boycotta complètement le docteur Hani. Elle ne répondait pas à ses appels téléphoniques répétés et, quand elle l'apercevait dans un couloir de la faculté, elle détournait le visage, pinçait les lèvres et fronçait les sourcils (ce qui la faisait paraître encore plus belle). Après deux semaines d'une stricte mise à l'écart, Abou Taleb, l'employé de la cafétéria, vint vers elle en souriant :

— Mademoiselle Nour. Le docteur Hani el-Aassar vous demande dans son bureau.

Elle y alla, le visage courroucé et séducteur, et s'adressa à lui d'un ton officiel :

— Abou Taleb m'a dit que vous vouliez me voir… Rien de grave, j'espère ?

Le docteur Hani lui demanda de s'asseoir. Elle hésita un peu puis s'assit sur le bord d'un siège, prête à partir à tout moment. Le docteur sourit nerveusement :

— Tu es en colère contre moi, Nour ?

— Bien sûr.

— Puis-je savoir pourquoi ?

— Je n'aurais jamais supposé que vous me preniez pour une fille facile.

— Dieu soit témoin que je te respecte, Nour.

— Est-ce que, quand on respecte une personne, on fait avec elle quelque chose d'interdit ?

Le docteur Hani tira une longue bouffée de sa cigarette puis la regarda, il avait l'air épuisé, comme s'il n'avait pas bien dormi. Il lui parla avec des mots qu'il semblait avoir préparés à l'avance. Il lui dit qu'il n'était pas un adolescent, mais un homme mûr, et qu'il avait longuement réfléchi pour être sûr de ses sentiments à son égard. Il respectait sa droiture et son observance de la religion, mais en même temps, il devait veiller sur sa famille, et il ne voulait pas que ses enfants aient à payer le prix de son amour pour elle. Nourhane croisa les bras sur sa poitrine et resta immobile, dans l'attitude de quelqu'un qui a été profondément humilié et qui attend qu'on lui rende rapidement réparation. Le docteur Hani alluma une autre cigarette et lui dit qu'il était prêt à l'épouser immédiatement à deux conditions : la première était que le mariage demeure secret et la deuxième qu'ils n'aient pas d'enfants. En dehors de cela, il était prêt à satisfaire toutes ses demandes. Nourhane resta un instant silencieuse, puis lui répondit laconiquement que la proposition de mariage l'avait surprise et qu'elle avait besoin de temps pour réfléchir, puis elle grimaça un faible sourire, le salua et sortit de son bureau d'un pas lent et hésitant (qui révélait son embarras) pendant que lui la suivait du regard.

Elle disparut à nouveau pendant toute une semaine, ne répondant pas aux appels téléphoniques du docteur Hani, ce qui l'obligea à la convoquer une nouvelle fois dans son bureau par l'intermédiaire d'Abou Taleb. Elle semblait cette fois-ci triste et préoccupée et, lorsqu'il l'interrogea sur son absence, elle lui dit qu'elle était en proie à un grand conflit interne et que plusieurs nuits de suite, elle avait récité la prière de la consultation*

* *Salat el-Istikhâra*. C'est un texte qu'il faut réciter à la suite de l'une des cinq prières obligatoires afin de demander l'aide de Dieu face à un dilemme.

jusqu'à ce que Dieu lui inspire une décision juste. Le docteur Hani ne lui demanda pas quelle était cette décision car il craignait qu'elle ne soit négative, mais il lui fit à nouveau sa proposition de mariage. Nourhane resta silencieuse et détourna son beau visage, comme si elle cherchait l'expression convenable puis elle regarda le docteur Hani et lui dit qu'elle était d'accord sur le principe. Elle laissait la dot et la parure à son appréciation parce qu'elle n'était pas intéressée par l'argent. Mais elle avait deux conditions :

La première était que sa famille soit au courant du mariage et qu'elle y participe de façon à ce que celui-ci soit conforme à la loi religieuse, et la seconde que le docteur Hani lui achète un appartement à son nom à Mansourah. À cet instant, pour la première fois depuis des semaines, apparut sur son visage un doux sourire aimable :

— Même si l'appartement est petit, cela n'a pas d'importance. Ce qui compte, c'est qu'il soit dans un quartier convenable et qu'il soit enregistré à mon nom de façon à ce que je sente que je suis une épouse légitime et non pas une amante que l'on fait circuler d'un appartement meublé à l'autre. Je suis bien sûr d'accord pour repousser la naissance d'un enfant jusqu'à un moment qui nous convienne à tous les deux. Quant à ta famille, je jure par Dieu tout-puissant que je la préserverai car je ne supporterais pas de commettre le péché de t'éloigner de tes enfants.

Le docteur Hani accepta et acheta à son nom un appartement luxueux de trois chambres et un salon dans le quartier élégant de Tourelle, puis il fit preuve de générosité en lui versant une dot de cinquante mille livres et en lui achetant comme *chabaka* une bague avec un solitaire. Le Coran fut lu* chez elle au cours d'une fête limitée à sa famille et aux amis les plus proches. Le docteur Hani fit croire à sa première femme qu'il avait accepté à la faculté des responsabilités supplémentaires qui l'obligeaient à travailler tous les jours jusqu'au soir. En même temps, il réorganisa son emploi du temps de façon à ce que ses cours se terminent tôt, ce qui lui permettait d'aller chaque jour de

* La lecture du Coran est le moment essentiel de la cérémonie du mariage.

l'université à l'appartement de Nourhane puis de revenir chez lui à la fin de la journée. Les deux époux étaient d'accord sur tous les points sauf sur un : le docteur Hani aimait le whisky, mais Nourhane le lui interdit péremptoirement parce que l'alcool est prohibé et chasse les anges de la maison, comme cela est mentionné dans un hadith sacré. Le docteur Hani céda à son désir et se contenta de boire tous les jeudis avec ses amis. Il vécut des jours plaisants avec Nourhane. Une fois qu'il avait trop bu avec ses amis, il s'écria :

— Ah mes amis, je suis comblé par le ciel. Celui qui n'a pas épousé Nour el-Hoda Mohamed Bayyoumi, c'est comme s'il ne s'était jamais marié.

Nourhane obtint son diplôme de la faculté avec les félicitations du jury après que son mari l'eut recommandée auprès de ses collègues. Il déploya ensuite de grands efforts auprès du directeur de l'université pour qu'elle soit recrutée comme assistante. Leur vie se poursuivit à l'identique. Un jour où le docteur Hani était allé la voir, ils déjeunèrent ensemble et firent l'amour mieux que jamais. Nourhane entra dans la salle de bains, et en revint le visage épanoui, son corps séduisant revêtu d'une robe de chambre en cachemire blanc. Elle s'assit en face de lui et lui dit en souriant avec un calme parfait :

— Félicitations mon chéri. Je suis enceinte.

Le docteur Hani sursauta. Il resta quelques instants silencieux, les yeux fixés dans le vide, comme s'il n'en croyait pas ses oreilles puis il lui rappela d'une voix haletante et pleine de colère qu'ils s'étaient mis d'accord pour ne pas avoir d'enfants. Nourhane lui répondit aussitôt :

— Toi et moi nous avons voulu empêcher la conception, mais si Dieu, qu'il soit glorifié et exalté, veut qu'une chose soit, cette chose est.

Le docteur Hani fut alors pris d'une colère qu'elle n'avait jamais vue auparavant. Il se mit à crier, à la menacer, à l'accuser d'être une menteuse et de l'avoir trompé. Nourhane sourit tristement et prit un air accablé. Elle ne lui répondit pas un mot (puisque, en tant que femme musulmane, la loi lui ordonnait de supporter la colère de son mari et d'accueillir ses offenses avec bénignité). Le docteur Hani disparut pendant dix jours au cours desquels Nourhane ne tenta pas de le joindre, puis il revint. Quand elle tenta de le prendre dans ses bras comme d'habitude, il la repoussa et s'assit sur le fauteuil du salon, puis il alluma une cigarette et lui dit en évitant son regard :

— Je me suis entendu avec un collègue professeur à l'université de médecine pour que lundi prochain tu ailles avorter.

Alors Nourhane se transforma en lionne furieuse et se mit à hurler :

— Tu veux que pour te satisfaire je désobéisse à Notre-Seigneur, qu'il soit glorifié et exalté ? Dieu m'a ordonné de t'obéir dans ce qui est licite, pas dans ce qui est proscrit. Nul n'est tenu d'obéir s'il lui faut pour cela désobéir à son créateur.

Il essaya de lui parler, mais elle l'interrompit d'une voix qui retentit dans tous les recoins de leur nid d'amour :

— Écoute, Hani, je vais te dire deux mots que tu peux faire encadrer au-dessus de ta cheminée. Je suis musulmane et jamais de la vie je n'encourrai le courroux du Seigneur. Ce n'est pas toi qui me seras utile lorsque je serai mise en terre et jugée pour mes péchés. Sache que, même si tu divorces, je saurais comment défendre le droit de celui qui est dans mon ventre. On ne sort pas du bain comme on y entre, mon cher bey.

Après bien des discussions, des disputes, bien des tentatives infructueuses de sa part pour la convaincre, le docteur Hani se plia au fait accompli et elle accoucha d'un beau garçon qu'elle appela Hamza (en l'honneur de l'oncle du Prophète, prière et salut de Dieu sur lui) et, pour son premier anniversaire, Nourhane demanda au docteur Hani d'assurer l'avenir du garçon. Cette fois-ci il ne s'y opposa pas et il ouvrit au nom d'Hamza un compte bancaire sur lequel il fit un dépôt d'un million de livres, ce à quoi il ajouta un grand terrain planté d'agrumes qu'il inscrivit à son nom. Avec la naissance d'Hamza, il ne fut plus possible de conserver le secret, la nouvelle parvint à sa première épouse (par un bref coup de téléphone d'une personne bien intentionnée) et le docteur Hani dut affronter sa femme qui déclara une guerre sans pitié contre lui et contre Nourhane. Celle-ci supporta les méchancetés de sa coépouse avec une patience méritoire comme il sied à une femme musulmane. Les enfants du docteur Hani prirent le parti de leur mère et ils coupèrent complètement leurs relations avec lui. L'aîné, qui était étudiant en médecine, alla même jusqu'à le traiter d'homme à femmes. Le docteur Hani ne fut pas capable de supporter tous ces problèmes : sa pression monta et il eut une attaque au cerveau qui le paralysa partiellement. Il tomba malade dans l'appartement de Nourhane qui, non seulement le soigna mais resta trois jours avec lui à l'hôpital. Elle consulta en même temps plusieurs cheikhs de confiance qui décrétèrent tous que le mieux dans un cas de maladie grave était que le malade se trouve aux côtés de sa première épouse et de ses grands enfants.

Nourhane se plia aux préceptes de la loi et téléphona à sa première épouse en lui demandant de venir s'occuper de son mari à l'hôpital puis elle partit rapidement pour ne pas gêner. Quelques mois plus tard, Dieu rappela à lui le docteur Hani. Nourhane demanda sa part de l'héritage qu'elle finit par obtenir après bien des difficultés et des procès contre la première épouse, qu'elle gagna tous.

Telle fut son histoire avec le docteur Hani el-Aassar — que Dieu l'ait en sa sainte garde. En quoi Nourhane a-t-elle péché et en quoi a-t-elle contredit à la loi de Dieu ? Ceux qui la critiquent ne feraient-ils pas mieux de craindre Dieu et d'avoir honte ?

Quatrièmement : on dit que Nourhane est une femme dangereuse qui se joue des hommes, qui les domine par le sexe et qui en fait ensuite ce qu'elle veut.

Par Dieu tout-puissant ! Va-t-on transformer les qualités en faiblesses et les bienfaits en châtiments ? Est-ce la faute de Nourhane si elle plaît aux hommes ? Allons-nous la sanctionner pour sa beauté ? Faudrait-il pour nous satisfaire qu'elle soit difforme et repoussante ? Toute sa vie, Nourhane a été pudique et pieuse. Elle n'a jamais permis à un homme étranger de la toucher fût-ce du bout des doigts, même à travers ses vêtements. Quant au sexe, puisse chaque épouse musulmane faire la moitié de ce que fait Nourhane pour contenter son mari. La loi religieuse n'ordonne-t-elle pas à l'épouse musulmane de satisfaire son mari au lit de toutes les manières possibles en dehors des choses interdites qui sont la copulation pendant les règles et la pénétration anale ? Les grands savants en religion n'invitent-ils pas la femme musulmane à être une courtisane obéissante dans le lit de son mari de façon à étancher son désir et le fortifier ainsi contre le péché ? Nourhane était une jeune fille naïve, à l'état brut, qui ne connaissait rien au sexe et qui n'a pas ménagé sa peine et ses efforts pour apprendre. Elle a beaucoup lu et vu des dizaines de films explicatifs sur Internet pour parvenir à connaître l'art du lit qu'elle a pratiqué licitement une fois après l'autre, jusqu'à y exceller. Elle a appris à épiler les poils de son corps (dans deux directions) puis à rendre sa peau douce avec une pâte maghrébine, puis à nettoyer ses parties intimes puis à les parfumer d'encens à la façon soudanaise puis à les enduire d'une huile odorante à la saveur de fruit (abricot ou pomme). Elle a appris à exciter son mari d'une façon licite. Il faut imaginer Nour fermant la porte de la chambre, allumant des bougies et faisant brûler de l'encens pour préparer psychologiquement son mari à l'amour. Il faut la voir jeter à son mari un regard perçant plein de convoitise puis se mordre la lèvre inférieure en signe de désir, il faut la voir, vêtue d'une chemise de nuit provocante, se pencher comme par hasard devant son mari pour le tenter avec ses seins. Nourhane a acheté très cher une tenue de danseuse et elle a appris à danser d'une façon obscène, dévergondée et ensorcelante. Au lit, elle a appris quand il faut gémir, quand il faut murmurer à l'oreille de son mari des paroles excitantes et comment il faut caresser les sept parties sensibles de son corps pour lui faire perdre la raison. Nous ne parlons ici que de jouissances licites et il n'y a pas de honte ni de gêne à cela. Nourhane a appris comment faire jouir son mari de sa croupe d'une manière tendre et délicate sans pénétration illicite. Elle s'est entraînée à sucer lentement et avec douceur le phallus de son mari – comme l'autorise la loi divine. Elle va jusqu'à lui offrir des fruits ou lui donner de la cannelle ou du jus d'ananas assez longtemps avant la copulation pour que le sperme ait un goût acceptable dans sa bouche. Est-ce que nous allons reprocher à Nourhane ses efforts louables et la maîtrise qu'elle a du sexe ? Ne ferions-nous pas mieux de blâmer les musulmanes qui profitent de leur mari et qui les négligent au lit, ce qui les fait tomber dans le péché, que Dieu les garde. Nourhane – Dieu seul sait qui est pur et qui est pécheur – est une excellente musulmane qui respecte les prescriptions de la religion et ne s'en écarte pas d'un pouce.

Enfin il reste à aborder ce qui se dit de ses relations avec l'ingénieur Issam Chaalane.

Nourhane était veuve avant d'avoir trente ans et elle assumait seule la responsabilité de son fils Hamza. Il est vrai qu'elle avait un revenu mensuel important qui provenait de sa part de l'héritage, à quoi s'ajoutaient son salaire à l'université et la retraite de son défunt mari, mais elle se sentait à l'étroit à Mansourah et elle voulait élever Hamza à la capitale où tout était mieux. À force d'insister, elle finit par se faire muter à l'université du Caire. Elle loua son appartement à Mansourah et en prit un, en loyer libre, à Gizeh, puis elle déploya tous ses efforts pour travailler comme présentatrice à la radio du peuple. Lorsque, voici deux ans, survint la crise du ciment, sa directrice la chargea d'organiser des rencontres à ce sujet et elle interviewa Issam Chaalane, le directeur de l'usine Bellini. Celui-ci, impressionné par sa compétence, lui proposa un travail de conseillère en communication avec un salaire convenable et un emploi du temps souple qui ne faisait pas obstacle à la poursuite de son travail à l'université et à la radio. Nourhane accepta l'emploi et s'efforça de remplir ses fonctions d'une façon qui plaise à Dieu, mais malheureusement l'histoire habituelle se reproduisit. Issam s'était imaginé qu'elle était une femme facile. Elle lui asséna une bonne leçon de morale et quitta immédiatement son travail. Issam la poursuivit mais elle l'ignora complètement. Il lui proposa alors le mariage, qu'elle refusa, déclarant qu'elle consacrait sa vie à son fils Hamza. Mais il insista et s'efforça de la convaincre que leur mariage serait dans l'intérêt de son fils avec lequel il se comporterait comme un vrai père. Nourhane finit par accepter, à deux conditions : qu'il lui achète un appartement dans un quartier convenable du Caire où elle vivrait avec Hamza et que le mariage soit de droit coutumier* afin que la retraite du défunt docteur Hani ne soit pas supprimée (ce qu'avait validé le cheikh Chamel au plan de la loi religieuse).

---

* Un mariage de droit coutumier, ou *orfi*, est valable religieusement, mais il n'est pas enregistré à l'état civil.

Issam l'épousa dans le bureau d'un avocat de ses amis. Il lui acheta son appartement actuel dans le quartier de Cheikh Zayed puis il intervint pour qu'elle obtienne un congé sans solde de l'université et qu'elle soit nommée présentatrice à la télévision.

Où est la faute, où est le péché dans ce qu'a fait Nourhane ?

Elle s'est mariée deux fois en conformité avec la tradition de Dieu et de son prophète. Quant à la différence d'âge, la loi religieuse n'interdit pas à une musulmane d'épouser un homme plus âgé qu'elle de vingt ou trente ans. Ensuite, n'est-il pas possible que Nourhane ait été véritablement amoureuse d'Issam ? Peut-être son insistance à l'épouser lui avait-elle plu, peut-être avait-elle confiance en lui et sentait-elle qu'il était capable de la protéger et de s'occuper d'Hamza.

Il est certain qu'Issam Chaalane exerçait un certain attrait sur les femmes. Il paraissait au premier abord étrange, farouche, différent, mais, à plus de soixante ans, il avait un corps svelte, pas avachi. Ses cheveux étaient épais et complètement blancs, et son visage mat avait des traits fermes. Ajoutons à cela une voix forte et grave, un regard scrutateur et suspicieux qui fixe celui qu'il regarde comme pour s'assurer de sa sincérité. Ce caractère rude et combatif (qui attire souvent les femmes), peut-être l'avait-il acquis en détention où il est la seule alternative à l'effondrement. Mais peut-être aussi était-il la conséquence de l'alcool. En effet, il ne pouvait pas s'endormir sans avoir bu un demi-litre de whisky. D'autre part, du fait de sa formation marxiste, il méprisait la politesse bourgeoise hypocrite et il s'imposait une totale franchise. Il appelait les choses par leur nom. Même si les gens trouvaient cela grossier et inconvenant. Il n'hésitait pas à interrompre son interlocuteur, quelles que soient sa position ou ses fonctions, en lui disant :

— Vous vous trompez.

Ou bien :

— Vous n'avez pas honte de dire des mensonges.

Issam Chaalane fut un des leaders des manifestations étudiantes de 1972. À cette époque, les manifestants réclamaient la présence du président Sadate à l'université du Caire. Celui-ci envoya le ministre de la Jeunesse pour négocier avec eux. Lorsque les étudiants lui demandèrent d'instaurer la démocratie et de rétablir les libertés, le ministre perdit contenance :

— Mes enfants. Ce n'est pas moi qui décide. Je ne suis qu'un intermédiaire. Tout ce que je peux faire, c'est transmettre vos demandes au président.

Il y eut un silence et tout à coup la voix d'Issam Chaalane retentit d'un bout à l'autre de la salle :

— Nous pensions que vous étiez un ministre responsable, mais vous dites que vous n'êtes qu'un intermédiaire. Nous n'avons pas besoin d'intermédiaires. Au revoir.

Et soudain s'élevèrent les cris des étudiants :

— Dehors, dehors.

Le ministre sortit de la salle, accompagné de commentaires sarcastiques. Cela devint un fait mémorable qui se racontait comme preuve de son courage : Issam Chaalane avait chassé un ministre envoyé par Sadate !

Issam ne s'était pas marié car il avait été, pendant des années, poursuivi par les services de sécurité et, lorsque sa situation se stabilisa, il avait déjà un certain âge et il s'était habitué à la solitude et à la liberté. Il n'aurait pas supporté de vivre avec une femme qui lui demande des comptes et qui le surveille. (Il considérait sa relation avec Nourhane comme un compagnonnage légalisé et non pas comme un mariage.) Par ailleurs, à son âge avancé, sa conscience ne lui permettait pas d'avoir un enfant puis de le laisser seul affronter les périls de ce monde.

Issam avait abandonné le combat politique et il avait progressé dans sa carrière jusqu'à devenir directeur de la cimenterie Bellini. Ses conditions de vie s'étaient améliorées et pourtant il était toujours influencé par le marxisme. Il était membre de plusieurs associations pour la liberté de pensée et le combat contre le fanatisme religieux, et il signait toujours les pétitions de solidarité avec les écrivains dont les œuvres avaient été interdites ou qui avaient été condamnés pour leurs écrits. Il refusa également d'acheter une Mercedes, voiture trop bourgeoise, et se contenta d'une Peugeot d'un modèle récent. Par ailleurs, il ne mettait jamais de cravate : en été, il se contentait d'un costume safari et, en hiver, il portait un pull-over à col au-dessous de son costume.

La veille, l'ingénieur Issam avait quitté l'usine à sept heures du soir avec son chauffeur qui portait une mallette remplie de documents. Dès qu'il fut installé à la place arrière de la voiture, Issam lui dit :

— Madani, va à Cheikh Zayed.

C'était le mot de code. Madani conduisit la voiture au-delà du portail de l'usine, s'arrêta dans une rue voisine puis il tira les rideaux des fenêtres, ouvrit le coffre arrière et en sortit une bouteille de whisky, une glacière portative et un verre plein de concombre au vinaigre, et il posa le tout sur la tablette fixée au dos du siège devant Issam, qui avala une pastille de Viagra afin qu'elle produise son effet au moment convenable. Pendant le trajet de Turah à Cheikh Zayed, Issam s'adonna à la boisson en écoutant des chansons d'Oum Kalthoum. Cela faisait un an et demi qu'ils étaient ensemble et il n'était toujours pas parvenu à convaincre Nourhane de le laisser boire dans l'appartement. Il respectait sa piété et évitait de parler de religion avec elle pour ne pas la mettre en colère. C'était pour la satisfaire qu'il avait accepté le mariage *orfi*, mais elle n'avait pas le droit de lui interdire de boire dans un appartement qu'il avait payé. Issam croyait en Dieu mais, après des lectures exhaustives, le doute l'avait envahi au sujet de toutes les religions. Il ne croyait pas que Dieu, la force suprême et absolue, ait envoyé des personnes comme nous pour parler en son nom. Souvent il se demandait s'il existait vraiment une vie après la mort. Quelqu'un était-il mort et revenu pour nous informer de ce qui était arrivé ? N'était-il pas possible que la mort soit une simple extinction de la conscience après laquelle le corps reprend une autre forme dans la matière ? Jamais il n'avouait ces idées à personne sauf à quelques anciens amis socialistes qu'il retrouvait pour prendre un verre. Il leur disait en persiflant :

— Un million de personnes douées de raison appartiennent à la communauté rastafari. Ils croient que l'empereur d'Éthiopie, Hailé Sélassié, est Dieu en personne. Ils l'adorent avec conviction et sincérité. Remarquez que Hailé Sélassié est mort depuis moins de quarante ans. Imaginez cette croyance dans quatre cents ans. Il y aura des millions de personnes qui adoreront Hailé Sélassié et qui seront prêts à défendre leur foi jusqu'à la mort.

C'est ainsi qu'Issam voyait les religions : toutes avaient commencé comme un folklore et, avec le temps, elles s'étaient sanctifiées parce que les gens ont besoin de croire en l'inconnu pour supporter leurs souffrances et leur sentiment d'oppression.

Lorsque les Égyptiens avancent en âge, ils se tournent vers la religion pour connaître une bonne fin. Issam, lui, ne peut pas se mentir à lui-même. Il ne peut pas pratiquer les rites d'une religion à laquelle fondamentalement il ne croit pas. En dépit de la jouissance impétueuse que lui procure Nourhane, il continue à se sentir seul. Comme si la solitude était son destin. Il avait vécu seul et il mourrait seul. Il acceptait l'idée de la mort, mais il avait peur de la maladie. Il ne voulait pas souffrir ni être une charge pour les gens ou l'objet de leur pitié. Il espérait mourir tranquillement dans son lit et, au fond de son cœur, il avait décidé de se suicider s'il était atteint d'une maladie grave. Issam se servit un nouveau verre tout en écoutant la voix d'Oum Kalthoum, qui chassait toutes ses préoccupations. Il pensa qu'il avait beaucoup souffert dans sa vie et qu'il avait le droit de jouir de ce qui lui restait à vivre.

Lorsqu'il arriva à l'appartement de Nourhane, il était ivre, et il téléphona pour voir si le petit Hamza dormait. La voix de sa femme dans le téléphone éveilla son désir et il descendit rapidement de la voiture. Le voilà maintenant qui pénétrait dans l'immeuble, le voilà qui prenait l'ascenseur pour le dixième étage et là Nourhane l'attendait, exhalant un merveilleux parfum, revêtue de la robe de chambre rose qu'il aimait. Dès qu'elle eut fermé la porte, elle se retourna vers lui et enleva sa robe de chambre qui tomba sur le sol : son corps était complètement nu. Issam la contempla un instant puis il perdit le contrôle de lui-même et se jeta sur elle. Elle feignit la surprise et chuchota d'une voix suppliante :

— Doucement. Tu vas me faire mal.

Elle prononça ces mots d'une voix molle qui raviva encore son désir à tel point que son érection lui faisait presque mal. Il l'amena sur le lit et la posséda avec force et brutalité et elle fut deux fois prise de tressaillements avant qu'il ne jouisse. Il alla fumer au salon pendant qu'elle entrait dans la salle de bains. Ensuite elle alla dans la chambre d'Hamza pour voir s'il dormait bien et elle revint s'asseoir à côté d'Issam sur le canapé.

— Chéri de mon cœur, as-tu pensé à notre affaire ?

— J'y ai pensé.

— Et qu'as-tu décidé ?

— J'ai besoin de réfléchir encore.

— Mon chéri, c'est une occasion qui ne se reproduira pas. Tu es un expert en ciments. Si nous créons une société pour les commercialiser, nous gagnerons de l'or.

— Le problème, c'est que ce n'est pas légal.

— Mais je t'ai dit que la société serait à mon nom.

— Tu es ma femme et donc la loi t'interdit de faire le commerce du ciment.

— C'est un mariage *orfi*.

— C'est la même chose.

— Personne ne sait que je suis ta femme.

Issam sourit :

— Il y a beaucoup de gens bien intentionnés ! Dès que nous aurons ouvert la société, n'importe qui peut en informer l'inspection administrative.

— Tu crains une loi positive qui a été faite par des hommes ? Moi je ne reconnais que les lois faites par Notre-Seigneur.

Issam lui demanda en se moquant :

— Parce que Dieu a fait une loi sur le commerce du ciment ?

Elle ignora sa raillerie et lui dit d'un ton sérieux :

— J'ai demandé au cheikh Chamel, qui m'a dit que cette société était légale.

— Tu as dû l'inviter à un bon repas.

— Issam, s'il te plaît. On parle des savants avec respect.

Il resta silencieux. Il voulait préserver sa bonne humeur et s'apprêtait à faire l'amour une deuxième fois, mais Nourhane commença une seconde manœuvre. Elle se colla à lui, l'embrassa dans le cou et lui chuchota :

— Dis-moi franchement. Tu veux créer cette société ?

— Je vais y penser et je te répondrai.

— Dis-moi à quelle date ?

— Dans deux semaines.

— C'est promis ?

— Promis.

Elle tendit sa main et lui caressa ses cheveux blancs puis elle soupira et dit avec langueur :

— Ah, pauvre de moi. Je t'aime, mon vieil homme.

Le toucher de son corps délicat fit courir le sang plus vite dans ses veines. Il l'embrassa lentement tout en palpant son corps, mais tout à coup son téléphone sonna et elle le laissa répondre. Il prononça plusieurs mots qu'elle n'entendit pas avant de mettre fin à la communication, puis il l'embrassa sur le front et lui dit :

— Je suis désolé, Nour. Il y a un gros problème. Il faut que je retourne immédiatement à l'usine.

8

Dania fit la prière du soir* et y ajouta deux prosternations surérogatoires puis elle mit son pyjama et se coucha. Elle pressa sur
un bouton à côté d'elle pour éteindre toutes les lumières. Elle
ferma les yeux dans l'obscurité et repensa aux paroles de son
père. Elle se sentait oppressée. Les questions se bousculaient
dans sa tête : l'islam n'était-il pas la religion d'un Dieu juste et
généreux ? Comment pouvait-il permettre que l'on torture les
gens et que l'on bafoue leur dignité ? S'était-elle mal conduite
à l'égard de son père ? S'était-elle précipitée, n'écoutant que ses
sentiments sans réfléchir aux conséquences ?

La tragédie de Khaled Saïd l'avait émue et elle avait tenu à
rendre visite à sa mère sans penser à rien d'autre qu'à la récon-
forter. Il ne lui était pas venu à l'idée que cette visite puisse avoir
des conséquences pour son père et pour ses frères. Elle ne suppor-
terait pas de leur nuire. Ils étaient ce qu'elle aimait le mieux au
monde. Il n'y avait personne de plus tendre et de plus généreux
que son père. Elle pria Dieu de lui rendre – fût-ce partiellement –
toutes les bontés qu'il avait pour elle. Allait-elle, en échange, lui
nuire ? Et puis, pourquoi se mettait-elle parfois en colère et dis-
cutait-elle avec lui d'une façon qui n'était pas convenable ? Son
sentiment croissant de culpabilité se teintait d'inquiétude à l'idée
qu'il la surveillait. Elle était certaine qu'il était au courant pour
Khaled. Elle l'avait compris en voyant son air irrité. N'avait-il pas
dit qu'à l'université ses amis des milieux populaires lui avaient

* Il y a cinq prières obligatoires dans la journée : à l'aube *(sobh)*, à midi
(dhohr), l'après-midi *('asr)*, au coucher du soleil *(maghreb)* et le soir *(isha)*.

empoisonné l'esprit ? Était-ce un mot jeté en l'air ou bien visait-il Khaled en particulier ? Incapable de dormir, Dania se leva, se fit une tasse de thé chaud et s'allongea sur le canapé. En dépit de son inquiétude et de sa fatigue, un sourire lui échappa : Khaled Madani, accusé d'empoisonner ses idées ? Jusqu'à quel point cette accusation était-elle fondée ?! Khaled était son condisciple depuis l'année préparatoire de médecine. Comme leurs prénoms commençaient par des lettres proches*, ils avaient toujours été placés dans les mêmes sections pour les travaux pratiques et les examens oraux. Elle le connaissait de vue et lorsqu'elle le voyait, elle le saluait comme n'importe quel autre étudiant. Elle n'avait jamais particulièrement pensé à lui. Leurs relations auraient pu rester superficielles jusqu'à l'obtention du diplôme. Un jour, elle avait lu sur le journal mural un article de lui où il disait que la morale sans la foi valait mieux que la foi sans la morale. Elle était à l'époque une disciple fervente du cheikh Chamel. L'article de Khaled l'avait choquée au point qu'elle avait pensé écrire une réponse réfutant tous ses arguments. Lorsque le lendemain elle le vit dans leur section, elle ne put se contenir et lui demanda avec colère :

— C'est toi qui écris l'article sur la religion et la morale ?

— Oui.

— Ton article est très mauvais et tout ce que tu dis est faux.

Il la regarda calmement derrière ses lunettes de vue cerclées de noir puis il lui sourit :

— Tu as le droit d'avoir ta propre opinion.

Son calme enflamma sa colère et elle répliqua avec animosité :

— Comment as-tu la prétention de te mesurer à la religion ?

— Je ne me mesure pas à la religion.

— Tu as dit que la morale était plus importante que la religion.

— J'ai dit que la morale sans religion valait mieux que la religion sans morale.

— De la morale sans religion, ce n'est pas possible.

— Si, c'est possible. La preuve en est que de nombreux athées ont de la morale et une conscience.

— Si quelqu'un renie Dieu – pour ces mots j'implore son pardon –, comment peut-il avoir une morale ?

* La lettre *kha* et la lettre *dal* se suivent dans l'alphabet arabe.

— Une personne peut vivre moralement grâce à sa conscience au lieu de la foi.

Elle fut un peu décontenancée par la façon dont fusaient ses réponses bien argumentées.

— Es-tu musulman ?

— Grâce à Dieu.

— Notre-Seigneur a dit "Pour Dieu la religion est l'islam", et il a dit également : "Celui qui choisit une autre religion que l'islam, rien de ce qui vient de lui ne sera agréé." Donc tout ce que tu as écrit dans ton article déplaît à Dieu et à son prophète.

Il eut un large sourire et lui dit gentiment, comme s'il parlait à un enfant qu'il aimait bien :

— Peux-tu m'écouter sans m'interrompre ?

— Je t'en prie.

— Je prie, je jeûne, j'accomplis toutes les obligations, mais je crois que la religion véritable, c'est ce que l'on fait et pas ce que l'on croit. La religion n'est pas un but en soi mais elle est un moyen de nous enseigner la vertu. Dieu, qu'il soit glorifié et exalté, n'a pas besoin de notre prière et de notre jeûne. Nous prions et nous jeûnons pour notre propre éducation. L'islam n'est pas quelque chose de formel et de rituel, comme le croient les salafistes, et ce n'est pas non plus un moyen de s'emparer du pouvoir, comme le croient les frères. Si l'islam ne nous rend pas plus humains, il ne sert à rien, et nous non plus.

Elle le regarda sans lui répondre et il poursuivit avec enthousiasme :

— Pourquoi apprenons-nous la médecine ? C'est pour soigner les gens. Donc les études n'ont pas de valeur si l'on n'exerce pas la médecine. Avec la même logique, la religion est un entraînement à faire le bien. Il ne sert à rien de la pratiquer si cela ne se reflète pas sur notre morale.

Ce jour-là, ils parlèrent longuement. En dépit de son opposition, au fond d'elle-même, elle était éblouie par sa capacité d'analyse et d'expression de ses idées. Il lui apprit qu'il était poète. Après qu'elle le lui eut demandé, il récita une poésie dont le titre était "Le Pharaon". Lorsqu'elle l'interrogea sur le sens de certains passages de ce poème, il lui répondit :

— On ne peut pas expliquer la poésie.

— Même si c'est toi l'auteur de la poésie ?

— C'est précisément parce que c'est ma poésie qu'il n'est pas possible de l'expliquer. La poésie doit s'expliquer par elle-même.

Il lui parla de poésie d'une façon belle et simple. Après cela, leurs rencontres se succédèrent et, chaque fois, elle découvrait qu'elle savait bien peu de choses et que ses connaissances à lui étaient infinies. Chaque conversation attirait son attention sur un sujet auquel elle n'avait jamais pensé jusque-là. Grâce à Khaled, son point de vue changea sur de nombreuses choses. Il l'influençait tellement qu'elle se souvenait par cœur des phrases qu'il lui avait dites. Plus d'une fois, elle se surprit à parler de la même façon que lui.

— Tu sais, lorsque je t'entends, je n'arrive pas à croire que tu as le même âge que moi.

— J'ai cinq mois de plus que toi.

— Parfois j'ai l'impression lorsque tu parles que c'est l'âme d'un homme de cinquante ans qui s'est réincarnée en toi.

Cela le fit rire :

— Tu crois que je suis possédé par un démon.

Elle lui répondit sérieusement :

— Vraiment, tes idées dépassent de beaucoup ton âge.

— Je te remercie mais ce ne sont pas mes idées. Tout cela je l'ai lu.

— Quand as-tu lu tous ces livres ?

— C'est grâce à mon père qui a remarqué mon goût pour la lecture dès que j'étais petit et qui m'a inscrit à une maison de la culture. J'ai pris l'habitude d'emprunter des livres. Imagine-toi : un homme simple et pas instruit qui accorde autant d'importance à la lecture !

Quand il parlait de son père, il y avait sur son visage un mélange de tendresse et de fierté. Elle respectait le fait qu'il n'ait absolument pas honte de sa famille modeste. Il lui avait dit une fois :

— Dieu m'aime. Il m'a donné un père pauvre et noble. Je n'aurais pas supporté que mon père soit riche et corrompu.

Souvent elle s'interrogeait sur l'expression apaisée qu'il arborait, comme s'il avait complètement confiance en son avenir. Il prenait tout avec simplicité, même la différence de classe qu'il y avait entre eux. Il lui dit un jour en plaisantant :

— Tu sais, parfois j'ai peur de notre amitié.

— Pourquoi ?

— Ton père pourrait nous perdre en un seul instant, ma famille et moi.

— Mon père poursuit seulement les terroristes et les espions.

Il sourit :

— Grâce à Dieu, je suis un citoyen honnête.

Puis il poursuivit en badinant :

— De toute façon, Dania Hanem*, je te remercie d'accepter la compagnie de quelqu'un comme moi, qui a tout juste dans sa poche dix livres soixante et qui saute dans un minibus pour aller à l'université.

— As-tu ressenti une seule fois que je prenais mes condisciples de haut ?

— Tu es modeste mais ta modestie ne change pas la réalité.

— Quelle réalité ?

— Que tu es Dania, fille des puissants, et que je suis Khaled, fils d'un chauffeur.

— Khaled, s'il te plaît, ce que tu dis me fait mal.

Il s'excusa et ils parlèrent d'autre chose. Après cela, elle interdit à son chauffeur d'entrer avec sa Mercedes à l'intérieur de la faculté. Elle sortait à pied par le grand portail de la rue Qasr-el-Aïni** puis montait dans sa voiture dans la rue. De plus, pour aller à la faculté, elle ne mit plus de vêtement coûteux et s'habilla aussi simplement que possible. Elle essaya de développer ses relations avec des condisciples auxquels elle ne parlait pas auparavant. Elle s'efforça d'éliminer tout ce qui la distinguait des étudiants ordinaires. Ce qu'il avait dit sur la fracture sociale qu'il y avait entre eux la tourmentait car cela lui rappelait que leurs rapports n'avaient pas d'avenir. Il ne restait qu'une année avant le diplôme puis ils seraient complètement séparés. Quoi qu'il arrive, son union avec Khaled était absolument impossible. Même s'il obtenait une mention d'excellence et était nommé assistant à la faculté, même s'il obtenait un contrat de

* Titre turc que l'on ajoute au prénom des femmes de la bonne société. En Égypte, ce titre dénote souvent une moquerie affectueuse.
** C'est dans cette rue que se trouve le Centre universitaire hospitalier du Caire.

travail dans le Golfe et devenait riche, le métier de chauffeur de son père interdirait définitivement qu'ils s'unissent. Il n'était même pas possible d'évoquer le sujet avec sa famille. Cependant elle caressait parfois l'espoir confus que survienne un coup de théâtre (comme dans les films) qui lui permette d'épouser Khaled et d'avoir des enfants avec lui. Elle pensait constamment à lui. Elle se remémorait chacun de ses traits : son corps élancé et pur qui exhalait un doux parfum, les poils noirs abondants qui apparaissaient dans l'échancrure de sa chemise, son beau sourire calme et son regard sincère et franc derrière ses lunettes, ses fins cheveux noirs, ses lèvres charnues, ses dents brillantes, ses doigts fins et fuselés comme ceux d'un pianiste. Elle rêvait souvent de lui. Elle se voyait assise à ses côtés sur un banc dans un jardin agréable entouré de fleurs superbes comme elle n'en avait jamais vu auparavant. Elle lui chuchotait des mots qu'elle n'entendait pas, elle lui prenait les mains, le serrait dans ses bras et il posait sa tête sur sa poitrine. Une jouissance débordante la parcourait alors et le rêve se terminait, mais le lendemain elle avait le sentiment d'avoir péché et prenait un bain en invoquant le pardon de Dieu.

Chaque jour qui passait la rapprochait de Khaled. Elle lui parlait de tout ce qu'elle faisait, elle écoutait son opinion et l'interrogeait sur tout ce qui la préoccupait. Ils passaient beaucoup de temps ensemble à la faculté. Elle lui avait demandé – pour éviter le qu'en-dira-t-on – de ne jamais s'asseoir à ses côtés, où que ce soit. Elle insistait pour qu'ils parlent toujours en marchant aux quatre coins de Qasr-el-Aïni. Khaled se moqua de ses appréhensions :

— Si on nous voit ensemble, les ragots iront bon train, que l'on marche ou que l'on soit assis.

Elle lui répondit sérieusement :

— Il y a une différence : si l'on nous voit marcher, on pourra penser que nous allons en cours alors que si nous sommes assis tous les deux, c'est une façon d'annoncer à tous qu'il y a entre nous quelque chose de spécial.

— Est-ce qu'il n'y a pas entre nous quelque chose de spécial ?

— Bien sûr, mais nous n'avons pas intérêt à le rendre public maintenant.

— Notre amitié est noble et respectable.

Elle lui répondit par une boutade :

— Docteur Khaled. Nous vivons en Égypte, pas en Hollande.

— C'est-à-dire que nous nous soumettons aux règles d'une société arriérée.

— Si je compte pour toi, tu dois te soucier de ma réputation.

Il hocha la tête :

— Je ne suis pas convaincu, mais je ferai tout pour te tranquilliser.

Chaque jour, ils déambulaient dans Qasr-el-Aïni. Ils appelaient ces moments des "promenades". En dépit de leur relation, elle n'avait pas l'impression de pécher. Lorsqu'elle priait, elle se livrait à Dieu l'âme tranquille. Grâce à Dieu, elle n'avait rien fait de répréhensible avec Khaled (en dehors des rêves qui survenaient indépendamment de sa volonté). Tout au long de ces deux années, il ne l'avait pas touchée une seule fois et elle ne le lui aurait d'ailleurs pas permis.

La somnolence s'empara d'elle alors qu'elle était allongée sur le canapé et elle se réveilla le lendemain avec une migraine et le cou endolori. Dès qu'elle arriva à la faculté, elle le chercha et ne le trouva pas. Elle l'appela, mais son téléphone était éteint. Il apparut à la fin de la journée et elle lui demanda où il était. Il lui répondit calmement :

— Nous en parlerons pendant la promenade.

Lorsque leur déambulation quotidienne commença, elle l'interrogea avec irritation :

— Est-ce que c'est normal que tu te caches toute la journée ?

Il sourit :

— J'avais une réunion et il fallait que j'éteigne mon téléphone et que je ne l'aie pas sur moi. Il aurait pu être utilisé pour nous mettre sur écoute.

La conversation avec son père au sujet de sa surveillance lui revint à l'esprit.

Elle lui dit, légèrement calmée :

— Tu aurais dû me le dire, Khaled. J'étais inquiète pour toi.

— Je suis désolé.

Après un moment de silence, elle ajouta :

— Je voudrais te poser une question.

— Je t'en prie.

— Est-ce que l'islam autorise la torture ?

— Non, bien sûr. La torture est interdite par l'islam.

— Mais l'islam ordonne des tortures comme le fouet, la lapidation, l'ablation des mains et des pieds. Est-ce que ce ne sont pas là des formes de torture ?

Khaled la regarda avec étonnement :

— Qui t'a dit ça ?

— Quelqu'un de ma famille qui a étudié la religion en profondeur m'a dit qu'il existait un précepte de la loi divine – le *taazir* – qui donnait à celui qui gouverne le droit d'emprisonner et de torturer toute personne qu'il considère comme dangereuse pour la société.

Pendant plus d'une minute, il marcha en silence à ses côtés.

— Tu rêves ?

— J'organise mes idées pour te répondre.

— Je vous en prie, monsieur le professeur.

Elle avait dit cela en plaisantant, mais il lui avait répondu d'un ton sérieux :

— Tu sais, Dania, au temps de l'Empire romain, lorsqu'on appliquait la peine de mort, on livrait le condamné aux lions pour qu'ils le dévorent. À cette époque, ce châtiment était accepté par les gens, pour qui ce spectacle barbare était une distraction. Que penserais-tu si le gouvernement italien remettait cette tradition en vigueur ? Cela serait-il acceptable ?

— Non bien sûr.

— Tu dois donc comprendre l'islam de la même façon. Les châtiments corporels comme le fouet, la lapidation, existaient dans un cadre historique donné qui n'est plus. D'ailleurs, les mêmes peines étaient prévues par la loi juive mais ont été rendues caduques. Il faut comprendre l'islam comme un ensemble de principes humains généraux, comme la justice, l'égalité, la liberté.

— Donc tu es contre l'application de la loi religieuse ?

— La loi religieuse doit faire régner la justice. Si nous appliquions les châtiments qui étaient appliqués il y a mille ans, nous ne pourrions pas faire régner la justice. Nous ajouterions de l'arriération à l'arriération.

— Si le cheikh Chamel t'entendait, il te déclarerait apostat.

— Le cheikh Chamel et ceux qui lui ressemblent reçoivent des millions pour diffuser la pensée wahhabite et pour soutenir le pouvoir. Franchement, je ne les considère pas comme des hommes de religion. Ce sont des hommes d'affaires.

— Mais des millions de musulmans souhaitent l'application de la loi divine.

— La loi, ce sont les commandements de Dieu, et la jurisprudence religieuse, c'est la façon d'appliquer ces commandements. La loi est divine tandis que la jurisprudence est un effort de réflexion humain. On ne peut donc pas appliquer les paroles de docteurs en jurisprudence religieuse qui ont vécu il y a des siècles. Il faut que nous adoptions une nouvelle jurisprudence en adéquation avec notre époque. L'islam a permis d'acheter des concubines pour en jouir. Imagines-tu que l'on mette en vente des jeunes filles sur la place Ataba par exemple et que n'importe quel acheteur ait le droit de coucher avec elles ? Au vingt et unième siècle, il n'est pas admissible de couper la main d'une personne, ni de la fouetter, ni de l'enterrer dans un trou pour la lapider jusqu'à la mort. Le châtiment du *taazir* était peut-être utile il y a mille ans mais il est inapplicable aujourd'hui. Si ton parent insiste pour l'application du *taazir*, alors nous avons le droit d'acheter des concubines pour en jouir sexuellement. On ne peut pas abandonner une chose et en appliquer une autre. S'ils veulent revenir au passé, il faut y revenir complètement.

Khaled se tut un instant, puis il poursuivit :

— Tu veux que je te donne une règle stable, immuable : tout ce qui est en dehors de la justice et du droit est en dehors de l'islam. Tout ce qui est contre la dignité humaine est contre l'islam.

Elle était silencieuse.

— Tu es convaincue ?

— J'ai besoin de réfléchir.

Il s'arrêta tout à coup de marcher et regarda sa montre :

— Il faut que nous allions vite à l'amphithéâtre 95.

— Pourquoi ?

— Nous avons une réunion pour préparer la manifestation de mardi.

— S'il te plaît, accompagne-moi à la première porte.

— Tu ne veux pas assister à la réunion ?!

Elle resta un instant silencieuse pour rassembler tout son courage :

— Je suis désolée, Khaled. Je ne peux pas participer à la manifestation.

— Tu étais d'accord.

— J'ai changé d'avis.

Il s'arrêta de marcher et la regarda, contenant sa colère :

— Peut-on savoir pourquoi ?

— Ma participation à la manifestation peut nuire à ma famille.

— Si tout le monde résonnait comme toi, personne ne participerait.

— Je crois que mes craintes pour ma famille ne sont ni une faute ni un péché.

— Et qui te dit que moi je ne crains pas pour ma famille ? Au moins les gens de ta famille sont importants. Moi, les miens sont des gens modestes. Ils ne supporteront pas de rester une seule nuit dans un commissariat.

Elle sourit tristement :

— J'étais certaine que tu n'approuverais pas ma position.

— Je ne peux pas approuver ta position.

Elle s'emporta :

— Alors, pour te plaire, il faut que je cause des malheurs à ma famille.

Ils étaient presque arrivés au portail. Il la regarda et lui dit :

— Dania, la cause dépasse les craintes que nous pouvons avoir pour nos familles. De nombreuses personnes se sont sacrifiées pour le changement, pour que nous devenions les citoyens respectables d'un État respectable, pour que la police se comporte d'une façon respectueuse avec le moindre des citoyens, pour que la loi soit appliquée pour tous, pour qu'il n'y ait pas une personne en Égypte qui ne trouve à manger, à se loger, à se soigner.

Elle sourit :

— Donc, c'est moi en particulier qui suis un obstacle au changement.

Il répondit avec ferveur :

— Ta participation à la manifestation est plus importante que la mienne. Que moi j'appelle au changement, c'est normal parce que je suis pauvre, mais qu'une fille de famille riche appelle au changement, c'est quelque chose de noble parce que ce n'est pas par intérêt qu'elle lutte pour la justice.

— C'est sûr qu'il y aura à la manifestation d'autres gens riches que moi.

— Tu attends que les autres fassent ton devoir à ta place.

Elle secoua la tête :

— C'est inutile de discuter. Je m'en vais. Salut.

Il tenta d'ajouter quelque chose, mais elle lui tourna le dos et partit. Il continua à la suivre du regard jusqu'à ce qu'elle passe le portail. Le chauffeur se précipita pour lui ouvrir la porte. Elle monta et la voiture s'éloigna lentement avec elle puis disparut dans les encombrements.

9

Cher Mazen,

Je te remercie d'accepter mon amitié et je te remercie aussi de me dire que je suis belle, même si je me trouve moi-même juste normale. Mon numéro de téléphone est le 01275552518. Tu peux m'appeler n'importe quand, cela me fera plaisir. Je suis rentrée à la maison depuis une heure. J'ai pris une douche et je me suis préparé une grande tasse de Nescafé puis je me suis dit qu'il fallait que je te parle.

Je suis allée à l'enquête ce matin à dix heures comme cela était indiqué sur ma convocation. La saleté et la négligence dans lesquelles se trouve la Direction de l'enseignement reflètent parfaitement la situation de l'enseignement en Égypte. Je suis montée jusqu'aux Affaires légales. Mon enquêteur était un homme très gros qui s'appelait Moatez el-Bahi, comme cela était écrit sur l'écriteau en bois au-dessus du bureau. À côté de lui un secrétaire dont je ne connaissais pas le nom enregistrait mes propos. Après les questions habituelles sur le nom, l'âge et le métier, il m'a dit :

— Le directeur de l'école vous accuse de porter des vêtements inconvenants pendant le travail. Que répondez-vous ?

Je lui ai répondu :

— Trouvez-vous que les vêtements que vous voyez sur moi ne sont pas convenables ? Je ne suis pas voilée et je ne crois pas que cela soit contraire à la loi. Mon problème avec le directeur n'a pas pour cause mes vêtements.

— Alors, quel est le problème ?

— Le problème, c'est que je ne donne pas de leçons particulières et que je fais mes cours honnêtement. Le problème, c'est que je menace le réseau de leçons particulières monté par le directeur avec la participation de la professeur principale et de la plupart des enseignants. Tous font du chantage auprès des élèves pour les forcer à prendre des leçons particulières et à participer à des sessions de soutien.

L'enquêteur fit un signe au secrétaire qui s'arrêta d'enregistrer mes propos puis me dit :

— Madame Asma. Il faut que je vous mette en garde. Chaque mot que vous dites peut être retenu contre vous, ceci est un rapport officiel.

— Je maintiens tout ce que j'ai dit et je suis prête à en apporter la preuve.

Il a suspendu l'enquête pour demander qu'on m'apporte un jus de citron et s'est mis à bavarder aimablement avec moi. Il m'a parlé du professeur d'anglais qu'il avait eu quand il était élève au lycée Saïdia. Je sentais que c'était un homme bon. Au bout d'un moment il m'a dit en souriant :

— Je crois que vos nerfs se sont calmés.

— Grâce à Dieu.

— Vous voulez que nous poursuivions l'enquête ?

— S'il vous plaît. Je vous prie d'enregistrer que j'enseigne la langue anglaise dans trois classes et qu'aucune de mes élèves n'a échoué dans ma matière, mais que le directeur de l'école, au lieu de me remercier, me persécute et dépose contre moi une plainte fallacieuse parce que je menace ses intérêts.

Il a de nouveau interrompu l'enquête et m'a dit avec irritation :

— Qu'est-ce que vous racontez ? Moi, je vous dis que ces paroles-là vont vous ouvrir les portes de l'enfer. Si vous accusez le directeur de l'école de faire pression sur les élèves pour qu'elles prennent des leçons particulières, vous pensez qu'il va se taire ?

— Je jure par Dieu que c'est la vérité.

Il m'a dit d'une voix basse :

— Je vous crois, mais vous vous imaginez que le directeur de l'école fait cela tout seul sans être soutenu par des gens importants au ministère ?

— Je défendrai ce qui est juste, quel qu'en soit le prix.

— Vous êtes avocate ou professeur ?

— Chacun doit lutter, là où il se trouve, contre la corruption.

L'enquêteur s'est mis à rire (peut-être de ma naïveté) :

— Avant de lutter contre la corruption, vous devez connaître vos forces. N'allez surtout pas engager une bataille inégale ou vous détruirez votre avenir pour rien.

Il ne m'a pas laissé la possibilité de répondre et a poursuivi :

— Écoutez, nous limitons notre enquête à l'accusation. Je vous interroge et vous me dites que vous n'avez jamais porté de vêtements inconvenants. Ensuite je recueille votre engagement à porter des vêtements convenables. Vous signez et l'affaire est terminée sur le plan légal.

— Prendre cet engagement, c'est reconnaître l'accusation.

— Non, pas du tout. C'est une simple démarche formelle. Si l'accusation était fondée, je vous aurais infligé un blâme, alors que je me suis contenté de l'engagement et je suspends la plainte. Qu'en pensez-vous ?

Je suis restée silencieuse. J'étais hésitante. Il était convaincant, mais ma colère et mon sentiment de persécution me poussaient à l'affrontement. L'enquêteur a souri :

— Bon, j'inscris que vous avez été victime de surmenage et je repousse l'enquête d'une semaine. Vous pourrez réfléchir tranquillement.

— Pendant cette semaine, j'irai à l'école ?

— Du point de vue légal, il n'y a pas de décision d'arrêt de travail. Vous devez donc aller à l'école pour que l'absence ne soit pas utilisée contre vous.

Je l'ai remercié et, sur le chemin du retour, en y réfléchissant, j'ai trouvé son raisonnement valable. Il est certain que le directeur est soutenu par le ministère et que c'est à cause de ça qu'il fait ce qu'il veut. Je suis prête à affronter les hauts responsables du ministère. Je n'ai pas peur d'eux et ça ne me fait rien s'ils me renvoient, mais je suis triste, Mazen. Je ne parviens pas à croire que je puisse être traitée de cette façon simplement pour avoir fait mon travail honnêtement. Dis-moi ce que tu en penses : je fais comme me le conseille l'enquêteur et je signe l'engagement pour suspendre la plainte ou bien je dis toute la vérité et je mène la bataille jusqu'à la fin ? Je suis désolée de t'embêter avec tous mes problèmes. Même si je suis déprimée, je vais faire un effort et sourire pour que tu voies mes fossettes ! Tu vois ?

Salut, mon ami

Asma

10

Il fallait voir à quelle vitesse Achraf avait décampé.

Il était nu, défoncé, allongé sur Akram, mais lorsqu'il entendit frapper à la porte il bondit, ramassa vite sa robe de chambre qui était par terre puis courut à la salle de bains et en ferma la porte. Il ouvrit la douche et se mit en haletant sous l'eau bouillante. Il devinait ce qui s'était passé. Sa femme Magda était rentrée plus tôt et elle avait trouvé la porte fermée de l'intérieur. Elle comprendrait qu'il était en train de faire l'amour avec Akram. Il n'y avait pas d'autre explication. Il pourrait bien inventer toutes sortes d'histoires, elle ne le croirait pas. C'est sûr qu'elle avait vu la chemise de nuit d'Akram et les coussins par terre. Elle avait tout compris. Elle devait être maintenant en train de s'en prendre à Akram, avant de venir le voir. Il connaissait Magda et son goût des mélodrames. Elle allait crier, pleurer, se griffer les joues, maudire le sort qui lui avait donné un mari comme lui qui la trompait dans sa propre maison avec sa bonne. Elle allait transformer sa vie en enfer. Elle était capable de rester toute une journée à crier et à se lamenter sans interruption pour lui mettre les nerfs à vif puis à la fin d'aller prendre une douche et s'endormir profondément. Magda allait enfin pouvoir jouer le rôle de la victime. Elle allait faire partout du scandale, tout raconter à la famille et aux amis, à commencer par Boutros et Sara. Il ne pourrait plus jamais les regarder dans les yeux. Le père respectable et exemplaire avait été pris en flagrant délit avec la bonne.

Il sortit de la douche, mit sa robe de chambre et s'assit sur le bord de la baignoire. Il aurait aimé avoir sous la main une cigarette de haschich pour calmer ses nerfs. Il ferma les yeux et récita intérieurement le Notre Père. Puis il pria Jésus Christ de le sauver du scandale. En ouvrant les yeux, il se sentit un peu plus calme. Il se leva, respira profondément et peu à peu sa peur se transforma en mécontentement. Qu'avait-il fait pour se cacher de son épouse comme un enfant fautif ? C'est certain qu'il avait fauté mais le blâme en retombait-il sur lui seul ou bien Magda n'en méritait-elle pas une part ? "Magda Hanem, tu m'as négligé, tu m'as méprisé, tu as convaincu Boutros et Sara d'émigrer et de me laisser seul, tu as vécu seulement pour ton travail comme si tu n'étais pas responsable d'une maison et d'un mari ? Et à la fin c'est toi qui apitoies les gens comme si tu étais la victime ! Le rôle de la femme bafouée ne te convient pas. Tu es la cause de ce qui arrive. J'ai eu une relation avec la servante parce que j'ai trouvé en elle tout ce dont tu m'as privé. Car elle, elle me respecte, se préoccupe pour moi, s'occupe de moi, elle est sincère avec moi et me considère comme un homme. Elle ne me méprise pas et ne me rappelle pas mon échec. Car elle, tout simplement, est authentique. Ce n'est pas une faussaire artificieuse comme toi et tes congénères."

Achraf s'approcha de la porte fermée, les mains dans les poches de sa robe de chambre bien décidé à affronter Magda quelles que puissent en être les conséquences. "Tu vas me faire un scandale, Magda, eh bien moi aussi je dirai aux gens qui tu es vraiment. Avec tous les détails." Il rassembla tout son courage en se répétant les réparties cinglantes qu'il allait assener à sa femme. C'est alors qu'il entendit des pas se rapprocher. On frappa doucement à la porte de la salle de bains.

— Qui est-ce ? demanda-t-il d'une voix revêche.

— Achraf Bey, c'est moi, Akram.

Il comprit que Magda était avec elle. Elle venait les confondre. Bien. Cette journée serait celle de leur rupture. Il respira avec effort et ouvrit lentement la porte puis, affectant le ton hostile d'un maître qui parle à sa servante :

— Oui, Akram. Qu'y a-t-il ?

Elle portait sa tenue de travail et il fut surpris de la trouver seule. Elle semblait décontenancée.

— Je suis vraiment désolée. Je ne sais pas quoi vous dire. Mansour, mon mari, attend au salon.

La succession des événements était si rapide qu'Achraf avait du mal à les assimiler. Il la regarda comme s'il ne comprenait pas.

— Mansour, qu'est-ce qui l'amène ?

D'une voix basse, elle lui dit :

— Il veut de l'argent.

— Et pourquoi ne t'en a-t-il pas pris à la maison ?

— Il m'en a demandé et j'ai refusé.

Comme il restait silencieux, elle soupira :

— Il fait toujours comme ça. Lorsque je refuse de lui donner de l'argent, il vient me menacer à mon travail.

— Et alors ?

— Vous voulez le rencontrer ?

— Pourquoi est-ce que je devrais le rencontrer ? cria Achraf en colère.

Akram, sur un ton de repentir, lui demanda :

— Pouvez-vous me prêter cinq cents livres ? Je vais les lui jeter au visage et le renvoyer. Je vous les rendrai sur mon salaire au début du mois.

Il n'avait pas le choix. Il fallait à tout prix se débarrasser de Mansour. Il ne fallait pas qu'il reste une seconde de plus à la maison. Mansour était un *beltagui** drogué et capable de n'importe quoi. D'ailleurs il était officiellement le mari d'Akram. Il pouvait l'agresser et déposer au commissariat une plainte pour adultère. L'appréhension d'Achraf grandissait et il décida d'agir avec rapidité. Suivi d'Akram, il se dirigea en toute hâte vers la chambre à coucher et il lui donna les cinq cents livres. Elle partit et il resta effaré au milieu de la chambre, incapable de se concentrer. Akram revint rapidement avec sur le visage un mélange de gêne et de gaieté.

— Ça y est, il est parti. Ouf.

Achraf ne répondit pas et elle poursuivit d'une voix faible :

— J'ai honte. Encore une fois, je suis désolée.

La colère s'empara de lui :

— C'est vrai, Akram, que je ne comprends pas. Même si Mansour voulait de l'argent, il aurait pu le demander à Mme Magda.

---

* Mauvais garçon qui fait régner la terreur dans son quartier et que la police utilise souvent pour ses basses œuvres.

C'est elle qui t'a embauchée. Pourquoi est-il venu le matin au moment où nous étions seuls ?

Elle ne répondit pas. Il s'assit en tailleur sur le lit puis ouvrit un tiroir de la commode et en sortit une cigarette qu'il alluma et dont il aspira une profonde bouffée. La cigarette s'enflamma vivement et répandit autour d'eux une pénétrante odeur de haschich. Il toussa puis dit :

— Vraiment, Akram, ce qui vient d'arriver est bizarre et suspect.

Elle le regarda d'un air de reproche puis s'approcha si près de lui qu'il sentit son odeur de savon parfumé :

— Je vous ai dit que je considérais que cette somme était une dette que je vous rembourserai au début du mois.

Elle attira sa tête vers sa poitrine mais il la repoussa :

— S'il te plaît, ne dis pas de bêtises. Tu sais que je ne pourrais pas te prendre cet argent. Mais toi, tu crois que cela suffit pour régler le problème de Mansour ? Bien sûr que non. Maintenant il va débarquer tous les jours pour demander de l'argent. C'est un chantage qu'on ne peut pas accepter. C'est une affaire vraiment écœurante.

Akram essaya de l'attendrir :

— Achraf Bey, ce n'est pas ma faute.

Il respira une profonde bouffée avant de lui répondre :

— Vraiment, je ne sais pas. Je ne peux pas me convaincre qu'il est venu par hasard.

Il y eut un silence puis Akram recula d'un pas :

— Vous voulez dire que je m'étais mise d'accord avec Mansour ?

— Comprends ce que tu veux, lui répondit-il en fronçant les sourcils.

Elle le regarda un moment :

— Je vous remercie, Achraf Bey.

Puis elle sortit et ferma doucement la porte.

11

Chère Asma,

J'espère que tu vas bien. Il est neuf heures du soir et je suis à l'usine depuis ce matin. Les ouvriers ont un gros problème et je suis solidaire. Je te raconterai plus tard ce qui est arrivé.

En deux mots, voici ma réponse à ta question : accepte la proposition de l'enquêteur et prends un engagement sur l'honneur. C'est une simple formalité. Ce n'est pas contre le directeur de l'école que nous menons bataille, mais contre le régime corrompu dont il est le produit. Voilà ce que je pense, mais tu es libre bien sûr de faire ce que tu veux. Il faut que je me remette maintenant au travail pour que nous décidions ce que nous allons faire avec la direction. Merci pour ton sourire.

Salut ma belle

Mazen

12

Madani, le chauffeur, était endormi dans sa voiture lorsqu'il entendit l'ingénieur Issam ouvrir la porte et se jeter sur le siège arrière :

— Retourne rapidement à l'usine.

Il fallut un moment à Madani pour comprendre ce qui se passait. Il mit le moteur en marche et la voiture démarra. Issam prit dans sa poche un chewing-gum qu'il mâcha pour enlever l'odeur de l'alcool et il mit dans ses yeux quelques gouttes de Prisoline pour les rendre moins rouges. Ensuite il passa quelques coups de téléphone pour suivre la situation. La route n'était pas encombrée et il arriva rapidement à l'usine. En franchissant le portail, Issam découvrit un spectacle impressionnant. Les ouvriers avaient allumé tous les projecteurs et ils étaient rassemblés sous la lumière éblouissante devant le bâtiment de la direction, revêtus de leurs vieilles tenues de travail de couleur kaki. Ils parlaient entre eux avec excitation et, dès qu'apparut la voiture d'Issam Chaalane, des cris de colère s'élevèrent qui rapidement s'unifièrent en un seul slogan :

— Nous voulons nos droits, nous voulons nos droits.

L'ingénieur Issam les ignora et monta à son bureau. Il apparut quelques minutes plus tard à la fenêtre avec un haut-parleur :

— Vous tous, choisissez quelqu'un qui parle en votre nom pour que je m'entende avec lui.

Il y eut un brouhaha pendant quelques minutes puis les ouvriers choisirent Hadj Cherbini, qui était le plus vieux d'entre eux, ainsi que Mazen el-Saqa, membre de la commission syndicale. Tous deux se rendirent dans le bureau d'Issam, qui les invita à s'asseoir puis alluma une cigarette et demanda d'un ton calme :

— Que se passe-t-il ?

Mazen répondit avec passion :

— La direction a confisqué les droits des travailleurs, qui ont décidé de se mettre en grève.

Le vieux Cherbini posa sa main sur la cuisse de Mazen pour le calmer. Puis il sourit et dit d'un ton aimable :

— Issam Bey, nous espérons que vous serez de notre côté. Lorsque la société italienne a acheté l'usine, elle a promis de verser tous les ans vingt-cinq mois de prime sur les bénéfices. Lorsque nous avons touché notre paye, nous avons eu la surprise de découvrir que la prime n'était que de cinq mois. Tous, nous avons des enfants à charge. Nous avons des responsabilités, des familles, et ces primes nous en avons besoin tout au long de l'année. C'est notre vie qui en dépend.

L'ingénieur Issam aspira une bouffée de sa cigarette :

— Tu sais, Cherbini, que personne n'aime les ouvriers et ne veille sur leurs intérêts plus que moi.

Mazen ne fit pas de commentaire tandis que Cherbini s'écria avec chaleur :

— Dieu vous garde, Issam Bey.

Issam but une gorgée de café :

— Je connais votre situation, mais il faut être raisonnable. La société vous donne vingt-cinq mois de primes quand elle fait des bénéfices, mais lorsqu'elle perd de l'argent, elle ne peut pas vous en donner.

Cherbini lui répondit :

— La société s'est engagée à donner aux travailleurs vingt-cinq mois de primes quelles que soient les conditions, que l'usine gagne de l'argent ou en perde. C'est un des articles du contrat de vente de l'usine et les Italiens étaient d'accord.

— La logique est plus importante que n'importe quel contrat. La logique dit qu'une société qui est en déficit ne peut pas distribuer de primes aux travailleurs. Tu sais à combien se montent les pertes de l'usine pour une seule année ?

Mazen intervint :

— Les ouvriers ne sont pas responsables des pertes de l'entreprise.

— Alors qui est responsable, monsieur l'ingénieur ? lui demanda Issam ironiquement.

— Vous voulez que je dise quelque chose que vous savez ?

— Un peu de respect, Mazen.

Celui-ci répondit calmement :

— Je parle avec respect. La société italienne a trois usines qu'elle possède en totalité. Dans notre usine, le gouvernement égyptien possède trente-cinq pour cent des parts. Par conséquent, l'intérêt de la société italienne est de perdre de l'argent dans notre usine et d'en gagner dans celles qu'elle possède en propre de façon à ne pas partager ses bénéfices avec le gouvernement.

Issam se moqua de lui :

— Tu fais partie de ceux qui croient à la théorie du complot.

— Vous savez que c'est la vérité.

Il y eut un moment de silence et Cherbini prit la parole :

— Issam Bey. Les fours ont besoin d'entretien. La société les a laissés tomber en panne. Lorsque la société a pris en main l'usine, il y avait sept fours en fonctionnement. Maintenant il n'y en a plus que deux. Est-ce la faute des ouvriers ? La société envoie les pièces de rechange dans ses usines et elle nous donne de vieilles pièces de rechange défectueuses. Est-ce la faute des ouvriers ? Si la société veut perdre de l'argent avec son usine pour que le gouvernement ne partage pas ses bénéfices, elle est libre. Mais il faut qu'elle verse leurs primes aux ouvriers.

Mazen intervint :

— La société est obligée d'appliquer le contrat qu'elle a signé.

Issam les regarda un instant :

— D'accord, je ferai parvenir vos demandes à la direction.

— Que Dieu vous garde, Issam, répondit Cherbini, tandis que Mazen resta silencieux.

Issam poursuivit d'un ton amical :

— Tout ce que je vous demande, c'est que les ouvriers reprennent le travail.

Mazen lui répondit :

— Les ouvriers n'interrompront pas la grève avant d'avoir reçu leurs primes.

— Arrêter l'usine de cette façon n'est pas acceptable.

— La décision n'appartient ni à Cherbini ni à moi. Les ouvriers ont décidé de poursuivre la grève jusqu'à ce que leurs primes soient entièrement payées.

Issam se leva tout à coup et leur fit signe de le suivre puis il se mit à la fenêtre et s'empara du microphone :

— Écoutez-moi, j'ai compris vos revendications et je vais les transmettre à M. Fabio, le mandataire de la société italienne.

Un brouhaha s'éleva des rangs des ouvriers qui se mirent tous à parler en même temps, puis les slogans reprirent de plus belle :

— Nous voulons nos droits, nous voulons nos droits.

Issam cria plus fort :

— Je crois que maintenant que votre message a été entendu, vous pouvez cesser la grève et reprendre le travail.

Le brouhaha reprit puis les voix se mirent à l'unisson pour répéter :

— La grève, la grève.

Issam sourit :

— Si vous insistez pour faire la grève, bien sûr, c'est votre droit. Je vous prie de veiller sur l'usine parce que c'est votre usine. J'ai donné des ordres à la cuisine pour que l'on vous prépare des repas chauds.

Les protestations fusèrent et les ouvriers se mirent à crier de toutes leurs forces :

— Nous voulons nos droits.

Issam se retourna vers le vieux Cherbini et lui dit avec gentillesse :

— Merci, Cherbini. Bonsoir. Toi aussi, tu vas passer la nuit à l'usine ?

— Je ne peux pas laisser tomber mes collègues.

Issam hocha la tête avec compréhension puis il regarda Mazen :

— Mazen, il faut que tu viennes avec moi. Ça ne te prendra pas plus d'une heure et Madani, le chauffeur, te ramènera.

Sans attendre sa réponse, il lui prit le bras et le conduisit à la voiture. Dès que Mazen fut assis à ses côtés, il lui dit amicalement :

— Je suis sûr que tu n'as pas dîné. Il faut que tu manges. Pour la lutte, il faut s'alimenter.

Ils allèrent au Four Seasons, le grand hôtel de Garden City. Mazen s'aperçut que l'ingénieur Issam y était très connu des employés. Ils prirent l'ascenseur et Issam lui demanda s'il aimait la cuisine italienne. Avant que Mazen ne réponde, Issam avait déjà appuyé sur le bouton du deuxième étage. C'était sa façon de faire : poser des questions puis ne pas écouter la réponse pour finalement faire ce qu'il voulait. Issam commanda les plats accompagnés d'un verre de whisky pour lui et d'une bouteille de bière pour Mazen, qui tenta de protester. Issam lui dit en badinant :

— Tais-toi, mon garçon, tu dois boire. C'est un ordre. Ce que j'ai pu boire avec ton défunt père !

Issam avala une grande gorgée de whisky et, tout ragaillardi, ajouta :

— Tu sais que ton père était un de mes plus chers amis. Oublie que je suis le directeur de l'usine. Je te considère comme mon fils.

— Je vous remercie.

— Pas besoin de remerciements entre nous. Je veux te dire deux mots. Tu peux m'écouter ?

— Bien sûr.

— Écoute, Mazen. J'ai un salaire élevé et une vie agréable. La lutte des ouvriers contre la société italienne ne m'inquiète absolument pas. C'est seulement ton intérêt qui me préoccupe. Tu comprends ?

— Oui.

— Tout ce que tu fais pour les ouvriers ne sert malheureusement à rien.

— Je fais mon devoir.

— Ton devoir, c'est de faire ton métier d'ingénieur.

— Les ouvriers m'ont élu représentant au syndicat pour que je défende leurs droits.

— Ah, tu en es encore à l'étape des slogans.

Mazen répondit avec colère :

— Vous vous moquez de moi ?

— Il m'est impossible de me moquer de toi, Mazen. J'apprécie ton enthousiasme et ta défense des ouvriers. C'est une chose noble. J'ai vécu ça pendant de nombreuses années avec ton père et, à la fin, j'ai découvert que c'était une illusion.

Mazen voulut protester, mais Issam poursuivit :

— On s'était mis d'accord pour que tu m'écoutes jusqu'à la fin.

Mazen se tut.

— Tu crois que les ouvriers vont obtenir quelque chose avec leur grève ? Tu crois que la société italienne travaille toute seule ? La société italienne est soutenue par les plus hauts responsables de l'État. En Égypte, la volonté de l'État l'emporte toujours, personne n'y peut rien. Je te conseille de laisser tomber tes états d'âme et de penser à ton avenir.

— Merci pour le conseil, mais je ne peux pas le suivre.

— Mon garçon, essaie de comprendre… Les ouvriers pour lesquels tu luttes seront les premiers à te vendre contre une augmentation ou contre une prime. Des milliers de communistes ont été emprisonnés et torturés parce qu'ils luttaient pour les droits des ouvriers. Qu'ont fait les ouvriers ? Rien. Ils ne se sont même pas préoccupés de leur sort.

— Cela m'étonne que vous teniez ces propos.

Issam sourit avec amertume :

— Au contraire, il faut que ce soit moi qui dise cela parce que je ne veux pas que tu reproduises nos erreurs. Ton père et moi, nous avons perdu notre vie pour des illusions. J'étais un des meilleurs étudiants de la faculté d'ingénieurs… J'aurais pu me concentrer sur mon travail, gagner des millions, fonder une famille et vivre heureux… Ton défunt père était un génie en droit. Il aurait pu devenir un des meilleurs avocats d'Égypte s'il n'y avait pas eu la politique, à cause de laquelle il a été poursuivi, emprisonné, torturé. Et s'il est mort prématurément, c'est à cause des maladies attrapées au centre de détention. La vérité vraie, c'est que rien ne changera en Égypte. Reprends-toi et pense à ton avenir avant qu'il ne soit trop tard.

Mazen se contenta de fixer Issam en silence.

— Moi aussi, autrefois, j'étais romantique comme toi. Je voyais la réalité d'une manière superficielle et stupide. Tu veux entendre la vérité ? Le peuple égyptien ne fait pas de révolution et, s'il en fait une, elle est condamnée à l'échec, parce que c'est un peuple peureux et soumis de nature au pouvoir. Nous sommes le seul peuple dans l'histoire qui ait considéré ses rois comme des dieux et qui leur ait voué un culte. La culture égyptienne, nous l'avons héritée des pharaons. C'est une culture de docilité à l'égard du pharaon. Jusqu'au dix-neuvième siècle, le paysan égyptien était fier de sa capacité à supporter le fouet pour ne pas payer d'impôts. Ajoute à cela que la culture musulmane te prédispose à la dictature. L'islam t'ordonne d'obéir au détenteur musulman du pouvoir, même s'il fouette ton dos et vole ton bien. Le peuple égyptien aime le héros despotique et se sent en sécurité lorsqu'il subit un dictateur. En Égypte, ton combat ne mène à rien d'autre qu'à ta perte.

Mazen lui coupa la parole avec émotion :

— Avec tout mon respect, ce que vous dites n'est pas vrai. L'islam était à la base une révolution contre l'oppression. Ensuite, il est devenu une institution dont les intérêts sont liés à ceux du régime en place. Il y a eu des dictatures en Espagne, en Allemagne, au Portugal, en Argentine et ce n'étaient pas des pays musulmans, ni pharaoniques. On ne peut pas faire le procès du peuple égyptien à cause de son comportement il y a cinq mille ans.

Issam sourit :

— J'ai l'impression d'avoir ton père en face de moi. Il considérait le peuple comme un être sacré et il ne supportait pas le moindre mot contre lui. Eh bien Mazen, cherche la réponse à ces questions dans les livres d'histoire. Tu veux des exemples ?

Le Wafd* était le parti de la majorité, capable de rassembler en quelques heures des millions d'Égyptiens dans les rues. Pourquoi le Wafd a-t-il accepté que la commission constitutionnelle de 1923 soit choisie par nomination et pas par élection ? Pourquoi n'a-t-il pas tenu tête au roi Fouad, qui était un tyran ? Pourquoi Saad Zaghlou a-t-il démissionné de la présidence du Conseil des ministres alors qu'il était le leader de la nation, et pourquoi les Égyptiens n'ont-ils pas manifesté à ce moment-là contre le roi et les Anglais ? Pourquoi le parti Wafd a-t-il laissé Abd el-Nasser supprimer la démocratie en 1954 alors qu'à cette époque il aurait pu mobiliser les gens et obliger l'armée à revenir dans ses casernes ? Pourquoi les Égyptiens ont-ils laissé

---

* Le mot *wafd* veut dire "délégation". À la fin de la Première Guerre mondiale, le peuple égyptien se souleva contre la Grande-Bretagne, qui venait de proclamer son protectorat sur l'Égypte, et envoya une délégation pour participer aux négociations de ce qui allait devenir le traité de Versailles. Cette délégation ne fut pas reçue, mais un parti fut créé sous le nom de parti du Wafd, qui remporta plusieurs fois les élections législatives et finit par obtenir l'indépendance de l'Égypte en 1936.

emprisonner leur leader bien aimé Ahmed Naguib et pourquoi se sont-ils cramponnés à Abd el-Nasser, responsable d'une défaite abominable et de l'occupation de l'Égypte ? Après l'assassinat de Sadate, Hosni Moubarak a libéré les prisonniers politiques, parmi lesquels se trouvaient les plus importants intellectuels d'Égypte. Pourquoi se sont-ils contentés de remercier Moubarak sans revendiquer la moindre réforme démocratique ? Je peux te poser beaucoup de questions dont toutes les réponses conduisent à la même conclusion : notre peuple ne fait jamais de révolution et, si tout à coup il en fait une, il y renonce rapidement. Notre peuple n'est pas prêt à payer le prix de la liberté.

Issam avala d'un seul coup le reste de son verre et fit un signe au garçon pour en demander un autre. Mazen reprit alors la parole :

— Je peux vous citer des exemples du courage des Égyptiens bien plus nombreux que vos exemples de leurs défauts.

Issam repoussa son objection d'un geste :

— Ça suffit. Tu es entêté. Fais ce que bon te semble.

Le silence s'installa. Issam but son whisky.

— J'ai une seule question à te poser pour avoir la conscience tranquille.

— Je **vous** en prie.

— Si je te trouve un contrat dans le Golfe avec un salaire élevé, tu l'accepteras ?

— Il n'est pas possible pour moi de quitter l'Égypte.

— Tu es libre, mais je voulais te dire que j'ai réussi à éviter de justesse ton arrestation.

— Mon arrestation ?

— Mais oui. Tu imagines que la Sécurité d'État ignore tes activités ? Tu es membre de l'organisation Kifaya et tu pousses les ouvriers à la grève. C'est facile pour eux de te faire un procès où tu écoperais au moins de dix ans de prison.

— Sous quelle accusation ?

— Cette question n'a pas de sens en Égypte. Ton père et moi, nous avons passé de longues années en prison. De quoi étions-nous accusés ? L'État égyptien te condamne d'abord et ensuite cherche un motif.

Mazen se leva tout à coup :

— Je retourne à l'usine.

Issam lui prit le bras :

— Assieds-toi, il faut que tu goûtes les desserts. Ici, ils sont délicieux.

Mazen regarda sa montre.

— Merci, mais il faut que je retourne à l'usine.

— Mon fils, reste encore une demi-heure.

— Je ne peux pas.

Issam serra les lèvres. La déception se lisait sur son visage.

— Vas-y. Au revoir.

— Madani peut-il me raccompagner ?

— Non, ce n'est pas possible.

Mazen le regarda d'un air mécontent.

— Vous m'aviez dit qu'il me raccompagnerait.

Issam baissa les yeux vers le fond de son verre qu'il faisait tourner dans ses paumes puis il s'adossa à sa chaise.

— Je suis revenu sur ma parole. Si tu veux aller à l'usine, débrouille-toi tout seul.

13

Akram ne s'était pas révoltée. Elle ne s'était pas disputée avec Achraf, mais elle avait pris ses distances. Elle avait réglé ses sourires, le ton de sa voix et même sa démarche devant lui sur ceux d'une simple servante qui accomplit sa tâche, ni plus ni moins. Elle s'occupait de lui comme d'habitude, mais sans enthousiasme, avec l'air de s'acquitter d'une obligation. Elle semblait avoir décidé de faire l'impasse sur sa liaison avec lui et se comportait comme si elles n'avaient jamais existé. Deux jours après ce changement d'attitude, elle entra dans son bureau (qui avait été le témoin de leur bonheur) et lui demanda d'un ton sec :

— Voulez-vous que je vous prépare un café ?

Il la regarda en silence, elle ignora son regard et répéta sa question. Il fit oui de la tête. Il était assis derrière son bureau, essayant d'écrire. Il avait l'esprit en miettes et quelque chose d'oppressant pesait sur sa poitrine. Elle revint avec le café sur un plateau, le posa sur le bureau et lui demanda s'il voulait autre chose. Il ne répondit pas et elle partit en silence. Il alluma une cigarette de haschich et regarda s'élever les volutes de fumée bleues. Il se dit que tout ce que faisait Akram était simplement une façon de couvrir sa mauvaise action. Elle le provoquait sentimentalement. Elle affectait la colère simplement pour l'attendrir et lui faire oublier ce qu'elle avait comploté contre lui avec son mari. Il se sentit soudain impuissant et amer. Il se tourmentait luimême. Est-ce qu'en fin de compte il n'était pas en train de devenir un misérable vieillard soumis au chantage de la servante de sa femme ? Il regimbait à cette idée qui augmentait son angoisse. Et si Akram, comme cela se passe dans les films, avait placé une caméra cachée dans un coin de son bureau et l'avait filmé en train de faire l'amour avec elle pour donner ensuite la vidéo à son mari ? Mansour pourrait alors le faire chanter toute sa vie. Il faudrait qu'il lui paie tout ce qu'il demanderait ou bien qu'il affronte un procès terrible. Si cela arrivait, il n'aurait plus qu'une solution : s'enfuir immédiatement et laisser tout tomber. Il se cacherait dans un endroit où personne ne pourrait le trouver… ni Mansour, ni Akram, ni même Magda. Il disparaîtrait dans une petite pension d'Alexandrie. Il passa en revue le nom des pensions qu'il connaissait en comparant leurs mérites respectifs. Ces obsessions occupèrent toute sa journée. Dans la soirée, il essaya de se plonger dans la lecture, mais n'y parvint pas. Il se sentit fatigué et sombra tout à coup dans un profond sommeil. Le lendemain, après une tasse de café et la cigarette de haschich matinale, il se trouva dans un nouvel état. Sa colère avait complètement disparu et ses pensées allèrent dans une autre direction. N'avait-il pas été injuste envers Akram ? Jamais une seule fois elle ne s'était montrée intéressée ni avide. Jamais elle n'avait accepté qu'il lui donne de l'argent sauf après qu'il eut beaucoup insisté. Elle disait toujours :

— Je n'ai pas besoin d'argent. L'important, c'est que je sois avec vous.

Il avait confiance en elle. Lui mentait-elle ? Est-ce que pendant tout ce temps elle lui avait joué la comédie ? C'était possible bien sûr. Mais où était la preuve formelle qu'elle s'était mise d'accord avec Mansour ? Parce qu'il était venu le matin et non pas le soir ? Mansour prenait des pilules et il se piquait au Max. On ne pouvait attendre de lui aucune pensée raisonnable. Puis, en fin de compte, il ne les avait pas surpris en flagrant délit et il ne les avait accusés de rien. Il était venu voir Akram pour qu'elle lui remette de l'argent pour sa drogue. Il n'avait pas pu attendre qu'elle rentre à la maison parce qu'il était en manque. Achraf décida de parler à Akram. Il fallait qu'il lui donne l'occasion de présenter sa propre défense. Que son innocence ou bien sa culpabilité soit confirmée. Il but son café et fuma une autre cigarette puis il alla à la cuisine et la trouva devant l'évier comme d'habitude. Il s'approcha d'elle :

— Bonjour.

Elle grommela une réponse peu claire et il lui dit aimablement :

— S'il te plaît, je voudrais te parler.

Elle se tourna vers lui, sur le qui-vive :

— Vous avez besoin de quelque chose ?

Il regarda son visage assombri par la colère et, sans s'en rendre compte, il lui caressa la joue. Elle repoussa sa main :

— S'il vous plaît, je travaille ici simplement comme servante.

Elle lui tourna le dos et continua à laver les verres. Il ne pouvait supporter d'être si près de ses chères fesses tendres et il se colla à elle, mais elle le repoussa violemment cette fois-ci en criant :

— Achraf Bey, un peu de respect, s'il vous plaît.

Elle avait parlé d'une façon tranchante et il se retira dans son bureau, furieux et humilié. Cette comédie ridicule ne pouvait pas continuer. Il était incapable de faire quoi que ce soit. Il ne pouvait ni écrire, ni lire, ni penser à autre chose qu'à ça. Même ses petits plaisirs avaient perdu leur saveur. Il ne regardait plus de films en noir et blanc le soir, il ne s'asseyait plus à la fenêtre à l'heure du coucher du soleil à regarder les passants et les voitures. Même son sandwich à la crème et au miel du matin n'avait plus de goût. Il passa toute la journée dans la morosité et, une heure avant le retour de Magda, il tenta sa dernière chance. Il chercha Akram et la trouva dans la salle à manger en train de repasser les vêtements de la maison.

— Akram, il faut que nous parlions.

Elle lui répondit calmement :

— Nous n'avons plus rien à nous dire.

Il lui répondit avec chaleur :

— Il y a une chose importante que je veux te dire.

Elle appuya son fer à repasser sur la veste du pyjama.

— Achraf Bey, s'il vous plaît, laissez-moi faire mon travail.

Il resta un moment debout, mais elle continuait à repasser sans se retourner vers lui. Il partit en claquant la porte. Qu'elle soit coupable ou injustement accusée, elle n'avait pas à se comporter avec lui de cette façon. Comment pouvait-elle refuser de lui parler ? Pour qui se prenait-elle ? Elle n'était tout de même pas la princesse de Galles. Après tout, ce n'était qu'une servante, ni plus ni moins. Qu'elle aille au diable, Mme Akram. Il n'allait pas mourir de son absence. Il pouvait facilement trouver une autre servante plus belle qu'elle qui ne lui crée pas de problème et ne le fasse pas souffrir. Mais à la colère et l'humiliation se mêlait un sentiment douloureux qu'il ne voulait pas reconnaître. Elle lui manquait. Il était enflammé de désir pour son corps, pour son merveilleux corps si doux, si délicieux. Il regrettait les beaux moments qu'ils passaient ensemble après l'acte sexuel. Elle l'apaisait, le rassurait et le consolait de toute sa tristesse. Il ne s'était rendu compte de l'importance qu'elle avait dans sa vie que lorsque leurs relations s'étaient interrompues. En dépit de son désir il décida de se comporter comme elle. Il ne tenta plus de lui parler et l'ignora complètement. Il lui demandait ce qu'il voulait puis la remerciait laconiquement en évitant de la regarder. Au début du mois, il eut la surprise de trouver posée sur son bureau une enveloppe sur laquelle était écrit "Merci" d'une grande écriture maladroite. Lorsqu'il l'ouvrit, il y trouva cinq cents livres. C'était plus qu'il ne pouvait en supporter. Il eut soudain envie de l'humilier. Il pensa même la gifler. Il ouvrit la porte et l'appela d'une voix forte et, lorsqu'elle apparut, il ne lui laissa pas sa chance. Il la prit avec force par la main, la tira à l'intérieur et ferma la porte. Il s'approcha d'elle si près que lui parvint l'odeur de son savon parfumé et, tout à coup, il se surprit à dire :

— Je suis désolé, Akram.

Sa voix résonnait étrangement comme si c'était celle de quelqu'un d'autre. Elle resta figée sur place, comme si elle ne l'entendait pas. Il s'approcha d'elle et murmura :

— Je te dis que c'est moi qui ai tort. S'il te plaît, accepte mes excuses.

Elle s'approcha de lui et ouvrit la bouche pour lui répondre, mais il ne lui en laissa pas le temps. Il la prit avec force dans ses bras comme s'il se cramponnait à elle pour qu'elle ne s'échappe pas. Il la couvrit de baisers et, lorsqu'il sentit la chaleur de son corps qui lui avait tant manqué, il lui murmura :

— Je t'aime.

Elle s'abandonna sans résistance à ses bras comme si elle avait attendu ce moment. Ils se laissèrent emporter par une vague érotique impétueuse qui les projeta tous les deux avec une bienheureuse violence sur les rives de la jouissance. Ils restèrent allongés côte à côte, nus, sur le sol. Il ferma les yeux et plongea son visage dans son cou en lui chuchotant :

— Tu m'as beaucoup manqué.

Puis il caressa son visage et sentit que ses doigts étaient mouillés. Il ouvrit les yeux et la trouva en train de pleurer. Il lui murmura tendrement :

— Allons, ça suffit, Akram, je t'en prie.

Il la serra violemment dans ses bras et elle lui répondit :

— Je vous en prie, Achraf, ne recommencez jamais. Ne doutez plus jamais de moi. Je n'ai jamais eu de chance avec les hommes. Vous êtes le premier homme juste sur lequel je sois jamais tombée. Je ne supporterai pas de me fâcher avec vous.

Avant que Magda n'arrive, ils s'habillèrent et effacèrent comme d'habitude les traces de l'amour. Le lendemain, il tenta de lui rendre l'enveloppe avec l'argent, mais elle le refusa. Il eut l'air peiné et elle lui demanda :

— Vous voulez que je prenne l'argent ?

Il hocha la tête et elle lui appliqua un baiser rapide sur les lèvres puis elle passa les doigts dans ses fins cheveux blancs et lui dit aimablement :

— Que diriez-vous si nous nous mettions d'accord. Je prendrai l'argent si vous faites quelque chose qui me ferait plaisir.

Il la regarda d'un air interrogatif et elle poursuivit avec l'enthousiasme d'un enfant :

— J'aimerais que nous sortions ensemble, Achraf Bey, même une seule fois. Nous irons n'importe où. À ce moment-là je prendrai l'argent et je ferai tout ce que vous voulez.

14

Cher Mazen

Es-tu rentré à la maison ou as-tu passé la nuit à l'usine ? Je t'appelle et tu ne réponds pas. Je te prie de me rassurer. Que Dieu te garde.

Asma

15

Dans les grandes occasions, Madani porte l'élégant uniforme que lui a acheté Issam Chaalane : costume gris, chemise blanche et cravate bleue, mais même alors il continue à être identifié comme le subordonné. C'est dû à sa façon de s'incliner sans cesse et à sa démarche empressée et silencieuse, à son sourire plein de sollicitude, à son air de toujours demander la permission, à l'expression soumise et docile de son visage, au ton bas de sa voix et aux regards scrutateurs qu'il jette autour de lui pour voir ce qu'il doit faire. C'est souvent ce qui arrive aux personnes qui sont au service d'une autre. L'apparence soumise et polie qu'ils empruntent au début devient avec le temps une nature qui ne les abandonne plus. Mais l'obéissance et l'humilité qu'affiche Madani ne sont qu'un masque derrière lequel se cache un courageux combattant à la volonté de fer et à l'opiniâtreté de fourmi. De la prière de l'aube par laquelle il commence sa journée jusqu'à son coucher tard dans la nuit, Madani travaille avec acharnement, sans faiblir, sans faillir, sans fléchir, sans se laisser détourner un seul instant de son but unique : gagner son pain quotidien. Il ne va pas au café, il n'a pas d'amis, il ne dépense pas un centime d'argent de poche. Et même s'il ne peut pas se passer de fumer, il se limite le plus possible. Il ne prend jamais de vacances et chaque année il demande à l'ingénieur Issam la contrepartie financière des droits aux congés accumulés. Madani a étudié jusqu'au niveau du collège puis il a abandonné l'école pour subvenir aux besoins de sa famille. Il a fait un peu tous les métiers jusqu'à ce qu'il apprenne à conduire pendant son service militaire. Il a ensuite été pendant de nombreuses années chauffeur de taxi, jusqu'à ce qu'un officier qu'il connaissait lui obtienne une place de chauffeur à la cimenterie. Il a d'abord conduit des camions puis des ambulances jusqu'à ce qu'Issam le remarque et le choisisse comme chauffeur personnel. Au début, Madani s'est tenu sur ses gardes avec son nouvel employeur en évitant de commettre la moindre faute. Le caractère emporté d'Issam lui déplaisait, mais il comprit vite que derrière cette apparence revêche, cette voix rauque, ces sautes d'humeur et ces dangereux accès de colère se trouvait un homme extrêmement bon, à tel point que Madani se demandait souvent si Issam n'affectait pas cette dureté pour cacher sa gentillesse excessive, incompatible avec la crainte révérencielle qui doit entourer un directeur.

Issam accordait à Madani toutes les augmentations, les primes, les remboursements de soins autorisés par le règlement interne de l'entreprise en plus de nombreuses gratifications qu'il lui faisait de sa poche. Lorsqu'il lui donnait de l'argent il ne prenait pas l'attitude du monsieur généreux ou du croyant faisant la charité d'un air recueilli. Il se conduisait comme un ancien pauvre qui savait ce que c'était que d'aimer sa famille et d'être incapable de subvenir à ses besoins. Issam s'approchait de Madani, lui glissait l'argent dans la poche et, la main sur son épaule, il lui disait à voix basse :

— Prends ça, Madani. C'est un petit quelque chose pour les frais de tes enfants.

Ou bien il lui disait en souriant :

— Ta fille Hind est entrée à l'université. C'est sûr qu'elle a besoin d'un ordinateur. Va lui en acheter un et passe-lui le bonjour de son oncle Issam.

Avec le temps était née entre Issam et Madani une amitié d'homme à homme. Une compréhension profonde et tacite à base de gestes et de regards. C'était une langue qui leur était propre. Issam avait besoin de peu de mots pour exprimer ses demandes auxquelles Madani répondait immédiatement, comme un soldat heureux d'exécuter les ordres de son capitaine. Pour Issam Chaalane, Madani avait des qualités difficiles à trouver chez un autre chauffeur : il était sûr, actif et discret. Il ne se plaignait jamais de l'excès de travail, il ne se mêlait pas de ce qui ne le regardait pas et il ne parlait que quand cela est nécessaire.

Son rôle dépassait de beaucoup celui d'un simple chauffeur. Madani était le seul à avoir une clef de l'appartement d'Issam où il pouvait entrer n'importe quand. C'était lui qui surveillait le travail de la femme de ménage qui venait deux fois par semaine et c'était lui qui se mettait d'accord avec le cuisinier sur l'achat des légumes dont il contrôlait sévèrement les prix et la qualité. C'était lui qui attendait le repasseur chaque lundi. Il lui préparait les vêtements à repasser et lui demandait de recommencer si le résultat ne lui plaisait pas. C'était lui également qui allait acheter le whisky à Zamalek et qui l'apportait à Issam exactement avec le même respect que lorsqu'il portait la mallette contenant les documents de travail. Le fait qu'il se trouve associé à des habitudes prohibées n'égratignait absolument pas sa pratique religieuse. Sans doute se considérait-il comme un soldat en mission dans une guerre noble pour la subsistance ou bien peut-être trouvait-il là une occasion d'exprimer sa gratitude à son employeur, comme s'il lui disait :

— En échange de votre générosité à mon égard, je sers vos péchés sans réticence.

Quand Issam montait chez Nourhane, Madani restait au moins deux heures dans la rue. Il garait alors la voiture dans un endroit sûr puis il demandait au portier de l'immeuble de Nourhane la permission d'aller dans les toilettes de sa chambre pour laver les plats et les verres utilisés par Issam. Il faisait ensuite ses ablutions et regroupait la prière du soir avec celle du crépuscule. Ensuite il revenait à la voiture et abaissait le siège pour s'allonger et prendre un peu de sommeil jusqu'à ce qu'Issam rentre de son nid d'amour. Il le conduisait alors chez lui à Maadi puis laissait la voiture au garage et revenait chez lui, à Moassera, en minibus. Il poussait le vieux portail de métal qui faisait son grincement habituel et il montait dans l'obscurité les marches de l'escalier qu'il connaissait par cœur. C'était alors seulement que Madani retrouvait son allure véritable et se libérait de la tension nerveuse de la subordination. Son visage était détendu, presque gai, comme celui d'un comédien qui vient de terminer sa représentation et qui retrouve la vie normale ou comme un combattant qui met ses armes de côté pour jouir d'une brève pause. Cet appartement qu'il avait loué il y avait un quart de siècle pour un montant modeste renfermait tout ce qui comptait pour lui : les membres de sa famille pour lesquels il supportait un travail éreintant, pour lesquels il luttait contre la fatigue et stimulait chaque matin son vieux corps afin qu'il ne lui fasse pas défection. C'est pour eux qu'il s'évertuait à satisfaire son employeur, qu'il évitait tous les problèmes et supportait les contrariétés. C'est pour eux que son cerveau se transformait en machine à calculer avec rigueur et précision les besoins de son fils et sa fille et l'endroit où faire ses achats à meilleur prix. Rien au monde ne lui procurait autant de bonheur que de se trouver au milieu de sa famille.

Il revêtait alors sa *galabieh* et sirotait un thé à la menthe sur le canapé du salon en écoutant Khaled et Hind et en intervenant dans leur discussion avec une douceur qu'il ne montrait jamais en dehors de la maison. Cet attachement à sa famille si profond qu'il ressemblait à une croyance religieuse s'était propagé de Madani aux autres membres de la famille qui, tous, se considéraient comme responsables les uns des autres.

Au lycée, Hind n'avait rien compris à son premier cours de sciences naturelles. Elle était rentrée triste de l'école et avait éclaté en sanglots mais elle avait refusé la proposition de son père de lui faire donner des leçons particulières. Elle lui avait dit :

— Peut-être que même en prenant des cours j'aurai une mauvaise moyenne, tandis que Khaled, lui, est à la faculté de médecine. Il doit passer avant moi pour les dépenses.

Cependant, grâce à Issam, Madani avait pu l'inscrire aux cours de soutien de la mosquée voisine et elle avait obtenu une moyenne correcte qui lui avait permis d'intégrer la faculté de commerce.

Depuis deux ans il manquait à l'équipe familiale un membre essentiel. La mère avait eu un cancer du sein et elle était morte rapidement comme si elle ne voulait pas être un poids pour eux. Cela fut une grande tristesse pour Madani qui ressentit le vide douloureux de son absence, mais il décida de ne pas prendre de nouvelle épouse. Il ne permettrait jamais la présence d'une femme qui détesterait peut-être ses enfants et se comporterait mal avec eux. Il était d'ailleurs d'un âge où il n'avait pas autant besoin d'une femme que lorsqu'il était jeune. Ajoutons à cela que Hind était spontanément devenue une maîtresse de maison après la mort de sa mère.

Il était difficile de décrire l'expression qui apparaissait sur le visage de Madani lorsqu'il parlait de son fils, l'orgueil avec lequel il prononçait son nom accompagné de son titre : docteur Khaled. Il était sa fierté, son accomplissement, la compensation de toutes ses années de souffrance. Khaled était un enfant si calme et si obéissant que parfois Madani disait à ses amis en plaisantant :

— J'ai seulement élevé Hind. Khaled, grâce à Dieu, est arrivé tout élevé.

Madani ne se souvenait pas de l'avoir jamais frappé pour le punir d'une bêtise, comme cela arrive avec les enfants. Lorsqu'il avait remarqué son goût pour la lecture, il l'avait inscrit au palais de la culture de Moassera pour qu'il puisse emprunter tous les livres qu'il voulait. À l'école, Khaled était un élève timide et silencieux qui ne faisait ni bruit ni sottise. Il était calmement assis au premier rang et suivait les explications derrière ses lunettes avec un air à la fois concentré et ébahi, comme s'il imprimait la leçon dans son esprit une fois pour toutes. Il était de loin le meilleur de tous les élèves. Il fut le premier de sa zone aux examens de l'école primaire et du collège et le treizième de la République au baccalauréat. Sa mère craignait que les dépenses pour des études de médecine ne soient trop élevées et lui avait conseillé de faire des études plus faciles afin d'être plus rapidement diplômé et de pouvoir les aider financièrement. Elle parlait à voix basse et avec des phrases courtes tout en rangeant le linge pendant que Madani était assis sur le canapé du salon dans sa *galabieh* d'intérieur. Il l'avait regardée un moment, comme s'il ne comprenait pas, puis avait réagi avec colère :

— Tu n'as pas honte ? Dieu nous a donné un fils doué et nous allons gâcher sa chance ? Même si je dois mendier dans la rue, je lui paierai ses études de médecine.

À l'université, Khaled continua à faire partie des meilleurs élèves. Il obtenait tous les ans une mention très bien avec la bourse mensuelle insignifiante correspondante. Il dit un jour à son père :

— Tu sais, je mérite une mention d'excellence mais, bien sûr, elle est réservée aux fils de pacha.

Son père ne comprenait pas et Khaled lui expliqua que l'administration de la faculté accordait la mention d'excellence aux enfants des professeurs et des hauts responsables, de façon à assurer leur nomination comme assistants. Cela mit Madani en colère.

— Mais c'est une injustice.

— Bien sûr que c'est une injustice.

— Il faut que tu déposes plainte.

Khaled éclata de rire :

— Quelle plainte ? Hadj Madani. Nous sommes en Égypte. L'injustice est la règle.

Madani resta silencieux et triste et le lendemain il trouva l'occasion d'aborder ce sujet avec Issam, qui sourit poliment, comme quelqu'un qui entend une vieille histoire :

— Ne te lance pas dans des plaintes et dans des tracas. Dis à Khaled de persévérer et d'obtenir son diplôme et je lui trouverai un contrat dans le Golfe. Il s'y formera pendant quelques années puis il reviendra et il ouvrira un bon cabinet.

Madani fut convaincu par le raisonnement d'Issam et lorsque Khaled se plaignait des conditions dans lesquelles était le pays, Madani lui disait :

— Mon fils, pourquoi te mets-tu en colère. C'est leur pays. Ils y font ce qu'ils veulent. Concentre-toi sur tes études et dès que tu auras ton diplôme tu iras à l'étranger si Dieu le veut.

Lorsque Khaled parla à son père de l'assassinat de Khaled Saïd et lui montra sa photo, le visage mis en charpie par la torture, Madani exprima faiblement son mécontentement, d'une façon presque cérémonieuse :

— Dieu lui accorde sa miséricorde. Puisse sa famille se résigner.

Khaled lui rétorqua avec conviction :

— Il faut que les criminels qui l'ont tué soient jugés.

Le père sourit affectueusement :

— Dieu les jugera. Toi, travaille dur pour que Dieu te récompense.

Madani rentra à la maison à trois heures du matin et il trouva la lumière allumée dans la chambre de Khaled. Il frappa à sa porte puis l'ouvrit et trouva Khaled assis à son bureau. Il le regarda tendrement :

— Tu ne dors pas encore ?

— J'ai un devoir à faire.

— Tu as dîné ?

— Hind m'a fait un sandwich.

— Tu veux de l'argent ?

— J'en ai, grâce à Dieu.

— Bonne nuit.

Lorsque Madani eut fermé la porte, Khaled attendit un peu puis se pencha pour prendre sous son lit un paquet d'affiches sur lesquelles était écrit : "Pour ta dignité, manifeste le 25", "À bas Hosni Moubarak" et "Ça suffit comme ça".

Il cachait ses activités politiques à son père. Il pensait qu'il n'aurait pas compris ce qu'il faisait et qu'il ne l'aurait pas du tout approuvé. S'il avait été au courant, il aurait vécu perpétuellement dans l'angoisse. Khaled se contentait de parler du changement avec Hind, qui partageait ses opinions et qu'il poussa à accepter d'enregistrer une vidéo appelant les gens à manifester le 25 janvier. Elle avait hésité :

— Pourquoi m'as-tu choisie, moi, précisément ?

— Je t'ai choisie parce que tu es belle et que ton allure est agréable et naturelle. Tous ceux qui regarderont la vidéo auront le sentiment que tu es leur sœur ou leur fille.

Elle lui demanda avec inquiétude :

— Que ferons-nous si papa voit la vidéo ?

Khaled sourit :

— Tu imagines ton père débarquer sur Facebook !

Il écrivit le texte en grosses lettres sur un tableau qu'il tenait derrière la caméra. Il recommença plusieurs fois l'enregistrement jusqu'à ce qu'elle surmonte sa timidité. La vidéo qu'il posta sur Facebook eut un grand succès. Avant la manifestation de mardi, Khaled était dans l'expectative. Il espérait que quelques dizaines de milliers de personnes descendent pour faire savoir au régime qu'il y avait en Égypte des gens qui se battaient pour la liberté et pour la dignité. Il entendit l'appel à la prière, fit ses ablutions et pria. Il se sentait épuisé. Il vérifia pour la dernière fois les affiches et les mit dans son cartable de cuir, puis il ferma la lumière et s'allongea sur le lit en pensant à Dania. Il aimait penser à elle avant de s'endormir.

16

Ma chère Asma,

Hier je suis rentré tard. Je ne t'ai pas appelée pour ne pas te déranger mais j'ai laissé un message sur ton téléphone. En résumé, voici ce qui est arrivé : les ouvriers ont fait grève parce que la direction ne leur donne pas leurs primes et moi j'étais solidaire. Issam Chaalane m'a invité à dîner et a essayé de me convaincre de laisser tomber les ouvriers et bien sûr j'ai refusé. Lorsque j'ai décidé de retourner à l'entreprise, il a refusé de me faire raccompagner dans sa voiture comme il me l'avait promis. J'ai pris un minibus sur la corniche et lorsque je suis arrivé à l'usine vers trois heures du matin, j'ai vu qu'il s'était passé quelque chose d'inhabituel. Des personnes que je n'avais jamais vues auparavant se trouvaient tout autour de l'usine. Idriss, l'employé de la sécurité, est sorti de sa guérite pour me rejoindre avant que je n'arrive au portail :

— La police a brisé la grève et a arrêté beaucoup de monde. Ils ont laissé des hommes à eux partout. Va-t'en vite avant qu'ils ne te prennent.

Je l'ai remercié et me suis éloigné. J'ai rapidement traversé la route et, par chance, j'ai trouvé un minibus pour rentrer au centre-ville. C'est alors que j'ai compris ce qui s'était passé. Issam Chaalane a trahi les ouvriers. Il les a laissés en grève et leur a fait porter un repas chaud, puis il a quitté l'usine alors qu'il savait que la police allait les attaquer. Il m'a invité à dîner pour m'éloigner et a refusé de me faire raccompagner à l'usine de peur que je ne sois arrêté. Mes relations avec Issam Chaalane sont un problème pour moi. Je le connais depuis mon enfance et je l'aime bien parce qu'il est le plus proche ami de mon père et aussi parce qu'il est intervenu pour me trouver un emploi à l'usine. La vérité, c'est qu'il s'est très bien comporté avec moi, mais comme directeur d'usine, il joue un très mauvais rôle au service de la direction. Les ouvriers qui le détestent l'ont affublé d'un sobriquet obscène que je ne peux pas écrire. Il m'est difficile d'avoir une position tranchée à son égard et de comprendre le changement qui est intervenu en lui. Comment Issam Chaalane, le militant qui s'est sacrifié pour des principes et a passé à cause d'eux des années dans des centres de détention, a-t-il pu liquider ainsi son passé ? Si mon père était vivant, je suis sûr qu'il aurait conservé ses principes jusqu'au bout.

Lorsque je suis arrivé à la maison, j'étais mort de fatigue. Je suis tombé tout habillé sur mon lit. Je me suis réveillé à midi et j'ai passé des coups de fil qui m'ont appris que la police avait arrêté des dizaines d'ouvriers qui ont été interrogés par la Sécurité d'État puis transférés au parquet. Celui-ci a ordonné une détention préventive de quatre jours pour les besoins de l'enquête. Les avocats ont trouvé sur eux des traces de torture qu'ils ont consignées dans le procès-verbal, mais sans beaucoup d'espoir. Ils pensaient que les ouvriers allaient être transférés au parquet de la Sécurité d'État sous inculpation d'incitation à la grève. Je suis allé au local de Kifaya et j'ai publié avec les amis un communiqué sous le titre de "nouveau crime du ministère de l'Intérieur". Nous expliquons les revendications légitimes des ouvriers et nous rappelons que la grève est un droit constitutionnel et que le gouvernement égyptien a signé toutes les conventions internationales reconnaissant ce droit. Enfin, nous exigeons la libération immédiate des travailleurs. Nous avons distribué le communiqué aux journaux puis nous sommes allés à l'usine et nous y avons trouvé les ouvriers en colère et inquiets du sort de leurs collègues. Nous leur avons donné le communiqué et je leur ai expliqué que c'était une affaire politique et que par conséquent, c'était en faisant du bruit dans les médias que nous obligerions le régime à les relaxer. Le problème des ouvriers (et de nombreux Égyptiens), c'est qu'ils séparent souvent de la politique leurs droits de travailleurs. C'est-à-dire qu'ils se révoltent pour leur droit à avoir des primes mais qu'ils ne sont pas très pré-occupés par la fraude électorale ou par l'état d'urgence. Notre devoir, Asma, est d'expliquer aux gens qu'ils n'obtiendront une vie digne que dans un État démocratique. Ce qui s'est passé à l'usine sera peut-être utile... De nombreux ouvriers m'ont fait savoir que mardi ils allaient descendre avec nous dans la rue. Ils savent que ce n'est pas avec la compagnie italienne qu'ils sont en lutte, mais avec le régime. Asma, je sais que tu vas participer à la manifestation. Le parcours que nous avons annoncé peut changer complètement à n'importe quel moment pour égarer la police. Je commencerai la manifestation mardi avec mes amis à 4 heures de l'après-midi devant le syndicat des avocats. Je te prie d'y venir. Je serais heureux que tu sois à mes côtés. Bien sûr tu ne vas pas avoir la méchanceté de me quitter sans un sourire. J'ai besoin de voir tes fossettes. Merci d'exister, Asma. Bonsoir.

Mazen

PS : Mon adresse est le 6 B rue Chérif, cinquième étage, appar-tement 20. Conserve cette adresse au cas où, tu pourrais en avoir besoin.

17

Achraf Ouissa écarta les endroits habituels. Il ne pouvait pas se montrer accompagné d'Akram au Four Seasons ou à l'After Eight ou à l'Automobile Club. Il n'avait pas honte de sa compagnie, mais le problème était qu'il connaissait des gens dans tous ces endroits. La présence d'Akram à ses côtés attiserait leur curiosité et la nouvelle circulerait et finirait par parvenir à sa femme. Il fallait qu'il trouve un endroit calme et isolé. Après avoir fait une étude de terrain exhaustive, il trouva un petit casino surplombant le Nil, juste en face de l'ancien hôpital de Qasr el-Aïni. Il y alla seul en repérage et le trouva complètement vide, en dehors de quelques amoureux que leur désir rendait indifférents à tout ce qui se passait autour d'eux. Il fixa leur rendez-vous un mardi, qui était le jour de congé d'Akram. À trois heures de l'après-midi, il l'attendait à l'entrée de l'hôpital pour que leur rencontre semble naturelle et qu'ils aient l'air d'aller rendre visite à un malade. Il avait de grandes lunettes de soleil et une large écharpe autour de son cou pour cacher son visage de façon à ce que personne ne le reconnaisse en cas de nécessité. Il attendit quelques minutes l'arrivée d'Akram. D'abord, il ne la reconnut pas. Elle avait enlevé son voile et rassemblé ses fins cheveux noirs en une queue de cheval. Son visage était recouvert d'un épais maquillage. Elle portait une robe longue bleue plus faite pour une soirée que pour un rendez-vous dans la journée et un peu trop large, ce qui lui fit comprendre qu'elle l'avait empruntée. Elle avait fait un grand effort pour paraître élégante en sa compagnie. Il y avait dans son allure un peu tape à l'œil quelque chose qui clochait, mais cela était naïf et émouvant, comme l'est une petite fille qui essaie de mettre ses petits pieds dans les souliers de sa mère. Elle lui sourit et le regarda d'un air interrogatif pour voir l'impression que lui causait sa nouvelle apparence. Il lui serra la main et lui dit gaiement :

— Quel chic, madame Akram.

Elle sourit avec gratitude. Ses mains étaient très douces et il supposa qu'elle les avait enduites de crème. Elle se colla contre son épaule et lui prit le bras, puis elle redressa la tête et marcha à ses côtés, l'air heureuse et fière. Ils traversèrent la rue et franchirent la porte du casino. La plupart des tables étaient vides. Rapidement apparut un serveur âgé, à la peau sombre et revêtu d'une veste blanche fatiguée sur une chemise blanche avec un vieux nœud papillon noir de travers. Il ressemblait à un personnage tout droit sorti d'une bande dessinée. Son sourire découvrit une bouche où il ne restait que quelques dents éparses. Il prit un ton pompeux pour dire :

— Bonjour, excellence.

Achraf lui sourit amicalement et ils s'avancèrent vers une table isolée dominant le Nil, à l'extrémité du casino. Akram demanda un verre de thé et Achraf une bouteille de bière glacée, puis il lui demanda :

— Après le thé, cela te dirait de prendre un peu de bière avec moi ?

— Je ne bois pas d'alcool.

— Parce que c'est interdit par la religion ?

— Non, j'ai essayé autrefois et je n'en ai pas aimé le goût.

— La bière est bonne, mais il faut savoir comment la boire.

Akram lui répondit d'un air songeur :

— Je n'ai pas besoin de bière. Est-ce qu'on ne peut pas s'enivrer seulement de bonheur ? Avec toi, je suis heureuse sans avoir besoin de boire.

Cela émut Achraf, qui lui envoya un baiser.

Elle murmura :

— Mon amour...

Ils restèrent plongés dans un silence lourd de sens tandis que l'air d'une vieille chanson leur parvenait d'une embarcation sur le Nil. Le garçon apporta le thé et la bière puis se retira. Achraf but une grande gorgée puis il jeta un coup d'œil autour de lui et alluma une cigarette d'où se répandit brusquement l'odeur du haschich. Akram s'écria, effrayée :

— Achraf Bey, ce n'est pas prudent de fumer du haschich ici.

— Ne t'inquiète pas.

— Comment veux-tu que je sois tranquille ? Si on nous arrête avec du haschich, nous allons passer un mauvais quart d'heure.

Il sourit et lui dit avec assurance :

— Crois-moi, Akram. Il n'y a aucun problème. Je suis venu ici seul et j'ai fumé du haschich sans que rien ne m'arrive. L'odeur du haschich se dissipe rapidement dans l'air et nous sommes assis dans un endroit éloigné. Personne ne peut rien remarquer.

Elle continuait à regarder autour d'elle avec anxiété et il lui dit, pour changer de sujet :

— Tu sais qu'aujourd'hui tu es très belle.

Elle sourit :

— Allons ! J'ai l'air de quoi à côté des dames que tu fréquentes.

Il lui prit la main et lui susurra :

— Tu es la plus belle de toutes.

Elle lui répondit gentiment :

— Achraf Bey, nous sommes là tranquillement assis, il y a plusieurs questions auxquelles je voudrais que vous répondiez.

— Je t'en prie.

Elle pinça les lèvres comme une petite fille qui s'apprête à faire une espièglerie :

— La première question, c'est : qu'est-ce qui vous plaît en moi ?

Achraf regarda le Nil, comme pour trouver ses mots :

— En toute franchise, c'était d'abord ton corps qui me plaisait. Mon but c'était seulement le sexe. Ensuite, lorsque je t'ai connue, j'ai vu que tu étais bonne, et sensible, et digne. À ce moment-là, je t'ai aimée tout entière.

Elle sourit de satisfaction et mit sa main dans la sienne. Puis elle approcha sa tête et le regarda dans les yeux. Ils ressemblaient alors à n'importe quels amoureux.

— La deuxième question, c'est : pensez-vous un jour vous lasser de moi ?

— Qu'est-ce que c'est que ces questions qui n'ont pas de sens ?

— Répondez-moi, je vous en prie.

— Non, bien sûr, c'est impossible.

— La troisième question c'est : vous m'aimez et je vous aime. Où croyez-vous que va nous mener cet amour ?

— Je ne comprends pas la question.

— Si vous êtes sincère, reconnaissez que vous ne voulez pas comprendre.

— Le temps est magnifique.

— S'il vous plaît, ne changez pas de sujet. Je vous demande où nous mène l'amour que nous avons l'un pour l'autre ?

Achraf alluma une nouvelle cigarette et en aspira une profonde bouffée qui le fit violemment tousser :

— Écoute, Akram, j'ai cinquante-cinq ans. C'est-à-dire qu'il ne me reste que quelques années à vivre. La plupart des choses dans ma vie, ce n'est pas moi qui les ai choisies. Pour une fois que je trouve quelque chose que je veux vraiment, je ne vais pas risquer de le perdre.

— Vous pouvez m'expliquer ?

— En Égypte, lorsqu'un homme naît, son destin est déjà presque fixé. Les alternatives qui s'offrent à lui sont très peu nombreuses. Toi, si tu étais née dans une famille riche, tu aurais terminé tes études, tu aurais épousé un homme riche et tu aurais une vie meilleure. Moi, si j'étais né pauvre comme toi, peut-être que je serais devenu un voleur ou un voyou. Les gens en Égypte héritent de leurs conditions et il leur est très difficile d'en changer. Même la religion, personne d'entre nous ne l'a choisie. Tu es née musulmane et je suis né copte, et si c'était le contraire tu t'appellerais Thérèse et moi Mohamed.

Elle l'interrompit en riant :

— Ah, c'est vrai que Thérèse est un beau prénom.

Mais il poursuivit sur un ton sérieux :

— Lorsque, après tout ce temps, je rencontre une personne que j'aime vraiment, je crois que j'ai le droit de tenir à elle.

Elle lui répondit avec émotion :

— Moi non plus je n'aurais jamais cru vous rencontrer et je ne peux pas risquer de vous perdre, mais parfois j'ai peur de l'avenir.

Il but une gorgée de bière :

— Dans notre cas, il ne faut pas penser à l'avenir. Nous ne savons rien. Nous ne savons pas quand nous allons mourir et nous ne savons même pas ce qui arrivera dans une heure. Cela nous sert à quoi de nous angoisser pour l'avenir ? Vivons notre bonheur, advienne que pourra.

Elle se tut un instant comme pour récapituler.

— Vous avez raison, mais malgré tout j'ai peur.

— Peur de quoi ?

— Peur que Mme Magda découvre ce qu'il y a entre nous.

Achraf eut un sourire triste :

— Rassure-toi. Mme Magda, la seule chose qui compte pour elle, c'est son travail. Pour elle, je ne compte pas du tout.

— Alors, elle n'est pas comme les autres femmes ? Elle n'est pas jalouse de son mari ?

— Elle est jalouse pour une question d'amour-propre, pas parce qu'elle m'aime.

— Cela veut dire que, si elle savait, elle nous en ferait toute une histoire.

— Elle ne saura rien, et même si elle l'apprend, franchement ça ne me fait plus rien.

Le silence s'installa à nouveau. Puis Achraf reprit la parole :

— Et toi, Akram, si tu apprenais que Mansour aime une autre femme, comment réagirais-tu ?

Elle pinça les lèvres et les remua en signe de désespoir :

— Si ça pouvait être vrai. Je la remercierais de m'avoir débarrassé de ce sale individu et de tous ses problèmes.

— C'est la différence entre ma classe sociale et la tienne. Nous, nous avons des complexes qui nous font à tout prix respecter les apparences. Vous, vous êtes plus simples et plus francs.

— Vous avez dû connaître beaucoup de femmes, n'est-ce pas ?

— Oui.

— Et vous les avez toutes aimées ?

— Tu me croiras si je te dis que tu es la première que j'aime pour de bon ?

Elle prit sa main et murmura :

— Vous savez, si nous n'étions pas dans ce casino, je vous prendrais dans mes bras.

Achraf sourit et alluma une autre cigarette de haschich. Elle le regarda d'un air de reproche :

— Achraf Bey, c'est la troisième que vous fumez.

Il hocha la tête :

— C'est la dernière, Akram, je te promets.

Elle se tut, soupira et elle lui sembla encore plus séduisante. Il aspira une profonde bouffée et la chaleur caressante du haschich l'envahit. Il décida d'oublier tout sujet d'inquiétude et de jouir de chaque instant passé avec elle.

Tout à coup il aperçut le garçon âgé qui courait vers lui, suivi de plusieurs personnes. Il pensa d'abord qu'il avait trop fumé et que c'était une hallucination. Il ferma fortement les yeux puis les ouvrit à nouveau, mais la scène resta la même. Le garçon et ceux qui l'accompagnaient avançaient rapidement vers eux. Achraf dit à Akram d'une voix troublée :

— On dirait qu'il y a un problème au casino.

— Quelle catastrophe ! s'écria Akram.

Mais Achraf s'arracha un sourire :

— Du calme, Akram. Ne te mets pas à trembler. Tout va très bien.

Il jeta la cigarette qu'il était en train de fumer dans le Nil et fut sur le point de jeter également le morceau de haschich qu'il avait glissé dans la poche de sa veste. Mais, se souvenant du prix qu'il l'avait payé, il décida de ne pas se précipiter. Il plongea la main dans sa poche et saisit le haschich, prêt à agir. Si le danger se précisait, il le jetterait dans le Nil et s'il s'en sortait indemne, le haschich aussi. Tout à coup ses réflexions s'arrêtèrent et son esprit s'obscurcit comme s'il perdait conscience. Puis il revint à lui en entendant le garçon crier d'une voix rauque.

— Vous, monsieur !

18

Khaled dit à Dania, qui marchait à ses côtés :

— Tu sais, la manifestation c'est demain.

Dania lui répondit :

— Je croyais que nous en avions déjà parlé.

— Je me suis dit que tu avais peut-être changé d'avis.

— Khaled, je ne participerai pas à la manifestation. C'est une décision définitive.

Elle lui avait répondu d'un ton irrité. Le silence dura quelques instants et elle se mit à parler d'autre chose, à quoi il répondit laconiquement, l'air embarrassé. Elle interrompit un instant sa marche :

— Tu ne veux pas me parler ? C'est bon. Je m'en vais. Au revoir.

Il s'excusa, il badina avec elle et, à la fin, il la fit rire. Elle aimait ces escarmouches. Colère, reproches, gronderie, caprices, cela se terminait toujours par une réconciliation. Les joutes habituelles des amoureux. Il lui demanda tout à coup :

— Tu comptes faire quoi après ton diplôme ?

— Ça dépendra de ma mention.

— Je ne veux pas parler de médecine. Je veux savoir comment tu imagines notre avenir.

— Tout est entre les mains de Dieu.

— Franchement, Dania. Je veux savoir si tu tiens à conserver notre relation après ton diplôme. Le mot relation résonna dans son oreille d'une façon agréable mais elle ne répondit pas et il poursuivit :

— J'attends une réponse de ta part. Un seul mot : oui ou non.

— Oui ou non quoi ?

— Tu veux conserver notre relation après ton diplôme ou non ?

— C'est la première fois que tu parles de ce sujet.

— Je crois que j'ai le droit.

— Est-ce que je peux répondre au portail ?

— Pourquoi ?

— Pour te répondre et partir en courant.

Elle rit et il sentit une envie impérieuse de la serrer dans ses bras. Ils reprirent leur conversation jusqu'à ce qu'ils parviennent au portail. Il se plaça devant elle et lui dit :

— Je t'en prie, donne-moi ta réponse.

— Pas aujourd'hui.

— Tu m'as promis.

Elle resta silencieuse et il poursuivit :

— Oui ou non ?

Elle le regarda et hocha affirmativement la tête puis elle rougit et se retourna rapidement vers la porte sans prononcer un mot. Elle savait qu'il la suivait du regard et elle décida de ne pas se retourner. Elle s'abandonna au fauteuil moelleux de la voiture et repassa ses paroles en souriant. Qu'est-ce qui l'avait amené à aborder ce sujet aujourd'hui ? Pourquoi n'avait-il pas parlé de fiançailles et s'était-il contenté du mot relation ? Peut-être que, comme elle, l'approche du diplôme l'inquiétait et peut-être que, comme elle, il savait que leur mariage était impossible. Tout à coup elle se sentit envahie par la tendresse. Elle revoyait son visage et elle aurait voulu poser les mains sur ses joues et l'embrasser sur le front. À ce moment, elle se rendit compte qu'elle l'aimait. Il ne lui serait pas possible de l'oublier et elle ne pouvait pas s'imaginer avec un autre homme. Elle savait que leur mariage était impossible, mais un miracle ne pouvait-il pas survenir ?! Par exemple, il était possible que son père soit séduit par la probité de Khaled. Il pourrait fermer les yeux sur sa situation sociale et accueillir favorablement le mariage. Dans ce cas il n'y aurait personne au monde de plus heureux qu'elle. Une idée lui vint et, dès qu'elle arriva à la maison, elle changea de vêtements et alla chez sa mère. Hadja Tahani était assise devant son bureau en chêne, dans sa vaste chambre à coucher. Elle avait mis ses lunettes et semblait consulter des papiers importants. Elle sourit lorsqu'elle vit Dania, qui l'embrassa sur les joues et lui dit d'un air enjoué :

— Tu as assez travaillé comme ça. Viens parler un peu avec ta fille.

La mère hésita un peu :

— Je vais rester un moment avec toi. Mais il faut que j'étudie le budget.

Dania savait s'y prendre avec sa mère. Elle la conduisit par la main vers le canapé où elle la fit asseoir puis elle lui dit :

— Je veux te parler d'un sujet important qui n'a rien à voir avec les affaires ni la religion.

La mère la regarda avec désapprobation :

— Que Dieu nous pardonne. Il n'y a rien sur terre qui soit étranger à la religion.

Dania lui répondit en badinant :

— Madame, ne m'avez-vous pas dit que votre père était un homme simple ?

— Que Dieu l'ait en sa sainte garde ! Qu'est-ce qui t'a fait penser à lui ?

— Je voudrais en savoir plus sur lui.

La mère hésita puis lui dit avec chaleur :

— Ton grand-père était un homme simple mais extraordinaire. Nous étions trois filles. Ton grand-père s'est épuisé au travail avec honneur pour nous élever. Il nous a donné la meilleure éducation et a veillé sur nous jusqu'à ce que chacune fonde une famille.

— Quel travail faisait-il ?

— Pourquoi as-tu besoin de le savoir ?

— S'il te plaît, maman, je veux savoir.

— Il était huissier au tribunal de Tanta, mais nous n'avons jamais eu honte de son travail. Au contraire, nous en avons toujours été fières.

Il y eut un silence puis Dania la prit dans ses bras et lui dit d'un ton songeur :

— Cela veut dire que si un jeune homme quelconque a une bonne moralité et fait d'excellentes études, ce n'est pas une honte que son père soit un homme simple.

L'expression du visage de Hadja Tahani se transforma. Elle repoussa Dania comme pour se défaire de son charme et se mit à l'observer d'un air soupçonneux :

— Cela, c'était autrefois. Votre époque est différente de la nôtre.

— En quoi est-elle différente ?

— Autrefois il y avait de la moralité. Tous les gens – les riches comme les pauvres – étaient polis et bons. Maintenant les pauvres sont pleins de haine et ils ont l'esprit mal tourné.

— À chaque époque il y a des gens bien et des gens mauvais.

— À l'époque, les gens mauvais étaient rares, maintenant ce sont les bons qui sont rares.

— Mais vous connaissez beaucoup de gens bien.

— Qu'est-ce que tu as à tourner autour du pot. Si tu as quelque chose à dire, dis-le.

— Je parle en général.

Sa mère lui jeta un regard sévère :

— Moi, je ne parle pas en général. Je parle de toi. Toi Dania, la position que tu occupes est importante. Tu dois t'unir avec quelqu'un qui soit ton égal dans tous les domaines. C'est ce que stipule la loi religieuse et le cheikh Chamel te l'a souvent répété.

— Je ne parle pas d'union, répondit faiblement Dania.

Mais la mère poursuivit d'un ton résolu :

— Je vais te dire quelque chose que tu dois graver dans ton cœur. Pour ton bonheur et le nôtre. Il n'est pas question que tu épouses quelqu'un qui te soit inférieur. Ceci n'arrivera jamais. La loi de Dieu l'interdit et il n'est pas question que ton père et moi le permettions.

19

Chère Asma,

Je me souviendrai toujours que nous avons assisté ensemble à ce miracle.

Où es-tu ? J'espère que tu vas bien. Je t'ai appelée mais ton téléphone était éteint. Je suis arrivé à la maison épuisé, bien sûr, mais très heureux. Voici que ce peuple que l'on a toujours accusé de soumission et de lâcheté se soulève comme un géant pour renverser le dictateur qui l'a humilié pendant trente ans. Ces milliers de personnes qui se sont rassemblées place Tahrir et sur les autres places d'Égypte sont le véritable peuple égyptien, celui dont tout le monde parle et que personne ne connaît. Nous avons commencé la bataille du changement et nous vaincrons, mais la victoire ne sera pas facile. Le régime défendra avec férocité son existence et n'hésitera pas à perpétrer tous les crimes possibles. Sais-tu que jeter une telle concentration de gaz lacrymogène est considéré comme un crime ? As-tu vu le nombre de gens qui tombaient étouffés par le gaz ? Sais-tu que le régime a commencé dès ce matin à tuer par balles des manifestants à Alexandrie, à Suez et dans d'autres villes ? Nous avons des rapports sur des dizaines de manifestants qui ont disparu au cours de la manifestation et le plus probable, c'est qu'ils ont été tués et enterrés dans des endroits inconnus.

Ma belle Asma, tu as dû penser que j'étais fou de te déclarer mes sentiments au milieu de la manifestation. Crois-moi : je n'ai pas trouvé de meilleur moment que la révolution pour te dire que je t'aime. Ma relation avec toi est plus forte que la simple liaison d'un homme avec une femme. *Tu partages mes rêves. Notre liaison est unie à l'Égypte pour laquelle nous nous battons, afin qu'elle renaisse de nos mains. Une autre Égypte, neuve, juste, propre. Je me souviendrai toujours de ta réaction quand je t'ai dit "Je t'aime". La timidité et la surprise ont rendu ton visage très beau. Si nous n'avions pas été sur la place, je t'aurais embrassée tout de suite.*

Je ne comprends toujours pas comment nous nous sommes perdus. Quand ils ont commencé à envoyer des gaz, j'ai couru et je croyais que tu étais derrière moi. J'ai vu les policiers qui arrêtaient des manifestants dans la rue Talaat-Harb et l'idée m'est venue de courir dans l'autre sens. J'ai traversé le nuage de fumée dense jusqu'à l'entrée de la rue Champollion. J'ai continué à courir jusqu'au cinéma Miami. Il était à peu près une heure du matin et j'ai trouvé là une dizaine de manifestants dont deux filles. Nous nous regardions les uns les autres en suffoquant, comme si nous n'arrivions pas à croire que nous nous en étions sortis. Nous avions besoin de reprendre nos esprits et de parler. Tout à coup nous avons aperçu sur le trottoir d'en face un balayeur d'au moins soixante ans. Son apparition à cet instant était étrange. As-tu entendu parler de balayeurs qui travaillent à une heure du matin ? Il portait sa tenue de travail orange et il traînait derrière lui un balai tout dépenaillé qui ne devait pas balayer grand-chose. Il a avancé à pas lents jusqu'à se trouver vis-à-vis de nous, sur le trottoir d'en face et il a crié d'une voix forte et grave qui a retenti dans tous les coins de la rue :

— Les enfants. Maintenant que vous avez commencé, il ne faut plus vous arrêter. Ne reculez pas !

C'était un spectacle étrange. J'ai eu un moment l'idée que je rêvais. Les jeunes ont applaudi chaleureusement le balayeur mais on avait l'impression qu'il ne nous voyait pas et qu'il ne nous entendait pas. Il semblait être apparu simplement pour dire ce mot. Il a traîné son balai et a marché tranquillement vers la rue Abd-el-Khaleq-Tharouat puis a disparu.

Un des jeunes s'est écrié :

— Et maintenant, que faisons-nous ?

Il y a eu une discussion. Les uns voulaient revenir sur la place. Mais j'étais d'un avis différent. Je leur ai dit :

— *Nous avons gagné contre le régime. Nous avons fait une manifestation incroyable. Je pense que nous devons rentrer chez nous pour manifester demain à un endroit auquel la Sécurité ne s'attend pas.*

Une des filles est intervenue :

— *Si nous partons, qui dit que nous pourrons faire une manifestation demain ?*

Je lui ai répondu :

— *Nous fixerons le lieu sur Facebook.*

Elle a répliqué avec vigueur :

— *D'abord, le gouvernement peut fermer Facebook dès qu'il en aura envie. Ensuite, ce n'est pas grâce aux habitués d'Internet que la manifestation d'aujourd'hui a été un succès. C'est à cause des gens du peuple qui ne savent pas ce que veut dire le mot Facebook. Ce sont les gens qui sont venus d'Ard el-Liwa ou d'Imbaba ou de Nahia*, qui nous ont soutenus et maintenant ils nous attendent sur la place. Nous ne pouvons pas leur faire faux bond.*

Des cris d'approbation se sont élevés et je me suis rendu compte que la majorité était contre moi. Je reconnais que leur opposition m'a embarrassé.

— *Vous croyez que nous allons faire tomber Hosni Moubarak ce soir. Notre bataille contre le régime veut que nous ménagions nos forces. Si nous revenons maintenant sur la place nous serons immédiatement arrêtés. À quoi cela sert de nous offrir sur un plateau à la Sécurité ?*

Un jeune homme s'est approché de moi et m'a dit avec nervosité :

— *Tu peux m'écouter ?*

— *Je t'en prie.*

— *Je m'appelle Hassan. Je viens d'Ismaïlia. J'ai terminé la faculté de sciences et cela fait dix ans que je suis au chômage. Je n'ai plus aucun espoir. Ni de me marier, ni de travailler, ni de partir à l'étranger. Je suis venu ici avec deux options : ou bien faire tomber Moubarak ou bien mourir. Je n'ai pas peur de la mort. En fait, je suis déjà mort.*

* Quartiers populaires de la périphérie du Caire.

Sa voix s'est mise à trembler et il a éclaté soudain en sanglots. Nous étions tous émus et silencieux. Je leur ai dit :

— Je suis d'accord pour faire tout ce que vous voudrez.

— Nous retournons sur la place.

J'y suis allé avec eux et, en chemin, nous avons croisé un autre groupe de manifestants qui avaient fui les gaz puis décidé comme nous de revenir sur la place.

Il est maintenant dix heures du matin. J'ai laissé la place pleine de milliers de manifestants. Je vais dormir un peu puis revenir. Je t'en prie, donne-moi de tes nouvelles. Vive la révolution.

Remarque importante :

Ce que je t'ai dit sur la place me venait du fond du cœur. Vraiment, je t'aime.

20

Ce matin-là, le général Alouani réveilla sa femme :

— Bonjour, prépare-moi une valise de sous-vêtements et de chemises. J'enverrai un soldat la chercher à midi.

Hadja Tahani fit un effort pour retrouver ses esprits et s'extraire du royaume du sommeil. Elle fut surprise quand elle vit son mari déjà habillé. Elle dit en descendant précautionneusement du lit pour ne pas réveiller ses douleurs aux genoux :

— Tu pars en voyage ?

Il lui répondit laconiquement :

— Je dormirai au bureau pendant quelques jours.

Elle le regarda avec inquiétude :

— Rien de grave ?

— Rien, si Dieu le veut.

Elle chuchota d'une douce voix féminine qui ne s'accordait pas avec son énorme stature :

— Ahmed, tu es toute ma vie. Rassure-moi.

Il lui fit un rapide baiser sur la joue et s'efforça de contrôler son émotion :

— Je ne peux pas te donner de détails. L'Égypte fait face à un complot. Prie Dieu pour qu'il nous donne la victoire et qu'il la sauve.

Elle invoqua Dieu avec chaleur. Elle lui prit la main entre ses deux grosses paumes puis murmura une formule coranique avant de s'écrier avec émotion :

— Il n'y a de Dieu que Dieu.

— Et Mohamed est son prophète, répondit le général en sortant rapidement.

L'idée lui vint d'aller dire adieu à Dania. Il ouvrit doucement la porte de sa chambre et la trouva endormie. Il se rapprocha d'elle et se mit à contempler son visage. On aurait dit une enfant. Lorsqu'elle dort, ses lèvres s'entrouvrent un peu, elle est innocente et belle comme un ange. Il sortit et ferma doucement la porte. Quelques minutes plus tard, il était dans sa voiture blindée, l'air pugnace et sur le qui-vive. En chemin, il reçut les rapports de tous les gouvernorats et il envoya ses ordres lentement en articulant bien chaque son comme s'il tirait des coups de feu dont chacun devait atteindre sa cible. La voiture ne se dirigea pas vers le bâtiment de l'Organisation, mais suivit une autre route et s'arrêta finalement devant une grande villa de Zamalek donnant sur le Nil. Les gardes du corps sautèrent de leur voiture pour sécuriser l'entrée du général Alouani dans la villa, puis ils restèrent en faction devant la porte en brandissant leurs armes tandis que deux officiers l'accompagnèrent à l'intérieur. Le général Alouani se dirigea vers le jardin à l'arrière pour y rencontrer les officiers qui s'étaient rassemblés là avec leurs armes. Il les salua et échangea avec eux des propos rapides ponctués d'encouragements, puis il monta sur la terrasse où il trouva d'autres officiers armés de revolvers et de fusils automatiques ainsi que sept tireurs d'élite avec des fusils modernes pointant toutes les directions. Il les salua tous puis descendit au premier étage dans la pièce qui lui avait été réservée comme bureau, où se trouvaient accrochés des écrans qui diffusaient les images des manifestations du Caire, d'Alexandrie et des autres villes d'Égypte. Il demanda une tasse de café moyennement sucré qu'il se mit à siroter lentement tout en suivant les événements.

Une demi-heure plus tard arriva le ministre de l'Intérieur. Le général Alouani lui serra la main et le ministre l'embrassa chaleureusement. Le général sourit et lui dit d'un ton badin :

— Alors il faut que le pays soit sens dessus dessous pour que je vous voie.

— Mais je suis toujours là pour vous, monsieur.

— Que diriez-vous d'aller parler en plein air ?

Il n'attendit pas la réponse et posa son téléphone portable sur le bureau. Le ministre fit de même puis il le prit par le bras et ils allèrent dans un coin reculé du jardin où se trouvaient une table et deux fauteuils sur lesquels ils s'assirent. Les gardes du corps comprirent l'intention du général Alouani et ils s'écartèrent à une distance qui leur permettait de surveiller l'endroit sans entendre la conversation. Le général Alouani dit d'un ton péremptoire :

— En raison des circonstances, j'ai décidé par précaution de transférer l'activité en dehors du siège de l'Organisation. Je vous conseille de faire la même chose.

Le ministre lui répondit :

— Je vais de ce pas mettre en place des locaux de remplacement pour y transférer aujourd'hui ou au plus tard demain les services importants.

Le général Alouani fit un signe au policier qui accourut vers lui. Il lui demanda une autre tasse de café et un verre d'eau, et le ministre une tasse de thé. Le général attendit qu'il s'éloigne :

— Je ne vous parlerai pas de la situation. Vous êtes au courant, bien sûr. Nous payons le prix du retard de la décision politique. Les services que je dirige ont présenté deux rapports au président, l'un il y a deux mois, l'autre il y a une semaine. Nous avons prévu les événements qui surviennent aujourd'hui et nous avons proposé plusieurs mesures pour les faire avorter, mais malheureusement aucune de ces mesures n'a été adoptée.

Le ministre hocha la tête d'un air chagrin et le général poursuivit :

— Les personnes d'influence qui aujourd'hui sont à la tête des gens qui manifestent sur les places ne sont pas plus de cinq cents et nous avions fourni leurs noms avec tous les détails les concernant, en conseillant de les arrêter immédiatement, mais malheureusement rien ne s'est passé.

— Pour quelle raison, monsieur ?

Le général Alouani regarda le ministre avec amertume :

— Cela dépasse mes compétences. Moi je fais des rapports et des propositions. La décision, c'est le président seul qui la prend, en fonction de considérations qu'il connaît mieux que moi.

— Quel dommage que le président n'ait pas suivi vos propositions.

— Ce qui est fait est fait. Passons-en à ce qui nous concerne. Je vous écoute.

Le policier apporta les boissons. Le ministre but une gorgée de thé et répondit :

— Je voulais savoir comment Votre Excellence juge la position des forces politiques.

— Qui, par exemple ?

— Les frères musulmans.

— Les frères musulmans ont publié un communiqué contre les manifestations et ils ne prendront pas le risque d'y participer parce que le prix à payer serait très lourd et, pour eux, la sécurité de la confrérie est la chose la plus importante. Mais, qu'il ne plaise à Dieu, si nous ne parvenions à maîtriser la situation, il est certain qu'alors les frères descendraient dans la rue pour profiter de l'anarchie. Vous vous êtes assurés de quelques-uns de leurs dirigeants ?

Le ministre hocha la tête et le général poursuivit :

— Gardez-les en prison. Ils pourront être une carte à jouer.

— Et les partis ?

— Les partis coopèrent tous avec nous. Ils ont tous publié des communiqués contre les manifestations.

Le ministre hocha à nouveau la tête et dit :

— J'ai envoyé à Votre Excellence le plan 2000.

— Je l'ai lu. C'est une très bonne chose que vous l'ayez envoyé par l'e-mail secret sans cachet du ministère. Nous sommes dans des circonstances exceptionnelles. Nous ne devons laisser fuiter aucun document.

— J'ai pris plusieurs mesures en dehors du plan. Je voudrais vous en parler.

— Je vous en prie.

Le ministre sortit une petite feuille et il commença à lire d'un ton officiel :

— Renforcement de la surveillance des installations vitales et des personnalités importantes loyales au régime, sécurisation des usines et des lieux où se trouve une grande concentration d'ouvriers et rappel à la vigilance de nos informateurs pour qu'ils nous fassent connaître toute tentative d'incitation des ouvriers à la révolte afin que nous puissions réagir immédiatement. Quant aux écoles et aux universités, elles seront de toute façon fermées à cause des vacances semestrielles. La surveillance y sera renforcée et tout étudiant qui tentera de pousser ses condisciples à la révolte sera arrêté. Nous avons semé des dizaines d'informateurs parmi les manifestants d'abord pour nous faire une idée claire de leurs tendances puis pour tenter d'attirer les cadres dirigeants en dehors des manifestations de façon à les arrêter.

— Toutes ces mesures sont bonnes.

— Merci, monsieur. Votre Excellence a-t-elle des observations à faire sur ce plan ? Je considère Votre Excellence comme mon professeur.

Le général sembla réfléchir puis il hocha lentement la tête :

— Le plan est excellent. L'élément important pour son exécution, c'est le temps. Chaque heure fait la différence.

— Absolument, monsieur.

— Je tiens à ce que la philosophie du plan soit claire pour tous ceux qui l'exécutent. Il faut que chaque officier soit convaincu qu'il participe à une véritable bataille pour la défense de l'Égypte. Je veux que des circulaires du ministère soient distribuées à tous les officiers, et à tous les agents. Il faut qu'ils comprennent que les jeunes de Tahrir sont une bande de traîtres et de conspirateurs dont le but est de faire chuter le pays.

Le ministre hocha la tête et le général Alouani poursuivit avec passion :

— La révolte et les manifestations sont une chose étrangère à la nature des Égyptiens. Nous avons de tout temps été un peuple obéissant qui respecte ses chefs, même lorsqu'il est en colère contre eux. Ce qui se passe sur la place Tahrir est une anomalie par rapport à la mentalité égyptienne. Notre but est d'envoyer aux Égyptiens le message que la seule chose qu'apportent les manifestations, c'est l'anarchie. Notre but est de dire au citoyen ordinaire : tu as le choix entre soutenir les manifestants et perdre ta sécurité ou bien soutenir l'État qui te protège.

Le ministre répondit d'une voix basse :

— Bien compris, monsieur.

Le général Alouani se cala dans son fauteuil et regarda dans le lointain, comme s'il mettait de l'ordre dans ses idées puis il demanda au ministre :

— Vous allez couper les communications ?

— J'ai donné l'instruction de couper les communications jeudi avant les manifestations du vendredi. La coupure des téléphones portables et d'Internet privera les fauteurs de troubles de tout moyen de communication. Pendant ce temps, les communications chiffrées du ministère continueront à fonctionner.

Le général Alouani eut l'air satisfait. Il approcha son visage de celui du ministre et lui murmura à l'oreille :

— Il y a dans le plan des agissements qui sont contraires à la loi. Je leur donne mon accord bien sûr. La nécessité fait loi. Mais il faut protéger les officiers contre toute poursuite judiciaire.

— Les officiers ont des instructions orales d'employer les armes pour maîtriser les manifestations. Il n'y a aucun document qui atteste qu'ils disposent de balles réelles. Les munitions mentionnées dans les registres sont des cartouches lacrymogènes.

— Conformément au plan vous pouvez ouvrir les prisons ?

— Ceci surviendra uniquement dans le cas où nous échouerions à contenir les manifestations, qu'à Dieu ne plaise.

— Bien sûr… Combien de prisons allez-vous ouvrir et quel sera le nombre des fuyards ?

— Nous ouvrirons à peu près cinq prisons et le nombre des fuyards devrait être de vingt-cinq à trente mille prisonniers. Bien sûr, comme je l'ai écrit dans le plan, le but est de produire un sentiment de panique parmi les Égyptiens afin de les amener à prendre position pour l'État contre les fauteurs de troubles.

— Vous avez une couverture légale ?

— Cela sera présenté comme des tentatives de révolte dans les prisons auxquelles les officiers ont fait face, mais au cours desquelles les prisonniers ont été aidés dans leur fuite par des forces extérieures.

— Parfait. Mais il y a un point important. L'officier qui toute sa vie a cru qu'il devait protéger la prison, comment sera-t-il possible de le convaincre tout à coup de laisser s'enfuir les prisonniers ?

Le ministre sourit :

— J'ai formé à l'intérieur du ministère une unité spéciale composée d'officiers particulièrement loyaux. Cette unité reçoit ses ordres de moi personnellement et ses membres se trouvent disséminés partout, mais leurs collègues ne savent rien d'eux. Ce sont les officiers de l'unité spéciale qui se chargeront d'ouvrir les prisons. Les autres considéreront qu'il s'agit d'une révolte ordinaire.

— D'accord, mais supposons que les officiers ordinaires s'opposent véritablement à l'ouverture des prisons et qu'ils l'empêchent.

— Monsieur, si nous nous trouvons dans la nécessité d'ouvrir les prisons, il faudra qu'elles soient ouvertes. Les instructions données aux unités spéciales seront claires : ils ne devront pas permettre que l'opération soit retardée, quelle qu'en soit la cause.

Le général Alouani resta silencieux et sembla peser le pour et le contre dans ce que lui disait le ministre qui poursuivit avec ardeur :

— Monsieur, nous luttons pour la sauvegarde de l'État égyptien. C'est une situation de guerre. Même s'il y a des victimes de part et d'autre, ce sera le prix à payer pour la survie de l'État.

Le général Alouani intervint :

— Un dernier point. L'information…

— Nos instructions aux moyens d'information publics et privés sont claires. Ils doivent expliquer au peuple l'ampleur de la conspiration. J'ai envoyé dans chaque chaîne de télévision un officier traitant et je lui ai donné les pleins pouvoirs pour interrompre tout programme et arrêter toute personne qu'il jugera utile.

Il y eut un moment de silence puis le ministre de l'Intérieur ajouta :

— Votre Excellence a d'autres remarques ?

Le général Alouani hocha la tête :

— Non, merci.

— Permettez-moi de me retirer. Il faut que je rentre au ministère.

Le général Alouani se leva et serra chaleureusement la main du ministre :

— Restons en contact. Dieu soit avec vous.

21

Haletant, le garçon lui dit :

— Nous sommes obligés de fermer le casino.

— Pourquoi ? demanda Achraf Ouissa d'un ton irrité.

— Il y a de grosses manifestations dans la rue. Le patron du casino a téléphoné et nous a ordonné de fermer immédiatement.

Malgré sa surprise, Achraf se sentit soulagé. Il sortit sa main de sa poche après y avoir soigneusement mis en sécurité le morceau de haschich. Ensuite il paya l'addition en laissant au garçon un bon pourboire. Il marcha jusqu'à la porte du casino avec Akram. Il y avait beaucoup de tension dans la rue : un embouteillage de voitures et des passants qui couraient dans tous les sens tandis qu'au loin retentissaient des slogans. Akram dit d'une voix faible :

— Dieu nous protège. J'ai peur. Est-ce que vous pouvez m'accompagner jusqu'à un minibus ?

— Un minibus ne servira à rien maintenant, lui répondit Achraf en la tirant par la main.

Il aperçut un taxi, se mit d'accord avec lui et paya la course à l'avance puis installa Akram sur le siège arrière et lui dit à voix haute :

— Téléphone-moi dès que tu arrives.

Elle le regarda et lui serra la main avec gratitude. Il photographia avec son téléphone la plaque minéralogique du taxi et continua à la suivre du regard avec un sourire d'encouragement jusqu'à ce que le taxi disparaisse dans les encombrements. Décidé à rentrer chez lui à pied, il traversa le pont en direction de la rue Qasr-el-Aïni où se trouvaient des masses de manifestants qui criaient "À bas Moubarak". Il les contempla avec étonnement en se demandant qui ce pouvait bien être, d'où ils venaient et pourquoi ils étaient descendus aussi nombreux dans la rue. Comme il n'utilisait pas Facebook, qu'il considérait comme une perte de temps, et qu'il avait cessé depuis des années de lire les journaux ou d'écouter les informations, il était complètement stupéfié. Il découvrit que la place Tahrir était noire de monde. C'étaient des Égyptiens ordinaires, de toutes les classes sociales. Des femmes voilées et d'autres tête nue. Des jeunes gens de la classe moyenne, des gens du peuple, des paysans habillés en *galabieh*, regroupés en cercles et discutant avec enthousiasme. Il eut envie de les écouter, mais il se souvint qu'il risquait à n'importe quel instant d'être fouillé et qu'il avait dans sa poche un morceau de haschich suffisant pour lui faire passer des années en prison. Il se pressa de rentrer à la maison où il se fit une tasse de café sans sucre qu'il but en fumant une cigarette et en regardant par la fenêtre ce qui se passait sur la place Tahrir. Il reçut sur son téléphone un message d'Akram lui disant qu'elle était arrivée chez elle. Ensuite arriva Magda, son épouse, qui le salua froidement, le visage sombre. Elle fit réchauffer le repas et ils se mirent à table. Il sentait qu'elle voulait commenter les événements. Il prit un certain plaisir à faire semblant de les ignorer. Au bout de quelques minutes, dans le but de la provoquer, il dit, tout en mastiquant l'excellente nourriture :

— C'est délicieux. Merci, Magda.

Irritée, elle lui répondit :

— Remercie Akram. C'est elle qui a cuisiné.

Il continua à manger avec appétit. Elle ne put supporter plus longtemps son silence et lui dit avec irritation :

— Tu as vu les manifestations.

— Oui, j'ai vu.

— J'ai peur pour l'Égypte, Achraf.

— Tu as peur de quoi ?

— De l'anarchie.

— Tu crois qu'il y a une anarchie plus grande que celle que nous vivons ?

Elle le regarda avec réprobation et lui dit :

— Tu ne comprends pas ou quoi ?

Il lui dit en se moquant :

— Allons, explique-moi.

Elle lui répondit d'une voix émue :

— Ces manifestations, ce sont les frères qui les organisent et leur but est de prendre le pouvoir.

— Ce n'est pas vrai. Les gens que j'ai vus sur la place Tahrir n'étaient pas des frères.

Elle cria d'un ton paniqué :

— Si Moubarak quitte le pouvoir, nous ne pourrons pas rester un jour de plus dans le pays.

Il lui répondit calmement :

— Parle pour toi. Moi, je ne partirai jamais d'Égypte.

Elle lui jeta un regard furibond :

— Continue à vivre dans tes illusions.

— C'est toi qui as une peur maladive.

— Tu verras qu'en fin de compte c'est moi qui ai raison.

Il ne répliqua pas. Il savait que la discussion avec elle était inutile. Il se leva de table en essuyant sa bouche du bout de sa serviette :

— Avec ta permission. J'ai un travail à terminer au bureau.

Elle répliqua :

— Ce doit être un travail urgent.

Elle se moquait de lui. Elle voulait dire : de quel travail parles-tu alors que tu es un raté, un fumeur de haschich. Il n'avait ni l'envie ni la force d'une querelle. Il sentait qu'un grand changement intervenait autour de lui et il voulait s'isoler en lui-même pour réfléchir et comprendre. Il entra dans son bureau puis se mit au balcon pour regarder la place. La foule y était de plus en plus importante et les voitures blindées avaient pris position à ses issues tandis que des centaines de policiers antiémeutes l'encerclaient de tous côtés. Il pensa à Akram et sourit, envahi par un sentiment de tendresse. Il se remémora le soin enfantin porté à sa tenue, ses chuchotements et la chaleur de sa main, la délicatesse avec laquelle elle lui avait demandé de l'accompagner au minibus. Elle avait envie d'arrêter un taxi, mais elle ne le lui avait pas demandé. Elle s'était contentée d'exprimer sa frayeur. Comment une personne ignorante, venant d'un milieu démuni où elle n'avait reçu aucune véritable éducation pouvait-elle se comporter avec une telle délicatesse ? Est-ce que l'on naît avec ses qualités et ses défauts ou est-ce qu'on les acquiert ? Comme se peut-il qu'Akram, élevée dans la rue, ait plus de finesse de sentiment que Magda, élevée à la Mère-de-Dieu puis à l'université américaine ? Il eut soudain froid et retourna dans sa chambre pour revêtir son épaisse robe de chambre de laine. Magda dormait et il se déplaça en silence pour ne pas la réveiller. Il revint ensuite au balcon fumer plusieurs cigarettes de haschich tout en observant la place. Il ne sentait pas le temps passer. Le nombre de manifestants continuait d'augmenter. À minuit quarante s'ouvrirent les portes de l'enfer. La police bombarda la place d'une averse de bombes lacrymogènes. Il vit les manifestants courir dans toutes les directions. La fumée épaisse forma un nuage qui occulta tout et qui monta jusqu'à lui, au quatrième étage. Il sentit ses yeux et son nez brûler et se mit à tousser violemment. Il rentra rapidement et ferma la porte du balcon puis il se précipita vers la salle de bains pour faire disparaître l'effet du gaz en se nettoyant le nez et la bouche à l'eau chaude. Tout à coup, il entendit un son qui semblait être la sonnerie de la porte. Il écouta un instant et la sonnerie se répéta. Qui pouvait bien lui rendre visite maintenant ? Il traversa le couloir et s'approcha pour regarder à travers le judas. Il vit une femme qu'il ne connaissait pas.

22

Cher Mazen

Je vais t'apprendre sur moi une chose que tu ne sais pas. J'ai une très forte allergie pulmonaire. Quand le khamsin souffle, j'ai besoin d'un vaporisateur pour pouvoir respirer. Lorsqu'ils ont commencé à nous bombarder de gaz lacrymogènes, je me suis mise à courir de toutes mes forces et j'ai dû faire un énorme effort pour ne pas perdre conscience. Ils tiraient sur nous de trois côtés et la seule issue était la rue Talaat-Harb. J'ai couru dans cette direction puis je me suis rendu compte qu'ils y avaient placé des barrages de police pour arrêter les manifestants. Le premier barrage était au niveau du club diplomatique. J'ai aperçu des policiers en civil qui frappaient sauvagement un manifestant puis qui le jetaient dans un fourgon. J'étais prise au piège. Si je revenais en arrière, le gaz allait m'étouffer et si j'avançais je serais arrêtée à coup sûr. Un des policiers m'a aperçue et s'est mis à courir derrière moi. Je suis immédiatement entrée dans le premier immeuble à côté de la boulangerie Cristal. Plutôt que de prendre l'ascenseur j'ai préféré monter à pied le plus vite possible jusqu'à ce que je trouve un appartement où la lumière était allumée. J'ai sonné et un homme âgé a ouvert et je lui ai dit :

— Je suis une manifestante et la police me poursuit. Ils vont me prendre. Je vous prie de me laisser entrer chez vous.

Ce fut un moment difficile. L'homme était déconcerté mais je ne lui ai pas laissé le choix. Je suis entrée et j'ai fermé la porte derrière moi puis je lui ai montré ma carte d'identité :

— Je m'appelle Asma et je suis professeur.

Pendant qu'il regardait la carte, j'ai ajouté :

— S'il vous plaît, gardez-moi chez vous jusqu'à ce que les policiers s'en aillent.

L'homme a commencé à saisir la situation. Il a éteint la lumière du salon et m'a dit à voix basse :

— S'il vous plaît, entrez dans le bureau.

Ce n'était pas quelqu'un d'ordinaire. Il y avait en lui quelque chose de désuet et de racé. Un ancien pacha, ou un acteur d'autrefois, de ceux que l'on voit, beaux et pleins de prestance dans les films en noir et blanc. Son visage brun était couvert de rides et ses cheveux fins et blancs étaient bien peignés avec une raie au milieu comme dans les années quarante. Il portait une robe de chambre à carreaux, en laine, et au-dessous une chemise en flanelle avec un col. J'ai compris qu'il était chrétien en voyant une statue de la Vierge à l'entrée du salon. Tout dans l'appartement était d'un bon goût classique : le confortable canapé en cuir, les tableaux accrochés aux murs, le bureau en bois de style anglais.

Il m'a serré la main :

— Je m'appelle Achraf Ouissa.

— Je vous remercie beaucoup. Vous m'avez sauvée.

Il a souri et a secoué la tête en détournant le regard, comme si mes remerciements le gênaient. Il m'a demandé ce que je voulais boire. J'avais envie de boire du thé. Il en a préparé deux tasses et s'est assis derrière son bureau. Tout en lui était élégant et aristocratique : ses vêtements, sa façon de marcher, sa manière de parler. J'ai eu l'impression que son visage m'était familier :

— Je crois, monsieur, que je vous ai déjà vu.

Il m'a dit qu'il était acteur et m'a rappelé quelques petits rôles qu'il avait joués dans des feuilletons. Cela m'a étonné. Cet homme semblait riche. Qu'est-ce qui le poussait à accepter des seconds rôles ?

— Je pense que vous faites du cinéma pour le plaisir.

— Par goût et comme métier. J'ai fait des études de comédien à l'université américaine.

— C'est bien de réunir ses études et sa passion.

— C'est vrai en théorie, mais en Égypte il est difficile pour un acteur d'avoir sa chance, même s'il la mérite.

J'ai remarqué qu'il fumait avec excès. Au bout d'un moment, ayant surmonté l'étrangeté de la situation, il m'a regardé amicalement et m'a souri :

— *Heureux de faire votre connaissance.*

— *C'est moi qui suis enchantée, monsieur Achraf.*

— *Permettez-moi de vous appeler simplement Asma. Vous avez l'âge de ma fille Sara.*

— *Bien sûr.*

— *Je vais vous parler en toute sincérité, Asma. Vous êtes une enseignante respectable et on voit que vous êtes d'une famille comme il faut. Je ne comprends pas pourquoi vous vous mettez dans ces problèmes.*

— *Si tout le monde pense à sa sécurité, jamais le pays ne changera.*

— *C'est-à-dire que vous êtes prête à vous faire arrêter et à aller en prison.*

— *Bien sûr.*

— *Vous attendez quoi en échange ?*

— *Que l'on devienne un pays respectable où règnent la justice et la liberté.*

— *Vous êtes très optimiste, Asma.*

— *Des millions d'Égyptiens pensent comme moi.*

Il ne semblait pas convaincu. Il est resté un moment silencieux puis m'a demandé :

— *Vous pouvez m'expliquer le but de ces manifestations ?*

Je lui ai répondu :

— *Le but est d'obliger Moubarak à démissionner pour que nous élisions un nouveau président et que nous construisions un État démocratique.*

Il m'a répondu en essayant de cacher son ironie sous un sourire courtois :

— *Tout ça, ce sont des belles paroles. J'espère que cela se réalisera, mais vous êtes vraiment convaincue qu'Hosni Moubarak va démissionner à cause des manifestations ?*

— *C'est très possible.*

— *Il a avec lui l'armée et la police, et vous ?*

— *Nous avons une cause juste.*

— *La justice ne triomphe pas toujours.*

— Ben Ali était un terrible dictateur, mais le peuple tunisien a réussi à le chasser du pouvoir par des manifestations pacifiques.

Nous avons eu une longue conversation. Il n'était pas convaincu par l'idée de la révolution, mais j'ai senti que d'une certaine façon, il respectait mon engagement... Tu connais ce genre de personnes aimables qui ne sont pas d'accord avec ton point de vue mais qui n'affrontent pas le tien et qui font des détours en choisissant bien leurs mots pour ne pas te mettre mal à l'aise. M. Achraf Ouissa est comme cela. Il se comporte toujours avec sensibilité et élégance. Je lui suis reconnaissante de m'avoir sauvée d'une arrestation et de s'être comporté avec humanité et respect. Malheureusement, je lui ai causé un problème avec sa femme. Il regardait de temps en temps par la fenêtre pour suivre ce qui se passait dans la rue et, tout à coup, j'ai entendu la voix d'une femme qui l'appelait depuis l'intérieur de l'appartement. Il est allé la voir et au bout de quelque temps j'ai entendu le bruit d'une conversation animée. Je ne distinguais pas les mots, mais je comprenais que cela tournait autour de moi. M. Achraf est revenu au bout d'un moment, visiblement en colère. Je lui ai dit :

— Je suis désolée. Si je savais que cela allait faire un problème, je n'aurais pas frappé à votre porte.

Il m'a répondu avec simplicité :

— D'abord vous n'aviez pas le choix. Ensuite, je suis heureux de vous avoir connue. De plus, ma femme et moi avons toujours des problèmes. Elle fait tout pour me contrarier.

Cela m'a étonnée qu'il parle avec autant de sincérité. Je me suis levée et j'ai décidé de partir. Il a fermé la porte du bureau devant moi et m'a dit :

— Je ne peux pas vous laisser descendre. Il y a dans la rue des milliers de policiers.

Lorsque j'ai insisté, il m'a menacée :

— Asma, si vous descendez, je descendrai avec vous pour qu'ils nous arrêtent tous les deux. Vous serez contente qu'un vieil homme comme moi soit arrêté et maltraité ?

De toute ma vie, je n'oublierai jamais cet homme merveilleux. Cet homme qui ne me connaissait pas et qui, en plus, n'était pas convaincu par les manifestations et absolument pas concerné par la cause pour laquelle je lutte. Qu'est-ce qui l'obligeait à se comporter de cette façon ? Imagine-toi qu'il a insisté pour que je mange et m'a préparé des sandwichs de fromage et d'œuf avec de la viande séchée. Quand tu penses qu'il ne m'a pas laissée partir avant six heures du matin, après être descendu lui-même dans la rue vérifier que les policiers étaient partis ! Il a même arrêté un taxi et a insisté pour payer la course à l'avance. Comme je protestais, il m'a dit :

— Asma, ma fille, écoute-moi, je pourrais être ton père.

J'ai les larmes aux yeux à chaque fois que je pense à la façon dont il s'est comporté avec moi, et pas seulement à cause de sa gentillesse, mais aussi de mon sentiment de culpabilité. J'ai découvert aujourd'hui que je ne comprenais pas le peuple. J'ai honte d'avoir dit une fois que les Égyptiens étaient soit corrompus, soit lâches. Je voudrais leur demander pardon à tous un par un. Je te remercie, Mazen, de m'avoir appris à ne pas me précipiter dans mon jugement sur les gens.

Bien sûr, lorsque je suis revenue le matin à la maison, un gros problème m'y attendait, en la personne de ma mère. Je t'en parlerai plus tard. Enfin, je vais bien, grâce à Dieu. Je t'en prie, donne-moi de tes nouvelles le plus vite possible. Je te remercie pour tous les beaux sentiments que tu as exprimés sur la place. Voilà : je souris pour que tu voies ces fossettes que tu aimes tant.

Salut, Mazen, mon... ami (j'ai failli écrire un autre mot mais la timidité m'en a empêchée).

Asma

23

Dania fit sa prière du soir puis prépara sa trousse médicale et se regarda une dernière fois dans le miroir avant de prendre l'ascenseur pour descendre. Sa mère était dans le hall, au téléphone. Elle semblait troublée. Dania lui embrassa la tête et s'assit à côté d'elle jusqu'à ce qu'elle eût terminé sa communication. Sa mère la regarda et lui dit avec émotion :

— Le Seigneur protège l'Égypte, Dania. Ton père a appelé ce matin. Cela fait trois jours qu'il dort au travail et il dit qu'il ne sait pas quand il va rentrer. Il y a un grand complot contre notre pays. Ils veulent le faire tomber dans l'anarchie. Dieu les punira.

Dania, rêveuse, n'écoutait pas ce que disait sa mère. Elle sourit et lui dit en la regardant avec tendresse :

— Je sors.

— Où vas-tu ?

— À la faculté.

— La faculté est ouverte le vendredi ?

— Oui, la faculté a ouvert une clinique d'urgence pour soigner les blessés.

Son visage se renfrogna :

— Tu vas soigner ces jeunes qui manifestent ? Qu'est-ce que tu en as à faire ? Qu'ils meurent tous, qu'ils aillent au diable !

Embarrassée, Dania lui dit :

— En tant que médecins, notre devoir est de soigner tous les malades, quels qu'ils soient.

— Son Excellence le cheikh Chamel dit que ces jeunes qui manifestent sont des fauteurs de sédition et des corrupteurs sur la terre. Sais-tu que le châtiment prévu pour eux par la charia, c'est la mort ?

— Je n'ai pas de relation avec les manifestants. Je suis en fin de cursus de médecine et ce que je fais correspond à des travaux pratiques. La faculté nous a convoqués et nous a chargés de soigner tous les blessés, que ce soient des manifestants ou des policiers.

Hadja Tahani resta silencieuse et Dania lui assena un dernier coup en lui disant d'un ton qu'elle savait efficace :

— Le jour du jugement dernier, lorsque je serai face à Dieu – qu'il soit glorifié et exalté –, voudrais-tu que j'aie commis le péché d'avoir laissé mourir un officier ou un policier blessé que j'aurais pu soigner ?

Après de nombreuses phrases de ce genre étayées par le Coran ou par les hadiths, sa mère commença à se laisser convaincre. Mais elle demanda :

— Ne devrions-nous pas dire à ton père que tu vas sortir ?

Dania se rendit compte du danger :

— Il n'y a aucune raison de l'inquiéter. L'affaire est simple. Je vais passer deux heures à la faculté. Je suis accompagnée par le chauffeur qui prendra une route éloignée des manifestations.

Sa mère appela le chauffeur et lui demanda de veiller sur elle. Ensuite elle prononça une formule de bénédiction puis lui dit adieu en la couvrant de baisers comme d'habitude, puis elle murmura "Il n'y a de Dieu que Dieu". Dania répondit "et Mohamed est son prophète".

Lorsque Dania s'assit sur le siège arrière de la voiture, elle pensa qu'elle n'avait pas menti à sa mère mais qu'elle n'avait pas non plus dit la vérité. C'était vrai qu'il y avait un hôpital d'urgence sur la place, mais il était dû à l'initiative des étudiants et de quelques professeurs et non pas de l'administration de la faculté. C'était vrai qu'elle allait à la faculté comme elle l'avait dit à sa mère, mais de là elle irait avec plusieurs de ses condisciples sur la place Tahrir où se trouvait l'hôpital d'urgence. L'idée qu'elle accomplissait son devoir professionnel la protégeait du sentiment du péché. Elle avait promis à son père de ne rien faire qui puisse nuire à sa position, mais elle allait secourir des blessés, rien de plus. Son devoir de médecin était de fournir des soins à tous ceux qui en avaient besoin. Elle sourit en se rappelant la longue conversation téléphonique qu'elle avait eue la veille avec Khaled :

— Tu as refusé de participer aux manifestations. C'est ton droit. Mais ton devoir de médecin t'impose de soigner les blessés.

Est-ce qu'elle avait été convaincue par son raisonnement ou parce qu'elle avait envie d'être avec lui ? Le chauffeur la conduisit devant le portail de Qasr el-Aïni où elle trouva Khaled avec deux professeurs et une vingtaine de condisciples en blouse blanche. Elle les connaissait tous. Leur présence la rassura et elle les salua chaleureusement. Elle remarqua que Khaled était pâle et elle lui demanda avec inquiétude :

— Qu'as-tu ? Tu as l'air fatigué.

Il sourit :

— Je n'ai pas dormi depuis hier.

Il lui demanda de mettre sa blouse blanche et il lui expliqua qu'ils veillaient à ce que les policiers comprennent qu'ils étaient des médecins accomplissant leur mission.

Elle lui demanda naïvement s'il voulait aller avec elle en voiture. Cela le fit rire :

— Madame Dania. Personne ne va à la manifestation en Mercedes.

Elle le regarda d'un air de reproche et il ajouta sérieusement :

— Nous irons sur la place à pied.

Elle demanda au chauffeur de l'attendre et elle partit avec eux. Ils passèrent le pont et arrivèrent à la rue Qasr-el-Aïni. Elle bavardait gaiement avec ses camarades, mais Khaled ne participait pas à la conversation. Elle lui demanda à quoi il pensait. Il sourit :

— Je ne pense pas. Je rêve.

— J'espère que c'est un beau rêve ?

— Très beau.

— On peut en savoir plus ?

— Je rêve que la révolution est victorieuse.

Elle lui répondit avec vivacité :

— C'est-à-dire que quand tu rêves, tu rêves à la révolution.

— Je te voyais avec moi.

— Je n'arrive pas à te croire. Tu rêves seulement à la révolution, lui rétorqua-t-elle avec coquetterie.

Il se rapprocha d'elle en chuchotant :

— Dania, tu seras toujours avec moi. Dans les rêves et dans la réalité. Je suis heureux de t'avoir connue et heureux d'avoir connu la révolution et d'y avoir participé.

L'émotion le submergea et il se tut. À cet instant, elle aurait voulu le serrer dans ses bras, la tête posée sur sa poitrine. Elle avait envie de lui dire qu'elle l'aimait et qu'elle ne l'abandonnerait jamais. Elle aurait voulu lui dire qu'elle était prête à lutter contre le monde tout entier pour réaliser son rêve de se marier avec lui. Elle voulait imaginer avec lui leur maison et le nombre d'enfants qu'ils auraient et les prénoms qu'ils leur donneraient. Elle détourna le regard pour maîtriser ses sentiments. Les manifestants avançaient en criant : "Pain, liberté, justice sociale." Ils faisaient signe aux gens qui étaient au balcon en les interpellant : "Toi, citoyen, rejoins les tiens", "Dans la rue, Égyptien, dans la rue." La manifestation grossissait rapidement à mesure qu'elle approchait de Tahrir. Dania était saisie par ce qui se passait autour d'elle. C'était comme un rêve. Elle entrait dans un monde enchanté qu'elle n'avait jamais connu auparavant. Elle regardait les visages des manifestants. C'étaient des gens ordinaires comme ceux qu'elle soignait à Qasr el-Aïni. Où était donc ce grand complot dont parlait son père ? Est-ce que tous ces gens avaient reçu de l'argent de l'étranger ? Est-ce que les femmes qui poussaient des youyous depuis les fenêtres étaient des agents des services secrets américains ? Et comment la loi religieuse telle que l'interprétait le cheikh Chamel pouvait-elle rendre licite de tuer ces manifestants ? L'islam autorisait-il de tuer ceux qui réclamaient la justice ? Les manifestants étaient tellement nombreux que l'on ne savait plus où poser les pieds. Dania s'efforçait de rester près de Khaled. Sa présence à ses côtés la rassurait. Elle regarda derrière elle mais il était impossible de voir où commençait la manifestation. Les slogans retentissaient comme le tonnerre : "Pain, liberté, justice sociale", "Le peuple veut la chute du régime." Si elle ne criait pas avec eux, ce n'était pas seulement par souci des intérêts de sa famille, mais parce qu'elle ressentait au fond d'elle-même qu'il y aurait dans son cri quelque chose de dérisoire et de mensonger. La fille du général Ahmed Alouani pouvait-elle appeler à la chute du régime dont son père représentait un des piliers ? Lorsqu'elle se trouva au cœur de la manifestation, elle se souvint des paroles de son père au sujet des services de sécurité qui la surveillaient et il lui fallut résister au sentiment de culpabilité qui la reprenait. Même si on la filmait au milieu des manifestants, elle était revêtue d'une blouse blanche et elle ne criait pas les mêmes slogans qu'eux. Elle ne faisait qu'accomplir son devoir de médecin. Elle s'accrocha à cette idée rassurante, mais au fond d'elle-même elle en doutait. Elle n'était pas là seulement pour venir au secours des blessés, mais pour se trouver aux côtés de Khaled. De plus, il y avait dans cette manifestation quelque chose de juste et d'authentique qui petit à petit la gagnait. Si elle n'appartenait pas à une famille riche et si son père et ses frères n'occupaient pas des postes sensibles, participerait-elle à cette manifestation ? Probablement que oui. Le sentiment de justice n'avait rien à voir avec le fait d'être riche ou pauvre. Les organisateurs de la manifestation avaient décidé que les médecins seraient en tête. Les manifestants reculèrent pour que la première ligne soit entièrement composée de médecins en blouse blanche. Ils pénétrèrent sur la place Tahrir, qui était pleine à craquer. Ils passèrent entre de lourdes et larges pièces de métal avec des avancées pointues comme des pals que les manifestants avaient posées par terre pour empêcher l'entrée sur la place des voitures de police. Dania s'avança avec ses condisciples vers la place et tout à coup elle entendit retentir bruyamment une rafale de tirs et l'atmosphère se remplit de gaz. Ses yeux et son nez la brûlaient et elle avait du mal à respirer. Certains manifestants crièrent : "Restez où vous êtes." Elle eut peur et se mit à tousser violemment, totalement incapable de voir à travers l'épaisse fumée. Khaled lui prit la main :

— Viens par ici.

Ils s'éloignèrent de l'endroit d'où provenait le gaz. Elle suffoquait. Elle se trouva au milieu d'un groupe de manifestants qui avaient été obligés de revenir en arrière parce qu'ils étaient incapables de supporter la concentration des gaz. Ils se tenaient tous contre le mur de l'université américaine tandis que leurs camarades distribuaient des morceaux de coton imbibés de vinaigre ainsi que des bouteilles qu'ils avaient remplies d'une solution de sel et sur lesquelles ils avaient mis des vaporisateurs. Après avoir inhalé le vinaigre puis s'être lavé le visage avec la solution, elle se sentit mieux et commença à aider les manifestants qui se trouvaient autour d'elle. Peu de temps après apparut une voiture de police qui se dirigeait à toute allure vers la place, mais qui s'arrêta face aux blocs métalliques placés sur le sol. L'officier était assis à côté du chauffeur. Il passa la tête par la fenêtre et regarda avec colère les manifestants :

— Enlevez ces blocs.

Les manifestants ne bougèrent pas et l'un d'entre eux cria :

— Nous n'enlèverons pas les blocs. Vous venez tuer nos camarades.

24

Cette nuit-là, Achraf tenta d'expliquer calmement le cas d'Asma à sa femme mais elle se mit en colère, son visage ensommeillé était gagné par la hargne. Elle cria :

— Je ne veux pas de frères musulmans chez moi !

— Je t'ai dit que cette fille n'en fait pas partie. Elle était dans la manifestation et la police allait l'arrêter.

— Qu'elle aille au diable.

— Tu n'as aucune pitié. C'est une fille respectable, une enseignante, de l'âge de notre fille Sara. Comment est-ce que j'aurais pu la laisser se faire arrêter ?

— D'abord, une fille respectable ne va pas à une manifestation.

— Magda. Cette fille s'est réfugiée chez moi. Je ne pouvais pas l'abandonner. Tu comprends ?

En le regardant, elle comprit qu'il ne changerait pas d'avis. Alors elle se mit à maugréer des paroles de colère puis retourna dans la chambre où elle se rendormit. Les deux jours suivants, Achraf l'évita complètement. Elle tenta de lui parler des manifestations et de l'amener à lui raconter ce qui s'était passé avec Asma, mais il lui répondait d'une façon laconique et vague, puis sortait de la pièce. Il savait que toute discussion avec elle conduirait à un problème et il n'avait pas la force de se quereller. Il avait besoin d'être seul et de réfléchir. Cette soudaine succession d'événements avait provoqué en lui une tension nerveuse qu'il essayait de surmonter par le haschich. Il se rendait compte maintenant qu'il avait vécu isolé pendant des années et qu'il ne s'était pas rendu compte que tout avait changé en Égypte.

Il s'était enfermé entre son appartement – qui constituait un monde en miniature fermé sur lui-même – et l'amertume de sa lutte désespérée pour exercer son métier d'acteur. Et voilà qu'il se trouvait devant une nouvelle espèce d'Égyptiens. Ils étaient prêts, comme disait Asma, à être emprisonnés et même à mourir pour la justice. Il les regardait avec un mélange d'incrédulité, d'admiration et de remords. Le vendredi matin, il fut surpris de voir Magda entrer dans son bureau, une petite valise de voyage à la main. Elle lui dit à haute voix et sur un ton officiel, comme si elle lui annonçait une décision de justice :

— J'ai décidé d'aller habiter chez ma mère à Héliopolis.

Il essaya de reprendre ses esprits. La tête embrumée par le haschich, il toussota :

— C'est une drôle d'idée.

On aurait dit qu'elle attendait un seul mot de sa part pour exploser :

— Non, ce n'est pas du tout une drôle d'idée. Le pays est en train de s'effondrer. Aujourd'hui ils ont coupé Internet et les réseaux de téléphones portables. Après la prière du vendredi, les frères vont manifester et Dieu sait ce qui va se passer. Notre présence près de la place Tahrir est un danger. Il faut que nous allions passer un ou deux jours chez ma mère jusqu'à ce que la situation se calme.

Achraf sourit :

— À propos, tu sais qu'il y a des manifestations à Héliopolis, exactement comme ici ?

Elle le regarda avec rage :

— Je voudrais savoir pourquoi tu me provoques. Plutôt que d'essayer de me tranquilliser, tu m'effraies encore plus.

Il eut un large sourire :

— Je ne fais que dire la vérité.

— Même s'il y a des manifestations à Héliopolis, je serai plus en sécurité qu'ici.

— Très bien, va-t'en et que Dieu soit avec toi.

— Je te préviens, Achraf, ta présence ici te met en danger. Il est très possible que les frères t'attaquent ici dans cet appartement. Tu n'as pas peur ?

— Non.

— Bien sûr. Puisque tu as sauvé une de leurs filles. Tu es devenu leur ami.

— Je t'ai dit que cette fille ne faisait pas partie de leur confrérie et, franchement, ta peur est exagérée. Nous n'avons rien fait pour qu'on nous attaque.

— Du simple fait d'être coptes, pour les frères nous sommes des mécréants qu'il leur faut égorger.

Achraf soupira :

— On ne se mettra jamais d'accord. Ta peur est maladive. Ça ne sert à rien de parler.

Elle s'approcha d'un pas :

— Tu pars avec moi ?

Il secoua la tête en signe de refus et, furieuse, elle se mit à crier :

— Tu es libre. Je serai chez ma mère. Si tu veux venir, tu connais l'adresse.

Elle se retourna et sortit dans le couloir puis elle appela Akram et lui donna ses instructions d'une voix forte et d'un ton sec. Peu de temps après, Achraf entendit la porte se refermer. Soulagé, il alluma une cigarette de haschich et, rapidement, Akram arriva et lui demanda avec inquiétude :

— Mme Magda est fâchée ?

— Non.

— Alors pourquoi a-t-elle quitté la maison ?

Achraf se leva derrière son bureau et la prit par la main. Ils allèrent s'asseoir côte à côte sur le canapé et il posa un bref baiser sur sa joue :

— Mme Magda a peur d'habiter ici à cause des manifestations. Elle est allée chez sa mère à Héliopolis.

Elle serra ses lèvres appétissantes :

— Je vais vous dire quelque chose si vous ne vous mettez pas en colère.

— Je t'en prie.

— Sérieusement, je ne comprends pas comment, dans un moment pareil, votre femme s'enfuit et vous abandonne.

Il la regarda en souriant puis elle le prit dans ses bras :

— Si j'étais votre femme, je ne vous abandonnerais jamais. On vivrait ensemble ou on mourrait ensemble.

Elle était si séduisante que c'en était insupportable. Il l'étreignit et se mit à embrasser son cou et ses oreilles. Elle lui chuchota :

— Je peux enlever ma tenue de travail.

Il ignora sa question et colla ses lèvres aux siennes dans un long baiser ardent. Ils étaient si excités qu'ils firent l'amour sur le tapis sans mettre de coussins. Il la pénétra d'une façon impétueuse, comme s'il voulait rejeter son angoisse dans son corps à elle, comme s'il cherchait en elle protection contre ses hantises, comme s'il voulait en se soudant à elle s'assurer à nouveau qu'elle était bien là, avec lui. Son corps à elle l'accueillit avec patience et compréhension. Elle endura sa rudesse et l'étreignit avec une tendresse maternelle si profonde que cela lui donna presque envie de pleurer. Après l'amour, il resta allongé sur le dos, la main dans la sienne, le regard fixé au plafond. Il ne parlait pas. Il ne fumait pas comme d'habitude et restait plongé dans ses pensées. Elle lui dit :

— Vous avez la tête ailleurs.

Il sourit sans lui répondre. Elle lui fit un baiser sur la joue et murmura :

— Pouvez-vous me dire à quoi vous pensez ?

— Je pense à ce qu'a dit Asma.

Elle eut un petit rire :

— Elle devait être très belle, cette Asma.

Il se tourna vers elle avec étonnement puis la serra dans ses bras et murmura :

— C'est toi qui es la plus belle du monde.

Elle lui répondit avec une visible inquiétude :

— Vous ne parlez que d'Asma depuis que vous l'avez vue.

Il lui répondit d'un ton sérieux :

— Laisse cette jalousie stupide et comprends-moi. Pour moi, Asma représente une génération différente et une nouvelle manière de penser. Depuis que je lui ai parlé, je me demande qui a raison et qui a tort.

— Je ne comprends pas.

— Les gens de mon âge ont, toute leur vie, souffert de la corruption et de l'oppression mais ils n'ont jamais rien fait pour changer la situation. Moi par exemple, j'aurais pu réussir ma carrière d'acteur et devenir célèbre si la corruption ne régnait pas dans le domaine artistique. Qu'ai-je fait pour lutter contre cette corruption ? Rien du tout.

— Mais que vouliez-vous faire ?

— La corruption dans le domaine artistique fait partie de la corruption du régime. Il faut que le régime change d'abord pour que tout s'arrange. Je comprenais ça, mais j'avais peur de faire de la politique.

— Vous avez raison d'avoir peur. Vous êtes un homme respectable avec une famille et des enfants et, dans ce pays, celui qui dit une parole juste peut s'attendre au pire.

— Voilà ce que j'admire chez les jeunes comme Asma. Ils n'ont pas peur comme nous. Ils sont décidés à changer le pays et sont prêts à en payer le prix. Franchement, ils sont plus courageux que nous.

Un pâle sourire apparut sur le visage d'Akram, qui ne s'était pas totalement débarrassée de la jalousie qui l'obsédait. Elle se leva et affecta de chercher ses chaussons. Elle passa devant lui, nue, ses seins pulpeux se balançant, libres de toute entrave, sa splendide croupe visible sous tous les angles. Elle savait que son corps nu l'excitait. Il était incapable de la voir nue sans lui sauter dessus. Cette fois-ci il resta plongé dans son silence. Elle se pencha sur lui, l'embrassa et lui demanda :

— Vous m'aimez ?

— Bien sûr.

— Bon eh bien, si vous m'aimez, arrêtez de me parler des manifestations.

Elle se mit à le caresser d'une main experte en chuchotant :

— Nous sommes ensemble et nous n'avons pas à nous inquiéter. Prenons notre plaisir. Nous parlerons ensuite.

Ils firent à nouveau l'amour d'une façon tumultueuse puis elle prit un bain et revint les cheveux tirés et revêtue d'une robe d'intérieur bleue. Elle semblait vivifiée comme une fleur qui vient d'être arrosée. Elle lui proposa de prendre leur déjeuner dans la salle à manger. Ils déjeunèrent ensemble en bavardant. Elle faisait exprès de lui raconter des choses amusantes sur les voisins de son quartier de Haouamedia. En finissant son repas il lui dit :

— Merci, Akram.

— Pourquoi ?

— Parce que tu me rends heureux.

Elle sourit avec gratitude. Il s'enhardit à lui demander :

— S'il te plaît, fais-moi une tasse de café que je boirai sur le balcon.

Elle se plaignit d'un ton enjoué :

— Vous êtes incorrigible. Vous voulez encore regarder les manifestations.

Il franchit rapidement le couloir vers son bureau, ouvrit la fenêtre et se mit à suivre ce qui se passait sur la place. Elle débarrassa la table et fit la vaisselle dans la cuisine puis, alors qu'elle était en train de se faire belle devant le grand miroir du salon, la voix d'Achraf retentit tout à coup comme un gémissement dans le couloir :

— Viens voir, Akram, ils les tuent. Ils leur tirent dessus pour les tuer.

25

Asma,

J'espère que tu vas bien. Je t'écris rapidement cette lettre sur du papier parce qu'Internet est coupé et que je ne sais pas comment te joindre. Je suis rentré à la maison pour prendre un bain et me changer et je vais retourner sur la place bien que j'aie si peu dormi que je suis mort de fatigue. Aujourd'hui, après la prière de l'après-midi j'étais dans un cortège qui se dirigeait vers Tahrir. Lorsque nous sommes arrivés au niveau de l'Assemblée consultative, l'armée avait barré la route. Un capitaine s'est approché et nous a dit :

— Jeunes gens, il y a des agents du ministère de l'Intérieur encerclés sur la place qui veulent sortir. Ce sont des pauvres gens qui ne sont responsables de rien. Cela fait trois jours qu'ils n'ont pas dormi. Pouvez-vous les laisser passer de l'autre côté pour qu'une voiture de police les ramène à leurs casernes et qu'ils puissent rentrer chez eux ?

Le spectacle des soldats était vraiment pitoyable. Ils semblaient extrêmement fatigués. Certains étaient tellement épuisés qu'ils s'étaient assis sur la chaussée. J'ai consulté mes camarades puis j'ai dit à l'officier :

— Dites-leur de passer. Nous ne les en empêcherons pas.

L'officier sourit :

— Je considère cela comme un engagement de votre part ?

Nous le lui avons promis et nous avons organisé une double haie humaine pour laisser passer les agents tout en criant :

— Nous sommes vos frères, nous sommes vos fils.

Le spectacle était exaltant, très émouvant. Il y avait à peu près quarante soldats qui passaient un par un devant le bâtiment du Cairo Center. Là les attendait une grande voiture de police où ils étaient censés monter. Mais dès qu'ils y sont arrivés, il s'est passé quelque chose que nous n'attendions pas. Un capitaine de police dont je n'oublierai pas le visage est apparu. Il était mince et nerveux. Il a distribué des munitions aux soldats et leur a donné l'ordre de tirer sur nous à balles réelles. Nous avons tenté de nous enfuir et nous nous sommes rendu compte que c'était un piège. L'armée avait bouclé la place Tahrir de façon à permettre à la police de nous tuer. Pendant que nous courions vers l'Assemblée consultative, un jeune tombait à chaque minute d'une balle dans le dos. Nous sommes entrés à l'Assemblée et les employés nous ont fait signe de nous cacher, mais les soldats nous ont poursuivis à l'intérieur tout en continuant à tirer. Ne me demande pas comment je suis sorti indemne de cette boucherie. Moi-même je ne le sais pas. La chance est venue à mon secours : j'ai couru vers la porte arrière de l'Assemblée en direction du lycée de Bab-el-Louk. Aussi longtemps que je vivrai je me souviendrai de ces minutes effrayantes. Je voyais mes camarades mourir sous les balles. J'ai vu les cadavres de victimes sur le goudron et j'ai vu un jeune agoniser. Il suffoquait, son corps tremblait puis il est mort. J'ai vu un soldat s'approcher de la victime pour voler ce qu'il avait dans les poches, puis lui arracher sa montre du poignet. Tout cela s'est passé sous les yeux de l'officier qui criait :

— Tire, soldat, tire !

Les coups de feu continuaient. Je n'oublierai jamais la haine qu'il y avait sur le visage de l'officier qui nous insultait grossièrement. Il inspectait ceux qui étaient tombés par terre et lorsqu'il voyait un blessé, il le frappait de toutes ses forces à l'emplacement de sa blessure. Je suis sorti par miracle de cet enfer. Toute la journée, en me remémorant ce qui était arrivé, je me suis demandé comment un officier de l'armée avait pu ainsi nous trahir. Ne connaissait-il pas le sens de l'honneur militaire ? Comment pouvait-il tuer des jeunes Égyptiens avec une telle facilité et un tel acharnement ? Quelle jouissance éprouvait-il à frapper les blessés sur leurs jambes blessées ? Pourquoi nous détestent-ils à ce point ?

Les martyrs vont rejoindre leur Seigneur qui leur a promis le paradis, mais nous sommes tristes, Asma, parce que ce sont les meilleurs d'entre nous qui sont morts. Chacun de ces martyrs aurait pu participer à la renaissance de l'Égypte, mais c'est elle les a tués. Je n'oublierai pas ce que j'ai vécu aujourd'hui. Je n'oublierai pas les victimes qui sont tombées devant moi et je ne serai pas en paix aussi longtemps que nous n'aurons pas jugé tous les assassins, depuis Hosni Moubarak et le ministre de l'Intérieur criminel jusqu'à l'officier de l'armée qui nous a trahis et à l'officier de police assassin. Je ne sais pas pourquoi je t'écris cela. Peut-être pour me soulager du poids de cette épreuve. Peut-être pour consigner cette tuerie. Je ne sais pas comment te faire parvenir cette lettre. Fais tout ton possible pour me donner des nouvelles. Asma, la mort m'a rendu visite aujourd'hui. Les balles passaient à côté de moi pour tuer mes camarades. Je ne suis pas mort mais il est possible que cela arrive à n'importe quel instant car le régime est de plus en plus criminel. Si je meurs, souviens-toi que je t'aime.

Mazen

26

À cinquante-neuf ans, Mohamed Zenati a l'air d'avoir dix ans de plus que son âge. Sur son corps amaigri, ses vieux vêtements sont trop larges. Il a perdu ses cheveux et il ne reste plus que quelques mèches éparses sur la vaste surface de son crâne. Ses épais sourcils sont devenus blancs et les rides ont envahi son visage. La peau de ses mains est couverte de taches de vieillesse. Pourquoi la santé de Mohamed Zenati s'est-elle détériorée aussi rapidement ? Est-ce à cause de son quart de siècle d'exil en Arabie saoudite ? Est-ce à cause de son travail épuisant de comptable et du combat perpétuel qu'il mène pour accroître ses gains ? Ou bien cela vient-il de ses problèmes de rein provoqués par sa décision de boire de l'eau du robinet pour économiser le prix de l'eau minérale, malgré les conseils de ses collègues ?

Quoi qu'il en soit, c'est maintenant un vieillard épuisé donnant l'impression que son parcours terrestre approche de sa fin. La seule chose qui n'a pas changé, c'est son sourire. Nous le voyons immuable sur toutes les photos. Sur la première, en noir et blanc, il apparaît en écolier au lycée de Talkha. Ensuite il est photographié au cours d'une excursion à Qanater, lorsqu'il est étudiant à la faculté de commerce de l'université du Caire, puis avec ses collègues de l'entreprise de travaux publics égyptienne où il travaille après avoir obtenu son diplôme universitaire, puis dans son bureau de la société d'import-export de Djeddah. Le sourire de Zenati est resté le même : candide, débonnaire, attentif, modeste. Combien de fois ce sourire lui a ouvert des portes et combien de fois il l'a tiré de situations difficiles. Zenati n'a pas obtenu son diplôme avec une mention d'excellence et il y a beaucoup de comptables meilleurs qui lui, mais aucun de ses collègues n'a été capable de le concurrencer. Il est doué d'une grande créativité dans l'art de se comporter avec les chefs. Il sait toujours comment parvenir à influencer son chef et le gagner à sa cause. Il sait faire preuve à l'égard de ce dernier d'une obéissance totale et d'une admiration sans limite pour ses talents. Il loue chacune de ses paroles dans lesquelles il voit un paradigme de sagesse et un programme d'action. En présence de son chef, Zenati devient une autre personne. Il se métamorphose, se recroqueville, rétrécit, courbe le dos et se met à parler avec un ton humble, servile, car il considère qu'il est inconvenant de faire preuve de confiance en soi devant un chef. Quels que soient le contexte et le sujet, il approche de son chef en s'inclinant puis lui dit à voix basse mais de façon à être entendu par les personnes présentes :

— Monsieur, dites-moi ce que je dois faire et je le ferai immédiatement. Je suis à vos ordres.

Ces chuchotements humbles procurent au chef un sentiment de virilité et de domination qui le stimule et le prédispose favorablement envers lui. Zenati qui, de toute sa vie, n'a rien lu d'autre que les commentaires du Coran et le recueil de hadiths de Bokhari, ainsi que, chaque vendredi, le journal *Al-Ahram** (qu'il emprunte à un collègue du foyer), possède une faculté d'expression innée proche de la poésie. Par exemple il peut dire à son chef :

— Par Dieu, vous êtes, monsieur, un océan de savoir. Toutes vos opinions, je les retiens mot à mot et j'y repense à la maison en y découvrant chaque fois un nouveau sens et en en tirant une leçon profitable. Que Dieu vous protège pour notre bien et qu'il vous bénisse, monsieur.

Il modifie cette dernière expression lorsqu'il a affaire à son garant saoudien :

— Que Dieu vous comble de bienfaits, que votre vie soit longue. Que Dieu bénisse votre père et vous comble de faveurs à la mesure de vos bienfaits pour nous.

De la même façon que le sportif s'enorgueillit des tournois auxquels il a participé, Zenati est fier de toutes les compétitions qu'il a victorieusement remportées dans le domaine

* Le plus ancien quotidien égyptien, devenu le plus officiel.

professionnel. Il n'a pas oublié la journée terrible où sa mise à disposition de l'Arabie saoudite a failli être annulée à cause des manœuvres d'un collègue qui voulait partir à sa place. Zenati se rendit alors chez le directeur général de la société égyptienne de travaux publics et lui dit d'une voix tremblante et larmoyante :

— Monsieur, Excellence. J'ai confiance en votre justice. J'ai trois enfants à nourrir et leur mère ne travaille pas. Je veux aller en Arabie saoudite pour subvenir à leurs frais. Si Votre Excellence ordonne de suspendre mon embauche, j'accepterai votre décision et j'en serai satisfait parce que je considère Votre Excellence comme mon père, mon guide et mon modèle.

Cette "potion" suffit pour que le directeur écrive à l'encre verte le visa qui changea la vie de Zenati : "D'accord pour une mise en disponibilité."

Peut-on dire que Zenati est hypocrite ? Par tact nous dirons qu'il sait très bien s'adapter aux circonstances. Il est comme des millions d'Égyptiens. Il ne dépense son énergie que pour les trois objectifs de sa vie : gagner son pain d'une façon licite, élever les enfants et gagner la protection de Dieu sur terre et dans l'au-delà. Il a fait deux fois le pèlerinage à La Mecque et a visité cinq fois les lieux saints. Il respecte toutes les obligations de la religion et les recommandations des hadiths, et tout cela entre dans les comptes du Seigneur. Il est heureux lorsqu'il prend ses vacances d'été au Caire avec sa famille. Il assouvit – autant que le permet son âge – son désir licite avec son épouse. Il se réjouit de retrouver ses enfants, mais il a dernièrement remarqué que le plaisir que lui procurent ses vacances au Caire diminue. Lorsqu'il rentre chez lui à Djeddah, il a l'impression d'ôter un costume élégant mais un peu étroit et de revêtir une *galabieh* large et confortable. Il s'est habitué à la vie en Arabie saoudite. Il s'est laissé influencer et s'est mis à parler le dialecte saoudien. Au téléphone, il dit "Que la paix sur vous" au lieu de "Allo". Il emploie des expressions saoudiennes pour dire "le salaire", "le calendrier" et "le gardien de l'immeuble".

M. Zenati est un homme bon et religieux, mais ce n'est pas quelqu'un de facile ou de faible. Il a des crocs pointus qu'il utilise avec férocité en cas de besoin. Même si le ciel doit lui tomber sur la tête, il ne dépense son argent qu'en cas d'extrême nécessité. "Mes enfants d'abord" est sa devise la plus sacrée, qui le pousse à éplucher soigneusement les comptes, à faire une enquête sérieuse avant de dépenser une seule livre ou un seul rial. Au début de son travail en Arabie saoudite, il habitait avec deux collègues égyptiens. Ils s'étaient mis d'accord pour que chacun achète son thé, son sucre et son lait et ne l'utilise que pour lui-même. Ensuite, ils partageaient le loyer de l'appartement et les factures d'eau et d'électricité. Ils vécurent en paix et en harmonie jusqu'à ce que Zenati découvre par hasard que l'un de ses deux collègues subtilisait le café qui lui appartenait. Alors Zenati déclencha une guerre sans merci contre le fraudeur. Il prit à témoin des versets du Coran et des hadiths authentiques du Prophète pour démontrer que la déloyauté était un péché capital. Puis il menaça le traître de le dénoncer auprès du garant saoudien. Son collègue s'effondra, présenta de profondes excuses et s'engagea à acheter le café de Zenati pendant six mois en compensation de son acte abominable. Ce dernier mena une autre bataille contre le syndic de l'immeuble où il habitait, rue Fayçal. Il refusa absolument de payer les frais d'entretien de l'ascenseur et, lorsque le syndic fit une serrure pour en limiter l'accès aux résidents qui avaient payé les frais d'entretien, Zenati cassa en catimini une petite clef dans la serrure, ce qui le mit en panne. Furieux, les responsables du syndic firent une enquête, mais ils ne découvrirent pas le coupable et furent obligés de faire une nouvelle serrure et il ne resta plus à Zenati qu'à casser encore une clef. Après que le syndic eut installé une troisième serrure, la surveillance de l'ascenseur par le concierge et par quelques résidents bénévoles (qui avaient payé la maintenance) fut renforcée, mais Zenati était devenu tellement expert qu'il profita d'un moment d'inadvertance pour casser une troisième clef en descendant faire la prière de l'aube à la mosquée, après quoi le syndic se résigna, enleva la serrure et laissa l'ascenseur ouvert à tous les résidents. Cela n'était pas la seule bataille qu'il avait menée contre le syndic. Il avait également refusé de payer sa quote-part de la consommation d'eau de l'immeuble. Son argument en la matière était puissant et péremptoire. Il le répétait en souriant calmement à tous les résidents qu'il rencontrait :

— C'est une question de principe. Notre-Seigneur n'aime pas l'injustice. Un résident ordinaire ne consomme que trois litres d'eau par jour et il y a dans l'immeuble dix cabinets de médecine de toutes les spécialités. Chaque cabinet reçoit tous les jours entre vingt ou trente malades. Le cabinet du dentiste, à lui tout seul, consomme quatre ou cinq litres pour chaque patient. Ce n'est donc pas possible qu'un médecin paye la même chose qu'un résident ordinaire.

Zenati était parvenu à mobiliser l'opinion générale, et de nombreux résidents refusèrent de payer. Il avait dû affronter les mesures de rétorsion du syndic qui avait déposé plainte contre lui. Il avait été convoqué au commissariat où, grâce à ses manières douces et à son sourire aimable, il avait gagné la sympathie de l'officier qui menait l'enquête. En lui serrant la main au moment de son départ, celui-ci lui avait dit amicalement :

— Vous savez : du point de vue légal, le syndic ne peut rien contre vous. Payez ou ne payez pas, c'est à vous de décider.

Zenati avait serré chaleureusement la main de l'officier et appelé la bénédiction de Dieu sur lui avec les formules emphatiques qu'il avait apprises à la mosquée :

— Je demande à Dieu de vous couvrir de bienfaits et de vous bénir vous et tous ceux qui sont autour de vous.

À la fin, le syndic finit par considérer que les sommes dues par Zenati faisaient l'objet d'une sorte de moratoire et cessa de les lui réclamer. Après sa victoire, Zenati veilla à effacer la rancœur qui aurait pu se glisser dans les cœurs. Il se montra aimable envers ses voisins lorsqu'il les rencontrait à la mosquée. Il demandait de leurs nouvelles et priait à voix haute Dieu de les couvrir de bienfaits, de façon à leur laisser une bonne impression de lui.

Grâce à Dieu, le Seigneur l'avait gratifié de biens et d'enfants* et l'avait mis en mesure de les éduquer, de les marier et de leur trouver des contrats rémunérateurs en Arabie saoudite. Mais Notre-Seigneur, qu'il soit exalté et glorifié, met l'homme à l'épreuve pour juger de sa foi. Sa fille Asma était sans conteste l'épreuve que Dieu lui avait envoyée. Il ne parvenait pas à concevoir comment la jolie petite fille timide était devenue cette

* Formule fréquemment utilisée dans le Coran.

179

jeune fille entêtée, querelleuse, qui ne lui causait que des problèmes et des tracas. C'était la faute de Karem, son grand-père maternel, un communiste qui buvait de l'alcool. Il avait instillé son venin dans son esprit et l'avait intoxiquée. Asma avait plus d'une fois refusé de se marier et, malgré la pression qu'il exerçait sur elle, parfois par la persuasion, parfois par la menace, elle n'acceptait pas de porter de voile. De plus elle refusait de partir en Arabie saoudite. D'elle il n'attendait que des désappointements. Il priait Dieu de la remettre sur le droit chemin. Il ne perdait jamais espoir en la générosité de son Seigneur à qui il suffisait de dire à une chose "Sois" pour qu'elle advienne. Il ne supportait plus de se tourmenter à cause d'elle. Il avait près de soixante ans, il avait du diabète, une tension élevée et la nervosité étaient dangereuses pour sa santé, comme le lui avait dit le médecin à Djeddah. Il laissait la responsabilité d'Asma à sa mère qui habitait avec elle et qui se sentait d'une certaine façon coupable parce que son père Karem, que Dieu l'ait en sa sainte garde, était la cause du dévoiement de ses idées. Lorsque Zenati l'appelait – depuis le téléphone de la société Ghamdi – pour prendre de ses nouvelles, il ne lui posait plus de questions sur Asma et la laissait mener seule sa bataille contre sa fille. La veille, celle-ci avait appelé pour dire à sa mère qu'elle allait dormir chez son amie Zeinab pour aider sa petite sœur en anglais. La mère n'avait pas cru à cette explication, mais elle n'avait rien dit. À neuf heures du matin Asma était rentrée à la maison et, dès qu'elle avait ouvert la porte, elle avait trouvé sa mère qui l'attendait sur le canapé du salon, vêtue d'une robe de chambre en velours vert au-dessus de sa combinaison blanche en tissu bon marché, avec des chaussons en tricot violet. Asma était épuisée. Elle sourit et dit d'une voix faible :

— Bonjour.

Sa mère la regarda puis prit son élan, comme si elle commençait le premier mouvement d'une symphonie tonitruante qu'elle avait l'intention de jouer jusqu'au bout.

— Bienvenue, madame Asma. Quelles sont les nouvelles de Zeinab ?

27

— Les ouvriers qui veulent manifester place Tahrir, qu'ils y aillent et qu'ils se fassent foutre. Mais ceux qui veulent manifester à l'intérieur de l'usine, je n'aurai pas de pitié pour eux.

Issam Chaalane semblait de mauvaise humeur. Il parlait d'une voix dure en fumant cigarette sur cigarette et en buvant une tasse de café sans sucre après l'autre. Les directeurs et les chefs de section étaient assis autour de lui.

— Nous ne pouvons permettre à aucun ouvrier de semer l'anarchie, déclara l'un d'eux.

Un autre ajouta :

— Ceux qui ne se préoccupent pas de leur gagne-pain méritent ce qui leur arrive.

Issam, ignorant les commentaires, les regarda d'un air sévère. Il poursuivit de sa voix puissante :

— Chacun d'entre vous a deux feuilles devant lui. La première est un communiqué d'allégeance au président Moubarak. La seconde est un engagement à dénoncer tous ceux qui incitent au désordre à l'intérieur de l'usine. Il faut que vous signiez les deux feuilles. Quelqu'un n'est pas d'accord ?

Ils restèrent silencieux et Issam poursuivit :

— Chacun d'entre vous écrit son nom et son emploi ainsi que le numéro de sa carte d'identité. Le communiqué de soutien sera diffusé dans les journaux. Quant à l'engagement concernant la sécurité, je le remettrai aux services de la Sécurité d'État.

Ils se mirent à signer l'un après l'autre et lui remirent les feuilles qu'il rangea devant lui en les mettant en garde :

— Maintenant vous êtes légalement responsables de toute agitation qui pourrait avoir lieu à l'usine. Tout manque de vigilance de votre part sera chèrement payé. Vous pouvez disposer.

Le premier jour se passa sans problème, mais le lendemain il fut informé que Chaouqi, un ouvrier qui travaillait dans le secteur des fours, appelait ses camarades à une grève de solidarité avec les manifestants de Tahrir. Il fut rapidement arrêté et, peu de temps après, Chaouqi accompagné de son chef, qui l'avait dénoncé, ainsi que de trois hommes de la sécurité de l'usine, entrèrent en cortège dans le bureau d'Issam.

—- Lâchez-le.

Il se leva et s'approcha de l'homme à qui il dit d'un ton impérieux :

— Toi, quel est ton nom ?

(Issam se souviendrait ensuite avec étonnement qu'il avait employé avec l'ouvrier la façon de parler des officiers qui l'interrogeaient dans son centre d'incarcération.)

— Chaouqi Ahmed Abd el-Bar.

— Tu veux ruiner ta vie, Chaouqi ?

— Nous voulons changer les choses dans ce pays.

— Qui, vous ?

— Des millions d'Égyptiens.

Le ton d'Issam changea. Il se mit à parler avec une tendresse paternelle :

— Mon fils, essaie de comprendre. Tout ce que vous êtes en train de faire n'apportera rien d'utile. Toi, tu ruines ta vie pour rien. La Sécurité d'État est à la porte de l'usine. S'ils te prennent, c'en est fini pour toi. Tu as des enfants.

Il fit oui de la tête et Issam sourit :

— Comment s'appellent-ils ?

Le jeune répondit d'une voix faible :

— Aya et Nasser.

Issam posa sa main sur son épaule :

— Bon, sois raisonnable Chaouqi, pour Nasser et Aya.

Le jeune homme le regarda en silence et son chef de section lui dit avec un enjouement mielleux :

— L'ingénieur Issam est comme ton père. Il ne pense qu'à ton intérêt.

Le jeune réagit :

— L'ingénieur Issam pense à son intérêt, pas au mien.

En faisant un effort pour se contrôler, Issam lui demanda :

— Mon intérêt c'est quoi ?

— Vous avez peur pour les millions que vous gagnez.

Issam le gifla et le jeune se jeta sur lui mais les hommes de la sécurité se mirent à le rouer de coups tout en l'entraînant à l'extérieur tandis que résonnait la voix d'Issam :

— Il ne manque plus que des morveux comme toi viennent faire de la surenchère avec Issam Chaalane. Moi, fils de pute, j'étais dans un centre d'incarcération avant que tu ne naisses.

Lorsqu'ils arrivèrent à la porte, ils avaient maîtrisé le jeune homme et ils continuaient à le rouer de coups. Suffoquant d'émotion, Issam leur dit :

— Livrez-le à la Sécurité d'État pour qu'ils lui apprennent la politesse.

Le jeune homme fut transporté dans la voiture de police devant ses camarades. Il saignait du nez et son visage était couvert d'ecchymoses et de blessures. Il avait l'air abasourdi, comme s'il ne comprenait pas tout à fait ce qui lui arrivait. Ce fut là la seule tentative de semer le désordre dans l'usine et elle avait été maîtrisée, mais elle laissa une impression désagréable dans l'esprit d'Issam. Ce n'était pas l'insolence du garçon qui l'avait le plus mis en colère. La simple idée que survienne une révolution faisait s'écrouler sa théorie de la servilité des Égyptiens et de leur accoutumance à l'oppression. Il avait basé sa conception de la vie sur cette théorie, qu'il défendait avec acharnement et ne supportait pas que l'on mette en doute. Son comportement brutal avec les directeurs, sa gifle à l'ouvrier, ses menaces à l'encontre de tous, c'étaient là des moyens de défense qui cachaient son anxiété d'avoir tort. Il ressemblait à un croyant extrémiste confronté à quelqu'un qui veut mettre en cause sa foi.

Le soir il rentra à la maison, prit un bain chaud, revêtit un training puis but trois verres de whisky. L'alcool fit rapidement effet et tout à coup il fut pris du désir de retrouver Nourhane. Il ne l'avait pas vue depuis les manifestations. Il lui avait téléphoné une fois et elle s'était excusée laconiquement. Elle vivait l'état d'exception à la télévision. Comme si l'on était en guerre. Depuis le premier jour de la révolution, un colonel de la Sécurité d'État était venu à la télévision et s'y était installé dans un bureau de la direction de la sécurité où il avait convoqué tous les présentateurs et tous les réalisateurs pour les informer qu'à partir de maintenant, en raison de la situation délicate que connaissait le pays, il leur donnerait des instructions quotidiennes et en surveillerait lui-même l'exécution. Les personnes réunies approuvèrent avec enthousiasme. Quant à Nourhane, elle attendit que tous ses collègues soient partis pour lui demander à voix basse de délivrer à sa servante Aouatif une autorisation de pénétrer dans l'immeuble de la télévision. Lorsque le colonel lui demanda pourquoi, elle lui répondit avec une chaleur à laquelle se mêlait – involontairement – un peu de séduction :

— Monsieur, ma religion ne me permet pas de dormir chez moi pendant que mon pays est en flammes. Ma domestique m'apportera ce dont j'ai besoin. J'habiterai à la télévision jusqu'à ce que mon pays soit tiré d'affaire.

L'officier lui délivra l'autorisation et la remercia pour son patriotisme. On voyait sur son visage qu'il luttait pour ne pas se laisser aller à des pensées inconvenantes. Le jour même, Nourhane téléphona au cheikh Chamel pour lui demander ce que stipulait la charia au sujet de la possibilité de diffuser de fausses nouvelles à la télévision. Le cheikh Chamel resta un instant silencieux puis lui dit que nous nous considérions maintenant en situation de guerre face à des saboteurs qui voulaient abattre l'État et que, en cas de guerre, la loi religieuse permet aux musulmans ce qu'elle n'autorise pas en cas de paix, en application de la règle bien connue selon laquelle "nécessité fait loi". Ce précepte religieux rassura Nourhane qui se mit à suivre les instructions du colonel avec enthousiasme et compétence. Nourhane ne se contentait pas de donner la parole à des interlocuteurs choisis par la Sécurité, elle répétait mot à mot avec eux ce qu'ils allaient dire en direct. Comme un metteur en scène chevronné, elle leur expliquait comment ils devaient jouer leur rôle. Les Égyptiens sont très impressionnés par le cri des femmes. Par conséquent il y avait quotidiennement des femmes au téléphone, qui appelaient au secours parce que des voyous voulaient les violer, elles et leurs filles. L'officier lui avait dit :

— Notre but est de sensibiliser chaque manifestant sur les dangers que courent sa mère et sa femme pour l'amener à quitter la place Tahrir et à revenir chez lui.

Nourhane ne se contenta pas de cela. Elle se chargea de prendre contact avec les chanteurs et les comédiens célèbres et organisa des entretiens télévisés où ils maudirent les manifestants et les accusèrent d'être des agents des services secrets étrangers. Elle invita également le cheikh Chamel et lui demanda la position de la religion sur ce qui se passait. Le cheikh lui répondit d'une façon claire et tranchante :

— Ces manifestations suscitent la colère de Dieu et de son prophète. L'islam nous prescrit d'obéir à celui qui est en charge du pouvoir et de le conseiller s'il enfreint la loi religieuse.

Nourhane lui demanda alors :

— Excellence, que dites-vous aux manifestants ?

Le visage plein de colère, le cheikh répondit :

— Je leur dis que ceci est un complot maçonnique organisé par les juifs pour détourner les musulmans de leur religion. Je dis à mes enfants qui sont sur la place Tahrir : vous vous êtes laissé fourvoyer par les fils de Sion. Demandez pardon à Dieu et repoussez une sédition qui risque de plonger notre pays dans un bain de sang. Vous, les jeunes, retournez chez vous. Ce n'est pas cela, la voie du changement. Vous détruisez l'Égypte de vos propres mains. Revenez à Dieu, revenez à Dieu.

Nourhane conclut son émission par l'entretien avec le cheikh Chamel puis elle mit des chansons patriotiques en attendant la prochaine émission. Ce soir-là, Issam lui téléphona et elle ne répondit pas. Il but lentement un autre verre. Elle le rappela, embarrassée :

— Je suis désolée, Issam. J'étais en direct.

— Nour, je voudrais te voir.

— C'est très difficile. J'ai du travail à la télévision.

— Termine ton travail et viens.

— Le travail n'en finit pas.

— Prends congé d'eux et viens.

— Où ?

— Chez moi à la maison.

Elle refusa mais il insista puis il se mit en colère :

— Lorsque je dis que je veux te voir, cela veut dire que je veux te voir.

Son ton était irrité, menaçant. Nourhane obtempéra mais mit comme condition de ne pas s'attarder. Ils ne se rencontraient normalement pas chez lui mais, ce soir-là, il n'avait pas envie de sortir. Dès qu'il ouvrit la porte, il comprit qu'elle n'était pas dans son état normal. Elle semblait nerveuse. Elle avait peigné ses cheveux en queue de cheval et son visage sans maquillage était pâle, ses yeux cernés. Elle se jeta sur le fauteuil le plus proche. Contrairement à son habitude, elle ne manifesta pas son mécontentement qu'il ait bu de l'alcool. Elle semblait préoccupée. Il lui prépara une tasse de thé et dès qu'elle en eut bu elle se mit à parler rapidement :

— Issam, je te prie de ne pas te mettre en colère. Je suis sous pression et à bout de nerfs. J'habite presque en permanence à la télévision. On peut me demander de diffuser n'importe quoi à n'importe quelle heure.

Issam ne répondit pas. Il but une gorgée.

Puis il lui baisa la main et l'attira vers la chambre à coucher. Cette fois ils firent l'amour d'une façon différente. Il n'y avait pas cet aspect festif et licencieux. Elle était troublée et épuisée. Il se précipita dans ses bras comme s'il pressait les dernières gouttes de joie avant qu'elles ne se tarissent. Il y avait dans l'atmosphère quelque chose de pesant et de funèbre contre lequel ils luttaient. Ils jouirent rapidement en silence et revinrent s'asseoir au salon. Il se versa un verre et, peu de temps après, Nourhane sortit de la salle de bains, habillée, prête à partir.

— Tu t'en vas ?

— Il faut que je retourne tout de suite à la télévision.

Sans un mot, il but une gorgée de whisky et alluma une cigarette. Elle lui dit :

— Je veux te poser une question. Que penses-tu des manifestations ?

— Ça ne rime à rien.

— Que veux-tu dire ?

— Rien ne changera en Égypte.

— Tu crois que le président va partir ?

Il éclata d'un rire qui semblait forcé :

— Tu es folle, Nour ? Depuis quand quelques gamins font partir le président de la république ?! Ils peuvent bien manifester pendant un an, rien ne pourra changer.

— Je suis très inquiète.

— De quoi ?

— J'ai peur que le président s'en aille et que ce soit l'anarchie.

— C'est parce que tu ne sais pas ce que veut dire l'État en Égypte. L'État c'est la Sécurité d'État, les services de renseignements généraux, les services de renseignements militaires plus la police, l'armée, les médias, la justice. Toutes ces institutions sont fortes et elles sont totalement fidèles au président.

— Nous disons tous les jours que les manifestations vont s'arrêter mais elles prennent de l'ampleur.

— Patiente quelques jours et tu verras. Tous ces vauriens qui manifestent vont se faire arrêter et seront jugés par des tribunaux militaires.

— Ce sont là des supputations, pas des informations.

Il sourit et lui dit :

— Ça, c'est ce que m'a appris l'histoire. Toutes les luttes qui surviennent entre le peuple et le pouvoir se terminent toujours par la défaite du peuple. Le pouvoir en Égypte échoue peut-être dans tous les domaines, sauf à soumettre les Égyptiens.

28

Achraf ouvrit la porte de son appartement et prit l'escalier. Akram l'appela puis elle ferma la porte de l'appartement et courut derrière lui. Quelques minutes plus tard, Achraf et Akram se trouvaient au milieu de la place Tahrir. Le spectacle, épique et majestueux, était aussi impressionnant qu'un rite religieux accompli par des milliers de croyants. Les manifestants occupaient tout l'espace. Traqués par la mort, ils couraient en criant des slogans. En haut de l'université américaine et sur les terrasses des immeubles qui dominaient la place s'étaient déployés des groupes de tireurs d'élite en tenue civile. Chaque groupe était formé de plusieurs hommes armés de fusils de chasse modernes conduits par un officier. Ils portaient tous un foulard blanc sur la tête, peut-être pour les protéger de la lumière du soleil de façon à pouvoir bien viser ou peut-être pour cacher leurs visages de crainte que quelqu'un ne les photographie. Le tireur d'élite tue avec un calme et une précision chirurgicale. Il fixe dans le viseur de son fusil et choisit une victime. Alors apparaît sur son visage un mélange de résolution et de haine, puis il appuie sur la détente et la balle part pour aller se ficher dans la tête de la victime. Une seule balle, définitive, péremptoire, qui anéantit les souvenirs d'enfance, les soins des parents, la fatigue des études, la joie des succès scolaires, les rêves d'amour et de mariage. Tout prend fin par une simple pression sur une détente. Le massacre se poursuivait, les martyrs tombaient les uns après les autres et les manifestants ne fuyaient pas la mort qu'ils semblaient défier. Loin de fuir le lieu d'où venaient les tirs, ils s'y ruaient. Aucun d'entre eux n'avait plus peur de la mort, comme s'ils s'étaient tous fondus en un être unique, gigantesque, qui ne s'apaiserait pas avant d'avoir atteint son but. Chaque fois que tombait un martyr, ils portaient son corps en criant des slogans et en invoquant Dieu, se rapprochant toujours plus du ministère de l'Intérieur. Un jeune mourut aux côtés d'Achraf. Il criait à ses côtés et, tout à coup se tut, s'inclina comme s'il cherchait quelque chose par terre, puis tomba. Les manifestants le transportèrent et Achraf marcha derrière lui au milieu de la foule, avec Akram qui lui tenait le bras et dont la voix se perdait dans le tumulte. Achraf s'approcha du martyr transporté sur les épaules de ses camarades. Il regarda son visage, qui semblait si calme qu'Achraf eut l'impression qu'il était sur le point de sourire. Il portait des souliers de sport, un jeans et un vieux pull-over bon marché. Achraf fut pris du désir obscur de se rapprocher encore plus pour être collé au corps du jeune homme. Il lui prit la main qu'il tint quelques instants dans la sienne jusqu'à ce que le flux des manifestants l'en éloigne. Le contact de cette main était froid et avait quelque chose de familier. La même sensation que lorsque l'on serre la main d'un ami un matin d'hiver. Achraf, suivi d'Akram, s'éloigna de l'attroupement et marcha lentement jusqu'au mur de l'université et tout à coup il s'accroupit sur le sol et plaça sa tête entre ses mains en haletant.

— Achraf Bey, qu'avez-vous ? cria Akram sans qu'il lui réponde.

Son visage était pâle et il respirait avec difficulté. Elle lui dit :

— Revenons à la maison.

Ils marchèrent en silence, passèrent l'entrée de l'immeuble et dès qu'ils entrèrent dans l'appartement, elle lui prit la main et il s'abandonna comme un enfant. Elle ouvrit la porte de la salle de bains et lui chuchota tendrement :

— Prenez un bain et changez de vêtements pendant que je prépare quelque chose à manger.

Quelques instants plus tard, il était assis dans son bureau, complètement silencieux. Akram vint s'asseoir à ses côtés et le serra dans ses bras. Il prit une cigarette de haschich et elle lui dit :

— Vous êtes fatigué. Faites-moi plaisir. Ne fumez pas.

Il lui répondit sans la regarder :

— Ne t'inquiète pas.

Il alluma la cigarette qui s'embrasa vivement. Elle lui prépara des sandwichs et elle insista pour qu'il mange. Elle tenta de parler de choses et d'autres :

— À propos, quand nous sommes ensemble, il faut que vous verrouilliez la porte d'entrée. Mme Magda peut rentrer à n'importe quel moment.

Il lui répondit laconiquement :

— Aussi longtemps qu'il y aura des manifestations, Magda ne reviendra pas.

Le silence régna à nouveau et Achraf alluma une autre cigarette. Akram comprit qu'il ne servait à rien de faire semblant d'ignorer ce qui se passait sur la place. Elle soupira et, comme se parlant à elle-même :

— Je n'imaginais pas Hosni Moubarak criminel à ce point.

— C'est un régime qui se bat pour ses intérêts.

— Qu'est-ce qu'il avait fait de mal, le jeune homme qu'ils ont tué ?

— Moubarak et ses hommes ont des milliards et, si le régime tombe, leurs fortunes seront confisquées et ils seront jugés. Ils sont prêts à tuer un million d'Égyptiens pour rester au pouvoir.

— Ils n'ont donc pas peur du bon Dieu ?

Ses questions étaient puériles et en même temps le ton de sa voix n'était pas dépourvu de séduction. Dans des conditions ordinaires, il l'aurait prise dans ses bras et l'aurait couverte de baisers. Mais il n'était plus le même. Il était encore sous le coup de l'assassinat et il sentait toujours le contact de la main du martyr dans la sienne. Elle le prit tout à coup dans ses bras et posa sa tête contre sa poitrine comme si instinctivement elle sentait qu'il avait besoin d'elle. Elle tenta de l'embrasser, mais pour la première fois depuis qu'elle l'avait connu, il détourna le regard et l'éloigna doucement.

— J'imagine le père et la mère quand on leur dira que leur fils a été tué d'un coup de feu.

— Dieu les apaise.

— J'avais l'impression que le jeune qu'ils avaient tué aurait pu être mon fils Boutros.

— Qu'à Dieu ne plaise.

29

Cher Mazen,

Tu ne peux pas imaginer comme j'étais heureuse de te voir hier. Tu m'as interrogée sur mon problème avec ma mère. Je t'ai dit que tout s'était bien terminé mais ce n'était pas vrai. Comme d'habitude, il y a beaucoup de choses que je ne dis pas et que je préfère écrire. Je ne sais pas pourquoi, mais je suis comme ça. Je sais que tu es occupé, mais j'ai besoin de te parler. Tu es le seul qui me comprenne. Je suis pleine de contradictions, Mazen. Je sens parfois en moi deux personnalités. J'arbore une personnalité, celle que voient les gens, tandis qu'à l'intérieur s'en cache une autre, étrange, qui apparaît tout à coup. Lorsque je suis rentrée à la maison, mercredi matin, j'étais très fatiguée d'avoir couru, d'avoir respiré des gaz, d'avoir vécu de tels moments de tension. J'avais envie de prendre un bain chaud et d'aller dormir, mais j'ai trouvé ma mère qui m'attendait assise au salon. Je lui avais menti. Je lui avais dit que j'allais passer la nuit chez mon amie Zeinab pour aider sa sœur à faire ses révisions d'anglais. Ma mère m'a demandé :

— Elle va bien, ton amie Zeinab ?

J'ai compris qu'elle ne me croyait pas mais je pense qu'elle aurait été prête à accepter ma version, si j'avais persisté dans mon mensonge. Si par exemple je lui avais dit "Zeinab va bien, elle t'envoie ses salutations", elle m'aurait écouté lui dire deux ou trois banalités comme d'habitude et m'aurait ensuite laissée en paix. C'est là qu'est apparue mon autre personnalité, celle que je ne comprends pas. Je me suis surprise à lui dire :

— Je n'étais pas chez Zeinab.

Bien sûr elle s'est mise en colère :

— Tu étais où ?

— J'étais à la manifestation.

Elle s'est mise à crier :

— Tu m'as menti, Asma ? Tu n'as pas honte, menteuse !

Un calme étrange m'a envahie. Comme si ce qui se passait concernait une autre personne, comme si j'assistais à la scène derrière une glace sans tain.

— Je t'ai menti au téléphone pour que tu ne t'inquiètes pas. Lorsque je suis revenue à la maison, je t'ai dit la vérité. J'étais à la manifestation et la police était sur le point de m'arrêter si je ne m'étais pas cachée chez des gens.

— Qui sont ces gens chez qui tu étais ?

— Un homme très bon, M. Achraf Ouissa. Il m'a cachée chez lui jusqu'à ce que la police s'en aille.

Je ne sais toujours pas pourquoi je me suis comportée de cette façon, pourquoi j'ai décidé de provoquer à ce point ma mère en refusant de m'en tenir au mensonge. Est-ce par fierté de participer à la révolution, ou s'agit-il simplement d'un désir de défier ma mère et de contester tout ce qu'elle appelle la bonne conduite ?

Elle s'est écriée :

— Tu n'as pas honte ? Je suis malade et ton père est âgé. Il a du diabète et de la tension, et il est toujours à l'étranger où il travaille comme un forçat. Qu'est-ce que je vais lui dire ? Je vais lui dire que sa fille a dormi chez des gens qu'elle ne connaissait pas et que la police la poursuivait ?

Dans de tels affrontements, ma mère crie sans s'arrêter et sans attendre de réponse. Je suis restée complètement silencieuse jusqu'à ce que sa crise se termine par des torrents de larmes. Soudain alors, j'ai fait quelque chose de surprenant. Imagine-toi. Je l'ai prise dans mes bras. J'ai posé sa tête contre mon épaule et elle m'a dit :

— Aie pitié de nous, Asma. Nous sommes vieux et fatigués.

Si tu savais, Mazen, combien ces mots m'ont fait souffrir. Mes disputes avec ma mère sont ce qu'il y a de pire dans ma vie. Elle et moi, à huis clos dans notre appartement, nous nous affrontons sans cesse, comme si c'était un châtiment divin. Elle crie, elle

*pleure et j'ai pitié d'elle. Je la console et un instant après elle me
provoque. Je lui réponds et cela recommence. Des querelles, des
cris, des lamentations. Tu sais, au fond de moi j'aime beaucoup
ma mère. Je ne peux pas pousser nos disputes jusqu'au bout. Il
arrive toujours un moment où je cherche un compromis pour la
satisfaire puis je reviens en arrière, je m'accroche à mes positions
et sa colère redouble. C'est pour tenter d'éviter de l'affronter que
j'ai accepté de rencontrer des prétendants et c'est elle qui m'a
forcée à lui dire que j'allais passer la nuit chez Zeinab. Tu vois à
quel point je suis coupée en deux. Je suis convaincue que les positions que j'adopte sont justes. Je crois totalement aux choix que
j'ai faits, mais j'ai pitié de ma mère et je comprends sa façon de
penser. Cette hésitation entre mon amour pour ma mère et mon
désaccord avec elle est douloureuse. La pire chose au monde est
d'affronter violemment une personne que l'on aime parce que,
en même temps qu'on la défie, on la plaint. J'ai attendu que ma
mère se calme puis je lui ai dit :*

— Je suis fatiguée, j'ai besoin de dormir.

*Je me suis retirée et j'ai pris un bain. Lorsque je suis sortie,
je me suis aperçue qu'elle m'avait préparé le petit-déjeuner et
qu'elle l'avait déposé dans ma chambre. Cette tendresse me fait
encore plus souffrir que la dureté.*

*Je savais que la grande manifestation serait le vendredi et elle
savait que les congés de mi-année avaient commencé et que je
n'avais aucune raison de sortir. J'ai passé deux jours à la maison avec elle. J'ai tenté de l'apaiser de toutes les façons que je
connaissais. Je lui ai demandé de me parler de sa jeunesse, de
me dire comment elle vivait avant de se marier. Cela lui a fait
plaisir. Elle m'a parlé du lycée de jeunes filles El-Sania et de la
faculté de commerce où elle avait rencontré mon père. Il était en
licence et elle en première année. Ils s'étaient connus à la biblio-
thèque où il lui avait proposé de l'aider dans ses recherches. C'est
une histoire qu'elle m'avait souvent racontée, elle semblait toujours heureuse de s'en souvenir. Le jeudi soir j'ai regardé un feuilleton turc assise à ses côtés. Après le feuilleton, ma mère était
de très bonne humeur. Peu à peu, elle était passée de la colère
aux remontrances calmes et amicales. En buvant son thé au lait,
elle m'a dit :*

— Mais toi, si tu réfléchissais, tu ne serais pas mieux chez toi assise avec ton mari et tes enfants plutôt que d'aller à tes fichues manifestations ?

— Chacun a son destin.

C'était la meilleure réponse dans ces conditions.

— Tu es une fille bien, Asma, mais tu comprends le monde à l'envers. Notre pays est détraqué et jamais on ne pourra le réparer. Arrête de perdre ton temps et pense à toi. Une femme qui n'a ni maison ni enfants est misérable, même si elle a réussi dans un autre domaine.

Je n'ai pas répondu. Peu à peu la conversation est passée à d'autres sujets. Le vendredi après la prière, notre rue s'est remplie de manifestants. Ma mère et moi nous les avons regardés passer depuis le balcon. J'ai vu qu'elle était stupéfaite. Sans doute était-elle surprise par la taille de la manifestation. Il y avait là des milliers de personnes. Elle m'a dit en les regardant :

— Quel dommage. Ils courent à leur perte. Ils ne pensent pas à leurs familles.

— C'est à cause de cette façon de penser que nous sommes au fond du précipice. Si les gens n'avaient pas peur et s'opposaient à l'oppression, l'Égypte serait depuis longtemps un pays respectable.

Ma mère n'a pas répondu et a continué à observer la manifestation. Elle semblait impressionnée. Lorsque les manifestants se sont mis à crier "Vous êtes des nôtres, rejoignez-nous", "Égyptien, dans la rue", je n'ai pas pu résister. Je me suis levée et je lui ai dit :

— Je dois descendre.

— Descendre où ?

— Je dois descendre et je voudrais que cela te fasse plaisir.

Elle s'est mise à crier :

— Tu veux ma mort !

— Tu as vu toi-même que c'est une manifestation pacifique.

— Pacifique et puis quoi ! Tu ne descendras pas, Asma.

— J'ai vingt-cinq ans et j'ai le droit de décider toute seule.

— Lorsque tu seras mariée, ton mari sera responsable de toi. Aujourd'hui c'est ton père et moi. Si tu es arrêtée ou s'il t'arrive quelque chose, c'est nous qui aurons du souci.

— Je suis la seule responsable de mes actes, et s'il m'arrive quelque chose ne vous en préoccupez pas. Je me débrouillerai toute seule.

Je savais que cette conversation ne menait à rien. Je suis sortie rapidement, poursuivie par les cris de ma mère qui résonnaient à mes oreilles. Bien sûr je me suis sentie coupable, mais je me serais sentie bien plus coupable si je n'avais pas participé à la manifestation. C'était une véritable bataille. Les policiers faisaient pleuvoir sur nous les gaz lacrymogènes. J'avais apporté un oignon découpé que je respirais pour lutter contre le gaz. J'avais appris cela sur Facebook. J'ai failli plus d'une fois perdre conscience. Lorsque nous sommes arrivés à la place de Gizeh, les tirs ont commencé. Des martyrs sont tombés devant moi. Les policiers tiraient au hasard et les manifestants transportaient les blessés sur des motos. Je ne sais pas comment cela avait été organisé. Certains me dirent qu'ils utilisaient des motos parce que les ambulances livraient les blessés à la police.

Je suis comme toi, Mazen. Depuis le vendredi de la colère, je ne serai plus jamais la même. Comme toi j'ai le sentiment d'avoir pris un engagement envers les martyrs. J'ai vu notre peuple révéler sa plus belle image mais j'ai remarqué aussi que nombreux étaient ceux qui observaient ce qui se passait depuis les balcons et les fenêtres, comme s'ils regardaient un film. Ils nous regardaient mourir sans faire un mouvement. Je ne comprends pas la position de ces spectateurs. Comme toujours j'attends ton explication. Je suis vraiment heureuse, Mazen, d'avoir fait ta connaissance. Je ne sais pas comment je pourrais vivre cette situation si tu n'étais pas à mes côtés. Je termine ce message en te souriant (est-ce que tu aimes toujours mes fossettes ?).

Bonsoir.

Asma

30

L'officier semblait hargneux, nerveux. Il haletait de colère, criant aux manifestants :

— Je vous dis d'enlever les blocs de fer.

Ils ne bougèrent pas. Ils restèrent à leur place, défiant l'officier du regard. Les sentiments se bousculèrent dans leur tête : pas question pour eux de permettre à la voiture d'entrer pour tuer leurs camarades, en même temps, ils se rendaient compte de l'étrangeté de la situation. Ils défiaient un officier de police. Ils lui faisaient face et l'empêchaient de passer. D'où leur était venue cette force ? Chaque instant qui passait éloignait la possibilité d'une volte-face et les rendait plus fermes. Le policier cria à nouveau :

— Je vous jure par Dieu tout-puissant que si vous n'enlevez pas ces blocs tout de suite, je vais vous montrer de quel bois je me chauffe, fils de chiens.

Il y eut un moment de silence jusqu'à ce que s'élève la voix de Khaled Madani :

— Vous n'avez pas le droit de nous insulter. Vous devez nous respecter, nous sommes des citoyens égyptiens comme vous. Vous devez revenir sur votre position. Votre obligation est de vous tenir du côté du peuple.

Ces mots provoquèrent tellement l'officier qu'il se mit à crier :

— Non, fils de pute, je me bats pour Moubarak, mon maître et le vôtre. Quant à toi et à ceux qui sont avec toi, vous méritez d'être battus à coups de chaussures.

Des protestations s'élevèrent parmi ceux qui se trouvaient là et l'officier regarda en arrière et dit quelque chose. Tout à coup la porte arrière de la voiture s'ouvrit et trois soldats en sortirent, se dirigèrent vers les blocs de fer et se penchèrent pour les enlever de la route. Les manifestants se précipitèrent et repoussèrent les policiers qui se mirent à les frapper. Les manifestants réagirent par des paroles et des coups de pied et la mêlée s'intensifia. Khaled se rapprocha alors de l'officier :

— Monsieur l'officier, quoi que vous fassiez, vous n'entrerez pas sur la place.

Le visage de l'officier se contracta. Il fut sur le point de dire quelque chose, mais il y renonça. Il resta un moment silencieux puis prit son revolver et tira une seule balle qui siffla et partit comme une flamme. Dania entendit Khaled crier "Haaa". Un long cri prolongé qui semblait venir d'un gouffre, qui semblait annoncer une révélation. Khaled s'écroula sur le sol. Dania se précipita et se pencha sur lui. Son visage était calme, comme figé sur une expression inachevée, comme s'il avait interrompu une phrase, comme s'il voulait dire quelque chose mais que le temps lui avait manqué. La balle avait traversé son front, la blessure saignait abondamment. Dania a-t-elle crié ? A-t-elle éclaté en sanglots ? A-t-elle secoué Khaled en lui demandant de se relever ? A-t-elle cru que ce qui se passait n'était par réel ? A-t-elle pensé que c'était un cauchemar dont elle allait se réveiller ? A-t-elle attendu que Khaled se relève et essuie son front, que la blessure disparaisse, que l'hémorragie s'interrompe et qu'il se mette à parler et à rire avec elle, comme il le faisait il y a un instant ? Son corps gisait sur l'asphalte. Il avait un trou au front et les yeux grands ouverts. C'est tout ce dont se souvenait clairement Dania. Tout ce qui s'est passé ensuite revient à son esprit sous forme d'images tremblantes et floues entourées d'un épais brouillard, comme des séquences arrachées à une vieille copie de film abîmée ne permettant pas de voir clairement ce qui se passe : les soldats qui se précipitent dans la voiture. La voiture qui fait demi-tour puis démarre rapidement en direction de la mosquée Omar Makarem. Les camarades qui crient en tentant de la rattraper et de l'arrêter. Dania qui pleure, qui crie en tenant Khaled dans ses bras, sa blouse blanche couverte de sang. Les camarades qui portent Khaled jusqu'à une voiture dont elle ne sait pas d'où elle venue, qui s'effacent devant elle pour qu'elle monte à ses côtés. Elle qui place sa tête sur ses cuisses et comprime la blessure avec des compresses, comme si Khaled était un blessé que l'on pouvait sauver.

Ses amis refusaient de croire à ce qui était arrivé. Ils semblaient attendre un miracle, que quelque chose se passe tout à coup qui fasse revenir Khaled. Dès qu'ils arrivèrent à l'hôpital de Qasr el-Aïni, ils le transportèrent avec précaution et coururent trouver un de leurs professeurs de l'université qui leur demanda de transporter Khaled sur un lit. Il lui ouvrit les yeux et les observa. Ensuite il lui prit le poignet puis il se tourna vers eux et leur présenta ses condoléances.

Les images abîmées continuaient à défiler dans l'esprit de Dania. Elle se voyait assise aux côtés du cadavre maculé de sang, lisant un coran posé sur sa cuisse et s'arrêtant de lire lorsque les larmes l'empêchaient de distinguer les lettres. En même temps que les images, des bruits multiples lui revenaient à l'esprit, des cris, des hurlements, des lamentations. Sa propre voix récitant le Coran semblait étrangement provenir d'une autre personne. Les camarades entraient dans la chambre et en sortaient. Ils criaient, pleuraient, se penchaient sur Khaled, l'embrassaient. Quelques instants plus tard, un camarade s'approcha d'eux et dit à voix basse :

— Le père de Khaled est arrivé.

31

Le jour suivant, Achraf Ouissa apparut sur la place Tahrir. Sa présence au milieu des manifestants était exceptionnelle et symbolique d'une certaine façon. C'était un aristocrate dans la cinquantaine avec ses fins cheveux blancs peignés avec une raie. Il était élégamment vêtu d'un costume de laine et d'un pull-over à col roulé, chaussé de souliers anglais. Achraf semblait être un représentant du passé, un homme d'hier, envoyé par les générations précédentes pour proclamer leur solidarité envers les jeunes de la révolution. Akram l'accompagnait. Elle avait enlevé son voile et portait un jeans, un pull-over de laine noir et des chaussures de sport. Ses cheveux fins étaient coiffés en queue de cheval et son beau visage n'avait pas d'autre maquillage que du khôl et une légère couche de rouge à lèvres pâle. Cette nouvelle apparence suffisait à effacer totalement ses marqueurs sociaux. En dehors de quelques sons qu'elle prononçait avec un accent populaire, on aurait pu la prendre pour une employée ou une étudiante. Achraf parcourut la place dans tous les sens. Il écouta les discours, il discuta avec les manifestants et donna son point de vue d'une manière tranchée :

— La révolution aurait pu accepter un compromis avant que le pouvoir n'ait tué des manifestants. Notre devoir envers les martyrs nous oblige à renverser Moubarak et à le juger.

Son allure suscitait la curiosité de ceux que se trouvaient là. Il les regardait en souriant et leur disait :

— Voyez : premièrement, je suis copte. Deuxièmement, j'étais un citoyen ordinaire et je ne me mêlais pas de politique jusqu'à ce que j'aie assisté au massacre. J'ai vu un jeune de l'âge de mon fils se faire tuer devant moi.

Sur la place, tout était organisé. Pour assurer la sécurité, des garçons et des filles étaient disposés à ses différentes issues pour fouiller et vérifier l'identité des hommes et des femmes qui y entraient. Il y avait des commissions responsables de l'alimentation qui se chargeaient de fournir de la nourriture, ce qui n'empêchait pas des centaines de volontaires d'en apporter de leur côté. Ces volontaires entraient les bras pleins de sandwichs et les posaient par terre en invitant tous ceux qui le voulaient à manger. Ensuite ils disparaissaient dans la foule. Il y avait des commissions chargées de l'information qui étaient responsables du contact avec la presse et accueillaient les journalistes étrangers. De temps en temps un médecin était appelé à tel ou tel endroit par les haut-parleurs. Ou bien c'était un volontaire dont on avait besoin à l'une des issues. La place Tahrir était devenue une petite république indépendante – la première terre égyptienne libérée de la dictature. Chaque occupant de Tahrir sentait qu'il était en train de construire un modèle, que le succès de la révolution dépendait de ce que lui en particulier allait faire. Des initiatives spontanées avaient permis d'installer une tribune principale où les déclarations des intervenants étaient diffusées par de grands haut-parleurs dont le son parvenait à tous les coins de la place. À côté de la tribune, un espace où régnait un silence triste était réservé aux mères des martyrs – des femmes pauvres, entre deux âges, vêtues de noir. Chacune avait agrafée à la poitrine une grande photographie de son enfant et elles regardaient ceux qui étaient autour d'elles avec une sorte d'espoir, comme s'ils étaient capables de le leur rendre. Avant que chaque intervenant ne prenne la parole au micro, les organisateurs lui demandaient de serrer la main aux mères des victimes. Peut-être que le but de ce détour était de faire comprendre à l'intervenant que la révolution n'était pas prête à brader les droits des martyrs. Le régime de Moubarak envoya des tas de personnalités publiques qui se succédaient à Tahrir pour convaincre ceux qui s'étaient soulevés de mettre fin à son occupation et de rentrer chez eux. Les occupants des lieux les chassaient, refusaient de les écouter et, malgré tout, ils venaient tous les jours. Dans tous les coins de la place il y avait jour et nuit des orateurs qui parlaient à des groupes de gens. Achraf dit une fois à Akram :

— Tu sais, la place Tahrir me rappelle Hyde Park.

Elle le regarda, attendant une explication.

— Hyde Park est un jardin de Londres. Chaque personne qui veut exprimer n'importe quelle opinion peut aller parler là-bas et les gens l'écoutent.

— Même si l'on critique le gouvernement.

— Même si l'on critique la reine ou Dieu.

— Que Dieu nous pardonne. Ce sont des mécréants.

— Ils en ont le droit.

— Et le gouvernement les laisse faire.

— Tu veux qu'il les tue ?

Il lui avait répondu ceci en riant puis il eut honte de s'être moqué d'elle et il reprit sérieusement :

— Dans les pays respectables, le gouvernement protège le droit des citoyens à croire ce qu'ils veulent.

Les occupants de la place venaient de toutes les classes sociales : des aristocrates du club Gezira, de Zamalek, de Garden City, des habitants des quartiers populaires du Caire ou de la campagne. Des gens de Haute-Égypte et des femmes dévoilées ou portant le hijab ou même des femmes en niqab. Il y avait aussi les ultras*, les supporters des clubs de football. Le rôle de ces derniers fut déterminant pour la défense de la révolution. Ils étaient bien organisés, doués d'une grande aptitude physique, et ils avaient une longue habitude des affrontements avec la police. Achraf fit leur connaissance et comprit à leur contact comment la place était organisée. Il se rendit à l'agence de tourisme que son propriétaire avait mis à la disposition de la révolution. Là, il rencontra le docteur Abdel Samad, président de la commission de coordination, premier responsable de la place, professeur à la faculté de médecine qui avait plus de soixante-dix ans, un homme très calme et très courtois. Il avait une allure banale et débonnaire. Achraf se présenta à lui avec simplicité :

— Je voudrais aider la révolution.

* Les ultras étaient des supporters des grands clubs de football, unis pendant la révolution contre le régime, très bien organisés pour le combat. Ils ont été un des éléments importants de la réussite de la révolution.

Abdel Samad murmura quelques paroles de gratitude puis, prenant un air professionnel échangea avec Achraf des numéros de téléphone et lui dit en prenant congé de lui :

— Je vous remercie encore. Je vous appellerai bientôt.

À partir de ce moment, on verra quotidiennement Achraf et Akram transporter en voiture des centaines de sandwichs et de bouteilles d'eau qu'ils laissaient à côté du pont de Qasr-el-Nil où les jeunes en prenaient possession pour les distribuer aux occupants de la place. Ils livraient aussi les remèdes, les instruments médicaux, le coton, la gaze que leur demandait le médecin responsable de l'hôpital de campagne installé dans la mosquée Omar Makarem. Il allait avec Akram acheter tout cela chez des fournisseurs de produits médicaux de Qasr el-Aïni ou de la place de Gizeh. Achraf était également chargé par la commission de coordination de recevoir les journalistes étrangers qui ne cessaient d'arriver. Il leur faisait parcourir la place, leur expliquait ce qui se passait et répondait à leurs questions. Son allure élégante, son large sourire aimable, sa maîtrise de l'anglais et du français suscitaient leur admiration à tel point que l'hebdomadaire français *Le Nouvel Observateur* avait publié un article d'une page sous le titre "Le riche copte qui a rejoint la révolution". Lorsque le journaliste le photographia, Akram tenta de s'écarter mais Achraf lui prit la main pour la retenir et insista pour qu'elle soit à ses côtés dans toutes les photographies publiées. Dès le premier jour, Achraf fit connaissance des jeunes coptes qui avaient désobéi aux mises en garde de l'Église et avaient participé à la révolution. Il y avait parmi eux un jeune prêtre qui fit une messe commune avec la prière du vendredi. Ce jour-là, le spectacle fut grandiose. Le prêtre se mit sur la tribune principale aux côtés du cheikh tandis que se rassemblaient autour d'eux des milliers de manifestants. Ils portaient ensemble la croix et le coran. Le cheik fit le prêche du vendredi. Ensuite le prêtre prononça un sermon. Puis il y eut la prière puis la messe et enfin, à la demande de la tribune, les milliers d'occupants de la place se mirent à chanter l'hymne national. Nombreux étaient ceux qui pleuraient. Les dizaines de correspondants de presse étrangers qui se trouvaient derrière leurs caméras étaient également émus. Leurs visages étaient graves et sincères, comme si l'âme de la révolution les avait effleurés pendant qu'ils transmettaient au monde cette expérience humaine unique, selon leurs propres termes. Une fois la messe terminée, Achraf prit la main d'Akram et ils se dirigèrent vers le café Zahrat el-Boustan. Akram lui demanda à voix basse :

— Est-ce que vous croyez, monsieur Achraf, que Dieu accepte que les musulmans et les coptes prient ensemble ?

Il s'arrêta de marcher et la regarda :

— Notre prière ici, ensemble, est plus agréable à Dieu que la prière des cheikhs et des prêtres qui reçoivent leurs instructions des officiers de la Sécurité d'État.

Elle resta silencieuse et reprit sa marche, l'air rassurée. Un seul mot de sa part suffisait à la convaincre de quoi que ce soit. Pour elle, il était à la fois l'amoureux et le professeur qui savait toujours où se trouvait la vérité. Tandis qu'ils traversaient la place, Achraf entendit une voix qui l'interpellait : "Monsieur Achraf !" La voix lui sembla familière. Il se retourna et vit Asma qui courait vers lui. Il tendit les bras et l'embrassa spontanément.

— Asma, je suis très heureux de te voir.

Essoufflée, elle lui répondit :

— Je suis heureuse et fière que vous soyez avec nous sur la place.

Achraf éclata de rire :

— C'est grâce à toi, Asma. Tu m'as convaincu.

Il remarqua alors qu'un jeune homme l'accompagnait. Asma le lui présenta :

— Mazen el-Saqa, ingénieur.

Achraf se tourna vers Akram :

— Voici mon amie Akram. Akram, voici Asma dont je t'avais parlé.

Ils se dirigèrent tous les quatre vers le café. Achraf disparut quelques instants et il revint avec des sandwichs de fèves et de *taamia**. Entre les deux femmes, la conversation démarra lentement et avec précaution, elles se comportaient comme des

* Sorte de beignet appelé au Liban *falafel*.

animaux qui se reniflent avec curiosité puis, tout à coup, la tension disparut et elles se parlèrent comme de vieilles amies. L'apparence franche d'Asma et son lien évident avec Mazen suffisaient à effacer toute trace de jalousie chez Akram. Mazen dit à Achraf :

— Je veux vous remercier d'avoir sauvé Asma.

Achraf rit :

— C'est moi qui la remercie car elle a changé ma vie, comme tu le vois.

Comme s'il se parlait à lui-même, Mazen ajouta :

— La révolution nous a tous changés.

Mazen parla à Achraf de la lutte menée à l'usine et ajouta sur un ton d'excuse :

— Moi, ma situation personnelle ne me permet pas d'être toujours ici. Il faut que je sois avec les travailleurs.

— Ton combat à l'usine est aussi important que celui qui se mène sur la place.

Au fond, Achraf se sentait coupable. Il se disait : ce jeune qui n'a pas trente ans mène un combat sérieux pour les droits des travailleurs, tandis que moi, à mon âge, je recherche les distractions et les plaisirs. Le lendemain, Achraf se mit d'accord avec Akram et, avec l'aide d'un groupe de jeunes manifestants, il ouvrit et nettoya l'appartement du rez-de-chaussée de son immeuble, qui devint le siège de la révolution. Le dernier locataire de l'appartement possédait un magasin d'appareils électriques et il en avait fait son dépôt. Les jeunes le débarrassèrent de tout ce qui restait de câbles et de caisses de carton vides. Ils passèrent toute une journée à nettoyer l'appartement, ouvrirent ses fenêtres fermées depuis longtemps. Achraf mit dans une pièce trois lits pour les blessés. Il emmagasina l'équipement médical dans une autre pièce. Il acheta un grand frigidaire pour conserver les médicaments. Dans la pièce principale, il mit une table et des chaises, et c'est là que se tinrent les réunions de la commission de coordination à laquelle Achraf assistait à l'invitation de son président, le docteur Abdel Samad, et avec l'accord des autres membres. Comme il se sentit fier en s'y asseyant la première fois ! Il y avait là des représentants de Kifaya et du Six

Avril*, de l'Association nationale et des socialistes révolutionnaires, ainsi que des personnalités publiques. Après la réunion, sortant pour raccompagner le docteur Abdel Samad, Achraf lui dit :

— Vous m'avez fait l'honneur de m'accorder votre entière confiance bien que vous ne me connaissiez que depuis quelques jours.

Abdel Samad lui sourit :

— La plupart d'entre nous ne nous connaissions pas. C'est la révolution qui nous a tous réunis.

Puis il se tut et lui serra la main, comme s'il avait honte d'avoir fait preuve de sensibilité.

La vie d'Achraf changea d'une façon qui le stupéfia. Il se réveillait à l'heure habituelle et après les rites quotidiens, il descendait sur la place avec Akram et ils n'en revenaient pas avant la nuit. Le plus surprenant, c'est qu'il avait perdu tout intérêt pour l'idée d'écrire un livre et qu'il avait diminué sa consommation de haschich : seulement deux cigarettes le matin et quelques cigarettes le soir avant de s'endormir. Si au cours de la journée l'envie lui en venait avec trop de force, il se faufilait dans son appartement pour en fumer une. Souvent, il pensait aux raisons du changement qui était survenu en lui. Auparavant, il était plongé dans un état dépressif et un sentiment d'inutilité, et il se trouvait maintenant au cœur d'une bataille réelle menée par des jeunes de l'âge de ses enfants, croyant en leur cause au point d'être prêts à mourir pour elle. Il se demandait ce qui se serait passé s'il n'avait pas habité à côté de la place Tahrir, si Asma ne s'était pas réfugiée dans son appartement et s'il n'avait pas vu le massacre de ses propres yeux. Aurait-il alors adhéré à la révolution ? Il ne connaissait pas la réponse à cette question. Son épouse vivait avec lui au même endroit et elle avait détesté la révolution depuis le premier jour.

---

* Le 6 avril 2008, des milliers d'ouvriers de l'industrie textile se sont mis en grève. Des militants soutenant cette action ont créé le mouvement du Six Avril, qui a pris une part active, aux côtés du mouvement Kifaya, dans le déclenchement et la poursuite de la révolution égyptienne.

Une semaine après son départ, elle l'avait appelé et avait dit avec une ironie non exempte d'amertume :

— J'ai appris que tu avais ouvert l'appartement du rez-de-chaussée pour les vauriens de Tahrir.

Il lui répondit avec colère :

— Ce ne sont pas des vauriens. Ce sont des jeunes respectables.

— Je n'arrive pas à croire que tu as amené les frères musulmans chez nous.

— Je t'ai dit cent fois que les jeunes de Tahrir ne sont pas des frères musulmans.

— Même si ce ne sont pas des frères, ils veulent détruire le pays.

— Le pays est détruit et eux veulent le restaurer. De plus, tu as quitté la maison et tu es allée dans ta famille. En quoi est-ce que cela te regarde ?

Ils échangèrent des propos acerbes puis elle termina la conversation en grommelant. Il lui avait parlé depuis le bureau et, quand il en sortit, il trouva Akram au salon. Elle le regarda de cet air interrogatif et presque maternel qui lui permettait toujours de comprendre ce qui se passait dans son esprit :

— Vous avez l'air embêté.

— Pas du tout.

Il alluma une cigarette de haschich. Elle lui demanda avec douceur :

— C'était Mme Magda qui vous appelait ?

Il hésita un peu puis fit oui de la tête.

— Tout va bien ?

— Elle est en colère parce que j'ai donné l'appartement du rez-de-chaussée aux jeunes.

— Comment l'a-t-elle su ?

— À coup sûr par les voisins.

— Et alors ?

— Rien. On s'est disputés.

Akram resta un instant silencieuse, puis elle ajouta :

— Vous voulez que je vous dise ? Il faut que vous alliez la voir et que vous la rassuriez.

— Je n'ai pas envie d'aller la voir.

Akram se tut comme un enfant embarrassé et il la prit dans ses bras :

— Ma chérie, Magda s'en fiche complètement que je lui rende visite. Nous vivions ensemble parce que nous ne savions pas comment nous séparer, ni plus ni moins.

Akram lui répondit sur un ton mi-coquet, mi-cajoleur :

— Cela ne me regarde pas, mais c'est vous qui n'avez pas envie de voir votre femme.

Il s'approcha de son visage et lui susurra à l'oreille :

— J'ai vécu l'enfer pendant des années avec Magda jusqu'à ce que Dieu m'ait envoyé Akram.

Le lendemain, aux environs de midi, Achraf, Akram et quelques jeunes gens étaient plongés dans la préparation du repas pour les occupants de la place. Il y avait des centaines de sandwichs posés sur des tables et ils les mettaient dans des sacs où ils ajoutaient une banane et une orange, puis le sac était fermé. Dès que cent sacs étaient prêts, un jeune partait les distribuer sur la place. Ce travail se faisait dans l'enthousiasme et la bonne humeur. Soudain, on entendit des coups répétés contre la fenêtre en même temps que des cris et des jurons. Achraf s'avança avec précaution, regarda à travers les fentes des contrevents fermés et il aperçut un groupe d'au moins vingt personnes armées d'épées et de pistolets à cartouches. Derrière eux, il y avait un groupe de jeunes qui jetaient des pierres sur les fenêtres. L'un d'entre eux, énorme, agitait un long couteau :

— Sors, Achraf Ouissa, avec ta putain. Tu n'aimes pas ton maître Moubarak, chien de copte. Je te jure que je vais en finir avec toi ce soir.

32

Asma, ma chérie,

Si tu venais dans mon petit appartement, tu y trouverais quatre grandes enceintes posées dans chaque coin. Je ne peux pas vivre sans musique. J'ai appris à l'usage que les bonnes enceintes sont les plus faciles à dérégler parce qu'elles captent les sons les plus fins. Exactement comme toi. Tu es merveilleuse mais tu as une sensibilité excessive. La moindre parole t'émeut et le moindre événement passager te fait violemment souffrir. Tu n'es pas contradictoire, comme tu le dis. Pour moi, tout ce que tu as fait est très compréhensible. Tu as éprouvé la noblesse de la révolution et il est difficile pour toi de mentir. Peut-être t'es-tu sentie honteuse d'avoir menti par peur de ta mère alors que des milliers de jeunes ont rejoint la révolution en sachant qu'ils n'en reviendraient peut-être pas. J'éprouve la même chose, Asma. Le jour où j'ai vu mourir auprès de moi le premier martyr a été un tournant dans ma vie. Ni toi ni moi ne redeviendrons ce que nous étions avant la révolution. Tous ceux qui ont participé à la révolution ont été définitivement transformés. Tu critiques ceux qui regardent les manifestations et ne font rien ? Mon amie, les gens ne sont pas tous semblables. Il n'y a jamais eu dans l'histoire une révolution à laquelle ait participé le peuple tout entier. J'ai lu une fois que si, dans n'importe quel pays, seulement dix pour cent des habitants se révoltaient, le changement était inévitable. En Égypte, ce sont deux fois plus de gens qui ont participé à la révolution. Nous avons payé le prix de la liberté et il faut que nous l'obtenions. Le régime a fait tout ce qu'il a pu pour étouffer la révolution : il a tiré sur les manifestants pour les tuer. Le jour de l'attaque des chameliers, il a recruté des beltagui *pour les tuer. Il a ouvert les prisons et en a fait sortir des milliers de criminels pour effrayer les Égyptiens. Ce sont tous les services du régime que nous affrontons. Ils veulent écraser la révolution à n'importe quel prix. Comment les* beltagui *savaient-ils que l'hôpital de campagne se trouvait dans la mosquée ? Comment ont-ils su où se trouvait l'appartement d'Achraf Ouissa, et d'ailleurs qui leur a fait connaître son identité ? Ils ont attaqué des objectifs précis sur la base d'informations données par les services de sécurité. Lorsque les* beltagui *ont attaqué la place, je l'ai su par Twitter et j'ai laissé l'usine pour venir. J'ai vu de mes yeux le groupe de voyous montés à dos de chameaux passer à travers les rangs de l'armée guidés par les officiers. Lorsque nous sommes allés rencontrer le colonel responsable pour lui demander d'interdire l'entrée à ces voyous, il nous a répondu :*

— Vous êtes contre Moubarak et eux ils aiment Moubarak. Est-ce qu'ils ne sont pas autant que vous des citoyens égyptiens ? N'ont-ils pas le droit d'exprimer leur opinion ? Où est cette liberté de pensée que vous réclamez ?

Je lui ai répondu :

— L'affaire n'a rien à voir avec la liberté d'opinion. Ce sont des beltagui *armés qui sont venus pour nous tuer. Nous sommes des manifestants pacifiques et c'est le devoir de l'armée de nous protéger.*

Le colonel a eu l'air irrité :

— Je n'ai pas l'ordre d'intervenir.

Puis il est parti et nous a laissés affronter des milliers de voyous armés. Le seul officier qui n'a pas obéi aux ordres est le colonel Magid Boulos. Il a tiré en l'air pour protéger les manifestants, mais il n'a pas pu empêcher des milliers de voyous d'entrer. Malgré cela, les occupants de la place ont résisté à l'attaque et l'ont fait échouer. Deux semaines se sont écoulées et la révolution est toujours solide. Franchement je n'ai pas aimé le ton de tes paroles, hier, quand tu m'as demandé :

— Si Moubarak ne tombe pas, jusqu'à quand continuerons-nous à occuper la place ?

Moubarak va tomber, Asma, et la révolution sera victorieuse. En veux-tu une preuve ? Écoute ce qui est arrivé hier. L'ingénieur

Yahia Hussein, membre de la commission de coordination, cir-
culait sur la place Tahrir, lorsque d'une des tentes un homme
simple est sorti avec un vieux téléphone Nokia à la main. Il a
dit à Yahia :

— Vous voulez me rendre un service ? Vous pouvez m'acheter
ce téléphone ou me trouver un acheteur ?

Yahia a interrogé l'homme et il a appris que c'était quelqu'un
venu de Sohag, un travailleur à la tâche. Il a compris qu'il avait
besoin d'argent et il lui a proposé de l'aider. Mais l'homme a
refusé, ce qui a obligé Yahia à acheter le téléphone dont, natu-
rellement, il n'avait pas besoin. Yahia a pensé que des milliers de
personnes qui se trouvaient sur la place étaient des gens comme
lui, des travailleurs au jour le jour ou bien des marchands ambu-
lants vivant de leurs gains quotidiens et dont les revenus avaient
disparu quand ils avaient rejoint la révolution. Yahia a rapporté
la chose au docteur Abdel Samad, le président de la commission
de coordination qui lui a donné une somme de quatorze mille
livres prélevés sur le budget des donations, et lui a demandé de
les utiliser pour aider ceux qui en avaient besoin. Yahia a mis
la somme dans la poche intérieure de son manteau et est allé
faire la prière du soir à la mosquée Omar puis, après la prière, il
a parcouru une par une les tentes de la place Tahrir pour vérifier
si quelqu'un avait besoin d'aide. Yahia Hussein a passé toute la
nuit à inspecter les tentes puis, à la fin, il est revenu chez le pré-
sident de la commission avec les quatorze mille livres intactes,
sans qu'il en manque une seule. Tu vois, Asma ! Les occupants
de la place étaient prêts à être tués par balle à n'importe quel
instant. Ils avaient laissé leur travail et perdu leurs moyens de
subsistance mais, malgré tout, ils refusaient toute aide maté-
rielle de leurs camarades. Ce n'étaient pas seulement un homme
ou deux qui adoptaient cette attitude noble, mais des milliers
de manifestants pauvres. Comment pourrions-nous être vaincus
alors qu'un million d'hommes et de femmes vivent ensemble sur
la place Tahrir, sans que survienne un seul cas de harcèlement,
ni un seul vol, chacun participant à tout comme les membres
d'une même famille, se partageant nourriture et boisson, affron-
tant les balles, les cartouches, les grenades lacrymogènes et
les agressions des voyous. Je n'oublierai jamais cet homme qui

est arrivé à bicyclette sur la place par le pont de Qasr-el-Nil. Il transportait un grand sac. C'était un homme âgé habillé d'une vieille galabieh. Il avait des sandales aux pieds. On était en plein hiver, mais il n'avait pas de quoi s'acheter des souliers. En arrivant sur la place, il a posé son vélo, a ouvert le sac et s'est mis à distribuer des sandwichs. Je n'oublierai rien de tout cela et je ne le trahirai pas, Asma. Je ne trahirai pas les martyrs qui sont tombés à mes côtés ni les blessés que j'ai transportés sur mes épaules. Je ne trahirai pas les hommes simples qui ont affronté les beltagui le jour de la bataille des chameaux et nous demandaient à nous, les personnes éduquées, de nous tenir à l'arrière. Ils nous disaient avec simplicité :

— Reculez. Nous, si nous mourons, il y en a beaucoup d'autres comme nous tandis que vous, vous êtes éduqués. L'Égypte a besoin de vous plus que de nous.

Tous ceux-là, je ne les trahirai jamais. Toute cette noblesse était occultée par des années de découragement et d'oppression puis, en se soulevant, les Égyptiens ont livré le meilleur d'eux-mêmes. Ne doute pas un seul instant que nous allons gagner.

Je t'aime.

Mazen

33

La réunion eut lieu dans le hall de la villa dans laquelle les services s'étaient installés. C'était une grande salle où la lumière du jour provenait de longues fenêtres recouvertes de vitraux ainsi que d'un dôme de verre. La villa, qui appartenait à une famille aristocratique, avait été confisquée à l'époque nassérienne et attribuée à l'Organisation. Tous ceux qui y pénétraient pouvaient l'imaginer en ces temps révolus. C'était dans ce salon que se donnaient les bals. Il y avait au-dessous de l'escalier qui montait au premier étage une tribune où se tenaient les musiciens avec leurs instruments, tandis que, dans le hall, les invités dansaient et les serviteurs, portant caftans rayés, ceintures et tarbouches rouges, passaient dans l'assistance avec des plateaux couverts de boissons. Cet aspect historique de la villa ajoutait à l'atmosphère dramatique de la réunion qui se tenait à un moment crucial de l'histoire de l'Égypte. Le rendez-vous avait été fixé à midi et l'on avait demandé aux personnes convoquées d'être présentes au moins une heure avant. Ils étaient tous passés sous des portiques électroniques puis on leur avait retiré leurs téléphones portables ainsi que les sacs à main des femmes (une des actrices avait tenté de protester mais, sous le regard sévère de l'officier responsable, elle avait obtempéré). On les avait informés qu'ils devaient aller maintenant aux toilettes car, après le début de la réunion il ne serait permis à personne de sortir de la salle, pour quelque raison que ce soit. Cela fut l'occasion d'un spectacle étonnant : les étoiles de la société égyptienne – hommes et femmes – faisant la queue pour aller se vider la vessie. Ensuite les officiers avaient accompagné les personnes convoquées aux places qui leur étaient assignées autour de tables rondes couvertes de nappes blanches, au milieu de chacune desquelles se trouvait un petit vase en argent où il n'y avait de place que pour une seule fleur. L'organisation précise du lieu avait quelque chose de militaire. Les participants étaient au nombre de cent. Tous étaient présents, personne n'ayant imaginé pouvoir s'excuser dans de telles conditions. Aux côtés de personnalités des médias, il y avait là de grands cheikhs salafistes dans leurs soutanes blanches coupées dans les étoffes les plus chères, la tête couverte d'un châle saoudien et les pieds dans des souliers élégants. Chacun d'entre eux avait à la main un chapelet de pierres précieuses. Il y avait là de grands joueurs de football adorés par les foules. Parmi l'assistance, les acteurs de cinéma étaient ceux qui parlaient le plus, qui bougeaient sans arrêt et tentaient en permanence de se faire remarquer. La première rangée de tables était tout entière réservée aux grands hommes d'affaires. Les plus vieux étaient en costume et cravate, tandis que les jeunes étaient en tenue décontractée : chemises et pullovers, pantalons de sport aux griffes des plus grandes marques. Ce type d'élégance "négligée" est souvent celle qu'adoptent les riches, peut-être parce qu'ils sont fatigués de porter des tenues strictes, peut-être aussi pour faire apparaître leur supériorité, sentant que, même avec des vêtements ordinaires, ils restent distingués et sont toujours l'objet d'attentions de la part de tous. Les *sufragi** passèrent entre les tables et la plupart leur demandèrent du café ou du Nescafé. Une sorte de tension et d'expectative régnait dans la salle. Tout le monde parlait à voix basse de la succession d'événements dont le pays était témoin, en dehors de quelques acteurs qui ne cessaient d'attirer les regards. Une actrice célèbre qui parlait avec sa voisine éclata même d'un rire féminin impudique qui résonna dans la salle et attira les regards réprobateurs de nombreux participants semblant dire "Ce n'est pas le moment de plaisanter". À midi précis la porte s'ouvrit et le général Alouani entra, accompagné d'un jeune commandant qui était son chef de cabinet et de quatre policiers en civil. Le

* Nom donné en Égypte aux domestiques, souvent d'origine nubienne, qui servent vêtus d'un costume traditionnel.

général Alouani était élégant comme d'habitude. Il portait un costume de laine gris clair, une chemise blanche et une cravate bleue. Tous les participants se levèrent en signe de respect. Il sourit et leur dit bonjour.

Hommes et femmes s'empressèrent de répondre :

— Bonjour, Excellence.

Il leur fit signe de s'asseoir et prit lui-même place à l'endroit qui lui était réservé derrière une petite table sur l'estrade, puis se mit à parler à voix basse avec ses officiers, comme pour revoir les derniers détails. Il s'efforçait de donner l'impression qu'il avait bon moral et éclata même d'un rire aussi théâtral qu'artificiel alors que son visage exprimait une inquiétude qu'il ne parvenait pas à cacher. Il s'approcha du micro et dit d'un ton aimable :

— Je vous remercie tous d'être présents, c'est bien ce que j'attendais de vous, en tant que patriotes égyptiens.

Le général commença par présenter ses collaborateurs : un général et trois colonels. Ensuite il but une gorgée de café.

— Le temps est limité et les événements se succèdent rapidement. Nous avons beaucoup de choses à faire dans des conditions difficiles. Je vais entrer directement dans le vif du sujet. Aujourd'hui, à six heures de l'après-midi sera annoncée l'abdication du président Moubarak.

Sa voix tremblait malgré lui et il sirota à nouveau son café puis regarda tristement l'assistance d'où s'élevaient des cris de protestation. Un cheikh s'écria :

— Il n'y a de pouvoir et de force qu'en Dieu.

Un autre prit la suite :

— Par Dieu, la sédition est pire que le meurtre.

Pas complètement guérie de son opération de chirurgie esthétique qui lui avait transformé les joues en deux petites boules, une actrice s'écria :

— Je suis en colère contre le peuple égyptien. Au lieu d'honorer M. le président Moubarak, voilà ce qu'il lui fait ! C'est une honte, par Dieu c'est une honte !

Un jeune acteur bodybuildé spécialisé dans les films d'action s'écria :

— Même si Son Excellence démissionne, pour moi mon président sera toujours Moubarak.

Les joueurs de football se dressèrent en accompagnant de grands gestes leurs cris de protestation, et un joueur célèbre pour ses boulets de canon dit :

— Monsieur, avec tout mon respect, qui dans ce pays peut faire abdiquer M. le président ? Ce sont quelques vauriens payés par l'Amérique et Israël pour détruire le pays qui vont faire tomber le président de la République ? Nous ne pouvons pas accepter l'abdication.

— Monsieur, il faut que nous fassions une manifestation pour demander à M. le président de rester.

Le général Alouani resta silencieux quelques instants puis dit avec émotion :

— L'abdication est une décision définitive prise par le président Moubarak lui-même, qui ne s'inquiète que de l'Égypte. Il transmettra ses pouvoirs au Conseil suprême des forces armées. Le président Moubarak sera toujours soutenu et honoré, et personne ne pourra lui faire de mal.

Le vacarme se calma un peu et les sanglots redoublèrent aux tables des actrices. Le général Alouani poursuivit :

— J'apprécie la noblesse de vos sentiments. Mais ce n'est pas le moment de pleurer, il s'agit de travailler. L'Égypte – qui est citée dans le Coran* – continuera si Dieu le veut à bien se porter jusqu'au jour du jugement dernier. Le nombre des saboteurs qui ont participé aux manifestations ne dépasse pas dix pour cent de la population. Le reste de la population n'a rien à voir avec ce qui arrive. Ce que je dis est le résultat d'une étude précise. Nous avons à l'intérieur de l'Organisation une direction de sondage de l'opinion publique qui nous donne le résultat de ses enquêtes en temps réel. Tout ce qui est arrivé est étranger à la culture égyptienne. Nos valeurs traditionnelles égyptiennes nous éduquent dans le respect du plus âgé et dans l'obéissance au chef.

Un comédien très célèbre se leva et cria :

— Monsieur, ce qui se passe sur Tahrir est un infâme complot.

Puis il se tourna vers l'assistance :

---

* De tous les pays actuellement existants, l'Égypte est le seul dont le nom soit mentionné dans le Coran.

— Je voudrais savoir pourquoi l'armée n'a pas tué ces morveux. Bombardez-les avec l'aviation et terminez-en avec eux.

Le général Alouani leva la main pour indiquer qu'il ne voulait pas être interrompu :

— Bien sûr, il y a là un complot contre l'État égyptien. Nous avons les noms des comploteurs et nous savons combien ils ont touché. Nous révélerons tout cela le temps venu et nous les ferons condamner. Mais nous devons reconnaître que certains jeunes ont importé des valeurs étrangères à nos valeurs traditionnelles, à notre religion et à notre société. La jeunesse de Facebook, de Twitter, tous ceux-ci sont apparus comme des plantes étrangères sur notre bonne terre.

— Qui a créé Facebook ? Les sionistes et les francs-maçons, que Dieu les maudisse, veulent détruire la nation de l'islam ! cria un cheikh salafiste.

Le général Alouani hocha la tête, comme pour approuver son point de vue, puis il poursuivit :

— Nous avons mis en place un plan pour sauver le pays de l'anarchie et je vous ai réunis pour que vous y participiez avec nous. Chacun d'entre vous accomplira sa mission dans son domaine. L'Égypte maintenant a besoin de vous tous.

Un joueur de football connu sous le surnom de Roc de la défense s'écria :

— Nous sommes tous à vos ordres, monsieur.

Dans l'assistance, des voix s'élevèrent pour approuver avec enthousiasme. Le général Alouani dit avec ferveur :

— C'est ce que nous attendons de vous. Je suis venu vous souhaiter la bienvenue et vous expliquer votre mission. Ceci sera suivi de réunions avec messieurs les officiers. Chacun de vos groupes a un officier traitant qui le chargera d'une mission précise et passera en revue l'action de chacun d'entre vous.

— Pouvons-nous connaître la nature des missions demandées ? demanda un homme d'affaires célèbre, âgé de plus de soixante-dix ans.

Le général se montra intéressé :

— Les missions sont diverses et toutes nécessitent de l'argent et des efforts. Nous faisons face à une véritable guerre dont le but est de détruire l'Égypte de l'intérieur. Cela s'appelle une guerre de quatrième génération. Dans ces conditions, il ne nous est pas possible d'abandonner l'esprit des Égyptiens aux rumeurs ciblées de Facebook. Les hommes d'affaires patriotes ont un rôle à jouer pour protéger les gens.

Le général se tut comme s'il mettait de l'ordre dans ses idées, puis il regarda l'homme d'affaires et poursuivit :

— Nous vous chargeons, vous et vos collègues, d'ouvrir des médias de toutes sortes : des chaînes de télévision et de radio, des journaux, des sites Internet. Il faut que nous reprenions l'initiative. Notre devoir est de conscientiser les Égyptiens pour les rendre capables de mettre le complot en échec. Ces projets vous coûteront beaucoup d'argent et ne vous procureront aucun bénéfice financier mais ils sauveront la nation. J'ai confiance en votre célérité.

L'homme d'affaires lui répondit :

— Bien sûr, monsieur, nous y participerons tous. Chacun à la mesure de ses moyens.

Le général Alouani, saisissant ce que sous-entendait cette expression, lui demanda d'un ton sérieux :

— C'est-à-dire ?

— Je veux dire que nous ferons ce qui nous est possible. "Dieu n'exige d'un homme que ce qu'il peut faire*."

— Il semble que vous n'ayez pas compris mes paroles. Je vous ai dit que c'était un devoir national.

— Il n'est pas question de faire traîner les choses. J'ai simplement dit que chacun ferait en fonction de ses moyens.

Le général fronça les sourcils et prit un air tranchant :

— Nous connaissons vos moyens. Nous avons des rapports complets sur chacun d'entre vous. Vous exécuterez tout ce que nous vous demandons. Il n'est pas question de refuser. L'Égypte est votre pays. Elle vous comble de bienfaits et c'est elle qui vous a donné toutes ces richesses. Si l'État égyptien s'écroulait et si les saboteurs arrivaient au pouvoir, vos richesses seraient confisquées et vous seriez jetés en prison.

L'assistance approuva avec enthousiasme. Le général Alouani se leva en disant :

_____

* Citation coranique.

— Je vous prie de m'excuser, je suis obligé de vous quitter. Je voulais vous exposer moi-même la situation. Vous allez être répartis en plusieurs groupes : les médias, les arts, les sports, la religion et les affaires. Chaque groupe se réunira avec son officier traitant. J'espère que les résultats seront positifs. Les officiers me feront un rapport. Je suivrai tout moi-même et je vous rencontrerai régulièrement. Au revoir.

Ils se levèrent tous pour le saluer et il se dirigea vers la sortie, affichant un air satisfait et déterminé. Tout se passait comme il l'avait planifié. Les comploteurs allaient se réjouir aujourd'hui de l'abdication du président mais ce serait la dernière fois. Son chef de cabinet s'approcha de lui et chuchota :

— Le guide des frères musulmans attend Votre Excellence dans votre bureau.

Le général Alouani regarda sa montre. À son habitude, le guide était arrivé dix minutes en avance à son rendez-vous. D'un seul coup d'œil, le général Alouani comprit que le guide était au courant de la démission du président et peut-être même savait-il ce qu'il allait lui demander. D'expérience, il connaissait la capacité des frères à collecter des renseignements. Le guide était un homme mince, chauve, d'à peu près soixante-dix ans. Il avait une barbe blanche bien taillée. Il demanda en souriant :

— Votre Excellence a-t-elle fait la prière de midi ?

Le général sourit également et lui répondit :

— Pas encore.

— Nous allons faire une prière collective, si Dieu le veut.

Ils étaient cinq : le général, son chef de cabinet, le guide et ses deux jeunes assistants. Ils enlevèrent leurs chaussures et se dirigèrent vers le lieu réservé à la prière, un grand tapis précieux sur lequel était représentée la Kaaba et qui se trouvait placé dans un coin de la pièce en direction de La Mecque. Le guide fit signe au général Alouani de prendre le rôle d'imam, ce qu'il accepta. Le général d'habitude n'aimait pas diriger la prière, mais prier derrière le guide des frères musulmans aurait eu une signification symbolique qu'il n'acceptait pas. Au bout de quatre prosternations, le général se leva rapidement pour que les autres comprennent qu'il n'avait pas le temps d'y ajouter des rites surérogatoires. Il dit à voix haute à son directeur de cabinet :

— Je veux parler à M. le guide en tête à tête.

L'officier se retira immédiatement tandis que le guide fit signe à ses assistants de sortir. Le général s'assit derrière le bureau et le guide de l'autre côté, sur un fauteuil confortable. Ils se trouvaient maintenant face à face. Leurs relations étaient en même temps amicales et circonspectes, comme deux joueurs qui s'étaient affrontés dans de nombreuses compétitions et qui connaissaient chacun les capacités de l'autre, ce qui créait – en dépit de l'antagonisme – une sorte de respect professionnel mutuel. Ce fut le général qui commença :

— Vous savez peut-être que le président Moubarak va abdiquer.

— Cela appartient à Dieu, qui dispense ses faveurs à qui il veut et en prive qui il veut. Il n'y a de pouvoir et de force qu'en Dieu.

— Les frères musulmans ont toujours été un exemple d'opposition patriotique qui met les intérêts de la nation au-dessus des gains politiques.

— Grâces en soient rendues à Dieu.

— Vous vous souvenez que je vous ai déjà fait venir dans des circonstances délicates et que nous avons coopéré pour le salut de la nation.

— Les frères musulmans n'ont jamais tardé et ne tarderont jamais à répondre aux intérêts de la religion et de la nation.

— Pouvons-nous cette fois-ci nous appuyer sur vous ?

— Grâce à Dieu nous avons toujours tenu les engagements que nous avons pris à votre égard.

— Le pays est en pleine effervescence. Après l'abdication du président Moubarak, il y aura la revendication d'une nouvelle constitution. Cela ouvrira la porte à une sédition dont seul Dieu connaît l'ampleur. Nous soumettrons l'affaire à un référendum. Nous voulons votre soutien pour que les Égyptiens acceptent de modifier quelques articles de l'ancienne constitution plutôt que d'écrire une constitution nouvelle.

— Nous coopérerons avec vous pour le Bien, si Dieu le veut.

— Que Dieu vous comble de ses largesses.

Il y eut un instant de silence. Puis le guide sourit et dit :

— Si Votre Excellence le permet, j'aimerais connaître le nom des membres de la commission chargée d'amender la constitution.

— Nous vous laisserons les choisir.

— Que Dieu vous comble de ses largesses.

— Dans ces conditions, vous me promettez de mobiliser les gens contre l'établissement d'une nouvelle constitution ?

— Je vous le promets si Dieu le veut.

Le général le scruta du regard comme pour s'assurer de ses intentions. Le guide sourit et le rassura :

— Votre Excellence sait que nous ne vous avons jamais donné notre accord sans avoir tenu nos engagements.

Tout à coup la porte s'ouvrit et le directeur de cabinet apparut. Le général lui fit signe de sortir d'un regard irrité, mais le jeune homme l'ignora, s'approcha rapidement de lui et se pencha pour murmurer :

— Mme Dania est ici et elle veut voir Votre Excellence.

34

Un vaste salon avec des meubles orientaux, un balcon orné de pots de fleurs, toutes les fenêtres de la façade ouvrant sur le Nil... Issam n'était pas habitué à voir son appartement pendant la journée. Il avait l'habitude de se lever tôt, de prendre rapidement son petit-déjeuner et d'aller à l'usine pour n'en revenir que le soir. Le vendredi, jour de congé, il avait l'habitude de dormir jusqu'au début de l'après-midi pour récupérer de sa soirée du jeudi. Il avait maintenant le temps de contempler son appartement dans tous ses détails. Il se remémorait la voix de l'officier qui l'avait contacté depuis la Sécurité d'État :

— Voilà, Issam, M. le président a décidé de démissionner. L'annonce de la décision sera faite cette après-midi.

— Quoi ?

— C'est comme ça.

— Et qui dirige le pays ?

— Le Conseil suprême des forces armées.

— Je n'arrive pas à y croire.

— Dieu protège l'Égypte. Bien sûr tout va être en ébullition. Il y aura de l'anarchie et il nous faudra un moment avant de maîtriser la situation.

— Bon, et moi, que dois-je faire ?

— Il vaut mieux ne pas aller à l'usine ces jours-ci.

— Vous voulez que je présente ma démission ?

— Pour l'instant il n'y a pas d'instruction. Restez à la maison jusqu'à ce que je vous appelle.

Il finit son verre d'un seul coup. Il se rendit compte que la bouteille était vide et il se leva pour en prendre une autre. S'il n'avait pas acheté deux caisses de whisky avant le déclenchement des manifestations, il n'aurait rien à boire. Le marchand d'alcool de Zamalek avait fermé son magasin et Madani, son chauffeur, avait arrêté son travail après le drame de son fils. Il ouvrit la nouvelle bouteille et se versa un premier verre qu'il avait toujours l'habitude de boire sec. Il disait à ses amis en plaisantant :

— La bouteille de whisky est comme la femme. Elle a un hymen. Le premier verre c'est comme faire l'amour avec une vierge. Il a un goût délicieux qui ne se retrouve plus.

Il passa à la maison une semaine complète au cours de laquelle il tenta de voir Nourhane. Il l'appela trois fois mais elle prenait toujours pour excuse son travail à la télévision. Elle lui disait de sa voix douce qui produisait toujours de l'effet sur lui :

— Issam, mon chéri. Je te prie de comprendre ma situation. Je ne peux pas m'absenter un seul instant de la télévision.

Si elle lui avait dit cela dans des conditions ordinaires, il se serait disputé avec elle, mais maintenant il acceptait la chose dans un silence non exempt d'amertume. Si Nourhane ne se tenait pas aux côtés de son mari dans ces journées, quand le soutiendrait-elle ? Mais était-elle vraiment sa femme ? Quelle était la valeur de ce mariage ? Il était allé avec elle chez un avocat et avait signé un document de mariage coutumier devant deux témoins. Dieu a-t-il besoin d'un document tamponné dans le bureau d'un avocat ? Tout cela est dérisoire. Il avait supporté cette comédie absurde pour faire plaisir à Nourhane, ni plus ni moins. Ce matin, en se regardant dans le miroir, il avait été surpris de voir que les poils blancs de sa barbe étaient chaque jour plus nombreux, ce qui lui donnait l'aspect d'un fugitif ou d'un prisonnier. Le plus étrange était qu'il s'était habitué à sa solitude. Elle ne l'angoissait plus. Il ne s'ennuyait pas et il n'avait pas envie de sortir. Étrangement, il ressentait cette paix que crée le désespoir. Ce qu'il redoutait le plus était arrivé et il n'avait plus rien. La partie était terminée, il avait été battu et il n'avait plus à s'en inquiéter. Il avait envie de se reposer, il avait envie de boire, de ruminer les événements et de les contempler. Chaque matin, à son habitude, il se réveillait à sept heures et demie, il prenait un bain, revêtait un training puis préparait son petit-déjeuner et son café. Ensuite, il lisait tous les journaux, allumait la télévision, se branchait sur Internet pour suivre en direct ce qui se passait. Il commençait à boire à midi et il envoyait le portier lui acheter de quoi manger. Le cuisinier avait cessé de venir et il n'était plus possible de commander de la nourriture par téléphone car la situation sécuritaire ne permettait pas les livraisons. Que se passait-il en Égypte ? Quand apparaîtrait le mot fin de ce mauvais film ? Il pensait souvent aux propos de l'officier de la Sécurité d'État lui annonçant qu'ils prenaient le contrôle du pays et lui demandant de ne pas retourner à l'usine. Il comprenait que la situation était plus compliquée que cela. Quel était le démon séducteur qui avait poussé des Égyptiens à se comporter d'une manière complètement contradictoire avec leur nature ? L'Égyptien ne sait pas ce que c'est que la révolution, il ne la comprend pas et s'il s'y trouve par hasard mêlé, rapidement, il la déteste et lui fait défection. Lorsqu'il voit à la télévision les gens danser de joie dans les rues à cause de la chute de Moubarak, cela le met en rage. Il n'est pas tant en colère d'avoir perdu son poste que de la façon dont les Égyptiens se mentent à eux-mêmes. Il voudrait écrire un article où il dirait :

— Égyptiens, lisez l'histoire de votre pays et l'histoire des révolutions dans le monde avant de vous jeter par la fenêtre vers une mort inévitable. Il y a des peuples dont la nature est révolutionnaire, mais vous, les Égyptiens, vous n'avez pas été créés pour la révolution et elle n'a pas été créée pour vous. Dans votre histoire récente, aucune révolution n'a gagné. Toutes les fois que vous vous êtes révoltés contre le pouvoir, cela a échoué et la situation a empiré.

Cette vérité, il avait payé cher pour la connaître... Il se versa un nouveau verre et s'étendit sur le canapé en regardant le plafond. Tout à coup la boîte magique s'ouvrit et ses souvenirs en sortirent les uns à la suite des autres. Buvait-il pour oublier ou pour se souvenir ? Pourquoi ces événements l'accablaient-ils maintenant ? Ils étaient ensevelis depuis des années au point qu'il les croyait morts. Pourquoi renaissaient-ils maintenant comme des spectacles vivants avec les mêmes couleurs et jusqu'aux mêmes odeurs ? Voici le grand amphithéâtre de l'université du Caire, comme il était il y a quarante ans, et le voici, lui, avec les leaders du mouvement étudiant. Ils se mettent d'accord avec les généraux de la police pour lever l'occupation et se livrer eux-mêmes ainsi que leurs camarades. Ce sont les premières heures d'une froide matinée d'hiver. Tout ce qui entoure l'université du Caire semble faire partie d'un rêve nébuleux. De grandes voitures de police stationnent en file devant le portail principal. Les étudiants et les étudiantes plongés dans le silence sortent en groupes, leurs jeunes visages marqués par la tension et l'épuisement. Comme le stipule l'accord, ils montent les uns derrière les autres dans les voitures de police. Tout à coup un de ses camarades de la faculté d'ingénieurs se met à chanter "Mon pays, mon pays tu as mon amour et mon cœur*". Sa voix est douce et triste et, peu à peu, tous les étudiants le suivent. Des milliers de gorges reprennent l'hymne avec force et cela ressemble à la formidable psalmodie d'un être gigantesque plongé dans la tristesse. Cela semble être la voix de l'Égypte elle-même présentant ses condoléances à ses fils qui ont lutté pour sa liberté et qui vont en prison. Beaucoup d'étudiants pleurent et il voit de ses propres yeux un officier et des soldats détourner le regard ou regarder par terre pour cacher leurs larmes.

Au parti, son nom de combat était "le camarade Hamdi". Il avait fêté son élection au comité central chez Gamal el-Saqa et ils avaient bu jusqu'au matin. En le quittant sur le pas de la porte, le secrétaire général du parti lui avait dit :

— Camarade Hamdi. Tu as une grande responsabilité. Ne nous déçois pas.

Puis il l'avait embrassé et serré dans ses bras avec une amitié sincère que l'alcool avait rendue encore plus chaleureuse. Il ne pense pas avoir déçu ses camarades. Il avait rempli ses responsabilités au sein du parti avec compétence et loyauté et jamais il n'avait éludé aucune des missions qu'on lui avait confiées. Il avait été souvent arrêté et trois fois condamné et, en tout, il avait passé dix ans en prison. Il avait subi les traditions qui accompagnent l'incarcération. Le premier jour au camp avait lieu "la cérémonie d'accueil", également surnommée "les honneurs". La file des prisonniers passait entre deux rangées de policiers qui tapaient sur eux de toutes leurs forces. Ils cinglaient leur peau avec un fouet,

* Premières paroles de l'hymne national égyptien.

leur donnaient des coups de poing et des coups de botte. Les coups visaient la tête, le visage, le ventre ou les testicules. L'expérience lui avait appris qu'il ne fallait jamais s'arrêter pendant la cérémonie d'accueil, qu'il fallait recevoir les coups, se maîtriser et continuer à courir. Celui qui s'arrêtait ou qui tombait était tué à coups de poing bien assénés auxquels il ne pouvait échapper. Sa dernière incarcération fut la pire. Après les coups et la torture habituels, son sort le fit tomber entre les mains de Mohsen el-Gazzar*, qui était le chef de la prison d'Abou Zaabel. Gazzar était un surnom qu'on lui avait donné à cause de sa cruauté. On rapportait sur lui des histoires effrayantes de prisonniers qui étaient devenus fous ou qui étaient morts sous la torture. Issam avait été choisi par ses camarades pour être le responsable des communistes emprisonnés. Lorsque le traitement empira, les camarades décidèrent une grève de la faim. Leur revendication était claire et juste : que l'on applique le règlement de la prison. Lorsque les gardiens arrivèrent avec les gamelles, Issam leur dit :

— Remportez la nourriture. Personne ne mangera.

— Pourquoi ? demanda l'un d'eux.

Issam lui répondit d'une voix forte pour que les camarades présents dans les autres cellules entendent :

— Allez dire au chef que mes camarades et moi faisons la grève de la faim.

Peu de temps après, les gardiens revinrent pour le conduire au bureau du chef. Mohsen el-Gazzar était un homme dans la quarantaine qui ressemblait à une étoile de cinéma. Il était beau, extrêmement élégant et, comme tous les grands bourreaux, sa voix était basse et douce et son visage calme ne révélait aucune colère. Il lui demanda d'une façon qui semblait aimable :

— Comment t'appelles-tu ?

— Issam Abdel Moneam Chaalane.

— Quel est ton métier ?

— Ingénieur

— Tu fais la grève de la faim ?

— Nous tous, les accusés dans le cadre du procès du parti communiste, avons décidé de faire la grève de la faim.

* *Gazzar* signifie "boucher".

Conformément à la loi, je vous demande d'en informer le procureur général.

— Comme ça, d'un seul coup tu veux le procureur général, fils de pute.

— S'il vous plaît, parlez-moi avec respect.

— Tu es fâché parce que j'ai parlé de ta putain de mère ?

— Ma mère est plus honorable que vous.

Issam avait prononcé ces derniers mots sur un ton provocateur qui résonna d'une façon étrange. Une surprise passagère apparut sur le visage d'El-Gazzar. Peut-être se contenta-t-il de hausser un peu les sourcils ou bien de bouger les lèvres en faisant un signe de la main aux gardiens. Ces instants lui reviennent avec leurs couleurs et leurs sons, et même avec l'odeur du bois récemment peint du bureau d'El-Gazzar. Les gardiens le déshabillèrent. Il était devant eux en sous-vêtements et, tout à coup, s'ouvrirent les portes de l'enfer. Ils se jetèrent sur lui et le rouèrent de coups. Ils étaient quatre qui le frappaient de leurs mains et de leurs pieds. Au début il tenta de résister mais tout à coup il comprit que la résistance était inutile et il se mit à protéger son visage avec ses mains, ce qui permit aux gardiens de diriger leurs coups douloureux sur son corps. Comme les coups se poursuivaient, les lumières du bureau commencèrent à trembler violemment dans ses yeux et il espéra s'évanouir pour se reposer fût-ce quelques instants de la douleur. Les coups s'arrêtèrent tout à coup et Issam sentit le goût du sang qui coulait de son nez et des blessures de son visage. L'officier se mit à rire et dit, comme s'il plaisantait avec un ami.

— Dis-moi, monsieur l'ingénieur. Tu es vraiment un homme ?

Issam ne répondit pas et El-Gazzar poursuivit :

— Excuse-moi, il faut qu'on t'examine.

C'était le mot codé pour que les gardiens se jettent tous ensemble sur lui. Ils avaient l'air de jouer une scène qu'ils avaient beaucoup répétée. Ils lui enlevèrent ses sous-vêtements, le jetèrent à plat ventre et écartèrent ses fesses tandis qu'il résistait de tout ce qui lui restait de forces, mais en vain. Ils lui introduisirent ensuite quelque chose de solide dans les fesses. (Il sut par la suite que c'était un épais bâton de bois qu'ils appelaient "le phallus du pacha").

Il n'avait jamais connu cette douleur auparavant. Une douleur terrible, qui allait en augmentant et le fit hurler. Il ne se pardonna jamais par la suite d'avoir gémi et d'avoir poussé de longs cris aigus. Il se mit à appeler au secours, à supplier. Il ne se pardonna jamais d'avoir crié :

— Par le Prophète, ça suffit, Mohsen Bey, lâchez-moi. Je baise vos pieds, lâchez-moi.

Le souvenir de cette phrase le fait plus souffrir que tout le reste. Le fait d'avoir supplié l'abject El-Gazzar avait suscité en lui un sentiment de honte qui ne l'avait jamais abandonné. Il s'était souvent demandé depuis s'il ne lui aurait pas été possible de faire face à la douleur avec courage. Pourquoi avait-il crié et imploré la pitié de l'officier de cette façon si humiliante ? S'attendait-il en s'effondrant ainsi à attirer la pitié d'El-Gazzar ? Il se reprochait la façon honteuse dont il s'était écroulé pendant la torture et parfois il se reprochait ses reproches : ce n'était pas à la victime qu'il fallait s'en prendre. Ce jour-là il avait subi une douleur insupportable à tout être humain. Il lui fut impossible de revenir sur ses pieds à la cellule. Il y fut transporté par les gardiens, du sang s'écoulait de son anus et laissait une trace continue sur le sol du couloir. Ils le jetèrent sur le goudron de la cellule et fermèrent la porte puis partirent. Les camarades se groupèrent autour de lui pour essayer de le secourir avec leurs moyens limités. L'un d'entre eux était un médecin qui venait d'obtenir son diplôme. Il s'efforça de stopper l'hémorragie avec du coton, de la gaze et de la teinture d'iode qu'ils avaient pu faire entrer en fraude dans la cellule. Il ne pouvait s'allonger ni sur le dos, ni de côté, à cause de la douleur. Il s'allongea sur le ventre et resta complètement silencieux. Les camarades tentèrent de lui parler mais il ne répondit pas. Ce qui était arrivé lui avait enlevé la parole. Peut-être aussi que ce qu'il aurait pu dire ne servirait à rien. Il resta allongé sur le ventre à regarder passer les cafards qui allaient et venaient en permanence à travers les nombreuses fissures du mur. La nuit, ses amis s'endormirent et il entendit leurs ronflements habituels. Gamal el-Saqa s'approcha de lui, lui posa la main sur l'épaule et murmura :

— Courage, Issam. Nous sommes plus forts qu'eux.

Lorsqu'il vit son visage affectueux et plein de pitié, il ne put se retenir et éclata en sanglots en répétant d'une voix faible :

— J'ai été humilié, Gamal, j'ai été vraiment humilié. Pour qui sommes-nous humiliés comme ça, Gamal ?

Il se reposerait souvent la question par la suite. Après leur sortie de prison, ils passeraient souvent la nuit en conversations interminables. Ils fumaient et buvaient et chacun restait ferme sur ses positions. Gamal continuait à croire en la cause tandis qu'Issam avait une opinion tranchée :

— Nous ne pouvons pas aider un peuple qui ne veut pas s'aider lui-même. J'ai été emprisonné, j'ai été torturé, mon honneur a été bafoué, et tout ceci pour quoi ? Combien d'Égyptiens se souviennent du sacrifice des socialistes ?

Un soir, ils abusèrent de la boisson et la conversation s'échauffa et se transforma en dispute. Alors Issam se leva au milieu de la pièce et dit à Gamal :

— As-tu entendu parler de Vera Zassoulitch ?

— Non.

— Vera Zassoulitch était une jeune socialiste russe qui, en 1879, après avoir entendu que le gouverneur général de Pétersbourg, le général Trepof, avait torturé des prisonniers, se rendit à son bureau et lui tira dessus. Elle le toucha mais ne le tua pas. Elle fut arrêtée et lorsqu'on lui demanda au cours de l'enquête s'il y avait une inimitié personnelle entre elle et Trepof, elle répondit :

— Je ne connais pas Trepof, mais je sais qu'il torture les prisonniers et j'ai décidé de le tuer parce que personne n'a le droit d'humilier une autre personne tout en étant certain d'échapper au châtiment.

Après avoir prononcé cette phrase, Vera devint une héroïne nationale. Des dizaines de milliers de Russes manifestaient chaque jour devant le tribunal pour la soutenir. Imagine-toi que même les enfants manifestaient par milliers devant le tribunal avec de grandes pancartes sur lesquelles était écrit :

"Merci, Vera, d'avoir lutté pour notre dignité."

Malgré ses aveux, face à la forte pression de l'opinion publique russe, le tribunal l'avait acquittée. Après sa libération, la police tenta de l'arrêter à nouveau, mais la population prit sa défense et empêcha son arrestation.

Gamal écouta en silence et Issam poursuivit avec conviction :

— Est-ce qu'il y a une Vera Zassoulitch en Égypte ? Est-ce qu'il y a une opinion publique qui protège les militants ? Est-ce qu'il y a une conscience de l'importance de la dignité humaine ? Il n'y a rien de tout cela. Par conséquent, ici, le seul résultat du militantisme, c'est de perdre sa dignité et de gâcher son avenir.

Gamal tenta de répondre mais Issam était tellement emporté qu'il cria au visage de son ami :

— Tu entends ce qu'a dit Véra : "J'ai décidé de le tuer parce qu'il n'est pas permis qu'un être humain humilie un autre homme tout en étant certain d'échapper au châtiment."

Issam se tut un instant puis dit d'une voix tremblante :

— J'ai été torturé et bafoué dans ma dignité, Gamal, et tous ceux qui m'ont torturé ont échappé au châtiment et personne ne s'est battu pour moi.

Pourquoi Issam se rappelait-il tout cela maintenant ? Qu'est-ce qui le poussait à ruminer le passé ? Cette révolution qu'il n'attendait pas ? Ou bien la situation inquiétante dans laquelle il se trouvait ? Ou bien sa consommation excessive d'alcool ? Il se remémorait lentement ces scènes douloureuses, comme s'il trouvait plaisir à se tourmenter. Il se dit que s'il se remémorait son passé, c'était parce que l'erreur qu'il avait commise se répétait à nouveau. Voilà des jeunes, comme Mazen el-Saqa, qui manifestent, qui occupent la place Tahrir et qui se font arrêter pour un peuple totalement indifférent à ce qu'ils font. Quel dommage ! Voilà ce pauvre Madani qui a perdu le fils qui était sa fierté, son bonheur et le seul espoir de sa vie.

Il but ce qui restait de whisky et sentit tout à coup sa tête tourner. Il se rappela qu'il avait du diabète. Le médecin l'avait mis en garde contre l'abus d'alcool qui risquait de lui faire perdre conscience. Il aimait la vie et espérait vivre longuement. Mais s'il devait mourir, il préférait s'enivrer et mourir calmement, sans souffrances, sans maladie, sans apitoiement, sans vieillir et devenir une charge pour ceux qui l'aiment. La sonnette de la porte retentit tout à coup. Il se leva difficilement, complètement saoul. Qui pouvait bien lui rendre visite ? Il se rappela le relâchement de la sécurité. C'était peut-être un criminel enfui de prison. Il imagina un titre de journal : "Le directeur de la cimenterie

Bellini tué par des mains inconnues". Il essaya de contrôler sa démarche et s'approcha prudemment de la porte puis regarda par le judas et aperçut Fabio, le mandataire de la compagnie italienne. Il ouvrit la porte rapidement et dit en anglais :

— Veuillez entrer, monsieur Fabio.

Fabio sourit :

— Excusez-moi d'être venu sans rendez-vous. Je vous ai plusieurs fois téléphoné mais vous n'avez pas répondu.

Issam lui souhaita la bienvenue et s'excusa de sa tenue négligée puis il lui prépara un café.

— Quand avez-vous été à l'usine la dernière fois ?

— Il y a une semaine.

— Savez-vous ce qui s'est passé ?

Issam faisait des efforts pour retrouver sa concentration, troublée par les effets du diabète. Il regarda le visage préoccupé de Fabio qui poursuivit :

— Il y a un gros problème à l'usine. Je suis venu vous voir pour que nous trouvions une solution.

35

Mazen, mon chéri,

Oui, je t'aime. Je n'ai plus honte de mes sentiments. J'ai l'impression de m'être libérée. Je suis devenue une nouvelle personne. Je n'oublierai jamais ce moment où ils ont annoncé la démission de Moubarak et où je t'ai pris dans mes bras devant tout le monde. J'ai senti ton corps trembler d'émotion et tes larmes couler sur mes joues. Je n'oublierai pas le spectacle de millions de gens criant et chantant de bonheur dans tous les recoins de l'Égypte. Je n'oublierai pas les jeunes garçons et filles qui, le lendemain, balayaient les rues et repeignaient les trottoirs. Vois comme notre révolution est raffinée et civilisée. Est-ce que cela est arrivé dans l'histoire que des gens aient fait la révolution pour faire tomber le dictateur puis, après son départ, aient nettoyé les rues ? J'ai discuté avec certains de ces jeunes qui m'ont dit :

— Maintenant l'Égypte est notre pays. Il faut qu'elle soit propre.

Je n'oublierai pas ces moments sublimes, Mazen. Comme vous me remplissez de bonheur, toi et la révolution. J'ai même trouvé ma mère heureuse. Elle m'a embrassée en me disant :

— Moubarak a opprimé. Il a tyrannisé et il a eu ce qu'il méritait. Que Dieu restaure le pays.

Même mon père, qui m'a toujours évitée pour ne pas se disputer avec moi, m'a téléphoné depuis l'Arabie saoudite pour me dire :

— Bravo, Asma. Alors ça y est, Moubarak est tombé ? Maintenant, pense à ton avenir.

La grande surprise est venue de l'école. Tu te souviens que le journaliste Hisham a eu avec nous, au siège de Kifaya, un entretien publié dans Al-Ahram. Mes collègues et mes élèves ont lu cet article et vu ma photographie avec les camarades. Le premier jour après les vacances de mi-année, je suis allée à l'école où j'ai trouvé beaucoup d'émotion et de joie. Dès que je suis entrée dans ma classe, de nombreuses élèves ont crié :

— Bravo, madame Asma.

J'ai fait cours comme d'habitude, mais j'ai senti un nouvel état d'esprit chez les élèves qui accueillaient ce que je leur disais d'une façon différente, comme si elles s'étaient libérées de liens qui autrefois les entravaient. Elles semblaient vouloir parler de ce qui était arrivé mais attendre que je commence. Je me suis surprise à dire :

— Que pensez-vous de la révolution ?

Elles se sont mises à pousser des cris et c'était à qui me dirait la première à quel point elle était heureuse de la chute de Moubarak.

Je leur ai demandé :

— Qui a participé à la révolution ?

Le quart des élèves a levé la main. La même proportion que dans l'ensemble du peuple. Je leur ai dit :

— Toutes celles qui ont participé à la révolution doivent être fières et doivent dire à leurs parents qu'elles ont contribué à construire une Égypte nouvelle propre et respectable.

À la fin du premier cours, le planton m'a invitée à me rendre chez le directeur. J'y ai trouvé Abla Manal qui m'a serrée dans ses bras et M. Abd el-Dhaher qui m'a accueillie avec chaleur :

— Si cela n'était pas interdit par la loi religieuse, je vous embrasserais moi aussi, Asma. Je suis fier de vous et de tous les jeunes de votre génération.

Ma surprise était telle que j'ai mis du temps à réagir. M. Abd el-Dhaher, qui avait déposé une plainte au ministère contre moi, qui m'avait humiliée et s'était montré injuste à mon égard. Comment avait-il pu changer aussi rapidement ? Je lui ai dit :

— Merci. Je n'ai rien fait. C'est au peuple égyptien que revient tout le mérite.

Il a souri et m'a répondu :

— Non. Après Dieu – qu'il soit exalté et glorifié –, le mérite en revient à votre génération, Asma. Vous avez fait ce que la nôtre a été incapable de faire. Vous êtes des jeunes formidables qui ne connaissent pas la peur et pour qui rien n'est impossible.

J'ai regardé Abla Manal, qui me souriait amicalement. Je ne savais pas quoi dire. J'étais très émue. J'ai dû me contrôler pour ne pas pleurer. M. Abd el-Dhaher m'a invitée à m'asseoir et m'a commandé une tasse de thé.

— Je vous ai fait venir pour vous dire un mot. Dans la période précédente, il y a eu un problème entre nous. Je vous prie de me comprendre. Je n'ai pas peur de mes supérieurs. Je n'ai pas peur du vice-ministre ni du ministre. Je n'ai peur que de Notre-Seigneur, qu'il soit exalté et glorifié, et je suis ses instructions dans tout ce que je fais. Ce sentiment de responsabilité m'amène parfois à me comporter d'une façon trop sévère avec les enseignants.

— Je n'ai pas commis de faute, monsieur le directeur.

Il a souri d'une façon amicale :

— Ne revenons pas sur le passé, Asma. Je voudrais que nous commencions une page nouvelle.

Avant que je ne réponde, Abla Manal a ajouté :

— Moi aussi, je souhaite ouvrir une page nouvelle avec vous, Asma. Dieu seul sait combien je vous aime. Je vous considère comme ma fille.

Je les ai remerciés, bien sûr, et je leur ai dit :

— L'Égypte tout entière ouvre une page nouvelle.

Tout change réellement. C'est comme si le dictateur s'était niché dans la tête des gens et que, lorsque nous nous en sommes débarrassés, les Égyptiens se sont tous libérés. Je t'écris depuis la maison où je suis rentrée directement après l'école. Beaucoup de questions m'obsèdent. Comment la position du directeur et d'Abla Manal à mon sujet a-t-elle pu changer d'une façon aussi étonnante ? La révolution a-t-elle changé la nature des gens ? Leur a-t-elle rendu confiance en eux-mêmes, leur permettant ainsi de revenir sur leurs erreurs ? J'attends de savoir ce que tu en penses.

Ton amoureuse

Asma

PS : Je sais bien sûr que tu es occupé à l'usine. Je veux te voir le plus tôt possible. Téléphone-moi une heure avant et je t'attendrai au café Zahrat el-Boustan.

36

À huit heures du matin, heure de relève de la première équipe, les ouvriers se réunirent dans la cour de l'usine. Ils se félicitèrent pour la chute de Moubarak puis élurent une commission de quatre membres dont Mazen el-Saqa faisait partie. La commission s'engagea à prendre totalement le contrôle de l'entreprise et à négocier avec la direction italienne pour obtenir la satisfaction des revendications des travailleurs. La journée se passa comme à l'ordinaire. La deuxième puis la troisième équipe se succédèrent et, à quatre heures du matin, Issam Chaalane arriva tout à coup à l'usine. Sa voiture n'entra pas par le portail principal, mais par la porte n° 4 située à l'arrière. Elle tourna derrière les arbres et arriva jusqu'au bâtiment de l'administration. Il y avait un homme sur le siège avant à côté du chauffeur. Derrière étaient assis Issam et une autre personne, à côté d'un grand coffre métallique ressemblant à un climatiseur. Dès que la voiture s'arrêta, Issam en bondit, ouvrit son bureau et y entra rapidement. Les deux hommes qui l'accompagnaient portèrent l'appareil noir à l'intérieur du bureau puis le chauffeur s'éloigna avec la voiture. Issam alluma les lumières et verrouilla la porte du bureau, et les deux hommes se mirent à travailler. Ils branchèrent et placèrent au milieu de la vaste pièce l'appareil qui était une grande déchiqueteuse. Issam enleva sa veste et commença à mettre les feuilles dans l'appareil qui les hacha rapidement en petits morceaux recueillis par un grand sac-poubelle que les deux hommes avaient placé au-dessous. Issam prenait les papiers qui se trouvaient sur les étagères du bureau, dans une armoire vitrée ainsi que dans un petit bureau qui se trouvait dans le couloir. Il connaissait les papiers par cœur. À première vue, il était capable de savoir quel allait être leur sort. Une heure s'écoula à cette tâche puis il entendit le bruit de pas à l'extérieur et dit aux deux hommes :

— Continuez votre tâche quoi qu'il arrive.

Il alimenta la machine d'un nouveau dossier mais il reçut un coup de téléphone et s'approcha avec précaution du judas de la porte qu'il déverrouilla puis entrebâilla. Mazen el-Saqa entra au milieu de la pièce. L'épuisement se lisait sur son visage. Issam lui serra la main.

— Comment vas-tu, Mazen ? Bravo pour le succès de la révolution. Si Dieu le veut, le pays va se transformer entre vos mains.

Mazen ne répondit pas. Il regarda la déchiqueteuse puis se retourna vers Issam avec inquiétude.

— Les ouvriers m'ont demandé de vous rencontrer.

Issam sourit et lui dit ironiquement :

— Rien de grave, j'espère.

— Les ouvriers s'opposent à ce que vous déchiquetiez les papiers.

— J'ai le droit de faire ce que je veux de mes papiers.

— Ce ne sont pas des papiers personnels. Ce sont des papiers officiels qui concernent les ouvriers.

— Tu veux dire : qui concernent l'entreprise. J'ai des instructions du mandataire de déchiqueter ces papiers.

Tout à coup des voix retentirent à l'extérieur et Mazen dit avec inquiétude :

— Les ouvriers sont en pleine effervescence et la situation peut devenir dangereuse.

Issam sourit et cria d'une voix qui fit penser à Mazen qu'il était ivre :

— On ne menace pas Issam Chaalane, Mazen. Compris ?

À l'extérieur les cris des ouvriers retentissaient :

— Issam… Chaalane… Tu es un lâche.

— Si tu es un homme, viens nous trouver.

Tout à coup on entendit un bruit de verre brisé et une pierre atterrit sur le plancher. Quelques ouvriers de l'équipe de nuit étaient sortis et avaient laissé leurs collègues travailler pour que l'usine ne s'arrête pas. De nombreux camarades qui se trouvaient chez eux avaient été prévenus. Des projecteurs mis en marche jaillit une lumière éblouissante. Les ouvriers encerclèrent le bâtiment de l'administration en criant tous des slogans contre Issam Chaalane puis ils se mirent à jeter des pierres et brisèrent toutes les vitres. Mazen alla vers eux et ils l'entourèrent en criant, au comble de l'excitation :

— Nous l'avons vu faire entrer une déchiqueteuse. Nous ne pouvons pas lui permettre de détruire les documents.

— C'est certain que sur ces papiers, il y a des choses contre l'administration.

— Bien sûr. La preuve, c'est qu'il est venu à quatre heures du matin.

Mazen dit d'une voix forte :

— Écoutez-moi. Pour les papiers qui sont déchiquetés, c'est fini, nous ne pouvons pas les récupérer, mais il y en a de nombreux autres que nous avons sauvés de la destruction et que nous conservons. S'il vous plaît. Ne jetez plus de pierres. Ce que vous cassez vous appartient.

Des voix de protestation s'élevèrent. Mazen demanda :

— Pourquoi voulez-vous Issam Chaalane ?

Un ouvrier s'écria :

— Nous allons le garder prisonnier dans son bureau jusqu'à ce que l'administration réponde à nos revendications.

Mazen répondit calmement :

— C'est une mauvaise idée. Les ouvriers ne sont pas des voyous. Le pays a changé et l'usine est entre nos mains.

Très animés, les ouvriers répondirent :

— Si nous enfermons Issam dans son bureau, l'administration fera ce que nous voulons.

— Premièrement, Issam Chaalane ne compte plus pour la direction italienne. Deuxièmement, si nous faisons ce que tu dis, nous commettons un délit de séquestration d'un citoyen. Ensuite, quel est l'intérêt de sa séquestration ? L'usine est sous notre contrôle et vous allez récupérer tous vos droits.

Après avoir dit cette phrase, Mazen laissa les ouvriers parler entre eux puis il revint au bureau où il trouva les deux hommes qui accompagnaient Issam pris de panique. L'un des deux dit d'une voix larmoyante :

— Mazen Bey. Moi je n'ai rien à voir avec ce problème. Je suis venu avec Issam Bey pour l'aider et je veux partir tout de suite.

Issam hurla :

— Tu as peur de ces quelques vauriens. Sois un homme.

Puis il alla au bout de la pièce, se retourna et regarda Mazen en criant :

— Je suis Issam Chaalane. Je ne peux pas accepter que l'on dise de moi plus tard que quelques canailles m'ont séquestré.

Il se dirigea vers la porte pour sortir, mais Mazen le retint par l'épaule et lui dit :

— Monsieur Issam, s'il vous plaît, si vous me considérez comme responsable de votre sécurité, ne sortez pas, parce que les ouvriers sont dans un état de grande excitation et n'importe quoi peut arriver.

Issam fut impressionné par cette mise en garde. Il s'assit sur le canapé, alluma une cigarette, prit son téléphone et dit à voix basse :

— J'appelle l'armée.

Peu de temps après, l'usine fut pleine de membres de la police militaire qui se déployèrent, des hommes puissants portant uniformes et bérets rouges. Les slogans des ouvriers s'élevèrent à nouveau comme s'ils prenaient les militaires à témoin de leurs revendications. Un capitaine entra dans le bureau et serra la main de ceux qui étaient présents. Apparemment il connaissait la situation car il ne demanda aucune explication. Il sourit simplement en demandant à Issam :

— Monsieur, où avez-vous garé votre voiture ?

— Derrière le bâtiment.

L'officier contacta quelqu'un qu'il informa du lieu où se trouvait la voiture et, quelques minutes plus tard, après avoir reçu un appel, il ouvrit la porte et passa la tête comme pour s'assurer une dernière fois de la présence de ses hommes à l'extérieur puis il tendit le bras :

— Je vous en prie, venez avec moi.

Les soldats faisaient une haie autour d'Issam et des deux hommes qui avançaient encadrés par l'officier à l'avant et Mazen à l'arrière. Ils s'étaient mis en file tout au long du chemin, formant un couloir de sécurité face aux ouvriers, mais la scène ressemblait plutôt à un rite religieux expiatoire. Issam avançait en défiant du regard les ouvriers qui faisaient pleuvoir sur lui les commentaires blessants.

— Au revoir, voleur.

— Si on te voit à nouveau à l'usine, on te coupera les jambes.

— Salue ton ami Fabio, chien des Italiens.

Issam, de plus en plus en colère, fit de la main un signe vulgaire en direction des ouvriers qui devinrent fous de rage et l'abreuvèrent d'insultes abominables. L'un d'entre eux, très excité, voulut le frapper avec la semelle de son soulier, mais le soldat qui était devant lui l'en empêcha. Lorsque Issam arriva à sa voiture, il serra la main de l'officier et le remercia chaleureusement. L'officier lui dit d'un ton sérieux :

— Je n'ai fait que mon devoir. Un soldat va monter avec vous dans la voiture jusqu'à ce que vous soyez sur la route.

La voiture démarra puis disparut. Mazen sourit et dit à l'officier :

— Excusez-moi, mais je dois rejoindre les ouvriers.

— Non, vous restez avec nous. Nous avons deux mots à vous dire.

37

Pendant plusieurs semaines, le général ne dormit que très rarement chez lui. Il rentrait certains soirs pour rassurer sa femme et sa fille, et le matin de bonne heure retournait à la villa de Zamalek. Pendant son entretien avec le guide, son directeur de cabinet était entré inopinément dans son bureau et s'était approché pour lui dire à voix basse :

— Mme Dania est ici.

Son visage s'était assombri et il avait dit d'un ton irrité :

— Comment a-t-elle connu l'endroit ?

— Monsieur, elle m'a appelé il y a une demi-heure et m'a dit qu'elle voulait vous voir pour un sujet qui ne supportait aucun retard.

— Vous avez commis une faute, avait murmuré le général Alouani qui, après réflexion, lui avait dit :

— Faites-la attendre jusqu'à ce que j'aie terminé.

Le général avait mis fin à son entretien avec le guide puis il l'avait raccompagné à la porte et, en revenant, il l'avait trouvée dans la salle d'attente.

— Dania qu'as-tu ?

Elle éclata en sanglots et lui raconta ce qui s'était passé. Il resta quelques instants silencieux puis, se maîtrisant, lui dit :

— Dania, je t'en prie. Réfléchis à ma situation. Le pays passe par une période difficile et j'ai une grande responsabilité. Je ne me pardonnerais pas de ne pas être à la hauteur.

— Je veux entendre un seul mot de ta bouche.

Le général la coupa d'un ton ferme :

— S'il te plaît. Rentre à la maison. Repose-toi et ce soir nous discuterons.

Elle sembla hésiter. Il se força à sourire puis appela son directeur de cabinet pour qu'il l'accompagne à sa voiture. Il appela ensuite ses deux fils puis se replongea complètement dans le travail.

À sept heures du soir précises, pendant que l'Égypte tout entière fêtait la victoire de la révolution et la chute de Moubarak, le conseil de famille se réunissait dans le grand salon : la mère, revêtue du grand voile noir avec lequel elle venait d'accomplir la prière du soir, était assise sur le canapé, un coran ouvert devant elle, un chapelet d'ambre à la main, elle invoquait Dieu à voix basse. À ses côtés était assise Dania et, face à elles, les deux frères, Abderrahmane, le juge, en complet veston, cravate et lunettes de vue, et Bilal, l'officier de la Garde républicaine au corps élancé et musclé, portant une veste bleue sur une chemise jaune, sans cravate et dont les fins cheveux noirs étaient peignés avec soin et gominés. L'atmosphère était tendue et lugubre, même si aucun d'entre eux ne parlait de ce qui s'était passé. Le général Alouani s'assit sur un fauteuil confortable et but une gorgée de la tasse de café que lui avait préparé la domestique indonésienne. Il dit du ton ferme avec lequel il dirigeait les réunions de l'Organisation :

— Vous connaissez bien sûr la situation difficile que traverse le pays. Le président Moubarak a démissionné pour protéger l'Égypte. Notre devoir est de reprendre notre pays des mains des traîtres. Je suis obligé de rejoindre le bureau dans une demi-heure. Votre sœur a un problème. Parle-leur, Dania.

Dania raconta d'une voix faible et épuisée ce qui était arrivé à Khaled Madani, déployant tous ses efforts pour ne pas pleurer. Elle ajouta :

— Mes camarades ont obtenu le nom de l'officier qui a tué le martyr Khaled et ils l'ont attaqué en justice. Je veux témoigner au tribunal.

Pendant quelques instants, ceux qui se trouvaient réunis gardèrent le silence. Ils s'efforçaient d'encaisser le coup. Bilal prit vivement la parole :

— Témoigner de quoi ?

— D'un meurtre.

— Et d'abord, qu'est-ce qui t'a pris de participer aux manifestations ?

Elle répondit rapidement :

— Mes camarades et moi travaillions dans l'hôpital de campagne mis en place par la faculté.

Le général Alouani sourit tristement et dit avec calme :

— Ce n'est pas vrai. L'administration de la faculté n'a rien à voir avec cet hôpital de campagne.

Dania répliqua :

— Tu as toutes les informations. Mes camarades ont monté un hôpital pour soigner les blessés et c'était mon devoir de médecin d'y être.

Bilal, qui semblait être le plus en colère, se mit à crier :

— Je n'arrive pas à croire que tu t'es associée aux traîtres.

— Mes camarades qui manifestaient n'étaient pas des traîtres.

— Si, ce sont des traîtres qui reçoivent de l'argent pour détruire ton pays.

— Tu ne les connais pas. Moi je les connais. Ils aiment leur pays et ils veulent le rendre meilleur.

— Ils t'ont fait un lavage de cerveau ou quoi ?

Bilal cria ces mots d'un ton sarcastique en regardant les autres comme s'il les prenait à témoin. Dania resta un instant silencieuse puis dit calmement :

— Nous pouvons parler du sujet ?

— Quel sujet ?

— Le fait que je vais témoigner contre l'officier qui a tué mon camarade Khaled sous mes yeux.

Abderrahmane, le juge, toussota et demanda calmement :

— Vous avez déposé votre plainte à quel tribunal ?

— Qasr-el-Nil.

— Qui a déposé la plainte ?

— Le père de Khaled.

— Connais-tu le nom de l'officier ?

— Haitham Ezzat el-Meligi de la Sécurité générale.

— Et qui vous a confirmé que c'était lui le meurtrier ?

— Il l'a tué sous nos yeux. Nous savons tous qui c'est. Impossible de se tromper.

Le silence dura un instant puis le général Alouani dit sur un ton contrarié :

— Je n'aurais jamais imaginé que tu mépriserais ta famille à ce point.

Hadja Tahani le corrigea vivement :

— Dania a toujours aimé sa famille plus que tout au monde.

C'était une intervention qui avait pour but de toucher Dania, mais celle-ci évita le regard de sa mère.

— J'ai vu de mes yeux un assassinat. Ni ma religion ni ma conscience ne me permettent de me taire.

Bilal se leva tout à coup et s'approcha de Dania en criant :

— Comme ça, tu soutiens les traîtres, ceux qui ont organisé les manifestations et qui ont fait tomber le président Moubarak. Leur seul but est de détruire le pays et d'arriver au pouvoir.

— J'ai vu de mes propres yeux un assassinat et il faut que j'en témoigne.

— L'officier contre lequel tu veux témoigner est un héros qui luttait pour toi et pour moi.

— Celui qui tue un jeune d'un coup de feu parce qu'il exprime son opinion est un criminel qui doit être jugé.

— Moi, si j'avais été à sa place, j'aurais fait la même chose.

— Alors tu serais un criminel comme lui.

— Tais-toi.

Bilal fixait Dania, qui le regardait avec défi. Abderrahmane se leva et força son frère à se rasseoir puis lui-même s'assit et dit :

— S'il vous plaît, gardons notre calme.

La mère se mit à crier :

— Il n'y a de Dieu que Dieu. D'où nous vient tout cela, mon Dieu ?

Abderrahmane regarda Dania et lui demanda :

— Combien de personnes vont témoigner ?

— Nous sommes six.

— C'est bon. Cinq, ça suffit.

— Tu veux que je m'abstienne de livrer mon témoignage, Abderrahmane. Tu connais le châtiment divin réservé à celui qui occulte son témoignage ?

Tout le monde se tut, comme s'ils attendaient le résultat de la tentative d'Abderrahmane, qui poursuivit en souriant :

— Que Dieu me garde. Jamais je ne te demanderais quelque chose qui soit interdit par la loi divine. Tu sais que, dans tout ce que je fais, je suis la loi de Dieu, qu'il soit exalté et glorifié. Calme-toi et écoute-moi. S'il y a cinq témoins, tu peux tenir compte de la position de ta famille et te contenter de laisser tes amis témoigner.

— C'est mon obligation de témoigner, quel que soit le nombre de témoins.

— Je peux te dire par expérience que le juge ne peut pas écouter plus de quatre témoins à charge.

— Si le juge ne peut écouter que quatre témoins, il faut que j'en fasse partie.

Le général Alouani, qui jusque-là suivait la conversation en silence, intervint alors :

— Dania. Je me suis tu depuis le début et je t'ai laissée parler. Peux-tu écouter mon point de vue ?

— Je t'en prie.

— D'abord tu as eu tort d'aller manifester avec ces saboteurs et le prétexte de soigner les blessés n'est pas acceptable parce que la situation de ta famille aurait dû t'empêcher de te mettre et de nous mettre dans cette situation. Deuxièmement l'absence de ton témoignage n'aura pas d'influence sur le jugement. Troisièmement, et cela est plus important, sur le plan de la loi religieuse, ce n'est pas un péché. Du moment qu'il y a d'autres témoins, tu n'es pas tenue de témoigner.

La mère intervint :

— Nous pouvons appeler le cheikh Chamel pour lui demander de nous le confirmer.

Dania lui répondit :

— Le cheikh Chamel dira comme d'habitude ce qu'on lui demande de dire.

Le général réagit vivement :

— Parle de Son Excellence le cheikh Chamel avec plus de respect.

Dania lui répliqua sur un ton de défi :

— C'est la vérité. Ce cheikh Chamel n'est pas un homme de religion. C'est un homme d'affaires.

Cette phrase de Khaled qu'elle répétait avec fierté résonna dans son oreille et la remplit d'émotion. Il y eut un moment de silence. Le général Alouani faisait des efforts pour contrôler ses nerfs.

— Dania, je respecte ton deuil. S'il te plaît, ne laisse pas les sentiments t'empêcher de réfléchir. Ton témoignage n'ajoute rien au procès, mais il nuira d'une façon certaine à Bilal et à Abderrahmane.

— Si je ne témoigne pas, je me sentirai coupable toute ma vie.

— Qu'est-ce que tu cherches, idiote ?! cria Bilal, très en colère.

Elle leva la tête :

— Ne me parle pas comme ça.

— Tu feras ce que ton père t'ordonne.

— Je ne peux pas aller à l'encontre de ma conscience.

— Alors, montre-moi comment tu vas témoigner.

— Tu verras.

Bilal se leva pour la frapper, mais sa mère se jeta sur lui en se lamentant :

— Ça suffit. Tu n'as pas honte !

Le général Alouani se leva.

— Bilal, je te préviens, ne te comporte pas de cette façon avec ta sœur. Dania, fais ce qui te chante. Mais ne pense pas que l'État égyptien a disparu. Le président Moubarak a sacrifié son pouvoir pour sauver l'État. Les services de sécurité sont toujours là et rien n'a changé. Le Conseil suprême des forces armées va assumer le pouvoir et tu as un père qui occupe un poste important, un frère officier de la Garde républicaine et un frère juge. Ton témoignage n'aura pas d'influence sur le procès, mais à coup sûr il nuira à ta famille. Si ta conscience te permet de nous nuire, fais-le. Si nous avons mérité cela de ta part, va témoigner. Je jure par Dieu tout-puissant que je ne t'en empêcherai pas.

38

En plus de cette présence lisse, froide et distante qui caractérise les milliardaires, Hadj Chanouani est entouré d'un halo de mystère. Il affiche en permanence un léger sourire qui ne s'épanouit ni ne s'efface. Il regarde fixement ceux qui l'entourent de ses grands yeux bleus mais il ne parle qu'en cas de nécessité et il emploie généralement des expressions qui peuvent être interprétées de plusieurs façons. Il semble tout droit sorti des années soixante-dix. Hiver comme été, il est toujours en costume et en cravate chamarrée, de la même couleur que celle des pochettes qu'il met à la poche de sa veste. Ses grandes manchettes à l'ancienne sont fermées par des boutons en or. Chanouani utilise toujours un sèche-cheveux, ce qui permet à ses cheveux teints en noir et peignés en arrière de recouvrir la vaste calvitie que les opérations d'implantation de cheveux n'ont pas réussi à supprimer comme il l'espérait. Qui est Mohamed Chanouani ? Personne ne connaît rien de son enfance ni de sa jeunesse. Tout ce que nous savons, c'est qu'il est né à Alexandrie où il a obtenu un diplôme professionnel puis qu'il est parti pour l'Italie où il a passé trente ans et d'où il est revenu très riche. On raconte beaucoup de choses invérifiables : que son savoir-faire et sa beauté lui ont permis de séduire une riche Italienne, veuve d'un homme d'affaires dont elle avait hérité une usine de céramique. Il l'avait épousée pour obtenir la nationalité italienne et avait obtenu d'elle des capitaux importants qui lui avaient permis de créer sa propre usine de céramique en Égypte. Ensuite il avait divorcé. On dit souvent qu'il fait partie de la mafia et qu'il utilise la poudre de céramique pour faire passer de la drogue. Ce qui est certain, c'est que, quelques années après son retour, il est devenu un des piliers de l'industrie égyptienne. Chanouani est aujourd'hui un proche de la famille présidentielle. Il a associé le fils du président à plusieurs projets dont la rumeur dit qu'il les a conçus spécialement pour servir de couverture aux sommes énormes qu'il verse ainsi à la famille présidentielle sous forme de participation aux bénéfices. De la même façon, il consacre des sommes considérables au soutien des associations caritatives présidées par l'épouse du président. Grâce à la protection de la famille présidentielle, il a obtenu l'attribution à des prix insignifiants de milliers de feddans prélevés sur le domaine public qu'il a revendus au prix du marché, ce qui lui a procuré des bénéfices fabuleux. Il a également utilisé certaines de ces terres comme garantie lui permettant d'obtenir des banques égyptiennes des millions de livres, qu'il rembourse très irrégulièrement. Mais quel responsable de banque peut demander des comptes à un homme proche du président ? Lors de la réunion organisée par le général Alouani le jour de l'abdication du président, Chanouani fut le plus affecté de toute l'assistance. Après la réunion, il attendit le général Alouani dans le couloir. Dès qu'il le vit, il lui dit avec conviction :

— Je veux assurer Votre Excellence que je suis prêt à me défaire de toutes mes richesses pour sauver le pays.

Le général sourit.

— C'est ce que j'attendais d'un patriote comme vous. Allez voir l'officier traitant et restez à chaque instant en contact avec lui.

Chanouani rencontra l'officier et ils se mirent d'accord sur la création d'une grande chaîne de télévision que Chanouani proposa d'appeler "L'Égypte authentique". Quelques semaines suffirent pour acquérir quatre appartements destinés à son administration dans un immeuble luxueux donnant sur le Nil à Garden City et pour équiper un énorme studio à l'Egyptian Media Production City. La nouvelle chaîne démarra sur des chapeaux de roues et les officiers de la Sécurité d'État et des Renseignements généraux prirent en main les candidatures de l'ensemble du personnel – présentateurs et techniciens. Hadj Chanouani tenait à être présent à tous les entretiens d'embauche et c'est ainsi qu'il rencontra Nourhane pour la première fois. Le matin de l'entretien, Nourhane, devant son miroir, n'hésita pas long-temps. Elle fit le choix d'une apparence naturelle. Elle mit une robe longue de soie verte couvrant scrupuleusement son corps et elle peigna ses cheveux en crinière de lion. Elle mit un maquillage léger convenant à un rendez-vous professionnel. En passant la porte, elle sourit et le salua à la façon islamique :

— La paix soit sur vous.

La commission de recrutement se composait de trois personnes : le directeur de la chaîne, son assistant et, entre eux deux, Hadj Chanouani, dont les yeux brillèrent un instant, comme si une idée lui traversait l'esprit. Il affichait son sourire habituel.

— Sur vous la paix, la miséricorde de Dieu et sa bénédiction. Soyez la bienvenue, madame Nourhane.

Elle émit un rire léger et timide puis ses yeux maquillés de khôl s'écarquillèrent et elle lui dit sur un ton d'aimable reproche :

— Comment est-ce possible que vous vous souveniez de mon nom ?

— C'est bien normal, vous êtes une présentatrice connue.

— Mille mercis, monsieur.

— Mais de quoi me remerciez-vous ?

— Monsieur, que Dieu vous aide, il est normal que je vous remercie de vous souvenir d'une personne ordinaire comme moi, vous qui avez des projets gigantesques, dont dépend le sort de milliers de personnes.

— Et si je vous disais que je vous regarde chaque soir et que votre programme me plaît, que diriez-vous ?

Nourhane émit un rire moyennement pudique.

— Alors là je dirais que Dieu m'a comblée.

Le directeur de la chaîne se souvint tout à coup qu'il avait quelque chose d'urgent à faire et il demanda qu'on l'excuse. Son assistant également. Hadj Chanouani leur en donna la permission sans se retourner vers eux et sortit de sa poche un chewing-gum importé qu'il avait l'habitude de mâcher depuis que le médecin, après une opération récente du cœur, lui avait interdit de fumer le cigare. Il souhaita à nouveau la bienvenue à Nourhane, qui lui dit d'une voix douce :

— Ménagez-moi, monsieur. Je n'arrive pas à croire que je suis assise dans la même pièce que vous.

Peut-être était-ce la façon dont Nourhane avait prononcé les mots "ménagez-moi" et "dans la même pièce" qui produisit sur Hadj Chanouani une émotion ardente, perceptible à la façon dont son sourire s'élargit et dont son visage se transforma. Il eut besoin de quelques instants pour reprendre contenance. Il lui demanda comment elle concevait son travail dans la nouvelle chaîne et elle lui répondit avec conviction :

— Mon objectif est de révéler la conspiration afin que tous les Égyptiens comprennent qu'ils ont été trahis et qu'ils ont commis un crime épouvantable en permettant l'abdication du président Moubarak.

— Que Dieu vous bénisse.

— J'obéis à Dieu et à son prophète – prière et paix de Dieu sur lui. Notre-Seigneur nous a ordonné d'obéir au détenteur du pouvoir et nous a interdit la sédition qu'il a décrétée pire pour nous que l'assassinat. Son Excellence le cheikh Chamel a délivré une fatwa* interdisant les manifestations et les grèves, qui sont des instruments de sédition introduits par les juifs et les francs-maçons pour mettre en pièces la nation islamique.

Hadj Chanouani parut satisfait. Il passa deux doigts sur les commissures de ses lèvres, geste qui lui était habituel lorsqu'il réfléchissait.

— Je vous félicite pour votre nouvel emploi. Je vais demander à la direction du personnel de vous préparer un contrat. Je suis prêt à accepter toutes vos exigences.

— J'ai une seule demande, pour le reste je m'abandonne à votre générosité.

Il écarquilla les yeux :

— Jamais nous ne serons en désaccord. Voyez le salaire qui vous conviendra.

Nourhane baissa un moment la tête puis la releva lentement et le regarda avec une sorte de tristesse.

— L'argent ne m'a jamais intéressée. Je serai satisfaite du salaire que vous fixerez.

---

* Consultation religieuse autorisée basée sur une stricte interprétation des textes (ce qui autorise néanmoins toutes les impostures).

La surprise se lut sur le visage de Hadj Chanouani et il lui demanda avec perplexité :

— Mais alors quelle est votre demande ?

Nourhane soupira :

— Ma seule demande, c'est que vous me permettiez de paraître voilée à l'écran. J'ai été obligée de l'enlever parce que la télévision d'État interdit le hijab.

— Mais vous n'en portez pas.

— J'ai un problème que vous êtes peut-être le seul à pouvoir comprendre. Si je portais le hijab dans ma vie quotidienne pour l'enlever devant les caméras, je ne pourrais pas supporter la sensation de commettre un péché. Je prie pour que Dieu ait la générosité de me permettre de porter le hijab jusqu'à ma mort.

Hadj Chanouani murmura :

— Qu'à Dieu ne plaise. Que Notre-Seigneur vous accorde la santé.

Nourhane serra les lèvres et le regarda d'une façon badine, comme un enfant qui demande la permission de jouer :

— C'est-à-dire que vous acceptez de m'autoriser à apparaître voilée sur votre chaîne.

— Dieu me garde d'interdire ce qu'il a décrété.

— Merci, monsieur. Je vous évoquerai dans chacune de mes prières. Vous savez, mes prières sont exaucées.

Hadj Chanouani rit pour la première fois.

— Vraiment, que Dieu vous comble. J'ai vraiment besoin de vos prières.

Un moment plus tard, Nourhane prit congé. Il était sur le point de lui demander de rester, mais il domina son désir et se leva pour lui dire adieu. Nourhane se leva un peu vite, révélant – involontairement – les courbes de ses seins et de ses fesses sous sa robe moulante. Cela fut très rapide, mais cela n'échappa pas à Hadj Chanouani.

Nourhane lui dit d'une voix faible :

— Je ne sais pas comment vous remercier. Je veux m'excuser de ne pas vous serrer la main, je ne serre pas la main aux hommes, sur la recommandation de la plus noble des créatures*.

* Le prophète Mohamed.

Hadj Chanouani lui coupa la parole.

— Sur lui la meilleure prière et la paix. Je suis enchanté, Nourhane. Que Dieu fasse durer ses bienfaits.

Ce fut là leur première rencontre. Nourhane a-t-elle essayé de séduire Hadj Chanouani ? La réponse est un non sans réplique. Nourhane est une femme musulmane mariée qui respecte Dieu et qui veille sur l'honneur de son époux, qu'il soit présent ou absent. Dans ses rencontres avec Chanouani, elle a respecté les limites de la loi sacrée et s'est montrée très décente dans ses propos. Elle ne lui a même pas serré la main, suivant ainsi le point de vue majoritaire de la communauté de l'islam. Il est vrai qu'elle s'est trouvée seule avec lui dans son bureau. C'est ce qui est considéré comme un "isolement avec une personne étrangère", chose qui est interdite par la loi religieuse, mais quand elle était entrée dans le bureau s'y trouvaient également le directeur et son assistant, qu'une affaire urgente a fait sortir. Ce n'est donc pas de son fait qu'elle s'est trouvée seule avec lui. En un mot, Nourhane n'a jamais tenté de séduire Hadj Chanouani. D'ailleurs cela ne serait pas une chose facile car il est entouré de nombreuses femmes, parmi les plus belles d'Égypte, toutes soucieuses de satisfaire celui qui peut prodiguer de nombreux bienfaits. D'autre part Hadj Chanouani est marié à deux femmes : la mère de ses enfants et l'actrice Saloua Hamdane, qu'il a épousée avant de la mettre sur le bon chemin. Elle s'est voilée et elle ne joue plus que dans des drames religieux.

Nourhane signa son contrat, satisfaite du montant élevé du salaire que lui octroyait Hadj Chanouani, en même temps que d'une jolie proportion des bénéfices publicitaires liés à son programme. Le plus important, c'est qu'elle ressentait une profonde paix spirituelle : pour la première fois elle apparaissait voilée devant les caméras. Elle se réjouissait de son nouveau travail et elle déploya de grands efforts pour préparer son programme, mais certaines difficultés apparurent dans ses relations avec son mari, Issam Chaalane. D'un côté, elle n'avait pas le temps ni l'énergie pour le rencontrer comme ils en avaient l'habitude dans le passé. Il lui téléphonait et lui demandait avec insistance d'aller le voir et elle s'excusait souvent, mais elle finissait par céder, de crainte de désobéir à Dieu, car la femme qui se refuse à son mari est, selon la loi divine, maudite par les anges.

Ce jour-là, elle passa chez lui après le travail. Elle était épuisée et pressée, Issam était ivre, comme d'habitude, et il se mit à radoter, répétant que les Égyptiens échouaient dans toutes leurs révolutions. Elle l'avait souvent entendu dire ça et elle n'était pas en état de supporter une longue discussion. Elle l'avait pris par la main et ils étaient entrés dans la chambre où elle lui avait donné son dû selon la loi puis elle était allée dans la salle de bains et, lorsqu'elle en était sortie, elle l'avait trouvé endormi. Elle avait rassemblé ses affaires et était partie. La fois suivante, il était ivre à nouveau. Elle avait rempli son devoir puis, lorsqu'elle était sortie de la salle de bains, elle l'avait trouvé dans le salon en train de boire. Cela l'avait exaspérée et elle lui avait dit avec acrimonie :

— Tu sais que tu bois beaucoup. Bien sûr, tu es libre, mais je voulais te dire que l'alcool fait partie des péchés capitaux et que Notre-Seigneur maudit ceux qui le boivent, ceux qui le versent et ceux qui le transportent.

Issam la regarda d'un air désapprobateur et lui dit :

— Qu'est-ce que tu veux ?

— Je veux que tu craignes Dieu.

— Crains Dieu si tu veux et laisse-moi tranquille.

— Dieu me donne l'ordre de te conseiller. C'est le devoir d'une femme musulmane. L'alcool est interdit, Issam.

— L'alcool, ça ne te regarde pas. Occupe-toi de Chanouani.

Elle se mit à rassembler ses affaires, mais Issam lui dit tout à coup :

— Tu sais que ton patron, Chanouani, est le plus grand des escrocs.

Elle répliqua avec colère :

— S'il te plaît, Issam. C'est un péché de dire du mal de qui que ce soit en son absence.

— Et les terres et les emprunts bancaires sur lesquels il a fait main basse, tout cela est autorisé par la loi religieuse ?

Elle se réfugia dans le silence et se leva, un sac à la main, puis se dirigea vers le miroir auquel elle jeta un dernier coup d'œil. Mais Issam vint derrière elle en criant :

— Ce sont des gens dépravés comme Chanouani qui ont causé la chute de Moubarak.

Elle lui répondit calmement :

— Je m'en vais. Adieu.

Issam s'écria tout à coup :

— Reste un peu avec moi.

— Tu es là en train de boire et sans travail. Moi je travaille toute la journée et j'ai envie de dormir pour me réveiller tôt demain.

Issam avait maintenant l'air tout à fait saoul.

— Alors pourquoi est-ce que tu viens ?

— Pour que Dieu ne soit pas en colère.

— Si tu viens pour Dieu et pas pour moi, il vaut mieux que tu ne reviennes plus.

Elle partit en claquant la porte. Le lendemain, il l'appela pour présenter ses excuses, mais à sa surprise elle lui répondit :

— J'ai oublié ce qui s'est passé. C'est fini. Mais je veux te voir.

Il lui dit de venir quand elle voulait et elle sentit à sa voix qu'il en était heureux. Elle vint au rendez-vous. Il buvait comme à son habitude, mais elle ne fit pas de commentaire.

— Issam, je te remercie de tout ce que tu as fait pour moi.

Il lui répondit en badinant :

— Ce n'est rien.

Elle lui dit alors :

— Entre nous, maintenant, c'est fini.

— Qu'est-ce que tu veux dire ?

— Cela veut dire que nous devons finir dignement, comme nous avons commencé.

Il écarquilla les yeux en la regardant, comme s'il ne réalisait pas. Elle sourit aimablement :

— Issam, tu es un homme magnanime et je n'oublierai jamais ton attitude à mon égard. Mais notre affaire est terminée. Je demande le divorce.

Il alluma une cigarette et encaissa le coup. Il posa sa main sur son épaule, mais elle l'écarta avec une douce résolution.

Il lui dit gentiment :

— S'il te plaît, réfléchis, Nour. Nous ne pouvons pas briser notre vie aussi facilement que ça.

— C'est le destin qui le veut.

— Si je t'ai parlé de cette façon stupide, c'est que j'étais ivre, et je t'ai demandé de m'excuser.

— Écoute, Issam. Grâce à Dieu, je ne fais jamais rien dans ma vie sans être certaine que cela est en accord avec la loi divine. Si une femme musulmane veut divorcer, elle n'a pas à en donner les raisons et il y a plus d'un hadith authentique qui va dans ce sens. Notre-Seigneur, qu'il soit glorifié et exalté, a dit : "Si tu ne parviens pas à garder une bonne entente avec ton épouse, laisse-la partir avec obligeance."

— Bon. Je te conseille de prendre le temps de réfléchir.

— J'ai réfléchi et j'ai décidé.

Il baissa la tête et dit avec colère :

— Écoute, Nour. J'ai compris pourquoi tu demandais le divorce.

— Ce n'est pas la cause qui importe. S'il te plaît, répudie-moi.

Il continua à parler comme s'il ne l'entendait pas :

— Tu tenais à moi quand cela t'était utile. Maintenant je suis un fardeau pour toi.

— À Dieu ne plaise.

— Assez de simagrées. Tu fais la *cheikha*, mais tu es menteuse et profiteuse.

— Que Dieu te pardonne.

Tout à coup il eut un accès de colère et lui dit d'une voix forte :

— Écoute, fille de pute. Je m'appelle Issam Chaalane et personne ne s'est encore moqué de moi. Ne crois pas que tu vas obtenir de moi ce que tu veux et me laisser.

— C'est mon droit selon la loi religieuse de demander le divorce.

— Moi je m'en fiche, de la charia.

— Crains Dieu, Issam.

— Je ne te répudierai pas, Nour. Qu'est-ce que tu dis de ça ?

39

Asma, ma chérie,

L'Égypte s'est réveillée. La révolution a fait ressortir ce qu'il y a de meilleur chez les Égyptiens, de même que la dictature faisait ressortir ce qu'il y avait de pire en eux. Je comprends très bien le soutien apporté à la révolution par le directeur et les enseignants de l'école, mais la véritable épreuve sera pour eux de changer de comportement. Nous avons gagné la première bataille mais la guerre sera encore longue. Nous avons fait tomber le dictateur, mais le régime corrompu est toujours au pouvoir. L'alliance des voleurs capitalistes est toujours en place, intouchée, et elle change de couleur comme le caméléon pour rester au pouvoir. Comme tu l'as remarqué, j'ai été très bref au téléphone. Naturellement nous sommes encore surveillés. Les services de sécurité n'ont pas évolué, même si le siège de leurs administrations a été changé. Ce sont là des réalités confirmées. C'est pour cela que je garde tous les détails importants pour te les écrire, comme nous nous sommes mis d'accord. Après qu'Issam Chaalane est parti dans sa voiture, l'officier de la police militaire m'a emmené au bureau du capitaine. Je lui ai demandé tout en marchant derrière lui :
— Suis-je arrêté ?
Il m'a répondu en riant :
— Qu'à Dieu ne plaise. Le chef voudrait faire votre connaissance.
Nous nous sommes dirigés, derrière l'usine, vers un petit bâtiment appartenant au ministère de l'Approvisionnement que l'armée avait pris comme QG, après le retrait de la police. Il était plus de six heures du matin et le chef – un colonel d'une quarantaine d'années – m'a souhaité la bienvenue. J'ai eu la surprise de

trouver chez lui Fabio, le mandataire italien. Sa présence de si bon matin était étonnante. Il avait amené avec lui un interprète, ce qu'il ne faisait que pour les rencontres importantes. Il y avait là un jeune en costume civil que le colonel présenta comme le capitaine Tamer qui, je crois, appartient à la Sécurité d'État. J'ai serré la main à tout le monde et lorsque le colonel m'a demandé ce que je voulais boire, j'ai choisi un Nescafé. J'étais fatigué et j'avais besoin de me concentrer. J'ai compris que chaque mot que j'allais prononcer dans cette rencontre aurait des conséquences sur ce qui se passait à l'usine. Le colonel a pris l'initiative :

— Bienvenue au leader des ouvriers.

— Je ne suis pas leur leader mais simplement leur représentant. Ils m'ont élu au sein d'une commission de quatre membres.

— Pouvez-vous nous expliquer ce qu'est cette commission de quatre membres ?

— C'est une commission élue par les ouvriers pour diriger l'usine à la place de l'ingénieur Issam Chaalane.

— C'est-à-dire que vous avez décidé de nationaliser l'usine ?

— Ce n'est pas vrai. Le renvoi de l'ingénieur Issam est la principale demande des ouvriers. L'usine ne s'arrêtera pas de produire un seul instant et les bénéfices iront dans leur intégralité aux propriétaires de l'usine après en avoir défalqué ce qui est dû aux travailleurs.

Fabio écoutait son interprète qui traduisait en simultané. En colère, il m'a coupé la parole :

— Ces propos sont inacceptables. Je ne permettrai pas que cela se réalise. Les ouvriers n'ont pas le droit de renvoyer le directeur. C'est de la compétence du conseil d'administration. Ensuite quelles sont ces primes que vous demandez puisque l'usine est déficitaire ?

J'ai regardé le colonel et je lui ai dit :

— Si vous le permettez, mon colonel, j'aimerais parler sans être interrompu.

Le colonel a regardé Fabio et lui a dit :

— S'il vous plaît, laissez-le terminer.

J'ai expliqué au colonel pourquoi la société italienne faisait exprès de réaliser des pertes dans notre usine, tandis qu'elle réalisait des bénéfices avec ses trois autres usines, qu'elle possède en totalité. Le colonel m'a demandé d'éclaircir plusieurs points et je lui ai répondu en détail. Il a pris des notes et j'ai senti qu'il *était en sympathie avec moi, au contraire du capitaine Tamer, qui ne prononçait pas un mot mais me regardait souvent avec mépris et hostilité. Le colonel a donné la parole à Fabio qui a parlé avec colère et arrogance. Il a répété ce qu'il avait déjà dit sur les pouvoirs du conseil d'administration. Le colonel l'a laissé terminer puis m'a demandé mon avis.*

— M. Fabio parle comme si nous n'avions pas fait une révolution et que nous n'avions pas renversé Hosni Moubarak. À partir de maintenant, les ouvriers imposeront leur volonté et l'administration ne pourra plus les opprimer comme elle le faisait avant.

Fabio a réagi :

— Je vous préviens, vous et vos camarades, que ce que vous faites est contre la loi.

Je lui ai répondu :

— La révolution impose ses lois.

— Je vous ferai un procès en Égypte et en Italie.

— Vous ne pourrez pas parce que nous allons diriger l'usine et nous donnerons à votre société ce qui lui revient et au gouvernement égyptien ce qui lui revient, après avoir versé aux ouvriers toutes les primes qui leur sont dues conformément au contrat. Tout ce que nous ferons sera légal. C'est vous qui n'avez pas respecté le contrat et qui avez privé les travailleurs des primes que vous vous étiez engagés à leur donner.

— Nous ne paierons pas de primes pour une usine déficitaire.

— Monsieur Fabio. Je répète ce que j'ai dit. Tout ce que vous ajoutez est inutile. L'usine est sous le contrôle des ouvriers.

À ce moment-là, Fabio a regardé le colonel.

— Comment l'armée égyptienne peut-elle permettre cette anarchie ?

— Vous avez tous droit à la parole. L'armée a la mission de protéger le pays après le retrait de la police.

Je lui ai dit :

— Le retrait de la police est voulu, monsieur. La police a décidé de punir le peuple à cause de sa révolution et de se retirer pour que le pays plonge dans l'anarchie.

Le colonel a semblé embarrassé.

— Ceci est hors sujet, Mazen. Ma mission à moi est de protéger toute la région de Turah. Par conséquent d'empêcher que

des problèmes surviennent où que ce soit et je jouis pour cela des pleins pouvoirs.

Nous nous sommes tous tus et le colonel a poursuivi calmement :

— Écoutez, Mazen, vous engagez-vous devant moi à protéger l'usine, ses installations et sa production ?

Je lui ai répondu :

— Mon colonel, les ouvriers ne permettront aucune déprédation dans l'usine. Ils se sont engagés à ne pas interrompre la production un seul instant. Mes camarades de la commission et moi, nous sommes prêts à rédiger n'importe quel engagement demandé par la direction, qu'il s'agisse de la sécurité de l'usine ou de la garantie de la production.

Le colonel semblait soulagé. Il a regardé Fabio et lui a dit lentement pour rendre plus facile la traduction :

— Monsieur Fabio, écrivez le texte qui vous convient et ils le signeront devant moi.

Fabio a accepté de mauvais gré. J'ai remercié le colonel et je leur ai tous serré la main puis je suis sorti. En retournant à pied à l'usine, j'ai vu le capitaine Tamer monter à côté de Fabio dans son Hummer. Le jour se levait et j'ai vu que les ouvriers de l'équipe de nuit n'étaient pas partis et qu'ils avaient été rejoints par ceux de l'équipe de jour. De nombreux autres étaient venus de chez eux. En raison de notre nombre, nous avons décidé de nous réunir dans le stade. J'ai pris le micro et j'ai informé les ouvriers de ce qui s'était passé. Ils ont poussé des cris et de joie et crié des slogans :

— Vive la révolution !

— Vive la lutte des ouvriers !

— Pain, liberté, justice sociale !

La joie des ouvriers et leurs slogans m'ont beaucoup ému. Imagine-toi, Asma, que j'étais au bord des larmes. Je ne sais pas pourquoi. Peut-être parce que cela me rappelait mon père, qui avait passé de nombreuses années en prison et avait été torturé, banni, pour en arriver à un moment comme celui-ci. Nous vaincrons, Asma. La révolution a réalisé victoire après victoire, mais nous avons encore beaucoup de travail devant nous. Je suis très occupé à l'usine. Excuse-moi si je te téléphone moins souvent. Je t'aime.

Mazen

40

Les couloirs de l'hôpital de Qasr el-Aïni sont longs et sombres. Madani les parcourut d'un pas si rapide qu'à la fin il se mit à courir, autant que le lui permettait son corps âgé et épuisé. Il entra dans la pièce en haletant. Khaled gisait sur le lit, sa blouse blanche tachée de sang. Il avait les yeux clos et les traits détendus, comme s'il s'apprêtait à sourire. Au milieu de son front, il y avait un trou rond qui au premier coup d'œil n'avait pas l'air réel et semblait avoir été dessiné. Les camarades de Khaled se précipitèrent pour accueillir Madani. Certains pleuraient. Pendant un moment ils entourèrent Madani puis ils restèrent silencieux, ne trouvant rien à dire. Madani les ignora et se précipita vers le lit. Son visage avait une expression familière (comme si ce qu'il voyait était une chose embêtante mais ordinaire) puis il dit avec une voix pleine de tendresse :

— Qu'est-ce qu'il y a, Khaled ?

Un des camarades tenta de l'éloigner, mais Madani le repoussa fortement et il éleva à nouveau la voix :

— Tu ne réponds pas, Khaled. Lève-toi et parle-moi, Khaled.

Il y eut un silence puis Madani cria :

— Pourquoi tu ne me réponds pas, Khaled ?

Sa voix résonnait comme une sorte de râle. Il se retourna tout à coup et se dirigea vers la porte, comme s'il avait décidé de partir, mais au bout de quelques pas il s'effondra subitement sur ses genoux et hurla "Khaled, mon fils", puis il se mit à se lamenter tandis que son corps tremblait violemment. Les camarades de Khaled l'entourèrent, le prirent dans leurs bras. Ensuite Madani s'arrêta de pleurer et son visage se figea en une expression qui ne l'abandonnerait plus jamais. Pour lui, ce qui venait d'arriver sortait du cadre de ce qu'il est possible d'exprimer. Il se replia dans un monde intérieur obscur où il se noya complètement. Ensuite Hind arriva. Elle cria, elle se frappa le visage. Ceux qui étaient présents l'entourèrent et les infirmières l'entraînèrent à l'extérieur et retinrent ses mains après qu'elle eut commencé à se griffer le visage avec ses ongles. Les camarades de Khaled se chargèrent entièrement de l'organisation des funérailles : ils demandèrent le rapport du médecin légal, puis l'autorisation d'inhumer, firent venir le fossoyeur et se mirent d'accord avec lui. Madani assista au nettoyage du corps et à sa mise en linceul. Il ne prononçait pas un seul mot, il ne pleurait pas, mais de temps en temps il se penchait pour palper le corps de Khaled. Il passait la main sur sa poitrine, sur ses yeux, sur ses jambes. Il avait l'air abasourdi et ne semblait pas conscient de ce qui se passait. Une fois tous ces rites accomplis, le convoi mortuaire partit de la mosquée Salah Eddine, proche de Qasr el-Aïni. Des milliers de jeunes révolutionnaires étaient présents et leurs slogans retentissaient comme le tonnerre.

— Ô martyr, dors et repose, nous continuons le combat.

— Nous les vengerons, ou nous mourrons comme eux.

Quand le cercueil descendit dans la tombe, Madani le serra fortement dans ses bras puis il fit un pas en arrière et dit à voix haute :

— Adieu Khaled, je te retrouverai bientôt.

Madani arrêta de travailler pendant près d'un mois et lorsqu'il revint, Chaalane avait été renvoyé et c'était la commission des quatre qui dirigeait l'usine. Madani leur demanda d'être transféré au service d'urgence. Il restait assis dans le garage à lire le Coran sans interruption, sans regarder autour de lui, sans parler à personne, complètement plongé dans son monde intérieur, jusqu'au moment où il montait dans la voiture de secours pour accomplir les tâches dont on le chargeait. Les tentatives des collègues de Khaled pour converser avec lui échouèrent toutes. Il leur répondait laconiquement et parfois même regardait son interlocuteur en silence. Les camarades de Khaled l'accompagnèrent au service de l'enregistrement où il fit une procuration à un avocat chargé de conduire la procédure judiciaire contre l'officier assassin. La nuit qui précédait le procès, Madani ne dormit pas. En congé, il se dirigea vers la mosquée de Sayyeda Zeinab où il effectua la prière de l'aube puis il alla au tribunal, qui n'avait pas encore ouvert ses portes. Il s'assit dans un café proche où il but un café et fuma jusqu'à ce que l'avocat arrive avec Hind, Dania et les camarades de Khaled. Ils partirent alors tous assister à l'audience. Madani insista pour s'asseoir près de la cage des accusés et demanda aux amis de Khaled de lui montrer l'assassin de son fils lorsqu'il entrerait. Les officiers accusés d'avoir tué des manifestants entrèrent et le gardien les conduisit dans la cage. Alors Madani s'absorba dans la contemplation de l'officier qui avait tué son fils. C'était un jeune de moins de trente ans, élégamment habillé. Ses yeux étaient cachés par des lunettes de soleil. Il était musclé, un peu chauve sur le devant de la tête. Madani fut subjugué par l'étrange besoin de fixer la main droite de l'assassin. Il ne pouvait pas en détacher le regard. C'était une main potelée aux doigts courts et boudinés. C'était cette main qui avait tué Khaled. C'étaient ces doigts qui en appuyant sur la détente avaient fait partir la balle qui était allée se loger dans la tête de Khaled. L'officier n'aurait-il pas pu arrêter Khaled au lieu de le tuer ? L'officier n'aurait-il pas pu mal viser, sa main trembler, n'aurait-il pas pu se déconcentrer et la balle faire fausse route ? Khaled n'aurait-il pas pu se pencher et la balle l'atteindre à l'épaule ou au bras sans le tuer ? Madani resta plongé dans la contemplation de l'officier jusqu'à ce que l'audience se termine. Les avocats le prévinrent que le procès était ajourné. Madani sortit du tribunal avec Hind et ils serrèrent la main des avocats et des camarades, mais Dania insista pour les accompagner dans sa voiture. Elle dit à Madani d'une voix faible :

— J'ai besoin de parler avec vous de quelque chose d'important.

Madani s'assit à côté du chauffeur, Hind et Dania à l'arrière. Ils n'échangèrent pas un mot pendant le trajet. Madani avait fait la connaissance de Dania en même temps que des camarades de Khaled, après sa mort. Il les aimait tous et, quand il les voyait, une expression de tendresse apparaissait sur son visage pour rapidement disparaître et laisser la place à l'expression figée qui ne l'abandonnait pas. Une seule fois, il s'était dit que la tristesse de Dania était différente. Puis il n'avait pas été plus loin car il avait perdu sa capacité de poursuivre une réflexion sur quelque sujet que ce soit. Les pensées traversaient son esprit comme des flashs jusqu'à ce qu'il se retrouve soudain face à l'imparable réalité : Khaled, son fils, était mort. Plus jamais il ne le verrait. Il ne se réjouirait pas de son diplôme, il n'aurait plus besoin de l'argent qu'il avait économisé pour lui acheter un cabinet. Lorsque le chauffeur de Dania demanda d'un air désagréable à Madani de le guider dans les ruelles de Moassera, ce fut Hind qui lui répondit. Ils finirent par arriver. C'était la première fois que Dania voyait la maison de Khaled. La tendresse qui la submergeait à mesure qu'elle regardait autour d'elle était telle qu'elle fut sur le point de sourire. C'est d'ici que venait Khaled, de ce quartier pauvre où les enfants jouaient pieds nus. De cet escalier aux marches usées, de cet appartement aux murs recouverts de chaux craquelée, il était venu vers elle, débordant de confiance, à Qasr el-Aïni. Comment avait-il pu supporter toute cette pauvreté sans être brisé, sans désespérer, sans détester le monde ? Comment avait-il pu garder, derrière ses lunettes de vue, ce sourire confiant et ce regard compréhensif, alors qu'il venait de toute cette misère ? Dania se souvint de ce qu'il disait de son père. Elle se remémorait sa voix enjouée lorsqu'il disait :

— Dieu m'aime, Dania. Il m'a donné un père pauvre et respectable plutôt que de me faire subir l'épreuve d'un père riche et corrompu.

Complètement plongée dans ses pensées, elle contempla la maison jusqu'à ce que les derniers mots de la prière de midi de Madani la fassent revenir à elle. Il était assis devant elle sur le canapé et il répétait les noms de Dieu en égrenant un long chapelet. Il avait l'air d'attendre qu'elle prenne l'initiative. Elle lui dit d'une voix basse :

— Vous savez que Khaled était très proche de nous tous. À moi, en particulier, il m'était très cher.

Madani esquissa presque un sourire qui s'évanouit aussitôt qu'apparu. Dania lui raconta tout. Étrangement, elle n'était pas intimidée et lui parla longuement. Elle lui dit son affrontement avec sa famille et lui expliqua le sentiment de culpabilité qu'elle éprouvait aussi bien à l'idée de témoigner que de ne pas témoigner.

Madani alluma une cigarette puis lui dit d'un ton déterminé :

— Bien sûr, vous ne devez pas témoigner.

Elle le regarda avec étonnement.

— Khaled n'aurait pas été content que vous nuisiez à votre famille. Nous avons assez de témoins. Tous les avocats l'ont confirmé.

Elle lui dit d'un ton hésitant :

— C'est-à-dire que vous...

— Ne témoigne pas, ma fille. Je suis le père de Khaled et je te dis de ne pas témoigner.

Dania ne revint pas sur ce sujet et elle eut honte au plus profond d'elle-même de se sentir apaisée par la justification que lui donnait Madani. Elle lui dit qu'elle allait partir et, lorsqu'elle lui demanda s'il avait besoin de quelque chose, il la regarda en hésitant un instant, puis il l'attira vers lui et l'étreignit. Elle s'abandonna dans ses bras. Il sentit ses bras autour de son cou, son corps qui tremblait. Elle pleurait. Il l'accompagna à la porte de la maison et Hind jusqu'à sa voiture. Puis Hind rentra à la maison et demanda à son père s'il voulait qu'elle lui prépare le déjeuner, mais il lui dit en entrant dans sa chambre qu'il n'avait pas faim mais qu'il allait dormir un peu. Il se jeta sur le lit et tout à coup plongea dans un sommeil lourd dont le réveilla une légère secousse. Il ouvrit les yeux et il trouva Hind devant lui qui chuchotait doucement :

— Il y a des gens dehors qui te demandent.

— Qui ça ?

— Des gens que je n'ai jamais vus. Ils disent qu'ils veulent te voir au sujet de Khaled.

41

Témoignage de Saïda Ahmed*

J'ai été arrêtée pendant la manifestation du 9 mars. Lorsque je suis arrivée au musée, un officier que je ne connaissais pas m'attendait. Il m'a dit :

— Bonjour, Saïda. Tu es venue ? Et moi je t'attendais.

La première chose qu'ils ont faite a été de m'envoyer des décharges électriques sur le ventre. Ils disaient :

— Nous les avons ramenées d'un bordel.

Ils jetaient de l'eau sur nous et nous envoyaient des décharges électriques. Ils nous insultaient. Imagine-toi, des gens qui te crachent dessus, qui t'insultent, qui te frappent le visage avec leurs chaussures. Ils nous reprochaient le 25 janvier. Ils nous reprochaient d'avoir fait la révolution. Ensuite ils nous ont emmenés dans un endroit qui s'appelait S28. Je me suis dit qu'ils allaient nous interroger et nous ramener. Qu'est-ce qu'ils pouvaient nous faire d'autre ? Eh bien, ils nous ont fait la même chose qu'au musée. Ils nous ont mis dans des autobus, bien sûr avec les mains menottées. Lorsqu'ils sont arrivés avec nous au S28, ils nous ont mis en file et ils nous ont apporté des verres vides qui ressemblaient à des cocktails Molotov. Ils les ont alignés

---

* Les six témoignages présents dans cet ouvrage sont la transcription littérale de déclarations faites à chaud par les victimes et les témoins des événements qu'ils décrivent. Ces personnes vivant toujours en Égypte, il nous a paru utile de changer leurs identités de façon à leur épargner toute pression de la part d'autorités encore plus rétives à la liberté d'expression qu'elles ne l'étaient dans les premières années qui ont suivi la révolution du 25 janvier 2011.

devant nous et nous ont photographiés avec, comme si c'était à nous. Nous les filles nous étions des prostituées et les garçons des voyous. Imagine-toi qu'après ça ils nous ont laissés dans l'autobus jusqu'au matin. Et pendant tout ce temps personne ne nous interrogeait. Ils se contentaient de nous insulter et de nous dire : "C'est vous qui avez foutu le pays en l'air. Qu'est-ce que vous lui voulez, au pays !" Des équipes se sont relayées pour nous faire subir le même traitement toute la nuit. Quatre policiers partaient et quatre autres arrivaient pour nous frapper. Ils nous ont frappés toute la nuit. Dès que nous sommes arrivés, ils nous ont dit que si quelqu'un prononçait un mot, ils l'enterreraient dans le sable. Personne n'avait rien vu et personne n'avait rien entendu. Ils en sont arrivés à un tel point que moi je suis sortie de la prison complètement brisée psychologiquement, dans mon corps et dans ma volonté. Quand nous sommes arrivés à la prison militaire, ils nous ont fait mettre en ligne et ils nous ont dit que celui qui avait quelque chose devait le remettre. Moi, ils m'ont pris mon sac et tout ce que j'avais dedans mais j'avais dans ma poche ma carte d'identité et cinquante livres. J'ai donné tous mes papiers. Ils ont pris le sac. Pas de problème. Tout ceci n'a plus d'importance. Celles qui portaient quelque chose, ils le leur ont enlevé. Les bagues en or, on les leur a données. On leur a donné nos téléphones portables et nos cartes d'identité. Pendant que nous étions en rang, j'ai vu, je vous le jure, une photographie neuve du président destitué Hosni Moubarak accrochée au mur. J'ai demandé à l'officier : "Avec votre permission, que fait ici cette photographie ?"

Il m'a répondu "Toi, qu'est-ce que ça peut te...", suivi bien sûr d'un gros mot. Il a dit : "Nous, nous l'aimons. Vous, vous ne voulez pas qu'il reste votre président. Nous, c'est notre président. Ça vous regarde ?"

L'officier nous a dit : "Allez, nous allons vous examiner pour voir qui a des traces de coups." Je lui ai dit : "Nous avons toutes des traces de coups, monsieur, tellement on nous a frappées." Ils nous ont prises une par une jusqu'à ce qu'arrive mon tour. Je suis entrée dans une pièce comme ça, une pièce dont la fenêtre faisait un mètre et demi sur un mètre et demi. Une grande fenêtre ouverte, et de l'autre côté de la porte, les policiers nous voyaient.

C'était une femme qui allait m'examiner. Je suis rentrée en pensant qu'elle allait m'examiner comme ça, comme on fouille à l'aéroport, qu'ils allaient faire un examen normal. Et voilà qu'elle me dit : "Enlève tes vêtements." J'ai enlevé ma veste, mais elle m'a dit : "Enlève tous tes vêtements." Je lui ai dit : "Je vous en prie, fermez la porte et la fenêtre qu'on soit seules toutes les deux." Elle m'a dit "non" et quelqu'un est venu me frapper jusqu'à ce que je sois obligée de me déshabiller malgré moi. Bien sûr les policiers riaient derrière la fenêtre en se faisant des clins d'œil alors que j'étais toute nue, et celui qui était à la porte me voyait. Il y avait des policiers et des officiers qui allaient et venaient pour me regarder. Sérieusement, ce matin-là j'aurais voulu être morte et je me suis dit : "Il y a des gens qui ont une crise cardiaque. Pourquoi est-ce que je n'ai pas une crise cardiaque pour mourir moi aussi ?" Ah, s'ils s'étaient arrêtés là, malgré tout ce que je t'ai déjà raconté. J'étais assise par terre. Ils nous ont divisées en deux groupes, un groupe dans une cellule, l'autre groupe dans une autre cellule. Ils nous ont humiliées, tu comprends. On avait envie de mourir. On se disait : "Tous ces gens sont morts, pourquoi mon tour n'est pas venu ? Pourquoi est-ce que je ne suis pas morte ?" Un peu après, l'officier est entré avec le sergent Ibrahim, qui était avec nous depuis le début et qui nous avait envoyé des décharges. Ils ont commencé à nous insulter, ils faisaient une compétition pour savoir qui nous insulterait le mieux. L'officier a dit : "Les femmes et les jeunes filles seront mises à part. On va vérifier si vous êtes des prostituées." J'ai attendu. Une fille est sortie, puis une autre, puis une troisième, puis une quatrième, et mon tour est venu. Je ne parlais pas, je ne protestais pas. D'abord, je ne pouvais pas parler ! Elle m'a dit : "Couche-toi et écarte les jambes. Le bey va t'examiner." Ce bey était un docteur, un lieutenant, habillé en kaki. Je me suis mise nue devant eux tous. C'était la fête. Une quantité d'officiers et de policiers contemplaient le spectacle. Après que je lui ai dit de fermer la fenêtre, l'officier m'a à nouveau envoyé des décharges en m'insultant, et je me suis soumise. Je me suis allongée, j'ai écarté les jambes. Le docteur a passé cinq minutes à m'examiner. J'étais allongée nue, les jambes ouvertes et la femme était à côté de ma tête. Imagine-toi que le docteur a commencé à jouer avec son téléphone pendant que j'étais comme ça. Tu vois à quel point on nous a humiliés. Ils veulent briser ta conscience pour que tu ne puisses plus penser à dire "Je veux la justice pour le pays", pour que tu ne penses plus à manifester de nouveau, pour t'empêcher de protester contre n'importe quelle injustice. Après m'avoir examinée, il m'a dit : "Allez ça va, tu vas signer un rapport disant que tu es vierge." Heureusement que je n'étais pas mariée. Si j'avais été mariée, ils m'auraient fait un procès pour prostitution. Ils n'ont pas le droit de faire ça, mais on ne pouvait rien dire. Il fallait faire ce qu'ils ordonnaient, c'est tout. J'ai vu qu'il avait laissé un grand espace entre les mots et qu'il voulait que je signe quelques lignes plus bas. Je lui ai dit : "Je vous demande pardon, mais je vais signer immédiatement sous les mots." J'ai eu l'impression que si j'avais signé plusieurs lignes plus bas il aurait pu se passer autre chose. Ils auraient pu me coller un procès. Après l'examen, ils nous ont mis en deux groupes et chacun a rejoint sa cellule. J'étais sous le choc. Jamais je n'aurais imaginé subir de telles choses. Ça ne me serait pas venu à l'esprit. Je veux te dire ma surprise : il y avait là des gens des forces spéciales qui s'en donnaient à cœur joie. C'est-à-dire que les filles qui sont sorties et qui sont revenues chez elles, si elles se sont tues, c'est parce qu'elles ont vu ce dont ils étaient capables. Moi, personnellement, après les avoir vus faire, je m'attends à n'importe quoi de leur part. Écoute, s'il te plaît, les accusations qu'ils ont trouvées contre moi. Tentative d'agression contre un officier de l'armée en service. La seconde accusation : détention de dix cocktails Molotov. La troisième accusation : détention d'armes blanches. La troisième accusation : non-respect du couvre-feu. Le couvre-feu, à cette époque, commençait à deux heures du matin et j'ai été arrêtée à trois heures et demie de l'après-midi. Obstacle à la circulation, alors que les caméras prouvaient et que tout le monde savait que la circulation continuait dans tous les sens sans problème. C'est sous ces accusations que j'ai été transférée au procureur. Je lui ai dit : "Je vous jure, monsieur, je n'ai jamais rien fait de tout ça." Le procureur, j'étais sûre qu'il me dirait : "Qui t'a mise dans cet état ?" Normalement, c'est lui qui aurait dû prendre ma défense. Le procureur s'est mis à m'insulter et à me rabaisser, et il a fait venir quelqu'un qui m'a passée aux décharges électriques devant lui. Je ne m'attendais pas du tout à ça de leur part. Je ne m'y attendais pas du tout. Je pensais que le procureur allait me rendre mes droits. Mais il était comme eux. Il m'a dit : "Voilà une feuille qui vient du Conseil suprême des forces armées. Elle vous accuse de tout ça." Ensuite, nous sommes descendus chez le juge. Ils ont amené des avocats à eux. De la comédie, vraiment de la comédie. Le juge a commencé à reprendre toutes les accusations et à la fin il a demandé :

— Vous deviez faire partie de la manifestation de la place Tahrir, ça se voit à l'état dans lequel vous êtes.

Je me suis dit : "Bon, puisqu'il a posé cette question je vais parler et lui dire que ce sont les officiers de l'armée qui nous ont fait ça." Alors ils m'ont enlevée, les officiers de l'armée m'ont enlevée de chez le juge. Dans la même audience, il y avait des garçons jetés par terre qui étaient incapables de parler. Le procureur disait "Untel a fait telle ou telle chose", mais ils ne pouvaient pas dire un mot car ils avaient été battus. On les jetait par terre. Il y avait des gens incapables de marcher tellement ils avaient été torturés. On en amenait, on en ramenait, on les jetait par terre où ils restaient exposés pendant l'audience. Moi, personnellement, je dis au peuple égyptien : délivre-moi de leurs mains, délivre-moi d'eux. C'est le peuple égyptien qui me délivrera d'eux. C'est lui qui me rendra mes droits et pas un procès, un juge ou un procureur. Aucun d'eux ne reconnaîtra. Ils ne me rendront pas mes droits. C'est le peuple qui me rendra mes droits.

Témoignage de Nachoua Abdelaziz

Un sergent m'a demandé : "Toi, tu es enceinte ?"

Je lui ai répondu : "Non, je suis encore une jeune fille." Il m'a dit : "De toute façon, on va vérifier ça."

La première chose que nous avons vue lorsque nous sommes entrées dans la prison militaire de Huckstep, c'est une photographie de Moubarak accrochée comme si de rien n'était. Nous sommes entrées pour l'examen. Il y avait deux chambres ouvertes l'une sur l'autre. Une chambre où on attendait son tour en tremblant. Une autre chambre où il y avait une geôlière qui s'appelait Azza, revêtue d'une tunique noire. Il y avait une porte qui n'était pas fermée mais entrebâillée. Ça, qu'est-ce que ça veut dire ? Ça veut dire que tu te déshabilles complètement, sans aucun vêtement. Imagine-toi enlever tous tes vêtements et on regarde tous les recoins de ton corps, et on te demande si tu as des blessures et d'où elles viennent. Tu te lèves, tu bouges et la fenêtre est ouverte et les portes sont ouvertes et les policiers vont et viennent te regarder. Tu imagines ce que j'ai pu endurer. Je peux te dire que c'est une sensation épouvantable dont jusqu'à maintenant je ne parviens pas à me débarrasser. J'en souffre vraiment jusqu'à aujourd'hui.

Le commissaire est venu me parler. À ce moment-là, il y avait à l'intérieur des filles nues qui se faisaient examiner. Il m'a dit : "Qu'est-ce qu'il y a ?" Je lui ai dit : "Monsieur, il y a des endroits chez une femme, que, dans l'islam, la décence ne permet pas de montrer. Comment voulez-vous que je fasse ça ?" Il m'a dit que, si je ne laissais pas Mme Azza m'examiner, il ferait venir un policier pour le faire.

Je suis entrée par force, pour que ce soit elle qui m'examine et pas un autre. Qu'est-ce je serais devenue si c'était un policier qui m'avait examinée ? Azza nous a examinées en détail. Elle nous a même détaché les cheveux, elle a pris les épingles qui retenaient nos voiles. À un moment, elle a appelé le policier alors que j'étais nue. Tu m'imagines, moi toute nue à l'intérieur, et elle qui appelle le policier et qui demande au policier, alors qu'on était nues : "Je lui enlève son serre-tête ou non ?" C'est une femme vraiment dépourvue de compassion. Sérieusement, ce n'est pas le comportement d'un être humain, de faire entrer un policier alors que je suis toute nue pour lui demander une chose comme ça ! Même s'il était resté dehors, je n'aurais pas été tranquille. Non ! Elle l'a fait entrer alors que nous étions toutes nues. Je ne peux pas te dire ce que j'ai ressenti. J'ai beau parler et raconter, je ne peux pas décrire ce sentiment sinon avec indignation et une grande colère. Vraiment je ne sais pas s'ils nous traitaient comme des êtres humains ou comme des animaux. Ensuite un docteur est venu. Il avait un carnet sur lequel il inscrivait le nom de chacune d'entre nous et si c'était une demoiselle ou une dame. Ensuite un policier, le fameux Ibrahim, est entré et a déclaré "Celle qui dira qu'elle est une jeune fille alors qu'elle ne l'est plus, je la passerai à l'électricité, je la frapperai", et il a ajouté quelque chose qui signifiait qu'il pratiquerait l'acte sexuel avec elle, mais avec des mots qu'il n'est pas nécessaire que je mentionne. Nous lui avons demandé : "Pourquoi dis-tu cela ?" Il a dit : "Parce qu'on va vous examiner." Nous avons protesté, comment pouvait-il nous dire cela ! Il a répondu : "Ce sont des ordres." Peu de temps après, un policier est venu nous chercher. Nous sommes entrées dans la deuxième pièce, où il y avait treize filles. Nous étions ensemble. Il nous a dit : "Les filles vont d'un côté, les femmes de l'autre." Nous étions sept filles côte à côte, quant aux dames, elles sont restées. Nous avons refusé l'examen, mais il a eu lieu malgré nous et de la façon la plus humiliante, et je peux te dire que si tu ne te laissais pas examiner, ils te frappaient et ils te passaient au courant électrique puis ils t'examinaient. Je suis sortie. Ils avaient apporté un lit dans le passage entre les deux chambres. Je passais en cinquième position. Il y avait là le policier Ibrahim, le docteur et Azza, la geôlière. J'étais complètement paniquée par ce qui allait se passer. Pourquoi est-ce qu'ils faisaient ça ?! Bien sûr, la porte était ouverte, c'est-à-dire que tu étais exposée. N'importe qui pouvait entrer pendant que tu étais dans cet état. J'ai commencé à me déshabiller puis je suis montée sur le lit et le docteur m'a examinée et, après avoir vérifié que j'étais une jeune fille, il a écrit sur un rapport que j'étais vierge, que l'hymen était là et qu'il l'avait touché. Mettez-vous à notre place ou imaginez vos enfants à notre place. Imaginez quelle serait votre réaction. Imagine-toi, toi-même, imagine ta sœur. La bonne mère qui est à la maison et qui dit "Pourquoi est-ce que vous êtes descendus sur la place Tahrir ?", imagine que c'est sa fille qui est dans cette situation. Comment est-ce qu'elle réagirait ?

Témoignage de Loubna Assad

Je m'appelle Loubna Assad. J'étais parmi les occupants de la place Tahrir. Le mercredi, il y a eu des tirs. Je suis allée voir ce qui se passait, défendre mes camarades et essayer de les faire revenir parce que j'étais inquiète pour eux. Tout à coup il y a eu des coups de feu et des gens qui tiraient sur n'importe qui. L'armée tirait à balles réelles. Franchement je ne sais pas où j'ai trouvé ce courage. Je me suis mise en face d'eux et je leur ai dit : "Ou bien vous tirez sur moi ou vous me rendez mes amis."

Bien sûr personne n'a fait attention à moi. Après que le feu s'est calmé, je suis revenue et lorsque je suis arrivée devant le musée, ils m'ont arrêtée. Un des policiers en civil m'a dit : "L'armée te veut." Il n'était pas tout seul, ils étaient une quinzaine à m'entourer. Un m'a pris le bras, comme ça, comme s'il arrêtait une voleuse. Me voilà en train de marcher au milieu de ces hommes qui me tirent dans tous les sens, jusqu'au général. Ce général, je ne sais pas quoi dire de lui, que Dieu vienne à son secours. Je ne sais pas quoi dire. Dès qu'il m'a vue, il m'a dit : "Calme-toi, calme-toi." Je l'ai pris pour un homme bon. Et voilà qu'il s'est mis à me gifler.

"C'est vous, ces putes qui avez envahi la ville et qui avez fait venir des gens en faisant semblant de ne pas avoir peur, alors qu'en fait vous êtes des lâches. Maintenant te voilà comme une poule entre nos mains."

Je lui ai dit : "Monsieur, pourquoi est-ce que j'ai été arrêtée, de quoi est-ce qu'on m'accuse ?" Enfin, on nous a arrêtés. Bien sûr ils m'ont passé l'électricité sur les jambes, comme ça. Les filles, d'ailleurs, ils leur passaient l'électricité sur les seins, sur les jambes et tout ça de la façon la plus vulgaire, la plus grossière, avec des mots insupportables à entendre. Moi je me suis effondrée nerveusement à ce moment-là. Ensuite, un de nos camarades, dès qu'il m'a vue, est allé dire aux officiers : "C'est ma fiancée." Ils se sont mis à le frapper. Il avait déjà eu un bras cassé et ils lui ont cassé l'autre, ils l'ont passé à l'électricité et ensuite ils l'ont pris et ils l'ont envoyé chez les hommes. Nous, quand nous sommes allées à la prison militaire avec les filles, nous sommes entrées dans une chambre où il y avait deux portes et une fenêtre. Les deux portes grandes ouvertes. Nous avons essayé de convaincre la femme qui était là de fermer les deux portes et la fenêtre. Elle n'a pas voulu et les filles ont dû enlever tous leurs vêtements pour être examinées. Il y avait des caméras à l'extérieur qui nous filmaient pour monter des dossiers de prostitution. Et nous, on enlevait nos vêtements, et la fille qui disait qu'elle était une jeune fille, elle était examinée par quelqu'un dont on ne savait pas s'il était vraiment docteur ou si c'était un policier, ou n'importe qui.

42

Achraf Ouissa se remémore avec étonnement ce qui s'est passé au cours de cette journée. Il était dans l'appartement du rez-de-chaussée avec Akram ainsi que deux jeunes hommes et trois jeunes filles. Ils étaient complètement encerclés. Il y avait à l'extérieur plus de vingt *beltagui* armés de couteaux et de fusils à plomb qui attaquaient l'appartement après y avoir jeté des pierres et cassé les vitres. Comment avait-il pu garder son calme dans ces instants de grande tension ? Sa première préoccupation fut de mettre à l'abri Akram et les filles qu'ils firent entrer dans une pièce intérieure. Pendant ce temps un des deux jeunes appela ses amis au téléphone et ceux-ci arrivèrent rapidement de la place pour se lancer dans une bataille acharnée contre les voyous. Quelques jeunes furent blessés et transportés à l'hôpital de campagne. Devant la fureur de la résistance, les voyous durent s'enfuir, sauf trois d'entre eux qui furent capturés. On leur prit leurs armes et on les filma en train d'avouer avoir reçu de l'argent des hommes de la Sécurité pour attaquer les révolutionnaires et les chasser de la place Tahrir. Ils reconnurent également que les officiers de la Sécurité d'État leur avaient donné des informations détaillées et un plan pour attaquer certains endroits précis, parmi lesquels l'appartement d'Achraf Ouissa où se tenaient les réunions de la révolution. Pendant les aveux des voyous, Achraf intervint pour que les jeunes ne les agressent pas. Un des jeunes n'était pas d'accord :

— Monsieur Achraf, laissez-nous leur donner une leçon. Ces gens étaient venus pour nous tuer.

Mais Achraf répliqua :

— Maintenant que tu l'as arrêté, il est sous ta protection. Si tu lui fais du mal, tu manques à ton honneur.

Achraf sourit avec amertume lorsqu'il se souvient qu'ils ont livré les *beltagui* et les vidéos de leurs aveux à un lieutenant-colonel de la police militaire (qui les relâcherait ensuite). Ils croyaient encore à l'époque que l'armée les soutenait mais rapidement ses véritables intentions étaient apparues. Comment Achraf avait-il pu traverser toutes ces batailles ? D'où lui était venu ce courage ? Fils unique, il n'avait même pas fait le service militaire ! Il se trouvait maintenant dans un monde si surprenant qu'il imaginait parfois que c'était un rêve ou bien que la vie qu'il avait connue avant était terminée et qu'il commençait maintenant une vie nouvelle. Comment pouvait-il affronter tous ces conflits, affronter la mort sans avoir peur, lui qui n'avait jamais participé à une seule bagarre de toute sa vie ? Au lycée français, il était un élève exemplaire et ne se souvient pas d'avoir créé un seul problème ni participé au moindre chahut. En tant que copte, sa position était toujours fragile. Il avait appris à respecter les règles et à avoir recours aux bonnes manières pour vaincre par la gentillesse l'hostilité des autres. Il avait appris à préférer la tranquillité à la justice dans une société qui distingue les gens en fonction de la religion. Comme il appartenait à une famille aristocratique, c'était un élève poli, toujours bien habillé avec un costume bien repassé et des souliers bien cirés. Après le lycée, il avait rejoint l'université américaine et vécu au sein d'une société riche et fermée qui ne se préoccupait pas beaucoup de ce qui se passait en Égypte. Cet isolement avait marqué sa vie et son échec, en tant qu'acteur et en tant qu'époux, avait fait naître dans son esprit un sentiment de découragement et d'amertume qui l'avait amené à fuir dans le haschich. Il avait à présent l'impression d'avoir brisé la coquille dans laquelle il avait été enfermé toute sa vie. Il commençait véritablement à vivre. Il sentait qu'il avait commencé à penser, à bouger, à marcher d'une façon différente. Même le ton de sa voix était plus chaud et plus confiant. Sa vie maintenant était pleine de missions à accomplir : la fourniture de la nourriture et des médicaments, les réunions de la commission de coordination, au rez-de-chaussée. Il n'oublierait jamais le moment qu'il avait vécu sur la place à l'annonce de la chute de Moubarak. Il n'avait pas imaginé vivre assez longtemps pour voir un million de personnes crier, hurler, pleurer de joie. Il avait serré Akram dans ses bras et éclaté en sanglots. Il avait crié :

— C'est la première justice rendue aux martyrs, Akram !

Il avait répété cette phrase à voix haute mais personne ne l'avait entendu parce que des centaines de milliers de voix criaient :

— Lève la tête ! Tu es égyptien !

Cette nuit-là, à force d'insister, il avait réussi à faire boire un verre de bière à Akram pour fêter la victoire de la révolution. Elle avait dansé pour lui et ils avaient passé une nuit qu'il n'oublierait pas.

Mais l'abdication de Moubarak fut suivie d'autres événements. Achraf ainsi que d'autres révolutionnaires pensaient qu'ils devaient rester sur la place Tahrir et élire une commission pour veiller au respect de toutes les revendications de la révolution. Mais l'opinion majoritaire était que les gens devaient se retirer et laisser le pouvoir au Conseil suprême des forces armées. Achraf Ouissa et ceux qui pensaient comme lui obtinrent tout de même que la commission se réunirait une fois par semaine au moins en plus des réunions exceptionnelles convoquées par son président le docteur Abdel Samad ou par trois de ses membres. Le lendemain de l'abdication de Moubarak, il reçut un appel de Magda qui lui dit d'un ton ironique :

— Je me suis dit qu'il fallait te féliciter pour le renvoi du président.

Achraf lui répondit :

— Que Dieu te bénisse.

— Je pense que maintenant les choses vont reprendre leur cours normal.

— Moi, Magda, je vis normalement.

— Je veux dire que tu vas abandonner la révolution et toutes ces histoires.

— Oui, lorsque la révolution aura atteint ses objectifs.

— Qu'est-ce que vous voulez de plus ?

— Le but n'était pas seulement la chute de Moubarak. Il faut que le régime change.

— Alors, tu ne veux pas que je rentre à la maison ?

— Si tu veux venir, tu es toujours la bienvenue.

— Je ne peux pas revenir avant que la maison ne redevienne comme elle était.

— Elle ne redeviendra jamais comme elle était.

— Pourquoi ?

— Parce que la révolution a tout changé.

Magda resta, un instant, silencieuse puis elle cria avec colère :

— Achraf, tu débloques complètement ! Au revoir !

Elle interrompit la communication, mais elle poursuivit ses pressions par d'autres moyens. Quelques jours plus tard, Boutros et Sara l'appelèrent. Ils avaient déjà appelé dans les premiers jours de la révolution et il les avait informés de sa participation aux manifestations. Il sentit alors qu'ils ne parvenaient pas à complètement réaliser et il les avait rassurés sans entrer dans les détails. Cette fois-ci, derrière les mots affectueux, il perçut une sorte de contrariété. Il savait que leur mère était derrière cet appel. Elle parvenait toujours à leur faire faire tout ce qu'elle voulait. Il échangea avec eux quelques propos affectueux puis il dit d'un ton sérieux :

— Tranquillisez-vous à mon sujet. Je vais très bien. Je suis obligé de raccrocher parce que je dois aller à une réunion de la commission de coordination.

Cette communication le rendit triste. Pourquoi ne parvenait-il jamais à convaincre Boutros et Sara ? Pourquoi leur mère parvenait-elle à semer dans leur esprit toutes les idées qu'elle voulait ? Était-ce parce qu'elle était un exemple de réussite et lui d'échec ? Cette idée le faisait souffrir. Souvent il essayait de leur trouver des excuses, parce que c'était leur mère, mais au fond il se disait : même si l'influence de leur mère sur eux est dominante, ne pourrait-on pas s'attendre à ce qu'ils aient leur propre opinion, maintenant qu'ils sont deux jeunes adultes ?

Une semaine plus tard, Marina, la cousine de Magda, vint à l'improviste avec une grande valise vide. Magda l'avait envoyée chercher ses vêtements. Bien sûr, Marina s'attendait à assister à une scène dramatique en accord avec les tristes circonstances (le départ de sa femme qui envoyait maintenant quelqu'un chercher ses affaires). Marina fut surprise de voir qu'il prenait cela avec tranquillité et qu'il lui parlait affectueusement comme s'il s'agissait d'une simple visite amicale. Pendant qu'elle ramassait ses vêtements, Magda resta en contact avec elle par téléphone. Achraf se rendit compte qu'elle ne prenait pas tout. Il savait que Magda continuerait à tenter de faire pression sur lui et il observait avec calme ses agissements. Pourquoi Magda n'avait-elle absolument pas abordé la question d'Akram ? Elle se disputait avec lui sur la révolution et ne disait pas un seul mot au sujet d'Akram. Ils vivaient tous les deux seuls dans l'appartement. Cela ne suffisait-il pas à provoquer la jalousie de sa femme ? Il la connaissait. Elle faisait semblant d'ignorer la question d'Akram parce qu'elle se considérait trop haut placée pour entrer en concurrence avec une servante. Elle craignait également, si elle abordait ce sujet, d'être gênée par ce qui se dirait au sein de sa famille. Enfin, elle ne l'aimait pas assez pour être jalouse. Peut-être même ne l'aimait-elle pas du tout. Lui non plus ne l'aimait pas et ne lui accordait plus aucun intérêt, sans doute parce qu'elle appartenait à un passé qui se trouvait derrière lui et qu'il avait décidé de ne pas regarder en arrière. Maintenant il faisait ce qu'il voulait et, peut-être pour la première fois, il avait le sentiment que sa vie était utile. Il avait maintenant un repère auquel se référer. Toutes les fois qu'il se sentait fatigué ou en proie aux doutes sur l'utilité de ce qu'il faisait, il se remémorait le jeune qui était tombé sous ses yeux, le vendredi de la colère. Il revoyait le corps gisant sur les épaules de ses camarades, avec ses vêtements modestes, son jeans, ses chaussures de sport et son vieux pull-over noir. Il se rappelait son regard figé, comme s'il voyait dans la mort quelque chose que nous ne pouvons pas voir dans la vie.

Lorsque commencèrent les attaques de l'armée contre les manifestants et que l'on fit aux filles l'outrage du test de virginité, Achraf dit au cours d'une réunion :

— Depuis le début, je pense que tous ces généraux sont des enfants de Moubarak et que nous ne devons pas leur faire confiance. Je propose que soit formée une commission pour déposer une plainte contre l'armée.

Quelques-uns des membres mirent en doute l'utilité de cette idée :

— La plainte sera déposée devant le tribunal militaire. Pensez-vous qu'il va condamner l'armée ?

Alors intervint Karim, un avocat, assurant que l'on pouvait également déposer une plainte devant la justice administrative. Achraf attendit qu'ils aient terminé. Puis il ajouta :

— L'objectif de ces tests de virginité est de briser la volonté des filles en les humiliant. Malheureusement, de telles coutumes sont celles d'une société sous-développée. Le but d'un procès n'est pas de gagner devant la justice militaire mais de faire la lumière sur ces tests de virginité. C'est d'encourager les filles à parler en les déculpabilisant. Si nous atteignons un de ces deux objectifs, nous aurons gagné.

Il y eut un vote sur cette proposition qui l'emporta à une grande majorité. Seigneur Jésus ! Qui était celui qui proposait de dénoncer les crimes du Conseil suprême des forces armées ? Achraf Ouissa ? Le fumeur de haschich ? L'acteur spécialisé dans les seconds rôles, retiré du monde depuis des années ? Tout ce qu'il faisait maintenant, il n'aurait pas pu le faire, il n'aurait même pas pu imaginer le faire dans sa vie antérieure. Pourquoi avait-il à ce point changé et qu'est-ce qui en avait fait un homme nouveau ? La réponse tenait en un seul mot : la révolution.

Il insista auprès d'Akram pour qu'elle prenne mille livres et les porte à Mansour, son mari. Elle lui dit qu'elle allait emmener Chahd habiter avec elle chez Achraf Bey parce que la situation n'était pas sûre et qu'elle s'inquiétait pour sa fille. Elle dit à Mansour qu'elle lui donnerait la même somme tous les mois. Elle raconta à Achraf que Mansour avait rapidement pris l'argent, et l'avait regardée avec le même air hagard que d'habitude et lui avait dit :

— Que Dieu te comble. Attention, ne m'oublie pas. L'affaire est toujours en suspens.

Akram se souvient du jour où Chahd l'avait accompagnée chez Achraf. Elle lui avait donné un bain chaud, elle lui avait fait deux nattes, elle lui avait mis des chaussures bien cirées et des chaussettes blanches qui lui montaient jusqu'aux genoux et elle avait emporté une valise contenant ses quelques vêtements et son linge.

Lorsqu'elle ouvrit la porte de l'appartement, elle y trouva une surprise qu'elle n'oublierait pas. Achraf avait accroché des ballons colorés et lui avait acheté du chocolat, des glaces et une grande et belle poupée en plastique. Dès qu'il vit Chahd, il la prit dans ses bras et l'embrassa. Le plus étonnant, c'est que la petite fille, qui n'avait que quatre ans, s'était gentiment accrochée à son cou alors qu'elle ne l'avait jamais vu auparavant. Les voir tous les deux était si émouvant que Akram eut du mal à se maîtriser. C'était un rêve. Sa vie familiale s'épanouissait maintenant dans cette maison où elle était entrée comme servante. Cette nuit, lorsqu'ils firent l'amour, elle lui donna son corps avec générosité, avec allégresse et gratitude et, alors qu'ils s'étreignaient nus dans l'obscurité, elle lui chuchota :

— Tu sais que j'ai peur aujourd'hui.

— Pourquoi ?

— C'est vrai que je n'ai pas eu de chance dans ma vie, mais est-il possible que Dieu me fasse justice de cette façon ? C'est beaucoup, ce que tu fais pour moi, Achraf Bey. J'ai peur que Dieu me reprenne tout ce bonheur et que je redevienne misérable. Si cela doit arriver, je préfère mourir.

Il faillit dire quelque chose, mais il la serra fortement dans ses bras et l'embrassa sans avoir besoin de paroles pour l'assurer de toute la chaleur de son corps qu'il resterait toujours avec elle. Ils dormaient tous les soirs dans les bras l'un de l'autre. Elle se réveillait tous les jours à sept heures et elle se glissait doucement hors du lit. Elle allait réveiller Chahd, lui faisait prendre son petit-déjeuner puis l'accompagnait dans une crèche voisine. Ensuite elle revenait à la maison nettoyer le local du rez-de-chaussée puis l'appartement. À la demande d'Achraf, elle avait acheté deux paires de gants pour empêcher ses mains de gercer. Ensuite elle prenait un bain, s'habillait puis le réveillait. Elle le regardait dormir puis elle touchait son front et ses lèvres. Elle l'embrassait doucement et il ouvrait les yeux en souriant. Pendant qu'il se lavait, elle préparait le petit-déjeuner. Après le café et une première cigarette de haschich, il descendait avec elle au local où ils s'occupaient tout au long de la journée des affaires de la place Tahrir. En milieu de journée, elle se retirait pour aller chercher Chahd à la crèche et la ramenait à la maison. Le soir quand il rentrait, il la trouvait qui l'attendait tandis que Chahd dormait dans sa chambre. Ils dînaient et regardaient parfois la télévision. Elle éprouvait du plaisir à se faire belle pour lui. Elle soulignait ses yeux de khôl, elle enduisait ses pieds et ses mains de crème, car il aimait leur douceur. Ils dormaient ensemble comme deux époux. Maintenant il faisait l'amour avec elle d'une façon différente. Au lieu de la tension du prédateur coupable, c'était la confiance d'un homme et d'une femme qui dorment ensemble sans gêne, sans crainte, paisiblement et goûtent la jouissance avec lenteur et assiduité.

Un jour, Akram était allée chercher Chahd à la crèche et Achraf était seul au rez-de-chaussée. Il entendit frapper à la porte. C'étaient deux résidents de son immeuble : un copte âgé qui s'appelait Nessim et vivait seul au dernier étage depuis le décès de son épouse et le départ en Amérique de ses enfants, accompagné d'un musulman d'une cinquantaine d'années employé du Bureau des expositions, qui s'appelait Ahmed Dandraoui. Il leur souhaita la bienvenue et les invita à entrer. Ils échangèrent les salutations d'usage. Ensuite les hommes regardèrent les affiches de la révolution qui couvraient les murs, les lits, les bouteilles d'oxygène et les équipements médicaux. Dandraoui lui dit, du ton de quelqu'un qui avait depuis longtemps préparé son discours :

— Achraf Bey, cela fait des années que nous nous connaissons et nous vous aimons et vous respectons tous beaucoup.

Achraf sourit.

— Merci beaucoup. Je suis moi-même très honoré par votre présence.

Nessim ajouta avec un sourire mielleux :

— Achraf Bey Ouissa, vous êtes le fils d'une grande famille à la moralité et aux bonnes manières exemplaires.

Il y eut quelques instants de silence et il regarda Ahmed Dandraoui comme pour l'encourager à poursuivre.

— Vous savez, monsieur, que nous avons quitté l'immeuble à cause des manifestations, des gaz lacrymogènes, des coups de feu et de tous les problèmes. Nous sommes allés dans nos familles et certains sont descendus dans des hôtels. Tout cela fut épuisant. Maintenant nous voulons nous reposer.

Nessim lui vint en renfort :

— Les gens ont le droit de se reposer chez eux.

Achraf hocha la tête en signe de compréhension. Il commençait à deviner le but de cette visite. Dandraoui reprit la parole :

— C'est bien sûr votre droit, monsieur, d'être contre le président Moubarak, même si beaucoup de gens pensent qu'il ne méritait pas ce que nous lui avons fait.

Nessim intervint alors :

— N'est-ce pas vrai, Achraf Bey ? Le président Moubarak vous a-t-il fait quelque chose de mal ?

Achraf répondit avec véhémence :

— Moubarak a fait du mal au pays tout entier et jusqu'à maintenant on ne lui a pas demandé de comptes. Il doit être jugé pour les crimes qu'il a commis contre le peuple égyptien.

Dandraoui se força à sourire :

— Le président Moubarak a commis des crimes ?

Achraf fit un effort pour se contrôler et répondit avec indignation :

— Vous voulez que je dresse la liste des crimes de Moubarak ?

— Quoi qu'il ait fait, dit Nessim, nous devons le remercier d'avoir préservé notre pays de la guerre.

Achraf sentit tout à coup que cette conversation était inutile et il dit d'une voix forte :

— Écoutez, vous n'êtes pas venus pour me parler de Moubarak. Est-ce qu'il y a quelque chose que je peux faire pour vous ?

Dandraoui eut un sourire nerveux puis il regarda son collègue comme pour s'assurer de sa solidarité et répondit :

— Vous avez mis le rez-de-chaussée à disposition des jeunes de Tahrir et, bien sûr, cela nous expose tous au danger. À n'importe quel moment il peut y avoir des combats à l'intérieur de l'immeuble. On peut y lancer du gaz ou y tirer des coups de feu. Moi, mon fils habite avec moi et il a des enfants. Je pense qu'il n'est pas possible, monsieur, que vous vouliez qu'on nous fasse du mal.

Nessim ajouta avec émotion :

— Moi, Achraf Bey, ma situation est vraiment difficile, vous le savez. Je suis vieux et malade et je vis seul, c'est-à-dire que j'attends l'ange de la mort à n'importe quel instant.

Dandraoui l'interrompit :

— Que Dieu vous accorde la santé, oncle Nessim.

Achraf ressentit tout à coup de l'aversion pour ces deux hommes et il resta silencieux. Mais Dandraoui continua d'une voix faible à tenter de lui faire prendre conscience du danger de la situation :

— D'ailleurs, ce ne sont pas seulement les voisins qui subissent un préjudice. Les commerçants sont très affectés et ils voulaient vous rencontrer, mais quand ils ont su que nous allions vous parler, monsieur, ils nous ont encouragés.

— Quels sont les propriétaires de magasins qui subissent un préjudice ?

— Tous, Achraf Bey. Le boulanger, le vendeur de téléphones mobiles, même les marchands de journaux n'arrivent plus à travailler. Le gagne-pain de tous ces gens a disparu et bien sûr la présence des jeunes de Tahrir dans l'immeuble les expose, et nous expose, au danger. Franchement les commerçants voulaient interdire aux jeunes d'entrer dans l'immeuble, mais nous, grâce à Dieu, nous avons réussi à les convaincre de se comporter raisonnablement.

Achraf leur répondit avec colère :

— Ce n'était pas la peine. Celui qui veut interdire aux jeunes n'a qu'à essayer. Il verra ce qui arrivera.

Il y eut à nouveau un silence puis Achraf poursuivit en tentant de maîtriser ses nerfs :

— Voyez, messieurs, vous êtes mes voisins et mes frères depuis longtemps, mais en toute franchise, c'est moi le propriétaire de l'immeuble et j'ai le droit de faire ce que je veux.

— À condition que cela ne porte pas préjudice aux habitants, remarqua Dandraoui tandis que Nessim restait silencieux.

Achraf répliqua :

— C'est-à-dire que vous êtes préoccupés par les préjudices que subissent les résidents de l'immeuble, mais pas par ceux que subit le pays tout entier. J'ai une question, monsieur Dandraoui. Les jeunes qui ont été tués par balle sur la place, est-ce qu'ils n'avaient pas une famille qui s'inquiétait pour eux comme vous le faites pour vos enfants ?

— Ceux qui se font tuer sur la place Tahrir, que Dieu les ait en sa sainte garde, personne ne leur a demandé de manifester.

— Les jeunes manifestent pour défendre mes droits et les vôtres.

— Je n'ai demandé à personne de manifester.

— Vous êtes libre de votre opinion mais, malheureusement, je ne peux pas donner satisfaction à votre demande.

— C'est-à-dire ?

— C'est-à-dire que ce local appartient aux jeunes de la révolution et personne ne peut les en priver.

— Monsieur, dans ce cas vous portez la responsabilité de n'importe quel préjudice porté aux habitants, répondit Dandraoui, de mauvaise humeur.

Achraf se leva pour mettre fin à la rencontre.

— Merci de votre visite.

Dandraoui lui demanda :

— Que disons-nous aux commerçants ?

Achraf lui répondit d'une façon tranchante :

— Dites-leur ce que je vous ai dit.

Les visiteurs se levèrent, furieux, et se dirigèrent vers la porte. Tout à coup Dandraoui dit d'une voix forte :

— À propos, saluez de notre part Mme Akram.

Il y avait dans son ton un sous-entendu cynique et Achraf lui répondit avec mépris tout en tenant ouverte la porte de l'appartement pour les presser de sortir :

— Bien sûr. Vos salutations à Mme Akram seront transmises. Elle accompagne sa fille à la crèche et, ensuite, elle va préparer à manger pour les jeunes de la place.

Cette visite perturba Achraf pendant toute la journée et, le soir, quand il alla au lit avec Akram, il lui raconta ce qui s'était passé. Elle écouta puis lui demanda :

— Que comptes-tu faire ?

— Rien. Je suis le propriétaire de l'immeuble. Ils ont beau faire, ils ne peuvent rien contre moi.

— Tu crois qu'ils sont seuls ?

— Non, bien sûr. Magda est avec eux et ils lui ont tout raconté.

— J'ai peur, chuchota-t-elle faiblement.

— Akram, s'il te plaît. Je t'ai dit de ne pas avoir peur. Je suis avec la révolution et je vis ouvertement avec toi. Celui qui n'est pas content, qu'il aille se faire voir.

Elle frémit dans le lit et se colla à lui pour sentir sa chaleur, puis elle l'étreignit dans l'obscurité.

— C'est fini. Ne te fâche pas. Je n'aurai plus peur.

Le lendemain, leur vie reprit comme à l'accoutumée. Akram le réveilla, il prit un bain, s'habilla, prit son petit-déjeuner puis, alors qu'il était dans son bureau, fumant sa première cigarette en buvant un café, Akram entra. Elle semblait embarrassée :

— Qu'y a-t-il, Akram ?

Elle lui répondit d'une voix faible :

— Il y a un prêtre qui veut te parler.

43

Mazen,

Cela fait plus d'une semaine que je ne t'ai pas vu, mais tu ne m'as pas quittée. Au début, lorsque j'ai appris le crime abominable perpétré par l'armée contre les filles, je n'ai pas pu y croire. Mais c'était malheureusement vrai. Imagine-toi que dix-sept filles ont été complètement déshabillées devant des policiers et des officiers et qu'on les a obligées à écarter les cuisses pour qu'un officier les examine pendant que les policiers regardaient leurs corps nus en échangeant des commentaires et des plaisanteries. Toutes ces humiliations pour punir ces filles d'avoir réclamé la justice et la liberté pour les Égyptiens. J'ai beaucoup pleuré, Mazen, en m'imaginant à la place de n'importe laquelle de ces filles. Je me suis alors souvenue de tes paroles. Je me suis souvenue de l'engagement que nous avons pris auprès des martyrs de poursuivre la révolution. Je me suis souvenue que l'ancien régime ne se soumettrait pas facilement et qu'il était prêt à perpétrer des crimes abominables. Ils veulent nous briser, mais nous ne nous briserons pas. Le lendemain, je suis allée à l'école sans avoir dormi de toute la nuit. Après avoir terminé mes cours, je suis allée au local qui se trouve dans l'immeuble de M. Achraf et nous avons eu une réunion élargie où se trouvaient nos amis de Kifaya, du Six Avril, de la Coalition, de l'Association nationale et des socialistes révolutionnaires. M. Achraf était avec nous bien sûr. Cet homme m'émerveille tout le temps par son courage, sa sagesse et son dévouement à la révolution. C'est lui qui a proposé que nous fassions un procès à l'armée et nous avons adopté cette proposition à une large majorité. Une commission a été formée dans laquelle j'ai été cooptée à ma demande. *Nous sommes trois dans cette commission : Asmahane Ali, l'avocat Karim Ahmed et moi. Notre tâche est de rencontrer les victimes des tests de virginité et de les convaincre de déposer une plainte contre l'armée. Nous nous sommes procuré les numéros de téléphone de dix filles sur les dix-sept et nous continuons à rechercher les numéros des autres. La mauvaise surprise a été qu'après l'agression qu'elles ont subie, les filles ne répondent plus rien. Elles refusent toutes de participer au procès. Lorsque je lui ai proposé de faire la démarche, l'une d'elles a passé le téléphone à sa mère, qui m'a dit :*

— Qu'est-ce que vous attendez d'elle. C'est déjà assez qu'elle vous ait suivis jusqu'à ce qu'arrive ce qui est arrivé. Vous voulez la compromettre encore plus qu'elle ne l'est. Surtout ne rappelez pas.

Presque toutes les filles ont fait la même réponse :

— Nous ne ferons pas de procès. Le pays appartient à l'armée. Personne ne nous fera justice.

L'une d'entre elles s'est mise en colère et je lui ai dit :

— Ce qui t'est arrivé aurait pu m'arriver ou à n'importe quelle fille de la révolution. Toi, en te retirant, tu exauces leurs souhaits.

Lorsque je l'ai entendue pleurer au téléphone, j'ai changé de ton et lui ai demandé pardon.

Une seule fille, Saïda, nous a répondu positivement, et une autre fille, Nachoua Abdelaziz, nous a demandé le temps de réfléchir, ce qui veut dire qu'il est possible qu'elle s'associe à nous. Saïda a dit que son père l'avait encouragée à déposer plainte pour obtenir justice. Selon Karim, l'avocat, si nous faisons un procès pour cette seule fille, nous obtiendrons réparation pour toutes les autres qui probablement finiront par rejoindre la procédure à un moment ou un autre. Le lendemain, nous nous sommes retrouvés à quatre avec Asmahane, Karim et Saïda. Nous sommes allés au service de l'enregistrement et Samira a fait une procuration à Karim. Après cela, il fallait que nous allions au siège de la justice militaire S28 pour rédiger le procès-verbal. Imagine-toi qu'au dernier moment Saïda s'est effondrée et a été incapable d'entrer dans le bâtiment. Imagine à quel degré d'humiliation il a fallu en arriver pour qu'une personne soit vraiment incapable d'entrer dans le bâtiment où elle a été humiliée, alors même qu'elle y venait avec nous pour porter plainte. Nous l'avons laissée à l'extérieur avec

Asmahane et je suis entrée avec Karim. Nous avons rencontré un colonel qui a demandé à voir la carte d'avocat de Karim. Il a lu la plainte et a dit avec ironie :

— Cette demoiselle Saïda a beaucoup d'imagination. Elle devrait écrire des feuilletons. Rien de tout ceci n'a pu arriver.

Je lui ai répondu :

— Tout ceci est arrivé, et pas seulement à Saïda. Cela est arrivé à dix-sept filles qui ont été torturées et agressées dans leur intimité ici, dans ces lieux, ainsi qu'à la prison militaire.

L'officier m'a regardée et m'a dit :

— Qui êtes-vous ?

— Je suis une amie de Saïda.

— Tu n'es pas habilitée à parler.

J'ai tenté de protester mais il m'a dit :

— Tais-toi.

— Ne me parlez pas comme ça.

Karim m'a convaincue de me taire afin de ne pas compliquer les choses. L'officier a insisté pour que je sorte, ce que j'ai fait.

L'officier a recueilli officiellement la plainte de Karim et nous serons informés de la date de l'ouverture de l'enquête d'ici quelques jours. Nous sommes sortis et nous avons raccompagné Saïda et Nachoua puis nous nous sommes trouvés face à un nouveau problème dont allait dépendre le cours du procès. Il nous fallait des témoins. Lorsque nous y avons pensé, nous nous sommes rendu compte que ceux qui avaient été témoins des faits étaient soit des policiers – et il était bien sûr impossible que ceux-là témoignent à nos côtés –, soit les filles elles-mêmes, et la plupart, comme je te l'ai dit, ont été brisées psychologiquement et refusent même de parler de ce qui leur est arrivé. Je continuerai à insister auprès de ces filles pour qu'elles témoignent. Notre but dans cette affaire, ce n'est pas de faire rendre des comptes aux criminels qui ont agressé les filles. Nous ne sommes pas stupides au point d'imaginer que la justice militaire va condamner l'armée. Notre but, comme le disait M. Achraf, c'est de faire la lumière sur cette affaire et en même temps de remonter le moral des filles et de les déculpabiliser. Notre révolution continue et elle vaincra, comme tu me l'as appris, Mazen.

Je t'aime.

Asma

44

Madani sortit de la salle et il trouva deux visiteurs : le cheikh Chamel accompagné d'un homme approchant de la cinquantaine, chauve à l'exception d'une couronne de cheveux teints en noir, tenant à la main une valise Samsonite de taille moyenne et vêtu d'un élégant costume noir avec une cravate noire (en signe de deuil) sur sa chemise blanche. Madani connaissait le cheikh Chamel, qu'il avait vu à la télévision, et il avait souvent écouté les leçons qu'il donnait sur la chaîne La Voie. Madani lui serra la main et les invita à entrer dans le salon. Hind leur demanda ce qu'ils voulaient boire, le cheikh Chamel choisit une menthe chaude et l'homme qui l'accompagnait une tasse de café. Le salon était une pièce étroite qui ne s'ouvrait que pour certaines occasions. Il était meublé de quatre fauteuils et d'un canapé imitant vaguement le style Louis XIV. Au milieu de la pièce, sur une table recouverte de faux marbre blanc, se trouvait une bonbonnière de porcelaine bleue. Aux murs, il y avait des versets du Coran et des hadiths du Prophète. L'accueil que Madani avait fait à ses deux hôtes était minimal. Il n'était pas encore tout à fait réveillé. Le passage au tribunal l'avait abattu et par ailleurs cette visite l'étonnait et son étonnement s'était transformé en une froideur proche de l'indifférence. Il leur souhaita la bienvenue d'une façon laconique puis il se tut et se mit à les regarder, attendant une explication de leur présence. Le cheikh Chamel s'excusa de cette visite impromptue. Madani répondit par un grommellement. Le cheikh Chamel regarda l'homme qui l'accompagnait, comme pour lui demander la permission, puis il poursuivit :

— Hadj Madani, je vous présente notre excellent frère le colonel Hassan Bazraa des relations publiques du ministère de l'Intérieur. C'est un des plus pieux de tous les officiers. Nous le tenons pour tel mais c'est Dieu qui en est témoin.

Le colonel baissa la tête comme si ces louanges l'intimidaient. Madani les regardait sans faire de commentaire. Il y eut un moment de silence puis le cheikh Chamel reprit la parole en commençant par rendre grâce à Dieu et par prier le prophète de Dieu, la plus noble des créatures, puis il dit qu'il était venu en premier lieu pour présenter ses condoléances pour le décès de Khaled, qu'il considérait comme un martyr accueilli par Dieu, avec la permission de Dieu. Le colonel commença à boire son café sans détourner son regard pénétrant du visage de Madani tandis que le cheikh Chamel se mit, au nom de Dieu, à siroter sa menthe avant de poursuivre en témoignant qu'il savait que rien au monde ne faisait souffrir autant que la perte d'un fils et il prit l'exemple du Prophète, prière et salut de Dieu sur lui, qui pleura lorsque Ibrahim, son fils unique mourut, lui qui était la meilleure des créatures de Dieu et celle qui supportait les chagrins avec le plus de patience.

Madani continua à regarder en silence le cheikh Chamel, qui ajouta :

— Maintenant, vous, mon frère Madani, c'est de votre sang qu'il est question. Vous avez un droit sacré à la loi du talion, si le meurtre a été accompli intentionnellement.

Madani affirma :

— Le meurtre était intentionnel.

— Ceci est-il prouvé ?

— Les camarades du défunt Khaled témoigneront tous devant le tribunal que l'officier l'a tué intentionnellement.

— Mais qui vous dit que l'officier accusé est le meurtrier ?

— Ils l'ont tous reconnu et ils ont déclaré que l'officier Haitham el-Meligi avait tué Khaled sous leurs yeux.

Le cheikh Chamel pencha la tête, demanda pardon à Dieu et prit un air désolé.

— Frère Madani. La loi sacrée de Dieu vous donne le droit à une compensation, mais Notre-Seigneur, qu'il soit glorifié et exalté, nous a ordonné de pardonner autant qu'il est possible.

Madani fut sur le point de dire quelque chose mais le cheikh Chamel éleva la voix en souriant.

— Prière de Dieu sur la plus noble des créatures.

Madani marmonna une prière puis le cheikh Chamel poursuivit d'une voix calme :

— Écoutez mes paroles jusqu'au bout et ensuite donnez votre accord ou refusez, comme vous voulez. Par Dieu qui me tient entre ses mains, je n'ai d'autre but que le Bien. J'ai pris moi-même cette initiative et j'en ai parlé avec les plus grands responsables de l'État. Avec la permission de Dieu, notre but en tant que frères dans l'islam, est d'arracher les racines de la sédition dans laquelle nous sommes tombés. Dieu, dans sa grâce, a béni mes humbles efforts et a convaincu les responsables de consacrer une importante somme d'argent à offrir aux familles des victimes comme prix du sang* selon la loi religieuse. C'est moi qui rends visite aux familles des victimes une par une, avec mon frère le colonel Hassan. Le seul résultat que j'attends de mes efforts, c'est de satisfaire Dieu, qu'il soit glorifié et exalté, et son généreux prophète.

Madani resta immobile. Il les regardait tous les deux avec une expression figée et un regard absent. Le cheikh poursuivi en disant :

— Pensez-y bien, mon frère Madani. Votre défunt fils, son terme était venu et il devait mourir quoi qu'il arrive, même s'il n'avait pas participé à cette sédition. Dieu, qu'il soit glorifié et exalté, n'a-t-il pas dit dans la sourate El-A'raf : "Toute nation a un terme et lorsque ce terme est venu il ne pourra être ni avancé ni retardé d'une heure." Parole de Dieu. Votre défunt fils est allé vers son créateur au temps qui lui était assigné, au moment où son terme était venu. Ni vous, ni moi, ni l'humanité tout entière ne sont capables d'empêcher la mort d'un homme dont

* La *dia*, souvent traduite par "prix du sang", est une compensation financière généralement fixée par la famille de la victime (ceux à qui appartient le sang qui a coulé) et la famille de l'assassin. Dans les sociétés tribales, quand cette *dia* est acceptée, elle interrompt le cycle des vengeances. Ici, elle viserait à interrompre une procédure légale. Cette pratique, fréquente dans les sociétés tribales, est totalement inconnue des populations urbaines d'Égypte.

le terme fatal est venu. Si le défunt Khaled n'était pas mort par balle, il serait mort d'un accident de voiture ou bien aurait été frappé d'une maladie mortelle, ou bien même serait mort dans son lit. Vous êtes croyant, frère Madani, et le croyant est plein de sagesse. Je vois que vous avez une fille, une belle jeune fille qui se mariera si Dieu le veut et qui aura besoin pour cela de dépenser de l'argent. C'est votre devoir de garantir son avenir, avec la permission de Dieu.

Madani resta silencieux et le cheikh poursuivit :

— Acceptez le prix du sang, mon frère Madani, et pardonnez afin que Dieu vous pardonne, le jour du jugement dernier, avec la permission de Dieu.

Madani demanda :

— Qu'est-ce que c'est que cette *dia* ?

— La *dia* est une quantité d'argent fixée par la loi divine que paie la famille du meurtrier pour éviter la loi du talion.

Madani regarda les deux hommes et demanda d'une voix faible :

— Et quel est le montant ?

Le cheikh Chamel parut soulagé.

— Au temps du Prophète, prière de Dieu et bénédiction sur lui, la *dia* était de cent chameaux. Nous avons fait des calculs et, si Dieu le veut, le montant est aujourd'hui d'un demi-million de livres.

Madani regarda le colonel et demanda :

— En échange de quoi ?

Le colonel répondit de sa voix puissante :

— De votre renonciation à la plainte déposée en votre nom. Nous nous occuperons du reste.

Madani resta silencieux tandis que le colonel poursuivit avec fougue :

— Écoutez ce que je vous dis, Hadj Madani. Les vivants passent avant les morts. Votre fils est auprès de Dieu au paradis, avec la permission de Dieu. Quel intérêt pour vous que l'officier soit condamné à mort ou à perpétuité ? Acceptez la *dia*.

Le cheikh Chamel ajouta :

— Si vous acceptez la *dia*, frère Madani, c'est vous qui êtes gagnant, si Dieu le veut, aussi bien sur terre que dans l'au-delà.

Vous aurez pardonné et Dieu aime ceux qui pardonnent et vous aurez obtenu une somme respectable qui vous aidera à supporter les fardeaux de l'existence.

Madani continua à le regarder et il faillit dire quelque chose mais il s'arrêta et garda le silence. Alors le colonel prit la valise et la posa sur ses genoux puis l'ouvrit et dit en haussant la voix :

— Avec la bénédiction de Dieu. Nous sommes prêts, frère Madani, et le meilleur des bienfaits c'est le plus rapide. Prenez l'argent, comptez-le lentement et, lorsque vous aurez vérifié que le compte est juste, je vous ferai signer la déclaration comme quoi vous renoncez à porter plainte.

45

C'était un appel inattendu, laconique et étrange. Cela ne provenait pas des officiers de la Sécurité d'État que connaissait Issam Chaalane. Cela provenait de l'Organisation. L'officier se présenta et dit à Issam qu'il voulait le voir. Il lui donna l'adresse d'une villa de Zamalek puis lui dit d'un ton sans réplique :

— Je vous attends demain matin à dix heures.

Issam passa la nuit assis sur son balcon à fumer et à réfléchir. Pourquoi les responsables de l'Organisation voulaient-ils le rencontrer ? Il savait que l'Organisation était plus importante que la Sécurité d'État. N'importe lequel de ses jeunes officiers avait plus de pouvoir que beaucoup de généraux. Mais cela, c'était avant la chute de Moubarak. L'Organisation jouissait-il toujours de son ancienne autorité ? Et que lui voulait-il ? Sans doute avait-il besoin de lui dans ces circonstances difficiles. Allait-on lui proposer de nouvelles fonctions ? Bien sûr il accepterait n'importe quelle proposition, même s'il préférait reprendre son poste à l'usine. Il aurait voulu qu'on le nomme à nouveau directeur de l'usine pour une seule semaine afin de se venger des ouvriers qui l'avaient insulté et l'auraient frappé sans la protection de l'armée. Il connaissait le prénom de chacun. Tous auraient un châtiment exemplaire. Même si son nouvel emploi n'avait rien à voir avec l'usine, il pourrait, grâce au pouvoir de l'Organisation, se venger de tous ces va-nu-pieds. Il lui vint une idée qui le surprit au début mais qu'il ne tarda pas à mettre en application : il se mit à inscrire sur une feuille les noms des ouvriers qui l'avaient insulté. Ils étaient huit. Ceux-ci ne s'étaient pas contentés de crier des slogans contre lui. Ils l'avaient insulté en face. Il consigna leurs noms sur la feuille. Il ressentait une fureur qui ne faisait que croître sous l'influence de l'alcool. "Je vais vous faire voir comment je punis ceux qui veulent m'humilier, esclaves, fils d'esclaves. Vous comprendrez après l'avoir cher payé – mais ce sera trop tard – que la révolution n'est pas faite pour vous et que vous n'êtes pas faits pour elle. Ce qui est fait pour vous c'est la cravache*, comme vos ancêtres tout au long des siècles." Il n'essaya pas de dormir car il savait que ce serait impossible. Il prit un bain chaud et se rasa avec soin, avala un petit-déjeuner rapide et but plusieurs tasses de café qu'il mélangea avec un peu de whisky. Il ne supportait plus le monde sans whisky. Quelques gouttes dans une tasse de café lui rendaient l'esprit clair et apaisaient ses nerfs. Le nouveau chauffeur était un jeune d'une vingtaine d'années que lui avait trouvé le concierge. Il arriva facilement à l'adresse de la villa de Zamalek. Au portail, il subit une fouille minutieuse dont s'excusa ensuite le jeune officier en disant :

— Nous sommes désolés pour le désagrément, mais bien sûr vous connaissez la situation.

Issam hocha la tête avec compréhension. On l'accompagna dans un bureau où était assis un homme du même âge que lui qu'il supposa être un général. Il savait qu'à l'Organisation les officiers n'inscrivaient pas leurs noms au-dessus des portes et que, d'ailleurs, ils utilisaient souvent des pseudonymes. Le général lui souhaita la bienvenue. Il lui serra la main en souriant et l'invita à s'asseoir puis lui dit aimablement :

— Que boirez-vous, Issam Bey ?

Issam demanda un café sans sucre et il fut surpris de voir le général de très bonne humeur, comme si le pays était dans des conditions normales. Il y eut un silence cordial. Le général semblait préparer ce qu'il avait à dire. Mais Issam lui dit tout à coup :

— Dieu protège l'Égypte, monsieur.

Le général le regarda aimablement et lui répondit :

* Le *corbaj*, une cravache courte qu'avaient toujours à la ceinture les maires de village, les propriétaires terriens et surtout leurs intendants, était très souvent employé dans l'Égypte du XIXᵉ et du début du XXᵉ siècle pour punir les paysans récalcitrants.

— Grâce à Dieu, il la protège. Notre pays est mentionné dans le Coran et Dieu le protège.

— Qu'il vous bénisse, monsieur.

— Rien n'intervient sans son ordre.

— Je pense que vous devriez juger tous ces comploteurs qui ont entraîné le peuple derrière eux.

— Écoutez, nous les connaissons tous. Le tour de chacun d'entre eux viendra. Je jure par Dieu tout-puissant que pas un seul ne nous échappera.

Le général s'adossa sur son fauteuil confortable. Il paraissait décidé à mettre fin à cette discussion et à entrer dans le vif du sujet.

— Écoutez, Issam Bey. À l'Organisation, nous connaissons tous votre patriotisme et votre dévouement. Malheureusement les conditions actuelles vous ont obligé à quitter l'usine, mais ne vous inquiétez pas. Avec la permission de Dieu, vous serez bientôt nommé à un autre poste convenable.

— Je suis toujours, monsieur, aux ordres de l'État.

— C'est ce que nous attendons de vous, monsieur l'ingénieur.

Issam ressentit quelque chose de confus. L'affaire tout à coup semblait obscure. Le général lui parlait d'une fonction dans le futur. Donc, pourquoi l'avait-on fait venir ? Il se souvenait de la feuille qu'il avait dans la poche où étaient inscrits les noms des ouvriers qu'il voulait punir. Il avait mal à la tête à cause du manque de sommeil, de la boisson et de sa nervosité. Le général regarda pendant quelques instants le plafond. Il semblait mettre de l'ordre dans ses idées. Puis il lui dit d'un ton amical :

— Je vous ai convoqué pour vous parler d'une autre question.

— À vos ordres, monsieur.

— Voyez, nous avons à peu près le même âge. Je voudrais que vous me considériez comme un frère.

— C'est un grand honneur.

— Il s'agit de Mme Nourhane. Elle vous a demandé le divorce en renonçant à tous ses droits. Je souhaite que le divorce ait lieu dans le calme et le respect, le plus rapidement possible.

Il regarda quelques instants le visage de l'officier jusqu'à ce qu'il ait encaissé le coup puis il dit, en tentant de cacher son irritation :

— Nourhane est entrée en contact avec vous ?

— Non.

— Je crois que vous serez d'accord avec moi pour reconnaître que la question de Nourhane est une question personnelle.

— J'ai des instructions de M. le chef de l'Organisation pour que ce divorce se fasse. Son Excellence m'a demandé que je vous en parle amicalement. Demain matin vous viendrez me voir ici avec votre contrat de mariage coutumier et Mme Nourhane sera présente. Vous prononcerez la formule de répudiation, nous déchirerons le contrat et chacun s'en ira de son côté.

— Qu'est-ce que le chef de l'Organisation a à voir avec le divorce et le mariage ?

— Ma mission n'est pas de discuter les instructions de Son Excellence, mais de les exécuter.

— Je refuse que l'on intervienne dans ma vie privée.

— Écoutez-moi, Issam, si vraiment vous me considérez comme un frère, je vous conseille de divorcer d'avec Nourhane pour vous éviter des soucis dont vous n'avez pas besoin.

Le général, en disant ces mots, s'était raidi, et la bienveillance qu'il avait jusque-là affichée avait disparu, comme s'il avait enlevé son masque. Issam dit d'un ton ferme :

— Si vous me menacez, je refuse les menaces.

En colère, le général s'écria :

— Ça suffit, ces manières de communiste. Elles vous feront plus de mal que de bien. Nous vous protégeons, mais nous pouvons vous retirer notre protection n'importe quand.

— Vous me protégez de quoi ?

L'officier soupira comme si sa patience s'était épuisée, il prit un épais dossier qui se trouvait sur son bureau et le tendit à Issam en criant :

— Apparemment, l'alcool a affaibli votre mémoire !

— Je proteste contre ces paroles, dit Issam d'une voix faible.

Le général poursuivit comme s'il ne l'avait pas entendu :

— Prenez et lisez. Ce sont des rapports contre vous de l'Inspection administrative et du Service central de la comptabilité. Nous pouvons demain vous envoyer chez le procureur général et vous serez jugé et emprisonné. Vous ne pourrez vous en prendre qu'à vous.

46

Asma,

Le crime des tests de virginité m'a affecté à un point que je ne peux pas décrire. Comment des officiers et des soldats égyptiens peuvent-ils faire cela à des jeunes filles ? Comment peuvent-ils les agresser aussi sauvagement et ensuite rentrer tranquillement chez eux retrouver leurs enfants ? Je comprends que les généraux défendent les intérêts du régime dont ils font partie et je sais que le règlement militaire impose d'obéir aux ordres mais pourquoi cet acharnement à torturer des filles sans défense ? Un ami dont le frère est officier m'a dit que le commandement de l'armée bourrait le crâne des soldats et des officiers avec l'idée que la révolution est un complot et que les révolutionnaires sont des agents qui ont reçu de l'argent pour amener l'anarchie et détruire le pays. Les généraux du Conseil suprême des forces armées ont nié ce crime puis l'un d'entre eux a déclaré sur CNN que les tests de virginité étaient une pratique habituelle dans l'armée, qui y procédait au moment des arrestations afin qu'aucune fille ne puisse prétendre qu'elle avait été violée. Cela est stupide et illogique. Je ne veux pas détester l'armée parce que c'est l'armée du peuple et pas l'armée du dictateur. J'ai toujours à l'esprit l'image du capitaine Maged Boulos, qui a pris la défense des jeunes de la révolution lorsqu'ils ont été attaqués par les beltagui le jour de l'attaque des chameliers. Nous n'avons pas le choix, Asma. Nous ne pouvons que continuer la bataille par respect pour les milliers de victimes qui se sont sacrifiées pour la révolution. Ceux qui sont morts, ceux qui ont perdu leurs yeux, ceux qui sont paralysés.

Les ouvriers de l'usine ont renvoyé Issam Chaalane. Je consi-dère cela comme une victoire et j'approuve les ouvriers, mais je ne peux pas me réjouir comme eux. Mes relations avec Issam sont complexes, comme je te l'ai dit. Je suis contre lui en tant que directeur, mais je l'aime comme ami de mon père. Nous avons entièrement pris l'usine en main et nous, les membres de la commission des quatre, avons signé un engagement remis à la police militaire. Nous y promettons de préserver l'usine et de verser les bénéfices au propriétaire après en avoir retranché ce qui revient aux ouvriers. Te souviens-tu de la question que tu me posais au sujet des gens qui contemplent la révolution depuis leurs balcons sans y participer. Il y a des gens comme ça à l'usine aussi. Un groupe d'ouvriers et d'employés de l'ad-ministration dont le nombre, malheureusement, est important. Ceux-ci observent les événements sans s'engager d'aucun côté. Ils étaient persuadés que l'administration italienne allait gagner et lorsque c'est nous qui l'avons emporté, ils ont été décontenan-cés. Nombre d'entre eux se sont absentés de l'usine, attendant de voir comment ça évoluerait. Au bout de près d'une semaine, ils m'ont envoyé Fahmy, un vieil employé de l'administration, qui m'a dit :

— Excusez-moi, monsieur l'ingénieur, avec de nombreux col-lègues, nous ne comprenons pas à qui est l'usine, maintenant.

Il était tout à fait au courant mais je lui ai expliqué la nou-velle situation et il a ajouté :

— Écoutez, vous avez l'âge de mon fils. Nous, en vérité, nous n'avons rien à voir avec la révolution et toutes ces choses-là. Nous, nous voulons gagner notre vie et élever nos enfants.

— La révolution a été faite pour que vous gagniez votre vie et que vous puissiez élever vos enfants.

— Expliquez-moi. Supposons que nous acceptions votre nou-velle administration et que dans un mois ou deux, le propriétaire de l'usine revienne la récupérer et qu'il nous renvoie. Alors, sauf mon respect, il n'y aura personne pour nous aider.

J'ai failli me mettre à débattre avec lui, mais lorsque j'ai vu son visage apeuré, j'ai compris qu'il ne servait à rien de discuter. Je lui ai dit :

— Bon, Fahmy, je vais m'occuper de ça.

Je suis retourné chez le commandant de l'armée et je lui ai demandé une déclaration écrite de Fabio, le mandataire, reconnaissant la commission de quatre membres. Je lui ai dit :

— Nous ne pouvons remplir nos engagements sans une déclaration claire de sa part pour rassurer les ouvriers et les employés et les faire retourner au travail.

Il m'a demandé de lui laisser une journée et, en effet, lorsque je suis allé le lendemain à son bureau, j'y ai trouvé une déclaration en langue arabe dans laquelle le mandataire acceptait la commission comme direction de l'usine. J'étais ému en lisant ce texte. C'est l'instant où j'ai vu la victoire de la révolution. Je suis retourné à l'usine et j'ai fait de nombreuses copies de cette déclaration que j'ai placardée partout. Alors ceux qui hésitaient et qui doutaient nous ont rejoints. Certains ouvriers révolutionnaires leur ont adressé des propos durs mais je leur ai interdit de mal se comporter avec eux. La révolution ne doit demander à chaque personne que ce qu'elle a la force de donner. Ce sont là les paroles que mon père me répétait souvent et maintenant la vie me fait comprendre leur valeur. Mon père est toujours présent à mes côtés. J'aurais souhaité qu'il vive pour voir la victoire de la révolution et qu'il se rende compte que les sacrifices qu'il a faits dans sa vie n'étaient pas vains. Nous avons totalement pris le contrôle de l'usine. Je ne peux pas te décrire la discipline (exactitude, ponctualité, conscience professionnelle) et l'enthousiasme des ouvriers. Ils sont extraordinaires. Les équipes se succèdent avec ponctualité. Nous nous chargerons de la vente de la production et nous donnerons aux ouvriers leurs primes, conformément à l'accord et, après cela, nous enverrons les profits au propriétaire. Les ingénieurs nous ont fait des propositions précises pour remettre en route les fours qui sont arrêtés. Selon leurs estimations, si nous poursuivons sur cette voie, l'usine réalisera plus de gains que sous l'administration italienne. Je considère l'usine comme un modèle réduit de l'Égypte tout entière. Tout a changé avec la révolution et il est impossible que les choses redeviennent ce qu'elles étaient. L'usine maintenant se porte mieux que jamais. Bien sûr cela ne va pas sans quelques difficultés. Hier un camion chargé de ciment a été attaqué après sa sortie de l'usine. Des bel-
tagui lui ont coupé la route et lui ont tiré dessus puis ils ont fait

descendre le chauffeur et son assistant et ils ont amené le camion et son contenu dans un endroit inconnu. J'ai chargé un des avocats du service juridique de dresser un procès-verbal de l'événement. L'officier des investigations a promis de déployer tout son zèle pour attraper les brigands. J'ai appelé l'officier pour le remercier et il m'a répondu :

— C'est tout naturel. L'Égypte est notre pays à tous et nous ne permettrons pas qu'y règne l'anarchie.

Excuse-moi, Asma, de ne pas être avec toi. J'habite à l'usine. Je dors dans une salle que l'administration italienne utilisait pour accueillir les experts étrangers. Je ne reviens à mon appartement du centre-ville que tous les deux ou trois jours. J'ai envie de te voir, bien sûr, mais personne ne peut comprendre la situation mieux que toi. Toi aussi tu mènes une bataille pour défendre la révolution. Mes salutations à tous les camarades. Tu me manques beaucoup. Je te verrai rapidement si Dieu le veut.

Souris, ma chérie. Lorsque je vois ton sourire (même en imagination) je sais que nous vaincrons.

Au revoir, toi, la plus belle des femmes.

Mazen

47

Achraf connaissait le père Mitias et il l'aimait bien. C'était un homme mince et actif à qui on ne pouvait pas donner précisément d'âge à cause de son activité débordante. Achraf se dirigea vers lui en lui souhaitant la bienvenue tandis qu'Akram disparaissait dans le fond de l'appartement. Achraf ouvrit la porte du salon et invita le père Mitias à s'asseoir. Celui-ci sourit et lui dit :

— Je te remercie mais nous n'avons pas beaucoup de temps.

Achraf le regarda avec surprise, mais il poursuivit :

— Je connais ton affection pour moi et moi aussi je t'aime beaucoup. Tu as confiance en moi, Achraf ?

— Bien sûr.

— C'est-à-dire que si je te demande quelque chose tu seras convaincu que c'est juste ?

— Certainement.

Le père sourit et lui dit :

— Alors habille-toi et suis-moi.

— Où ?

— Si tu avais confiance, tu ne me le demanderais pas.

Achraf hésita un moment mais le père le poussa avec une bonne humeur enfantine :

— Vas-y, habille-toi, ne nous retarde pas.

Achraf entra et trouva Akram qui faisait le lit dans la chambre à coucher. Il sentit qu'elle l'attendait. Il lui dit en s'habillant :

— Je vais faire un tour avec le père Mitias.

— Tu le connais ?

Achraf continua à s'habiller.

— Je le connais depuis longtemps. Il y a beaucoup de prêtres en qui je n'ai pas confiance. Mitias, c'est différent. Je l'aime beaucoup et j'ai confiance en lui.

Elle répondit sans détour :

— C'est pour cela qu'ils te l'ont envoyé.

— Qui ?

— Tu as compris pourquoi il est venu ?

— Il a refusé de me le dire.

— Il va te réconcilier avec Mme Magda.

Achraf ne répondit pas. Au fond de lui-même, il savait qu'Akram avait raison. Elle le surprenait tout le temps par sa perspicacité. Il se peigna et se parfuma avec *Pino Silvestre*, son parfum favori, tandis qu'Akram restait debout près de la porte. Il la sentait triste et la prit dans ses bras en chuchotant à son oreille :

— Il faut que tu saches que je t'aime et que je ne peux pas me passer de toi. Tu comprends ?

Elle essaya de sourire et son beau visage prit une expression misérable. Il lui fit un baiser rapide sur les deux joues puis il sortit rapidement. Il monta dans la voiture de Mitias et ils parlèrent de choses et d'autres. Achraf ne s'étonna pas quand il vit la voiture se diriger vers la rue Salah-Salem en direction d'Héliopolis. Mitias arrêta sa voiture devant la maison de la famille de Magda, place du Triomphe. Ils entrèrent dans l'immeuble et prirent l'ascenseur sans parler. Achraf était mû par une envie irrésistible d'aller jusqu'au bout des choses. Il voulait affronter Magda et sa famille une fois pour toutes. Ce qui le mettait le plus mal à l'aise, c'était que Magda continue sans cesse à comploter derrière son dos et à mobiliser les gens contre lui tout en jouant le rôle de la victime. "Je suis prêt à t'affronter, Magda, fais-moi voir ce que tu as dans le ventre."

Ils étaient trois dans le vaste salon. Les trois juges d'un tribunal. Sur le fauteuil à côté de la fenêtre se trouvait sa belle-mère, Mme Ouassima, à sa droite Magda et à sa gauche son frère Amir. Achraf s'élança vers sa belle-mère pour lui baiser la main. Mis à part ses problèmes avec sa fille, il avait de l'affection pour elle. C'était une aristocrate de plus de quatre-vingts ans. Elle était charmante et pas du tout malveillante. Lorsqu'elle était en colère, elle s'exprimait en français. Amir était, comme toujours, élégant comme un acteur de cinéma. Ses cheveux étaient teints en noir mais il avait laissé quelques traits blancs sur les tempes. Il portait une chemise flottante de soie brodée et avait autour du cou une chaîne en or qui s'enfonçait dans les épais poils blancs de sa poitrine et une bague avec un diamant à son petit doigt. Amir, l'unique frère de Magda, possédait la bijouterie Barsoum, place de la Mosquée. Il avait seulement un an de moins qu'Achraf mais il n'y avait jamais eu d'amitié entre eux. Achraf le considérait comme quelqu'un d'antipathique et d'arrogant, qui étalait sa richesse. Il était en tête de la liste des personnes à qui Achraf comptait envoyer un exemplaire de son livre pour ébranler son autosatisfaction et lui faire voir celui qu'il était véritablement. À cet instant, Achraf aurait voulu avoir une cigarette de haschich pour l'aider à garder son calme. Il ne serra la main ni d'Amir ni de Magda et se contenta de leur faire un signe de la tête. Amir lui répondit d'un geste de la main et Magda ignora complètement son salut. Achraf remarqua qu'elle avait revêtu une robe de soie blanche achetée à Paris. Elle s'était fait des nattes, dont certaines lui tombaient sur le front, et elle avait teint les ongles de ses mains et de ses pieds en rouge foncé. Elle s'était faite belle mais elle avait adopté l'attitude de l'épouse fâchée qui avait été profondément humiliée et qui entendait qu'on fasse sur-le-champ amende honorable. Achraf l'ignora et commença à parler à Mme Ouassima, qui semblait hésiter entre son plaisir sincère de le voir et le sentiment de son devoir envers sa fille. Achraf lui demanda des nouvelles de sa santé. C'était là un de ses sujets préférés, dont elle pouvait parler longuement. Elle exposait d'abord l'état de ses maladies et les sortes de remèdes qu'elle prenait. Ensuite elle faisait des comparaisons entre les grands médecins d'autrefois et la médecine d'aujourd'hui qui était devenue un commerce. L'irritation apparut sur le visage de Magda, qui jeta un coup d'œil significatif à sa mère. Celle-ci changea de discours :

— Il faut que nous remerciions le père Mitias de nous avoir amené Achraf. Tu es fâché avec nous, Achraf.

C'était la mise en bouche. Amir, pour prendre place dans la dispute, ajouta :

— Franchement Achraf, Magda est en colère contre toi.

Achraf décida de ne pas perdre le contrôle de ses nerfs. Il alluma une cigarette et dit calmement :

— En vérité, Amir, je ne suis pas à l'origine du problème. Magda a quitté la maison et elle n'y est pas revenue. C'est elle qui a pris une décision.

— Et toi, tu n'as pas pensé à venir te réconcilier ?

— Si l'on se réconcilie, c'est que l'on s'est fâchés.

Magda intervint pour la première fois :

— Tu sais bien que je suis fâchée, Achraf.

— Pas du tout. C'est toi qui es partie de la maison parce que tu avais peur des manifestations.

— Ensuite j'ai été irritée par ton comportement étrange.

— Mon comportement n'avait rien d'étrange. Je te l'ai expliqué et tu as refusé de comprendre.

Le ton de Magda devint plus agressif :

— Je ne suis pas la seule que ton comportement a gênée. Tous les voisins et les commerçants m'en ont parlé à plusieurs reprises et se sont plaints de tous ces vauriens que tu as amenés au rez-de-chaussée.

Achraf éleva la voix :

— D'abord je t'ai déjà dit de ne pas traiter de vauriens les jeunes de Tahrir. Nous devons les respecter parce qu'ils ont fait ce que notre génération n'a pas su faire. Ensuite la maison m'appartient et j'ai le droit d'utiliser le rez-de-chaussée comme je le veux aussi longtemps que je ne suis pas en infraction. Enfin, moi aussi je participe à la révolution comme des millions d'Égyptiens. Où est le problème ?

Le père Mitias intervint alors :

— Achraf, me permets-tu de dire un mot ?

— Je vous en prie.

— Je crois que Mme Magda veut dire qu'en tant que coptes, nous avons une situation particulière en Égypte. La sagesse nous dit d'aider le président de l'Égypte, même si c'est un oppresseur, en échange de la sécurité qu'il nous apporte. D'ailleurs Sa Sainteté le pape a mis en garde ses fils contre une participation aux manifestations.

— Après le succès de la révolution, Sa Sainteté lui a apporté son appui et de nombreux coptes ont participé à la révolution et la vérité est que le pouvoir du pape est spirituel et pas politique. Si nous reprochons aux islamistes de mélanger la religion et la politique, il faut aussi que l'Église se tienne éloignée de la politique.

Le père Mitias sourit et dit calmement :

— Sa Sainteté ne fait jamais de politique. Il nous conseille en tant que fils de l'Église et il ne nous impose rien. Sa Sainteté voit toujours plus loin que nous et il est inspiré par sa sagesse et sa connaissance des Saintes Écritures.

Achraf s'écria alors :

— Les Saintes Écritures nous disent de soutenir l'oppression ?

Amir se mit alors à claquer des lèvres en signe de mécontentement et Magda s'écria :

— S'il te plaît, parle avec respect du Livre sacré.

— Ce n'est pas toi qui vas m'apprendre à respecter ma religion.

Après cette réponse sèche, il y eut un silence tendu puis la voix d'Amir s'éleva pour le provoquer à nouveau :

— Moi, en tant que copte, je soutiens Moubarak et je ne suis pas ravi de son abdication. Il a protégé les coptes, ça me suffit.

Achraf lui répondit sarcastiquement :

— Peux-tu me dire combien de massacres ont subi les coptes à l'époque de Moubarak qui les protégeait ? Depuis celui de Kosheh jusqu'à l'église de Tous-les-Saints* ?

— Et toi, tu es content maintenant ?! Combien d'églises ont brûlé depuis le départ de Moubarak ? Combien de coptes sont menacés en Égypte ?

Achraf sourit et leur dit :

— Écoutez, réfléchissons un peu. Pendant la révolution, la police a complètement disparu et, malgré cela il n'y a pas eu une seule attaque contre une seule église, d'Alexandrie à Assouan. Comment expliquez-vous que toutes les agressions aient eu lieu après la chute de Moubarak ?

Amir lui répondit avec ironie :

— Explique-nous, Achraf, pour que nous en tirions profit.

Achraf le défia :

---

* Un attentat qui fit vingt-trois morts eut lieu le 1er janvier 2011, à Alexandrie, devant l'église de Tous-les-Saints.

— En vérité, Amir, si tu comprenais mes paroles, cela te serait effectivement utile. Toutes les agressions contre les églises ont été organisées par les services de sécurité. Nous avons de nombreux indices. Toutes les églises ont été incendiées de la même façon, suivant le même scénario : la police militaire se retire des lieux. L'électricité est coupée et ensuite, les *beltagui* arrivent et brûlent l'église à leur aise puis disparaissent, et la police militaire réapparaît. Le but de l'ancien régime est de faire peur aux coptes pour qu'ils détestent la révolution et se jettent dans les bras du Conseil suprême des forces armées.

Magda intervint :

— À vrai dire, tes théories ne m'intéressent pas, Achraf. Nous, en tant que coptes, c'est à cause de ta révolution que nous avons perdu la sécurité et que notre situation s'est détériorée. C'est ça, la vérité.

— La révolution n'est pas encore arrivée au pouvoir pour que tu lui demandes des comptes.

— Toi, tu es là-bas avec tes bons amis de Tahrir et tu n'es au courant de rien. Nos églises brûlent chaque jour et des bandes de salafistes nous attaquent chez nous, et nous n'avons personne pour nous protéger.

Achraf lui répondit calmement :

— L'Égypte est en train de changer et pour tout changement il y a un prix à payer. Beaucoup de gens ont payé le prix de la liberté. Il faut que les coptes paient comme les autres Égyptiens.

Amir éleva alors la voix et celle de Magda se mêla à la sienne pour exprimer de concert leur colère. Le prêtre leur fit un signe de la main et ils se turent. Puis il s'adressa à Achraf :

— Il est difficile de convaincre des gens de supporter les agressions contre leurs églises et contre leurs enfants pour la cause du changement.

— Et nous, pourquoi devrions-nous oublier les milliers d'Égyptiens qui ont été tués pendant la révolution ? Pourquoi pensons-nous aux seules épreuves des coptes ? Pourquoi ne pensons-nous pas aux jeunes qui ont eu les yeux emportés par des cartouches ou à ceux que les coups de feu ont paralysés ?

Amir lui répondit :

— Assez de slogans creux. Les gens qui ont manifesté ont touché de l'argent pour foutre le pays en l'air.

— Personne ne touche de l'argent pour mourir.

Magda secoua la tête et dit avec dépit :

— Je n'arrive pas à croire que tu t'es mis à penser comme ça, Achraf.

— Jamais tu n'as connu mes pensées et jamais tu n'as cherché à les connaître. Écoutez tous. Parlons avec franchise. La révolution vous dérange à cause des églises qui brûlent ou bien à cause de l'arrêt des affaires ?

— Que veux-tu dire ?

— Je veux dire que toi, Amir, ta bijouterie a sans doute subi le contrecoup de la révolution et toi, Magda, cela a dû être la même chose pour ton agence comptable.

— Et alors, ce n'est pas normal de craindre pour son travail ? répondit Amir avec désapprobation, tandis que Magda murmurait à voix basse mais audible :

— La question du travail n'a jamais été importante pour Achraf.

Celui-ci la regarda avec colère.

— Je ne te permets pas de m'insulter ainsi. Personne n'a dépensé une livre pour moi, pour se permettre ces paroles.

Le prêtre intervint à nouveau :

— Achraf, elle n'a pas voulu t'embarrasser.

Mais Amir décida d'enfoncer à nouveau le clou. Il sourit et dit lentement :

— Si Magda et moi réussissons dans notre travail et nous en soucions, c'est une chose qui nous honore et qui devrait t'honorer.

Achraf baissa un instant la tête puis la releva et leur dit :

— La réussite est quelque chose de relatif. Par exemple être bijoutier et prendre de l'or volé, le fondre et le revendre, puis avoir un procès et payer un pot-de-vin pour ne pas aller en prison, on peut appeler cela de la réussite. Ou bien être une comptable dont le travail consiste à travestir des budgets pour que les grandes sociétés échappent à l'impôt, cela s'appelle de la réussite ou de la fraude ?

Tous se mirent à pousser des cris de protestation. La mère aussi exprima sa désapprobation :

— Tu es blessant, Achraf. Que t'arrive-t-il ? *Tu es devenu fou** ?

Achraf répondit :

— Vous voyez comme la vérité fait mal. Je veux juste vous dire que je ne suis pas un raté. J'ai refusé une réussite frauduleuse et mensongère. Personne n'a de leçons à me donner.

Amir cria :

— Il faut tout de suite que tu nous présentes des excuses pour ce que tu viens de dire.

— Que je m'excuse pour avoir dit la vérité ? N'as-tu réellement pas été accusé dans une affaire d'or volé ?

Amir se précipita vers lui, mais le père Mitias l'arrêta. Achraf dit en se dirigeant vers la porte :

— Avant de partir, je veux vous dire que je suis avec la révolution et que je resterai avec la révolution jusqu'à ma mort. La maison t'est ouverte, Magda Hanem. Tu peux venir n'importe quand. Quant aux jeunes de la révolution, je suis fier de les connaître et c'est un honneur pour n'importe qui de les connaître. Mais pour cela il faut être honnête et ouvert d'esprit. Au revoir.

Le prêtre se précipita, mais il lui dit en haletant :

— Restez avec eux, mon père. Je vais prendre un taxi.

* En français dans le texte.

48

Toute personne ayant assisté à l'entretien aurait été persuadée que Madani acceptait le prix du sang. C'est vrai qu'il n'avait pas prononcé un mot pour dire qu'il était d'accord, mais il ne s'était pas opposé non plus. Il avait continué à observer calmement le cheikh et le colonel. Il les écoutait comme si ce qu'ils disaient était quelque chose d'attendu et d'acceptable. Il avait même demandé quel était le montant qu'il allait toucher. C'est seulement lorsque le colonel ouvrit la valise, fit le geste d'en sortir une liasse de billets et les lui tendit afin qu'il les compte avant de signer sa renonciation à l'accusation, c'est seulement à ce moment-là que Madani sortit de son silence. Il bondit alors de son siège, se précipita hors du salon vers la porte de l'appartement et l'ouvrit en criant d'une voix caverneuse qui résonna étrangement :

— Sortez d'ici tous les deux.

Le cheikh s'écria :

— J'implore le pardon de Dieu tout-puissant. Frère Madani, chasse le démon.

— Vous m'offrez de l'argent contre la vie de mon fils. Sortez.

— C'est le prix du sang prévu par la charia, comme Notre-Seigneur l'a fixé.

— Parce que vous connaissez Dieu, espèce d'imposteur.

Le cheikh Chamel sentit que la situation devenait dangereuse et se dirigea rapidement vers la porte. Quant au colonel, il ferma d'abord avec soin la mallette, la prit, s'arrêta pour regarder un instant Madani avant de rugir, au comble de la colère :

— Tu nous chasses, fils de chien !

Le colonel se jeta sur Madani pour le frapper, mais le cheikh Chamel s'interposa et l'entraîna avec difficulté à l'extérieur de l'appartement. Madani ferma violemment la porte tandis que résonnaient à son oreille les insultes grossières que continuait à proférer le colonel. Il revint tranquillement vers le canapé de la salle où il s'assit en tailleur, comme si de rien n'était. Tout à coup apparut Hind, qui avait entendu la conversation depuis la cuisine et se jeta dans les bras de son père en pleurant. Il la serra contre lui et se mit à caresser ses cheveux sans prononcer un seul mot. Lorsque le lendemain il alla à l'usine, il ne parla à personne. Il resta selon son habitude plongé dans son monde intérieur, assis en silence dans le garage avec le même air accablé. Il lisait le Coran jusqu'à ce qu'on lui confie une course. Il conduisait alors la voiture de secours et reprenait à son retour sa position habituelle. De temps à autre, il sortait de son silence pour faire un commentaire ou prononcer un mot qui sortait spontanément, avec violence, comme cela était arrivé avec le cheikh et l'officier, puis il retrouvait immédiatement son calme profond et sombre. Comme d'habitude, il ne dormit pas la veille du procès. Il pria le matin à la mosquée de Sayyeda Zeinab puis il alla au café en face du tribunal où il but plusieurs tasses et fuma cigarette sur cigarette, les allumant les unes aux autres. Lorsqu'arrivèrent les camarades de Khaled, il leur serra chaleureusement la main. Ils étaient les seules personnes qui le faisaient sourire. Ils lui rappelaient Khaled. Ils avaient les mêmes regards purs, la même ferveur. Leur profonde et sincère compréhension de sa tristesse se manifestait dans le ton de leurs voix et sur leurs visages aimants et pleins de désarroi ainsi que dans leur façon de lui demander sans cesse ce qu'ils pourraient faire pour lui. Selon son habitude, Madani s'assit à côté du box des accusés et il se mit à regarder Haitham. L'officier meurtrier avait pris un avocat célèbre que son élégance et sa confiance faisaient ressembler à un acteur de cinéma, tandis que la défense du défunt Khaled était assurée par trois jeunes bénévoles, assez compétents pour mettre plus d'une fois le premier en difficulté. Le juge écouta tous les témoins : tous les camarades de Khaled confirmèrent qu'ils avaient vu l'officier Haitham el-Meligi tuer Khaled d'une balle tirée avec un revolver de service depuis la voiture de police.

L'avocat célèbre tenta d'embrouiller les témoins pour faire ressortir une contradiction entre leurs témoignages mais les jeunes avocats firent front contre lui et le contraignirent à se taire à la demande du juge. Ensuite ils eurent une altercation avec lui au sujet du long ajournement du procès qu'il demandait et qu'eux refusaient. Au milieu des discussions, Madani sortit tout à coup de son monde intérieur et se mit à crier, ce qui suscita un brouhaha dans la salle. Mécontent, le président du tribunal frappa avec une règle sur son bureau de bois et dit :

— Silence. Je fais arrêter ceux qui feront du bruit.

Mais Madani ne parvenait plus à s'arrêter dans son élan. Il cria de toutes ses forces :

— Monsieur le juge. Il faut que je vous dise deux mots tout de suite.

49

Lorsque Nourhane apparut voilée à l'écran, sa célébrité redoubla.
En la voyant porter un hijab, des millions de téléspectatrices voilées se sentirent fières, comme si elles avaient gagné une importante bataille. En plus de cette victoire symbolique de l'islam,
Nourhane donnait l'exemple de l'élégance de la femme musulmane. Ses vêtements étaient décents, mais ils portaient la signature des plus grandes maisons de couture mondiales. En général
c'était Nourhane (qui est une très bonne couturière depuis le
temps de Mansourah) qui y apportait les quelques modifica-
tions imposées par la loi religieuse. Quant à ses couvre-chefs,
c'étaient des foulards aux couleurs superbes et originales. Une des
plus belles choses que lui avait dites le cheikh Chamel, c'était :
— J'invoque Dieu, qu'il soit glorifié et exalté, pour qu'il vous
bénisse à la mesure de la bonne influence que vous exercez.
Son Excellence le cheikh voulait dire que l'élégance islamique
de Nourhane allait pousser de nombreuses jeunes filles à l'imiter
en se voilant. Mais au-delà des vêtements, c'est sur son visage
que rayonnait tout l'éclat de la beauté de Nourhane, comme
si le voile lui avait fait atteindre sa perfection en l'arrondissant
comme une lune. Sur son beau visage se manifestait la quiétude de la foi et apparaissait le sourire confiant de la croyante
qui goûtait la douceur de l'obéissance en satisfaisant Dieu qui
la comblait. Nourhane devint une des présentatrices de télévision les plus en vogue. Selon les instituts privés de mesure d'audience, son émission quotidienne "Avec Nourhane" atteignit
un nombre de téléspectateurs sans précédent. Tous les soirs les
Égyptiens regardaient Nourhane. Elle invitait des professeurs

d'université, des penseurs, des spécialistes des affaires straté-
giques. Tous confirmaient avec preuves à l'appui que la révolution en Égypte n'avait été qu'un complot financé et planifié par
les services secrets américains aidés par leurs confrères israéliens
du Mossad. Chaque fois, l'émotion se lisait sur le beau visage
de Nourhane, qui terminait son émission par une invocation
qu'elle prononçait d'une voix humble tandis que la caméra faisait un gros plan sur son visage :

— Mon Dieu, donne la sécurité à l'Égypte et délivre-la des
traîtres et de ceux qui lui veulent du mal.

Souvent de ses beaux yeux s'échappait une larme, qu'elle séchait
avec un mouchoir coloré pendant que le générique de l'émission défilait. Tous ses invités étaient choisis par les services de
sécurité, mais Nourhane avait ses exigences. Dans une émission
célèbre – peut-être celle qui eut le plus grand impact sur l'opinion publique –, Nourhane avait commencé, avec sur le visage
une légère expression de répugnance, par lire un texte qu'elle
avait rédigé elle-même :

— Au nom de Dieu tout-puissant et miséricordieux. Chers
téléspectateurs et téléspectatrices, dans ce programme qui est le
vôtre, nous avons l'habitude de la transparence et de la franchise, nous avons l'habitude de dire toute la vérité, aussi douloureuse soit-elle. Nous avons invité les plus grands esprits
d'Égypte qui sont tous d'accord pour dire que ce que nous appe-
lons révolution n'est rien d'autre qu'un complot méprisable
pour détruire notre pays. Ce soir, je vais inviter une personnalité inhabituelle. C'est elle qui a proposé de venir mais à la condition de rester inconnue.

Nourhane se leva et avança, suivie par la caméra jusqu'à l'endroit où se trouvait l'invitée. Le metteur en scène avait mis un
cercle opaque sur le visage de la jeune fille pour cacher son identité. Nourhane s'assit face à elle et lui dit :

— Bien entendu, conformément à votre demande, nous ne
dirons pas votre nom.

— Merci, madame Nourhane.

— Pourquoi avez-vous voulu rester inconnue ?

— Parce que j'ai honte, répondit la jeune fille d'une voix
embarrassée.

Nourhane lui demanda :

— Pour quelle raison avez-vous demandé à apparaître dans cette émission ?

— Ma conscience me faisait souffrir. Je veux faire comprendre au peuple la dimension de ce qui a été planifié contre l'Égypte et à quoi j'ai participé.

— Ce que vous dites est grave. Parlez.

— J'ai touché, comme tous les jeunes de Tahrir, de l'argent d'organisations étrangères.

— De qui exactement. Soyez précise.

— Nous avons touché de l'argent de personnes étrangères que nous ne connaissions pas personnellement mais il était à peu près certain qu'elles appartenaient à des services secrets étrangers.

— Combien avez-vous touché ?

— Chacun de nous a touché mille dollars par jour passé sur la place Tahrir.

— Est-ce possible que des milliers de personnes aient touché cet argent ?

— Tous les jeunes qui ont fait bouger les autres en ont touché, mais il y a des gens qui nous ont crus et qui ont marché derrière nous.

— Vous dites que chacun des jeunes de la révolution a touché mille dollars par jour.

— Mille dollars par jour en dehors des voyages.

Nourhane parut extrêmement choquée :

— Je vous prie de nous expliquer cette affaire de voyages.

— Nous sommes allés en Serbie et en Israël, où nous avons reçu une formation pour organiser des manifestations afin de faire tomber le régime. Nous avons reçu une grosse somme en échange de cet entraînement.

— Combien avez-vous eu ?

— Moi par exemple, je suis allée en Israël. J'ai touché cinquante mille dollars. Je me suis entraînée à beaucoup de choses là-bas pendant trois mois.

— Où ?

— Dans un camp de la banlieue de Tel-Aviv.

— En quoi consistait l'entraînement, exactement ?

— Agiter l'opinion publique en utilisant Facebook et Twitter. Organiser des manifestations. Harceler les forces de l'ordre. Un certain nombre d'actions qui conduisent forcément à la fin à l'effondrement de l'État.

— Et les autres jeunes de Tahrir ?

— Écoutez. Nous sommes à peu près cinq mille garçons et filles de tous les gouvernorats d'Égypte. Nous avons tous été entraînés et nous avons tous touché de l'argent. Certains ont été entraînés en Israël et d'autres en Serbie, au Qatar ou en Turquie, mais les formateurs étaient généralement israéliens ou américains. Les gens nous ont crus et se sont lancés dans les manifestations alors que nous exécutions les instructions des entités qui nous avaient entraînés.

À ce moment-là, la conversation s'interrompit tout à coup et la caméra s'approcha du visage de Nourhane, qui exprimait le dégoût :

— C'est-à-dire que vous et vos confrères, vous êtes des traîtres, vous avez touché de l'argent pour démolir l'Égypte, et d'honnêtes Égyptiens vous ont crus et vous ont suivis.

La fille poussa un cri :

— Assez ! Je me méprise.

Puis elle éclata en sanglots, le visage toujours masqué.

La caméra revint sur Nourhane dont le visage prit l'expression d'une personne venant de découvrir une vile imposture.

— Véritablement je ne trouve pas de mots pour décrire ce qu'a fait cette traîtresse. Méfiez-vous d'eux, Égyptiens. Ce sont des traîtres. Mon Dieu, protège l'Égypte de leurs méfaits.

Nourhane sortit du plateau et conduisit la fille à l'officier traitant qui avait l'air très satisfait d'elle :

— Bravo, Mouna, vous avez été formidable.

C'était une fille mince de petite taille, voilée, élégamment vêtue. Elle hochait la tête avec gratitude en haletant, émue comme une comédienne professionnelle après la fin de la représentation.

L'officier dit à Nourhane :

— Merci, madame Nourhane, pour votre patriotisme.

L'officier traitant de la chaîne avait des égards particuliers pour Nourhane parce que c'était la meilleure des présentatrices et celle qui avait le plus d'impact, mais également parce qu'il connaissait sa proximité avec Hadj Chanouani. Nous devons ici réaffirmer que Nourhane n'a pas pris le cheikh Chanouani dans ses rets. Nourhane est une musulmane pratiquante et il est impossible qu'elle ait tenté de séduire Chanouani ou qui que ce soit d'autre, mais c'est le sort qui l'a voulu et l'être humain ne peut pas lever un pied ou poser l'autre sans que cela soit par l'ordre de Dieu. Ce qui arriva, c'est que, lorsque ses problèmes avec cet ivrogne d'Issam s'accrurent, elle demanda à son chef de cabinet un rendez-vous avec Hadj Chanouani, qui la reçut le lendemain, ce qui était exceptionnel, étant donné ses nombreuses occupations. Nourhane alla voir Chanouani pour lui parler d'Issam et il ne lui fut pas possible de s'empêcher de pleurer amèrement. Cela émut Chanouani qui lui dit :

— Nourhane, je vais vous poser une question et je voudrais que vous me répondiez avec franchise.

Elle le regarda de ses yeux maquillés de khôl (elle utilisait une sorte de khôl importé qui ne coulait pas avec les larmes) et lui dit d'une voix tremblante :

— Je suis à vos ordres, *hadj*.

— Votre vie avec Issam est-elle vraiment impossible ?

Elle lui répondit avec conviction :

— Je ne peux pas partager la vie d'un homme qui boit de l'alcool jour et nuit et qui a des idées étranges.

— Pouvez-vous m'expliquer ?

— Il n'est pas croyant.

Le visage de Hadj Chanouani, lissé par les masques que son coiffeur lui faisait chaque semaine, prit un air mécontent.

— Si vous êtes convaincue qu'il n'est pas musulman, vous devez vous séparer.

Nourhane lui répondit d'une voix brisée.

— Il m'a dit qu'il n'était pas musulman, et lorsque je lui ai demandé le divorce, il a refusé et il m'a menacée. J'ai peur qu'il fasse quelque chose contre mon fils. J'ai très peur.

À nouveau Nourhane utilisa un ton qui fit s'assombrir le visage de Hadj Chanouani. Ses yeux se voilèrent un instant puis il se reprit et dit :

— Ne vous inquiétez pas. Laissez l'affaire entre mes mains. Il divorcera, qu'il le veuille ou non.

— Par le Prophète, Hadj Chanouani, c'est vrai ? S'il me répudie, je passerai ma vie à invoquer le ciel pour vous et je ne pourrai jamais oublier ce que vous avez fait pour moi.

— Il divorcera et, qui sait ? Dieu vous compensera peut-être par un homme meilleur que lui.

La phrase résonna dans l'oreille de Nourhane. Elle fit semblant de ne pas y prêter attention, mais une expression de satisfaction passa comme un éclair sur son visage.

C'est ainsi qu'Issam la répudia sous la pression de l'Organisation. Elle se rendit à la villa de Zamalek et elle refusa de parler avec Issam ou même de le regarder jusqu'à ce que le contrat de mariage soit déchiré et qu'il ait prononcé la formule de la répudiation. Elle remercia le général puis alla voir Chanouani pour le remercier. Il la regarda dans les yeux et lui dit :

— Eh bien, madame Nourhane. Remerciez le Prophète.

— Sur lui les meilleures prières et la paix.

— Moi, grâce à Dieu, je vis et je mourrai dans l'obéissance de Dieu et de son prophète. Je vous demande en mariage. J'ai deux épouses : la mère de mes enfants et une autre que vous connaissez peut-être, Saloua Hamdane. Vous serez la troisième et, si Dieu le veut, je serai équitable envers vous trois*.

Hadj Chanouani ne lui apprenait rien qu'elle ne sut déjà, mais elle le regarda un moment et fut sur le point de lui dire quelque chose, puis elle se troubla. Hadj Chanouani exprima alors une sorte d'inquiétude royale. Il lui demanda :

— Qu'avez-vous, Nourhane ?

Elle répondit d'une voix hachée par l'émotion :

— C'est trop pour moi. Je n'arrive pas à y croire. Qui suis-je, moi, pour me marier avec vous, monsieur ?

— Vous êtes la plus belle des femmes.

Il contemplait son beau visage qui changea tout à coup comme change la couleur de la mer.

---

* Il s'agit là d'une référence à l'ordre donné par Dieu dans le Coran aux hommes musulmans de maintenir sur tous les plans l'équité entre leurs épouses.

— Que Dieu vous bénisse autant que vous avez été bon pour moi.

Lorsqu'il lui demanda de répondre au sujet de sa proposition, elle répondit d'une voix humble :

— Je vous assure, monsieur, que même si ma dot ne devait être que quelques dattes, je serais la plus heureuse femme du monde.

Elle avait entendu cette phrase dans une leçon du cheikh Chamel. C'était une femme qui l'avait dite à un des compagnons du Prophète quand il l'avait demandée en mariage. Hadj Chanouani sursauta et parut très ému.

— Que la bénédiction de Dieu soit sur vous.

Chanouani l'épousa le lendemain du délai prévu après un divorce. Il fit une petite fête dans la villa qu'il lui avait achetée dans le quartier de Mougamma, en présence des frères de Nourhane, de son oncle qui la représenta pour la signature du contrat, ainsi que de quelques proches amis (parmi lesquels des généraux du Conseil suprême des forces armées au pouvoir). Dans sa chaîne de télévision, Hadj Chanouani ne rendit pas complètement son mariage public. Alors que le directeur se trouvait dans son bureau, il lui dit comme une chose banale :

— À propos, j'ai épousé Nourhane selon la loi de l'islam.

Le directeur de la chaîne le félicita timidement et la nouvelle se répandit à la vitesse de l'éclair, mais personne n'osa spontanément féliciter Hadj Chanouani comme cela se fait pour les gens normaux. Peut-être un ou deux osèrent-ils lui murmurer :

— Toutes mes félicitations. Tous mes vœux de prospérité.

En toute justice, Hadj Chanouani était le meilleur mari qu'ait épousé Nourhane, sans comparaison possible avec les deux autres. Peut-être parce qu'il avait soixante-quatorze ans, comme elle le découvrit dans le contrat de mariage, et qu'il prenait soin d'elle avec une affection paternelle qui lui manquait depuis le décès de son père, mort prématurément. Peut-être parce que sa fortune lui permettait de lui offrir une vie plus confortable que ses deux époux précédents. Peut-être parce qu'il était très généreux de nature et qu'il voyait dans les dépenses qu'il faisait pour ses femmes une sorte de façon de se rapprocher de Dieu. Mais aussi parce qu'il l'avait épousée officiellement car le mariage coutumier lui semblait d'une validité douteuse, de l'avis de certains théologiens. Nourhane avait tout à fait approuvé, même si un mariage officiel allait entraîner la perte de la pension qu'elle touchait de son premier mari défunt Hani Elaassar, mais la richesse de Chanouani faisait paraître ridicule l'idée de se préoccuper de cette retraite. Toutefois, la raison essentielle pour laquelle Nourhane était satisfaite de Chanouani, c'était leur conviction commune que la foi en Dieu est plus importante que ce bas monde et tout ce qu'on y trouve. Hadj Chanouani faisait partie des admirateurs du cheikh Chamel, qu'il invitait souvent à donner une leçon dans un de ses palais. Le cheikh Chamel assista au mariage et félicita les deux époux puis il apprit à Nourhane une invocation qu'elle devait répéter chaque jour après la prière du soir pour éloigner d'eux le mauvais œil qui est mentionné dans le Coran. En plus de la villa de Mougamma qu'il avait inscrite en son nom à elle, Hadj Chanouani lui avait acheté une Mercedes dernier modèle et lui avait payé une dot beaucoup plus importante que celle qui était inscrite dans le contrat de mariage, ainsi qu'un dépôt de garantie de cinq millions de livres. Il lui avait également donné un assortiment de bijoux que Nourhane craignait de montrer à ses amies, de crainte du mauvais œil. Il avait également équipé une aile de la villa pour son fils et lorsqu'elle lui avait demandé d'un ton attendrissant si la présence de son fils avec eux ne le gênait pas, il avait souri.

— D'abord tu auras l'esprit plus tranquille si ton fils est avec toi. Ensuite, veux-tu m'interdire la récompense qui attend celui qui élève un orphelin ?

Nourhane avait failli pleurer et avait invoqué Dieu pour lui avec chaleur. C'est ainsi qu'ils organisèrent leur existence. Le matin Nourhane accompagnait son fils Hamza à l'école américaine du Mougamma. Il vivait avec elle toute la semaine, et le vendredi et le samedi elle l'envoyait chez son oncle à Mansourah pour pouvoir se consacrer entièrement à son époux. Chanouani, suivant la loi du Prophète, passait deux jours avec chaque épouse et il se reposait un jour seul dans son palais particulier de Marioutia. Il n'achetait jamais aucun cadeau pour une épouse sans en acheter autant pour les deux autres. Bien sûr Nourhane prenait des nouvelles de ses deux coépouses. La première, mère des enfants, était en dehors de la compétition parce qu'elle était âgée et avait de nombreuses maladies. La deuxième épouse, Saloua Hamdane, était une actrice qui, depuis qu'elle avait épousé le *hadj*, cinq ans plus tôt, portait le voile et ne jouait plus que des rôles religieux. Nourhane avait vu plusieurs séries où elle apparaissait et qui avaient été diffusées récemment, et, en l'observant avec soin, elle s'était rendu compte qu'elle avait fait au moins deux opérations de chirurgie esthétique : elle avait fait gonfler ses lèvres et avait fait enlever ses rides. Elle avait certainement dû également se faire injecter quelque chose dans ses joues, qui semblaient gonflées lorsque la caméra s'approchait. Nourhane se sentit intérieurement rassurée et elle saisit une occasion où le *hadj* était en pleine forme au lit pour lui dire incidemment :

— Mon Dieu, les opérations de chirurgie esthétique sont de plus en plus répandues en Égypte. C'est dégoûtant.

Chanouani la regarda avec étonnement et elle poursuivit :

— D'abord Son Excellence le cheikh Chamel a assuré que ces opérations étaient un péché car elles changeaient l'œuvre du créateur, qu'il soit exalté et glorifié. Ensuite pourquoi une femme refuse-t-elle de reconnaître qu'elle est vieille ? Enfin franchement, je ne sais pas comment un homme supporte de partager la vie d'une femme qui s'est fait gonfler le visage comme un ballon. À ce moment-là, Chanouani comprit où elle voulait en venir et il changea habilement de sujet.

Suivant son habitude, elle rassasiait suffisamment son mari sur le plan sexuel pour qu'il puisse se contenter de la jouissance qu'il avait avec elle si la loi divine ne l'obligeait pas à faire l'amour avec ses deux autres épouses. Lorsqu'il sortait de chez Nourhane, il ne lui restait plus de force à gaspiller. En plus de son âge avancé, Chanouani avait fait récemment une opération à cœur ouvert et il prenait tous les matins de nombreuses pilules. Nourhane comprit qu'au lit avec Chanouani elle devait exécuter une version réduite du programme qu'elle mettait en œuvre avec ses deux autres maris. Elle supprima la séquence de la danse orientale ainsi que l'excitation des sept points sensibles et elle mit toute son énergie à sucer le membre du *hadj*, qui se dressait avec difficulté à cause des remèdes contre la tension et de l'élargissement des vaisseaux sanguins. Après l'érection, il fallait qu'elle fasse semblant de jouir parce que le *hadj* était un éjaculateur précoce. Parfois, lorsqu'elle déployait ses efforts et qu'il ne parvenait pas à avoir une érection, Chanouani lui relevait la tête et chuchotait, gêné :

— On dirait que je suis fatigué ce soir.

Alors elle le prenait dans ses bras et murmurait :

— Ça n'a pas d'importance. Tes bras pour moi, ça vaut le monde tout entier.

Nourhane n'était ni novice ni exigeante. Elle mettait en œuvre ses relations intimes avec le *hadj* comme une mission précise qu'elle s'efforçait d'accomplir comme il faut. Si l'on utilise le vocabulaire musical, on peut dire que leurs relations sexuelles étaient plus proches du concerto que de la symphonie. Nourhane jouait d'abord en solo puis elle attendait le temps qu'il fallait que les vénérables instruments du *hadj*, aux cordes usées, lui répondent. Nourhane n'était donc pas responsable de ce qui s'était passé le vendredi précédent. Comme d'habitude, Chanouani était venu la voir après la prière et elle avait préparé un plateau de macaronis sauce béchamel comme il les aimait. Le *hadj* avait mangé avec appétit puis il lui avait dit la phrase qui était pour eux le signal :

— Tu ne veux pas que nous allions nous reposer un peu ?

Elle lui avait dit :

— J'en ai très envie, mon chéri.

Comme d'habitude, il l'avait précédée dans la chambre à coucher, avait enlevé ses vêtements et il avait attendu nu sous la couverture. Elle était venue un quart d'heure plus tard, préparée, parfumée et revêtue d'une chemise de nuit rouge qu'il aimait. Hadj Chanouani avait commencé à l'embrasser avec fougue, à pétrir ses seins, et Nourhane avait poussé un soupir pour l'exciter. Elle avait ensuite fait semblant de s'échauffer puis elle avait baissé la tête pour accomplir sa mission habituelle. Le membre répondit, durcit peu à peu puis tout à coup Nourhane sentit le corps de Chanouani trembler. Elle leva les yeux et le trouva extrêmement pâle. Elle lâcha son sexe et s'écria avec anxiété :

— Qu'as-tu, *hadj* ?

Il haletait, son front ruisselait. Son regard était hagard, comme s'il ne parvenait plus à distinguer ce qu'il voyait. Il ouvrit la bouche et tenta de dire quelque chose, il prit une inspiration puis sa tête retomba sur l'oreiller.

50

À l'heure prévue par le rendez-vous, un peu avant la prière de midi, une BMW noire s'arrêta devant la villa, deux assistants et trois gardes du corps en descendirent, entourant le guide des frères musulmans. Bien entendu, la sécurité ne permit pas aux gardes du corps du guide d'entrer avec leurs armes. Dès que le guide passa la porte, les gardes remirent leurs armes aux officiers de l'Organisation. La réunion commença par la prière que le général Alouani dirigea devant son directeur de cabinet, le guide, ses deux assistants et ses gardes du corps, puis tous sortirent et laissèrent le général avec le guide. Généralement, les rencontres entre les deux hommes étaient rapides à cause du peu de temps dont disposait le général Alouani. Celui-ci, après les salutations d'usage, dit au guide :

— Au nom des membres du Conseil suprême des forces armées, je vous remercie, vous et vos frères, d'avoir tenu votre promesse.

— Il n'y a pas à remercier pour ce qui est un devoir. Dieu dit dans la sourate Al-Isra' : "Tenez votre promesse, Dieu vous en demandera des comptes."

— Le fait que les frères aient été à nos côtés contre l'instauration d'une nouvelle constitution a sauvé l'Égypte de la confusion et de l'anarchie.

— Que Dieu protège l'Égypte. J'ai une demande à faire à Votre Excellence.

— Je vous en prie.

— Je souhaite rencontrer les membres du Conseil suprême des forces armées. Je veux leur exprimer moi-même l'allégeance des frères et leur soutien.

Le général sourit.

— Soyez assurés que je leur transmets sans attendre vos messages. Mais les circonstances ne permettent pas que vous les rencontriez maintenant. Depuis l'abdication du président Moubarak, la presse est déchaînée. Si vous entriez au siège du Conseil, cela entraînerait des débats à n'en plus finir. Nous n'avons pas besoin de cela maintenant.

Le guide hocha la tête avec compréhension et ajouta :

— Vraiment les médias ont perdu toute mesure.

— Les hommes d'affaires patriotes ont fait leur devoir et ont ouvert des chaînes de télévision pour que les Égyptiens sachent ce qu'il en est, mais une bonne partie des médias appelle toujours à l'anarchie.

— Une des merveilles du Coran, c'est qu'il n'y a aucun détail de la vie des musulmans qu'il n'organise. Notre-Seigneur, qu'il soit glorifié et exalté, a déclaré dans la sourate Al-Hajarat : "Ô vous qui croyez, si quelqu'un de dépravé vous apporte une nouvelle, vérifiez-la avant de faire du mal aux autres par votre ignorance. Sinon, vous regretterez ce que vous avez fait."

— Parole de Dieu.

— Ne pensez-vous pas que ce verset pourrait servir de charte de l'information ?

— Grâce en soit rendue à Dieu.

Il y eut un instant de silence puis le général Alouani dit :

— Je vous ai convoqué aujourd'hui pour vous parler d'un sujet important.

— Rien de grave ?

— Vous savez l'ampleur des responsabilités qui pèsent sur nos épaules, les membres du Conseil suprême et moi-même.

— Que Dieu vous aide et qu'il vous bénisse.

— Nous allons être obligés dans la période à venir de prendre quelques mesures sévères pour assurer la sécurité et faire respecter l'État. Nous ne permettrons plus d'occupations d'espaces publics et de manifestations dans la rue.

— Et nous vous y aiderons, si Dieu le veut, afin que la machine soit remise en marche et que le travail de l'administration reprenne.

— Je vous le demande du point de vue de la loi religieuse : celui qui détient le pouvoir en Islam n'a-t-il pas le droit de frapper les mains de ceux qui sèment la sédition ?

— Ce n'est pas seulement son droit, c'est son devoir. Les théologiens sont d'accord pour dire que celui qui sème la sédition doit être puni par la prison et par le fouet et certains autres disent que le châtiment doit être la mort.

Le général Alouani resta silencieux, puis il regarda le guide et lui dit :

— Nous ne voulons pas que les frères participent aux manifestations.

— Je vous promets que pas un individu de notre confrérie ne prendra part aux troubles, et nous avons précédemment annoncé que les occupations de lieux publics étaient contraires à la loi de Dieu parce qu'elles permettent aux jeunes hommes et aux jeunes filles de se côtoyer, ce qui conduit au péché, que Dieu nous en préserve.

— Et je ne veux entendre aucune critique d'aucun responsable ni même d'aucun individu de votre confrérie contre les mesures sévères que nous allons prendre.

— Non seulement nous nous abstiendrons de les critiquer mais, avec la permission de Dieu, nous les soutiendrons.

Le général Alouani le scruta du regard comme pour le sonder puis il ajouta lentement :

— Les élections de l'Assemblée du peuple approchent et je vous ai promis que nous laisserions aux frères la possibilité de récolter tous les sièges qu'ils voudront sans aucune intervention de notre part. Si un seul frère s'oppose à une seule des mesures que nous allons prendre contre les saboteurs, notre accord au sujet de l'Assemblée du peuple est annulé.

— Le soutien des frères sera total, avec la permission de Dieu.

Le général Alouani sourit pour la première fois et dit :

— Lisons la Fatiha*.

Les deux hommes baissèrent humblement la tête et récitèrent à voix basse la première sourate du Coran.

— Avec la bénédiction de Dieu, conclut le général Alouani, qui souhaitait mettre fin à la rencontre. Mais le guide ajouta :

* La Fatiha est la sourate qui ouvre le Coran, comme son nom l'indique. C'est elle que l'on récite pendant la prière et à toutes les grandes occasions.

— Je sais que le temps de Votre Excellence est précieux, mais je voudrais exprimer un souhait.

— Rien de grave ? lui répondit le général Alouani, qui prit un air méfiant.

— Comme vous le savez, notre premier et dernier objectif est la prédication. La confrérie veut ouvrir de nouveaux locaux et nous disposons, grâce à Dieu, des lieux et des fonds nécessaires, mais les services de sécurité nous font des ennuis.

— Quelles sortes d'ennuis ?

Le guide sourit comme si le général avait dit quelque chose de drôle :

— Votre Excellence est au courant bien sûr. La Sécurité d'État a des dizaines de moyens d'interdire les nouveaux locaux.

— Quelle est votre demande ?

— Un seul mot de la part de Votre Excellence permettra d'ouvrir ces locaux.

— D'accord.

Le guide remercia plusieurs fois puis il partit. La satisfaction se lisait sur le visage du général Alouani. Tout allait à la perfection. Il ressemblait à un metteur en scène dont les acteurs ont bien appris leurs rôles et qui attend le début de la représentation avec confiance. Il fit venir son chef de cabinet.

— Dites au colonel responsable du dossier au Conseil suprême que les frères sont d'accord. Utilisez les communications chiffrées. Ni écrit, ni téléphone.

Le chef de cabinet hocha la tête et le général Alouani lui dit en se levant :

— Je vais à la maison. Je reviendrai ce soir.

Lorsqu'il monta dans sa voiture en direction de son domicile, il ressentit à nouveau de l'inquiétude. Pris dans la bataille qu'il menait pour garder le contrôle du pays, il en oubliait celle qui se déroulait chez lui. Lorsqu'il arriva, il trouva Tahani, sa femme, dans un triste état, et lorsqu'il lui demanda pourquoi elle lui répondit en pleurant :

— Est-ce que j'ai dix filles, Ahmed ? Je vois ma fille unique s'éteindre devant moi et je ne sais pas quoi faire.

Le général Alouani se dirigea vers la chambre de Dania mais sa mère se précipita derrière lui pour le retenir.

— Je t'en prie, ne sois pas dur avec elle. Elle n'a pas besoin de ça.

Le général hocha la tête et, après avoir tapoté du bout des doigts, il ouvrit doucement la porte et la trouva assise sur le divan. Elle avait l'air fatigué. On aurait dit qu'elle n'avait pas dormi et il se rendit compte qu'elle avait pleuré. Il lui dit en souriant :

— Je suis revenu plus tôt du travail. J'avais envie de te voir. Tu me manques, Dania.

Elle le regarda en hochant la tête et tenta sans y parvenir de sourire. Il s'assit devant elle sur le fauteuil. Il songea que de tels moments avaient été, autrefois, les plus beaux de sa vie. Se rappelant la mise en garde de Tahani, il lui dit doucement d'un ton amical :

— Dania, tu es intelligente et j'ai toujours été fier de ta façon de penser. Crois-tu que ta façon de faire va résoudre quelque problème que ce soit ?

Elle ne répondit pas et il poursuivit tendrement :

— Est-ce que c'est une solution, d'interrompre tes études ?

— Je ne peux pas aller à la faculté, lui répondit Dania à voix basse, comme si elle se parlait à elle-même.

— Dania, ce que tu fais ne va rien changer. Tu es en train de te détruire.

— Je ne peux pas oublier Khaled se faisant tuer sous mes yeux.

— Tu crois en Dieu et tu sais que notre destin à tous est écrit.

— Ce n'est pas possible de tuer les gens et de dire que leur temps était venu.

— Que veux-tu dire ?

— Je veux dire que Khaled n'est pas mort tout seul. De nombreux jeunes ont été tués pendant la révolution.

— Je t'en prie, Dania. J'ai décidé d'éviter de me disputer avec toi. Ce que tu appelles révolution était un complot et nous en avons tous les détails.

— Khaled n'était pas un comploteur.

— Bien sûr il y a des gens qui ont été trompés et qui ont suivi les comploteurs. Ce sont ceux qui les ont poussés qui sont coupables.

— Tu m'as interdit de témoigner au tribunal.

— Tes camarades ont témoigné. Le juge, après avoir écouté la plaidoirie de la défense, mettra l'affaire en jugement et, si c'est l'officier qui a tué ton ami, il sera condamné, conformément à la loi.

— Est-ce que tu suis le procès ?

— Bien sûr. Je sais que tu rends tous les jours visite à la famille de Khaled.

— Oui, je leur rends visite.

Le général Alouani fit un effort pour se contrôler. Dania poursuivit d'une voix faible.

— C'est la moindre des choses que je peux faire pour Khaled, tenir compagnie à son père et à sa sœur.

Le colonel se leva et l'attira doucement vers lui et elle se jeta tout à coup dans ses bras en pleurant. Il passa sa main sur sa tête en murmurant :

— Dania. Je t'en prie. Résiste contre l'état dans lequel tu te trouves. Pense à ta mère, sa santé se détériore à cause de toi. Promets-moi de retourner à la faculté.

51

Témoignage de Lamia Hassanein

À ceux qui me connaissent, je n'ai pas besoin de me présenter. Pour ceux qui ne me connaissent pas, mon nom est Lamia Hassanein. Je vais donner mon témoignage sur les événements du 9 octobre, en face de Maspero*, parce que lorsque j'ai regardé la télévision à la maison, ce jour-là, j'ai cru qu'ils parlaient d'un autre pays que le nôtre.

Le dimanche, je suis allée à Choubra pour participer à la marche qui en partait pour se diriger vers Maspero. Il était prévu que la marche parte à 15 heures et que nous nous arrêtions avec des bougies devant Maspero à 17 heures pour manifester notre deuil à la suite des violences que l'armée avait exercées la semaine précédente contre des manifestants. Et bien sûr pour affirmer le droit de tous les Égyptiens, indépendamment de leur religion, de vivre en paix chez eux et dans leurs lieux de culte, surtout après ce qui s'est passé à l'église Marinab à Assouan.

Je suis arrivée à quinze heures. La manifestation commençait. Il y avait beaucoup de monde, des familles entières, des enfants avec leurs parents et leurs grands-parents, brandissant des croix. Des jeunes gens et des jeunes filles portant des uniformes sur lesquels était écrit "prêt au martyre". Des slogans qui demandaient pourquoi les Égyptiens chrétiens n'étaient pas en sécurité dans leurs églises. Pourquoi la police et l'armée ne protégeaient pas les églises contre ceux qui les détruisaient. Et

* C'est à Maspero que se trouve le siège de la Télévision d'État égyptienne, dans un bâtiment circulaire qui ressemble à l'ancienne ORTF.

pourquoi, après la révolution, le régime continuait à utiliser les mêmes méthodes que du temps de Moubarak.

Parmi les slogans, il y en avait qui me plaisaient et d'autres qui ne me plaisaient pas et lorsque j'entendais quelqu'un se plaindre parce qu'il y avait des slogans religieux, je lui demandais de participer à la manifestation pour exprimer sa solidarité et son intérêt pour tous les Égyptiens sans discrimination et je lui disais qu'à partir de ce moment-là les slogans changeraient. À 16 h 30, j'ai écrit sur Twitter : "Le prêtre qui parle affirme que la marche est pacifique et il salue les musulmans qui y participent." Peu de temps après le slogan était "Tantaoui où est ton armée ? On brûle les maisons des chrétiens. On brûle des églises des Égyptiens."

Nous criions tous "Enfants de Choubra, descendez de chez vous. Il y a encore un million de Moubarak", "Égyptien, descends", et vraiment le nombre augmentait, chrétiens et musulmans venaient rejoindre la marche. La plupart des musulmans qui sont venus avec nous de Choubra se montraient solidaires. Ils souriaient. Ils répétaient les slogans. Il n'y a pas eu la moindre dispute confessionnelle à Choubra.

Le premier problème est survenu sous le pont de Choubra. Nous sommes passés tranquillement sous le pont et, dès que nous sommes arrivés de l'autre côté, de très jeunes gens nous ont jeté des pierres et des bouteilles depuis le pont et depuis l'intérieur du quartier d'Abdine. Moi, personnellement, je n'ai pas vu qui les jetait. Il y a aussi eu dans la même direction le bruit d'une bombe et des explosions. L'homme qui était à côté de moi a crié : "Cours, cache-toi." La femme qui était à côté de moi s'est mise à prier et à supplier Dieu d'avoir pitié de nous.

Voilà ce que j'ai envoyé sur Twitter à 17 h 35 : "La marche est attaquée à coups de pierres depuis le pont."

17 h 43 : "Les jets de pierre à partir du pont se sont arrêtés et ils ont recommencé depuis la rue."

18 heures : "Jets de pierres et de verre depuis l'intérieur d'Abdine. La manifestation continue."

La bataille a duré un quart d'heure. Eux, ils envoyaient des pierres et du verre et nous, nous leur répondions avec quelques pierres. Après ça, la manifestation a continué vers Maspero.

Au-dessous du pont El-Gala, l'esprit et le moral de la manifestation étaient formidables. Les slogans étaient forts. Presque tous les slogans à caractère religieux avaient disparu. Moi j'étais heureuse mais inquiète. J'avais peur de ce qui pourrait arriver lorsque nous atteindrions Maspero.

À 18 h 04, j'ai écrit : "La manifestation est pleine de vieux et d'enfants. S'il y a de la violence, ce sera une tragédie."

Nous criions : "À bas, à bas le pouvoir militaire", "Nous sommes le peuple de la ligne rouge", "L'Égypte à tous les Égyptiens, de toute communauté et de toute religion", "Pourquoi l'église a-t-elle brûlé ? Est-ce qu'Adli est revenu ?"

À ce moment-là, j'ai lu sur Twitter le message d'un ami qui disait que dix voitures de la Sécurité centrale pleines de policiers stationnaient au garage d'Abdel Moneam Riad. Nous étions à peu près vingt-cinq mille. Nous approchions de Maspero. L'ambiance était incroyable, je me suis sentie rassurée. Je me suis dit : "Bon, l'armée et la police peuvent nous tirer dessus au milieu de la nuit, mais ils ne sont pas assez fous pour tirer – et sans aucune raison – alors qu'il y a des milliers d'enfants dans la marche." Alors que nous étions sur le point de tourner vers Maspero, j'ai décidé d'aller voir quelle était la situation de l'autre côté. Dès que je suis arrivée à l'extrémité du bâtiment de Maspero, avant que la marche n'y parvienne, j'ai trouvé les gens qui occupaient la place en criant "Musulman, chrétien, une seule main" et, après une trentaine de secondes, j'ai vu des rangées de policiers de la Sécurité centrale qui couraient vers nous en tirant en l'air. Tout le monde s'est mis à courir pour fuir les coups de feu. Après avoir tiré en l'air, ils ont commencé à nous viser. J'ai couru vers la première rue et me suis dirigée vers l'autre côté pour voir où ils en étaient et chercher mes amis. De Maspero au Nil les tirs étaient ininterrompus et tous les gens couraient. Les soldats de l'armée et les policiers de la Sécurité centrale nous encerclaient de tous les côtés, au-dessus du pont, au-dessous du pont, rue du Hilton-Ramses et place Abdel-Moneam-Riad. Les gens qui étaient avec des enfants et les vieux tournaient dans tous les sens et cherchaient à s'éloigner du danger. Tous étaient terrorisés. Personne n'était préparé à cette violence.

À 18 h 26, j'écrivais sur Twitter : "Fils de chiens, ils tirent sur une manifestation pleine d'enfants."

18 h 32 : "Encore des coups de feu."

À ce moment-là j'étais au Hilton-Ramses, sur le Nil, comme la plupart des gens qui restaient. J'étais au milieu de la rue et j'essayais de comprendre ce qui se passait. Tout à coup j'ai vu des gens qui hurlaient pour nous dire de monter sur les trottoirs. Nous avons couru et nous avons vu des tanks de l'armée qui allaient à une vitesse folle au milieu d'une rue pleine de gens. Au début j'ai cru que c'étaient des soldats stupides qui allaient nous tuer par bêtise. Mais par la suite, j'ai vu les tanks qui allaient et venaient, toujours aussi vite, en zigzag dans la rue. Quand ils voyaient un groupe de gens qui essayait de s'enfuir, ils se précipitaient sur eux, montaient sur les trottoirs et les écrasaient. Quand ils voyaient des gens de l'autre côté, ils allaient les écraser. Je n'en croyais pas mes yeux. J'étais terrorisée. Ensuite les deux chars ont été remplacés par deux autres chars qui ont fait la même chose. Course folle. Gens écrasés. Des gens qui couraient dans toutes les directions pour ne pas être écrasés. Un groupe de personnes parmi lesquels il y avait au moins deux jeunes garçons de treize ou quatorze ans s'était caché derrière une voiture en stationnement. J'ai vu le char foncer sur eux, monter sur la voiture, la pulvériser et écraser un de ceux qui étaient cachés. Les autres se sont enfuis en direction de la Sécurité d'État. Les deux tanks ont disparu tout à coup. L'un d'entre eux est parti lentement et les gens se sont groupés autour et ont couru derrière avec des pierres. Ils ont fini par l'arrêter et ont jeté sur lui un panneau de circulation cassé et enflammé. Le tank s'est enflammé. Les jets de pierres continuaient. La plupart des gens se sont mis à crier "Arrêtez les pierres" et ont crié au soldat de ne pas avoir peur : "Sors, sors, sors." Ils avaient peur qu'il brûle à l'intérieur. Finalement le soldat est sorti et les gens se sont jetés sur lui pour le frapper, mais d'autres plus nombreux l'ont libéré. Ce soldat venait de tuer nos frères. Il venait juste de nous massacrer de sang-froid, mais les gens ont décidé de ne pas se salir les mains avec du sang. Je l'ai vu courir sous la protection de deux hommes âgés.

À ce moment-là je suis allée en direction d'un immeuble devant lequel il y avait un groupe de gens. Je me suis rendu compte que je me trouvais entre les jambes d'un cadavre. Sa poitrine était criblée de balles, sa chemise ensanglantée et déchirée. Cela m'a paralysée. À tel point qu'un garçon m'a poussée et m'a dit de ne pas rester immobile comme ça et de l'aider à transporter le cadavre à l'entrée de l'immeuble. Je suis allée à l'entrée de l'immeuble et j'y ai trouvé beaucoup de gens. Deux médecins aidaient les nombreux blessés. Devant moi il y avait deux cadavres. Nous avons mis l'homme criblé de balles à côté d'eux. Un autre avait reçu une balle dans la poitrine et le docteur cherchait son pouls mais ne le trouvait pas. À côté d'eux il y avait un garçon dont la tête était écrabouillée et le torse complètement aplati après avoir été écrasé par le char. Tous les blessés et les cadavres que j'ai vus étaient habillés en vêtements civils. J'ai essayé d'aider "l'hôpital" qu'il y avait dans le hall de l'immeuble mais j'étais tellement choquée je ne savais pas quoi faire. Je suis sortie. Tous les gens dehors étaient abasourdis. J'avais le sentiment que nous étions en guerre.

Quelques minutes plus tard j'étais sur Twitter : "D'après ce que j'ai vu et selon des témoignages avérés, il y a trois morts." Je n'imaginais pas que la situation était bien pire.

Je suis allée au Hilton à la recherche d'une amie. Il y avait beaucoup de monde, surtout des femmes de l'âge de ma mère. Elles priaient au milieu de la rue, implorant la pitié et tout à coup je me suis rendu compte que l'on tirait sur nous depuis le pont. Il y avait là une longue rangée de militaires qui tiraient sur nous. Tous les gens se sont mis à courir. Quelques personnes courageuses sont revenues pour faire face aux tirs avec des pierres. J'ai vu dans la confusion un homme tomber sous les balles.

Les tirs ont duré un certain temps puis ont cessé. Ensuite ce fut le tour des gaz lacrymogènes très étouffants qui brûlaient la peau plus que d'habitude. Je suis allé dans une petite rue acheter du Pepsi contre le gaz. J'ai trouvé une femme qui criait : "Mon Dieu, on n'a pas notre place dans notre pays, mon Dieu, mon Dieu, tu veux nous faire savoir que c'est leur religion qui est la bonne ? Mon Dieu !" Je l'ai prise dans mes bras. Elle se tenait là avec à ses pieds son mari atteint par les balles. Nous avons essayé de le déplacer pour le transporter à l'ambulance, il allait mourir, il poussait un râle effrayant. Le sang giclait de sa poitrine. Le râle et le sang se sont arrêtés avant que l'on n'arrive à l'ambulance. L'homme de l'ambulance nous a dit qu'il était mort et qu'il fallait que l'on attende une autre voiture pour le transporter parce que la priorité était aux blessés graves. J'étais assise par terre avec la femme dans mes bras. Elle criait avec son mari mort à côté de nous. Je ne connais toujours pas son nom, impossible d'aller lui présenter mes condoléances.

Terrorisée, j'ai rejoint la rue principale. Les coups de feu et les gaz continuaient des deux côtés. Les jets de pierres étaient permanents. Je suis restée à pleurer un peu sur le trottoir, jusqu'à ce qu'un ami – Mohamed – me prenne par la main pour m'éloigner d'une grenade lacrymogène qui avait atterri à côté de moi. Je pensais aux slogans qu'on entendait à côté pendant tout ce temps-là : "Musulman, chrétien, une seule voix !"

Ça a duré des heures, puis tout à coup sont arrivés derrière moi des jeunes habillés avec des vêtements modestes qui brandissaient des épées et criaient des slogans racistes contre les chrétiens. Ensuite, quand je leur ai parlé j'ai compris qu'ils venaient de Boulaq*. Ils avaient entendu à la télévision que les chrétiens avaient des armes et qu'ils attaquaient l'armée. Ils étaient descendus pour la défendre. L'un d'entre eux m'a demandé où étaient les armes des chrétiens.

La nuit a été longue et on a continué à tirer sur nous à Maspero et dans le centre-ville pendant des heures. Des gens méprisables sont apparus qui criaient "État islamique, État islamique" et insultaient les chrétiens. Un de nos amis les a vus descendre d'une voiture de la Sécurité centrale. Ils continuent leur sale boulot.

Je ne suis plus capable maintenant de continuer mon récit.

Ce qui est arrivé ce dimanche n'a rien à voir avec un affrontement entre musulmans et chrétiens. Il n'y a pas eu de guerre civile. Ce qu'il y a eu, c'est tout simplement la violence du pouvoir contre des manifestants pacifiques. La même chose que ce qui arrivait sous Moubarak. Le pouvoir est prêt à diffuser des mensonges pour que les Égyptiens se battent les uns contre les autres. Ils sont prêts à enflammer le pays.

* Quartier populaire en plein centre-ville, proche de la Télévision.

Mais ce qui est clair pour moi, c'est que ce dimanche a tout changé. Il a prouvé que le Conseil suprême était prêt à nous sacrifier tous, musulmans et chrétiens, et à lancer une guerre civile. Il a appelé des Égyptiens à venir frapper d'autres Égyptiens simplement pour préserver le régime que nous avons voulu faire tomber.

Ce jour-là, on ne sait pas encore combien de martyrs sont tombés parmi les manifestants. Le chiffre le plus bas selon le ministre de la Santé est de vingt-cinq. Moi, personnellement, j'ai vu dix-sept cadavres. L'un d'entre eux était un garçon que je connaissais, Mina Daniel. C'était une connaissance de Tahrir. Nous n'étions pas amis, mais je le connaissais. Mina était un garçon courageux. Le jour de la bataille des chameaux, il avait été touché par une balle et il s'en était sorti, mais cette fois-ci, la balle lui a traversé la poitrine et l'a tué.

Mina, le garçon courageux que j'avais connu dans les manifestations, je l'ai vu mort. Il était méconnaissable.

TÉMOIGNAGE DE SHENOUDA ASSAD

Le début :
La marche d'aujourd'hui était différente des deux autres faites pour dénoncer la destruction de l'église de Saint-Mar-Giris dans le village de Marinab. Les manifestants étaient beaucoup plus nombreux. La rue de Choubra était fermée depuis le carrefour de Choubra jusqu'à Maspero. C'était noir de monde. Des musulmans et des coptes. C'étaient des gens qui n'avaient pas aimé la façon dont avait été dispersée l'occupation de la place de Maspero. Qui n'avaient pas aimé que les églises brûlent impunément et sans réaction. Ils sont descendus avec comme slogan "chrétiens, musulmans, une seule main."

La plupart des slogans étaient dirigés contre Tantaoui et le Conseil suprême des forces armées et il y avait plus de musulmans avec nous que les fois précédentes. Nous avons marché très tranquillement dans la rue de Choubra. Quelques petites bagarres et quelques disputes comme toujours.

Mais comme nous étions très nombreux et très en colère, personne n'osait nous insulter ou cracher sur nous comme les autres fois.

Le début de la tourmente :

Nous sommes arrivés tranquillement à l'extrémité de Choubra. Lorsque nous sommes arrivés au tunnel de Choubra, sous le pont de Sebtia, les pierres et les cailloux se sont mis à pleuvoir sur nous depuis le pont. Quelques personnes ont été légèrement blessées et nous les avons immédiatement fait soigner. Nous sommes restés sous le pont jusqu'à ce que des jeunes de l'Union de Maspero soient montés sur le pont. Les gens qui jetaient des pierres sont partis en courant dès qu'ils les ont vus. Nous avons vérifié que c'étaient simplement des gens à qui ça ne plaisait pas de voir des croix dans la manifestation. Ils ont dit qu'ils avaient simplement croisé notre route. Nous avons continué jusqu'à El-Qolali et dans un bâtiment du quartier nous avons entendu des rafales de coups de feu. Les gens se sont dispersés et se sont mis à courir dans tous les sens. Il y avait un prêtre monté sur une voiture où se trouvaient des gens qui conduisaient la manifestation en lançant des slogans. Dès qu'il a vu que les gens étaient inquiets, il a pris le micro pour les calmer. Mot à mot, il leur a dit :

— Écoutez, notre manifestation est pacifique. Quelles que soient les provocations ou les altercations, nous devons rester pacifiques et, s'il vous plaît, nous voulons que personne ne panique et ne perde le contrôle, même si l'on vous insulte ou vous humilie. Nous ne devons pas détériorer l'image de la marche.

Les gens se sont un peu calmés et les slogans contre le Conseil suprême et contre Tantaoui et Enan* sont devenus plus virulents.

La boucherie :

Nous sommes arrivés au Hilton-Ramsès et, avant que nous poursuivions vers Maspero, un prêtre est monté sur la voiture qui conduisait la manifestation et nous a dit :

— Écoutez, nous sommes venus porter un message et, quoi qu'il arrive, notre marche sera pacifique. Nous ne sommes pas venus chercher la bagarre. Nous disons *Kyrie Eleison*, s'il arrive quelque chose à quelqu'un, si quelqu'un est blessé ou s'il meurt, je vous le dis, Dieu le placera parmi ses martyrs, au nom du Christ.

* Le maréchal Mohamed Hussein Tantaoui était le président du Haut-Conseil et le général Sami Hafez Enan son porte-parole.

On aurait dit que ce prêtre avait deviné ce qui allait se passer une demi-heure plus tard. En entendant ses paroles, la ferveur des gens s'est accrue, et nous avons poursuivi notre marche. Je me suis arrêté pour acheter du Pepsi dans un kiosque devant le Hilton-Ramsès et j'ai appelé ma mère et ma sœur pour les rassurer. Tout ça m'a pris dix minutes. Le groupe avec lequel j'avançais était très loin et je me trouvais à la fin de la marche. Tout à coup nous avons entendu un tir fourni et ceux qui étaient devant se sont mis à courir vers nous en criant : "Courez, ils sont en train de tirer." J'ai cru que l'armée essayait, comme d'habitude, de nous faire peur en tirant en l'air. Toutes les lumières se sont éteintes et j'ai entendu le hurlement des pneus d'une voiture. J'ai vu un tank de l'armée qui venait de loin à toute vitesse avec un soldat qui tirait dans tous les sens avec sa mitrailleuse pendant que le tank écrasait tous ceux qui étaient sur son chemin.

La lumière était très faible et on ne voyait presque rien. On entendait juste les cris et le bruit des vitres des immeubles qui étaient devant Maspero brisées par les coups de feu. J'ai couru me cacher entre deux voitures en stationnement lorsque le tank est reparti. J'ai cru que c'était fini mais j'ai vu deux autres tanks qui avançaient de la même façon en écrasant aussi tous ceux qui étaient sur leur chemin. Une fois arrivés au bout de la rue, ils sont revenus et ils ont recommencé dans l'autre sens. Vous imaginez le spectacle de ces gens terrorisés, d'autant plus que la plupart étaient des femmes et des enfants. Nous avons couru vers une ruelle qui donnait sur une rue parallèle. La nuit était noire comme du charbon. Des cris montaient de tous les côtés. J'ai continué à courir jusqu'au Hilton-Ramsès. J'étais complètement abasourdi. Je me suis arrêté, je n'arrivais pas à croire que c'était bel et bien l'armée qui se livrait à de tels actes. Je n'aurais jamais imaginé une telle violence. J'étais pétrifié devant tous les corps blessés, les pleurs et les cris des gens qui invoquaient Dieu, la Vierge, Jésus…

Dix minutes plus tard, les jeunes ont commencé à ramasser les blessés et à les évacuer. Quoi que j'écrive ou que je dise, je ne peux pas décrire l'horreur du spectacle sanglant que j'avais sous les yeux. J'ai vu deux jeunes qui tiraient quelqu'un dont la partie inférieure du corps avait disparu. J'ai regardé son visage.

C'était quelqu'un qui criait des slogans juste devant moi un peu plus tôt. J'avais marché à côté de lui depuis le moment où j'avais rejoint la manifestation jusqu'à celui où j'étais allé chercher du Pepsi. C'est-à-dire que si je n'avais pas acheté de Pepsi, si je n'avais pas pris du retard, j'aurais été à sa place. J'en ai vu d'autres qui étaient criblés de balles et dont le sang inondait la rue. Les gens étaient très en colère. J'ai vu un groupe de gens qui essayaient de ramasser les blessés et d'entrer avec eux au Hilton-Ramses, mais la sécurité les en a empêchés et les a attaqués. Les gens sont devenus fous et ont commencé à cogner sur les vitres.

En partant, j'ai vu près de dix voitures de la Sécurité centrale qui arrivaient à Maspero et je ne sais pas ce qui s'est passé ensuite parce que j'ai perdu conscience. J'étais tellement choqué que je suis resté près d'une demi-heure dans la rue sans être conscient de ce qui se passait autour de moi. Lorsque je suis revenu à la maison, j'ai trouvé ma famille qui remuait ciel et terre pour me retrouver.

Et j'ai vu la télévision égyptienne – je ne trouve pas les mots pour décrire un tel avilissement – qui délirait. On y disait par exemple que deux soldats avaient été tués par les manifestants coptes, que les manifestants coptes avaient tenté d'attaquer Maspero et qu'ils avaient tiré sur les forces armées. Le pire, c'était la provocation de ces présentateurs, fils de…

En résumé, j'ai voulu dire plusieurs choses, comme ça, pour que les gens comprennent comment cela s'est réellement passé.

Premièrement : dans la manifestation il y avait des musulmans. Peut-être pas beaucoup mais plus que dans les deux dernières manifestations, et ils partageaient mêmes certains de nos slogans chrétiens.

Deuxièmement : lorsque l'on nous a tiré dessus, à la sortie de Choubra, tout ce que nous avons fait, c'est de courir. Et si nous avions eu des armes comme le prétendent les médias, nous n'aurions fait que nous défendre.

Troisièmement : pendant toute la manifestation, nous avons insisté sur le fait qu'elle était pacifique, et notre curé nous a plus d'une fois mis en garde contre les provocations et les bagarres qui pourraient entraîner la violence.

Quatrièmement : le nombre de gens qui ont été écrasés et qui sont morts sous les balles est deux fois supérieur à celui que les médias ont annoncé jusqu'à maintenant (trente-neuf martyrs).

Cinquièmement : comme je l'ai dit plus tôt, il y a des gens que le spectacle du sang, des blessés et des martyrs a mis très en colère. Donc, tous les actes de violences et les combats qui sont arrivés après entre les manifestants et l'armée ou la police ne sont que la conséquence de ce qui venait d'arriver (le même scénario que les autres épisodes de la révolution).

Maintenant, je vous en supplie : plus personne ne doit croire un seul mot de ce qui se dit à la télévision égyptienne... même si c'est une personne respectable ou digne de confiance... dans cet endroit maudit, Maspero*, il n'y a pas un trou d'aiguille qui ne soit soumis aux militaires. Il n'y a pas un mot que s'y dise... sans que cela ait été planifié à l'avance.

Ne croyez pas ces histoires de guerre civile entre chrétiens et musulmans. Vérifiez vos sources d'abord. C'est leur sale jeu maintenant, c'est comme ça qu'ils veulent renverser les rôles. Le Conseil de la Honte veut transformer le coupable en victime et gagner la sympathie de la plupart des musulmans qui ne savent pas ce qui s'est vraiment passé et gagner également la sympathie de nombreux chrétiens qui étaient opposés à la marche et qui pensaient que c'était un tort et que ceux qui foutaient le pays en l'air méritaient ce qui leur arrivait.

Diffusez toutes informations qui font connaître aux gens les faits réels. Et priez Dieu que ce cauchemar militaire prenne fin avant que l'Égypte ne soit détruite. Ne rendez pas les choses pires qu'elles ne le sont et restez solidaires les uns des autres... pour les gens qui sont morts aujourd'hui en criant : "Pacifique, pacifique !"

Que Dieu accorde sa miséricorde à tous les martyrs qui sont tombés aujourd'hui et qu'il protège notre pays béni de la destruction.

---

* C'est-à-dire le bâtiment de la Télévision publique.

Tout d'abord il faut que je présente mes condoléances aux familles des martyrs et que je salue la mémoire de tous les martyrs égyptiens, que je considère tous comme des martyrs accueillis par Dieu.

Ensuite, ceci est un témoignage, pas une analyse. Je raconte seulement ce que j'ai vu. Je n'essaie pas d'analyser quoi que ce soit ni de faire passer un message.

Témoignage :

Le jour de la marche, j'étais au travail et j'ai suivi la marche sur Twitter à partir du moment où elle s'est mise en mouvement à Choubra. Au tunnel de Choubra, des voyous s'en sont pris à eux, mais Dieu les a protégés et ils ont poursuivi. Tout cela, je l'ai suivi sur Twitter. Ils disaient qu'ils avaient dépassé les locaux d'Al-Ahram, rue El-Gala, et tout le monde les rejoignait. Je me suis dit que c'était honteux de ne pas y être, qu'il fallait que je rejoigne cette marche, que j'allais les rejoindre rue Abdel-Moneam-Riad. C'était honteux d'être solidaire de leur cause et de pousser des cris devant mon ordinateur. Ma conscience m'a dit : "Mon garçon, vas-y, même si c'est juste une demi-heure mais montre au moins que tu es présent, ne sois pas en contradiction avec toi-même et avec tes principes." Et comme ça, je me suis levé et je suis descendu. J'ai laissé ma voiture et j'ai pris un taxi. Je n'avais même pas mon portefeuille parce que je n'allais pas à Tahrir et que je ne descendais pas à une manifestation dangereuse.

Bon, je suis descendu et je suis arrivé au Hilton-Ramsès et j'ai vu qu'un grand nombre de manifestants étaient arrivés à la télévision. Comme je m'y attendais, c'était une manifestation chrétienne, des gens très polis, avec des pancartes, des croix et des cierges. J'ai pris un cierge et j'ai marché un peu au milieu de la manifestation pour voir. La manifestation était pleine de musulmans, de gens barbus et de filles voilées. Je suis arrivé à la corniche, devant le marchand de lunettes qui est à côté de Radiochak et tout d'un coup quelqu'un a pris ma main droite. J'ai regardé et j'ai vu un jeune qui m'a souri d'un sourire qui voulait dire : "Nous ne sommes qu'une seule main." Je lui ai souri et nous avons marché ensemble. Le garçon marchait en me tenant la main comme si c'était une proclamation. Il ne m'a pas demandé qui j'étais et moi non plus, il ne m'a pas demandé si j'étais musulman ou chrétien et moi non plus. Il y avait un prêtre monté sur une voiture pleine de haut-parleurs qui répétait *Kyrie Eleison*, et nous répétions derrière lui *Kyrie Eleison*, Dieu accorde-nous ta miséricorde.

C'est alors que tout à coup j'ai entendu beaucoup, beaucoup de coups de feu. J'ai vu des femmes qui criaient dans la plus grande confusion. Les gens couraient dans tous les sens. Le jeune homme qui me tenait la main m'a tiré vers le trottoir parce que tout le monde courait avec anxiété et moi, je ne comprenais pas ce qui se passait. J'étais terrorisé parce que le bruit des tirs venait de toutes les directions. Tout à coup, j'ai senti que la main me tirait vers le bas. J'ai regardé le garçon et j'ai vu que ses jambes vacillaient. Une balle était entrée du côté droit de son visage et était sortie de l'autre côté ou le contraire, je ne sais pas. Le garçon a commencé à vaciller puis il est tombé par terre et m'a regardé comme quelqu'un qui ne pouvait pas croire ce qui arrivait, qui semblait dire : "C'est moi qui meurs ? Mais pourquoi ? Comment ?" Un regard qui ne parvenait pas à croire à la mort. Au début j'ai cru qu'il me regardait puis j'ai compris qu'il regardait plus loin, vers Dieu, mais c'était moi qui étais en face de lui. Dans son regard il n'y avait pas de colère. Il n'avait pas l'air fâché. Juste de l'incrédulité, de la stupéfaction, de l'interrogation et un demi-sourire. Je jure, par Dieu, que je ne sais pas si ce jeune était chrétien ou musulman. Je n'ai pas eu le temps de le lui demander. Il ne portait pas de croix et je n'ai pas remarqué s'il avait une croix tatouée à son poignet ou non parce que je n'y avais pas fait attention. Tout ce que je savais, c'était qu'il m'avait pris la main puis qu'il m'avait doucement lâché la main et qu'il avait glissé sur le sol, les yeux ouverts. Moi j'étais tellement effrayé, je me suis penché sur lui, je l'ai secoué, je lui ai dit "Lève-toi, lève-toi", et ceux qui m'ont vu m'ont dit : "Comment veux-tu qu'il se lève ? Tire-le avec nous." Nous l'avons tiré par terre et, en regardant à gauche, du côté de la télévision j'ai vu des gens qui se précipitaient comme des fourmis et qui se dispersaient. Pourquoi ? Parce qu'un tank était en train d'avancer comme un fou ou comme si celui qui le conduisait était ivre et incapable d'aller tout droit. Ce tank venait dans notre direction, si bien qu'après avoir soulevé le jeune homme nous l'avons tous laissé tomber à nouveau et nous sommes mis à courir. Vous connaissez une plus grande humiliation que celle-là ? Vous savez ce que ressent un homme quand il court et qu'il abandonne un mort ou un blessé ? Il court pour sa vie parce qu'il a peur pour lui. C'est cela l'humiliation. Les autres hommes peuvent comprendre cela.

J'ai couru vers le Nil. Les grenades lacrymogènes remplissaient l'atmosphère et moi je pleurais, je ne sais pas si c'était à cause du gaz ou à cause du jeune qui était mort, ou à cause de moi, ou si c'était pour tout ça à la fois. En revenant j'ai vu de mes propres yeux un grand nombre de morceaux humains laissés par le tank : des intestins, des cerveaux, des jambes, des moitiés de corps. Tout cela je l'ai vu. Mais le plus dégoûtant, c'est que j'ai vu des gens qui couraient, terrorisés, et qui marchaient dessus. Personne ne pense plus. La seule chose qui compte, c'est de s'en sortir. On voit partout devant soi des morceaux de corps de martyrs profanés qu'on piétine sans le moindre respect. Les gens courent dessus et personne ne pense à regarder vers le bas.

J'ai continué à battre en retraite jusqu'au local du Parti national* et j'ai vu des gens sur le pont du Six-Octobre qui jetaient des pierres sur ceux qui étaient au-dessous. Cela ressemblait à un champ de bataille. Les gens criaient, les gens couraient, revenaient. J'ai remarqué des gens qui couraient derrière le tank qui il y a peu nous aurait écrasés et qui maintenant repartait après avoir terminé sa promenade.

Moi je courais dans une autre direction. Je suis revenu au travail. Je dois dire que si j'étais mort ce jour-là, personne ne l'aurait su et mon nom ne serait apparu nulle part parce que j'étais sorti sans ma carte d'identité. Je serais un martyr enterré dans une fosse commune. Ma question, c'est la même que celle du garçon qui est mort et qui est devenu le plus cher de mes amis

* Le bâtiment du Parti national, le parti de Moubarak, se trouvait à côté du musée, près de Maspero. Il avait brûlé pendant la révolution et a maintenant été détruit.

– je ne connais même pas son nom. Pourquoi tout ceci est-il arrivé ? Que celui qui a une réponse me le fasse savoir. Merci.

Fin du témoignage.

52

Comment Nourhane a-t-elle pu rester maîtresse d'elle-même dans une situation aussi critique ? La seule explication, c'est que Notre-Seigneur, qu'il soit glorifié et exalté, lui a inspiré la sagesse et a affermi son cœur pour la récompenser de sa foi. Hadj Chanouani était nu, tout comme elle. Elle mit vite une robe et des chaussures plates. Elle se coiffa rapidement puis elle prépara des sous-vête-ments et un pyjama pour Chanouani et elle s'efforça de l'habiller. Son corps était raide et ses muscles durcis. Elle souleva ses jambes avec difficulté et eut besoin d'un effort encore plus grand pour lui soulever le corps et l'adosser au lit. Elle passa à peu près une demi-heure à donner à Hadj Chanouani l'aspect de quelqu'un qui dort normalement. Ensuite elle ouvrit le coffre qui était fixé dans le mur et elle en sortit son contrat de mariage et trente-deux pièces de joaillerie qu'elle connaissait très bien. Elle les compta et elle les mit dans un grand sac à main Chanel. Dieu lui inspira ces mesures préventives pour une raison importante. Hadj Cha-nouani avait deux autres épouses ainsi que des enfants âgés qui avaient une grande influence au sein de l'État et elle savait que beaucoup parmi eux n'étaient pas ravis de son mariage avec elle. Il était possible que quelqu'un s'empare de son certificat de mariage ou de ses bijoux (dont vingt avaient été achetés par Chanouani). Après s'être assurée que le document et les bijoux se trouvaient dans son sac qui, à partir de ce moment, n'allait plus l'abandon-ner, elle appela le médecin personnel de Chanouani en criant :

— Hadj Chanouani est revenu de son travail. Il a déjeuné puis il a dit qu'il allait dormir une heure. Je suis venue pour le réveil-ler et je l'ai trouvé…

Les larmes empêchèrent Nourhane de terminer sa phrase. Elle cria :

— *Hadj*, lève-toi, réponds-moi.

Quelques minutes plus tard arriva une ambulance avec son médecin personnel (qui habitait près de chez lui).

Le médecin obligea Nourhane à prendre un calmant de crainte qu'elle ne se fasse du mal, parce qu'elle n'arrêtait pas de crier et de pleurer, de se frapper le visage, retenue par les serviteurs et les ambulanciers. Le médecin ausculta soigneusement Chanouani puis ses traits se détendirent et il s'écria :

— Hadj Chanouani va bien, grâce à Dieu.

Alors, elle s'approcha de lui en criant :

— Docteur, je vous en prie, faites tout votre possible. Je vous baise les mains. Je n'ai personne d'autre que lui au monde.

On transporta Hadj Chanouani dans une ambulance équipée qui l'emmena à l'aéroport militaire, à peu près à un quart d'heure de là. Un hélicoptère militaire équipé pour les urgences l'attendait sur l'ordre du maréchal commandant les forces armées qui avait aussitôt été informé par son cabinet. L'avion le transporta à l'hôpital militaire, le meilleur d'Égypte tant pour l'équipement que pour la qualité des soins. Hadj Chanouani réagit aux soins d'urgence dans l'hélicoptère. Il ouvrit les yeux et dit d'une voix faible :

— Ah…

Nourhane cria d'une voix émue :

— Mon chéri, tu vas bien ?

Après les examens complets effectués dès son arrivée, le médecin déclara à Nourhane que Hadj Chanouani était victime de surmenage. Puis il lui demanda à voix basse et avec un sourire circonspect :

— Vous l'avez trouvé comme ça. Il est arrivé tout seul à ce stade d'épuisement ?

Nourhane évita le regard incrédule du médecin et lui dit d'une voix ferme :

— Oui, je suis entrée et je l'ai trouvé comme vous l'avez vu.

Le médecin ne fit pas de commentaire mais il la rassura et lui dit que son mari avait besoin d'une semaine de repos à l'hôpital. Nourhane se comporta alors comme doit le faire une épouse musulmane. Elle demanda au médecin d'informer sa première femme et ses enfants et elle se retira chez elle après avoir demandé au médecin de la prévenir quand il y aurait un moment convenable pour lui rendre visite. La nouvelle de la présence de Hadj Chanouani à l'hôpital militaire se répandit et sa chambre ainsi que les couloirs qui y menaient se remplirent de bouquets de coûteuses fleurs importées. Les visites furent nombreuses, ce qui amena le médecin à les interdire strictement, sauf aux personnalités importantes, bien entendu. Ce fut le cas du maréchal commandant les forces armées, qui fit une visite personnelle. Puis il y eut le général Ahmed Alouani et les membres du Conseil suprême des forces armées ainsi que l'ensemble des ministres. Le guide des frères musulmans vint également le voir avec deux membres du bureau de la Guidance. Au bout d'une semaine, comme l'avait annoncé le médecin, l'état de santé de Chanouani s'améliora, même si son visage était pâle et ses mouvements difficiles et mesurés. Cependant il insista, malgré son état, pour assister à la réunion avec les médias organisée par le général Alouani. Chanouani y alla accompagné de son médecin personnel à qui il demanda d'attendre à l'extérieur de la salle, au cas où il sentirait une faiblesse. La réunion se tenait dans la grande salle où ils s'étaient tous retrouvés le jour de l'abdication. Quelle différence entre ce jour et la journée de l'abdication de Moubarak ! Le général Alouani paraissait aujourd'hui calme et confiant. Les hautes personnalités des médias et les propriétaires des chaînes privées ainsi que les responsables gouvernementaux de l'information avaient été convoqués. Cela faisait une cinquantaine de personnes autour des tables rondes, tandis que le général Alouani était sur l'estrade avec à ses côtés son directeur de cabinet, qui assistait à la réunion debout et sortait de temps en temps de la pièce, y revenant pour chuchoter quelque chose à l'oreille de Son Excellence et recueillir ses instructions. Le général Alouani se tourna vers Hadj Chanouani et lui dit amicalement :

— Tout d'abord je voudrais souhaiter un bon rétablissement à Hadj Chanouani.

La pièce s'emplit de chuchotements amicaux et Chanouani sourit et leva à demi la main pour saluer l'assistance. Le général

Alouani poursuivit en regardant Nourhane, qui se trouvait à côté de son époux :

— Ensuite je dois saluer Nourhane pour les grands efforts qu'elle déploie sur la chaîne L'Égypte authentique. Savez-vous que les organismes de sondage disent que son programme est celui qui a la plus grande audience dans toute la République ?!

Nourhane sourit timidement et hocha la tête, mais le général continua avec enthousiasme :

— La vérité, voyez-vous, c'est que Nourhane est un modèle. Elle ne se contente pas d'exécuter les instructions, mais elle trouve elle-même des idées pour que les gens prennent conscience de la situation. C'est vous qui devriez être la directrice de la chaîne.

Il y eut des murmures et des rires, et Nourhane dit finement :

— C'est un poste pour lequel il faut avoir des appuis, monsieur.

Il y eut un éclat de rire général et le général Alouani regarda Chanouani en disant :

— C'est moi qui vous appuie. Tenez-en compte, Hadj Chanouani.

— À vos ordres, monsieur.

— C'est fait. Bravo Nourhane, vous voilà directrice de la chaîne.

Il y eut des commentaires drôles et certaines personnes présentes félicitèrent Nourhane dans une atmosphère joviale.

Toujours de bonne humeur, le général Alouani commença ainsi son propos :

— Avant de vous informer de l'objectif de cette réunion, je voudrais vous parler de l'Organisation, que je préside. Les officiers de l'Organisation ne sont pas seulement en charge de la sécurité. Nous avons tous étudié la psychologie et les sciences sociales, et de nombreux officiers ont des diplômes de diverses universités. Nous sommes tous des Égyptiens patriotes. Je vais vous parler avec franchise. Notre peuple est ignorant et ses idées sont arriérées. La plupart des Égyptiens ne savent pas penser par eux-mêmes. Notre peuple est comme un enfant : si nous le laissons choisir par lui-même, il se fera mal. Le rôle de l'information en Égypte est différent de ce qu'il est dans les pays développés.

Votre mission, en tant que professionnels des médias, est de penser à la place du peuple. Votre mission est de fabriquer les cerveaux des Égyptiens et de former leurs idées. Après une période de mise en condition efficace, les gens considéreront que ce que disent les médias est vrai. Si vous dites qu'untel est un voleur, eh bien il devient un voleur. Si vous dites qu'untel est nul, les gens croiront qu'il est nul. Je ne méprise pas le peuple. Je suis un fils de ce peuple. Je parle de la façon dont est faite la personnalité égyptienne. L'Égyptien ordinaire est un homme simple. Tout ce qu'il demande dans la vie, c'est d'avoir à manger, de pouvoir élever ses enfants, de regarder un match de football, de fumer du haschich, de boire une bière et de faire l'amour avec sa femme.

Il y eut des rires dans tous les coins de la pièce. Le général Alouani rit également puis il poursuivit :

— Est-ce que cela n'est pas vrai ? Il n'y a pas un Égyptien qui veuille autre chose. La nourriture, les enfants, le football et le sexe. Celui qui gouverne en Égypte est entouré d'une crainte révérencielle et il a une position différente des dirigeants d'autres pays. L'Égyptien ne s'est jamais révolté contre celui qui gouverne. Savez-vous pourquoi le complot de janvier a pris comme ça ? Parce qu'il y a des jeunes qui ont appris tout seuls comment fonctionne l'information. Tous les sujets qui ont agité les gens ont commencé à apparaître sur Facebook et Twitter. Cela a été notre faute en tant qu'État. Maintenant nous avons appris et nous corrigeons cette faute. Je veux dire que la responsabilité qui repose sur vos épaules est grande. Vous façonnez la pensée des Égyptiens dans une période difficile. Imaginez ce qui aurait pu se passer dans le pays si vous n'aviez pas couvert d'une façon correcte les événements de Maspero. C'est vous qui conduisez la lutte pour la défense de l'État égyptien. Vous êtes comme l'artillerie pendant la guerre. Vous devez préparer le terrain par un tir concentré avant que l'infanterie n'avance. Tous ces petits traîtres qui sont responsables du complot de janvier, je peux tous les arrêter du soir au matin, mais auparavant, il faut que les médias les dénoncent. Il faut qu'ils perdent tout soutien populaire. Il faut que le peuple les déteste et il faut que les gens se réjouissent lorsque je les arrêterai. Je vous ai réunis aujourd'hui pour vous dire que l'État égyptien, dans la période à venir, va entrer dans une confrontation violente avec les saboteurs. Ce qui est arrivé à Maspero n'était que le début. Toutes les options sont possibles et nous aurons plus que jamais besoin de votre soutien.

53

Mazen,

Sans tes paroles que je me répète et qui me donnent espoir, je n'aurais pas supporté une heure de ce que j'ai vécu hier. J'ai passé la journée avec des familles de martyrs de Maspero à l'hôpital copte. J'ai senti l'odeur de la mort. Je me suis rendu compte hier que la mort avait une odeur que je ne sais pas décrire mais que je peux reconnaître. C'est une odeur lourde, noire, déprimante. J'ai vu des martyrs écrasés par les chars de l'armée égyptienne. J'ai vu une fille qui serrait dans ses bras son fiancé qui avait la tête broyée, sa cervelle en sortait. J'ai vu une mère penchée sur le corps de son fils, dont toute la partie supérieure avait été complètement écrasée par un tank. Quand tu penses que M. Achraf, malgré son expérience de la vie, s'est écroulé ! Je l'ai vu pleurer comme un enfant. Il a perdu conscience et les médecins ont dû le réanimer. Malgré cela il a refusé de partir et a insisté pour rester avec nous jusqu'à l'enterrement des martyrs. Comment le Conseil suprême des forces armées a-t-il pu être assez criminel pour donner l'ordre d'écraser les coptes avec des chars ? Pourquoi ne se sont-ils pas contentés de les tuer avec des balles ? Est-ce qu'ils l'ont fait exprès pour terroriser les chrétiens ?

Beaucoup d'idées me sont venues à l'esprit pendant l'enfer que j'ai vécu hier. Pour accentuer la tragédie, il y avait des citoyens musulmans regroupés devant l'hôpital qui criaient des slogans contre les coptes et menaçaient de les tuer. Ils croient que ce sont les coptes qui ont attaqué l'armée, c'est ce qu'a rabâché la télévision (l'ignoble Nourhane et ses semblables). Les familles des martyrs m'ont dit que des musulmans se sont montrés solidaires et ont essayé de les protéger du massacre, mais que d'autres les ont attaqués et se sont réjouis que l'armée les tue. J'ai vu hier la mauvaise Égypte, celle contre laquelle nous avons fait la révolution. L'extrémisme religieux, l'oppression, les crimes du pouvoir, le meurtre des innocents, les rapports falsifiés de la médecine légale, la soumission des procureurs à la volonté de la Sécurité d'État. Toutes ces choses détestables que l'on trouve dans ce pays, je les ai toutes vues. Imagine-toi qu'il nous a fallu batailler longuement, avec M. Achraf et nos amis, pour obtenir l'autorisation de faire l'autopsie des victimes. Batailler contre qui ? Contre le procureur bien sûr, qui avait reçu instruction des officiers de la Sécurité d'État de refuser l'autopsie qui aurait été une preuve déterminante du crime. Malheureusement cette bataille n'était pas seulement contre le procureur mais contre les familles des martyrs elles-mêmes. Peux-tu le croire ? Les prêtres les avaient convaincues que l'autopsie n'était pas nécessaire, que cela entraînerait un dépeçage de leurs chers défunts et qu'il fallait que l'enterrement ait lieu rapidement afin que Sa Sainteté puisse le présider avant de retourner à sa retraite. Voilà comment l'influence de la religion sur les gens peut aller jusqu'à les faire renoncer à leurs droits. Je ne reproche rien aux familles. Ce sont des gens simples et pauvres. Je me demande pourquoi la mort ne moissonne que les pauvres en Égypte. Après que nous eûmes convaincu les familles et les prêtres de la nécessité de l'autopsie, la justice nous a demandé de nous engager par écrit à protéger les médecins légistes qui allaient autopsier les morts. Tu imagines : un pays où il y a une police et une armée et où on demande à des citoyens isolés de protéger les médecins qui autopsient les cadavres de leurs enfants tués par l'armée. M. Achraf est allé chez le procureur et lui a dit :

— Je m'appelle Achraf Ouissa. Je suis copte et je suis le plus vieux de tous ceux qui sont là. Je m'engage à protéger les médecins.

La tragédie a tourné à la dérision. Le procureur, au lieu d'ordonner que l'on assure la sécurité des médecins, se décharge de leur protection sur Achraf Ouissa. M. Achraf a signé un engagement et nous avons tous signé derrière lui. À la fin nous avons eu les rapports et nous sommes restés avec les familles jusqu'à l'heure de la prière pour les martyrs à l'église. Je n'oublierai jamais toute cette tristesse, Mazen. Je n'oublierai pas les cris des mères et des épouses. Je n'oublierai pas les cadavres alignés dans leurs cercueils. Nous sommes sortis de l'église et je suis rentrée à la maison. Il ne me reste que trois heures avant la réunion. Bien sûr je n'ai pas dormi. Je vais prendre un bain, boire un café et aller à la réunion. Il fallait que je te parle. Je t'aime, Mazen, comme j'aime la révolution qui vaincra.

Asma

54

Aussitôt que Madani eut crié "Monsieur le juge, je veux parler", il y eut un tumulte dans la salle. Les gardes se précipitèrent et entourèrent Madani. Complètement hors de lui, il continua à crier, le visage sombre et les yeux brillants, en agitant les bras en direction du juge qui, en colère, dit d'une voix forte :

— Qu'est-ce que c'est que ça ?

Madani lui répondit :

— Monsieur le juge, je suis le père de Khaled, l'étudiant qui a été tué.

Alors, le visage du juge se détendit.

— Bien, venez.

Madani se précipita vers la tribune et le juge lui dit avec une évidente sympathie :

— Quel est votre nom ?

— Madani Hamid Abdel Ouaris.

— Avez-vous votre carte d'identité, *hadj* ?

Madani resta un moment perplexe puis il sortit de sa poche sa carte d'identité et la présenta au juge qui lui dit sur le même ton affectueux :

— Quelle est votre demande, Hadj Madani ?

— Je veux dire deux mots à Votre Excellence.

— Je vous en prie.

L'avocat de l'officier s'agita un peu et fit mine de vouloir s'opposer, mais le juge tendit la main et dit d'une voix ferme :

— S'il vous plaît, maître, laissez-le parler.

Le calme se fit sur le visage de Madani, qui toussa un peu et sembla mettre de l'ordre dans ses idées avant de parler. Il était devant la tribune, entouré de gardes prêts à l'arrêter à tout moment. Ses jeunes avocats craignaient pour lui la colère du juge si ses mots dépassaient les limites. Les deux autres juges, celui de droite et celui de gauche, le regardaient avec amitié, comme s'ils étaient influencés par la sympathie montrée par le président du tribunal. La tête penchée en avant et le menton appuyé sur ses mains, celui-ci écoutait ce que Madani lui disait :

— J'ai donné à mon fils Khaled la meilleure éducation. Je suis un homme simple, je suis un chauffeur. J'ai travaillé dur pour que Khaled étudie et entre à la faculté de médecine et l'officier Haitham l'a tué, tous les témoins vous ont confirmé qu'il l'a tué. Je demande la justice de Dieu.

Le juge lui répondit d'une voix affectueuse :

— Rassurez-vous, justice vous sera faite. Nous sommes ici pour appliquer la justice. La séance est levée.

Les juges se levèrent et partirent. Les avocats et les camarades de Khaled entourèrent Madani, qui semblait ne pas réaliser ce qui se passait. Lorsqu'ils sortirent de la salle du tribunal pour aller dans le hall, les avocats essayèrent d'expliquer à Madani ce qui s'était passé :

— Le juge a levé la séance parce que, s'il avait prononcé la moindre parole de sympathie à votre égard, l'avocat de l'officier aurait eu le droit de récuser le tribunal.

— Qu'est-ce que ça veut dire "récuser" ?

— Cela veut dire qu'il aurait pu affirmer qu'il n'était plus habilité à poursuivre le procès et demander qu'un nouveau juge soit nommé.

— Pourquoi ?

— Parce que la loi dit que si, dans un procès, le juge exprime son opinion avant le jugement, il doit être écarté.

Madani ne semblait pas avoir totalement compris. Il avait posé la question et n'avait pas écouté la réponse. Il sembla inquiet et se mit à regarder ceux qui étaient avec lui puis ceux qui passaient dans la rue. Il alluma une nouvelle cigarette avant de poser à nouveau la question :

— Le juge, pourquoi est-ce qu'il est parti ?

Les avocats lui serrèrent la main et Dania, comme d'habitude, insista pour les accompagner dans sa voiture. Lorsqu'ils arrivèrent à la maison, Dania remarqua qu'il était toujours tracassé et qu'il ne lui répondait pas. Elle dit à Hind :

— Ton père a besoin de se reposer.

Dania partit et, en route vers chez elle, elle songea qu'à coup sûr, le chauffeur rapportait à son père tous ses mouvements, mais elle se dit également qu'elle avait informé son père de ses visites à la famille de Khaled et que personne ne pouvait l'en empêcher. Elle revint à la maison et salua sa mère puis entra dans sa chambre. Elle prit un bain puis éteignit les lumières. Elle était épuisée et elle aurait voulu dormir un peu mais, dès qu'elle ferma les yeux, le téléphone sonna et elle entendit la voix de Hind qui pleurait :

— Dania, mon père ne va pas bien du tout. Il marche dans l'appartement en parlant tout seul. Je t'en prie, aide-moi.

55

C'était une grande réunion. Y participaient les représentants du Six Avril, de l'Association nationale et des socialistes révolutionnaires ainsi que quelques personnalités indépendantes liées à la révolution. Il y avait près de trente personnes et Akram dut descendre de l'appartement deux chaises supplémentaires. Elle prépara le thé et le café pour tout le monde et, comme d'habitude, s'assit silencieusement à côté des participants, prête à répondre à n'importe laquelle de leurs demandes. Le docteur Abdel Samad prit la parole :

— Je suis heureux de votre présence à tous parce que vous êtes toujours à la hauteur de vos responsabilités. Lorsque nous avons fait cette révolution, nous ne nous sommes pas imaginé que la bataille serait facile. Nous savions que la route serait pleine de sacrifices. L'ancien régime ne s'est pas rendu, il n'a sacrifié Moubarak que pour se maintenir. C'est clairement contre le Conseil suprême des forces armées, allié aux frères musulmans, que nous nous battons maintenant. Le plan de la contre-révolution est clair : retrait de la police, insécurité généralisée, ouverture des prisons, libération de criminels pour terroriser les Égyptiens et, en même temps, utilisation massive des médias pour défigurer la révolution. La télévision diffuse tous les jours des entretiens, des vidéos et des déclarations forgées de toutes pièces pour nous accuser de trahison et d'être les agents des services secrets occidentaux. Bien sûr nous avons déposé des plaintes en diffamation auprès du procureur général et nous avons demandé qu'une enquête soit faite sur ces entretiens et ces vidéos pour prouver qu'ils sont truqués, mais toutes nos plaintes ont été classées.

Une fois le terrain préparé est venu le temps des massacres. Le massacre de Maspero visait les coptes révolutionnaires. Les faire écraser par des chars devant les caméras avait pour but de terroriser l'ensemble des coptes pour que l'esprit révolutionnaire ne se propage pas parmi eux. Ces massacres, de mon point de vue, vont se poursuivre. Le Conseil suprême des forces armées va cibler, l'un après l'autre, tous les secteurs qui ont participé à la révolution.

Un jeune socialiste révolutionnaire s'écria :

— Permettez-moi, docteur. Tout ceci est connu. Nous sommes ici pour décider de ce qu'il faut faire.

Le docteur parut mécontent, mais il se contrôla et dit au jeune :

— Même si vous savez tout cela, s'il vous plaît, écoutez-moi. J'en viens à l'idée que je veux vous proposer.

Le jeune homme s'excusa et se tut puis Abdel Samad poursuivit :

— Il ne faut pas que nous abandonnions les masses aux mensonges des médias contre-révolutionnaires. Nous avons besoin de médias révolutionnaires. Bien sûr nous n'avons pas de capitaux comme Chanouani et les autres grands voleurs qui ont ouvert des chaînes de télévision pour déformer l'image de la révolution. Mais nous avons la raison et l'intelligence. Mon idée est simple. Pourriez-vous faire des vidéos de tous les crimes du Conseil suprême des forces armées, à commencer par les arrestations du 9 mars, les tests de virginité et Maspero. Nous diffuserions ces vidéos et ferions une grande campagne sur les réseaux sociaux.

Un jeune du Six Avril intervint :

— Sur le plan technique, nous pouvons faire des vidéos parce que tous ces crimes ont été filmés. Mais pourquoi les diffuser seulement sur les réseaux sociaux ? Nous voulons atteindre les gens ordinaires, dans la rue.

Le docteur Abdel Samad sourit et lui demanda :

— Et selon vous, comment atteindrons-nous les gens ordinaires ?

— Nous organiserons une campagne de rue où nous présenterons les crimes du Conseil suprême. Nous irons d'un endroit à l'autre, d'une rue à l'autre, dans tous les coins de l'Égypte.

Il y eut des murmures et une jeune fille intervint :

— Tu imagines que le Conseil suprême nous laissera faire une campagne contre lui ?

— Et depuis quand avons-nous besoin de la permission du Conseil suprême ? répondit immédiatement le jeune homme.

Un autre jeune ajouta :

— Si nous avions attendu leur autorisation, nous n'aurions pas fait la révolution.

Le docteur Abdel Samad intervint alors :

— Si nous organisons cette campagne, il faut lui assurer une forte protection.

— Nous, au Six Avril, nous sommes capables, avec la permission de Dieu, de garantir la protection. Nous pouvons nous faire aider par les ultras, qui ont une grande expérience des affrontements avec les forces de sécurité.

Le docteur Abdel Samad dit alors :

— Parfait. L'idée proposée est la suivante : filmer les crimes du Conseil suprême et les projeter dans tous les endroits où nous pouvons aller. Est-ce que quelqu'un veut encore intervenir sur ce sujet ?

Personne ne répondit et Abdel Samad poursuivit :

— Nous mettons la proposition au vote. Ceux qui sont pour lèvent la main.

La proposition fut approuvée à une grande majorité avec seulement trois voix contre. Le docteur Abdel Samad, qui avait voté en faveur de la proposition, sourit et dit calmement :

— Maintenant, il faut nous occuper des détails. De quoi avons-nous besoin pour mettre en application cette idée ?

Le jeune homme répondit :

— Nous avons besoin d'acheter beaucoup de choses : une toile pour faire une tente et des chaises pour l'assistance. Nous avons besoin de louer une camionnette et, le plus important, ce sont les grands écrans ainsi qu'au minimum trois ordinateurs d'un modèle récent.

Achraf Ouissa intervint pour la première fois :

— S'il vous plaît, écrivez sur une feuille tout ce dont vous avez besoin et dites-moi le prix. Je paierai immédiatement. Nous n'avons pas de temps à perdre.

56

Ma belle Asma

Nous avons été capables de mener la bataille contre un régime tyrannique et criminel possédant les moyens d'information, l'armée et la police alors que nous n'avions rien d'autre que notre dévouement, nos rêves et notre détermination à nous sacrifier pour la révolution. Je regarde parfois la télévision et je suis abasourdi quand je vois de quelle façon effrayante ils trompent le peuple. Tous les jours ils fabriquent un nouveau mensonge pour convaincre les gens que la révolution est un complot. Sais-tu que les chaînes privées ouvertes par des hommes d'affaires perdent des millions ? Pourquoi un homme d'affaires ouvre-t-il une chaîne de télévision dont il sait qu'elle va réaliser des pertes sinon pour faire avorter la révolution ? Il sait que si elle arrivait au pouvoir, il risquerait de perdre toute sa fortune, et le plus probable est qu'il serait jugé pour ses crimes et jeté en prison. L'ancien régime livre sa dernière bataille. Notre problème à l'usine est toujours le même. Nos camions qui transportent le ciment subissent continuellement les mêmes attaques. Un camion sort de l'usine chargé de plusieurs tonnes de ciment et des beltagui *masqués lui barrent la route, lui tirent dessus, en font descendre le chauffeur et son assistant puis ils conduisent le véhicule vers un endroit inconnu. Nous avons déposé de nombreuses plaintes et malheureusement, l'officier de police qui avait montré de la détermination au début n'a rien fait. J'ai rencontré le commissaire de police, je l'ai informé du danger de ces attaques et je lui ai demandé d'assurer la sécurité de l'usine. Sa réponse m'a pris de court.*

— *Vous avez fait une révolution, vous avez fait tomber le président et vous avez brûlé les commissariats. Protégez l'usine vous-mêmes.*

Je lui ai répondu :

— *D'abord, c'est un honneur pour nous d'avoir fait une révolution. Deuxièmement, nous n'avons pas brûlé de commissariats et vous savez qui les a brûlés et qui a ouvert les portes des prisons aux criminels pour épouvanter le peuple. Troisièmement, je suis membre de la commission de direction de l'usine et je vous dis que les camions de ciment sont enlevés par des* beltagui. *Si la police n'assure pas la sécurité de l'usine, alors quelle est sa fonction ?*

Je n'oublierai pas son regard haineux et son sourire plein d'une joie maligne lorsqu'il m'a répondu :

— *Avec le secours de Dieu, nous faisons nos enquêtes, et lorsque nous serons parvenus à quelque chose nous vous informerons.*

Bien sûr, je suis sorti du commissariat convaincu que la police ne ferait rien pour nous protéger. Je suis allé voir la police militaire, qui m'a demandé de présenter une plainte détaillée. Je l'ai écrite et je l'ai remise officiellement au colonel qui m'a promis de faire pour le mieux, mais les attaques ont continué, de plus en plus nombreuses. Hier, ce sont trois camions avec leur chargement qui ont été volés. Nous avons à l'usine du personnel de sécurité mal entraîné et nous disposons à peu près de dix vieux revolvers bon marché. Nous avons pensé faire accompagner chaque camion par un homme de la sécurité armé, mais nous nous sommes dit que les beltagui jusqu'à maintenant se contentaient de chasser le chauffeur et ses assistants pour s'emparer de la voiture. Ces voyous, selon les témoins, sont armés de fusils automatiques. Si un agent de la sécurité s'avisait de tirer sur eux un seul coup avec son vieux tromblon, ils répondraient en ouvrant le feu et tueraient tout le monde. À cause de cela nous avons écarté cette idée. Nous sommes face à un vrai problème. Pour tout chargement enlevé, l'usine en perd le prix en plus du prix du camion. Le pire, c'est que la nervosité a commencé à s'emparer des chauffeurs et de leurs accompagnateurs lorsqu'ils sortent avec leurs chargements. Et bien sûr, si ces raids se poursuivent, les commerçants avec qui nous sommes en rapport vont cesser de traiter avec nous pour acheter leur ciment ailleurs. Nous allons tenir aujourd'hui une réunion interne avec les responsables de l'administration et des différents services. Il faut que nous trouvions rapidement une solution. Je suis désolé, Asma, d'avoir consacré tout cet e-mail à te parler de l'usine. Mais tu es la personne la plus proche de moi et j'ai besoin de te parler.

Je t'aime.

Mazen

57

Dès que Nourhane prit ses fonctions de directrice des pro-grammes, elle fit preuve d'une compétence de gestionnaire surprenante. Il n'est pas facile de prendre en main vingt-cinq présentateurs et présentatrices en plus des réalisateurs et des assis-tants techniques. Nourhane revoyait un par un les scripts des programmes. Ensuite elle emportait chez elle les enregistrements des programmes pour les visionner et, le lendemain, elle convo-quait le présentateur et elle lui présentait ses observations avec un doux sourire mais sur un ton ferme et définitif. En moins de deux mois, la chaîne L'Égypte authentique était parvenue à son apogée. Selon les instituts de mesure d'audience, elle était la plus regardée du pays. Tous les soirs, les Égyptiens voyaient des preuves, aussi diverses qu'avérées, que la révolution n'était rien d'autre qu'un complot pour faire sombrer l'Égypte dans l'anarchie. Tous les soirs, Nourhane diffusait, comme témoi-gnages de leur trahison, des enregistrements de conversations téléphoniques entre des jeunes de la révolution et des respon-sables étrangers. Tous les soirs, elle faisait connaître aux télé-spectateurs des rapports des autorités confirmant les liens entre les jeunes de la révolution et les ambassades étrangères. Il y avait des reportages sur des révolutions survenues dans d'autres lieux du monde et qui avaient été planifiées par les services de rensei-gnement américains. Il y avait des rencontres avec des citoyens ordinaires, certains maudissant la révolution parce qu'elle avait causé un arrêt de leurs activités, d'autres considérant que le peuple s'était mal comporté à l'égard du président Moubarak en l'écartant du pouvoir et en le faisant juger. Tout cela était réalisé avec la plus grande compétence technique. Nourhane s'occupait des plus infimes détails concernant l'éclairage, le son, les angles de tournage. Bien qu'elle n'eût jamais fait d'études spécialisées dans le domaine des médias, elle discutait du travail de chaque technicien et le réprimandait d'une façon cinglante si nécessaire. Le succès de toutes ces émissions n'empêchait pas Nourhane de se réserver la plus importante, qui était annoncée tout au long de la journée jusqu'au moment de sa diffusion à vingt-deux heures. Certaines de ces émissions quotidiennes étaient inoubliables et leur influence si énorme que, le lendemain, les gens en parlaient partout. Dans plusieurs d'entre elles, Nourhane avait invité des jeunes au visage caché qui assuraient avoir participé à la révolution et reconnaissaient avoir reçu de l'argent d'Israël et y avoir suivi des formations. Dans une autre émission célèbre, elle avait diffusé une vidéo montrant des jeunes de la révolution qui fêtaient l'anniversaire de l'un d'entre eux en buvant de la bière. À cette occasion, elle avait invité le cheikh Chamel, qui était parti en guerre contre les buveurs d'alcool en assurant qu'ils perdaient leur virilité et que la charia invalidait leur témoignage en justice. La caméra s'était dirigée vers le visage de Nourhane où apparaissait son extrême contrariété. Elle avait demandé au cheikh :

— Excellence, pouvons-nous faire confiance à ceux que l'on appelle les jeunes de la révolution après les avoir vus en train de boire de l'alcool et se moquer de leur religion ?

Le cheikh lui avait répondu d'une voix tranchante :

— Non, par Dieu, par celui qui a mon âme entre ses mains, je ne leur fais pas confiance après les avoir vus susciter la colère de Dieu et de son prophète. J'appelle tous les musulmans à boycotter ces débauchés qui se vautrent dans l'alcool. Ne les écoutez pas, ce sont des traîtres. Des traîtres à Dieu et à son prophète et des traîtres à l'Égypte, notre chère patrie.

Cette émission fut celle qui eut le plus d'impact, au point qu'un important responsable de l'Organisation appela ensuite Nourhane avec un numéro caché pour lui dire :

— M. le chef de l'Organisation m'a chargé de vous féliciter pour cette excellente émission. Il vous remercie pour votre engagement au service de l'État et vous assure que l'Organisation est en mesure de satisfaire n'importe lequel de vos désirs.

Nourhane soupira et dit que c'était elle qui remerciait le chef de l'Organisation, mais que, grâce à Dieu, elle n'avait besoin de rien. En plus de sa maîtrise totale et de son excellence professionnelle, Nourhane avait imposé à la chaîne ce que l'on pourrait appeler des mesures préventives.

À partir du moment où elle avait pris en main la direction, aucun présentateur, que ce soit un homme ou une femme, n'avait plus rencontré seul à seul Hadj Chanouani. Ils le voyaient seulement pendant les réunions où Nourhane était assise à ses côtés en tant que directrice de la chaîne et c'était elle qui menait la réunion. Hadj Chanouani n'avait protesté qu'une seule fois contre cette mesure en lui disant avec un sourire précautionneux :

— Il semble que certains présentateurs ont demandé à me rencontrer et que tu as refusé ?

Il lui avait dit cela alors qu'ils étaient assis dans le jardin de la villa. Malgré la présence des *sufragi* autour d'eux, Nourhane s'était levée de son siège pour aller s'asseoir à côté de Chanouani en se collant à lui. Elle avait tendu la main et l'avait posée sur sa cuisse, et avait murmuré :

— Ce sont des présentateurs ou des présentatrices qui veulent te rencontrer, mon chéri ?

Le *hadj* s'était troublé et était apparue sur son visage une sorte de combat entre son point de vue sur la question et son désir de la jouissance impétueuse que Nourhane savait lui procurer. Nourhane s'était levée, lui avait pris la main et lui avait dit :

— Allons, entrons nous reposer.

Chanouani n'était plus revenu sur le sujet et la règle s'était imposée. Tous ceux qui voulaient demander quelque chose à Hadj Chanouani devaient faire passer leur message par Mme Nourhane, qui avait des yeux partout dans la chaîne, comme Abdelsattar, le planton, Hassan Marei, le metteur en scène, Ech Ech le coiffeur et bien d'autres. Ce réseau d'espions alimentait Nourhane en informations, par téléphone ou par SMS, sans qu'elle ait besoin de se rendre à son bureau. Il n'y avait aucun motif d'inquiétude pour Nourhane en dehors d'une présentatrice qui s'appelait Bassent, venue à la chaîne sur recommandation d'un général de la Sécurité d'État dont on disait qu'elle était la maîtresse. De ce fait, elle se comportait avec une sorte de confiance en elle qui contrastait avec l'attitude habituelle des employés de la chaîne. Pour être juste, Bassent était belle, mais sa beauté était bien moindre que celle de Nourhane. Le problème était qu'avec ses vêtements moulants, courts et décolletés, elle attirait le regard des hommes. Au début, Nourhane avait mis les formes. Elle l'avait convoquée dans son bureau et lui avait dit aimablement mais avec franchise :

— Voyez, ma chère. Vous êtes, bien sûr, libre de vous habiller très court, à votre aise. C'est une affaire qui ne concerne que Dieu qui sera votre juge. Mais, comme présentatrices, nous pénétrons dans les maisons de millions de gens et il faut que nous soyons pour eux des modèles.

Bassent la fixa du regard, pour autant que le lui permettaient les lentilles collées à ses yeux.

— Mais, madame, je ne suis pas voilée.

— Je n'ai pas abordé la question du voile. Je vous parle de la tenue de présentatrice respectable avec laquelle vous devez paraître à l'écran.

Il y eut un silence lourd d'antipathie et d'expectative entre les deux femmes puis Nourhane regarda des papiers posés sur son bureau et lui fit un signe de la main :

— C'est tout, merci, vous pouvez retourner à votre travail.

Le lendemain, Nourhane publia une instruction diffusée à toutes les présentatrices qui détaillait la tenue autorisée. Étaient interdits les grands décolletés et tous les vêtements transparents et moulants. L'instruction précisait que les présentatrices qui ne respecteraient pas ces consignes seraient passibles de pénalités, depuis l'interdiction d'écran jusqu'au renvoi de la chaîne. Les présentatrices adoptèrent toutes la tenue demandée et le problème sembla résolu, mais les manigances de Bassent ne s'arrêtèrent pas là. Elle portait la tenue autorisée devant les caméras, mais les jours où elle n'apparaissait pas à l'écran, elle circulait dans les bureaux avec ses vêtements obscènes comme pour provoquer Nourhane.

D'autre part, elle tenait à ses collègues des propos malveillants sur Nourhane, qui lui étaient intégralement rapportés. Puis survint l'événement. Un jour que Nourhane était en direct, arriva sur son téléphone un message d'un de ses informateurs qui la

prévenait que Bassent se dirigeait vers le bureau de Hadj Chanouani. Par chance, elle avait reçu le message pendant la diffusion d'un communiqué. Elle ordonna au réalisateur de faire une
longue séquence de publicités et elle se précipita, aussi rapidement que le permettaient ses talons hauts, vers le couloir qui
conduisait au bureau de Chanouani. L'épais tapis rouge amor-
tissant le bruit de ses souliers, elle put surprendre Bassent qui
se déhanchait dans une robe turquoise très courte qui découvrait ses cuisses et avait un décolleté si profond que ses seins
y ballottaient avec une liberté totale – les tétons restant néanmoins invisibles. Impossible de décrire la façon dont le beau
visage réservé de Nourhane se changea en celui d'une tigresse
féroce. Elle cria :

— Où va la petite chérie de sa maman ?

Pendant un instant, Bassent fut stupéfaite, mais elle décida
de livrer bataille et elle dit d'une voix ferme :

— Je veux rencontrer Hadj Chanouani, propriétaire de la
chaîne. Je crois que c'est mon droit en tant que présentatrice.

— Non, ce n'est pas votre droit, parce que vous avez une
directrice et que vous n'avez pas le droit de la doubler.

— Supposez que ce soit un sujet personnel ?

— Cela veut dire quoi : personnel ?

— Un sujet qui ne concerne que lui et moi.

Nourhane fut incapable d'en supporter davantage. Elle prit
Bassent par le bras et sa voix retentit dans le couloir.

— Tu veux lui parler d'un sujet personnel ou tu veux lui faire
voir tes seins, fille de pute !

58

Cher Mazen,

Je t'écris dans une situation bizarre où je n'aurais jamais imaginé me trouver. Hier, avant le collège, je suis allée rue Mohamed-Mahmoud. Là-bas, l'armée était en train de massacrer les jeunes de la révolution. Les propos du docteur Abdel Samad sont justes. Nous assistons à l'exécution par étapes d'un plan préparé avec soin pour éliminer la révolution. Après l'effondrement de la sécurité pour terroriser les Égyptiens puis la mobilisation médiatique visant à nous accuser d'être des agents de l'étranger, ils en sont venus à perpétrer contre nous massacre après massacre. Hier les forces armées et la police ont attaqué les familles des martyrs et les blessés de la révolution qui occupaient la place. Ils n'étaient qu'une centaine et nombre d'entre eux étaient invalides. Sans avertissement préalable, l'armée les a attaqués et frappés sauvagement. Tu imagines le spectacle de soldats en train de frapper un impotent sur sa chaise d'infirme, ou une vieille femme mère de martyr venue réclamer justice. C'était le piège qu'ils tendaient. Ils savaient que les jeunes de la révolution n'allaient pas rester sans réagir. Les jeunes sont donc venus affronter les forces de la Sécurité centrale et de la police militaire qui les attendaient. Les manifestants criaient "À bas le pouvoir militaire" et appelaient à l'abdication du Conseil suprême en faveur d'un pouvoir civil provisoire jusqu'à la tenue d'élections. La réponse a été une vraie tuerie que j'ai vue de mes yeux. Une tuerie où tout était permis, du meurtre par balle des manifestants, jusqu'aux cartouches visant leurs yeux.

Connais-tu Ahmed Harara, le médecin qui a perdu un œil le vendredi de la colère ? Il a perdu hier son autre œil. Malek Musta-
pha a, lui aussi, perdu un œil, de même que de nombreux autres,
parce que c'étaient les yeux que visaient les officiers. Ce spectacle continuera à poursuivre l'armée égyptienne de sa honte jusqu'à ce que les criminels soient jugés. Les soldats jetaient à côté
des poubelles les corps des jeunes que leurs balles venaient de
tuer. On peut voir cela sur YouTube mais moi, Mazen, je l'ai vu
de mes propres yeux. Que peuvent-ils faire de plus que de jeter
des cadavres aux ordures ? Je ne peux pas arrêter mes larmes
pendant que je t'écris. Tous ces jeunes allongés sur des ordures,
j'imagine la joie de leur famille lorsqu'ils sont nés, je les imagine
enfants, puis à l'université ! J'imagine leur joie après la victoire
de la révolution et voilà que maintenant je les vois morts, jetés
au milieu des poubelles. Nos camarades rassemblent toutes ces
vidéos pour les intégrer à la campagne menée pour exposer aux
Égyptiens les crimes des militaires. Comme tu le sais, les frères
musulmans ont trahi la révolution depuis le début. Ils ne participent pas aux manifestations de Mohamed-Mahmoud et ils
n'ont pas prononcé un seul mot au sujet du massacre. Les frères
veulent le pouvoir même si le prix est notre mort à tous. Mais la
calamité, c'est l'influence du monstrueux système médiatique.
Regarde la télévision pour voir la quantité de mensonges qu'y
fait circuler le Conseil suprême. Ils ne cessent de répéter que les
jeunes manifestants de Mohamed-Mahmoud sont des beltagui
qui voulaient mettre le feu au ministère de l'Intérieur pour faire
régner l'anarchie. Mais d'abord, personne ne dit que la rue Mohamed-Mahmoud ne mène pas au ministère de l'Intérieur ! Visiblement nous nous sommes trompés en sous-estimant le danger de
l'influence des médias sur les gens. Nous nous sommes trompés
lorsque nous avons considéré que les révolutionnaires de la place
Tahrir représentaient l'ensemble des Égyptiens. Quand l'heure
est venue, je suis allée de la rue Mohamed-Mahmoud jusqu'à la
corniche, où j'ai pris un taxi pour aller au collège. Dès que je suis
montée, le chauffeur m'a dit, avec intuition :
— Vous faites partie de ces jeunes de Tahrir ?
J'ai secoué la tête en signe de dénégation.
— J'ai dit ça comme ça. Mais vous avez l'air respectable.

Ensuite il a commencé à réciter une litanie de malédictions contre la révolution et ces jeunes qui veulent foutre le pays en l'air. Il répétait par cœur des phrases de l'émission "Avec Nourhane" ou d'autres programmes semblables. Il était complètement persuadé que nous étions des agents entraînés en Israël. J'étais encore sous le choc des martyrs que j'avais vu jeter sur le tas d'ordure. Je l'ai laissé insulter la révolution autant qu'il voulait. Je n'étais pas prête psychologiquement à entrer dans un débat. Même si je convainquais cet homme, qu'en serait-il des millions d'Égyptiens qui croyaient ce que disaient les médias et parlaient comme eux ? Quand tu penses que cet homme qui insultait la révolution n'était pas un millionnaire ni un général de la police mais un simple chauffeur de taxi ! C'est-à-dire un homme simple dont la révolution défendait avant tout les droits. Cela me faisait mal que des jeunes meurent pour défendre ses droits alors que lui les maudissait et les accusait de trahison.

Mais ce n'était qu'un début. La deuxième scène s'est déroulée à l'école. J'avais cessé d'y parler de la révolution car l'atmosphère y était devenue hostile. Je ne supporte pas les affrontements qui ne mènent à rien. Aujourd'hui, lorsque je suis passée dans le couloir, Abla Manal, la professeure principale, se tenait devant la porte de la classe. Je l'ai saluée en lui souriant, mais elle s'est soudain mise à crier :

— Ça suffit comme ça, ayez pitié de l'Égypte. Qu'est-ce que vous lui voulez ? Vous n'avez pas honte ?

Je me suis rapprochée d'elle et lui ai demandé si c'était à moi qu'elle parlait. Elle m'a répondu, provocante :

— Oui, je vous parle. Est-ce que vous ne faites pas partie de ceux de Tahrir ? Ça suffit. Vous voulez mettre le feu au ministère de l'Intérieur et vous vous attendez à ce que l'État réagisse comment ?

J'ai tenté de lui expliquer quelles étaient les revendications des manifestants de Mohamed Mahmoud, qui étaient loin du ministère de l'Intérieur, mais elle détournait tout ce que je lui disais pour attaquer la révolution d'une voix si haute que tous les enseignants sont sortis en l'entendant. Je me suis retirée lorsque j'ai entendu les enseignants nous accuser d'être des traîtres et des agents de l'étranger. Ils répétaient que les jeunes de Tahrir avaient été payés et qu'ils avaient reçu un entraînement en Israël et toutes ces sornettes qu'ils entendaient à la télévision. Tu te souviens, Mazen, que, lorsque j'avais été surprise de voir les enseignants soutenir la révolution après la chute de Moubarak, tu m'avais dit que l'avenir nous dirait s'ils se réjouissaient vraiment ou si ce n'étaient que des simagrées. J'ai pu constater que ce n'étaient que des simagrées. Ils sont complètement corrompus et leurs fonctions leur ont appris à dissimuler et à baisser la tête. Je crois qu'ils m'avaient congratulée parce qu'ils croyaient que la révolution allait prendre le pouvoir et qu'ils voulaient occuper des postes dans le nouveau pouvoir. Quand ils se sont rendu compte que le Conseil suprême était opposé à la révolution, ils ont retrouvé leur vraie nature.

J'ai voulu repasser par Mohamed-Mahmoud après l'école, mais j'étais si épuisée que j'ai décidé de rentrer à la maison. Dès que j'ai ouvert la porte de l'appartement, une grande surprise m'y attendait. J'ai trouvé mon père assis au salon. Je crois que je ne lui ai pas souhaité la bienvenue autant qu'il aurait fallu. Lui aussi m'a saluée avec une certaine nervosité. Ce n'était pas possible que notre rencontre après un an d'absence se passe de cette façon. Je l'ai serré fortement dans mes bras et je l'ai embrassé, mais il y avait toujours quelque chose qui clochait. Je m'en suis rendu compte en voyant le visage de ma mère. Nous avons discuté de choses et d'autres comme si nous repoussions le moment de l'affrontement qui n'a pas tardé à arriver. À la fin du déjeuner, alors que j'aidais ma mère à débarrasser, mon père m'a dit :

— Asma, viens au salon. Je veux te parler.

Je ne te rapporte pas la conversation en détail parce que cela me fait souffrir chaque fois que je m'en souviens. Mon père voit en moi la cause de tous ses malheurs parce que je refuse de porter le voile, parce que je refuse de me marier et que je refuse également de travailler dans le Golfe, je refuse tout ce qui est normal et je ne fais que des choses aberrantes. Il considère que c'est mon grand-père Karim qui a perverti ma façon de penser parce qu'il était communiste et qu'il buvait de l'alcool. Il me considère comme une fille ingrate dont Dieu l'a affligé pour mettre à l'épreuve sa patience et sa foi. Mon père m'a dit que, à cause des souffrances que je lui causais, il avait décidé de m'ignorer complètement, parce qu'il était malade et que le médecin l'avait mis en garde contre le stress et que je ne pourrais lui être d'aucun secours s'il lui arrivait quelque chose. De toute façon, c'était Dieu qui mettait sur le bon chemin (car pour lui j'étais dans l'erreur). Mais lorsqu'il a vu que je dépassais toutes les limites, il a décidé de venir spécialement d'Arabie saoudite, parce qu'il fallait mettre un terme à mes agissements. Il m'a dit que mes décisions ne concernaient pas que moi parce que je vivais sous son toit et que, jusqu'à ce que je rejoigne la maison de mon mari, c'est à lui que revenait le dernier mot en toute chose qui me concernait. Il m'a affirmé qu'il n'allait plus se taire au sujet de ma participation à la révolution parce que la mesure était à son comble. Tu seras surpris, Mazen, de savoir que mon père trouve que le pays allait mieux avant la révolution. Il m'a dit :

— Je me suis réjoui lorsque Moubarak s'est retiré, mais maintenant je souhaiterais qu'il soit resté à la présidence.

Imagine-toi ce qu'il m'a demandé :

— Bien sûr, je connais ta moralité et ton éducation, Asma, mais comment avez-vous pu dormir à Tahrir, garçons et filles ensemble ?

Il avait malheureusement été influencé par les propos dégradants des médias sur les relations sexuelles entre les jeunes de la révolution. Il a également fait allusion plusieurs fois à la rumeur selon laquelle certains jeunes étaient financés par des services de renseignement. Après avoir dit tout ça, il s'est tu. J'ai senti que la discussion ne servirait à rien. Alors mon père m'a présenté la proposition pour laquelle il s'était déplacé. En vérité ce n'était pas une proposition, mais un décret paternel qu'il me fallait exécuter :

Premièrement, il fallait que je cesse de participer aux manifestations, aux réunions et à toutes les activités de la révolution.

Deuxièmement, mon père s'était mis d'accord avec un chauffeur privé qui viendrait me prendre pour m'amener à l'école puis me ramènerait à la maison, dans le but bien sûr de s'assurer que je ne participerais pas aux manifestations. Là, il m'a été impossible de me contenir :

— Cela, je le refuse.

— Comment ça ?

— Je ne peux pas abandonner mes amis de la révolution.

Ma mère alors s'est mise à crier comme si elle avait attendu le moment d'entrer sur scène :

— Tes camarades qui veulent détruire le pays !

— Mes camarades sont les personnes les plus nobles du pays. Mes camarades ont fait la révolution et sont morts, et ils sont en train de se faire tuer à cet instant même, et l'on jette leurs cadavres sur des tas d'ordures, tout cela pour défendre notre dignité.

Je parlais avec emportement, bien sûr, mais mon père m'a dit avec un calme étonnant :

— Écoute, Asma, j'ai dépensé beaucoup d'argent à cause de toi. Ce voyage est à mon compte et il a fallu que le garant me donne l'autorisation. Je ne repartirai que lorsque je serai sûr que tu es devenue raisonnable.

— Je refuse ta proposition.

Il m'a crié au visage :

— J'ai eu tort de te proposer quelque chose. Je retire la proposition. Je suis ton père, et selon la loi religieuse tu dois exécuter mes ordres. Plus de sorties et plus de manifestations, et tu ne te déplaceras qu'avec le chauffeur. Si tu sors en dehors des heures de l'école, ta mère t'accompagnera. Si ça te plaît tant mieux, et si ça ne te plaît pas, tu n'as qu'à te taper la tête contre les murs.

Bien sûr, ma mère a commencé sa litanie :

— Tu n'as pas honte, tu veux tuer ton père.

Je les ai laissés et je suis entrée dans ma chambre dont j'ai fermé la porte et dont je ne suis pas sortie depuis hier. Je suis au fond du gouffre, Mazen. Aujourd'hui, je ne suis pas allée à l'école. Je refuse d'abandonner la révolution et je refuse d'être mise sous surveillance. Mon père m'a fait tomber dans ce traquenard et je ne sais pas comment m'en sortir ! Mazen, je suis obligée d'interrompre mon e-mail parce que mon père m'appelle. Que Dieu me protège.

Asma

59

Achraf donna l'argent aux jeunes gens qui allèrent le lendemain matin acheter le matériel nécessaire : trois ordinateurs, de
grands écrans, de grands projecteurs, de nombreuses rallonges
électriques dont les dimensions et les modèles avaient été défi-
nis avec précision ainsi que quatre douzaines de chaises et tout
le nécessaire pour monter des tentes. À la fin, ils se mirent d'accord pour louer une petite camionnette qui transporta tout le
matériel de la rue Abdelaziz à la rue Talaat-Harb. Après que tout
eut été placé dans le local, les jeunes se mirent pendant deux
jours au travail. Akram leur préparait des sandwichs et vidait
leurs cendriers. Une fois le travail terminé, les jeunes invitèrent
Achraf à voir la vidéo. Ils éteignirent les lumières et la projection commença. On y entendait d'abord les belles paroles des
chefs de l'armée qui garantissaient que jamais celle-ci ne s'en
était prise à des Égyptiens et qu'elle ne le ferait jamais. Après cela
on entendait des témoignages de filles qui avaient été forcées à
subir des tests de virginité, on voyait le spectacle des chars en
train d'écraser les manifestants à Maspero, on voyait la fusillade
de Mohamed-Mahmoud et les corps des victimes jetés sur des
tas d'ordures. La projection avait beaucoup ému Achraf. Akram,
qui s'en était rendu compte, lui avait pris la main. Mais il avait
dû sortir dans le couloir fumer une cigarette pour retrouver
son calme avant de retourner dans la salle. La projection dura
une vingtaine de minutes puis la lumière se ralluma. Les jeunes
exprimèrent leurs commentaires au réalisateur qui était un étudiant de l'institut du cinéma. Achraf resta silencieux jusqu'à ce
que le metteur en scène l'interroge. Il répondit calmement :

— Je pense que le film est clair et juste. Tous ceux qui le verront réclameront le jugement des responsables de ces crimes.

Quand ils furent rassurés au sujet du film, ils commencèrent à discuter des détails de l'opération. Un jeune du Six Avril sortit une carte :

— Nous pourrions commencer par Dar es-Salam puis El-Moassera et Turah.

Un autre l'interrompit :

— Et pourquoi ne commençons-nous pas par ce qui est le plus proche avant de passer au plus lointain ?

Ils tombèrent d'accord pour commencer par le quartier de Mounira puis celui de Sayyeda Zeinab et décidèrent que la projection se ferait le vendredi immédiatement après le coucher de soleil pour être vue par le plus grand nombre possible de gens. Les jeunes s'en allèrent et Achraf vérifia les ordinateurs, les écrans, les micros puis il éteignit la lumière et ferma la porte à clé avant de monter à l'appartement avec Akram. Celle-ci n'avait pas encore prononcé un mot au sujet des projections. Elle attendait le moment convenable. Elle avait une façon particulière de se comporter avec Achraf – un mélange d'intelligence innée, d'expérience des hommes, de sensibilité amoureuse et de tendresse maternelle. Il lui suffisait d'un coup d'œil pour comprendre Achraf, elle saisissait immédiatement s'il était sous l'effet du haschich, s'il avait faim, s'il était fatigué, en colère, ou s'il était excité et voulait faire l'amour avec elle. Elle s'adaptait à chaque situation. Elle ne l'affrontait jamais mais le conduisait avec doigté là où elle voulait. Parfois elle était pleine d'appréhensions : n'allait-il pas décider de retourner avec sa femme et la renvoyer ? Avoir honte qu'elle soit une bonne et mettre un terme à leur relation ? Alors elle se réfugiait dans ses bras pour qu'il la rassure, pour qu'il lui dise qu'il l'aimerait toujours et qu'il ne l'abandonnerait pas. Parfois elle pleurait de peur et parfois d'excès d'amour pour lui. Son amour atteignait une telle force qu'il la déconcertait. Son amour pour lui était plus que de l'amour. Il y avait là du sentiment et de la passion physique. Elle n'avait jamais connu cette jouissance physique débordante, incendiaire et toujours renouvelée qu'elle éprouvait avec lui. Elle éprouvait également un profond sentiment de gratitude. Cet homme l'avait mise à l'abri de la rue et il dépensait des milliers de livres pour la protéger de son mari Mansour, qui se droguait avec des pilules et avec du Max. Et puis il aimait Chahd comme si c'était sa fille ou sa petite-fille. Achraf était devenu le centre de sa vie. Depuis le moment où elle se réveillait jusqu'à celui où elle s'endormait, elle ne se préoccupait que de deux personnes au monde, Achraf et Chahd. Dans tout ce qu'elle faisait, elle avait Achraf à l'esprit, que ce soit lorsqu'elle prenait soin de ses talons dont il aimait la douceur ou lorsqu'elle veillait à lui donner chaque matin ses médicaments. Après son accident de santé le jour de Maspero, elle avait réussi à le convaincre de l'importance de la médecine populaire que lui avait apprise sa grand-mère. Quel spectacle inimaginable que celui d'Achraf Bey, l'aristocrate de la lignée des pachas, nu sur le lit et abandonné aux mains de la servante Akram qui disposait sur sa poitrine des feuilles de journaux puis les recouvrait de flanelle pour absorber l'humidité de son corps, ou bien qui lui versait une tisane faite avec des plantes qu'elle avait achetées chez un herboriste pour faire baisser sa tension. Elle le poursuivait, le verre à la main, en lui susurrant :

— Allez bois, mon grand.

Achraf, qui avait l'air de se complaire dans cette situation, prenait alors un air dégoûté pour lui dire comme un enfant :

— Ce remède a un goût affreux. Je veux une récompense.

Le visage d'Akram s'illuminait d'un sourire et à chaque gorgée elle lui donnait un baiser. Parfois leur désir montait et Akram laissait le verre sur la table la plus proche et ils se remettaient à faire l'amour. Ce soir-là, lorsqu'ils rentrèrent à la maison, il y avait quelque chose entre eux, suspendu dans l'air : un mot qu'Achraf savait qu'elle allait lui dire. Malgré cela, ou peut-être à cause de cela, Achraf lui parlait d'autres sujets. Il lui disait qu'il avait remarqué que Chahd dessinait bien. Il avait décidé de lui acheter une boîte de crayons de couleur et, si son talent se confirmait, il l'inscrirait dans une école de dessin.

Akram lui répondait en plaisantant :

— Est-ce qu'il ne vaut pas mieux qu'elle étudie d'abord ?

Il lui expliquait en détail pourquoi il fallait développer les dons des enfants quand ils étaient jeunes. Achraf était convaincue de ce qu'il disait, mais elle savait qu'il parlait de ça pour repousser l'autre conversation. Akram prit son bain du soir et revint dans sa chemise de nuit bleue après s'être faite belle. Achraf avait fumé deux cigarettes de haschich qui l'avaient rendu assez euphorique. Elle se blottit contre lui dans le lit et il perdit le contrôle de lui-même. Ils s'étreignirent et firent l'amour. Après qu'ils eurent joui, il alluma une cigarette. Elle l'embrassa sur la joue et lui dit :

— Tu vas vraiment descendre dans la rue avec les jeunes pour la campagne d'information ?

Il la regarda d'un air étonné :

— Bien sûr.

— Tu sais qu'il est possible que le gouvernement envoie des *beltagui* pour vous frapper ?

— Les jeunes ont tout prévu et nous aurons des groupes de protection.

— Tu te souviens que le médecin t'a dit d'éviter les émotions fortes ?

Il ne répondit pas et elle poursuivit avec chaleur :

— Le docteur a dit que si tu t'exposais à une émotion forte, ta tension pouvait augmenter tout à coup et ce serait mauvais pour toi. Qu'à Dieu ne plaise.

Il détourna le regard.

— Si je ne participe pas à la campagne, cela m'affectera beaucoup plus.

Elle resta un instant silencieuse et il poursuivit tristement :

— C'est la moindre des choses que je puisse faire pour des jeunes que j'ai vus de mes yeux se faire écraser par des tanks et cribler de balles.

Il y avait dans le ton d'Achraf quelque chose qui lui faisait sentir que sa tentative de l'empêcher de participer serait un échec. Ils dormirent dans les bras l'un de l'autre et, comme le lendemain était un vendredi, Achraf passa toute la journée avec Chahd. Il joua avec elle et lui demanda de dessiner. Chaque fois il la récompensait d'un bonbon, la prenait dans ses bras et l'embrassait. Akram entendait leur conversation depuis la cuisine où elle préparait le repas comme n'importe quelle maîtresse de maison ordinaire. Après le déjeuner, Achraf dormit une heure et lorsqu'il se réveilla, il trouva Akram et Chahd habillées pour sortir. Il les regarda avec étonnement et Akram lui dit :

— Je reviens tout de suite.

— Où vas-tu ?

— Je vais laisser Chahd chez ma voisine à Haouamedia pour pouvoir participer à la campagne avec toi.

Achraf faillit protester, mais un large sourire d'Akram le fit taire. Il embrassa Akram, prit un bain, s'habilla et, lorsque Akram fut de retour, ils descendirent dans la rue et trouvèrent les jeunes qui les attendaient. En plus de la camionnette qu'ils avaient louée pour transporter les chaises, l'écran, les poteaux et les toiles pour construire les tentes, il y avait la voiture d'Achraf et trois autres véhicules. Leur cortège passa par la corniche puis traversa Garden City jusqu'à la rue Qasr-el-Nil. Ils avaient choisi une impasse proche du centre culturel français de Mounira. Ils descendirent les chaises et commencèrent à monter la tente. Quelques minutes plus tard, les gens vinrent demander à quoi elle servait. Un des jeunes répondit :

— Nous sommes un groupe de jeunes qui organisons une rencontre culturelle.

Ils s'étaient mis d'accord pour faire cette réponse pour que des passants ne s'en prennent pas à eux et ne les empêchent de monter leur tente. Au bout d'une petite demi-heure tout était prêt. Les tentes, les chaises, les projecteurs et les écrans. On brancha les ordinateurs. La moitié des chaises était occupée et beaucoup restaient debout à l'extrémité de la tente, poussés par la même curiosité qu'aurait éveillée chez eux une bagarre dans la rue. Les jeunes s'étaient mis d'accord avec Achraf pour que ce soit lui qui prenne la parole en premier. Sa voix retentit dans le haut-parleur :

— Bonsoir. Je m'appelle Achraf Ouissa. Je suis un égyptien copte et je veux vous poser une question : lorsque quelqu'un est témoin d'un crime, est-il de son devoir de le faire connaître ? Selon la religion chrétienne, selon la religion musulmane et selon la loi civile, l'homme qui voit un crime et ne le fait pas connaître est complice de ce crime. Il se trouve sur le même plan que le criminel. Le but de cette rencontre est de vous informer. Nous avons vu des crimes sauvages perpétrés contre des citoyens égyptiens innocents et, pour ne pas participer à ce crime, nous avons fait à votre intention la vidéo que vous allez voir maintenant.

60

— Nous pouvons nous charger de la protection des camions. Chaque camion sortira accompagné de deux personnes armées de fusils mécaniques. Mais moi, c'est une question plus importante qui me préoccupe.

L'homme avait une cinquantaine d'années. Il avait les cheveux complètement rasés, un regard puissant et scrutateur, et un corps athlétique. Tout cela lui donnait une allure militaire en dépit de sa tenue civile. Il était assis dans un grand fauteuil du salon du petit appartement de Mazen. Cet appartement se composait seulement d'une chambre à coucher et de ce petit salon meublé de quelques sièges et d'une table de style mauresque que Mazen utilisait aussi bien pour manger que pour lire. Les murs étaient peints en blanc et des reproductions de grands artistes de divers pays y étaient accrochées. Mazen regarda l'homme et lui demanda ce qu'il voulait dire.

L'homme sourit :

— Pouvez-vous me dire comment les *beltagui* connaissent chaque fois le trajet des camions.

Mazen ne répondit pas et l'homme poursuivit :

— La seule explication, c'est que vous avez à l'intérieur de l'usine des gens qui informent les *beltagui* du trajet. C'est-à-dire qu'il ne suffit pas que j'assure la protection des camions. Car dans ce cas-là, il est possible que des attaques aient lieu également à l'intérieur de l'usine, et le personnel de sécurité dont vous disposez n'est pas formé.

Mazen réfléchit un peu.

— Bien, que proposez-vous ?

— Ma proposition est que l'usine passe avec moi un contrat de protection totale. Dans ce cas, vous aurez cent personnes du plus haut niveau entraînées et armées. L'opération englobera les camions, les fours, les meules et toutes les étapes de la production.

— Pour quel prix ?

— Je vous le calculerai et je vous enverrai un e-mail.

— Vous ne pouvez pas le calculer maintenant ? En vérité, c'est une affaire urgente.

— D'accord.

L'homme ouvrit son ordinateur et se plongea dans ses calculs. Tout à coup on sonna à la porte. L'homme sembla inquiet.

— Vous attendez quelqu'un ?

Mazen hocha négativement la tête puis se leva et jeta un coup d'œil rapide autour de lui. Il ne conservait aucune information et aucun document chez lui. Même son ordinateur et son téléphone portable ne contenaient rien de sensible. La sonnette retentit une deuxième fois et Mazen regarda à travers le judas. Surpris, il ouvrit rapidement et Asma entra sans se rendre compte de la présence d'une troisième personne et lui dit :

— Grâce à Dieu, je t'ai trouvé. Pourquoi ne réponds-tu pas au téléphone ?

Une fois surmontée sa surprise, Mazen lui dit d'entrer.

L'homme parut gêné :

— Nous pouvons reprendre la réunion à un autre moment si vous le souhaitez.

Mazen lui répondit :

— Non, pas du tout. Je vous présente Asma, ma collègue. Le général a une société de sécurité privée et nous nous mettons d'accord pour assurer la sécurité de l'usine.

Asma hocha la tête et s'assit sur un fauteuil éloigné. Elle semblait accablée, en proie à ses pensées. Mazen s'assit devant le général. Celui-ci écrivit quelque chose sur une feuille qu'il tendit vite à Mazen en lui disant amicalement :

— J'ai inscrit les frais de sécurité de l'usine dans leur totalité puis j'ai fait une réduction de dix pour cent de mon propre chef.

— J'accepte ce montant. La sécurité nous fera économiser des millions mais il est nécessaire que mes camarades de la commission l'approuvent et que le service juridique donne son accord.

— Je suis à votre service.

— Je vous répondrai demain en fin de journée. Si nous sommes d'accord, vous pourrez commencer quand ?

— Si nous signons le contrat et que vous en payez la première tranche, vous aurez des agents de sécurité le jour même.

— Parfait.

Mazen resta silencieux et regarda le général en souriant pour lui signifier la fin de l'entretien. Le général serra chaleureusement la main de Mazen et fit un salut à Asma qui lui répondit d'une voix faible. Dès que la porte fut fermée, Mazen se dirigea rapidement vers Asma et lui dit d'un ton jovial :

— Que me vaut cette belle surprise ?

Asma le regarda un instant et lui dit calmement :

— J'ai quitté la maison.

61

Dania partit immédiatement. Elle arriva chez Madani accompagnée d'un psychanalyste qu'elle avait connu au Gerzira Sporting Club*. Lorsqu'elle l'avait appelé, il était immédiatement venu la retrouver à Midan Roxy**, où il avait laissé sa voiture pour monter avec elle. En chemin elle lui raconta tout. Dès qu'ils frappèrent à la porte, Hind vint vers eux et leur murmura, effrayée :

— Mon père parle sans arrêt. Il ne veut ni s'asseoir, ni dormir, ni manger. Quand je lui parle il ne me répond pas, comme s'il ne m'entendait pas. Il répète toujours les mêmes mots, depuis le tribunal.

Le médecin commença par la calmer puis ils se mirent d'accord pour le présenter comme un professeur de médecine qui se trouvait à l'étranger et qui, apprenant à son retour la mort de son fils Khaled, était venu lui présenter ses condoléances. Lorsqu'ils entrèrent, ils trouvèrent Madani debout, vêtu de la même façon qu'au tribunal. Il semblait nerveux. Il les regarda et dès qu'il vit le médecin il lui dit :

— Monsieur, s'il vous plaît, j'ai une question à vous poser. Puisque mon fils a été tué en plein jour et que tous les témoins ont dit que c'était l'officier Haitham el-Meligi qui l'avait tué, est-ce que je n'avais pas le droit de parler au juge, est-ce que ce n'était pas son devoir de m'écouter ? N'est-ce pas, monsieur ?

* Club créé par les Britanniques et autrefois fréquenté par eux seuls. Aujourd'hui fréquenté par l'ancienne bonne société et les nouveaux venus.
** Une place au centre d'Héliopolis, qui sert souvent de point de repère.

— Papa, tous les avocats t'ont dit que le juge ne peut pas exprimer ce qu'il pense dans un procès, sinon il est écarté.

Comme s'il n'avait pas entendu, Madani reprit :

— J'ai dit deux mots au juge. Il m'a coupé la parole et a levé la séance.

Le médecin fit signe à Hind de ne pas poursuivre le dialogue. Il s'avança vers Madani, lui serra la main amicalement, déclina son identité et lui présenta ses condoléances. Madani le regarda et tout à coup l'émotion s'empara de lui :

— Vous avez donné des cours à Khaled ? Soyez le bienvenu.

Il le fit entrer dans le salon et lui demanda avec insistance ce qu'il voulait boire. Le médecin demanda un café qu'Hind alla préparer.

— Soyez le bienvenu, docteur.

Ils restèrent ensemble à peu près une heure, pendant laquelle le médecin parvint habilement à cacher son regard clinique derrière son sourire et une conversation apparemment ordinaire. Puis il fit ses adieux en même temps que Dania. Madani les salua chaleureusement. Hind les accompagna jusqu'à la porte où le médecin lui parla à voix basse d'un air grave et sur un ton complètement professionnel :

— Votre père a un symptôme post-traumatique. Lorsqu'un homme subit un choc violent, cela entraîne chez lui des troubles. Il se replie sur lui-même, c'est-à-dire qu'il parle peu et n'a envie de rien puis tout à coup il fait une violente crise de nerfs qui dure longtemps. Mais votre père conserve intégralement sa mémoire et sa capacité de concentration. Cela aurait pu être bien pire. Je vais lui prescrire un calmant qu'il prendra seulement s'il a des difficultés à dormir. Pendant cette période, nous avons besoin de le surveiller sans lui donner l'impression qu'il n'est pas normal. Que Dieu l'assiste.

62

La bataille entre Nourhane et Bassent était si féroce, si haineuse, si âpre qu'elle avait quelque chose d'animal, comme si ces deux femmes étaient des bêtes luttant pour leur survie. L'une des deux devait succomber pour que l'autre vive. La bataille se poursuivit au milieu d'un flot d'insultes extrêmement vulgaires. C'était Nourhane qui avait attaqué la première. Elle avait tiré violemment Bassent par le bras et l'avait fait vaciller et presque tomber, tandis que de l'autre main elle lui arrachait sa perruque. Bassent se mit alors à insulter la mère de Nourhane et, comprenant rapidement que la tenue islamique de Nourhane protégeait son corps contre les coups, elle se mit à lui donner de toute sa force une série de coups de pied dans les jambes avec ses souliers aux bouts de métal pointus. Elle tapait toujours au même endroit pour augmenter l'impact, mais Nourhane parvint, malgré la douleur, à atteindre son visage et à y planter ses ongles. Puis, elle la tira vers elle brutalement et se jeta, bouche en avant, contre son épaule qu'elle mordit si violemment que Bassent poussa un long cri aigu. Les employés de la chaîne arrivèrent alors sur le champ de bataille pour y séparer les antagonistes. Les blessures de Bassent étaient importantes. Son visage était lacéré à plusieurs endroits par les ongles longs de Nourhane qui lui avait également entaillé la peau avec ses dents. Les coups qu'elle avait reçus lui avaient aussi laissé de nombreuses contusions tandis que Nourhane n'avait que quelques bleus aux jambes, causés par la pointe métallique de la chaussure de Bassent. Il est surprenant que Hadj Chanouani ne soit pas du tout sorti pour voir ce qui se passait alors que la bataille se déroulait devant la porte de son bureau. Certains ont imputé cela à des difficultés d'audition dues à son grand âge. La vérité est qu'il a tout entendu, mais sa longue connaissance de la vie lui a fait comprendre qu'intervenir dans une bataille d'une telle férocité pouvait être dangereux et avoir des conséquences incertaines. Il resta assis à son bureau en s'informant de la situation par téléphone auprès de quelques employés de la chaîne jusqu'au moment où Nourhane poussa la porte et entra dans son bureau en criant et en pleurant :

— Viens à mon secours, *hadj*, j'ai été battue, humiliée et je veux obtenir justice.

Au même moment, Bassent était en train de téléphoner, en larmes, à son ami le général qui lui conseilla de se rendre immédiatement au commissariat le plus proche pour y déposer plainte contre Nourhane, avec demande d'examen médical pour constater ses blessures. Au commissariat, elle trouva le commissaire qui l'attendait pour faire lui-même le procès-verbal et elle put obtenir un rapport médical certifiant que ses blessures nécessitaient des soins pendant une période de plus de vingt et un jours, ce qui imposait au procureur de convoquer Nourhane au tribunal. Les deux femmes disparurent de la chaîne et le plus âgé des présentateurs prit la place de Nourhane et l'excusa auprès des téléspectateurs en annonçant qu'elle avait dû prendre un congé de quinze jours pour surmenage. Les employés de la chaîne se délectèrent à ressasser l'événement sur des tons différents, avec des ajouts et des commentaires pittoresques. Puis ils se trouvèrent confrontés à la question essentielle : laquelle des deux femmes sortirait victorieuse de cette guerre ? Personne ne témoigna en faveur de Bassent. Tous ceux qui témoignèrent au tribunal assurèrent que Mme Nourhane avait été victime d'une agression ignoble et barbare de la part de Bassent. La plupart des employés étaient persuadés que Nourhane sortirait victorieuse parce que son mari, qui était le propriétaire de la chaîne, avait une solide influence au sein de l'État et qu'elle faisait de lui ce qu'elle voulait. Aussi s'empressèrent-ils d'annoncer leur total soutien à Mme Nourhane et de louer sa moralité et sa religiosité. En même temps ils insinuaient que Bassent avait de mauvaises manières et que sa moralité était sérieusement mise en doute, mais que leur foi leur interdisait de parler de ces choses-là parce qu'ils avaient des filles et qu'ils n'aimaient pas critiquer sur la base de simples indices. Ils savaient que chaque mot qu'ils prononçaient parviendrait directement à Mme Nourhane, qui en serait satisfaite. Certains employés pensaient que Bassent allait gagner parce que son ami était général de la Sécurité d'État. Ceux-ci se réfugiaient dans un silence prudent. Ils ne proclamaient leur soutien à aucune des deux parties et restaient neutres par précaution, leur seule préoccupation étant de manger leur pain quotidien et d'élever leurs enfants, sans plus. Les deux femmes mirent sous pression, l'une le général, l'autre Hadj Chanouani. Le général fit de nombreuses interventions au plus haut niveau pour demander que l'on fasse justice à Bassent. La réaction de Hadj Chanouani fut plus lente, peut-être à cause de la sagesse que donnent les années, peut-être parce qu'il savait que sa femme était l'agresseur, mais Nourhane ne se rendit pas. Après avoir crié, pleuré, montré les – très belles – traces de coups sur sa jambe, elle décida pour la première fois depuis leur mariage de le priver du droit que lui accordait la charia. Lorsque Chanouani revint de la prière du vendredi, ils déjeunèrent puis il la précéda dans la chambre à coucher. Nourhane était en chemise de nuit et, comme d'habitude elle s'était faite belle, mais elle s'allongea à ses côtés d'une façon étrangement réticente et lorsqu'il tendit sa main pour caresser ses seins comme il avait l'habitude de le faire en introduction à leurs ébats, elle s'éloigna et dit avec la rancœur de l'opprimé :

— Je suis désolée, *hadj*. Je ne peux pas. Je sais que le Prophète, prière et salut de Dieu sur lui, a dit que les anges maudissaient les femmes qui se refusent à leur mari, mais je te prie de m'excuser. Je ne veux pas mettre les anges en colère.

Sa voix s'étrangla sur ces derniers mots et des larmes se mirent à briller dans ses yeux, ce qui émut Chanouani, qui lui dit avec une tendresse teintée d'excitation :

— Ma chérie, calme-toi.

Nourhane alors ne se contrôla plus et elle éclata en sanglots tout en répétant :

— J'ai été humiliée, *hadj*, on s'est moqué de moi et toi, tu n'as rien fait pour que justice me soit rendue.

Le message était clair. Nourhane ne renoncerait pas à sa vengeance et elle allait lui gâcher son heure de jouissance hebdomadaire. Chanouani promit de la satisfaire et comme la solution de tout combat reflète l'équilibre des forces sur le terrain (pour prendre le langage des sciences politiques), on parvint à une situation de compromis. La chaîne se passerait des services de Bassent à condition qu'en compensation elle soit employée par une autre chaîne avec le même salaire et les mêmes privilèges. En échange de cela, elle devrait retirer la plainte déposée contre Nourhane. Cette dernière affecta de ne pas être satisfaite de cette solution, mais elle était assez intelligente pour savoir que c'était la meilleure à laquelle elle pouvait prétendre. D'un côté, le général avait assez d'influence pour faire nommer son amie Bassent dans la chaîne qu'il voudrait, et d'un autre côté Nourhane considérait qu'elle avait vaincu puisqu'elle avait chassé Bassent de la chaîne après l'avoir battue et lui avoir fait perdre sa dignité devant tout le monde. Cet événement servirait d'exemple à tous ceux qui pourraient avoir l'intention de l'affronter. Le lendemain de son retour, Nourhane eut une réunion avec les employés de la chaîne, au cours de laquelle furent abordées des questions professionnelles d'une manière ordinaire, sans aucune allusion à ce qui s'était passé. Elle pensait en effet que cette ambiguïté renforcerait son prestige. Après cette bataille, L'Égypte authentique connut une activité intense sous la conduite de Nourhane.

L'officier traitant la convoqua dans son bureau pour lui dire :

— À partir de la semaine prochaine, nous voulons que vous produisiez une émission qui s'intitulera "La Liste noire".

Elle lui répondit jovialement :

— Vous voulez qu'on y mette qui ?

L'officier la regarda avec un air de reproche et lui dit d'un ton sérieux :

— Cette émission sera peut-être la plus importante de toutes celles que vous produisez. Il y a un ensemble de personnalités publiques qui ont participé au complot du 25 janvier. La plupart d'entre elles ont des relations dans le monde entier. Elles sont internationalement connues et, par conséquent, nous ne pouvons pas actuellement les arrêter. Nous voulons faire savoir à l'opinion publique que ce sont des traîtres et des agents qui reçoivent de l'argent de l'étranger pour démolir le pays. Que la bénédiction de Dieu soit sur vous, madame Nourhane.

Le lendemain, la future émission fut annoncée dans le programme "Avec Nourhane". Nourhane n'eut aucun effort à déployer pour préparer cette émission qui lui était remise toute faite jusque dans ses moindres détails par l'officier traitant. Nourhane lisait le texte écrit sur le prompteur tandis qu'apparaissaient des images de l'opposant en compagnie d'étrangers. Puis elle disait :

— Vous allez entendre maintenant la preuve de la traîtrise.

On entendait alors l'enregistrement d'un échange téléphonique de l'opposant avec une personnalité étrangère. Puis les propos enregistrés s'interrompaient et elle lisait :

— Nous venons d'entendre le traître parler au responsable des services secrets américains.

Mais Nourhane ajoutait sa touche : elle s'était entendue avec le réalisateur pour qu'à la fin de l'émission il fasse un gros plan sur son visage, que l'on voyait très ému, puis elle souriait tristement et disait :

— Chers téléspectateurs, je ne pouvais pas imaginer que quelqu'un puisse trahir l'Égypte. Vous trahissez votre pays en échange de quoi ? En échange de dollars ? En échange de postes ? En échange de passeports internationaux ? L'Égypte vous méprise. L'Égypte, qui vous a nourris, honorés, qui vous a élevés, qui vous a éduqués et qui a fait de vous des hommes. Ah, méprisable traître ! Chers téléspectateurs, je ne vous demande qu'une seule chose : si vous voyez un de ces traîtres, faites-lui savoir que vous refusez sa traîtrise. Dites-lui qu'il est un traître. J'implore le pardon de Dieu.

Elle alla demander à l'officier ce qu'il en pensait. Il éclata de rire.

— Bravo, madame Nourhane. Si vous parlez sur ce ton-là, plus aucun d'entre eux ne va oser sortir de chez lui. Les gens vont les battre à coups de soulier dans la rue.

63

Cher Mazen,

Que je meure aujourd'hui ou que je vive cent ans, je n'oublierai pas ce qui s'est passé hier. Mon cœur et ma raison se rap-
pelleront toujours ce moment. Je me souviendrai de la lumière
faible à l'entrée de l'appartement, du son de la musique (je pense
que c'était un morceau de Chopin n'est-ce pas ?) au moment où
je t'ai serré la main pour partir. Tout semblait normal et, tout à
coup, j'ai ressenti un étrange frisson, j'ai vu ton visage s'approcher de moi et j'ai senti ton souffle puis je me suis trouvée dans
tes bras en train de t'embrasser. C'était comme le baiser de la vie
effaçant tout ce qu'il y a eu auparavant pour que notre amour
ouvre une page nouvelle. J'ai été surprise de ne pas éprouver
de honte de notre baiser. Au contraire, j'en étais fière. Après
être descendue de chez toi, j'aurais voulu arrêter les gens dans
la rue et leur dire : j'ai embrassé Mazen, mon amour. Je vais te
confier maintenant un secret : au moment où je t'ai embrassé,
j'étais totalement disponible, comme une fleur qui s'ouvre et
offre son nectar. Si tu m'avais entraînée à l'intérieur, je t'aurais
suivi avec la plus totale obéissance, heureuse de me livrer à toi.
Par Dieu tout-puissant, je ne l'aurais pas regretté un seul instant parce que je me considère comme ta femme. Je t'appartiens
comme tu m'appartiens, même si notre amour n'est pas enregistré à l'état civil. Quelle importance ont les papiers administra-
tifs ? Ils témoignent de l'existence de droits légaux, mais ils ne
témoignent pas de l'amour. Peut-être as-tu ressenti au moment
où je te serrais avec force dans mes bras que c'était comme si

je m'y abritais de ce monde stupide et hostile qui me traque. Je suis certaine que tu as décidé de te maîtriser pour que ma vie ne devienne pas encore plus compliquée qu'elle ne l'est. C'est comme cela que je te vois. Toujours plein de noblesse. Je sens, Mazen, que ce moment dure toujours et que j'y demeurerai en permanence parce que je t'aimerai toujours. Tu m'as interrogée hier sur mon père et ma mère. Je t'ai dit que je les aimais, bien sûr, mais qu'il fallait que je quitte la maison. Je ne pouvais pas abandonner la révolution, ni vivre sous surveillance. Le pire de tout c'est lorsque mon père a dit que Dieu m'avait créée pour le mettre à l'épreuve. Cela a été très dur pour moi. Qu'ai-je fait pour qu'il me considère comme la cause de tous ses ennuis ? Est-ce parce que je suis fidèle à moi-même et aux autres ? Est-ce parce que je me suis révoltée comme des millions d'Égyptiens pour la justice et la liberté ? Ce que je ne t'ai pas dit hier soir, c'est que j'avais tout préparé. Quand mes parents sont allés dans la soirée présenter les condoléances à la famille d'un proche de mon père, j'ai pris ma valise et je suis sortie de la maison en lui laissant une lettre sur la porte du réfrigérateur. Je lui disais :

— Cher papa, Je ne peux pas abandonner mes camarades qui meurent pour la révolution et, puisque tu as dit que j'étais un tracas que Dieu avait créé pour t'éprouver, j'ai décidé de te soulager et de sortir de ta vie pour toujours. Adieu.

Tu sais, j'ai pleuré en quittant la maison. Je l'ai regardée une dernière fois parce que je ne sais pas quand j'y reviendrai. Je ne regrette pas ma décision. Bien sûr, j'appellerai ma mère pour lui donner de mes nouvelles, mais je ne reviendrai jamais chez eux. Je suis allée chez mon amie Asmahane, rue Mourad. Je ne sais pas si tu te souviens d'elle. Elle est maître-assistant à la faculté des sciences de l'université du Caire et elle fait partie de l'Association nationale. J'y suis allée avec ma valise. Je m'étais mise d'accord avec elle au téléphone et je l'ai trouvée qui m'attendait. J'ai posé mes affaires dans l'armoire, j'ai pris un bain, bu une tasse de café avec Asmahane, puis j'ai senti qu'il fallait que je te voie. Je ne pouvais plus attendre. Je voulais te rencontrer à n'importe quel prix. J'avais besoin que tu me donnes de ta force, que tu me confirmes dans l'idée que j'ai eu raison. Je t'ai téléphoné et tu ne répondais pas. Je n'avais le choix qu'entre deux solutions : ou bien aller te voir à l'usine, ou bien à la maison. La maison était plus proche, même si les probabilités de t'y trouver étaient faibles. J'ai bien sûr eu à supporter le regard du serveur du café en bas de chez toi lorsque je lui ai demandé où était ton appartement. Il m'a regardée comme si j'étais une prostituée. Je n'ai pas eu honte. Cela fait partie de cette bêtise contre laquelle se bat la révolution. Il faut que je te parle de mon nouveau logement. L'appartement comprend un salon, une petite cuisine et deux chambres à coucher. Asmahane dort dans l'une et elle m'a laissé l'autre. Ma nouvelle chambre est vaste et propre et ses deux fenêtres donnent sur le zoo. C'est un vieil immeuble bourgeois et Asmahane m'a dit que les petits appartements comme le sien étaient autrefois loués par des gens riches pour y rencontrer leurs maîtresses en secret. Je me suis imaginé un grand féodal des années quarante rencontrant une danseuse dans ma chambre. Tu me connais. J'ai une imagination débordante (jusqu'à maintenant je ne t'ai pas montré les nouvelles que j'ai écrites). Asmahane fait partie d'une famille riche de Tanta et son père, qui est médecin, lui a loué cet appartement. C'est un homme tout à fait moderne qui permet à sa fille d'étudier ce qu'elle veut et la laisse vivre seule. Sa famille lui rend souvent visite. Ce matin je me suis levée tôt et je suis allée à la manifestation qui s'est déplacée de la rue Mohamed-Mahmoud au Conseil des ministres*. Le Conseil suprême des forces armées est déterminé à rester au pouvoir. Après les massacres qu'il a perpétrés, il a sorti des armoires de Moubarak une momie qui s'appelle El-Genzouri pour en faire le président du Conseil des ministres. Nous nous sommes déplacés devant le Conseil pour empêcher cet homme de l'ancien régime d'entrer dans son bureau. J'ai seulement passé une heure avec mes camarades qui occupent les lieux et je me suis répété tes paroles, Mazen. Cette révolution, nous en sortirons victorieux, avec la permission de Dieu. Tes amis te saluent. Ils savent que tu mènes une bataille difficile à la cimenterie. Ce matin j'ai rencontré Ahmed Harara. Quand tu penses qu'il n'arrête pas de sourire ! En le regardant, je me suis demandé où il prenait cette

* Le bâtiment qui abrite le Conseil des ministres se trouve à quelques dizaines de mètres seulement de la rue Mohamed-Mahmoud.

force. Selon les critères habituels, ce garçon a tout perdu. C'était un bon médecin. Il a perdu un œil le jour de la bataille des chameaux puis il est allé à Mohamed-Mahmoud où il a perdu son autre œil. Il n'a plus aucun avenir professionnel mais il est toujours optimiste et n'arrête pas de rire. Nous ne pouvons pas être vaincus alors qu'il y a parmi nous des gens comme Harara. À propos, il m'a demandé de te saluer et de te souhaiter bon courage. J'ai quitté la manifestation pour aller à l'école dans un état d'esprit différent. Après avoir quitté la maison et t'avoir rencontré hier, puis avoir retrouvé les camarades de la manifestation, je me suis sentie plus forte. Tout ce que l'on peut dire de la révolution à l'école ne m'importe plus. Qu'ils disent ce qu'ils veulent. Comme tu me l'as dit hier, nous avançons et eux reculent. C'est nous qui changerons l'Égypte. J'ai donné mes cours comme d'habitude et, le plus étrange, c'est que personne ne m'a embêtée comme mes collègues avaient l'habitude de faire au cours de la dernière période. Je m'imaginais qu'ils allaient me parler de la manifestation du Conseil des ministres et qu'ils allaient m'accuser de traîtrise et, cette fois, j'étais tout à fait prête à leur clouer le bec, mais personne ne m'en a dit un mot. On aurait dit qu'ils avaient peur de moi. Est-ce que mon état d'esprit est si flagrant, sans même que j'ouvre la bouche ? Maintenant je me sens parfaitement bien. Je suis tout à fait optimiste. Je me sens libre parce que je ne suis pas obligée de rentrer tôt à la maison et que je n'ai plus à mentir. Je suis heureuse parce que je t'aime et que tu m'aimes. Je vais passer la soirée et une partie de la nuit avec mes camarades au Conseil des ministres. Nous ferons tomber ce Genzouri et nous obligerons les militaires à quitter le pouvoir et à former un conseil présidentiel civil jusqu'aux élections présidentielles. Je crois, comme toi, que notre révolution l'emportera. Sais-tu quel est mon désir maintenant ? De t'embrasser comme je l'ai fait hier.

Salut, Mazen.

Asma

64

Malgré quelques cris de protestation, on avait pu montrer la vidéo tout entière. Il y avait à peu près cinquante personnes, certaines assises et les autres debout, mais tous avaient regardé le film jusqu'à la fin. On avait allumé les projecteurs et le jeune assis à côté d'Achraf Ouissa avait pris le micro :

— Je vous remercie de nous avoir donné l'occasion de faire connaître la vérité. Une fois encore, nous vous répétons que nous ne sommes pas contre l'armée. Tout ce que nous demandons, c'est que soient jugés tous ceux qui ont commis ces crimes – ceux qui ont donné les ordres comme ceux qui les ont exécutés.

Un gros homme en *galabieh* s'était écrié :

— Et nous, comment pouvons-nous savoir que ces images sont vraies ? Qui nous dit que ce ne sont pas des mensonges ?

Le jeune lui avait répondu calmement et clairement :

— Tous ceux qui veulent appeler les familles des victimes, que ce soit pour leur présenter des condoléances, pour les aider, ou bien pour vérifier que c'est la vérité, peuvent trouver sur notre site Internet le nom de toutes les victimes avec leur numéro de téléphone.

Des voix s'étaient élevées pour poser une autre question, mais le jeune ne leur avait pas répondu. Cela suffisait comme discussion. La partie suivante de la mission consistait à défaire le plus vite possible la tente et à la transporter dans la camionnette tandis que des jeunes à l'extérieur assuraient la protection du trajet vers les voitures.

Tout cela était organisé avec une grande précision. Le groupe de reconnaissance passait toute la journée à trouver des endroits qui convenaient pour la projection. Pour éviter tout problème, il fallait que ce soit un lieu fréquenté sans que la foule y soit trop compacte ni la circulation trop dense. Il fallait également que ce soit un endroit où l'on pourrait facilement assurer la protection du repli après la projection. Le soir, le groupe de reconnaissance proposait plusieurs endroits parmi lesquels un était retenu. À l'heure fixée, des jeunes attendaient à l'endroit choisi pour prévenir leurs camarades en cas d'imprévu. Les tentes étaient érigées le plus vite possible en évitant toute discussion qui puisse mener à un affrontement. Pendant que la tente était montée, il y avait toujours des gens curieux qui demandaient avec insistance :

— Qui êtes-vous et que voulez-vous ?

La réponse des jeunes était laconique et courtoise :

— Nous sommes des bénévoles qui organisons une rencontre culturelle.

— Et quel est le sujet de la rencontre ?

La réponse était alors :

— Venez voir et vous saurez.

Il n'y avait pas d'inconvénients à échanger des plaisanteries avec les curieux, mais à condition de ne pas leur donner d'informations. Dès que les tentes étaient montées, Akram Ouissa présentait la projection car, à cause de son âge, de son élégance et de son urbanité, il faisait une excellente impression. Pendant la projection, les jeunes de la sécurité entouraient les tentes de tous les côtés pour empêcher l'entrée d'un éventuel perturbateur. Dès que la vidéo était terminée, un jeune disait un mot de conclusion puis tout le monde partait rapidement. Le facteur surprise était toujours le secret de la réussite. Tout était calculé avec beaucoup de précision. Il fallait une heure au moins pour que les services de sécurité soient informés et envoient des *beltagui*. À ce moment-là, la présentation était terminée et ils avaient quitté les lieux.

Au cours d'une réunion d'évaluation, Achraf avait dit :

— Notre mission n'est pas de convaincre qui que ce soit. Notre mission est de faire connaître la vérité et de laisser les gens face à leur conscience.

La campagne connut un succès que même les plus optimistes n'espéraient pas. En deux semaines, dix projections eurent lieu, au rythme d'une projection par jour pour tenir compte des services de sécurité qui étaient sur le qui-vive. Les *beltagui* arrivaient généralement à la fin, au moment où les tentes étaient démontées et transportées dans la camionnette. Ils étaient accueillis par les jeunes qui assuraient la sécurité – pour la plupart, des ultras, qui avaient une grande expérience des affrontements avec les *beltagui*. Cela laissait aux autres le temps de transporter l'équipement et de monter dans les voitures. Les jeunes de la sécurité se retiraient en dernier.

La seule faute commise au cours de la campagne fut sans doute de revenir dans le quartier de Sayyeda Zeinab, par lequel ils avaient commencé. Le groupe de reconnaissance avait choisi comme emplacement la rue Reda, une petite rue qui donnait sur la rue Port-Saïd. Selon le plan prévu, le premier groupe qui s'y rendit ne trouva rien d'inquiétant et donna le feu vert à la campagne qui se mit en marche. Mais, dès que les jeunes commencèrent à décharger les chaises et les poteaux de bois pour la tente, ils se trouvèrent face à des gens qui sortaient des magasins et se dirigeaient vers eux. D'un côté de la rue il y avait plusieurs ateliers mitoyens de réparation de voitures et, de l'autre côté, un magasin qui vendait des pneus et des batteries ainsi qu'une épicerie à l'ancienne, avec une vieille pancarte abîmée sur laquelle était écrit "Épicerie Ali Salama & Fils". Ces gens qui venaient dans leur direction ne ressemblaient pas aux *beltagui* envoyés par la Sécurité. C'étaient des gens ordinaires qui ne posaient pas les questions habituelles des curieux méfiants. Ils entourèrent les jeunes avec des regards hostiles et menaçants. Le plus âgé et le plus corpulent d'entre eux avait une cinquantaine d'années. Il était revêtu d'un bleu de travail et ses mains étaient noires de graisse. Il s'approcha des jeunes et leur demanda d'une voix forte, comme s'il était en train de jouer un rôle dans une pièce de théâtre :

— Qu'est-ce que vous voulez ?

Les autres se regroupèrent autour de lui, attendant le résultat de la conversation.

Un jeune répondit :

— Nous venons présenter une rencontre culturelle.

— Et pour qui vous allez la faire ?

— Pour les gens de la rue.

— Nous vous remercions. Nous ne voulons pas de rencontres culturelles.

Cette réponse était inattendue. Le jeune se tut un instant. Achraf s'approcha et serra la main de l'homme en lui souriant aimablement :

— *Hadj*, c'est un groupe de jeunes qui veulent projeter une vidéo qu'ils ont apportée. Ceux qui veulent regarder sont les bienvenus et ceux qui ne le veulent pas sont libres.

L'homme répondit :

— Nous sommes des gens du quartier. Nous ne voulons pas de rencontres culturelles ni de vidéos. Allez, au revoir.

Achraf lui répondit :

— Pouvons-nous savoir pourquoi ?

L'homme se mit à crier :

— Parce que vous venez insulter l'armée et que nous, nous sommes avec l'armée. Vous avez compris ou vous n'avez pas compris ?

Ceux qui se trouvaient à ses côtés approuvèrent ses propos d'un concert de vociférations.

Un des jeunes répondit :

— Nous aussi nous sommes avec l'armée, mais il y a des gens dans l'armée qui ont commis des crimes et il faut qu'ils soient jugés.

L'ouvrier répliqua :

— Tu es qui, toi, fils de pute, pour juger l'armée ?!

À ce moment-là, Achraf intervint :

— Si l'on pouvait se parler avec respect, s'il vous plaît.

Un des ouvriers se mit à crier :

— Et pourquoi ? Si vous-mêmes n'êtes pas respectables...

Des cris de protestation s'élevèrent parmi les jeunes et Achraf leur fit signe de se calmer. Il allait dire quelque chose lorsque le chef des ouvriers cria à nouveau :

— Écoute, fiston, l'armée fait ce qu'elle veut. Celui qui dit un seul mot contre elle, je jure de lui couper la langue.

Achraf intervint :

— Comment ça, *hadj* ? Est-ce que le soldat ou l'officier ne sont pas des êtres humains comme les autres, qui peuvent se tromper ? Et s'ils se trompent, ils doivent être jugés.

L'homme avança d'un pas dans leur direction :

— Je vous dis… allez-vous-en. Ramassez vos affaires et adieu. Conduisez-vous poliment, ça vaudra mieux pour vous.

Il y eut un brouhaha de colère parmi les jeunes. L'un d'entre eux cria :

— Vous n'avez pas le droit de nous empêcher de faire notre projection. La rue appartient à tout le monde. Ce n'est pas votre propriété privée. Nous allons projeter, et si ça ne vous plaît pas, vous n'avez qu'à pas regarder.

Les ouvriers n'attendaient que cette phrase. Ils se jetèrent tous sur les jeunes et ce fut le début d'une violente bagarre. Certains ouvriers se dirigèrent vers leurs ateliers pour prendre des outils et des barres métalliques et se mirent à frapper les jeunes très violemment. L'un d'eux se jeta sur Achraf avec un cric à la main qu'il abattit sur lui de toute sa force. Akram tendit le bras pour lui protéger la tête et cria d'une voix dont l'écho retentit dans toute la rue :

— Vous n'avez pas honte. C'est un homme âgé et il est malade. Espèce de mécréant.

65

Ma belle Asma,

Excuse-moi. Je n'ai pas pu t'appeler parce que les événements se succèdent rapidement. Les attaques contre les camions se sont multipliées d'une façon surprenante. Le jeudi, cinq camions ont été volés avec leur contenu. La commission des quatre a décidé d'interrompre le transport de ciment par camion jusqu'à ce qu'il soit possible d'en assurer la protection. Chaque camion volé avec son contenu représente des milliers de livres de pertes pour l'usine. Il est inutile d'attendre de l'aide de la police ou de l'armée. Tout simplement parce qu'ils ne veulent pas sécuriser l'usine. Le plus surprenant, c'est que le patron de la société de sécurité que tu as rencontré à la maison a totalement disparu après que nous nous soyons mis d'accord sur le prix qu'il avait fixé. Je l'ai appelé plusieurs fois et il n'a pas répondu. Je lui ai envoyé un message où je lui disais que, par correction, il devait me répondre, même s'il avait changé d'avis. Il m'a alors envoyé un message aussi bref que surprenant :

— Excusez-moi, Mazen. Je ne peux pas assurer la protection de l'usine et je ne peux pas vous dire pourquoi. Vous avez un gros problème. Que Dieu soit avec vous.

Je ne l'ai plus rappelé. Que voulait-il dire par "un gros problème" ? Il connaissait l'ampleur de la protection demandée et m'avait déclaré qu'il était en mesure de l'assurer. Totalement épuisé, j'ai décidé de rentrer à la maison me reposer un peu. Ma présence permanente à l'usine me plonge dans une tension intérieure qui influe sur ma réflexion et sur mon comportement.

Lorsque je m'en rends compte, je reviens passer une nuit à la maison, ou même quelques heures, et je retourne en forme à l'usine. Je suis donc rentré à la maison, j'y ai pris un bain et je suis allé dormir un peu. J'ai dormi effectivement, mais j'ai été réveillé par la sonnerie du téléphone (que je laisse toujours allumé, comme tu le sais, en cas d'urgence). Il était cinq heures du matin. Les ouvriers m'ont prévenu que l'armée avait fermé l'usine. Je ne parvenais pas à le croire mais c'était pourtant vrai. Les forces armées avaient fermé les portails. Les officiers avaient demandé à quelques ingénieurs et ouvriers de rester pour fermer les fours et ils avaient interdit aux autres ouvriers d'entrer. Ils ont dit aux ouvriers que la direction de l'usine avait décidé sa fermeture en raison des pertes et de la détérioration des conditions de sécurité. Alors tout devint clair à mes yeux. Tous les événements que j'avais vécus se déroulèrent sous mes yeux comme les séquences successives d'un film que je voyais pour la première fois en entier et que, maintenant, je comprenais. Je comprenais enfin le sens du message du patron de la société de sécurité : "Vous avez un gros problème." Je me suis rapidement dirigé vers l'usine, décidé à rencontrer le chef de la police militaire. J'ai trouvé son adjoint, qui avait le grade de commandant. Il était sept heures du matin et son visage était marqué par la fatigue d'une nuit sans sommeil. Dès que j'ai abordé la question de l'usine, il m'a dit :

— Le commandant de la région a décidé de fermer l'usine, suite à la demande de la société italienne.

Je lui en ai demandé les raisons et il m'a souri poliment :

— En fait, je n'ai pas suivi ce dossier. C'est le colonel qui s'en occupe. Je crois qu'il y a un problème avec la sécurité de l'usine, ce qui entraîne des pertes.

Je lui ai parlé des agressions contre les camions et je lui ai dit que j'avais fait un rapport à la police militaire à ce sujet et que c'était resté sans suite. Il m'a répondu d'une façon aimable et vague. J'ai compris que discuter avec lui ne menait à rien. Il m'a serré la main et je suis parti. Il est maintenant un peu plus de sept heures. Je suis assis dans un café de Turah, derrière l'usine. Heureusement j'ai mon nouvel ordinateur et je vais envoyer l'information concernant la fermeture de l'usine aux responsables du mouvement. Il faut que cela soit diffusé dans le plus grand nombre possible de journaux et de sites Internet. Il faut que nous fassions pression sur l'administration et sur l'armée de toutes les façons possibles. J'attends le moment du changement d'équipe à huit heures. Je vais appeler les ouvriers à manifester sur place devant l'usine fermée. Nous ne nous soumettrons jamais. Lorsque les ouvriers de l'équipe du matin vont venir reprendre leur travail, ils vont avoir la surprise de trouver l'usine fermée. C'est alors que nous devons commencer notre manifestation. Imagine-toi que malgré la crise que je vis, je me sens tout à fait apaisé, simplement parce que je t'en ai parlé. Je sens que notre amour et la révolution veulent dire la même chose. Nous sommes dans le même combat et la même tranchée. Dans quelques instants je vais mener avec les ouvriers une bataille décisive que nous allons remporter avec la permission de Dieu.

Je t'aime.

Mazen

PS : La nouvelle nous est parvenue que l'armée va disperser par la force la manifestation devant le Conseil des ministres. Fais attention à toi. Mes salutations à tous les camarades.

66

Achraf et Akram ne cesseraient de revivre cet instant. Ce n'était que grâce à l'intervention de Dieu qu'ils avaient pu s'en sortir. L'ouvrier, avec son cric, avait foncé sur Achraf qui avait sauté à l'écart tandis qu'Akram levait le bras pour le protéger. Par chance, ce fut simplement l'extrémité du cric qui l'atteignit. Tous deux coururent vers la voiture, Achraf prit le volant et ils s'enfuirent rapidement. L'ouvrier, qui ne les avait pas poursuivis, était retourné participer à la bataille acharnée entre les jeunes et les gens du quartier. Achraf demanda à Akram comment allait sa main et elle lui dit que ça allait. Ils allèrent chercher Chahd chez des voisins d'Akram à Haouamedia. Sitôt assise sur le siège arrière Chahd se mit à dormir et ils arrivèrent en silence à la maison. Akram mit Chahd au lit puis prépara une tasse de café qu'elle porta à Achraf, dans son bureau. Puis elle se retira pour se changer et prendre un bain. Achraf fuma une autre cigarette de haschich et passa plusieurs appels. Peu de temps après, Akram revint en tenue d'intérieur, les cheveux tirés en arrière. Achraf lui dit avec tristesse :

— Ils ont arrêté trois jeunes du Six Avril.

— Et les autres ?

— Trois d'entre eux sont blessés. Ils sont à l'hôpital de Mounira et les autres sont rentrés chez eux.

— Qu'allons-nous faire ?

— Deux avocats sont allés voir ceux qui étaient emprisonnés et il y a un groupe de camarades avec les blessés.

— Il faut que nous allions les voir.

— Oui, il le faut. Mais j'ai besoin de réfléchir un peu. Ce qui est arrivé aujourd'hui est surprenant.

— Ce n'est pas surprenant du tout. C'étaient des *beltagui* du gouvernement comme toujours.

Il alluma une autre cigarette de haschich.

— Ceux qui ont attaqué aujourd'hui n'étaient pas des voyous payés pour le faire.

Akram réfléchit et dit :

— Tu veux dire que ce n'était pas le gouvernement qui était derrière eux ?

— Malheureusement Akram, ces gens nous ont attaqués d'eux-mêmes. Ce sont des gens ordinaires qui détestent la révolution.

Akram resta silencieuse, puis Achraf dit à voix basse, comme s'il se parlait à lui-même :

— Je comprends que les gens riches détestent la révolution parce qu'elle menace leurs intérêts, mais les gens pauvres, la révolution s'est faite pour défendre leurs droits. Comment peuvent-ils la détester ?

— Je te fais un café ?

Il se rendit compte pour la première fois qu'Akram soulevait la tasse de la main gauche. Il lui demanda à nouveau comment allait sa main et elle ignora la question, mais il insista pour qu'ils aillent à l'hôpital Ramsès. Après lui avoir fait une radio, le médecin lui dit :

— Vous avez de la chance que le coup ne vous ait pas cassé le poignet.

Le médecin lui fit un bandage de contention pour maintenir sa main. Lorsqu'ils revinrent à la maison, Achraf la serra dans ses bras et lui fit un long baiser qui se termina au lit où il fit tout son possible pour ne pas appuyer sur sa main blessée. Le lendemain, Achraf obligea Akram à se reposer et fit le ménage à sa place. Il se leva tôt, prépara des sandwichs pour Chahd, la peigna lui-même et l'aida à revêtir son uniforme scolaire, puis il l'amena à la crèche. Avant de passer la porte de l'appartement, tenant Chahd par la main, il regarda Akram et lui dit jovialement :

— Si, à la crèche, on me le demande, je dirai que je suis son grand-père. S'ils insistent pour connaître mon nom, je dirai que dans notre famille il y a un mélange de coptes et de musulmans.

Il éclata de rire et sortit avec l'enfant. Lorsqu'il rentra, Akram, émue, s'approcha de lui :

— Même si je travaillais toute ma vie pour toi, cela ne suffirait pas à te rendre tout ce que tu fais pour moi.

Achraf embrassa sa tête et murmura :

— C'est moi qui dois te remercier pour beaucoup, beaucoup de choses.

Les jours suivants, Achraf fut très occupé. Il continua à participer aux réunions de la commission, qui décida d'ajourner la campagne pendant quelque temps afin d'évaluer ce qui était arrivé pour l'éviter à l'avenir. Il alla avec les avocats rendre visite à ceux qui étaient incarcérés, qu'il trouva avec un très bon moral. Il alla quotidiennement voir les blessés. Deux d'entre eux sortirent de l'hôpital et leur camarade dut encore y rester une semaine. Akram ne l'accompagnait pas dans ses tournées à la demande du médecin qui lui avait demandé de rester tranquille pour que sa main guérisse. Ce jour-là, en rentrant chez lui, à près de six heures du soir, il trouva Akram qui l'attendait debout dans le couloir. Dès qu'elle l'aperçut, elle lui dit d'une voix troublée :

— Tes enfants sont ici.

Achraf la regarda avec surprise et elle lui chuchota :

— Boutros et Sara t'attendent au salon.

67

À sept heures et demie Mazen quitta le café et se dirigea vers l'usine en préparant dans sa tête ce qu'il allait dire aux ouvriers. Il leur expliquerait que la commission des quatre qui les représentait se trouvait face à un complot auquel avait participé l'administration italienne avec l'armée et la police. Il n'aurait pas peur d'appeler les choses par leur nom. Il fallait que les ouvriers comprennent que le Conseil suprême des forces armées menait une contre-révolution qui voulait faire échouer la révolution dans tous les domaines. Il ne parlerait pas dans le vague. Il avait des preuves formelles que l'attaque des camions de ciment était organisée et que les services de sécurité avaient négligé de protéger l'usine. Il leur parlerait du procès-verbal qu'il avait déposé à la police et du rapport qu'il avait remis à la Sécurité militaire. Il leur dirait que ni l'armée ni la police n'avaient rien fait pour protéger l'usine. Il ne fallait pas qu'il parle plus de dix minutes. Après leur avoir exposé le complot dans tous ses détails, il appellerait tous les ouvriers à manifester devant l'usine fermée. Il les inviterait à amener leurs femmes et leurs enfants à la manifestation comme avaient fait les ouvriers de Kafr el-Daouar. La présence des femmes et des enfants rappellerait au régime que c'étaient eux les victimes de la fermeture de l'usine, et rendrait difficile une dispersion de la manifestation par la force. S'ils attaquaient des femmes et des enfants, ils montreraient leur visage féroce à la face du monde.

Mazen avait décidé de ce qu'il devait faire, mais lorsqu'il approcha de l'usine, il y trouva un spectacle surprenant : des centaines de travailleurs s'étaient rassemblés devant la porte principale face à une tribune sur laquelle se trouvaient plusieurs d'entre eux. Fahmy parlait au micro :

401

— Nous voulons avoir du pain à manger et de quoi élever nos enfants. On nous a fourrés dans des problèmes et des complications et à la fin, l'usine est fermée. Qui va payer pour nos familles ? Nous nous sommes trompés de route. La commission des quatre, ils sont tous avec la révolution. Ils veulent mettre le feu au pays. Nous avions des droits à faire valoir auprès de la direction. Nous aurions pu le faire poliment et nous les aurions récupérés l'un après l'autre, sans problème. Ce que nous n'obtiendrons pas de la direction aujourd'hui, nous l'obtiendrons demain. Qu'est-ce qu'ils ont fait pour nous, ceux de la commission des quatre ? Ils ont amené la révolution dans notre usine et, malheureusement, certains des nôtres les ont suivis. Nous nous sommes mis à manifester, à faire des grèves, et voilà : l'usine est fermée et nous n'avons plus de quoi vivre.

Des cris d'approbation s'élevèrent parmi les ouvriers. Au milieu du rassemblement certains ouvriers partisans de la commission des quatre criaient avec colère :

— C'est faux.

— Les ouvriers doivent contrôler la direction pour récupérer tous leurs droits.

Il était clair que ceux qui soutenaient la commission des quatre étaient en minorité. Fahmy savait comment toucher la plupart des ouvriers. Les partisans de Mazen le poussaient vers la tribune en criant :

— Mazen va parler.

— Nous voulons écouter Mazen.

Fahmy saisit la perche et dit en parcourant du regard les ouvriers rassemblés :

— M. l'ingénieur Mazen el-Saqa veut parler. Qu'il soit le bienvenu. Qu'est-ce qu'il va vous dire, Mazen ? Il va vous dire de manifester et de faire la grève. Encore, Mazen ? Est-ce que nous n'avons pas vu le résultat de vos conseils ? Voilà l'usine fermée et nous sommes à la rue. Ça vous fait plaisir de voir que nos enfants ont faim ? Ayez pitié de nous. Mazen, laissez-nous manger notre pain. Je veux vous poser une question, Mazen : si l'usine est fermée, qui est-ce qui va vous financer ? Qui est-ce qui vous finance, vous et les jeunes de Tahrir qui avez mis le pays sens dessus dessous ? Moubarak était peut-être corrompu mais il y avait de la sécurité. Maintenant les *beltagui* et les criminels sont partout et nous avons peur pour nos enfants. Maintenant que nous n'avons plus de pain, qu'est-ce que vous allez faire pour nous, Mazen ? Si vous, vous touchez de l'argent de l'étranger, tant mieux pour vous, mais nous, nous sommes de pauvres ouvriers, nous ne pouvons compter que sur notre travail à l'usine. Allez vous faire voir ailleurs. Nous avons assez de problèmes comme ça. Nous, nous voulons que l'usine ouvre à nouveau pour pouvoir élever nos enfants.

Il y eut un brouhaha. Un petit groupe d'ouvriers autour de Mazen réclamait qu'on lui donne la parole tandis que la majorité refusait qu'il monte à la tribune. Fahmy poursuivit :

— Vous voulez écouter quelque chose de raisonnable ? J'ai fait une offre au mandataire : nous nous engageons à ne faire ni grèves ni manifestations et nous sommes d'accord pour qu'il nomme un nouveau directeur de son choix pour l'usine. En échange, l'usine ouvre. Vous êtes d'accord ?

Les cris d'approbation s'élevèrent et Fahmy déclara :

— Avec la bénédiction de Dieu. Voici la pétition. S'il vous plaît, chacun de vous doit signer. Le mandataire m'a promis que si vous signez la pétition, l'usine ouvrira dans deux jours au plus tard et il m'a promis que vous aurez votre salaire complet sans tenir compte des jours de fermeture de l'usine.

Mazen se rendit compte que tout cela avait été préparé à l'avance. Au-dessous de la tribune, il y avait une table devant laquelle se tenait un employé qui recueillait les signatures. En dehors du petit groupe de Mazen, c'était à qui, parmi les ouvriers, signerait le plus vite, si bien qu'il fallut organiser une longue file d'attente. Chacun signa et inscrivit le numéro de sa carte. Mazen s'approcha de la file. Certains de ceux qui s'y trouvaient détournaient le visage pour éviter son regard, tandis que d'autres lui faisaient des gestes de colère et marmonnaient des paroles de réprobation. Mazen et ses partisans restèrent immobiles puis il se tourna vers eux tout à coup et leur dit :

— Je m'en vais.

Il n'attendit pas leur réponse et ne leur serra pas la main. Il marcha lentement seul vers la sortie de l'usine et suivit la route jusqu'à la corniche où il prit un minibus qui allait vers le centre-ville.

68

Asma était-elle en train de rêver ou était-ce la réalité ?

Elle sentait qu'elle était entre l'éveil et le sommeil. Tout ce qu'elle voyait autour d'elle s'imprimait dans son esprit sous forme d'images floues. La seule chose certaine, c'était la souffrance, une douleur insupportable dans tout son corps, qui se calmait un peu à un endroit pour repartir ailleurs. Elle se rendait compte que son bras droit était recouvert d'une épaisse couche de plâtre blanc. Elle revoyait le visage du médecin qui avait recouvert son bras de plâtre tout en évitant son regard. Elle se rendait compte que son poignet gauche était menotté au dossier du lit. Elle suivait dans son esprit fatigué les visages des jeunes infirmières qui allaient et venaient lui porter des remèdes et changer ses pansements sans lui parler. Puis elle se souvenait de l'infirmière en chef, dont elle n'oublierait pas le regard plein de haine et de mépris. Elle n'oublierait pas que, quand elle s'était approchée d'elle, elle lui avait dit lentement, en appuyant sur les consonnes comme autant de coups de poignard :

— Salope, traîtresse. Toi et les tiens, vous touchez de l'argent de l'Amérique pour démolir le pays. Ils auraient dû te tuer et on aurait été tranquilles. Les gens comme toi, il faut les tuer pour nettoyer le pays.

Asma était incapable de réagir. Parler lui faisait mal. Bouger lui était douloureux. Le plâtre à une main et les menottes à l'autre rendaient tout mouvement impossible. Il y avait une autre infirmière qui était gentille. Elle venait la voir lorsqu'elle était seule dans la pièce, comme si en secret elle avait pitié d'elle. Elle se penchait vers elle en souriant et murmurait :

— Tu veux faire pipi ?

Asma hochait la tête et elle lui apportait une cuvette qu'elle plaçait sous elle. Elle évitait dans la mesure du possible d'aller aux toilettes parce que c'était une opération compliquée. Il fallait qu'un soldat détache ses menottes et la surveille. Elle se déplaçait sur une chaise roulante, ce qui lui faisait très mal. L'infirmière devait entrer avec elle pour l'asseoir sur les toilettes. Elle était complètement repliée sur elle-même. Elle perdait parfois conscience puis ouvrait les yeux et retrouvait le même éclairage blême, les murs peints en blanc et le lit vide en face d'elle. Elle ne savait pas si c'était le jour ou la nuit. Parfois, tout à coup, elle se souvenait de ce qui était arrivé, elle se mettait à haleter et son corps se couvrait de sueur. Elle avait envie de crier. Elle revoyait le dernier moment. Elle était en train de parler avec Karim et Asmahane et plusieurs autres manifestants en face du Conseil des ministres puis elle avait entendu du bruit, des cris. L'un des manifestants courait en criant :

— L'armée attaque !

Tous les manifestants s'étaient enfuis. Karim et Asmahane étaient partis en direction de Tahrir. Elle ne savait pas pourquoi elle s'était mise à courir dans la direction opposée. Elle pensait que l'armée attaquait depuis Tahrir. On l'arrêta quelques mètres plus loin en direction de Qasr el-Aïni. Elle n'avait jamais auparavant vu de soldat aussi énorme (elle apprit par la suite qu'il faisait partie d'une unité spéciale de l'armée, la 777). Le soldat ne lui avait pas parlé et ne lui avait pas posé de question. Il l'avait prise par les cheveux et traînée par terre pendant que ses camarades la frappaient à coups de bâton. Puis ils la firent entrer à l'Assemblée consultative*. Ils la conduisirent dans le secteur des femmes, comme l'appelait l'officier. Là, elle vit plus de vingt soldats qui frappaient sept manifestantes à coups de bâton, de toutes leurs forces. Les filles essayaient de se protéger la tête avec leurs bras, ce qui découvrait leur corps qu'ils bourraient alors de coups puis elles essayaient de protéger leur corps et les soldats recommençaient à frapper la tête. Asma eut droit à

---

* Le siège de l'Assemblée consultative est très proche de celui du Conseil des ministres, au bord de la rue Qasr-el-Aïni, près de Tahrir.

une cérémonie d'accueil complète. Puis ce fut le tour de l'officier. Elle se souvient de son regard dur, de sa moustache, de sa voix rauque. Il fit un geste dans sa direction alors qu'elle était allongée par terre. Il cria aux soldats :

— Amenez-moi celle-là.

Ils la traînèrent dans une pièce latérale tout en continuant à la frapper. Là, l'officier et trois soldats restèrent seuls avec elle. L'officier se mit à rire :

— Toi, la meneuse, comment tu t'appelles ?

Elle ne se souvient pas de ce qu'elle avait répondu, mais il lui avait dit :

— Tu vois, Asma, aujourd'hui tu es ma fiancée. On va faire ta fête.

L'officier regarda les soldats en silence et ils recommencèrent à la frapper de toutes leurs forces. La voix de l'officier s'éleva alors :

— Espèce de salope nous allons te faire mourir sous les coups jusqu'à ce que tu nous dises : "Je suis Asma la putain !"

Elle n'en pouvait plus et se mit à crier d'une voix larmoyante, comme si elle s'excusait :

— Je suis Asma la putain !

L'officier arrêta les coups et dit :

— Je ne t'ai pas entendue. Parle plus fort.

Elle cria :

— Je suis Asma la putain !

— Encore.

— Je suis Asma la putain !

— Encore.

— Je suis Asma la putain !

Les coups s'arrêtèrent et l'officier éclata d'un rire tout à fait naturel puis il alluma une cigarette et dit :

— Bien Asma. Puisque tu es une putain, pourquoi est-ce que tu es fâchée ?

Il regarda les soldats et leur dit :

— Déshabillez la putain.

Deux soldats s'approchèrent d'elle et le troisième resta debout à leurs côtés. Asma ne résistait plus. Elle ne criait plus. Elle les laissa faire ce qu'ils voulaient. Ils lui enlevèrent son pantalon et son corsage de laine. Elle était allongée maintenant en sous-vêtements. L'officier ordonna :

— Soldat, enlevez-lui son soutien-gorge.

Le soldat arracha violemment le soutien-gorge qui se déchira, laissant ses seins ballants, puis il se retourna et regarda l'officier qui lui dit :

— Maintenant je veux que vous jouiez tous avec ses seins.

Le deuxième soldat se pencha et prit ses seins entre ses doigts puis le troisième soldat s'approcha et les toucha rapidement.

— Tripote-les-lui bien.

Le troisième soldat se mit à les malaxer et elle remarqua pour la première fois qu'il pleurait.

L'officier lui dit :

— Ça te suffit comme ça, putain ? Non, ça ne te suffit pas.

Il cria d'une voix rauque comme s'il donnait un ordre de combat.

— Prends-lui la chatte, soldat.

Elle sentit les doigts du premier soldat la tripoter entre les cuisses, puis vint le second qui entra ses doigts. Quant au troisième soldat, il ne bougea pas et ses larmes étaient devenues des sanglots, et il répétait :

— Ça suffit, chef. C'est un péché, chef.

L'officier se mit en colère :

— Exécute les ordres, pédé.

Le soldat en larmes s'approcha d'elle et entra la main en essayant de la toucher avec douceur. L'officier s'approcha d'elle qui était allongée par terre puis il dit d'une voix calme :

— Tu vois, Asma, à quel point tu ne vaux rien. Tu ne vaux absolument rien. J'ai laissé les soldats jouer avec tes nichons et avec ta chatte et je pourrais les laisser te baiser maintenant devant moi, et tu ne pourrais pas dire non. Tu n'es rien, Asma, rien du tout. Tu le sais maintenant. N'essaie pas de t'attaquer à tes maîtres, compris ?

69

Les journalistes et les caméras des chaînes satellitaires, à qui les juges avaient interdit d'entrer dans la salle, se massèrent à l'extérieur. On ne laissa entrer personne en dehors des avocats et des familles des accusés et des victimes. Les officiers accusés pénétrèrent dans la cage. Ils prenaient des airs décontractés, faisaient des gestes à leurs familles, bavardaient à voix basse entre eux en fumant, mais tout cela ne diminuait en rien leur nervosité. On pouvait d'un seul coup d'œil distinguer les familles pauvres des victimes de celles des officiers, élégamment vêtues, leurs femmes arborant des lunettes de soleil de marque. L'huissier annonça :

— La cour.

Le juge et ses deux assistants entrèrent, l'un à sa droite, l'autre à sa gauche. Ils s'assirent et le juge commença à lire les noms des accusés puis les articles de loi sur lesquels s'appuyait le jugement et finalement d'une voix forte :

— Le tribunal déclare tous les accusés innocents. La séance est levée.

Le juge et ses deux assistants sortirent précipitamment tandis que retentissaient les cris et les lamentations des familles des victimes et les youyous des familles des officiers, qui s'embrassaient en bénissant le ciel. Madani resta quelques instants plongé dans le silence jusqu'à ce qu'il réalise ce qui venait de se passer puis il se mit à crier :

— Cela veut dire quoi, innocent ? L'officier Haitham a tué mon fils.

Les camarades de Khaled se regroupèrent autour de lui pour le calmer. Hind cria "Honte à vous !" et éclata en sanglots. Dania la prit dans ses bras. Tous virent avec surprise Madani sortir rapidement de la salle, passer la porte et se précipiter dans la rue. Ils coururent derrière lui en l'appelant et le rattrapèrent au moment où il essayait d'arrêter un taxi.

— Moi, c'est fini. Je quitte ce pays. Je vais à la poste retirer mon argent pour partir.

Ils essayèrent de le calmer, mais il était tellement obsédé par cette idée qu'il ne les écoutait pas. Il commença à arrêter les passants. Il arrêta un jeune et lui dit :

— Mon fils avait ton âge. Il était étudiant à l'université. Il s'appelait Khaled. L'officier Haitham el-Meligi l'a tué devant ses camarades et le juge l'a déclaré innocent.

Les voix s'élevèrent parmi les passants.

— Voilà comment est notre pays.

— Il n'y a de force et de puissance qu'en Dieu.

— Que Dieu y supplée.

— Même s'il a été déclaré innocent, qu'en sera-t-il du jugement de Dieu.

Madani cria de sa voix la plus forte :

— Je ne veux pas rester dans ce pays un jour de plus. J'ai soixante mille livres à la poste que j'ai économisées toute ma vie. Je vais les retirer maintenant et demain je pars.

Plusieurs passants essayèrent de le calmer, en même temps que les avocats et les camarades de Khaled, mais il continuait à crier et à répéter la même chose. Il avait visiblement complètement perdu le contrôle de lui-même. Dania parla avec Hind puis elle revint vers lui et lui prit la main :

— Bon, venez avec nous. Nous allons à la poste.

70

Asma, ma chérie,

C'est la première fois, depuis le vendredi de la colère, lorsqu'ils avaient coupé les communications, que je t'écris sur une feuille de papier au lieu de t'envoyer un e-mail, et c'est la première fois tout court que je t'écris depuis deux mois. Lorsque les ouvriers ont accepté de se soumettre à l'administration italienne, je me suis pour la première fois senti déprimé. J'ai ressenti le même désespoir que celui que j'éprouvais enfant, sur la plage d'Alexandrie, lorsqu'une vague venait détruire les beaux châteaux de sable que nous avions construits et les faire disparaître en un instant, comme s'ils n'avaient jamais existé. Ce jour-là je t'ai appelée, ton téléphone était éteint. Je t'ai écrit un e-mail pour t'informer de ce qui se passait. Crois-moi, je ne suis pas en colère contre les ouvriers. Chacun d'entre eux est responsable d'une famille et ils ne peuvent pas mettre en péril la subsistance de leurs enfants. De plus les médias qui leur farcissent la tête de mensonges leur ont fait détester la révolution. Je suis persuadé qu'ils découvriront rapidement la vérité. Mon père m'a appris à avoir confiance jusqu'au bout dans la capacité du peuple – même si on peut l'égarer provisoirement – à revenir vite à la vérité. On ne peut pas tromper les gens éternellement. Les Égyptiens comprendront ce qui se passe demain, ou dans une semaine, ou dans un mois. Alors, immanquablement, ils reviendront à la révolution. Je n'éprouve aucun doute à ce sujet. Tu vois, Asma, quand j'ai pris le minibus pour rentrer à la maison, j'avais le sentiment qu'ils allaient m'arrêter. Je pensais que, moi, si j'étais à la place du pouvoir, je nous arrêterais tous, maintenant qu'ils ont mobilisé l'opinion publique contre nous, qu'ils ont sali notre réputation, convaincu la population que la révolution était un complot et terrorisé les gens en leur faisant croire que l'alternative à l'ancien régime était l'anarchie. Le moment favorable à notre arrestation était venu. Tu te demandes sans doute pourquoi je suis revenu à la maison puisque j'étais persuadé qu'ils allaient m'arrêter. J'étais encore sous le coup de la soumission des ouvriers à la direction et je ne supportais pas l'idée de m'enfuir. Si je m'étais caché, peut-être aurais-je évité d'être incarcéré, mais je n'aurais certainement pas pu me débarrasser du sentiment d'avoir fui la bataille. Tu as le droit de refuser cette logique et de dire que j'aurais dû me sauver. Psychologiquement cela m'a été impossible. Je suis rentré à la maison tellement épuisé que je me suis effondré dans le sommeil. Je me suis réveillé dans l'après-midi. J'ai pris un bain et j'ai bu une tasse de thé. Étrangement, lorsque j'ai entendu frapper à la porte, j'étais certain que c'étaient eux. J'ai ouvert et j'ai trouvé un officier avec plusieurs policiers en civil. L'officier m'a dit poliment :

— Monsieur Mazen, nous avons deux mots à vous dire.

Je lui ai demandé de m'attendre pour préparer rapidement une valise et il a accepté. Je suis descendu avec eux et nous sommes montés dans un fourgon. Dès que la voiture s'est mise en marche, ils ont commencé à me rouer de coups. Je ne veux pas me souvenir des détails de la torture à laquelle j'ai été soumis. Je suis resté quarante-deux jours coupé du monde. Devant les avocats, les responsables du ministère de l'Intérieur et de la Police militaire ont nié nous avoir arrêtés. Je suis resté dans un centre de détention de la Sécurité centrale dont je ne connais pas le lieu parce que j'avais les yeux bandés au cours des déplacements. J'ai été sauvagement torturé, Asma. Leur objectif était de m'obliger à reconnaître que nous recevions des financements des services secrets américains. L'officier me présentait à signer une confession avec des noms de responsables étrangers dont je devais reconnaître avoir reçu de l'argent. Après chaque séance de torture, il répétait sa proposition et je répétais mon refus. Alors la torture recommençait. Une fois je lui ai crié en plein visage :

— Vous vous fatiguez inutilement. Si vous vous voulez me tuer, tuez-moi, mais jamais de ma vie je ne trahirai la révolution.

411

Après quarante-deux jours, la torture s'est arrêtée tout à coup. Peut-être avaient-ils perdu l'espoir de me faire faire des confessions mensongères. Peut-être aussi étaient-ce les efforts d'Issam Chaalane auprès de hauts responsables qui avaient fini par me sauver, ou bien le fait que mes camarades avaient attiré l'attention de la presse occidentale sur mon incarcération, ou bien toutes ces raisons à la fois. J'ai été convoqué chez un commandant que je voyais pour la première fois. Il m'a dit être désolé du mauvais traitement que j'avais reçu, tout en me demandant de tenir compte des circonstances délicates que traversait le pays. Il m'a assuré que personne ne doutait de mon patriotisme, même si nous ne partagions pas les mêmes opinions. Bien sûr j'ai suffisamment d'expérience pour ne pas croire ce genre de propos. C'est une méthode utilisée par les tortionnaires pour vous redonner de l'espoir avant de recommencer à vous torturer, jusqu'à ce que vous vous effondriez totalement. Je lui ai fait une réponse vague. Il a ajouté que j'allais voir par moi-même combien le comportement à mon égard allait changer, que j'allais partir le lendemain pour la prison de Turah où les conditions étaient bien meilleures. Il m'a dit également que j'allais recevoir ma première visite d'ici quelques jours. Je n'en croyais rien, mais contrairement à ce que je pensais, mon transfert à la prison de Turah a effectivement eu lieu le lendemain et deux jours plus tard j'ai reçu ma première visite, celle d'Issam Chaalane. Le directeur nous a laissé son bureau par courtoisie à l'égard d'Issam. Je n'oublierai jamais l'instant où Issam m'a vu avec mes vêtements de prisonnier, avec des marques de torture sur le visage et sur le corps. Imagine-toi que quand il m'a serré dans ses bras je me suis mis à pleurer comme un enfant. Je ne m'étais pas rendu compte jusqu'à cet instant à quel point j'aimais cet homme. La visite était supposée durer un quart d'heure ou une demi-heure, mais le directeur nous a laissé deux grandes heures. Les relations d'Issam avec les services de sécurité sont toujours fortes. Il m'a dit que lorsqu'il avait appris mon arrestation, il avait voulu me rendre visite, mais qu'on lui avait dit :

— Mazen Saqa est un élément dangereux et influent. Laissez-le-nous pendant quelque temps.

Dans la prison de Turah, tout était différent, même si l'adjoint du directeur me giflait de temps en temps pour affirmer son autorité. Comme pour me dire : "Tu es pistonné par Issam Chaalane, mais moi je peux te frapper quand je veux." Après Issam, ce furent ma mère et ma sœur Mériam qui m'ont rendu visite. J'ai été stupéfait par la force de ma mère, Asma. Imagine-toi qu'elle n'a pas versé une larme et qu'elle m'a dit :

— Tiens bon, Mazen, c'est toi qui as raison.

Elle a même grondé ma sœur quand celle-ci a éclaté en sanglots. Elle lui a dit d'une voix forte :

— Pourquoi pleures-tu ? Ne laisse pas les criminels nous insulter. Ton frère est un héros.

Bien sûr je suis certain qu'elle pleure beaucoup à la maison, mais ici elle a été formidable. Elle s'est maîtrisée devant moi pour ne pas me faire de peine. Je me suis dit que, bien sûr, elle avait acquis cette force en vivant avec mon père, qui a passé des années en prison. Deux jours après la visite de ma mère, c'est Karim, l'avocat, qui est venu et qui m'a tout raconté. Il m'a parlé de ce qui s'était passé devant le Conseil des ministres et à l'hôpital. Je souffre beaucoup pour toi, Asma. J'aurais voulu être avec toi, mais j'ai été arrêté quelques heures avant qu'ils n'aient dispersé la manifestation. Issam Chaalane me rend visite chaque vendredi et c'est lui qui va te faire parvenir cette lettre lorsque Karim lui aura donné ton adresse. Issam m'a dit que je serais bientôt présenté au parquet et que j'allais être libéré sous caution, mais qu'ensuite je serai arrêté dans le cadre d'une autre grosse affaire pour laquelle j'écoperai d'une peine sévère. Issam m'a dit :

— Ne crois pas qu'il y a un parquet et des juges. C'est la Sécurité qui dirige l'Égypte. Ils veulent se débarrasser définitivement de vous. Il faut que tu sois plus intelligent qu'eux. Dès que tu seras libéré, il faut que tu partes. Je peux t'obtenir rapidement un visa et dès que tu sortiras, pars dans n'importe quel pays européen.

Bien sûr j'ai refusé et je lui ai dit que je préférais mourir plutôt que fuir, mais il a tellement insisté qu'une fois, il m'a crié au visage :

— Mon fils, tu es ton propre ennemi. Je t'ai dit que je tiens ce plan d'un général de la Sécurité d'État : les leaders comme toi, ils vont vous faire un procès pour tentative de coup d'État et vous

serez condamnés à perpétuité. Peux-tu me dire ce que c'est que cet héroïsme qui te pousse à les attendre alors que tu sais qu'ils vont te jeter en prison pour vingt-cinq ans.

Bien sûr, je souris lorsque j'écris ces mots parce que, tu me connais, il m'est impossible de fuir. Je ne sais pas, Asma, dans quelles conditions tu as décidé de partir, mais moi il m'est impossible de quitter l'Égypte, même si je dois passer toute ma vie en prison. Je suis toujours optimiste, Asma. Je vais te raconter quelque chose qui te montrera comment raisonnent les officiers. Le directeur de la prison est un brave homme traditionnel, mais cela ne l'empêche pas de torturer si cela est nécessaire. J'ai demandé à le rencontrer et je lui ai dit :

— J'ai remarqué que dans les prisons il y avait des droits communs analphabètes. Je vous demande la permission de leur donner des cours d'alphabétisation.

Le directeur m'a regardé avec surprise :

— Je ne comprends pas. Vous voulez apprendre aux prisonniers à lire et à écrire.

— Tout à fait.

— Et c'est dans quel but, cette histoire ?

— Chaque personne instruite en Égypte a le devoir de lutter contre l'analphabétisme.

— Assez de slogans creux. Qu'est-ce que tu leur veux exactement aux prisonniers ?

— Je veux les aider.

Il s'est moqué de moi :

— Tu ferais mieux de t'aider toi-même d'abord.

Les officiers m'ont tous pris comme sujet de plaisanterie à cause de ce que j'avais proposé. Je sens une sorte de rage dans leur dérision. Ils sont en colère parce que nous ne sommes pas brisés. Je suis optimiste. La révolution vaincra malgré tout ce que nous avons eu à subir. Les Égyptiens trompés par les médias découvriront eux-mêmes rapidement la vérité. La révolution se poursuit et elle vaincra, Asma. Ne doute pas un seul instant de notre victoire. Tu trouveras dans la lettre l'adresse d'Issam. Envoie-lui tes lettres et il me les fera parvenir pendant ses visites.

Je t'aime plus que jamais.

Mazen

71

Achraf fut d'abord décontenancé. Cela faisait plus d'un an qu'il n'avait pas vu Boutros et Sara. Les retrouvailles furent chaleureuses et émouvantes. Il les serra très fort dans ses bras et les regarda longuement. Il avait parfois l'impression qu'ils étaient lui-même. Il se retrouvait en eux. Sara était une fille élancée, aux fins cheveux noirs qui lui tombaient sur les épaules. Elle avait hérité de la beauté de sa mère mais, parfois, quand elle se tournait ou qu'elle le fixait, il voyait en elle quelque chose de lui. Quant à Boutros, il était la copie conforme de son père, en mieux, comme disait Achraf en plaisantant. Après les embrassades, Achraf leur demanda ce qu'ils voulaient boire.

Boutros bafouilla un remerciement et Sara hocha nerveusement la tête, ce qui ramena à l'esprit d'Achraf une idée qu'il essayait de chasser depuis le début.

— Nous sommes venus pour voir si tout allait bien pour toi et pour maman.

— Soyez les bienvenus.

Sara lui dit :

— Pouvons-nous parler en anglais pour que la dame qui nous a ouvert la porte ne comprenne pas ?

Achraf hocha la tête. Tout devenait parfaitement clair. Sara lui répondit avec l'aisance de quelqu'un qui a préparé son discours à l'avance :

— Tu sais combien nous t'aimons et combien nous aimons maman. Nous sommes vraiment inquiets. Nous sommes tristes de savoir que cela ne va pas entre vous. Vous avez toujours été de merveilleux modèles de parents. Que s'est-il passé ?

La voix d'Achraf lui sembla étrange lorsqu'il s'entendit parler en anglais.

— Je ne comprends pas pourquoi vous me dites ça. Est-ce que ce n'est pas elle qui a quitté la maison ? Je l'ai invitée plusieurs fois à revenir et elle n'a pas voulu.

Boutros restait silencieux et Sara reprit la parole. C'était visiblement elle qui était à la tête de l'opération.

— Elle dit que la maison n'est pas sûre.

— Si la maison n'était pas sûre, ce serait une raison de plus de rester auprès de son mari si elle l'aimait.

Sara regarda Boutros pour l'inciter à parler :

— Maman dit que les jeunes que tu accueilles sont poursuivis par la police.

Achraf leur coupa vivement la parole :

— Écoute, je ne vais pas me laisser entraîner dans une discussion sur la révolution. Je vous ai expliqué ma position au téléphone et je l'ai aussi expliquée chez votre grand-mère. Combien de fois faudra-t-il que je me répète pour que vous me compreniez ?

Le silence régna à nouveau et Sara respira un bon coup puis elle passa sa main dans ses cheveux :

— Franchement, je crois que le problème entre vous dépasse la politique.

— Que veux-tu dire ?

— Je veux dire qu'il y a ici une autre femme.

Achraf lui répondit avec colère :

— Tu n'as pas le droit, Sara, de me juger.

— J'ai le droit de savoir.

— Jamais ta mère et moi nous n'avons été heureux. Je crois que vous le savez tous les deux. Sans les liens de l'Église, nous aurions divorcé depuis longtemps. C'est cela la vérité.

Sara regarda Boutros qui, cette fois-ci, resta silencieux. Elle reprit la parole :

— C'est votre droit de régler vos relations conjugales comme vous le voulez et c'est ton droit d'aimer une autre femme que maman et celui de maman d'aimer un autre homme. Le problème, c'est que lorsque j'ai su qui était l'autre femme, cela m'a fait un choc.

Achraf sourit avec amertume.

— Tes propos sont contradictoires. Si tu penses que j'ai le droit d'aimer une autre femme, l'identité de cette femme n'a pas d'importance. De plus je n'ai rien à cacher. J'aime Akram et je vis avec elle et sa petite fille.

— Akram, la servante.

— Oui, Akram, la servante.

Boutros intervint d'une voix troublée :

— Et tu trouves que c'est normal ?

— Tu es jeune. Lorsque tu vieilliras, tu comprendras qu'un homme peut aimer une femme sans tenir compte de sa situation sociale.

— Elle est musulmane, n'est-ce pas ?

— Oui, elle est née musulmane, répondit Achraf avec fermeté, comme nous, nous sommes nés chrétiens. Ni elle ni nous n'avons choisi notre religion. Mais je l'ai choisie, elle, parce que je l'aime. Elle me rend heureux et je resterai avec elle parce que c'est la seule femme que j'aime.

Sara s'écria :

— Je n'arrive pas à le croire. Une servante musulmane, et mariée.

— Je vois que votre mère vous a donné des informations complètes.

— Tout le monde est au courant.

— Ce que pensent les gens ne m'importe absolument pas.

— C'est le Christ que tu mets en colère.

— Vous imaginez que le Christ se fâche uniquement quand vous le faites. Laissez-moi me débrouiller avec le Christ. Je l'aime et il m'aime, il me comprend et me bénit.

Sara répliqua en essayant de se contrôler :

— Bien sûr nous n'avons pas le pouvoir de t'éloigner de cette femme, mais nous avons le droit de te dire ce que nous pensons de cette situation. Nous sommes consternés.

Achraf resta un instant silencieux, puis il alluma une cigarette et leur dit :

— Si vous êtes venus pour m'informer de vos sentiments, je vais moi aussi vous exposer les miens. La vérité, c'est que votre attitude me rend très triste, parce que vous prenez, comme toujours, le parti de votre mère contre moi.

Boutros voulut réagir, mais Achraf cria :

— Ne me coupe pas la parole. J'aurais compris que vous soyez venus du Canada pour être à nos côtés pendant la révolution, lorsque des gens se faisaient tuer tous les jours. Vous saviez que je participais aux manifestations et qu'il était possible que je meure à n'importe quel moment. J'aurais compris que vous soyez intervenus pour convaincre votre mère de revenir à la maison pour ne pas me laisser seul dans ces conditions difficiles. Mais vous venez maintenant pour me sauver de ma folie. En vérité, vous êtes venus vers moi maintenant uniquement à la demande de votre mère, pour sauver les biens que vous hériterez après ma mort, de peur que je ne sois un vieillard prêt à dilapider sa fortune avec sa maîtresse et la fille de cette-ci. En vérité vous êtes venus défendre vos intérêts.

Boutros l'interrompit :

— Ce n'est pas vrai.

Achraf lui répondit

— Je suis désolé, mais c'est la vérité. Vous pensez comme votre mère. Vous ne comprenez la vie qu'à travers les chiffres.

Sara était furieuse. À ce moment-là c'était une copie conforme de sa mère :

— Nous ne sommes pas obligés de te prouver que nous t'aimons.

— Vous m'aimez à votre façon. La façon de Magda. Il y a une autre façon d'aimer. Cette femme que vous méprisez parce qu'elle est servante et musulmane, la femme qui vous a ouvert la porte, avez-vous remarqué qu'elle avait la main bandée ? Savez-vous pourquoi ? Parce qu'elle a pris ma défense et qu'on l'a frappée avec un cric à ma place. S'il avait atteint ma tête je serais mort sur le coup. C'est une façon d'aimer différente de la vôtre.

Boutros et Sara se levèrent. Achraf également. Il s'approcha d'eux et leur dit :

— Bon, vous voulez partir parce que votre mission a échoué. Je vous en prie, au revoir. Malgré tout je continuerai à vous aimer et je serai toujours heureux de vous revoir.

72

Mazen, mon chéri,

Je ne peux pas te décrire la joie que j'ai eue en lisant ta lettre. Je suis sûre que les gens qui sont assis autour de moi, au café, ont cru que j'étais folle. Après avoir lu plusieurs fois ta lettre, je l'ai embrassée, j'ai respiré son odeur. Comme tu m'as manqué. J'appelais tous les jours Karim pour avoir de tes nouvelles. Je serai toute ma vie redevable à Karim. Je me demande parfois comment un jeune qui n'a pas encore vingt-cinq ans peut se comporter avec une telle sagesse et un tel courage. Je suis restée à l'hôpital complètement brisée physiquement et psychologiquement. On m'avait attachée au lit pour que je ne puisse pas m'enfuir alors que j'étais même incapable de bouger. Puis le substitut du procureur est venu. Au premier coup d'œil j'ai compris que c'était un jeune homme plein de morgue et fidèle au régime. Je ne lui ai pas demandé de constater mes traces de coups et bien sûr lui non plus ne m'a pas posé de questions à ce sujet. À toutes ses questions je répondais par un seul mot :

— Ce n'est pas vrai.

Il a pris ça pour une provocation et m'a dit :

— C'est tout ce que vous savez dire ?

J'ai été inculpée mais libérée avec une caution de trois mille livres. Les camarades se sont cotisés et Karim l'a payée puis je suis sortie de l'hôpital après avoir signé un papier où je déclarais que la poursuite des soins était sous ma responsabilité (comme s'ils se préoccupaient vraiment de mes soins). Karim pensait que le procureur général allait d'un moment à l'autre prononcer une interdiction de sortie du territoire et que, par conséquent, il fallait que je parte rapidement à l'étranger. Si on ratait cette occasion, elle ne se reproduirait pas. Heureusement j'avais un visa de cinq ans pour l'Angleterre que j'avais obtenu pour rendre visite à mon oncle qui habite à Londres. Asmahane m'a acheté un billet sur la British Airways et Karim et elle m'ont accompagnée à l'aéroport. Imagine-toi que j'ai voyagé avec le visage couvert d'ecchymoses et le bras droit dans le plâtre. Je marchais avec difficulté. J'avais mal partout. J'étais épuisée, l'esprit complètement en miettes. Lorsque je me revois à l'aéroport de Londres, j'ai l'impression que c'était dans un rêve. Dans l'avion la douleur s'est réveillée et j'ai pris des calmants. L'hôtesse de l'air anglaise qui m'a vue dans cet état a appelé l'aéroport d'Heathrow et on est venu me chercher avec un fauteuil roulant et un médecin qui m'a examinée. L'hôtesse m'a accompagnée pour m'aider dans les formalités de l'arrivée. Je ne leur avais rien demandé, mais quand ils ont vu mon état, ils m'ont immédiatement aidée. En m'examinant, le médecin anglais m'a dit en souriant :

— Tout ira bien maintenant et ce sera votre dernier accident.

Il plaisantait pour que je me détende, mais j'ai éclaté en sanglots. Oui, Mazen, j'ai pleuré. Je voulais lui dire que je n'avais pas eu d'accident, mais que c'était des soldats égyptiens qui m'avaient fait ça. Je voulais leur dire ce que m'avait fait mon pays que j'aime plus que tout au monde, mon pays pour lequel j'ai affronté la mort sans avoir peur et sans hésiter un seul instant. Oui, c'est mon pays qui m'a outragée, qui m'a humiliée, qui m'a avilie. Crois-moi, Mazen, je ne suis pas partie par peur du procès que l'on va monter de toutes pièces contre nous. Je suis partie parce que j'ai compris la vérité, celle que l'officier qui m'a outragée avec ses soldats m'a dite à la fin :

— Tu sais, Asma, tu n'es rien du tout.

C'est cela la vérité, Mazen. Je ne suis vraiment rien du tout et toi, tu n'es rien du tout et tous les jeunes de la révolution ne sont rien du tout. Ils ont toujours fait et ils continueront à faire ce qu'ils veulent, ils nous tueront, nous outrageront, tireront sur nos yeux et personne ne les jugera, personne ne leur demandera de comptes. Tu sais pourquoi ? Parce que nous ne sommes rien. Parce que nous avons fait une révolution dont personne n'avait besoin et dont personne ne voulait. Je sais que tu crois toujours au peuple, mais moi je ne crois plus en lui. Ce peuple, pour lequel les meilleurs d'entre nous sont morts en défendant sa liberté et sa dignité, ne veut ni liberté ni dignité. Tu te demandais pourquoi il y avait tant de haine sur le visage des officiers qui nous tuaient ? C'est parce qu'ils haïssent ce que nous représentons, parce que nous demandons à être des citoyens, pas des esclaves. Le peuple pour lequel nous nous sommes soulevés nous déteste, Mazen, et il déteste la révolution. Je n'oublierai jamais le regard de haine de l'infirmière en chef et ses accusations de traîtrise, je n'oublierai jamais qu'elle aurait souhaité qu'on ait tué tous les jeunes de la révolution pour nettoyer le pays des agents et des traîtres que nous étions. Je n'oublierai jamais les commentaires des enseignants et les accusations d'Abla Manal. Je n'oublierai jamais la façon dont le chauffeur de taxi insultait la révolution et je n'oublierai pas non plus mon père qui pensait que nous manifestions place Tahrir pour avoir des relations sexuelles. Tu me diras, bien sûr, que tout cela est dû à l'influence des médias et moi je te dirai que je ne me laisserai pas abuser une nouvelle fois. Les Égyptiens se sont laissé influencer par les médias parce qu'ils en avaient envie. La plus grande partie des Égyptiens est satisfaite de la répression. Ils acceptent la corruption et y participent. S'il y en a qui ont détesté la révolution depuis le début, c'est parce qu'elle les mettait dans l'embarras. Ils ont commencé par détester la révolution et ensuite les médias leur ont donné des raisons de la détester. Les Égyptiens vivent dans "une république comme si". Ils vivent au milieu d'un ensemble de mensonges qui tiennent lieu de réalité. Ils pratiquent la religion d'une façon rituelle et semblent pieux alors qu'en vérité ils sont complètement corrompus. Tout en Égypte est "comme si" c'était vrai, alors que ce n'est que mensonge sur mensonge, à commencer par le président de la République qui gouverne grâce à des élections frauduleuses, mais que le peuple complimente pour sa victoire, jusqu'à mon père qui chante les louanges de son garant qui l'humilie, qui l'avilit, qui le vole, jusqu'au directeur de l'école qui arrête les cours pour la prière de midi, alors qu'il est complètement corrompu, jusqu'aux enseignants pieux et barbus et aux enseignantes voilées qui font du chantage aux élèves pauvres pour qu'ils prennent des leçons particulières. En Égypte tout est mensonge, en dehors de la révolution. La révolution seule était la vérité. C'était pour cela qu'ils la détestaient, parce qu'elle dévoilait leur corruption et leur hypocrisie. L'Égypte est "une république comme si". Nous avons apporté aux Égyptiens la vérité et ils l'ont détestée du plus profond de leur cœur. Je suis partie parce que je n'accepte pas de vivre dans un pays où l'on me traite comme si je n'étais rien du tout. À Londres, je suis une personne qui a une dignité et des droits. Personne ne m'y outrage ni ne m'y accuse de traîtrise et personne ne peut m'y obliger à enlever mes vêtements pour tripoter mon corps. Mazen, je découvre maintenant qu'en Égypte je n'ai jamais été une personne. Je n'étais rien du tout. L'officier qui m'a outragée m'a fait connaître la vérité.

À Londres, j'ai habité pendant deux semaines chez mon oncle avec sa femme écossaise et sa fille puis j'ai trouvé une chambre propre et bon marché dans un petit hôtel de Paddington. Le propriétaire de l'hôtel est égyptien et s'appelle Medhat Hanna. C'est un vieil homme, gentil, qui me rappelle le professeur Achraf Ouissa. Je ne reviendrai plus en Égypte, Mazen. Je travaillerai et j'étudierai ici, parce que je préfère être une personne en dehors de mon pays que de n'être rien du tout dans le mien. Bien sûr, je sais que tu ne seras pas d'accord avec ce que je te dis, mais il faut que je te le dise :

Écoute ce que te dit Issam et pars dès que tu seras libéré. Ce n'est pas fuir la bataille. La bataille, nous l'avons perdue, non pas par absence de courage, mais parce que les Égyptiens nous ont laissés tomber. Les Égyptiens pour lesquels nous avons combattu, pour les droits desquels certains d'entre nous ont perdu leurs yeux et pour lesquels sont morts des milliers d'entre nous, ces Égyptiens ont applaudi lorsqu'ils ont vu que l'on nous arrêtait, que l'on nous tuait, que l'on nous outrageait, et ils ont encouragé le massacre avec enthousiasme. À partir d'aujourd'hui je ne me sacrifierai plus pour ces gens à cause d'une raison simple : parce qu'ils ne méritent pas mon sacrifice. Ils aiment le bâton du dictateur et ils ne comprennent aucune autre façon de se comporter avec eux. Notre grande révolution était un sursaut, une belle fleur née toute seule dans un marécage. C'était un changement soudain dans la trajectoire des gènes égyptiens, ensuite tout est rapidement revenu à sa nature première et nous nous sommes retrouvés hors jeu, bannis. Personne ne voulait plus de nous, personne n'avait plus de sympathie pour nous et tout le monde nous considérait comme la cause de tous les maux. Grand bien leur fasse d'avoir fait avorter la révolution et grand bien leur fasse d'avoir découvert que nous étions des traîtres et des agents au service de pays étrangers. Ils ne sauront jamais que la révolution était leur seule chance de justice et de liberté, mais ils l'ont anéantie de leurs propres mains lorsqu'ils nous ont abandonnés. Ils nous considèrent comme des traîtres parce que nous demandons le jugement des militaires assassins. Ils organisent des manifestations de soutien au Conseil suprême des forces armées qui nous a tués, outragés, écrasés avec ses chars. Nous avons eu beau expliquer, ils n'ont jamais compris que nous ne détestions pas l'armée mais que nous détestions l'oppression. Ils n'ont jamais compris parce que, tant que ce ne sont pas leurs propres enfants qui sont tués par l'armée, cela ne leur fait absolument rien que les autres le soient. Ils ne comprennent absolument pas que nous préférions la dignité et la liberté à la vie même, tandis qu'eux sont prêts à renoncer à leur dignité et leur liberté pour une bouchée de pain. Ils sont prêts à se laisser écraser par n'importe quel pouvoir à condition d'avoir de quoi vivre et élever leurs enfants. Les Égyptiens ne nous comprendront jamais et nous ne serons jamais comme eux.

Quel est le sens et quel est l'intérêt de sacrifier ta liberté et ta vie en luttant pour un peuple qui te déteste et te considère comme un traître ? Abandonne-les, Mazen, et viens dans un pays qui te respecte comme être humain et où tu sens que tu as de la valeur et que tu n'es pas rien du tout.

Je t'aime, je t'attends. Je sais que tu viendras.

Celle qui t'aime pour l'éternité

Asma

73

Entre les locaux de la Sécurité centrale sur la route d'Ismaïlia et son domicile du Moqattam*, Haitham el-Meligi connaît le chemin par cœur et la voiture qu'il conduit roule sans difficulté. Lorsque, voici sept ans, il avait épousé Hadia, son père, le général Ezzat el-Meligi, lui avait offert un duplex rue Neuf. L'appartement avait plu à Hadia car il était vaste et bien conçu. Au premier étage se trouvaient les pièces de réception et au second trois chambres à coucher. Il y avait quatre salles de bains – deux à chaque étage – dont une contiguë à la chambre matrimoniale. Les mariés avaient eu deux enfants, d'abord Islam puis Nadim, que Hadia avait inscrits dans une crèche américaine parce qu'elle travaillait à la banque arabo-africaine et ne rentrait pas à la maison avant cinq heures de l'après-midi, et que, de plus, les horaires du capitaine changeaient en permanence. Hadia ne parvenait pas à oublier la peur qu'elle avait eue pour son mari pendant la révolution lorsqu'il était resté trois jours dans la rue. Il l'avait appelée une seule fois pour lui dire que le pays faisait face à un complot et qu'il ne savait pas quand il rentrerait. Après la chute de Moubarak, Hadia avait suivi tout le déroulement pénible du procès de son mari. Il est vrai qu'il n'avait pas été emprisonné une seule journée et qu'il n'avait même pas interrompu son travail, mais l'idée qu'il était jugé pour meurtre avait jeté sur la maison une ombre sinistre. Hadia évitait dans la mesure du possible de parler de ce sujet. Une seule fois elle lui avait demandé :

* Autre quartier excentré et luxueux du Caire, construit au-delà du Moqattam, cette falaise qui séparait autrefois la ville du désert.

— C'est vrai que tu as tué cet étudiant ?

Haitham ne s'attendait pas à la question. Il avait détourné instinctivement le regard et lui avait répondu avec irritation :

— Un officier de la police défend le pays tout entier et il peut lui arriver de tuer quelqu'un s'il en reçoit l'ordre.

Hadia n'avait plus abordé ce sujet mais, naturellement, elle avait quitté son poste à la banque pour assister aux séances du tribunal et lorsque Haitham fut innocenté, elle poussa un cri de joie :

— Grâce à Dieu. Dieu est grand.

Puis elle avait serré dans ses bras les femmes des autres accusés. La même semaine, elle avait fait tuer un veau et avait fait distribuer la viande aux pauvres du quartier de Zilzal au Moqattam. Le premier jour après la relaxe, le chef d'Haitham à la Sécurité centrale l'avait convoqué. Haitham en entrant lui avait fait le salut militaire puis le général lui avait souri :

— Bravo pour ce verdict.

Haitham avait souri à son tour :

— Que Dieu vous bénisse, monsieur.

Le général avait pris alors un air sérieux. Il avait ôté ses lunettes et s'était passé les doigts sur le nez.

— Le verdict d'innocence pour vous et vos camarades est un message à tous les officiers d'Égypte. Aucun officier n'aura à pâtir d'avoir exécuté les ordres. À propos, j'ai décidé que vous aurez une promotion exceptionnelle.

— Merci, monsieur. Que Dieu vous protège.

Puis le général lui avait dit qu'il pouvait disposer et la vie du capitaine Haitham avait repris son cours. Hadia travaillait à la banque et passait prendre Islam et Nadim à la crèche, tandis que l'emploi du temps de Haitham était, comme toujours, variable. Souvent il était toute la nuit de service et parfois il revenait le jour et rentrait dîner avec eux. Ce jour-là, il était plus de quatre heures du matin lorsque sa voiture prit la route du Moqattam. La route était totalement vide et le capitaine Haitham, qui était fatigué, roulait vite, pressé de rentrer chez lui. Il rêvait d'un bain chaud, d'un dîner avec Hadia qui restait toujours éveillée pour l'attendre, quelle que soit l'heure à laquelle il rentrait. Le capitaine Haitham avait parcouru la plus grande partie de la route et il était parvenu au plateau central.

C'est là qu'il fut pris dans un guet-apens.

Il y avait une grande pierre au milieu de la route que, par chance, il aperçut à temps pour pouvoir arrêter sa voiture. Cette grosse pierre semblait s'être détachée de la montagne. Dès que le capitaine Haitham se fut arrêté, il aperçut des gens qui se dirigeaient vers lui. Ils étaient trois et avançaient rapidement en brandissant des fusils automatiques. L'un d'entre eux s'approcha de la fenêtre et lui dit :

— Descends.

Haitham pensa au pistolet-mitrailleur qu'il portait du côté gauche et l'homme masqué, comme s'il avait lu dans ses pensées, tira une rafale juste au-dessus de la voiture puis il cria :

— Descends si tu veux vivre.

Haitham ouvrit la porte et l'homme masqué lui prit son arme et lui dit :

— Où est ton téléphone ?

— Dans la voiture, répondit Haitham d'une voix qui lui parut ne pas lui appartenir.

Les trois hommes, qui semblaient être bien entraînés et avoir de la pratique, s'avancèrent calmement. L'homme masqué entra dans la voiture, prit le téléphone et en enleva la carte SIM. Il fit quelques pas et la jeta au loin de toutes ses forces puis il revint vers ses amis. L'un conduisit la voiture et un autre s'assit à l'arrière à côté de Haitham, le pistolet braqué sur sa tête. Le troisième s'assit devant à côté du chauffeur en brandissant son fusil. La voiture fit demi-tour et repartit en sens inverse, s'éloignant du Moqattam. Haitham prit la parole une seule fois pour dire d'une voix tremblante :

— Si vous voulez la voiture et mon argent, prenez-les.

Le chauffeur se mit à rire et lui dit d'une voix pâteuse :

— Tu n'as pas honte, pacha, d'avoir peur comme un enfant. Un peu de courage.

Haitham comprit à sa voix qu'il était sous l'influence de la drogue et il garda le silence. La voiture descendit une pente puis elle roula rapidement pendant une dizaine de kilomètres et s'arrêta devant un bâtiment en construction. Haitham décida de ne pas résister à ses ravisseurs. Il se disait qu'il suffisait d'une simple pression de l'un d'entre eux pour qu'une rafale de coups de feu le tue sur le coup. Ils l'emmenèrent au deuxième étage dans un appartement en voie de finition. Les murs et les escaliers étaient en ciment et l'appartement n'avait ni portes ni électricité, mais ils posèrent une grande lampe à kérosène produisant une lumière jaune blafarde qui projetait sur les murs les ombres de leurs corps comme des fantômes en mouvement. Tout était bien réglé. Deux des hommes masqués attachèrent Haitham sur une chaise en bois, tandis que le troisième quittait les lieux. Haitham les regarda et leur dit :

— Je suis prêt à faire tout ce que vous voulez.

L'un d'eux cria d'une voix de drogué :

— Tais-toi, arrête de me prendre la tête. Si tu parles encore, je te tue.

Les hommes masqués restèrent silencieux, leurs fusils braqués dans sa direction. Haitham était figé sur son siège, évitant de faire le moindre mouvement que ses ravisseurs pourraient mal interpréter et qui déclencherait leurs tirs. Peu de temps après, Haitham entendit des pas dans l'escalier et tout à coup apparut le troisième homme masqué accompagné de quelqu'un qui portait une valise de taille moyenne. Dans la lumière blafarde, Haitham ne distingua pas le visage du nouveau venu, mais il le reconnut lorsqu'il se rapprocha et se plaça devant lui. Madani semblait en proie à la fureur. Ses yeux brillaient de colère. Il dit :

— Soyez le bienvenu, Haitham Pacha.

Comme si Haitham réalisait d'un seul coup tout ce qui allait se passer, il lui dit d'une voix suppliante :

— *Hadj*, je vous en supplie, ne me tuez pas.

Madani éclata d'un rire qui résonna bizarrement.

— Qui t'a dit que j'allais te tuer ? Tu es un pacha. Est-ce que quelqu'un peut tuer un pacha ?

Haitham fixa Madani, le visage pris de convulsions. La voix de Madani s'éleva à nouveau :

— Il faut que je te dise que tu m'as coûté très cher. Les hommes qui t'ont amené ici viennent de notre quartier, de Moassera. On les appelle les tueurs. Ce sont des tueurs à gages. C'est leur gagne-pain. Ta voiture demain matin va être vendue en pièces détachées. Personne ne saura ce qui t'est arrivé et il ne restera aucune trace de toi.

Haitham se mit alors à pleurer et à supplier en sanglotant.

— Je vous supplie, *hadj*, de ne pas me tuer. J'ai deux enfants qui ont besoin de moi. J'ai beaucoup d'argent. Je peux vous payer tout ce que vous me demanderez, mais ne me tuez pas.

Madani le regarda dans les yeux :

— Pourquoi est-ce que je vous tuerais ? Je suis juste venu vous rencontrer. Il y a des choses que je voudrais vous montrer. Je peux ?

Haitham n'était pas en position de refuser. Il baissa la tête et Madani ouvrit la valise et en sortit plusieurs choses, puis il se mit à parler vite en haletant.

— Tu vois, pacha : ça, c'est la première paire de baskets que j'ai achetée à Khaled quand il était au collège. Ça lui a fait très plaisir, parce qu'elles s'allument en marchant. Tu vois, dès que tu appuies dessus, comme ça, ça s'allume. Tu vois, ça c'est le diplôme de Khaled quand il a été le premier de la zone à la fin du primaire, et ça c'est son diplôme quand il a été lauréat, en préparatoire. Nous les avons accrochés au salon, mais je les ai décrochés et je les ai apportés pour te les montrer. Ça aussi, mon cher monsieur, c'est le courrier de la coordination nous informant que Khaled était accepté en faculté de médecine*, et ça c'est son premier costume. Je le lui ai acheté quand il est entré en faculté de médecine. Le premier jour que je l'ai vu mettre son costume pour aller à la faculté, j'ai pleuré de joie et sa mère – qu'elle repose en paix – s'est mise à pleurer aussi et a invoqué pour lui la protection de Dieu. Ça, c'est un appareil pour enregistrer de la musique avec des écouteurs. Je ne sais pas comment ça s'appelle en anglais. Je l'avais acheté à Khaled pour qu'il écoute de la musique en révisant.

Tout à coup, Madani laissa tomber l'appareil par terre puis s'approcha tout près d'Haitham et lui cria d'une voix caverneuse :

— Pourquoi as-tu tué mon fils ?

Haitham se mit à supplier en pleurant :

— Pardonne-moi, *hadj*. Je te baise les pieds. Ne me tue pas.

---

* En Égypte, les étudiants sont automatiquement affectés dans des facultés en fonction des résultats au baccalauréat. La médecine est tout en haut de l'échelle.

Comme s'il n'avait pas entendu, Madani cria :

— Tu as tué mon fils d'un coup de feu, un coup de feu qui est parti de cette main-là. J'ai ramassé des morceaux de sa cervelle avec ma main pendant que je le lavais*. C'est avec cette main que j'ai enlevé sa cervelle.

Madani soupira et baissa la tête comme s'il se souvenait tout à coup de quelque chose puis il détourna son visage et se pencha calmement pour ramasser avec soin tout ce qu'il avait sorti et le remettre dans la valise. Il commença par les baskets puis les diplômes du primaire et du secondaire, le courrier de la coordination. Il plia le costume et le remit avec soin en même temps que l'appareil à musique et les écouteurs et, à la fin, il ferma la valise et sans parler la prit et sortit. Il descendit avec précaution les marches de ciment de l'escalier et, alors qu'il atteignait le portail, le son d'une rafale de coups de feus parvint soudain à ses oreilles, puis le silence se fit.

---

* Dans la pratique musulmane, on lave les morts avant de les enterrer.

OUVRAGE RÉALISÉ
PAR L'ATELIER GRAPHIQUE ACTES SUD
ACHEVÉ D'IMPRIMER
SUR ROTO-PAGE
EN JUILLET 2018
PAR L'IMPRIMERIE FLOCH
À MAYENNE
POUR LE COMPTE DES ÉDITIONS
ACTES SUD
LE MÉJAN
PLACE NINA-BERBEROVA
13200 ARLES

DÉPÔT LÉGAL
1re ÉDITION : SEPTEMBRE 2018
N° impr. : 92933
(Imprimé en France)